어슐러 르 귄 Ursula K. Le Guin

1929년 10월 21일, 저명한 인류학자 앨프리드 크로버와
대학에서 심리학과 인류학을 공부한 작가 시어도라 크로버
사이에서 태어났다. 래드클리프 컬리지에서 르네상스기
프랑스와 이탈리아 문학을 전공한 그녀는 이후 컬럼비아
대학에서 석사 학위를 취득했다. 풀브라이트 장학생으로 선발된
후 박사 과정을 밟기 위해 1953년 프랑스로 건너가던 중
역사학자 찰스 르 귄을 만나 몇 달 후 파리에서 결혼했다.
1959년, 남편의 포틀랜드 대학 교수 임용을 계기로 미국으로
돌아와 오리건 주의 포틀랜드에 정착하게 되었다.
시간여행을 다룬 로맨틱한 단편 「파리의 4월」(1962)을 잡지에
발표하면서 본격적으로 작가의 길을 걷기 시작한 르 귄은
왕성한 작품 활동을 보이며 '어스시 연대기'와 '헤인 우주
시리즈'로 대표되는 환상적이고 독특한 작품 세계를 구축해
냈다. 인류학과 심리학, 도교 사상의 영향을 받은 그녀의 작품은
단순히 외계로서 우주를 다루는 것이 아니라, 다른 환경 속에
사는 사람들의 사고방식과 문화를 깊이 있게 파고들어 일종의
사고 실험과 같은 느낌을 주며 독자와 평단의 사랑을 받았다.
휴고 상, 네뷸러 상, 로커스 상, 세계환상문학상 등 유서 깊은
문학상을 여러 차례 수상하였고 2003년에는 미국 SF 판타지
작가 협회의 그랜드마스터로 선정되었다. 또한 소설뿐 아니라
시, 평론, 수필, 동화, 각본, 번역, 편집과 강연 같은 다양한
분야에서 정력적인 활동을 펼치며 2014년에는 전미 도서상
공로상을 수상하였다.
2018년, 88세의 나이로 포틀랜드의 자택에서 영면하였다.

KB052353

그림 · 디자인 김나연

찾을 수 있다면
어떻게든 읽을 겁니다

WORDS ARE MY MATTER:
Writing About Life and Books, 2000-2016,
with a Journal of a Writer's Week

by Ursula K. Le Guin

삶과 책에 대한 사색

찾을 수 있다면
어떻게든 읽을 겁니다

어슐러 K. 르 귄 글

이수현 옮김

황금가지

목차

•일러두기
*본문 하단의 각주는 옮긴이 주이다.
*독자의 혼동을 피하기 위해, 본서에 언급된 책 중에서 국내 번역된 책은 번역제를
 그대로 쓰고 인명과 용어도 가급적 통일하였다. 본문 인용은 따로 표기한 경우를
 제외하면 본서의 옮긴이가 직접 번역하였으나, 이후 해당 번역서를 참고 대조
 하였음을 밝혀 둔다.

마음은 고요하여라 *The Mind Is Still*

마음은 고요하여라.
허언(虛言) 담긴 멋들어진 책들은 아무리 해도 부족하니.
아이디어란 돼지 구유 위를 맴도는
어지러운 파리 떼.

말은 나의 일. 하나의 돌을 30년간 깎고도 아직
내가 볼 수 없는 것의 심상을 끝내지 못했으니,
이 일을 마쳐 에너지로 변하도록
풀어 놓을 수가 없네.

나는 깎고 더듬거리지만
여느 새처럼 진실을 노래하진 않네.
매일 나는 심판에 들어
똑같은 반 토막 말을 더듬거리지.

그래서 무슨 일인가?
나는 손에 든 돌이 무겁다는 걸 이해할 수 있네.
아이디어는 구정물 위 파리 떼처럼 스쳐 날고.
나는 다른 돼지들 사이에 뛰어들어 배를 채우네.
마음은 고요한 채로.

(1977)

나는 시나 소설을 읽을 때처럼 즐겁게 논픽션을 읽는 일이
별로 없다. 잘 쓴 에세이에 감탄은 할 수 있지만, 다른 사람의 생각
보다는 이야기를 따라가는 게 더 좋고, 그 생각이 추상적일수록 이
해를 못한다. 내 머릿속에서 철학은 우화로만 서식하고, 논리는 아
예 들어오질 않는다. 그러나 또 문법 이해는 훌륭하다. 나에게는 문
법이 언어의 논리로 보이기 때문이다. 그러니 내 사고방식의 이런
한계는 최악이나 다름없는 산술 능력, 체스는커녕 체커도 두지 못
하는 무능력, 어쩌면 음악 조성을 이해하지 못하는 특성과도 관련
이 있을지 모르겠다. 내 머릿속에 단어가 아니라 숫자와 그래프로
표현된 개념, 아니면 '죄악'이라든가 '창조' 같은 추상적인 말로 표

현되는 생각들에 저항하는 방화벽이 있는 것 같다. 나는 그저 그런 것들을 이해하지 못한다. 그리고 이해하지 못하면, 지루하다.

그런 까닭에 내가 읽는 논픽션은 대개 서사가 있다. 전기, 역사, 여행, 그리고 서사적인 면이 있는 과학, 그러니까 지질학, 우주론, 자연사, 인류학, 심리학 등등의 과학. 구체적이면 구체적일수록 좋다. 그리고 서사성만이 아니라 글의 질이 나에게는 아주 중요하다. 옳든 그르든 간에 나는 따분하고 서툰 스타일은 곧 사고의 빈한함이나 불완전함을 나타낸다고 믿는다. 다윈의 정확하고 폭넓고 탁월한 지력은 그의 명료하고 강하고 활력 있는 글로 표현된다고 본다. 그 글의 아름다움이 곧 지성이다.

이 말은, 내가 논픽션을 쓸 때 스스로에게 말도 안 되게 높은 기준을 세워 놓았다는 뜻이다. 그리고 서사가 아니면 쓰기가 힘든 데다 좋은지 나쁜지 판단하기도 어렵다. 나에게 소설이나 시를 쓰는 것은 자연스러운 일이다. 쓰기도 하고, 쓰고 싶어 하며, 무용수가 무용을 하거나 나무가 자라는 것처럼 씀으로써 채워진다. 소설이나 시는 나에게서 바로 뽑아낼 수 있다. 그리고 나는 의문의 여지 없이 스스로를 그 글의 정확도와 정직성과 품질을 판단하는 데 가장 적합한 사람으로 여긴다. 하지만 강연용 글이나 에세이를 쓰는 건 언제나 학업과 비슷하다. 그 글들은 스타일과 내용 모두 외부 평가를 받을 테고, 그게 당연하다. 내 소설이 무엇에 대한 이야기인지는 나보다 잘 아는 사람이 없지만, 내 에세이는 내가 무슨 소리를 하는지에 대해 나보다 훨씬 잘 아는 사람들의 판단을 받을 수 있다.

다행히도, 프랑스 문학과 다른 중세 로맨스 문학을 공부하면서 학문에도, 비평글을 쓰는 데에도 훌륭한 훈련을 받은 덕분에 어느 정도는 자신감을 얻었다. 불행히도, 나는 감언이설에도 재능을 보였다. 통계의 눈보라로 꾸며 낸 실상을 묻는 류의 재능은 아니지만, 불완전한 생각을 너무나 우아하고 자신감 넘치게 표현하여 자세히 살펴보기 전에는 그럴싸하게 만드는 스타일이라는 면에서 감언이설이다. 거침없는 스타일이 꼭 표현하는 생각의 깊이에 기대어 나오는 건 아니다. 스타일을 이용해서 지식의 틈을 슬쩍 넘어가고 개념과 개념 사이의 허약한 이음매를 감출 수도 있다. 논픽션을 쓸 때 나는 말이 제멋대로 흘러가서 부드럽고도 행복하게 나를 실상에서 먼 곳으로, 엄격한 개념 연결에서 먼 곳으로, 진실을 전혀 다르게 표현하고 생각을 전혀 다르게 연결시키는 나의 조국, 즉 소설과 시의 세계로 실어 가지 않게 정신을 바짝 차려야 한다.

나이가 많아지고 에너지 총량이 줄어들기 시작하면서 강연하러 여행하는 일이 줄어들고 멀리 가는 일도 줄었으며, 조사와 계획과 글쓰기와 다듬기에 몇 주, 심하게는 몇 달씩 잡아먹는 큰 강연이나 에세이 주제를 맡는 일도 꺼리게 됐다. 그래서 이 책에는 예전에 냈던 논픽션 모음집보다 강연과 에세이가 적고, 비율상 서평이 더 많다.

서평은 보통 상당히 짧아서 1000단어 이하가 많고, 자연히 주제가 한정된다. 어느 정도의 설명이 필요하지만, 판단을 표명하는 데 재량권이 많이 주어진다. 작가의 양심이 상당히 직접 얽히기는 하지만 말이다. 서평은 흥미롭고 부담스러운 글이다. 그리고 문학적으로나 다른 분야로나 더 넓은 문제들과 관련된 서평에서는 많은 말을 할 수 있다.

싫은 책을 다룰 때만 아니면 서평 쓰기는 좋아한다. 서평을 읽을 때는 바로 서점으로 달려가게 만드는 글이 최고지만, 잘 쓰고 잘 맞는 악평도 귀하게 여긴다. 형편없는 책에 대한 죽여주는 평을 읽으면 죄책감 없이 즐겁다. 그러나 악평을 쓰는 즐거움은, 저자에 대한 동료 의식이며 고통을 가하는 것을 즐긴다는 데 대한 부끄러움 등 온갖 죄책감 탓에 우울해진다……. 그렇다 해도 내가 저자가 뭘 하려 했는지 이해하고, 내 비평이 절대적이란 환상에 시달리지도 않는 한, 조악한 작품을 대충 넘어가 줄 수는 없다. 그런 이유로, 이 책에 실린 유일한 진짜 악평은 나에게 심각한 문제를 선사했다. 저자를 많이 존경했지만, 책은 놀라울 정도로 형편없다고 생각했던 것이다. 그걸 어떻게 평해야 할지 알 수 없었다. 나는 친구인 소설가 몰리 글로스에게 호소했다. 어떻게 하지? 몰리는 그냥 플롯을 이야기하면 어떠냐고 했다. 훌륭한 해결책이었다. 대마(大麻)를 충분히 공급하면 문제가 사라지리니.

에세이나 강연을 쓰는 게 어느 정도 요구인지에 대해서는…… 그러니까 조사와 생각, 다시 생각하기에 드는 시간과 에너지가 어느 정도냐는 물론 주제에 따라 다양하다. 이 책에 수록한 글 중에 긴 편인 「예술 작품 속에서 산다는 것」은 대부분의 글처럼 어떤 집단에게 할 강연으로 쓰거나 정기간행물의 의뢰를 받아서 쓴 글이 아니었다.(기쁘게도 결국엔 《패러독사》에 실렸지만.) 순전히 "말을 해 보기 전에야 어떻게 내가 무슨 생각을 하는지 알겠어요?"라던 E. M. 포스터의 소설 속 여성의 신조에 맞춰, 내가 쓰고 싶은 것을 썼다. 조사를 많이 할 필요도 없었고, 일단 시작하자 쓰는 게 즐거웠다. 나는 소설을 쓸 때처럼 생각의 직접적인 수단이나 형식으로서 글을 이용할 수 있을 때라야, 산문을 제대로 이용하고 있다 느낀다. 내가 알거나 믿는 바를 전하는 수단으로서도 아니고, 메시지 전달 수단으로서도 아니고, 쓰기 전까지는 몰랐던 뭔가를 낳는 탐구이자 발견의 여행이 될 때 말이다. 그러니 아마 여기 실린 글 중에 그게 내가 제일 아끼는 글일 것이다.

나는 메시지를 전달해 달라는 요청을 받을 때가 많고, 그럴 능력도 충분하다. 그러나 그 일이 쉽거나 특별히 즐겁지는 않다. 이 책에서 제일 짧은 글에 해당하는 2014년 내셔널 북 파운데이션 메달 수상 연설이 그렇다. 나는 6월에 내가 이 영예로운 상을 받게 되었음을 알았는데, 메달을 받으러 뉴욕까지 가서 7분을 넘지 않는 수락 연설을 한다는 조건에서였다. 나는 많이 망설이면서 받아들였다. 그리고 그 짧은 연설을 6월부터 11월까지 준비했다. 걱정스레 다시 생각하고 다시 짜기를 반복, 또 반복했다. 시를 쓸 때도 그렇게 오래 그렇게 강박적으로 매달린 적이 없으며, 내가 제대로 말하고 있으며 내가 해야 하는 말을 하고 있다는 확신이 그렇게 적었던 적도 없다. 내 책들을 찍어 내고 내게 상을 주고 있는 사람들을 모욕하는 게 배은망덕하지 않나 기가 죽기도 했다. 내가 뭐라고, 해마다 열리는 출판계 파티에서 출판업자들의 음료수 통에 침을 뱉을까?

글쎄, 그래도 그런 일을 할 적임자는 나였다. 그래서 그렇게 했다.

중학교 졸업식 이후로 연설 전에 그렇게 불안해한 적이 없다. 청중들의 반응에 그렇게 놀란 적도 없다.(아마존 관계자들 자리는 예상대로 침울하니 조용했지만.) 인터넷에 쫙 퍼진 돌풍과 그에 뒤이은, 잠시나마 내가 앤디 워홀같이 유명해진 기분도 고무적이었다. 사람들은 정말로 책에 신경을 쓰고, 어떤 사람들은 자본주의를 걱정한다는 사실이 말이다. 장기적으로 그 연설이 얼마나 좋은 영향을 미칠지는 또 다른 문제다. 하지만 적어도 내가 해야 하는 말을 6분 안에 제대로 했다는 느낌은 받았으니, 6개월을 애쓴 보람이 있었다.

이는 내가 시간을 쓸 가치가 있는 일을 하며 잘 살았다는 기분도 뒷받침해 준다. 많은 사람들이 내 두 가지 주요 작업을 양립 불가능한 것으로 볼지 모른다. 미국 중산층 지식인/아내/주부/세 아이의 엄마라는 직업과, 작가라는 직업을 말이다. 이 두 가지 일을 동시에 하는 게 쉽다고는 말하지 않겠지만, 해당하는 인생의 만년에 선 나는 그 두 가지가 어쩔 수 없이 부딪치긴 하지만 양립 불가능한 건 아니었다고 말할 수 있다. 많이 포기하지도 않았고, 예술을 위해 인생을 희생하거나 인생을 위해 예술을 희생하지도

않았다. 오히려, 인생과 예술이 서로를 풍요롭게 하고 깊이 떠받쳐
주었던 탓에, 돌아보면 다 하나처럼 보인다.

1장 ～ 강연과 에세이,
어쩌다 내놓은
조각글들

이 글들은 사실 모두 다양한 행사에서 다양한 청중들을 상대로 어쩌다 내놓은 조각글들이다.

주제는 책 속에 나오는 동물들, 만들어 낸 언어, 잠, 내가 성장한 집, 아나키즘, 시를 읽는 방법, 그리고 어느 받침대에 대한 시까지 망라한다. 이 글들을 정리하는 가장 유용한 방법은 연대순 배열이었다. 상당수는 이 책에 싣기 위해 살짝 손을 보았다. 원래 글이 궁금하다면, 처음 출간된 곳이나 내 웹사이트에서 찾아볼 수 있다.

공공연히 정치적인 글은 딱 두 편뿐이다. 하지만 로빈 모건* 같은 사람들에게 배웠다시피, 개인적인 것과 정치적인 것은 분리할 수 없다. 많은 글이 문학의 특정한 면을 옹호하는 내용이며, 때로는 상당히 호전적인 옹호를 담고 있다. 상상 소설, 장르, 여성의 글, 경험형 매체와는 다른 읽기 등에 대해서다.

지난 15년간은 상상 문학에 대한 비평적 관심과 이해가 꾸

---

* Robin Morgan(1941~). 시인, 작가, 강사이자 페미니즘 활동가.

준히 증가했고, 리얼리즘만이 문학이라는 이름을 쓸 자격이 있다는 융통성 없는 시각에서는 멀어졌다. 이렇게 쓰는 동안에도 내가 장르에 대해 변호할 필요가 없어져 간다는 사실이 기쁘다.

　　　그러나 문학의 성차 문제는 괴로운 상태로 남아 있다. 여성들이 쓴 책은 계속 차별당하거나 소외당하며, "중요한" 문학상은 더 적게 받고, 작가가 죽고 나면 부주의하게 다뤄지는 일이 더 많다. "여성의 글"에 대해서는 들어도 "남성의 글"에 대해 듣지 못하는 상황, 즉 남성의 글이 정상으로 여겨지는 한 균형은 맞지 않는다. 페미니즘이라는 말은 흔히 쓰면서 자연히 따라와야 마땅할 반대말인 매스큘리니즘은 아예 쓰지 않는다는 사실에도 동일한 특권과 편견이 반영되어 있다. 둘 다 필요 없어질 날을 간절히 바란다.

사용 설명서

2002년 오리건 문학 예술 모임에서 한 강연

시인이 대사로 지명됩니다. 극작가가 대통령으로 선출됩니다. 새로 나온 소설을 사려고 건설 노동자들이 사무장들과 같이 줄을 섭니다. 어른들이 전사 원숭이들, 애꾸눈 거인, 그리고 풍차와 싸우는 미친 기사들의 이야기 속에서 길잡이와 지적인 도전을 찾습니다. 문해력은 끝이 아니라 시작으로 여겨집니다.

……글쎄, 어디 다른 나라라면 그럴지도 모르지요. 이 나라는 아닙니다. 미국에서 상상력이란 보통 TV가 고장 났을 때나 쓸모 있을지 모르는 뭔가로 간주되거든요. 시와 희곡은 실용 정치와 아무 관계도 없습니다. 소설은 학생과 주부, 그리고 일을 하지 않는 사람들이나 읽는 겁니다. 판타지는 어린아이와 모자란 사람들이

21

나 보는 것이고요. 문해력이란 사용 설명서를 읽을 수 있다는 겁니다. 저는 상상력이 인류가 가진 가장 유용한 도구라고 생각합니다. 마주 보는 엄지의 유용성을 넘어설 정도죠. 저는 엄지손가락 없는 삶을 상상할 수 있지만, 상상력이 없는 삶은 상상할 수 없습니다.

제게 맞장구치는 목소리들이 들리네요. "맞아요, 맞아!" 이렇게 외치는 목소리요. "창의적인 상상력이야말로 사업에 굉장한 플러스죠! 우린 창의력을 중시합니다. 보상도 하고!" 시장에서 '창의력'이라는 말은 더 큰 이익을 낳는 실용 전략에 적용할 수 있는 아이디어들을 내놓는다는 의미가 되었습니다. 이런 격하가 하도 오래 이어지다 보니 '창의적'이라는 말이 더 떨어질 데도 없어졌어요. 저는 이제 창의적이라는 말을 쓰지 않아요. 자본가와 학자들이 좋을 대로 악용하는 데 손들었습니다. 하지만 그 사람들도 상상력은 차지할 수 없습니다.

상상력은 돈을 버는 수단이 아니에요. 이윤 추구의 어휘들에 상상력이 낄 자리는 없습니다. 상상력은 무기가 아닙니다. 모든 무기가 상상력에서 비롯하고, 무기의 사용이든 비사용이든 상상력에 달려 있으며 다른 모든 도구도 마찬가지지만 말입니다. 상상력은 정신의 필수 도구이며 생각의 본질적인 방식, 사람이 되고 사람으로 남기 위해 꼭 필요한 수단입니다.

도구라면 다 그렇듯이 우리는 상상력을 사용하도록 배워야 하고, 사용하는 방법도 배워야 합니다. 아이들은 신체와 지성, 언어 능력처럼 상상력도 처음부터 가지고 있어요. 이것들 모두가 인간다움에 필수적인 요소들이고, 사용법과 잘 사용할 방법을 배워야 하지요. 그런 가르침과 훈련, 연습은 유아기에 시작해서 평생 계속해야 해요. 어린 사람들은 성장하기 위해서, 건강해지기 위해서, 능력을 키우기 위해서, 아니면 즐거움을 위해서 몸이나 정신의 기본 기술들을 훈련해야 하지요. 상상력도 훈련해야 합니다. 정신이 살아 있는 한 계속 해야 해요.

핵심 문학을 들어서 배우거나, (문자 문화라면) 읽고 이해하도록 가르침을 받을 때, 아이들의 상상력은 필요한 훈련의 상당 부분을 수행하게 됩니다.

다른 것들은 대부분 그만한 훈련이 되지 못해요. 심지어 다른 예술이라 해도요. 우리는 말이 많은 종족이거든요. 말은 지능과 상상력 양쪽이 다 타고나는 날개랍니다. 음악, 춤, 시각 예술, 온갖 종류의 공예, 모두 다 인간 발달과 안녕에 중요하고, 세상에 배워서 쓸모없는 예술이나 기술은 없습니다. 하지만 정신이 눈앞의 현실에서 벗어나 새로운 이해와 새로운 힘을 얻고 돌아오도록 훈련하려면 시와 이야기만 한 게 없습니다.

모든 문화는 이야기를 통해서 스스로를 정의하고 아이들에게 어떻게 사람이 될지, 그리고 어떻게 그 공동체의 구성원이 될지를 가르칩니다. 몽족(Hmong), !쿵족(!Kung), 호피족(Hopi), 케추아인, 프랑스인, 캘리포니아인…… 우리는 네 번째 세상에 이른 사람들이다…… 우리는 잔 다르크의 나라다…… 우리는 태양의 아들들이다…… 우리는 바다에서 왔다…… 우리는 세상의 중심에 사는 사람들이다.

시인과 이야기꾼들이 정의하고 설명하는 바에 따르면, 세상의 중심에 살지 않는 사람들은 위험한 상태입니다. 세상의 중심은 여러분이 제대로 사는 곳, 모든 게 어떻게 돌아가는지 아는 곳, 모든 일이 제대로 이뤄지고 잘 이루어지는 곳입니다.

중심이 어디인지, 즉 집이 어디이며 집이란 무엇인지를 모르는 아이는 아주 위험한 상태에 놓인 아이입니다.

집이란 엄마와 아빠와 누이와 아기가 아니에요. 집이란 여러분을 들여 주어야 하는 곳이 아닙니다. 아니, 아예 장소가 아닙니다. 집은 상상에만 존재합니다.

상상한 집은 실재하게 됩니다. 그 어떤 장소보다 더 진짜이지만, 여러분의 동족이 어떻게 상상할지 알려 주기 전까지는 도달할 수가 없어요. 그 동족이 누구든 간에 말입니다. 동족이라고는 하지만 여러분의 친척이 아닐 수도 있습니다. 여러분의 언어를 전혀 못 할 수도 있습니다. 죽은 지 1000년은 지났을 수도 있습니다. 종이에 찍힌 말, 목소리의 유령, 정신의 그림자뿐일 수도 있습니다. 그래도 그 동족들이 여러분을 집으로 안내할 수 있습니다. 그 사람들이 여러분의 공동체입니다.

우리 모두가 우리의 삶을 만드는 방법, 구성하는 방법, 상상하는 방법을 배워야 합니다. 이런 기술들을 가르침 받아야 하지요. 우리에겐 방법을 알려 줄 안내인이 필요합니다. 안내인이 없으면, 우리의 삶을 다른 사람들이 만들어 주는 대로 살게 됩니다.

인간은 언제나 어떻게 하면 가장 잘 살고 서로가 그렇게 살
도록 도울지 상상하기 위해 무리에 합류하며 살아왔습니다. 인간
공동체의 핵심 기능은 우리가 무엇을 필요로 하는지, 삶이란 어때
야 하는지, 우리 아이들이 무엇을 배웠으면 하는지에 어느 정도 합
의하고, 그다음에는 우리와 그들이 우리 생각에 올바른 길을 갈 수
있도록 함께 배우고 가르치는 데 있습니다.

강력한 전통을 유지하는 작은 공동체들은 원하는 방식이
명확하고, 그 방식을 가르치는 데 능할 때가 많습니다. 하지만 전통
은 상상력을 구체화하다 못해 독단이 되도록 화석화시키고 새로
운 아이디어를 금하는 데 이를 수도 있지요. 도시와 같은 더 큰 공
동체들은 사람들이 대안을 상상하고, 다른 전통에서 온 사람들에
게 배우고, 자기들만의 삶의 방식을 만들어 갈 공간을 열어 놓고요.

그러나 대안들이 급증하면서, 가르칠 책임을 진 사람들은
가르쳐야 하는 내용에 대한 사회적, 도덕적 합의가 별로 없는 상황
에 직면하게 됩니다. 우리에게 무엇이 필요하고, 삶은 어때야 하는
지 합의가 되지 않는 거예요. 엄청나게 많은 인구가 상업적, 정치적
이득에 쓰이는 복제된 목소리와 이미지와 말에 끊임없이 노출되는
우리 시대에는 유혹적이고 강력한 매체를 통해 우리를 꾸미고, 소
유하고, 바꾸고 통제하고 싶어 하며 실제로 그럴 수 있는 사람들이
너무나 많습니다. 어린아이에게 혼자서 그 속을 뚫고 길을 찾으라
는 건 너무한 요구예요.

그 누구도 정말로 혼자서 할 수 있는 일은 많지 않아요.

아이에게 필요한 것, 아니 우리 모두에게 필요한 것은 우리에게 타당해 보이는 선을 따라가는 삶을 상상하며 살았으면서도 어느 정도 자유를 허용하는 다른 사람들을 찾아내어, 그 사람들의 말에 귀 기울이는 겁니다. 수동적으로 듣는 게 아니라, 귀를 기울여야 해요.

귀를 기울인다는 건 공간과 시간과 침묵이 필요한 공동체 행위지요.

읽기는 귀 기울이기의 한 방법이고요.

읽기는 그냥 듣기나 보기처럼 수동적인 행위가 아닙니다. 행동이죠. 여러분이 하는 행동. 끊이지도 않고 알아들을 수도 없이 지껄이고 외쳐 대는 매체의 돌격을 받아들이는 게 아니라, 여러분이 여러분의 속도대로 읽는 겁니다. 여러분을 압도하고 통제하기 위해 빠르고 거세고 큰 소리로 밀어붙이는 내용이 아니라, 여러분이 받아들일 수 있고 받아들이고 싶은 내용을 받아들이는 거예요. 이야기를 읽으면서 여러분이 어떤 당부를 받을 수는 있겠지만, 강매를 당하지는 않아요. 그리고 읽을 때는 보통 혼자라 해도 다른 누군가의 정신과 교감하지요. 세뇌를 당하거나, 조작당하거나, 이용당하는 게 아니에요. 상상력의 현장에 함께한 거죠.

우리의 매체들이 어째서 과거 사회에서 극장이 자주 만들어 냈던 것과 비슷한 상상력의 공동체를 만들지 못하는지 이유는 모르겠지만, 대부분 매체는 그런 일을 하지 않아요. 매체들이 광고와 이윤 추구에 너무나 지배당한 나머지, 그 속에서 일하는 가장 뛰어난 사람들, 진짜 예술가들마저도 팔아 치우라는 압력에 저항해 봤자 끝없이 쏟아지는 장난감들과 사업가들의 탐욕에 빠져 죽고 말 정도예요.

문학은 상당수가 그런 조작에서 자유로운데, 그건 많은 책들이 죽은 사람의 작품이고 죽은 사람은 정의상 탐욕스럽지 않기 때문이기도 할 겁니다. 그리고 출판사야 비열하게 베스트셀러를 추구할지 몰라도, 살아 있는 시인과 소설가 다수는 이득에 대한 욕망보다는, 그럴 여유만 있다면 아무것도 받지 않는다 해도 계속할 일을 하고 싶다는 소망에 더 움직입니다. 그 일이란 예술이죠. 뭔가를 잘 만들고, 제대로 만들고 싶은 거예요. 문학은 아직 놀랍게도 비교적 정직하고 신뢰할 만하답니다.

물론 책이 "책"은 아닐 수도 있어요. 목재 펄프에 잉크로 찍힌 물건이 아니라 손바닥만 한 전자기기의 깜박임일 수도 있지요. 지금 실정으로는 일관성 없고 상업화했으며 포르노와 광고와 헛소리에 좀먹긴 했어도, 전자출판은 글을 읽는 사람들에게 활성 공동체로 가는 새롭고 강력한 수단을 제공합니다. 중요한 건 기술이 아니에요. 중요한 건 말이지요. 말을 공유하는 것. 말을 읽음으로써 상상력을 활성화하는 것.

문해력이 중요한 이유는 문학이야말로 사용 설명서이기 때문입니다. 문학이야말로 우리가 가진 최고의 매뉴얼, 우리가 여행하는 '삶'이라는 나라에 가장 유용한 안내서예요.

과거에는 어땠는지

2004년 1월 오리건 주 NARAL(낙태 및 재생산권 행동연맹)

모임에서 한 강연

NARAL에 있는 친구들이 제게 로 대 웨이드 판결* 이전에는 어땠는지 말해 달라고 요청하더군요. 1950년대, 그러니까 남자 친구에게 임신했다고 하면 그 남자가 군대에 있는 자기 친구는 여자친구에게 임신했다는 말을 듣더니 친구들을 모두 불러 모아서 "우리 모두 그 여자와 했는데, 누가 아버지인지 누가 알아?"라고 했다더라며 좋은 농담이랍시고 웃어 대던 시대에 스무 살 나이로 임신을 한다는 게 어떤 거였는지 말해 달라고 했어요.

여자애 — 당시 우리는 "여성"이 아니었답니다 — 가, 학교에

---

* Roe v. Wade, 여성이 임신 6개월까지 임신 중단을 선택할 헌법상 권리를 인정한 미국 대법원의 중요한 판례.

서 임신 사실을 알게 되면 항변할 수도 없고 의지할 구석도 없이 그대로 퇴학시킬 대학에 다니던 여자애가 임신한다는 게 어떤 것이었는지 여러분에게 이야기해 달라는 주문이었어요. 자립해서 좋아하는 일을 할 수 있도록 대학원에 가서 학위를 따고 생계를 유지할 계획이었다면 어땠는지, 래드클리프 대학 4학년이었는데 임신을 했고 법은 그 아이를 낳으라면서도 "사생아"라거나 "적법하지 않은 아이"라고 부르라고 하고 친부는 자기 자식임을 부인하며, 당신에게서 자립할 능력도 자신의 소명이자 책임인 게 확실한 직업도 빼앗아 갈 아이를 밴다는 게 어떤 일이었는지를 말이에요.

저는 근본주의 이슬람 법에 따라 살아가는 여성의 삶이 어떠한지 상상할 수가 없습니다. 54년이 지난 지금은 근본주의 기독교 법에 따라 산다는 게 어땠는지도 거의 기억할 수가 없어요. 로 대 웨이드 판결 덕분에, 미국에 사는 우리들은 반세기 동안 그런 곳에 살지 않았거든요.

하지만 지금 제게 어떠한지는 말할 수 있겠군요. 이렇습니다. 제가 만약 대학을 그만두고, 학업을 포기하고, 직업을 찾아서 어느 정도라도 스스로와 아이의 독립을 얻어 낼 때까지 임신과 출산과 육아기 내내 부모님에게 의존했다면, 낙태반대론자들이 제게 원했던 그 모든 일을 했다면, 저는 그들을 위해 아이를 낳았을 겁니다. 낙태반대론자, 정부당국, 이론가, 근본주의자를 위해, '그들의' 아이를 낳았을 거예요.

하지만 제 첫째 아이, 둘째 아이, 셋째 아이는 낳지 않았을 겁니다. '제' 아이들 말입니다.

제가 낳은 그 태아의 생명은 다른 세 태아 또는 아이, 또는 생명…… 뭐라고 부르건 간에 그 아이들이 태어나지 못하게 막았을 거예요. 제 아이들, 제가 실제로 낳은 세 아이, 원해서 낳았고 남편과 함께 만든 세 아이들을 말입니다. 제가 원치 않은 임신을 중단하지 않았다면 그 남편을 만나서 결혼하지도 않았을 테니까요. 그이는 1953년에 퀸메리호를 타고 프랑스로 가는 풀브라이트 장학생이었는데, 저는 1953년에 퀸메리호를 타고 프랑스로 가는 풀브라이트 장학생이 아니었을 테니까요. 저는 교육을 받다 말고 직업도 없이 세 살배기 아이를 데리고 부모에게 의지해서 살아가며 혼인하기에도 부적합한 "미혼모"로, 먹여야 할 입 하나와 쓸모없는 여자 하나로밖에 공동체에 기여하지 못하는 존재였겠지요.

하지만 제가 되살려야 하는 건 그 아이들, 제 자식이며 제 기쁨이자 자랑이자 사랑인 엘리자베스와 캐럴라인과 시어도어예요. 제가 법을 어기고 아무도 원치 않았던 생명 하나를 낙태하지 않았다면, 그 잔인하고 편견 심하고 무분별한 법이 지금의 제 세 아이를 낙태시켰을 겁니다. 제 아이들은 결코 태어나지 못했을 거예요. 생각만 해도 견딜 수가 없군요. 여러분에게 우리가 구해야만 하는 게 무엇인지 이해하고, 편견과 성차별이 그 소중한 권리를 다시 빼앗아 가게 하지 마시라고 부탁드립니다. 우리가 쟁취한 바를, 우리 아이들을 지켜 주세요. 아직 너무 늦기 전에, 젊은 여러분이 여러분의 아이들을 구해 주세요.

장르(Genre): 프랑스인만이 사랑할 수 있는 말

2004년 2월 시애틀에서 열린 공공도서관협회의
장르 프리컨퍼런스에서 한 강연, 2014년 수정

장르라는 개념은 유효합니다. 우리에겐 여러 허구서사(narrative fiction)를 분류하고 정의할 방법이 필요하고, 장르는 우리에게 그 일을 시작할 도구를 주죠. 그러나 그 도구를 사용하는 데에는 큰 문제가 두 가지 있습니다. 첫 번째 문제는 이 도구가 너무나 자주 오용되다 보니 올바르게 쓰기가 힘들다는 겁니다. 좋은 드라이버였으나 어떤 얼간이가 드라이버로 포장돌을 들어내려고 용을 쓰는 바람에 엉망으로 구부러진 꼴이지요.

옥스퍼드 영어사전에 따르면 장르란 (당연히!) "어떤 종류 또는 스타일. 특히 예술이나 문학에서."를 뜻하며 더 구체적으로는 특정 유형과 소재의 회화를 가리키는 용어랍니다. "일상사 장면과 주제들"이 그 주제죠.

자, "일상사 장면과 주제들"이라면 문학에서 장르 회화에 해당할 리얼리즘 소설(realistic fiction)의 주제를 멋지게 아우르죠. 그러나 이 용어가 문학에 들어오면, 리얼리즘과 평범한 세상만 제외한 모든 것을 의미하게 됩니다. 이상하게도 일상사에서 조금이라도 벗어난 소재를 다루는 소설이면 다 적용이 됐어요. 서부극, 추리소설, 첩보 스릴러, 로맨스, 호러, 판타지, SF 등등.

리얼리즘의 소재는 판타지를 제외하면 어느 장르보다 더 넓습니다. 그리고 리얼리즘은 20세기 모더니즘이 선호하는 양식이었지요. 판타지를 아동물이나 쓰레기로 폄하하면서 모더니스트 비평가들은 리얼리즘 소설에 판을 넘겼습니다. 리얼리즘이 중심이었죠. 장르라는 말은 그보다 못한 뭔가, 열등한 무엇인가를 암시하기 시작했고 흔히 설명 용어가 아니라 부정적인 가치판단 용어로 잘못 쓰이게 되었습니다. 이제는 대부분 사람들이 "장르"라고 하면 그 칭호만으로도 열등한 소설 형태라고 이해하는 반면, 리얼리즘 소설은 그저 소설이나 문학이라고만 불립니다.

그러니까 우린 소설 유형의 위계를 받아들이고, 뭐라고 딱 정의가 되지는 않지만 거의 철저히 리얼리즘만으로 구성된 "문학적 소설"을 그 위계 꼭대기에 올린 겁니다. 다른 모든 부류의 소설, 즉 "장르"들은 빠르게 하강하는 열등 계급으로 매겨지거나 아니면 그냥 위계의 바닥에 쌓인 쓰레기 속에 던져집니다. 모든 근거 없는 위계가 다 그렇듯이, 이 판단 체계는 무지와 오만을 부추깁니다. 이 위계는 유용한 비평 서술과 비교, 평가를 단락(短絡)시킴으로써 수십 년간 소설 교육과 비평을 심하게 어지럽혔습니다. 이 위계는 "그게 SF라면 훌륭할 수 없고, 훌륭하다면 SF일 수가 없다." 같은 어리석은 말을 용납합니다.

그리고 장르 개념 자체가 무너지고 있는 지금, 장르에 따라 판단한다는 건 더더욱 어리석고 유해해요.

우리의 훌륭한 도구가 가진 또 한 가지 문제가 그겁니다. 이 스크루드라이버는 녹고 있고, 스크루가 다 비틀어졌어요. 이제 가장 뛰어난 소설은 상당수가 장르에 들어맞지 않고, 여러 장르를 결합하고 교차하고 혼합하고 넘나들며 다시 만듭니다. 70년 전 버지니아 울프는 사실적인 소설을 쓴다는 게 가능한지 정직하게 의문했습니다. 많은 정직한 작가들이 그런 시도를 포기했고요.

"마술적 리얼리즘"이라든가 "슬립스트립" 같은 용어들은 문학이 종래의 서사 구조에 점점 벌어지고 있는 거대한 틈과 부딪치면서 주섬주섬 갖다 붙인 용어입니다. 이 용어들은 드러내기보다는 숨기는 게 많고, 설명해 주는 바가 없어요. 중요한 소설가들은 기존의 카테고리 바깥에서 나타나죠. 주제 사라마구가 쓰는 게 어떤 종류의 소설인지 말해 보세요. 리얼리즘은 아닙니다. 확실히 아니죠. 하지만 그의 작품은 분명 문학입니다.

이런 붕괴는 픽션(fiction)과 논픽션(non-fiction) 사이라는 더 큰 경계선에서도 일어나고 있어요. 호르헤 루이스 보르헤스는 모든 산문 저술이 픽션이라고 생각한다고 말했지요. 보르헤스에게

픽션이란 역사, 저널리즘, 전기, 비망록, 세르반테스의 돈키호테, 피에르 메나르*의 돈키호테, 보르헤스의 작품들, 「피터 래빗」, 기독교 성경을 모두 포괄합니다. 범위가 넓기는 하지만, 헛되이 구별을 지으려는 어떤 시도보다 지적으로 실용성 있는 카테고리일지도 모르겠네요.

그럼에도 장르로 정착된 카테고리들은 서평가의 정형화된 사고방식, 출판사에 깊이 뿌리내린 습관과 미신, 그리고 서점과 도서관의 책 정리와 설명 관행 탓에 공고하게 유지되기만 합니다. 게다가 이 카테고리들은 이전에도 지금도 소설을 제대로 이해하는 데 유용하고, 어쩌면 필요할지도 몰라요. 여러분이 읽고 있는 책이 어떤 책인지 모르고, 그게 익숙한 종류의 책이 아니라면 읽는 방법을 배워야 할지도 모르니까요. 장르를 배워야 하는 겁니다.

장르가 가치판단 카테고리로서는 쓸모없고 해로울지 몰라도, 설명력에 있어서는 유효해요. 20세기 작품들을 정의하는 데는 역사상 가장 유용한 방식일지 모릅니다. 포스트모더니즘 시대에 장르들이 녹아내리기 시작하거든요. 하지만 장르에 따른 정의를 제대로 적용하고 적용받는 곳이라면, 그 정의는 독자와 작가 양쪽에게 가치가 있습니다.

예를 들어 볼까요. 어떤 작가가 SF를 쓰려고 하는데 이 장르에 익숙하지도 않고, 이전에 쓰인 작품들을 읽어 보지도 않았습니

---

* 호르헤 루이스 보르헤스(1899~1986)의 단편 「피에르 메나르, 돈키호테의 저자」에 등장하는 가공의 작가.

다. 이건 꽤 흔한 상황이에요. SF는 잘 팔린다고 알려져 있지만, "통속문학"이란 공부할 가치가 없다고 여겨지니까요. 그냥 사이파이(Sci-Fi)잖아, 배울 게 뭐 있어? 이런 거죠. 배울 게 많습니다. 어떤 장르가 장르인 것은 나름의 영역과 주안점이 있고, 소재를 다루는 적절하고도 특정한 도구와 규칙과 기술이 있으며, 전통이 있고, 경험 있고 눈 밝은 독자들이 있다는 뜻입니다. 이 모든 것에 무지한 우리의 초보 작가는 순진한 경탄을 내지르며 우주선과 외계인과 미친 과학자를, 그러니까 바퀴를 다시 발명하려고 합니다. 이 작가의 경탄은 독자들에게 아무 반향도 일으키지 못할 겁니다. SF라는 장르에 익숙한 독자들은 이미 우주선도, 외계인도, 미친 과학자도 만나 봤거든요. 그 작가보다 훨씬 더 많이 알죠.

마찬가지로, 판타지 문학의 역사와 폭넓은 이론을 하나도 모르면서 어떤 판타지 소설에 대해 이야기하려고 하는 비평가들은 스스로를 바보로 만들게 될 겁니다. 그 소설을 읽는 방법을 모르니까요. 그 사람들에겐 그 작품의 전통이 뭔지, 그 작품이 어디에서 왔는지, 뭘 하려고 하는지, 뭘 하는지 알려 줄 맥락 정보가 하나도 없어요. 첫 해리 포터 책이 나오고 문학 평론가들이 세상에 이렇게 독창적이라니 소리소리 지르며 뛰어다녔을 때 제대로 증명된 사실이죠. 평론가가 아동 판타지와 영국 기숙학교 소설이라는 장르를 하나도 모른 데다 여덟 살 이후로 판타지라고는 읽지 않아서 생긴 부작용이었습니다. 측은한 수준이었죠. 마치 TV에 출연한 고급 식당 셰프가 버터 바른 토스트를 한 조각 먹더니 "하지만 맛

있는데! 듣도 보도 못 했어! 어떤 천재가 이런 걸 발명했지?"라고 꽥꽥거리는 꼴이었어요.

『호빗』과 그 후속작들이 출간되었을 때는 문학의 권위자라는 사람들이 유서 깊은 '의례적인 톨킨 비웃기 의식'을 수행하는 게 교양을 과시하는 행위였고, 그런 무지함이 비평가의 자질로 찬양을 받았습니다. 다행히도 그런 관습은 빠르게 죽어 가고 있어요.

대체로 우리는 평론가와 서평가의 관행이나 독자의 잘못된 추정을 개혁하기 위해 장르를 재고하고, 소설(fiction)에 대한 설명을 현실과의 관계로 끌어와야 합니다. 보르헤스를 끌고 오고 싶은 유혹이 아주 강하다는 건 인정해야겠네요. 그저 "모든 소설은 장르이고 모든 장르는 문학입니다!"라고 말하게 말이에요. 제가 인내심을 잃으면 실제로 그 말을 하긴 해요.

하지만 지금 책의 구상, 계약, 표지부터 서점과 도서관에까지 이르는 카테고리 붙이기와 서가 분류 관습이라는 단단한 장애물에 머리부터 들이받고 있다는 걸 알면서 그런 말을 해 봐야 무슨 소용일까요? 출판사들부터가 카테고리 붙이기를 꼭 해야 한다고 주장하는데, 서평가들에게 제발 책을 시대에 뒤떨어진 엉뚱한 카테고리에 쑤셔 넣지 말라고 말할 수 있겠어요? 더더구나 수많은, 어쩌면 대부분의 저자도 장르의 꼬리표와 표지와 카테고리를 받지 못하면 온갖 다른 장르들의 온갖 다른 책들 사이에 파묻혀 버린다며 이건 살인이나 다름없다고 비명을 질러 댄다면?

마케팅 규칙, 아시죠? 제겐 이 문제든 다른 어느 문제에서든 지능이 마케팅을 대체할 수 있을 거란 환상이 없어요. 상업 젠 트리피케이션에는 이유가 있죠. 지적인 이유는 아니지만, 이해할 수 있는 이유들이에요.

소비에도 규칙이 있어요. 책이 분류되어 있지 않으면, 그러 니까 책이 장르에 따라 꽂혀 있지 않고, SF나 미스터리나 청소년이 라는 작은 꼬리표가 없으면 많은 서점 손님과 도서관 이용자가 카 운터나 프런트나 온라인 서점상에게 달려가서 소리를 지를 거예 요. 내 약 어딨어요? 난 판타지를 읽고 싶지, 온갖 리얼리즘 글을 다 읽을 순 없다고요! 난 미스터리를 보고 싶어요, 플롯도 없는 온 갖 글을 읽을 순 없어요! 난 우울한 리얼리즘 대작을 보고 싶지, 온 갖 상상 짓거리를 읽을 순 없어요! 난 머리 쓸 필요 없는 걸 보고 싶 지, 온갖 문학 어쩌고를 읽을 순 없다고요! 등등.

장르 중독자들은 책이 패스트푸드처럼 쉽기를 원해요. 자 기들이 읽고 싶어 하는 게 뭔지 알고 싸구려 처방을 제공해 주는 거대한 온라인 상업 소설 판매자에게 가거나, 도서관 서가에서 손 을 쭉 내밀어 공짜 약을 받고 싶어 하지요. 혹시 도서관의 시리즈 미스터리 면지에 실린 이전 출간서들의 제목 옆에 손으로 쓴 머리 글자를 본 적 있나요? 심지어 면지에 빼곡하게 머리글자들이 적 혀 있는 경우는요? 그건 사람들이 그 책은 이미 읽었다는 사실을 알기 위해 적어 두는 겁니다. 책 자체만으로는 아무것도 알 수 가 없는 거죠. 그 저자가 쓴 시리즈의 다른 책들도 다 똑같으니까 요. 이건 독자의 중독을 뜻해요. 제가 이런 상황에서 생각할 수 있

는 가장 큰 해악은 중독자가 훌륭한 작품을 읽지 못하게 된다는 정
도인데, 그 사람들은 어차피 훌륭한 책을 읽지 못할지도 모르지요.
이런 독자들은 말, 우주선, 드래곤, 꿈, 첩보원, 괴물, 짐승, 외계인,
아니면 잉글랜드 외딴곳에 커다란 저택을 소유한 잘생기고 무뚝
뚝한 검은 머리 남자들이 나오지 않는 문학에 대해 생각하기를 두
려워해서 말이에요! 피츠윌리엄 다아시*, 당신이 필요해요! 하지만
이런 독자들은 겁먹고 다아시를 피해 살았거나, 다아시를 본 적 없
이 살았어요. 대신 상업 소설 기계가 정크푸드로 그들의 이야기-허
기를 달래 주죠. 상업적이고, 기계적이고, 공식대로 따라가는 소설
들로요.

리얼리즘을 포함하여 어떤 장르라도 공식화하고 상업화할
수 있어요. 장르와 공식은 서로 다르지만, 그 둘이 같다는 생각 때
문에 게으른 비평가와 교수들이 모든 장르 문학을 무시하고 묵살
할 수 있게 되기도 하죠.

책에 붙은 장르 꼬리표는 보통 안전하지만 제한된 독자들
에게 호소합니다. 출판사들은 안전을 선호하기 때문에, 위험부담
높은 저자에게 장르 꼬리표를 붙이기를 좋아하지요. 하지만 위험
부담이 낮고 저명한 저자라면 반대로, 그들의 책이 어떤 장르에 속
한다고 시인하는 게 저자의 문학적 명성을 해친다고 여겼어요. 어
떤 "문학" 소설가들은 아주 약간의 장르 오염조차 없이 순수한 이
름을 지키기 위해 놀라운 곡예를 펼쳤죠. 전 그 사람들을 반대로

---

* 제인 오스틴(1775~1817)의 소설 『오만과 편견』의 남자 주인공.

따라 하고 싶네요. 제가 부끄러움도 없이 리얼리즘 소설을 출간했다는 사실을 안 사람들의 경멸로부터 사이파이(Sci-Fi) 작가로서의 오점 없는 이름을 지키려면 어떻게 해야 할까요?

쉽지요. 아이러니하게도 리얼리즘 수사를 일부 사용한 제 책 『바닷길Searoad』을 생각해 보세요. 물론 전 정장을 챙겨 입은 열성 팬들이 '리파이(Re-Fi)'라고 부르는 물건을 쓰지 않죠. 리얼리즘(Realism)이란 상상력이 위축되어 가장 폭 좁고 관습적인 주제밖에 즐기지 못하는, 교육도 받다 만 태만한 정신의 소유자들을 위한 장르니 말이에요. 리파이는 한갓 모방에만 기대는 상상력 부족한 통속 소설가들이나 쓰는 재현 장르예요. 자존심이 있다면 아예 전기를 쓰련만, 일일이 사실 확인을 하기엔 또 너무 게으르죠. 물론 전 리파이를 절대 읽지 않아요. 하지만 아이들이 자꾸만 쓰레기 같은 리얼리즘 소설들을 집에 들고 와서 말을 하니까, 그게 믿을 수 없을 정도로 인간이라는 한 종에만 집중하는 데다 아버지를 찾는 여정이라거나 어머니 공격, 강박적인 남성 성욕, 망가진 교외 가족 등등의 낡은 클리셰와 뻔하디뻔한 상황이 가득한 믿을 수 없이 편협한 장르라는 걸 알죠. 이 장르는 대중 영화를 만드는 데에나 잘 맞아요. 구식 방법론과 제한된 주제의 리얼리즘은 현대 경험의 복잡성을 그려 낼 수가 없어요.

세상엔 많은 나쁜 책들이 있지요. 나쁜 장르는 없어요.

물론 어떤 독자에게 매력이 없는 장르는 있지요. 모든 서사

유형을 똑같이 좋아하거나 가치 있게 여기는 독자라면 무차별하다 못해 무능해질걸요. 어떤 사람들은 그냥 판타지를 즐겁게 읽지 못해요. 솔직히 저는 포르노와 호러, 정치색 심한 스릴러를 즐겁게 읽지 못하고요. 제겐 어떤 소설도 즐겁게 읽지 못하는 친구들도 있어요. 그 친구들은 '사실'이라고 여길 수 있거나 사실인 척하는 것들을 봐야 해요. 이런 차이들이야말로 다시 한 번 문학 장르라는 개념에 유효한 데가 있음을 가리키지요.

하지만 그게 장르로 문학을 판단하는 것을 정당화하지는 않아요.

시리즈 미스터리라든가 콧물을 꼭 넣는 어린이용 책들, 엄격한 공식을 적용하는 로맨스처럼 워낙 엄밀한 규정에 따르고, 감정적/지적인 범위를 너무 좁혀 놓은 나머지 진지한 미덕을 지닌 책을 쓰려다간 천재라도 미쳐 버릴 법한 상업적 하부 장르들도 분명 있어요. 하지만 혹시 로맨스란 본질적으로 열등한 소설 카테고리라고 비웃는 분이라면, 샬럿 브론테와 에밀리 브론테의 작품을 읽어 보시겠어요?

카테고리나 장르로 문학을 판단하는 건 쓸데없는 짓이에요.

그럼 이제 어떻게 할까요? 다시는 번거롭게 읽는 방법을 배울 필요가 없도록 소설 카테고리를 다 어디 처박아 버릴 수가 없다면, 그런데 소설가는 경계를 무시하고 장르를 넘나들며 창고 가득한 고양이들처럼 이종 교배를 하는 반면 출판사와 서적상과 사서는 상업적으로 위험이 적고 사람들이 혹시나 마음을 빼앗고 새로운 아이디어를 주입할지 모르는 낯선 문학 장르에 노출되는 일 없이 특정한 유형의 책만 찾기를 쉽게 만들어 준다는 이유로 낡고 잘못되고 경직된 분류법에 죽어라 매달린다면, 그렇다면 장르 개념에 무슨 쓸모가 있을까요?

어쩌면 인터넷이라는 미개척의 혼란 속에서, 그리고 이제 우리에게는 책을 출간하고 읽을 방법이 크게 두 가지 있다는 사실 속에서 장르라는 문제는 이미 해법을 찾기 시작했는지도 모르지요.

실제로는 존재하지 않는 것들: 판타지에 대하여
— 호르헤 루이스 보르헤스에게 경의를 표하며

2005년 1월 오리건 문학예술회 만남에서 한 강연

옥스퍼드 영어 대사전은 놀라운 책입니다. 보르헤스의 『모래의 책*El libro de arena*』은 아니라도, 무궁무진하죠. 우리가 이제까지 말한 모든 것과 앞으로 말할 수 있는 모든 것이 그 안에 있어요. 찾을 수만 있다면요. 전 옥스퍼드 대사전을 현명한 고모처럼 생각한답니다. 그러니까 확대경을 들고 고모에게 가서 말하는 거죠. "고모! 판타지에 대해서 좀 말해 줘요. 판타지에 대해 강연을 해야 하는데, 내가 무슨 말을 하는 건지 잘 모르겠거든요."

고모는 목청을 가다듬고 대답해 줘요. "판타지, 또는 판타지는 그리스어로 '보이게 하는 것'을 뜻하는 판타시아에서 왔단다." 그리고 "판타지"가 중세 후기에는 "인식 대상에 대한 정신적 이해",

즉 정신이 외부 세계와 스스로를 연결하는 행위를 뜻했으나 나중에는 그 반대의 뜻이 되었다는 사실도 알려 주죠. 환각, 거짓 인식, 또는 스스로를 속이는 습관이라는 뜻으로요. 그리고 고모는 또 판타지라는 단어가 상상력 그 자체, 그러니까 "실제로는 존재하지 않는 것들을 정신적으로 표현하는 과정, 자질, 또는 결과"를 뜻하게 되기도 했다고 알려 줘요. 다시 한 번, 그 표현과 그 상상은 진짜일 수도 가짜일 수도 있지요. 인간의 삶을 가능하게 만들어 주는 통찰과 선견일 수도 있고, 우리 삶을 괴롭히고 위험하게 만드는 착각과 바보짓일 수도 있어요.

그래서 판타지라는 말은 애매모호한 상태로 남습니다. 거짓, 어리석음, 얄팍한 마음과, 마음이 실제와 맺는 깊고 진실한 연결 둘 사이에 서 있는 거죠.

이런 고모에게도 문학의 한 종류로서의 판타지에 대해서는 할 말이 별로 없네요. 그러니 제가 말해야겠군요. 빅토리아 시대와 근대에 걸쳐 판타지 작가들은 자기들이 한 일에 대해 미안해하고, '진짜' 문학의 가장자리 장식 같은 기발한 물건이라고 말하거나, 루이스 캐럴이 슬쩍 그랬듯이 "아이들을 위한" 물건이니 진지하게 주목할 건 아니라고 치부할 때가 많았어요. 지금의 판타지 작가들은 자기들이 하는 일이 문학으로 여겨지거나, 적어도 문학의 한 장르, 아니면 적어도 통속문학 장르, 아니면 하다못해 상업 생산물로 여겨지는 데 대해 덜 겸손한 편이죠.

판타지는 사실 상당한 사업이 되었습니다. 유니콘을 잘라 팔려는 사람들이 있고, 엘프 땅에는 자본주의가 번창하죠.

하지만 1937년 부에노스아이레스에서 세 친구가 둘러앉아서 환상문학에 대해 이야기했던 밤에는 아직 사업이 아니었어요. 1816년 제네바의 어느 별장에서 네 친구가 둘러앉아 유령 이야기를 나누던 밤에는 더더욱 아니었죠. 그 네 사람이란 메리 고드윈, 퍼시 셸리, 바이런 경, 폴리도리 씨였고, 서로에게 끔찍한 이야기들을 해 줬으며 메리는 무서워했어요. "우리 서로에게 유령 이야기를 하나씩 써 줍시다!" 바이런이 외쳤죠. 그래서 메리는 그곳을 떠나 곰곰이 생각을 해 보았고, 며칠 밤이 지난 후에 "창백한 학생"이 이상한 기술과 기계들을 이용해서 무생물로부터 "인간을 닮은 무시무시한 환상"을 일으켜 세우는 악몽을 꿨어요.

그래서, 네 친구 중 유일하게 메리만 『프랑켄슈타인: 현대의 프로메테우스』라는 유령 이야기를 썼고 그게 최초의 위대한 현대 판타지입니다. 그 이야기에 유령은 나오지 않습니다. 하지만 옥스퍼드 사전의 진술대로 판타지란 괴물 팔이를 넘어서거든요. 유령들은 환상문학이라는 광활한 영역 한쪽 구석을 떠나지 않기에, 그 구석 부분에 친숙한 사람들은 환상문학 전체를 유령 이야기나 호러라고 부르지요. 어떤 사람들은 제일 좋아하는 일부 요소, 또는 제일 싫어하는 요소를 따서 요정 나라라고 부르고, 또 어떤 사람들은 SF라고 하고, 또 어떤 사람들은 헛소리라고 해요. 하지만 프랑켄슈타인의, 또는 메리 셸리의 기술과 기계들이 생명을 부여한 그 이름 없는 존재는 유령도 아니고, 요정도 아니에요. SF적이긴 할지도 모르겠군요. 헛소리는 확실히 아니고요. 그는 판타지의 창조 물이고, 원형이며, 불멸이에요. 일단 일어난 후에는 다시 잠들지 않는데, 고통 때문에 잠들 수가 없기도 하고, 그를 깨운 답 없는 도덕적 질문들이 평화로운 안식을 허용하지 않기 때문입니다.

판타지 사업에서 돈이 나오기 시작하자 할리우드에서 많이도 쥐어짰지만, 그렇게 시달리고도 그는 죽지 않았어요.

1937년 부에노스아이레스에서, 실비나 오캄포와 그 친구인 호르헤 루이스 보르헤스, 아돌포 비오이 카사레스가 대화에 빠져들었던 밤에도 그의 이야기가 언급됐을 가능성이 높지요. 카사레스가 말하기를 그 대화는 "환상문학에 대한 것이었고…… 우리가 보기에 최고의 이야기들을 논했다."고 해요. 이 세 사람은 그 밤을 너무나 즐긴 나머지 그 이야기들을 모아서 『환상의 서*Antología de la Literatura Fantástica*』로 묶었고, 그 책은 이제 스페인어와 영어로 나와 있어요. 호러 단편과 유령 단편, 요정 이야기와 과학소설이 마구잡이로 뒤섞인 책이죠. 에드거 앨런 포의 「아몬티야도 술통」처럼 우리가 너무나 잘 안다고 생각할지 모르는 소설도 프란츠 카프카, 에마누엘 스베덴보리*, 훌리오 코르타사르**, 아쿠타가와 류노스케***, 우교**** 같은 동방과 남아메리카와 먼 나라 작가들의 작품 사이에서 읽으니 기묘함을 되찾아요. 이 책은 스스로도 러디어드

---

* Emanuel Swedenborg(1688~1772). 스웨덴의 공학자이자 철학자.
** Julio Cortázar(1914~1984). 아르헨티나의 소설가.
*** 芥川龍之介(1892~1927). 일본의 소설가.
**** 牛嶠(848?~890?). 당나라 작가. 『환상의 서』에서는 '니우차오'로 실렸다.

키플링과 H. G. 웰스를 포함하는 국제적인 판타지 전통의 일원인 보르헤스의 취향과 관심을 반영하고 있습니다.

아니, 전통이라는 말은 삼가야 할지도 모르겠군요. 비평계에서는 그 전통을 거의 인식하지도 않는 데다, 대학 영문학과에서는 주로 무시당한다는 점으로만 유명하니까요. 하지만 저는 보르헤스가 속해 있으면서 초월하기도 하고, 바꿔 놓는 와중에 기리기도 하는 판타지 작가 집단이 있다고 믿습니다. 판타지는 어린아이들을 위한 것이라고 말하고(물론 그런 작품도 있지요.) 상업적이고 공식만 따라간다고 치부함으로써(물론 그런 작품도 있습니다.), 많은 학자와 대부분의 문학 평론가는 판타지 전체를 무시해도 좋다고 생각합니다. 하지만 이탈로 칼비노, 가브리엘 가르시아 마르케스, 그리고 주제 사라마구 같은 작가들을 보면 우리의 허구 서사가 깊은 강물처럼 느리고도 육중하게 한 방향으로 흘러가는 게 보입니다. 그리고 그 방향은 판타지를 소설의 핵심 요소로 다시 포함시키는 방향이에요. 아니면 이렇게 표현할까요. 소설이란 쓸 때나 읽을 때나, 상상력의 행위라고요.

판타지는 결국 가장 오래된 서사 방식이며, 가장 보편적인 서사입니다.

소설은 경험 없는 사람에게 자기와 다른 사람들을 이해하는 최고의 수단을 제공합니다. 아니, 소설이 경험보다 훨씬 더 좋을 수도 있어요. 소설은 감당할 수 있는 크기에 이해할 수 있는 허구인 반면 경험이란 그냥 사람을 뭉개고 지나가서 수십 년 후에야 그게 어떤 일이었는지 이해할 수 있기 때문입니다. 그나마 이해하면 다행이죠. 소설은 사실에 기반한 심리적 도덕적 이해를 제공하는 데 탁월해요.

하지만 리얼리즘 소설은 문화 특수성이 강해요. 언어도, 언외(言外)의 추측도, 리얼리즘 소설의 바탕이자 강점인 일상의 모든 세세한 부분도 다른 시대 다른 장소의 독자에게는 이해가 잘 가지 않을 수 있지요. 그리고 다른 시대나 다른 나라에서 일어나는 사실적인 이야기를 읽자면 치환과 번역 행위가 얽히는데, 많은 독자가 그런 시도를 하지 못하거나, 하지 않으려 합니다.

판타지에는 그런 문제가 없죠. 사람들은 "다 지어낸 이야기라서" 판타지를 읽지 않는다고들 말하지만, 판타지의 재료는 리얼리즘이 다루는 사회 관습보다 훨씬 영구적이고 보편적이에요. 배경이 현실 세계든, 만들어 낸 세계든 간에 판타지의 바탕은 정신적인 요소, 불변하는 인간의 정수, 우리가 아는 심상들이거든요. 설령 만나 본 적이 없다 해도 어디에 있는 누구든 드래곤은 알아보는 게 사실이잖아요.

꽤 최근까지, 리얼리즘 소설이 쓰이고 그리는 사회들은 좁고 단일했습니다. 리얼리즘 소설은 그런 사회들을 그려 낼 수 있었어요. 하지만 그 한정된 언어로는 이제 곤란해졌습니다. 20세기 중반 이후의 세계적이고 다언어적이며 무한히 연결된 사회를 그리려면 판타지의 세계적이고 직관적인 언어가 필요해요. 가르시아 마르케스가 자국의 역사를 '마술적 리얼리즘'의 환상적인 심상으로 써

낸 건, 그게 그 일을 해낼 유일한 방법이기 때문이었어요.

우리 시대의, 그리고 바로 이 순간의 중심에 있는 도덕적 딜레마는 절멸의 힘을 쓸 것인가 말 것인가예요. 이 선택은 가장 순수한 판타지 작가가 '절대 반지'라는 허구의 용어로 가장 설득력 있게 표현했죠. 톨킨은 1937년에 『반지의 제왕』을 쓰기 시작해서 10년쯤 후에 완성했어요. 그 시간 동안 프로도는 '절대 반지'를 쓰지 않고 참았지만, 국가들은 참지 않았죠.

그래서, 너무나 많은 동시대 소설에서 우리의 일상에 대한 가장 흥미롭고도 정확한 묘사들은 기이한 일로 가득하거나, 시간을 바꾸거나, 상상 세계가 배경이 되거나, 약물이나 정신질환의 환상 풍경에 녹아들거나, 평범한 데서 시작해서 갑자기 환각 속으로 들어갔다가 반대쪽으로 빠져나와요.

그래서 남아메리카의 마술적 리얼리즘 작가들과, 인도나 다른 나라에서 그에 대응하는 작가들은 오히려 실제 현실을 정확하고 진실하게 잡아낸다는 이유로 가치 있게 여겨지는 겁니다.

그래서 자신이 중심이 아니라 주변부 전통에 속한다고 인정한 호르헤 루이스 보르헤스는, 어렸을 때부터 성인이 되어서까지 문학계를 지배하던 리얼리즘과 모더니즘의 주류에 들어가지 않는 보르헤스는, 우리 문학의 중심 작가로 남은 겁니다. 보르헤스의 시와 단편, 거울상과 도서관과 미로와 갈림길에 대한 심상들, 호랑이와 강과 모래와 수수께끼와 변화에 대한 그의 책들은 어디에서나 예우를 받아요. 그 작품들이 아름답기 때문이고, 영양가가 있기 때문이며, 언어의 가장 오래되고도 절박한 기능을 수행하기 때문이죠. "실제로는 존재하지 않는 것들의 정신적 재현"을 만들어 내어 우리가 어떤 세상에 살고 있으며 어디로 갈 수 있을지, 우리가 무엇을 기릴 수 있으며, 무엇을 두려워해야 하는지 판단할 수 있게 해 주는 기능 말이에요.

타우 세티에서, 앤서블로 보낸 응답

이 글은 2005년에 로런스 데이비스와 피터 스틸먼의 편집으로 렉싱턴 북스에서 출간한 『어슐러 K.르 귄의 『빼앗긴 자들』에 나오는 새로운 유토피아 정치학』에 처음 실렸다. 책에 실린 여러 논문에 대한 종합적인 답변 글이다. 본서에 수록하기 위해 2014년에 약간 수정했다.

지금까지 저는 소설을 아이디어로 격하시키는 데 반대하느라 상당한 열정을 불태웠습니다. 독자들은 소설이 하나의 고유한 "아이디어"에서 솟아난다는 널리 퍼진 믿음에 미혹되는 일이 많고, 또 소설을 철저히 지성으로 접근 가능한 무엇으로, 근본적으로 장식에 지나지 않는 서사를 수단 삼아 아이디어를 표현하는 합리적인 방법으로 논하는 비평 관행에 계속 미혹되는 것 같습니다. 명백히 사회적, 정치적, 또는 윤리적인 문제를 다루는 소설들을 논할 때, 무엇보다도 "아이디어의 문학"으로 여겨지는 SF를 논할 때 이런 관행이 워낙 흔하고, 특히 교육과 학술 원고에서 흔하다 보니 저도 약간 심하게 저항하게 되더군요.

그에 대한 반응으로 전 지성은 소설 쓰기나 소설 읽기와 아무 상관 없다는 듯이 말하고, 창작은 순전히 신들린 상태라고 이야기하고, 글을 쓸 때는 오직 무의식이 이야기 흐름을 통제하게 내버려 두었다가 수정할 때 현실 점검에만 이성적 사고를 이용한다고 주장하게 됐습니다.

이 모두가 다 사실이긴 하지만, 전체 그림의 절반일 뿐이죠. 애초에 나머지 절반만 보이고 논의될 때가 너무 많다 보니 제가 반발하다 못해 야유까지 하게 된 거라서요.

평론가들이 저를 치밀한 음모가로 취급하면, 설령 그게 칭찬이라 해도 제 소설에 교훈적인 의도 따윈 없다고 부정하게 되어 버린단 말이죠. 물론 의도는 있어요. 이제까지 설교는 피했길 바라지만, 가르치려는 충동이 때로는 생각보다 더 강하거든요. 그래도 그 충동에 실패했다고 칭찬받기보다는 그 충동에 저항하려고 노력했다는 사실을 칭찬받았으면 좋겠군요.

상당히 정교한 평론에서조차도 등장인물(그중에서도 특히 공감이 가는 인물)이 하는 말을 저자의 믿음과 하나로 취급하는 순진함을 보이면, 저는 등장인물과 같은 생각이 아니라고 말하게 됩니다. 실은 같은 생각일 때조차도 그래요. 그러지 않고서야 어떻게 등장인물의 목소리는 결코 저자의 목소리와 같은 게 아니라는 사실을 명확하게 할 수 있겠어요? 플로베르는 언제나처럼 혀를 차며 "내가 보바리 부인입니다.(Je suis Mme Bovary.)"라고 했지요. 저는 "난 쉐백을 사랑하지만 쉐백은 아닙니다.(J'aime Shevek mais je ne suis pas

Shevek.)"라고 하겠어요. 작가 본인도 실제 사람인지 반신반의한 존재다 보니 그런 엉뚱한 동일시를 피한 호메로스와 셰익스피어가 부럽군요. 그 작가들은 노력 없이도 내가 의식적으로 노력해서 얻어내야 하고 결코 완전히 성공하지는 못하는 분별 있는 거리감을 유지하잖아요.

그래서, 정치와 사회와 윤리를 다룰 뿐 아니라 명확한 정치 이론을 통해서 접근하기까지 하는 SF 소설인『빼앗긴 자들』은 제게 많은 슬픔을 안겨 줬어요. 소설이 아니라 논문처럼 논의되는 경우가, 언제나는 아니라도 너무 많았어요. 물론 작품 자체의 탓이죠. 애매한 유토피아라곤 해도 유토피아물이라고 선언했으니, 뭘 기대했겠어요? 다들 유토피아물은 소설이 아니라 사회 이론이나 실천의 청사진으로 읽힌다는 걸 아는데 말이에요.

하지만 사실 저는, 열일곱 살 때 철학 수업에서 읽은 플라톤의『국가』부터 시작해서 유토피아물을 다 소설처럼 읽습니다. 실은 아직도 역사나 회고록, 신문까지도 소설처럼 읽죠. 모든 산문은 픽션이라는 보르헤스의 말이 맞다고 생각해요. 그러니 유토피아를 쓰게 됐을 때 당연히 소설을 썼지요.

이 작품이 논문 취급을 당한다고 놀라지는 않았지만, 이 글을 논문처럼 읽는 분들이 제가 왜 소설로 썼는지 생각하기는 하는 걸까 궁금하긴 했어요. 이 책을 소설로 만드는 요소 — 그러니까 한 가지 주제에만 집중하는 단순한 해석을 막는 자기모순이 내재하는 소설적 서술, 추상과 이분법으로의 환원에 저항하는 소설적인 (기어츠*의 용어를 빌어) "두꺼운 기술 방법(thick description)", 윤리적인 딜레마를 등장인물의 드라마에 구현하여 우화적인 해석을 피하는 모습, 합리적인 사고만으로는 온전히 접근할 수 없는 상징 요소들에 정말 그렇게까지 무관심한 걸가 하고요.

이제 여러분은 제가 왜 『빼앗긴 자들』을 다룬 이 글 모음집에 고개를 숙이고 어깨를 축 늘어뜨린 채 다가섰는지 이해하실지도 모르겠습니다. 그동안의 경험 탓에, 저는 혹시 저를 설교와 훈계와 정치적인 순진함, 강박적인 이성애, 요란한 페미니즘, 부르주아의 비겁함 등으로 비난하지 않는다 해도, 설령 소설이 "말하는" 바에 관심이 있거나 그 내용을 지지한다 해도, 그 말을 어떻게 하는지에는 무관심하기 그지없는 지적 활동만 무더기로 보게 될 거라고 예상했습니다.

소설이 말하려는 내용을 말하는 방법이라면, 유용한 평론이란 소설이 말하는 내용을 어떻게 말하는지 짚어 주는 일입니다.

고맙고도 놀랍게도, 이 책은 바로 그 일을 합니다. 이 에세이들은 『빼앗긴 자들』의 아이디어를 다루지 않아요. 『빼앗긴 자들』을 다루지요.

이 글들을 읽은 덕분에 제가 이 책을 어떻게 썼으며 왜 이렇게 썼는지를 전보다 훨씬 더 잘 알게 되었다고 말하면 제 고마운 마음이 잘 전해질까요. 이 글들이 제 소설의 지향성을 거의 과장하지 않아 준 덕분에 저는 지향하는 바가 없다고 과장하지 않아도

---

* Clifford Geertz(1926~2006). 20세기 가장 중요한 인류학자 중 한 사람이다.

되었고, 다시 한 번 제가 무엇을 원했고 어떻게 하려고 했는지 생각할 수 있었습니다. 이 글들은 제가 구상한 대로, 작품을 아이디어의 진열장이 아니라 아이디어의 구현으로 복구해 줬어요. 윌리엄 모리스의 디자인이나, 제가 성장한 집인 버나드 메이벡의 건축물처럼 언제까지나 생각과 인식을 새롭게 해 줄 잠재력이 있는 작품으로, 혁명적 유물로 말이에요.

　이 평론들은 (제가 책에 쓴, 제멋대로는 아니지만 합리적으로 결정한 길을 따라가지도 않는 듯했던) 이야기 속 사건과 관계들이 어떻게 근본적으로 아름다운 건축물, 그렇기에 지적이거나 합리적인 의도를 충족하는 건축물에 기여하는지를 보여 줍니다. 서사 구조가 작동하도록 하는 연결과 반향, 도약과 반복 체계를 볼 수 있게 해 주고요. 이거야말로 제가 원래 알았던, 진지하고 작품에 호응하며 전문가들만의 은어에서 벗어난 평론입니다. 다른 사람들의 글만이 아니라 제가 쓴 글을 읽는 데에도 귀중하기 그지없는 도움입니다.

　책을 쓰기 전에 유토피아 문학, 평화주의 아나키즘 문학, 그리고 "시간 물리학(이라고 할 수 있는 것)"에 푹 빠져 있기는 했지만, 연관된 이론적 사고에 대한 지식은 일천했습니다. 여기 에세이들에 자주 나오는 바흐친, 아도르노, 마르쿠제, 특히나 헤겔 등등의 인용을 읽으니 또다시 어깨가 처지는군요. 부끄럽습니다. 제 일관된 추상적 사고 능력은 스패니얼견보다 좀 나은 정도입니다. 이런 저자들은 이름과 명성으로만 알았고 지금도 그렇게만 압니다. 제 책은 이런 학자들의 영향을 받아서 쓴 게 아니고, 그러니 제 글에

나오는 무엇에 대해서든, 긍정적으로든 부정적으로든 그분들에게
책임 지울 순 없습니다. 기껏해야 (『어스시의 마법사』에서 칼 융의 "그림
자"를 쓴 경우처럼) 사고의 유사점이나 교차점을 말하는 재미는 있
겠지요.

다른 한편으로는 제 사고 실험이, 실험의 구성에 기여한 작
가들 — 특히 노자, 크로포트킨, 그리고 폴 굿맨에 비추어 분석되
는 모습을 보아 기뻤습니다.

이 책에 글을 실은 많은 분들이 『빼앗긴 자들』을 제 책 중
에서 꽤 튀는 작품처럼 다루시는데요. 이런 역사에 무관심한 접근
은 이상해 보입니다. 『빼앗긴 자들』은 나온 지 상당히 오래됐고, 변
칙도 아니니 말입니다. 1982년에 바로 유토피아들에 대한 꽤 긴 논
의(『캘리포니아를 차가운 곳으로 보는 비유클리드적 관점 *A Non-Euclidean
View of California as a Cold Place to Be*』)를 뒤따라 썼고, 그 글은 근본적으로
다르기는 해도 두 번째 유토피아 소설인 『언제나 집으로 돌아와
Always Coming Home』(1985)와 명백한 연결고리가 됐거든요. 저는 『빼앗
긴 자들』을 생각할 때 이 글들을 생각하지 않기가 힘듭니다. 둘 다
제가 이전 소설에서 했던 어떤 것들을, 에세이에서 말한 바나 아
니면 나중의 소설에서 해 놓은 바와 비교할 기회를 제공합니다. 일
관성, 마음의 변화, 진보, 퇴보, 심미적이고 지적인 목적을 확인하
는 셈이죠. 그리고 또 이 작가분들이 만장일치로 『빼앗긴 자들』을
단일한 주제로, 일원론으로, 폐쇄적인 글로 읽기를 거부하는 모습
을 보니, 가짜 인디언들을 위한 행복한 사냥터를 그린 순진하고 퇴

화한 그림쯤으로 읽히거나 아예 읽히지도 않고 일축당할 때가 많았던 『언제나 집으로 돌아와』를 몇 분에게라도 꼭 안겨 드리고 싶군요. 이 에세이 저자 중 몇 분이 『빼앗긴 자들』에 대해 지적한 서사 실험과 자의식 강한 포스트모더니즘적 허구성은 『언제나 집으로 돌아와』에서 더 나아갔어요. 제가 왜 유토피아에 대해서 쓰거나, 파리들이 존재하는 부분적 유토피아들에 대해 쓸 때만 이런 트릭을 이용하는지 저야말로 궁금하거든요. 여기 수록된 에세이 몇 편에서 그 이유가 슬쩍이나마 보였는데, 더 알고 싶은 마음이 무척 큽니다.

이 책 전체에서 정말로 바로잡아야 할, 그러니까 단순히 틀렸다거나 오독했다고 생각할 만한 부분은 찾지 못했습니다. 헤인인의 죄책감은 이유가 없거나 수수께끼 같은 게 아니라는 점은 지적해 두지요. 다른 소설들을 보면 모두의 조상인 헤인인들에게 끔찍하게도 긴 역사가 있으며, 그 역사도 모든 인간 역사와 마찬가지로 끔찍하다는 걸 아실 겁니다. 그러니 『빼앗긴 자들』 마지막에 나오는 케토는 실제로 희망을 찾는 데 조심스러워요. 하지만 케토가 그 희망을 찾는지 못 찾는지 책은 말해 주지 않습니다. 읽다 보니 여기 실린 에세이 몇 편은 살짝 희망적 관측에 기울어 있던데요. 『빼앗긴 자들』에 행복한 결말은 없습니다. 열린 결말이죠. 적어도 에세이 한 편은 지적했지만, 쉐백과 케토가 도착하자마자 성난 군중에게 살해당할 가능성도 꽤 있어요. 그리고 쉐백이 동족들에게 품은 구체적인 계획과 희망만큼은 거의 이루어지지 않거나 헛될

가능성이 아주 높지요. 그렇다 해도 케토는 놀라지 않았을 겁니다.

책의 결말에 대해 말하다 보니 아무래도 첫 독자이자 첫 비평가로, 제 아나키즘 원고를 마르크시스트의 무자비한 눈과 친구의 자비로운 마음으로 봐 준 다코 수빈[*]에게 한 번 더 고마워해야겠네요. 그때는 챕터가 열두 개였고 깔끔하게 원점으로 돌아가는 결말이었지요. 열두 챕터라고? 다코 수빈은 격분해서 외쳤어요. 챕터 수가 홀수여야지! 게다가 이런 종결이 뭐야? 이 글을 닫으면 안 되지! 원이 열린 거야, 닫힌 거야?

원은 열려 있습니다. 문은 열려 있어요.

문을 열어 두려면 집이 있어야 하고요.

제 외풍 심한 상상의 집을 짓는 데 도움 주신 분들, 그리고 관대한 의견과 날카로운 통찰을 가져와서 방마다 울려 퍼지는 끝없는 토론으로 집이 살아나게 해 주신 분들께 감사드립니다. 어서 오세요, 암마리(형제들)[**].

---

[*] Darko Suvin(1930~). SF 연구가, 비평가.
[**] 『빼앗긴 자들』에서 아나레스 행성의 인공어인 프라이어로 '암마르'는 형제, '암마리'는 형제들을 뜻한다.

책 속의 짐승

2005년 6월 오리건 주 유진에서 열린
문학과 생태학 컨퍼런스에서 한 강연, 2014년 수정

수렵 채집인들의 구전문학은 주로 신화로 구성되어 있고, 그중에는 주동인물이 주로, 또는 전부 동물들인 경우가 많습니다.

신화의 일반적인 목적은 우리에게 우리가 누구인지 말해 주는 거죠. 사람으로서 우리가 누구인지를요. 신화 서사는 우리의 공동체와 우리의 책임을 지지하고, 아이들과 어른 양쪽을 가르치는 이야기 형태로 전해집니다.

예를 들어, 많은 북미 원주민 신화는 동물 종의 이름으로 불리고 사람이자 동물 양쪽의 행동을 보이는 '최초의 사람들'에 대해 이야기합니다. 그중에는 창조자도, 트릭스터도, 영웅도, 악당도 있어요. 그리고 보통 그들이 하는 일은 세상을 "앞으로 올 사람들",

즉 우리, 우리 인간들, 유록(Yurok) 아니면 라코타(Lakota)* 아니면 누구든 우리들을 위해 세상을 준비하는 겁니다. 맥락에서 벗어나면 이런 거대한 신화 속의 이야기들도 애매해지기에, 그저 그런 이야기로 폄하되고 맙니다. 딱따구리가 어쩌다가 붉은 머리가 되었는지 알려 주는 이야기 같은 것으로요. 같은 방식으로 인도의 자타카 이야기** 들은 달마나 환생, 부처의 본질 같은 개념과의 연관성은 하나도 없이 그저 재밋거리로만 이야기됩니다. 하지만 그 이야기를 "얻는" 어떤 아이는 자기도 모르게 그 깊은 연관을 감각으로 "얻을" 수도 있지요.

산업화 이전 문명들의 구전 문학과 기록 문학은 물론 태양 아래 모든 것을 다루지만, 전 그 모두가 강력하고 영속적인 동물 이야기의 요소를 지니고 있다는 걸 압니다. 주로 민담과 동화, 우화의 형태를 취하고 역시 아이들과 어른들 양쪽에게 전해지죠. 이런 이야기들 속에서 인간과 동물은 친밀하게 섞입니다.

산업화 이후 문명에서 어른들은 동물을 쓸모가 있는지, 먹을 수 있는지 정도가 아니면 생각할 필요가 없다고 여기기에, 동물 이야기는 주로 아이들을 위한 것으로 여겨집니다. 어린아이들은 이전 시대의 동물 신화와 동물 우화와 민담을, 아이용으로 바꾸고 그림을 넣은 형태로 듣고 읽습니다. 동물 이야기는 아이들에게 적합하다고 여겨지기 때문이고, 또 많은 아이들이 동물 이야기를

---

* 수족(Sioux)으로도 불렸던 부족.
** 본생담(本生談)이라고도 하는데, 대중을 가르치기 위해 만들어진 부처의 전생에 대한 우화들이다. 그 전생은 인간일 때도 있지만 동물로도 많이 나타난다.

원하고 찾고 요구하기 때문입니다. 또 동물 이야기를 다루는 현대 문학도 많이 있는데, 아이들을 위해서 쓴 경우도 있고 아닌 경우도 있지만 보통 아이들이 접하게 됩니다. 동물을 다루면서 풍자적이지 않은 글은 문학 평론가들에게 하찮은 취급을 받지만, 그래도 저자들은 계속 동물 이야기를 씁니다. 영속적이고 진실한 요구에 응해서 쓰는 겁니다.

왜 대부분의 아이와 많은 어른은 진짜 동물과 동물에 대한 이야기 양쪽에 반응하고, 우리의 지배 종교와 윤리가 인간이 이용할 대상으로만 여기는 존재들에게 매혹되고 또 그들과 스스로를 동일시할까요. 산업 사회에서는 예전처럼 우리와 일하지도 않고, 그저 우리 식량의 원재료나 우리에게 이득이 될 과학 실험 대상, 동물원과 TV 속 자연 프로그램에서 우리를 즐겁게 해 주는 진기한 존재들, 우리의 심리 건강을 개선하기 위해 두는 애완물일 뿐인데?

어쩌면 우리가 아이들에게 동물 이야기를 주고 동물에 대한 관심을 북돋아 주는 건, 우리가 아이들을 온전한 인간이 아니라 열등한 존재로, 정신적인 "원시"인으로 보기 때문일지도 모릅니다. 그러니까 우린 애완동물과 동물원과 동물 이야기를 어린이가 어른으로, 배타적인 인류로 발전하는 길의 "자연"스러운 단계로 보는 거죠. 지성도 없고 무력한 아기에서 시작해서 지적인 성숙과 지배의 영광을 획득하기까지 거쳐야 할 사다리 단쯤으로요. 존재의 대사슬*이라는 계통 발생의 단계를 반복하는 개체 발생이랄까요.

---

* Great chain of being, 신에 의해 선언된 모든 물질의 위계 구조.

하지만 그 아이가 쫓는 건 뭘까요. 새끼 고양이를 보고 흥분하는 아기, 「피터 래빗」 시리즈를 또박또박 읽는 여섯 살짜리, 『블랙 뷰티*Black Beauty*』를 읽으면서 우는 열두 살짜리라면? 문화 전체가 부정하는데 그 아이는 알아차리는 게 무엇일까요?

많은 논의와 사례를 건너뛰고, 이 맥락에서 제가 이야기하고 싶은 몇 권의 책으로 넘어가겠습니다. 아동문학에서나 동물문학에서나 위대한 세 작품, 휴 로프팅의 「둘리틀 박사」, 러디어드 키플링의 『정글북』, 그리고 T. H. 화이트의 『아서왕의 검*The Sword in the Stone*』입니다. 마지막 책은 「과거와 미래의 왕*The Once and Future King*」 시리즈 첫 권이죠.(여기에서 저는 책에 '바탕을 둔' 영화가 아니라 책에 대해 이야기하고 있습니다.) 이 책들은 인간과 동물의 관계를 다룹니다. 각각 그 관계가 다르고, 각각이 심도 있게 탐구하지요.

이런 표현이 「둘리틀 박사」에 대해 이야기할 때는 과하게 들릴지 모릅니다만, 휴 로프팅의 가식 없는 판타지는 고전의 위치에 설 자격이 있습니다. 『버드나무에 부는 바람』과 마찬가지로 여기에서도 동물들과 사람들이 한 점 개연성도 없고 한 점 주저도 없이 소통을 하죠. 이건 주로 동물들이 사람처럼 행동하기 때문이지만, 대개의 사람들보다 더 훌륭하게 행동하는 탓이기도 합니다. 이 동물들은 잔인하거나 비도덕적인 일을 하지 않아요. 돼지 겁겁이가 아주 돼지 같긴 하고, 사자는 아내가 꾸짖어야 겨우 다른 동물들을 돕지만, 어쨌든 여긴 사자가 정말로 양과 같이 엎드려 쉴 수 있는 평화로운 왕국입니다. 둘리틀 박사는 동물들을 도와 피난처를 제공해 주고 치료도 해 주며, 그 보답으로 동물들은 박사를 도와주고, 그게 이 이야기 속 거의 모든 것의 바탕이자 주제죠.

박사는 이렇게 말합니다. "새와 짐승과 물고기들이 내 친구인 한, 난 두려워할 필요가 없어요." 이건 수천 년 동안 많고도 많은 언어로 되풀이되었던 문장입니다. 우리가 동물들을 우리의 거리와 고층건물들 사이에서 몰아내기 전까지는 세상 모든 사람들이 이 상호 도움과 동물 조력자라는 주제를 이해했죠. 세상 모든 어린이는 아직도 이해할 거라고 생각해요. 동물들과 친구가 된다는 건 세상의 친구이자 아이가 되고, 세상과 연결되고, 세상에서 영양분을 얻고, 세상에 속하는 거예요.

휴 로프팅의 도덕률은 귀엽고 산뜻하죠. 키플링의 모글리 이야기에서는 인간과 동물의 연관성이 복잡하고 대단히 비극적이에요. 모글리는 마을 사람들과 정글 사람들 사이의 연결고리이고, 모든 중재자가 그렇듯, 모든 문지방의 존재들이 그렇듯 둘 사이에서 갈등하고 괴로워합니다. 마을과 정글 사이에는 공통점이 없어요. 그들은 서로에게 등을 돌렸어요. 모글리는 모든 동물의 언어로 "우리는 한 핏줄이다. 너와 나는!"이라고 말할 수 있지만, 진정 힌디어로도 그 말을 할 수 있을까요? 그래도 힌디어가 모글리의 어머니가 쓰던 말이고, 어머니의 핏줄이죠. 모글리가 누굴 배신해야 할까요?

늑대의 아이, 야생의 아이는 드물고 고통스러운 현실 속에서나 키플링의 꿈같은 이야기 속에서나 결국에는 결코 집에 이르지 못합니다. 에덴동산으로부터 추방된 아픔은 첫 번째 이야기 「모글리의 형제들」에도 있었고, 「정글의 침범」과 「봄은 달린다」[*]에서는 더더욱 강해져요. 셋 다 가슴 아픈 이야기죠. 하지만 『정글북』에서 우리는 또 소년과 늑대, 곰, 흑표범, 비단뱀이 즐거운 공동체에서 말하고 생각하고 행동할 때 그 느긋한 시간과 숨 막히는 모험의 축복을 평생 지고 갑니다. 야생의 세계에 온전히 속하는 느낌, 그 신비롭고 아름다운 소속감을요.

T. H. 화이트의 『아서왕의 검』은 아서왕에 대한 이야기지만, 동물이 잔뜩 나와요. 첫 챕터에서 훗날 아서왕이 될, 현재는 와트라고 알려진 소년은 참매 한 마리를 얻었다가 풀어 주고는 멀린의 올빼미 아르키메데스를 만나죠.

> "와, 이런 아름다운 올빼미가 있다니!" 와트가 외쳤다.
> 하지만 와트가 다가가서 손을 뻗자, 올빼미는 키가 1.5배로 커져 부지깽이처럼 뻣뻣하게 서서 눈을 감고 아주 가느다랗게 남긴 틈으로만 소년을 보더니…… 의심스러운 목소리로 말했다.
> "올빼미 없다."
> 그러더니 눈을 꽉 감고 다른 방향으로 고개를 돌렸다.
> "남자애일 뿐이야." 멀린이 말했다.

---

* 이 두 단편은 정글북 두 번째 책에 수록되어 있다. 국내에 나와 있는 『정글북』 번역본 대부분은 첫 번째 책만 담았고, 『정글북2』(남문희 옮김, 펭귄클래식코리아)만이 두 번째 책의 번역본이다.

"남자애 없다." 올빼미는 고개를 돌리지 않고 희망을 담아 말했다.

멀린이 와트의 교육을 맡는데, 주로 동물로 변하는 방법들을 가르칩니다. 여기에서 우리는 샤머니즘의 중심 행위인 '변신'이라는 거대한 신화 테마와 마주치지만, 멀린은 변신 능력에 대해 소란을 떨지 않아요. 소년은 물고기가 되고, 매가 되고, 뱀이 되고, 올빼미가 되고, 오소리가 됩니다. 분당 30년으로 나무의 감각을 겪다가, 그다음에는 초당 200만 년으로 돌의 감각을 함께하죠. 이 모든 비인간 공감 장면들은 재미있고 생생하고 놀라우며 현명합니다.

어떤 마녀가 와트를 우리에 집어넣고 살찌우려 할 때는, 옆우리에 갇힌 염소가 동물 조력자 역할을 해서 모두를 구합니다. 모든 동물이 마땅히 와트를 믿고, 그게 와트가 진정한 왕이라는 사실을 증명합니다. 와트가 멧돼지 사냥에 나선다는 사실도 그 믿음을 망치진 않아요. 화이트에게 진정한 사냥이란 사냥꾼과 사냥감 사이의 진실된 관계이고, 확고한 도덕 규칙과 높은 수준의 명예, 사냥감에 대한 존중이 있어야 합니다. 사냥이 불러일으키는 감정은 강력하고, 화이트는 그 모든 감정을 멧돼지에게 살해당한 사냥개 보몬이 죽는 장면에 끌어다 넣습니다. 전 이 대목을 읽을 때마다 울었어요.

책의 클라이맥스에서, 와트는 돌이 꽉 붙들고 있는 왕의 검을 뽑지 못합니다. 와트가 멀린에게 도움을 청하자, 동물들이 옵니다.

수달과 나이팅게일과 까마귀와 산토끼, 뱀과 매와 물고기와 염소와 개와 조심스러운 유니콘과 영원과 단생 말벌과 꿀벌레 큰나방 애벌레와 코킨드릴과 화산, 장대한 나무와 끈기 있는 돌까지…… 가장 작은 뾰족뒤쥐에 이르기까지 모두가 도우러 왔습니다. 사랑 때문에요. 와트는 힘이 강해지는 걸 느꼈지요.

모든 생물이 자기들 중 하나였고, 자기들과 함께했던 소년에게 특별한 지혜를 전합니다. 꼬치고기는 "온 힘을 다해."라고 말하고, 돌은 "일관되게."라고, 뱀은 "심신의 힘을 하나로 모아."라고 하죠. 그리고 "와트는 세 번째로 거대한 검을 향해 걸어갔다. 오른손을 가만히 내밀더니 아주 부드럽게 칼집에서 뽑아냈"습니다.

T. H. 화이트는 동물들을 무척 중요하게 여긴 사람인데, 어쩌면 인간관계가 너무나 고통스러웠던 탓인지도 모릅니다. 하지만 화이트가 지닌 비인간 생명들과의 연결 감각은 그냥 보상심리를 훌쩍 넘어가요. 그건 도덕적인 우주에 대한 상상, 끔찍한 고통과 잔인함으로부터 연약하면서도 정복할 수 없는 신뢰와 사랑이 가을 크로커스처럼 돋아나는 세상에 대한 열렬한 상상입니다. 제가 열세 살쯤에 처음 읽은 『아서왕의 검』이 제 머리와 마음에 미친 영향은 이 강연을 통해서 분명하게 드러나겠지만, 저는 신뢰는 인류에게만 제한할 수 없으며 사랑은 종을 지정해서 할 수 있는 게 아니라고 믿게 됐습니다. 전부, 아니면 전무예요. 군림하려고 하면, 국민을 불신하고 멸시하는 당신만의 왕국은 탐욕과 증오의 왕국

이 될 겁니다. 사랑하고 믿고 왕이 된다면 그 왕국은 완전한 세계가 될 것이고요. 그리고 당신의 대관식에는 온갖 경이로운 선물 사이에 "이름 없는 고슴도치가 벌레 묻은 지저분한 잎사귀 네다섯 장을 보내"겠지요.

끝으로 두 편의 우화 또는 판타지에 대해 더 이야기할게요. 새로운 작품과 오래된 작품인데요.

필립 풀먼의 「황금 나침반」 3부작은 풍성한 상상이 들어찬 길고 심하게 일관성 없는 작품입니다만, 저는 그 안에서 동물들이 수행하는 역할만 더듬어 보겠습니다. 보기와 달리 작은 역할이에요. 이야기 속에서 작지만 중요한 역할을 맡은 두 고양이가, 신화와 전설에서 고양이들이 자주 해 온 일을 합니다. 세상 사이를 가로지르는 거예요. 그걸 제외하면 이 둘은 사실적으로 그려 낸 그냥 고양이들이에요. 이 둘 말고는 책 속에 동물이 없습니다. 인간처럼 말하고 요새를 짓고 무기를 쓰긴 하지만 인간같이 데몬(daemon)을 두지 않는 북극곰 종족이 나오는 정도죠.

이 데몬들은 동물의 형태를 취하고, 이 3부작(특히 첫 권)이 동물로 가득해 보이는 이유는 모든 인간에게 데몬이 있기 때문입니다. 사춘기에 도달하기 전까지는 데몬들이 언제든 어떤 동물 형태든 취할 수 있어요. 성적으로 성숙하면 데몬이 영구적인 형태에 정착하는데, 언제나 주인과 다른 성별을 띱니다. 사회 계급은 결정적 영향을 미칩니다. 우리는 하인들이 언제나 개 데몬을 데리고 다

닌다는 이야기를 듣고, 상류층 사람들의 데몬은 눈표범처럼 희귀하고 우아한 생물이라는 사실을 보지요. 사람의 데몬은 언제 어디서나 물리적으로 가까이 있습니다. 사람과 데몬의 분리는 참을 수 없이 고통스럽고요. 데몬은 먹거나 배설하지 않지만 만질 수 있고, 다른 사람의 데몬은 만져선 안 되지만 자기 데몬은 쓰다듬고 껴안을 수 있습니다. 데몬은 이성적인 생물이고 주인이나 다른 사람들과 유창하게 대화합니다. 이 개념엔 소망 충족이 강렬하고 큰 매력을 발휘하죠. 언제까지나 충성스럽고 언제까지나 존재하는 소중한 동반자이자 영혼의 짝, 위안자이자 수호천사이며 완벽한 애완동물이라뇨. 아끼는 봉제 동물 인형과 비슷해서 잊지 않고 먹이를 줄 필요조차 없어요.

하지만 전 풀먼이 그 개념에 과부하를 걸고 또 혼란스럽게 만든다고 생각합니다. 풀먼은 데몬이 눈에 보이는 영혼 같은 것이며 데몬 분리는 치명적이라고 암시하고, 그의 플롯은 바로 그 분리의 잔인함과 끔찍함에 의존합니다. 하지만 그러다가 작가가 규칙을 바꾸기 시작해요. 우린 마녀들이 데몬으로부터 떨어져서도 살 수 있다는 걸 알게 되지요. 2권에서는 아무도 눈에 보이거나 만질 수 있는 데몬을 거느리지 않는 우리 세계에 옵니다. 자기 세상으로 돌아간 여자 주인공 리라는 지옥의 부둣가에 데몬을 두고 떠나는데, 데몬을 그리워하긴 해도 얼마든지 멀쩡하게 살아가며 사실상 데몬 없이 우주를 구해요. 리라와 데몬의 재회는 거의 형식적이죠.

판타지에서, 자기가 만든 규칙을 바꾸거나 깬다는 건 이야기를 그야말로 하찮게 만드는 짓입니다. 데몬이 우리가 부분적으로 동물이며 우리의 동물성을 잘라 내선 안 된다는 사실을 보여주려는 설정이라면, 그럴 수가 없습니다. 동물성의 핵심은 육체, 모든 어리석은 욕구와 난처한 기능을 다 갖춘 살아 있는 육체인데 데몬에겐 바로 그게 없으니까요. 데몬은 영적인 존재이고, 실체가 없는 형태입니다. 데몬은 인간 정신의 파편이나 이미지로, 완전히 종속되어 있을 뿐 독립적인 실체가 없으며 따라서 관계를 맺을 수 없습니다. 리라가 자신의 데몬에게 보이는 강조된 애정은 곧 자기애입니다. 풀먼의 세계에서 인간들은 끔찍하게 외롭습니다. 신이 노망이 났고 진짜 동물이 하나도 없거든요. 두 마리 고양이뿐이죠. 우리의 희망을 그 고양이들에게 걸어 봅시다.

　　루이스 캐럴의 『거울 나라의 앨리스』는 고양이들로 시작합니다. 앨리스가 고양이 다이나와 새끼고양이들에게 말을 하고 있는데, 이 고양이들은 대꾸를 못 하니 앨리스가 대신 말을 하죠. 그러다가 앨리스가 새끼고양이 하나를 안고 벽난로 선반으로 기어올라가서 거울을 통과합니다……. 앞에도 적었듯이, 고양이들은 세계 사이를 넘어간다니까요.

　　거울 나라는 토끼굴 아래 있던 나라와 마찬가지로 꿈의 세상이며, 따라서 그 안에 있는 모든 캐릭터는 앨리스의 여러 면으로 볼 수 있습니다. 혼의 파편들이긴 한데, 풀먼의 데몬과는 아주 다른 의미로 그렇죠. 이들은 독립성이 두드러집니다. 앨리스가 거울을 통과하여 정원에 들어서자마자 꽃들이 말을 할 뿐 아니라 대꾸를 합니다. 심하게 무례하고 격한 꽃들이에요.

　　민담 속에서처럼, 모든 생물은 동등한 위치에서 어울리고 다투며 심지어는 서로로 변하기까지 합니다. 아기가 새끼돼지가 되고, 하얀 여왕이 양이 되지요. 변신은 쌍방향으로 작동합니다. 기차 승객들에는 인간들 외에 염소, 딱정벌레, 말, 각다귀*가 있는데 이 각다귀는 처음에는 앨리스의 귓가에 들리는 작은 목소리였다가 이윽고 "닭만 한 크기"가 됩니다. 각다귀가 앨리스에게 벌레를 싫어하는지 묻자 앨리스는 감탄할 만큼 태연하게 대답하지요. "말을 할 수 있을 때는 좋아. 내가 온 곳에는 말하는 벌레가 없었어." 앨리스는 자신을 존중하고 타인을 존중해야 한다는 엄격한 윤리 강령을 배운 19세기 영국 중류층의 아이예요. 앨리스의 훌륭한 예의범절을 괴롭히는 건 오로지 꿈속 생물들의 행동인데, 우리는 그들이 앨리스 자신의 반항적 충동과 열정, 엉뚱한 고집을 행동으로 보여 주는 존재라고 볼 수도 있어요. 폭력은 허용되지 않아요. 우린 여왕의 "저 아이의 목을 잘라라!"가 실행되지 않을 위협이라는 걸 알아요. 그래도 악몽은 멀리 있지 않지요. 앨리스의 꿈속 존재들은 완전히 통제에서 벗어나서 광기에 빠져들고, 앨리스는 자신을 깨달아야만 해요.

　　앨리스 이야기는 동물 이야기가 아니지만, 이 강연에서 도저히 빼 놓을 수가 없었어요. 앨리스는 마음속의 동물들, 모든 인간 사회가 조상으로, 영혼의 닮은꼴로, 징조로, 괴물로, 안내자로

---

* 판본에 따라 모기로도 번역한다.

알았던 꿈속 짐승들을 표현한 가장 순수한 현대 문학 사례거든요. 앨리스 이야기에서 우리는 인간과 동물이 하나인 '꿈의 시대'로 돌아갔어요.

여긴 성스러운 곳이에요. 토끼굴에 빠진 어린 빅토리아 시대 소녀를 따라 그곳으로 돌아가다니 정말 미쳤으면서도 적절한 일이죠.

"인간과 동물은 함께여야 한다. 우리는 함께 진화하며 오랜 시간을 보냈고, 과거에는 파트너였다." 『동물과의 대화_Animals in Translation_』에서 템플 그랜딘*은 이렇게 썼습니다.

우리 인간들은 세상을 우리 자신과 우리의 물건들만으로 축소시켰지만, 그 세상에 맞게 태어나지는 않았고, 우리 아이들에게도 그 세상에서 사는 방법을 가르쳐야만 합니다. 육체나 정신이나 아주 다양하고 예측 불가능한 환경 속에서 온갖 생물들과 경쟁하고 공존하는 데 알맞게 태어난 우리 아이들은, 가난과 추방을 배워야 해요. 콘크리트를 밟고, 가끔씩 쇠창살 너머로만 짐승을 보며, 끝도 없는 인간들 사이에서 살아야 하죠.

하지만 친구든 적이든 식량이든 놀이 친구든 간에 우리가 타고난, 동료로서의 동물에게 갖는 강한 관심은 바로 없앨 수 있는 게 아니에요. 박탈에는 저항이 따르죠. 그리고 그 공백을 메우고

---

* Mary Temple Grandin(1947~). 미국의 동물학자로, 자폐성장애로 인해 동물을 더 잘 이해할 수 있다고 한다.

더 큰 공동체를 재확인하기 위해 상상과 문학이 있는 겁니다.

민담에서나 현대 동물 이야기에서나 뚜렷이 보이는 여러 종의 상호 도움이라는 '동물 조력자' 모티프는 친절과 감사를 자기네 종에만 한정할 수 없고, 모든 생물은 친척이라고 말해 줍니다.

민담들을 비롯하여 『버드나무에 부는 바람』과 「둘리틀 박사」 같은 책에서 우리가 보는 동물과 인간의 동화 작용이나 동물과 인간이 동등하게 어울리는 모습들은 모든 생물이 이루는 하나의 공동체를 단순한 사실로 보여 줍니다.

민담 속에서 저주나 불행한 마법으로 나올 때가 많던 인간의 짐승 변신은 현대 이야기 속에서는 좀 더 확장적이고 교육적이며, 와트가 마지막으로 치른 위대한 여행에서처럼 신비로운 참여를, 궁극적이고 영원한 교감을 슬쩍 보여 주기까지 합니다.

너무나 많은 동물 이야기에 넘쳐흐르는 '잃어버린 야생'에 대한 갈망은 우리가 낭비하고 파괴해 버린 무수한 풍경과 생물과 종을 애도하는 노래입니다. 이런 애가(哀歌)들은 지금 절박해지고 있어요. 우린 스스로를 고립시키고, 황막한 세상에 들끓는 하나뿐인 종이 되어 가고 있습니다. "내 위업을 보라, 너희 강대하다는 자들아. 그리고 절망하라."*

우리는 고독하면 미칩니다. 우리는 사회적인 영장류이고, 어울리기를 좋아하는 존재예요. 인간은 어딘가 속해야만 합니다.

---

* 영국 시인 퍼시 비시 셸리(1792~1822)의 시 「오지만디아스」의 한 구절. '내 위업'이란 폐허만 남은 풍경을 가리킨다.

물론 우선 서로에게 속해야 하죠. 하지만 우리는 너무나 멀리 보고 너무나 영리하게 생각하며 너무나 많이 상상할 수 있기에, 가족이나 부족, 우리와 똑같은 사람들에게 속하는 정도로는 만족하지 못합니다. 두려움과 의심에 차 있을지언정 인간의 정신은 더 큰 소속감, 더 큰 일체감을 갈망하지요. 우리는 알 수 없고 무관심하며 위험하기 때문에 야생을 무서워하지만, 그렇다 해도 야생의 자연을 꼭 필요로 합니다. 우리가 제정신으로 살아남고 싶다면 반드시 우리보다 크고 오래된 그 동물 타자에게, 그 낯섦에 합류해야 합니다. 재합류일지도 모르지만요.

아이는 그리로 가는 우리의 가장 가까운 연결고리예요. 이야기꾼들은 그걸 알아요. 모글리와 어린 와트는 두 손을 뻗습니다. 오른손은 우리에게, 왼손은 정글에, 야생의 야생짐승들에게, 매와 올빼미와 표범과 늑대에게요. 그들이 우리를 한데 결합시켜요. 「피터 래빗」을 또박또박 읽는 여섯 살짜리와 『블랙 뷰티』를 보고 우는 열두 살짜리는 이 문화 전체가 부정하는 것을 받아들였고, 역시 두 손을 뻗고 있습니다. 우리를 더 큰 세상과 재결합시키기 위해, 우리를 원래 속한 곳에 붙들어 두기 위해서.

언어 만들기

2006년 콘리와 케인이 편집하고 그린우드 퍼블리싱이 출간한

『가상과 환상 언어 백과사전*The Encyclopedia of Fictional and Fantastic*

Languages』의 서문, 2014년 수정

언어 만들기는 대부분 이름 만들기로 시작한다. 판타지든, 먼 미래든 외계 SF든 간에 완전히 상상으로만 이루어진 배경의 소설을 쓰는 사람들은 아담을 흉내 내야 한다. 가공의 세계에 나오는 등장인물, 생물, 장소에 이름이 필요하다.

만들어 낸 이름들은 작가들이 도구와 언어에 둔 흥미, 그리고 그것들을 가지고 노는 능력을 보여 주는 좋은 지표다. 그런 이름 짓기가 미숙한 단계였던 펄프 SF 시절에는 주로 관습이 크게 작용했다. 영웅들은 새로운 이름에 저항했다. 30세기 머나먼 은하를 날아다니면서도 여전히 벅이나 릭, 잭이었다. 외계인들은 라위나라든가 라졸라 같은 이름의 공주가 아니면 즈브프그, 프스글브즈크브

였다.

말로 세상을 하나 창조하고 그 속에 말하는 생물들을 집어넣는다면, 의도했든 아니든 간에 그들의 이름을 통해서 많은 것을 시사하게 된다. 관습적으로 이름을 지었던 옛날 펄프 SF는 영어를 하는 남자다운 남자들이 언제까지나 헤게모니를 쥘 것이며, 영어가 아닌 언어는 우스꽝스럽고 기괴하고, 예쁜 공주들은(이름을 줄 만큼 가치 있는 여자들은) '아'로 끝나는 음악적인 이름을 가져야 마땅하다는 암시를 품고 있었다. 그리고 그런 관습은 SF 영화에도 면면히 이어져서 영웅의 이름은 루크, 외계인의 이름은 츄바카, 공주의 이름은 레아가 되었다.

이름 짓기에 대해 좀 더 사려 깊고 창의적으로 접근하면 순진한 고정관념에서 벗어난 사회적, 도덕적 함의를 제공할 수 있다. 스위프트의 『걸리버 여행기』에 나오는 말 종족, 휴이넘(houyhnhnm)을 생각해 보자. 이 이름을 어떻게 발음하느냐에 대해 가장 좋은 안내서는 T. H. 화이트의 『마샴 아가씨의 휴식*Mistress Masham's Repose*』* 에 나오는 교수와 마리아가 제공하는데, 그들에 따르면 코 안쪽으로 끼익 소리를 내면서 혀는 움직이지 않고 발음해야 한다고 한다. 내가 해 보니 머리를 젖히면서 동시에 흔드는 것도 도움이 된다. 쉽지는 않다. 하지만 휴이넘은 경멸을 담아 뜻도 없고 발음할 수도 없게 늘어놓은 글자 덩어리가 아니다. 반대로 말들이 스스로를 지칭할 수 있다면 어떻게 발음할지 생각한 의식적인 시

---

* 1946년 작품으로, 『걸리버 여행기』의 릴리풋 사람들을 만나는 소녀의 이야기.

도이자, 영어 사용자들에게 계획적으로 내미는 도전장이다. 말들의 언어를 한 마디라도 배울 마음이 있다면, 전보다 훨씬 말처럼 생각할 수 있을지 모른다. 스위프트는 비인간을 묵살하지 않고, 되려 우리를 비인간의 세계로 초대한다.

많고 많은 아이들이 이상한 나라들의 지도를 그리고 이름을 붙인다. 이슬란디아, 앵그리아…… 이름에서 산맥의 색깔, 날씨, 그곳에 사는 사람들의 성질도 넌지시 드러난다. 어떤 아이들은 이런 나라들을 탐구하고, 때로는 평생 상상 속에서 그곳으로 돌아간다.

사람이나 장소의 이름을 하나 짓는다는 건, 그 이름이 속한 언어 세계로 가는 길을 여는 일이다. 어딘가 다른 곳으로 가는 문이다. 어딘가 다른 곳에서는 사람들이 어떻게 말을 할까? 그들이 말하는 방식을 우리는 어떻게 생각할까?

이런 주제에 대한 최고의 글은 J. R. R. 톨킨의 에세이 「비밀스러운 악덕*A Secret Vice*」이다. 가상 언어 창조에 대한 아주 뛰어나고도 재미있는 설명이자 묘사이자 변호 글이다. 이 글은 가상의 언어가 어느 정도 완성되면 어떻게 신화를 낳는지를 논한다. 새로운 언어에는 고유한 신화와 세계관이 담겨 있고, 심지어 스위프트의 말들처럼 새로운 도덕성을 품기도 한다. 톨킨은 특유의 활력과 통찰로 그런 창조의 미학적인 동기를 이야기한다. 톨킨은 이렇게 말했다.

'언어 발명'의 본능은, 그러니까 개념을 구술 기호에 맞추고 그 새로운 관계 설정을 생각하며 느끼는 즐거움은 이상한 게 아니라 합리적이다……. 그 즐거움의 주된 원천은 분명 소리와 개념 사이의 관계를 숙고하는 데 있다. 우리는 그 즐거움의 다소 약한 형태를, 기쁨에 겨운 학자들이 아직 통달하지 않은 외국어로 시나 훌륭한 산문을 볼 때 발휘하는 독특한 열정에서 볼 수 있다.

톨킨은 그런 학자들(나는 여기에 시인들과, 특정한 취향을 지닌 독자들 누구나를 더하겠다.)이 새로운 언어를 읽을 때 느끼는 것이 "어형(語形) 이해의 상쾌함"이 일으키는 즐거움이라고 말한다.

많은 평론가와 소설 창작 교사는 산문의 소리에 너무나 귀가 먹었거나 무관심하기에, 그들이나 그들의 학생들은 이 선언을 어리둥절해하거나 하찮게 여기거나, 이 내용이 스스로의 언어에 어떻게 적용되는지 이해하지 못할 수 있다. 나로서는 이 내용이 작가로서 내가 어떻게 허구를 창조하는지에 대해서나, 독자로서 허구를 감상하는 데나 귀중하기 그지없는 제안이 되었다는 말밖에 할 수 없다. 나는 소리와 의미의 어울림을 추구한다.

내가 소리와 의미의 "새로운 관계 설정"에서 솟아나는 독특한 즐거움을 처음 발견한 것은 여덟 살 무렵의 일이었다. 나에게 프랑스어를 가르치려던 친절한 스위스 여자분이 내 책상에 놓인 자그마한 도자기 고래를 집어 들며 미소 지었다. "아! 르모비디크!" 르모비디크가 뭐지? 그러다가 서서히 그 알 수 없고 무의미하지만 매력적인 소리가 고래라는 게 밝혀졌다. 깨달음이었다. 레비아탄!

새로운 레비아탄이구나![*]

　몇 년 후, 처음 로드 던세이니의 판타지를 읽었을 때는 작가가 만들어 낸 이름들의 소리와 의미가 갖는 아름답고도 장난스러운 관계가 기쁨을 줬다. 예를 들어 사악한 놀 종족이라든가, 불운한 도시 페어돈다리스, 그 도시를 관통하여 흐르는 거대한 강얀…… 내가 아직 그 신비를 모르는 언어를 가지고 반쯤 의미를 추측하는 마법도 똑같이 강력했다.

Muy más clara que la luna

sola una

en el mundo tu nacistes...

(달보다 훨씬 더 밝은,

유일한 존재여.

당신이 태어난 세상에서……)

　내가 열세 살이었을 때 읽은 허드슨의 『녹색의 장원*Green Mansions*』^{**}은 모든 로맨스와 모든 달, 모든 사랑과 갈망을 다 품고 있었다……. 그때 내가 스페인어를 알았다면 그렇게까지 다가오진 않았을 것이다. 이것이 톨킨의 말을 빌리자면 멀리서 보는 이점이

_* 르모비디크는 모비딕을 프랑스식으로 읽는 것. 레비아탄은 바다의 거대한 괴물을 가리키는 말로 고래를 뜻하기도 한다.

_{**} 청년 아벨이 숲속에서 신비로운 소녀를 만나 사랑에 빠지는 이야기로, 오드리 헵번 주연의 영화로 만들어지기도 했다.

다. 언어가 음악으로 들리는 큰 선물이다.

언어는 소통을 "위한" 것이지만, 시라든가 만들어 낸 이름과 언어 같은 현상에 맞닥뜨렸을 때 소통 기능과 의미 구성은 노래의 선율처럼, 지성으로는 이해할 수 없는 무엇이 된다. 작가는 귀기울여야 하고, 독자는 들어야 한다. 분절적인 소리, 그리고 그 소리의 상징적 이용이 주는 즐거움이 시 창작자를 움직이는 원동력이자 가상 언어의 창조자를 움직이는 힘이다. 설령 그 언어를 말하는 것은 창조자의 혀뿐이고 그 음을 들을 귀도 창조자의 귀뿐이라 해도 그렇다.

저자들이 고백하듯이, 이 책이 떠맡은 일은 야심차다. 상상 언어를 모두 모아서 바벨탑 하나를 쌓는다니. 요새는 '비밀스러운 악덕'이 워낙 만연하고 일반적이다 보니 저자들은 에스페란토어 같은(그 이상이 허구가 아닌) 언어만이 아니라 온갖 웹사이트를 채우고 있는 "구성 언어들", 만화와 비디오와 롤플레잉 게임에 나타나는 "외계 언어들"까지도 상세한 고찰에서 빼야 했다. 많은 사람이 새로이 말하는 방법을 만들어 내느라 바쁘다. 이 백과사전은 이렇게 나타난 무수한 세계로 우리를 안내하기 딱 좋은 때에 맞춰서 찾아왔다.

당연하게도, 이 백과사전은 상상 속의 사용자 종족, 사회, 세계에 속하는 언어들 — 그러니까 전용 암호나 게임이 아니라 순수하게 가공의 언어에만 집중한다. 암호나 게임 중에도 굉장히 재미있는 것들이 있긴 하지만 그렇다.

　　태초에 말이 있다. 언어를 상상하는 게 누가 그 언어를 말하는지 상상하는 것보다 먼저일 수 있다. 톨킨은 분명히 그랬다. 즐거워서 언어를 가지고 노는 언어학자였던 톨킨은 자기가 만들어낸 언어가 어떤 사람들의 신화에 생명을 불어넣으며, 따라서 중간계의 인류학과 역사와 지형과 모든 광대한 서사시에 생기를 불어넣는다는 사실을 알았다. 반대 방향으로도 가능하다. 상상 세계를 어느 지점 이상으로 발전시키려면, 거기에 맞는 언어를 개발해야한다. 내가 쓴 『언제나 집으로 돌아와』는 그런 경우였다. 나는 케시인들의 언어로 단어 수십 개만 만들면 케시인의 핵심 개념을 나타내기에 충분하다고 생각했고, 이미 태평하게도 "아직 존재하지 않는 언어를 번역하기란 꽤 어렵지만, 그 어려움을 과장할 필요는 없다."는 소리를 쓴 적도 있었다. 그러나 작곡가 토드 바튼은 이 책에 나오는 계곡(Valley)의 음악을 쓸 때 노래에 넣을 케시 가사를 필요로 했다. 나는 정직한 여자가 되어 앉아서 케시어를 만들어야 했다. 최소한 이전에 케시어로 존재하기도 전에 영어로 번역한 척했던 시들을 제대로 쓸 수 있을 만한 문법과 구문과 어휘는 만들어야 했다. 그 과정이 얼마나 힘들었는지는 과장할 필요도 없다.

　　보통은 그렇게까지 난해하지 않다. 신비로운 단어 몇 개면 언어의 인상이랄까 풍미를 전할 수 있고, 대부분의 소설은 그 정도면 충분하다. 언어 발명자는 단어가 언어학적으로 그럴싸하게만 만들면 된다.

앞뒤가 맞지 않는 언어란 자기모순적인 말이다. 어떤 면에서, 언어란 그 규칙이다. 상징적인 협정, 관습, 사회적 계약이다. 제한적으로 선택된 소리(음소 자원)만 쓰이든 않든, 그런 소리들의 조합이 단어를 만들든 않든, 그 단어들의 조합이 구문을 이루든 않든 간에 어떤 언어의 모든 측면은 대체로 제멋대로이며, 무척이나 규칙적이고, 완벽하게 특징적이다. 영어에서는 결코 프랑스어처럼 u를 발음하지 않고, 프랑스에서는 결코 영어처럼 th를 말하지 않는다. 고립어인 북경어는 교착하느니 사멸할 것이다. 이런 규칙들은 워낙 구석구석 배어 있어서, "Achtung!"* 처럼 단어 하나만으로도 언어를 알아볼 수 있을 정도다.

이런 자기 일관성은 소설가에게 편리하다. 지역색이 있는 단어나 이름 몇 개만 필요할 경우라면, 지금 쓰고 있는 언어처럼 들리지 않는 말을 조금만 만들어 내면 된다. 그렇게 만든 말에 작가의 모어가 가진 향취가 강하게 배어 있을 수도 있지만, 아마 그 향취는 다른 언어 사용 독자들만이 알아차릴 것이다. 그다음에 작가는 이걸 인간이 말할 수 있는지 자문하기만 하면 된다. 크브프그그와 프스글크즈브크는 통과하지 못하고, 휴이넘은 통과하는 게 이 지점이다. 그리고 작가는 만들어 낸 단어와 이름들이 같은 언어에 속하는 느낌이 드는지 생각해야 한다. 등장인물 하나는 이름이 크르즈고크바크스워크인데 또 하나는 리아-투아-리울리라면 독자들은 합리적으로 이 둘이 '어딘가 다른 곳'의 서로 다른 지역 출

---

* 독일어로 주의, 조심, 차렷을 의미한다.

신이라고 추측할 것이다.

이 백과사전 서문에서 인용되었다시피, 노엄 촘스키는 만들어 낸 언어의 사악한 목적은 "보편 문법을 어기는 것"이라고 추측하는 모양이다. 많은 언어 발명자들에게 보편 문법을 어기려는 욕망이 있을 것 같진 않다. 보편 문법에 대해 들어 보기나 했다면 말이지만, 자기가 발명한 언어를 그럴싸하고 사용 가능하게까지 만드는 데 진지한 사람이라면 보편 문법을 어기려 하지 않을 것이며, 사실 그런 일이 가능한지도 잘 모르겠다. 우리에게 모든 인간 언어의 바탕 구조를 제공하는 심층 문법이 내재해 있다면, 그걸 무시하거나 위반한 결과물은 만들어 낸 언어가 아니라 그냥 이해 불가능일 것이다. 내가 이해하는 한, 우리가 상상 언어를 위해 만들어 내는 규칙들은 모두 우리가 아는 언어 규칙들의 변주일 뿐이다. 언어학 테러리즘처럼 보이는 것도 알고 보면 규칙 만들기가 서툴러서 나온 결과이거나, 아니면 그저 규칙이 있다는 사실을 모르는 무지의 소치다. 촘스키 교수는 푹 주무셔도 될 것이다. 허구의 야만인들이 촘스키가 지키는 보편 문법의 문을 두들기는 일은 없다.

비딱하고 전복적이며 경이로운 대담성을 갖춘 보르헤스라면 그 문을 정중하게 두드릴 수도 있겠지만 말이다. 보르헤스는 틀뢴(Tlön)의 태고 언어들에는 명사가 없다고 말한다. 어떤 언어에서는 명사가 형용사 군으로 대체되었고, 또 어떤 언어에서는 "'달'에 해당하는 말은 없지만 영어에서라면 '달뜬다'나 '달간다'였을 법한 동사는 있다"고 한다. 그러니까 "달이 강 위에 떴다"는 "뒤에는 물

흐르고 위에는 달뜨네"*가 된다. Hlör u fang axaxaxas mlö. 하지
만 우리는 인도 유라시아어처럼 틀뢴의 최초어도 모든 어족들의
초기 자료를 이론적으로 재구성한 것임을 기억해야 한다. 또한 지
금은 틀뢴이 존재하지 않으므로 틀뢴의 언어들도 사실 존재하지
않는다는 사실도 기억해 둬야 할지 모르겠다. 물론 단편「틀뢴, 우
크바르, 오르비스 테르티우스 *Tlön, Uqbar, Orbis Tertius*」끝에서 암시하
듯 우리가 지금 그곳에 살고 있지 않다면 말이다.

　　Hlör u fang axaxaxas mlö는 언어학 발명의 특히 좋은 예
시다. 이 책에 모아 놓은 상상 단어와 문법의 정신 나간 다양성, 무
성한 방언의 정글로 증식해 가는 그 다양성의 예시로도 그렇다. 여
기에서는 멀쩡한 사람들이 그 의도적인 완전한 헛소리를 영어로
번역하고 그 반대로도 번역하면서 누리는 힘겨운 기쁨을, 시인들
이 아무도 직접 듣거나 전해 들은 적 없는 언어로 행복하게 시를 쓰
는 감동적인 광경을 볼 수 있다. 이것은 내가 몹시도 좋아하는 인
간의 일면이다. 오직 사람들만이 할 수 있는 일을 하는 사람들, 각
별히 인간적이고 유별난 이들이다. 이 사람들은 아무런 악의도 없
이, 즐거움 외에는 어떤 이득도 이익도 없이 그 일을 한다. 그 즐거
움을 이 백과사전에서처럼 관대하게 나눌 수 있다면 더더욱 좋다.
그러나 대부분의 좋은 것들과 모든 예술이 그러하듯, 하는 것 자체
만으로 족하다.

---

* 『픽션들』(황병하 옮김, 민음사)에서는 '위쪽으로 뒤에서 흐르고 달비췄다'로 순서대로 번역
했으나, 여기에서는 대략의 의미를 전달하는 데 초점을 맞추어 의역했다.

시를 읽는 방법:
회색 암거위와 수거위 *Gray Goose and Gander* *

이 조각글은 편집자 데이비드 비스피엘이 시를 읽는 방법이라는
주제로 글을 써 달라고 요청한 데 대한 응답으로《포에트리
노스웨스트*Poetry Northwest*》에 낸 글이다. 이 책에 넣기 위해
어느 정도 수정을 했다. 원래 출간한 날짜는 내 파일에서도
다른 온라인 출처에서도 검색할 수가 없지만, 확률 높은 추측……
아니면 변덕에서 이 위치에 넣는다.

시를 읽는 방법은 크게 읽는 것이다. 물론 눈으로 보는 시도
있지만(나는 E. E. 커밍스를 좋아한다.), 나에게는 그게 다 귀로 듣는 시
의 모방품이랄까, 기술적으로 가능한 파생물 같다. 눈으로 보는 말
은 기호이고, 악보다. 온전히 이해하려면 귀를 통해야만 한다. 하지
만 그 말이 음악의 의미를 전달한다. 선율에 맞춰 부르는 말이라야
노래가 되며, 말 자체가 선율일 때 시가 된다.

이것이 『아이네이스』나 『캔터베리 이야기』처럼 큰 작품이
될 수도 있고, 아주 작은 작품이 될 수도 있다. 아래 시처럼 말이다.

---

* 영어 동요.

Gray goose and gander

Waft your wings together

And carry the good king's daughter

Over the one-strand river.

(회색 암거위와 수거위야

너희 날개를 한데 흔들어

선한 왕의 딸을

한 기슭의 강 너머로 실어 가려무나.*)

    나는 이 시를 이오나 오피와 피터 오피가 쓴 『옥스퍼드 동요책*The Oxford Nursery Rhyme Book*』으로 처음 읽었는데, 이 책은 나에게나 내 무릎에 앉았던 아이들에게나 끝없는 기쁨의 원천이었다.

    내가 듣는 음악과 의미를 설명해서 내 생각에 그 둘이 어떻게 함께 작동하는지, 또는 그 둘이 어떻게 하나의 두 측면인지를 명확히 해 보겠다.

    이 작은 시의 "선율(tune)"은 반복되는 소리에서 가장 뚜렷하게 드러난다. 강세 음절의 첫 글자가 이루는 두운(첫 세 줄의 g-g-g/w-w-g/k-g-k). 그리고 완전한 각운 대신 강세가 실리지 않는 er로 끝나는 네 단어의 불완전운이다. er은 지역에 따라 ah에서 uh, (내가 쓰는 말에서는) r 소리 자체까지 다양하게 발음이 되는데, 이 r은 분명치 않게 가르릉거리는 소리로 모음처럼 무한히 늘일 수

---

    * 이 글은 원문에 대한 설명이므로, 그대로 싣고 뜻을 옮겨 적는다.

있다. 어떻게 발음하든 간에 이 소리는 순한 음절이며, 차차 사그러들다가 빈 정적으로 이어진다. 이 시의 모든 모음과 자음은 부드러운 편이라, 내 귀에는 낭랑한 적막과 광활함의 효과를 준다.

동요 같은 구술 형식에서 예상하다시피, 박자(beat)는 두운의 보강을 받아 강하다. s를 강세 음절로, u를 비강세 음절로 쓰자면 나는 율격*을 이런 식으로 읽는다.

SSuSu

SuSuSu

uSuuSSSu

SuuSSSu

이걸 자유도가 많은 강약 3보격이라고 부를 수도 있겠지만, 그런다고 얻는 게 많을지는 모르겠다. 동요에는 강약격이 많지만(흔들거리는 리듬이랄까), 시행을 음보(foot)보다는 율격 단위(metric unit)나 연(stanza)으로 보는 게 더 유용할지도 모른다. 이런 시들은 여러 세대에 걸친 목소리에 깎여, 강물에 깎인 돌멩이처럼 가장 매끈하고 더 줄일 수 없는 형태가 되며, 각각이 본질적인 리듬의 논리에 도달해 있다.

돌연한 강약격의 도입부는 느닷없이 허공에서 소환하는 "Gray goose and gander(회색 암거위와 수거위야)"라는 부름에 잘 맞

---

* meter, 발로 박자를 맞출 수 있는 리듬.

는다. 그리고 그렇게 부르자마자 명령을 한다. "Waft your wings together.(너희 날개를 한데 흔들어.)" 시에 쓰인 waft라는 단어가 wave의 옛말이라는 점은 가장 어린아이에게도 설명할 필요가 없다. 소리와 맥락이면 충분하다.

　　이제 새들이 허공에 떴고, 리듬이 바뀐다. 비강세 음절 두 개가 각 시행을 가볍게 만들었다가 주르륵 이어지는 강세 음절 세 개의 무게를 전달한다. 형식을 지키는 시에서는 자주 만나 볼 수 없는 묘기다. 흔들의자 박자 때문에 "king's"와 "strand"에는 강세를 덜 넣고 싶어진다. 그러니까 good(강) king's(약) daughter(강), one(강)-strand(약) river(강)이다. 하지만 단어의 의미와 소리 둘 다 복잡하다 보니 자꾸 강세를 빼고 세 단어 모두를 천천히, 불가사의하게 질질 끌리는 무게감으로 읊을 수밖에 없다.

　　그리고 불가사의한 말들이긴 하다. 선한 왕은 누구일까? 그 딸은 또 누구일까? 어떤 민담이나 알려지지 않은 역사에서 온 걸까? 그리고 공주는 왜 "한 기슭의 강" 너머로 실려 가는 걸까? 강에 양쪽 기슭이 아니라 한쪽 기슭만 있다면 바다인가? 아니면 죽음인가?

　　답은 없다. 사건이 전부다. 가벼운 일별만 주어졌다. 우리는 남은 평생 이 짧은 음악의 자극을 받으며 보낼 수 있다. 광활한 풍경 위를 날아가는 무한한 가능성과, 영원히 듣지 못할 사연과 함께.

데이비드 헨셀의 왕립 미술관 출품작

영국 최고의 미술관이, 사라진 조각상의 받침대라는 사실을 알지 못한 채 작은 나무 조각을 얹은 석판 한 덩이를 미술품으로 전시했다. 런던에 있는 왕립 아카데미는 이후 받침대와 조각상(데이비드 헨셀이 만든 두상이었다.)이 미술관에 따로 도착한 탓에 혼동했다고 인정했다. "개별 출품되었기에 두 부분을 따로 심사했습니다." 미술관 관계자들은 말했다. "두상은 채택되지 않았습니다. 받침대는 장점이 있다고 여겨 받아들였지요."

—《가디언》 금주의 소식, 2006년 6월 30일

"우린 예술을 알지. 우린 돌려 말하지 않아."

왕립 심사원이 말했다네.

"사람 대가리는 소용이 없어.

석판 덩어리가 훨씬 대단하지,

진정한 미적 가치를 잡아냈다고.

저 머리통을 치워라!" 심사원이 말했네.

"머리통을 치우고, 받침대만 올려라!"

진지한 문학에 대하여

내 웹사이트에 올라갔다가, 《앤서블》에 실렸다가,

(내 허락도 없이, 아주 잠깐) 《보잉보잉》에 실렸다가,

《하퍼스》에 수록. 모두 2007년의 일이다.

마이클 셰이본은 진지한 문학 작가들이 버려 둔 얕은 무덤에서 썩어 가는 장르소설의 시체를 끌고 나오려 엄청난 에너지를 소모했다.

— 루스 프랭클린, 《슬레이트 *Slate*》, 2007년 5월 8일

밤중에 뭔가가 여자를 깨웠다. 들린 것은 계단을 올라오는 발소리였다. 젖은 운동화를 신고 아주 천천히 계단을 오르는…… 그런데 누구지? 왜 신발이 젖었지? 비는 오지 않았는데. 저기, 다시 그 무겁고 젖은 발소리다. 하지만 몇 주 동안이나 비가 오지 않았는데, 폭염만 계속됐는데, 갑갑한 공기에 진저리 나는 곰팡이

아니면 풍길 듯 말 듯한 달콤한 썩은 내, 아주 오래된 살라미 아니면 초록색이 되어 버린 간 소시지 같은 냄새. 아, 또다. 삐삐 소리가 나는 느린 발걸음, 그리고 썩은 냄새가 더 강해졌다. 뭔가가 계단을 오르고 있었다. 문으로 다가오고 있었다. 썩어 가는 살을 뚫고 나온 발꿈치뼈가 부딪치는 소리를 들으며 여자는 그게 뭔지 알아차렸다. 하지만 그건 죽었는데, 죽었단 말이야! 저주받을 셰이본. 다른 진지한 작가들과 힘을 합쳐 그것의 오염된 손길에서 진지한 문학을 구하기 위해 묻어 놓았더니 그걸 무덤에서 끌고 나왔어. 그 텅 빈 데다 뾰루지투성이인 얼굴, 썩어 가는 눈동자의 무감각하고 무의미한 눈길이 얼마나 무서운지! 셰이본 그 바보는 뭘 한다고 생각한 거야? 진지한 작가들과 진지한 비평의 끝없는 의식들에 관심도 안 둔 거야? 공식적인 추방 의식들에 반복된 파문, 심장을 관통하고 또 관통한 말뚝들, 신랄한 비웃음, 무덤 위에서 끝도 없이 춘 엄숙한 춤들에 하나도 관심을 안 뒀어? 그 작자는 야도[*]의 순결을 보존하고 싶지 않았던 거야? 사이파이와 반리얼리즘 소설을 구별하는 게 얼마나 중요한지 이해도 못 한 거야? 코맥 매카시는, 비록 터무니없이 애매한 어휘를 훌륭하게 사용해 대는 걸 빼면 코맥 매카시의 책에 있는 모든 것이 홀로코스트 이후에 나라를 가로지르는 사람들을 다룬 많고 많은 초기 SF 작품들과 놀랍도록 흡사하긴 하지만, 그렇다 해도 결코 어떤 상황에서도 사이파이 작가라곤 할 수 없다는 걸, 코맥 매카시는 진지한 작가고 그러니

[*] Yaddo, 뉴욕의 예술가 커뮤니티.

까 정의상 장르를 쓴다는 품위 떨어지는 일을 할 수가 없으니 그렇다는 걸 이해하지 못한단 말이야? 셰이본은 어떤 미친 멍청이들이 퓰리처 상을 줬다는 이유만으로 '주류'라는 말의 성스러운 가치를 잊어버렸단 말이야? 아니다, 여자는 삑삑 젖은 발소리를 내며 침실까지 들어와서 이제는 여자를 굽어보는 그 물건을 쳐다보지 않을 것이다. 로켓 연료와 크립토나이트의 악취가 풍기고, 세찬 바람 속 황야의 낡은 저택처럼 삐걱거리며, 뇌는 과일처럼 속에서부터 썩어 가고, 두 귀에서 작은 회색 세포들을 뚝뚝 흘리는 그 물건을. 하지만 여자의 주목을 요구하는 그 물건의 힘은 강력하고, 그 물건이 손을 뻗자 여자는 반쯤 썩은 손가락 하나에 낀 타는 듯한 금반지를 보았다. 여자는 신음했다. 어떻게 그 물건을 그렇게 얕은 무덤에 묻고는, 버려 두고 그냥 걸어올 수가 있었을까? "더 깊이 파요, 더 깊이 파!" 그렇게 외쳤었건만, 그자들은 여자의 말을 듣지 않았다. 그래서 이제 그자들은 어디 있단 말인가? 여자에게 꼭 필요한 지금 다른 진지한 작가와 평론가들은 어디 있나? 여자의 『율리시스』 책은 어디 있을까? 침대 협탁 위에는 독서등을 받치는 데 쓴 필립 로스의 소설 한 권밖에 없었다. 여자는 그 얇은 책을 들어 끔찍한 골렘 앞에 들어 올렸다. 그러나 그걸로는 부족했다. 필립 로스도 여자를 구할 순 없었다. 괴물이 비늘 덮인 손을 여자에게 얹자 반지가 타는 석탄처럼 여자를 지졌다. 장르가 여자의 얼굴에 시체의 입김을 불어 넣자 여자는 졌다. 여자는 더럽혀졌다. 죽는 편이 나을지 몰랐다. 여자는 이제 결코 문예지 집필 의뢰를 받지 못할 것이다.

스스로를 생각에서 몰아내기

2008년 오리건에서 있었던 블루리버 행사에서 한 강연,

2014년 수정

우리 주최 측에서 논의를 어떤 주제로 시작할지에 대해 몇 가지 아이디어를 주더군요. 작가는 이 세상의 어디에서 힘과 희망을 찾을까? 지금 여기에서 작가의 소명은 무엇일까? 어떤 작업이 변화를 가져올까? 그리고 우리는 어떻게 목적 공동체를 만들 수 있을까? 이런 것들이었어요.

이 모든 질문에 대해 같은 대답만 내놓으려니 민망하군요. 제가 이 세상 어디에서 힘과 희망을 찾느냐고요? 제 작업에서, 잘 쓰려고 하면서 찾습니다. 지금이든 다른 어느 때든 작가의 소명이 뭐냐고요? 쓰고, 잘 쓰려고 노력하는 겁니다. 어떤 작업이 변화를 가져오느냐고요? 잘 만든 작품, 정직한 작품, 잘 쓴 작품입니다. 그

리고 어떻게 목적 공동체를 만들 수 있냐고요? 글쎄요. 작가로서 우리의 목적 공동체가 서로 관심을 공유하고 글을 최대한 잘 쓰려고 하면서 성립하는 게 아니라면, 우리 일 말고 다른 뭔가에 의존해야 할 텐데요. 그게 목표든 의도든 메시지든 영향이든 간에, 글쓰기를 그 작업 바깥의 어떤 목표에 대한 수단에 불과하게, 메시지의 매개체로 만들어 버리잖아요. 그 목표가 아무리 가치 있다 해도요. 제게 글쓰기는 그런 게 아닙니다. 저를 작가로 만드는 것도 그게 아니에요.

아이들은 학교에서 목표에 대한 수단으로 글 쓰는 방법을 배웁니다. 대부분의 글쓰기는 실제로 목표를 위한 수단이죠. 연애편지, 온갖 종류의 정보글, 사업상의 소통, 지시, 트위터 등. 많은 글에는 메시지가 담겨요.

그래서 아이들은 제게 묻지요. "이야기를 쓸 때, 메시지를 먼저 정하시나요, 아니면 이야기를 시작하고 나서 메시지를 담으시나요?"

저는 아니라고, 저는 메시지를 쓰지 않는다고 하겠어요. 전 이야기와 시를 써요. 그게 다예요. 그 이야기나 시가 여러분에게 어떤 의미인지 그 "메시지"는 제게 그 글이 갖는 의미와는 전혀 다를 수 있어요.

이 대답을 들으면 아이들은 실망할 때가 많고, 충격받기까지 하지요. 제게 책임감이 없다고 생각하는 것 같아요. 교사들이 그렇게 생각하는 건 분명하고요.

그 생각이 맞을지도 모르지요. 어쩌면 모든 글쓰기는, 문학이라 해도 그 자체로 목적이 아니라 다른 어떤 목적을 위한 수단일지 몰라요. 하지만 제 작업의 진정하고도 핵심적인 가치가 작품이 전하는 메시지에 있다거나, 정보나 위안을 제공하거나 지혜를 제시하거나, 희망을 주는 데 있다고 생각했다면 전 이야기나 시를 쓸 수 없었을 겁니다. 그런 목적이 아무리 크고 고귀하다 해도, 그건 작품의 지평을 확실히 제한해 버려요. 작품의 자연스러운 성장을 방해하고, 예술에 활력을 제공하는 가장 깊은 원천인 신비로부터 차단하고 말지요.

의식적으로 어떤 문제를 다루거나 어떤 특정한 결과를 끌어내려고 쓴 시나 소설은, 그 작품이 아무리 강력하거나 유익하다 해도 첫째가는 의무과 특권을 포기한 겁니다. 작품 스스로에 대한 책임을요. 글의 제일 중요한 임무는 단순히 올바르고 진실한 형태를 주는 말을 찾아내는 거예요. 그 형태가 곧 글의 아름다움이자 글의 진실입니다.

잘 만든 토분은 그게 쓰고 버리는 테라코타든 고대 그리스 항아리든 상관없이 토분일 뿐, 토분 이상도 토분 이하도 아닙니다. 제 마음속에서는 잘 만든 글도 그저 말들의 행렬이에요.

제 말들의 행렬을 쓸 때 저는 제가 생각할 때 진실하고 중요한 것들을 표현하려 할 수 있습니다. 지금 이 에세이를 쓰면서도 그러고 있죠.

하지만 표현은 계시가 아니고, 이 에세이는 쓸 때 예술성이

들어간다고 해도 예술 작품이기보다는 메시지입니다.

예술은 메시지 이상의 뭔가를 드러내죠. 소설이나 시는 쓰고 있는 저에게 진실을 드러낼 수 있어요. 제가 진실을 집어넣는 게 아니라요. 이야기를 만들면서 그 속에 든 진실을 발견하는 거예요.

그리고 다른 독자들은 그 속에서 다른 진실을 찾을 수 있지요. 저자가 전혀 의도한 적 없는 방식으로 그 작품을 이용할 수도 있어요. 우리가 소포클레스나 에우리피데스를 어떻게 읽나 생각해 보세요. 우린 3000년 동안 그리스 비극을 읽으면서 그 속에 혼을 쏟고, 그 속에서 인간의 열정에 대한 교훈, 정의에 대한 호소, 무궁무진한 의미들을 발견했어요. 저자가 원래 의도했던 종교적이거나 도덕적인 교훈, 경고나 위로나 공동체의 기념으로 줄 수 있었던 의미를 훌쩍 넘어섰지요. 그 작품들은 예술의 원천이라는 신비와 심연에서 만들어진 겁니다.

이 부분에서는 존 키츠도 제 편에 서 있고(키츠의 '마음을 비우는 능력'* 원칙을 제가 맞게 이해했다면요.), 그릇은 비어 있음으로써 그릇의 쓰임이 있게 된다 말한 노자도 그러합니다. 제대로 빚어낸 시는 천 가지 진실을 담지요. 그렇지만 그중 어느 하나도 '말하지는' 않아요.

"예술을 위한 예술"을 말하는 게 아니에요. 그 유감스러운 슬로건은 예술은 유아독존적이며, 향유자들에게 미치는 영향은

---

* negative capability, 부정적 수용 능력, 소극적 수용 능력, 받아들이는 능력 등으로 번역하기도 한다. 단정하지 않고 불확실성과 의구심을 유지하는 능력을 말한다.

중요하지 않다고 암시하거든요. 그건 오해죠. 예술은 사람들의 정신과 마음을 바꿔 놓습니다.

그리고 예술가는 공동체의 일원이에요. 예술가의 작품을 보고 듣고 읽을 수 있는 사람들의 공동체요. 저는 제 작품에 제일 책임이 있지만, 제가 쓰는 글이 다른 사람들에게 영향을 미칠 수 있다면 당연히 그 사람들에게도 책임이 있어요. 제 소설의 의미가 무엇인지 명확히 알지 못하고, 쓰면서나 언뜻 볼 뿐이라 해도…… 그렇다 해도 그 의미가 없는 척할 수는 없어요.

그렇다면, 반짝이는 눈으로 질책하는 아이들이 제게 묻듯이 이런 질문이 남지요. "뭔가를 안다면, 그냥 말씀하실 순 없나요?"

진실은 함축적일 수밖에 없느냐? 당신이 만드는 그릇이 왜 비어 있어야 하느냐, 왜 그릇에 우리를 위한 물건들을 채울 수 없느냐?

흠, 우선은 철저히 실용적인 이유 때문이죠. 공공연한 훈계보다는 "넌지시 말하기"가 훨씬 잘 먹히기 때문이에요. 더 효율적이죠.

하지만 도덕적인 이유도 있어요. 제 독자가 제 그릇에서 꺼내는 건 그 독자에게 필요한 뭔가이고, 본인에게 무엇이 필요한지는 저보다 본인이 잘 알죠. 저는 그릇을 어떻게 만드는지 알 뿐이에요. 제가 누구에게 설교를 하겠어요?

아무리 겸손한 정신으로 한다 해도 설교는 공격적인 행위인걸요.

"큰 도(道)는 매우 단순하다. 아집을 버려라." 도가(道家)에서는 이렇게 말하고, 전 그게 사실이라는 걸 압니다. 하지만 제 안에도 제가 만든 아름다운 그릇에 제 사견과 제 믿음, '진실'을 채워 넣고 싶어 하는 설교자가 있어요. 그리고 제 주제가 인간과 자연의 관계같이 도덕적인 색이 짙으면 그 내면의 설교자가 사람들을 바로잡고 어떻게 생각할지 뭘 할지 지시하고 싶어서 근질거리죠. 그렇지요, 주님, 아멘!

전 제 내면의 교사에게 더 믿음을 갖고 있어요. 이 교사는 이해받으리라는 희망을 품기에 섬세하고 겸손하답니다. 소화불량에 걸리지 않고도 모순된 의견들을 담아내지요. "너희가 날 이해하든 말든 상관없어"라고 중얼대는 오만한 예술가의 자아와 "이걸 들으라고!"라며 외쳐 대는 설교자 자아 사이를 중재할 수 있어요. 진실을 선언하지 않고, 제시만 하지요. 고대 그리스 항아리를 가져다가는 이렇게 말해요. "이걸 자세히 봐요. 연구해 봐요. 연구하면 보상이 있을 테니까요. 그리고 다른 사람들이 이 그릇에서 찾아낸 것들을 어느 정도 말해 줄 수 있어요. 당신도 이 그릇에서 그런 걸 몇 가지 찾을지 모르지요."

대부분의 예술가가 그렇듯 저도 제 예술이 제게 가르쳐 준 것을 다른 사람들과 공유하고 싶기 때문에, 내면의 교사가 필요해요. 하지만 그 교사조차도 완전히 믿을 수는 없어요. 결국 교사는 아이들에게 메시지를 기대하라고 가르친 존재니까요. 교사의 본능은 "명확"하고 명백해지는 거예요. 제 본능은 해설 없이 더욱 명쾌하게 다가가려 노력하는 것이고요. 제 일은 의미를 완전히 작품 자체에 포함시켜서, 살아 있고 변화할 수 있게 만드는 거예요. 그게 예술가가 도덕 공동체의 일원으로서 발언하는 가장 좋은 방법이라고 생각해요. 선명하게 말하되, 그 말들 주변에 침묵의 영역을, 빈 공간을 남겨 두어 다른 이들의 마음속에 다른 진실, 더 나아간 진실과 통찰들이 생길 수 있게 하는 거죠. 그 공간이야말로 이런 말들이 나오는 곳이니까요.

> 그대는 여전히 순결을 지킨 정숙한 신부
> 그대는 정적과 더딘 시간이 키운 수양자식……
> 그대 말없는 모습, 우리를 생각에서 몰아내는구나[*]
> 영원이 그러하듯이……[**]

---

[*] dost tease us out of thought. 이 구절에 대한 해석은 다양한데, 여기에서는 에세이 내용에 비추어 몰아의 경지를 나타내는 방향으로 해석했다.
[**] 영국 시인 존 키츠의 「그리스 항아리에 부치는 송가Ode on a Grecian Urn」를 일부 인용.

예술 작품 속에서 산다는 것

2008년《패러독사》, 내 작품을 다룬 호(실비아 렐소가 편집한

21호)에서 처음 발표

샌프란시스코 마리나 근처에 있는 비범한 '예술의 궁전
(Palace of Fine Arts)'. 금문교로 가는 고속도로에서 볼 수 있는, 아주
크고 아주 구슬픈 숙녀들의 조각상에 에워싸이고 또 떠받들려 있
는 이 거대한 오렌지는 1915년 건축가 버나드 메이벡이 샌프란시
스코 세계 박람회를 위해 만든 건물이다. 아무도 전시용의 건물들
이 영원하길 기대하지는 않았고, 재료에 있어서 대단한 실험가였
던 메이벡은 철망과 석고 아니면 그 비슷하게 수명이 짧은 재료들
로 궁전을 지었다. 하지만 그 지극히 독창적인 모습이 너무나 아름
다웠고, 또 시민들이 워낙 사랑했던지라 다른 박람회 건물들과 같
이 철거되지 않았다. 60~70년이 지나 결국에는 무너지기 시작하

자 시에서 다시 짓고는, 그 돔을 희한한 금색으로 다시 칠하고 그게 원래 색깔이었다고 장담을 했다.

뉴욕에서 태어나서 파리의 에콜 드 보자르 대학에 다닌 메이벡은 1890년부터 1957년 사망할 때까지 베이 지역에서 살고 일했다. 메이벡의 가장 유명한 건물들은 2차 세계 대전 이전으로 거슬러 올라간다. 그는 교회들을 지었는데, 그중 가장 유명한 교회는 버클리에 있는 크리스천 사이언스 교회다. 그리고 메이벡이 캘리포니아 대학을 위해 지은 건물 중에서도 최소한 하나는 아직 서 있다. 낡은 여성 체육관 건물이다. 그러나 메이벡은 주로 가정집 건축가였다. 내가 성장한 집은 메이벡 작품 목록에 '슈나이더 하우스'로 알려져 있다. 슈나이더 가족은 그 집에서 18년을 살았다. 우리 가족, 그러니까 크로버 가족은 1925년부터 어머니가 돌아가신 1979년까지 54년을 그곳에서 살았다. 케네스 H. 카드웰이 쓴 『버나드 메이벡: 장인, 건축가, 예술가_Bernard Maybeck: Artisan, Architect, Artist』라는 훌륭한 책에 그 집의 사진이 몇 장 실려 있다.

프랭크 로이드 라이트*는 거의 신성한 우상으로 남아 있고, 카펜터 고딕**이나 앤 여왕 풍***, 아트 앤드 크래프트**** 같은 여러 옛 양식들이 유행했다가 말았다가 하는 동안에도 우리는 수십

---

* Frank Lloyd Wright(1867~1959). 구겐하임 미술관과 낙수장 등의 걸작으로 미국사에서 가장 유명한 건축가로 꼽힌다.
** 북미의 건축 스타일로, 목조로 건물에 고딕을 재현했다.
*** 18세기 앤 여왕 재위기의 영국 건축 양식 또는 19세기 후반에 부활시킨 유사한 양식.
**** 19세기 후반 영국에서 발전. 실용적인 디자인을 추구한 미학으로 아르누보와 바우하우스에 영향을 줬다.

년간 가정집 건축에 대해 그다지 깊이 생각해 보지 않은 것 같다. 지금 지어진 아름다운 집 중에 예전 양식의 흉내가 아닌 집이 있을까? 높이 솟은 아파트 건물, 난평면*의 "랜치" 하우스, 작은 상자 개발집, 사람이 사는 건물들에 대한 우리 생각의 궁벽함을 드러내는 진부함에도 당당한 맥-맨션.

메이벡은 확실히 여러 면에서 선각자였고, 그의 건물에는 그의 성격이 워낙 드러나기 때문에 건물을 슥 보기만 해도 "메이벡이구나" 하고 알아볼 수 있는 경우가 많다. 하지만 그는 사는 곳과 사는 사람 사이의 관계에 대해서는 전근대적인 이해를 품고 있었다. 메이벡의 집을 "생활을 위한 기계"**라고 부르는 건 대단히 어리석은 일일 것이다. 1908년, 그러니까 내가 성장한 집을 짓고 1년 후에 그는 이렇게 썼다.

> 집이란 결국 껍데기에 불과하며, 진짜 흥미로움은 그 안에 사는 사람들로부터 나와야 한다. 진심을 담아 주의 깊게 짓는다면 그 집은 사는 사람에게 만족감과 휴식을 선사할 것이고, 사람의 정신에 음악이나 시나 인간이 경험하는 온갖 건강한 활동들과 같은 힘을 발휘할 것이다.

집과 거주자의 상호작용에 대한 이런 고려는 유행에 뒤지

---

* 반 층마다 마루 높이가 다른 구조.
** 스위스 출신의 건축가이자 현대 건축의 거장인 르 코르뷔지에(1887~1965)가 남긴 격언.

지 않을 정도로 겸손한 만큼이나 세련되고 복잡하기도 하다. 이 말은 (알든 모르든 간에) 집을 지은 사람이 (미래의) 거주자들과 관계가 있으며, 그 관계는 건축가가 거주자들에게 책임이 있다는 암시를 풍긴다. 나는 메이벡의 "진심"을 그렇게 해석한다. 우리는 건축가가 자연환경과 사회적 배경을 고려하고 건물을 그에 어울리게 지어야 한다는 생각에 익숙하다. 집이 그 안에서 살 개개인에게도 어울려야 한다는 생각에는 그렇게 익숙하지 않다. 사실 건축가들이 개별 인간에 대해 생각하는 것 자체가 익숙지 않다.

　메이벡은 분명 개별 거주자와 그의 관계가 자신이 보여 주려는 이론이나 하고 싶은 "선언"에 따른다고 정당화하지 않았을 것이다. 나는 프랭크 로이드 라이트가 만든 집에 들어가 본 적이 있는데, 그 집에는 확실히 자기표현으로서의 건축물에 대한 라이트의 생각이 담겨 있었다. 그 집의 거주자들에게는 대가의 기분과 명령을 받아들이고 복종하는 것 외에 다른 역할이 없다. 메이벡의 접근은 상당히 다르다. 메이벡도 라이트 못지않게 작품의 미적 가치에 관심이 있지만, 그에게 미적인 의미는 건축가가 내놓은 최종 선언이 아니라 건축가와 거주자 간에 진행 중인 대화의 결과물이다. 어떤 집의 아름다움은 '거주'를 통해서 활성화하고 채워진다.

　그래서 내가 성장한 집은 놀랍도록 아름답고, 기분 좋게 편안하면서 거의 전적으로 실용적이었다. 하지만 메이벡에게는 기벽들이 있어, 그것이 대단히 특징적인 메이벡 스타일을 만들어 낼 뿐 아니라 때로는 진짜 괴상하게 나타나기도 했다. 예를 들어 우리 집에는 원래 지하실로 가는 계단이 없었다.

"메이벡은 계단을 탐탁지 않아 했어." 우리 어머니는 그렇게 말했다. 캘리포니아 대학에 지은 건물 한 곳에서도 계단을 빼놓았던가, 안에 있는 게 어울리지 않는다는 이유로 바깥에 덧붙였던가 그랬다고 했다. 나는 혹시 메이벡이 탐탁지 않아 한 게 계단이 아니라 지하실 아니었을까 궁금하다. 메이벡이 즐거운 계단들을 고안해 낸 설계자였다는 사실은 버클리에 있는 많은 집이 지금도 증명한다.

우리 집의 주계단은 층계참까지 우아하게 올라가는 짙은 색의 넓은 계단이었는데, 층계참에서 식료품 저장실에서부터 두 번 방향을 꺾으면서 올라가는 아주 좁은 뒷계단과 만났다. 그대로 뒷계단을 따라 쭉 올라가거나, 층계참에서 180도를 돌면 2층으로 이어지는 마지막 여섯 개의 좁은 계단이 있었다.(저기가 끝이구나 하면서 계단을 올라간 가구 운송업자들은 여기에서 파멸을 맞았다.) 이 마지막 층계 옆에 달린 멋지고 짧고 넓은 난간은 하나뿐이지만 필수적인 사선을 선언했다. 다른 모든 곳은 직각이었다. 위에서 보면, 맨 위 층계의 짧고 곧은 폭포가 둘로 쪼개져, 주계단-강(江)의 널찍한 하강으로부터 좁은 지류가 꺾여져 나가는 형태였다. 층계참 위의 높은 천장, 벽과 천장이 만나는 복잡한 각도를 보면 눈이 즐거웠다. 뒷계단이 두 번째로 꺾어지는 높이, 너무 좁아서 삼각형이 되는 곳에 나 있는 작은 장식 발코니의 프랑스식 문을 통해 들어오는 북향 빛이 밝히는 높은 표면과 높은 공간을 보면 그야말로 붕 뜨는 기분이었다.

　이 묘사가 복잡하게 들린다면, 내가 의도한 대로다. 그 계단 배치 전체가 원래 살아 있는 생물의 내부 배치처럼 복잡했다. 매혹적이도록 복잡했으나, (발코니와는 달리) 순수하게 구조적인 필요를 표현했다. 그리고 계단 전체가 레드우드*로 만들어졌다. 공기와 레드우드. 빛과 공기와 레드우드. 그리고 그림자였다.

　그 집은 제재와 균형이 아름답기로 유명하면서도 탁월한 거주 공간이었다. 균형이 무너지는 곳은 지하실 계단 위쪽뿐이었는데, 그 계단은 아마 슈나이더 가족이 설치했을 것이다. 원래 구조에서는 현관문으로 나가든 부엌문으로 나가든 밖으로 나가서 집의 두 면은 돌아야 지하실 바깥문으로 들어갈 수 있었기 때문이다. 집이 언덕 비탈에 세워졌기 때문에, 지하실로 가는 계단 위 천장은 상당히 낮았다. 그래서 뒷계단 바닥에 있는 높고 좁은 홀에 서서 지하실로 가는 문을 열고 성큼성큼 내려가다가는 들보에 머리를 부딪치게 된다. 스코틀랜드의 아무개 왕은 들보에 머리를 부딪치는 바람에 죽었단다. 우리 아버지는 그렇게 진지하게 경고하고, 상인방에 하얀 페인트로 표시를 해 놓고 10년에 한 번씩 다시 칠을 했다. 우리 모두 지하실로 내려갈 때는 쭈그려 앉았다. 나로 말하자면 기껏해야 그 살인적인 들보에 가끔 머리끝이 스치는 정도의 키로밖에 자라지 않았건만, 그래도 그 문을 열 때마다 스코틀

---

* redwood, 미국 삼나무라고도 한다. 세쿼이아의 한 종류로, 목재로 쓰면 결이 곱고 따뜻한 분위기가 난다.

랜드 왕을 생각했다.

그것만 빼면 그 집에서 균형감이 없거나 불편하거나 적대적인 면을 기억해 낼 수가 없다. 밤에는 무서울 수도 있었지만, 그 이야기는 나중에 하겠다. 낮에도 숲속처럼 여기저기에 그늘이 지기는 했다. 메이벡은 어떤 글에서 "어둡고 높은 곳"에 대해 말하는데, 우리 집에 바로 그런 어둡고 높은 곳들이 있었다. 우리 집은 안팎전체를 레드우드로 지었고 레드우드는 세월이 지나면 색이 어두워졌지만, 키 높은 창문이며 유리판을 끼운 문들도 가득했다.

벽과 천장과 공간 자체가 워낙 흥미롭다 보니 가구는 별로필요가 없어 보였다. 내가 어렸을 때 우리 집 1층에는 깔개 없이 넓은 마룻바닥만 드러나 있었고, 가구는 대부분 허름했다. 특이한의자들, 고리버들 걸상들, 앉기보다는 미끄러져 떨어지기 쉬운 말털과 마호가니제 소파 하나, 발판에 총탄이 박힌 어머니의 어머니침대 등등. 식탁은 몇 안 되는 우아한 물건이었는데, 애초에 집과함께 만들어졌기 때문이다. 테이블치고는 좀 낮은 넓은 나무판 하나로, 여덟 명은 넉넉하게 둘러앉았고 끼어 앉으면 열 명도 가능했다. 레드우드가 부드럽고 쉽게 상처가 남는 나무라 이리저리 상하긴 했어도, 열심히 밀랍칠을 하면 구렁말처럼 깊고 고급스러운 광채가 돌았다. 여기저기에 붙박이장들도 있었는데, 훌륭한 아트 앤드 크래프트 스타일이었고 몇 개는 앞면에 유리를 끼워 넣었다. 그리고 거실 안쪽 벽을 따라 창가 좌석 같은 자리를 만들어 놓았는데, 딱 커다란 내화벽돌 벽난로와 굴뚝을 바라보는 각도였다. 편안한 자리였다. 벽난로에 붙여 만든, 거의 난로 안에 앉다시피 해서 제대로 몸을 데울 수 있는 작은 돌 의자들도 편안했다.

관광객들을 위해 보존해 둔 얼마 안 되는, 그리고 언제나 위협받고 있는 숲들을 제외하면 그 식탁을 잘라 내고 그 집 전체의 거대한 대들보와 넓고 길고 깨끗한 나무판들을 만든 것과 같은 세쿼이아는 이제 없다. 캘리포니아 북부 지방 많은 곳에 세쿼이아 셈페르비렌스*가 흔했고, 그 나무는 집을 짓는데 흔히 쓰였다. 그때는 값이 쌌고, 건조 부패와 풍화에 대한 저항력이 강해 목재로서 가치가 높았다. 내파 밸리에 있는 우리 집, 1870년대에 지은 평범하고 얌전한 그 농가 주택은 레드우드로 지었으면서도 그냥 소나무나 전나무로 지은 것처럼 칠을 하고 벽지를 발랐다. 메이벡 세대에야 그 나무의 독특한 아름다움을 깨닫고 그 나무를 크게 크게 드러내어 썼다. 그들이 미처 생각 못 한 것은 세쿼이아의 고갈이었다. 1907년에는 아무도 그런 생각을 하지 않았을 것이다. 우리도 1950년대까지는 그런 생각을 별로 하지 않았다. 그 후에 레드우드 가격은 하늘 높은 줄 모르고 치솟았고, '레드우드를 구하자' 사람들은 목재 회사와 정치가들을 상대로 끝없는 싸움을 벌였으며, 우리는 그 넓고 아름다운 나무판과 기둥들을 올려다보며 죄책감과 고마움 섞인 경외심을 품기 시작했다.

그 목재는 가공은 하지 않았지만, 사포질로 비단처럼 매끄럽게 마감했다. 카드웰이 자연 레드우드 내장의 색깔을 아주 잘 묘

---

* Sequoia sempervirens, 미국 삼나무 또는 캘리포니아 레드우드의 학명.

사했는데, "새로운 목재의 분홍빛은 곧 풍성한 적갈색으로 깊어지고, 나무판의 춘재(春材)* 부분에 떨어진 백열광이나 자연광의 굴절이 일으킨 오색영롱한 금빛이 그 은은한 색깔을 더 강조한다."

그 집은 속속들이 레드우드로 지었을 뿐 아니라 북서쪽에 세쿼이아 셈페르비렌스도 몇 그루 심어 놓았다. 내가 처음 기억할 무렵에는 아주 크고 웅장한 나무들이었다. 서쪽 앞면은 가파른 비탈과 돌담을 쌓은 두 겹의 계단으로 길거리 위쪽 높이 솟았다. 뾰족지붕과 깊은 처마, 1층과 2층 모두 사면에 튀어나온 나무 발코니들이 있어 외장 전체가 대체로 산장 스타일이었다. 처마와 발코니를 지탱하는 들보와 지주는 하늘에도 대담한 사선을 그렸고 널빤지 벽에도 마찬가지였다. 아래층에서는 수평널과, 위층에서는 수직널과 사선을 이뤘다. 이렇게 적으니 화려한 장식 같지만, 어두운 나무의 단순성과 집 자체의 거대하고 인상적인 균형이 지붕 각도와 발코니들 모두를 간소하고 고상한 전체에 종속시켰다. 북쪽의 작은 발코니 같은 장식 요소들이 그 고상함이 지루하거나 압도적이 되지 않게 막아 줬다. 그 집은 언덕길 꼭대기의 당당한 위치에서 솟아오르면서 동시에 큰 지붕의 긴 서쪽 하강 곡선을 통해 산비탈 자체를 반복 재연했다. 그 집은 모든 면에서 풍경과 마을에 최고로 잘 어울렸다.

그 집은 시간이 흐를수록 그 거주자들에게 더 잘 어울리는 곳이 되었다.

---

* 봄에 성장한 부위로 넓고 밝다.

잠을 잘 수 있는 공간으로 의도한 침대 발코니 하나는 지붕도 있고 창문에 둘러싸여 있어서 우리 가족 네 아이를 위한 밝고 좁은 놀이방이 되어 주었다. 그 공간을 놀이방으로 삼은 게 슈나이더 가족인지 우리 가족인지는 모르겠다. 우리는 그 집에 많이 손을 댔다. 원래는 아이가 하나 있는 가족을 위해 지은 집이어서, 카드웰의 표현을 빌자면 "검소한 예산으로 지은 검소한 집"이었다. 1930년대에는 그 집에 식구 일곱이 살았고, 상당히 비좁게 지내다 못해 우리 아버지가 동쪽에 부속건물을 덧붙였다. 방 네 개, 화장실 두 개, 벽난로 두 개, 널찍한 다락이 있는 건물이었다.(원래 집의 다락은 무섭고 어두운 좁은 공간으로, 검은과부거미와 박쥐 말고는 쓸 수가 없었다.)

요즘은 아무도 메이벡 주택을 증축할 꿈도 꾸지 못할 것이다. 위인 증후군은 우리에게 대가의 작품은 신성불가침이라고 말한다. 나로서는 아버지와 아버지의 목수 겸 시공사였던 존 윌리엄스라는 웨일스인이 설계한 부속건물이 원래 집에 매끄럽게 맞아들어갔다는 말밖에 할 수 없다. 내가 들인 방문객들은 누구도 그곳이 메이벡의 원래 설계대로가 아니라는 사실을 알아차리지 못했다. 균형도, 창문의 크기와 형태도 모두 다 원래 집과 맞았다. 깊은 처마나 발코니는 없었고, 윌리엄 모리스* 스타일의 섬세한 철제 걸쇠들도 없었지만 그건 1930년대에 이미 유행이 지나서 구하기가 어려웠을 것이다. 이 커다란 증축건물은 그 집의 편안함을 완벽하게 만들어 줬고, 아마 누구보다 아이들에게 더 그랬을 것이다. 많

---

* William Morris(1834~1896). 건축가이자 화가로 자연을 주제로 한 패턴 작업이 특징이다.

은 방에다 뛰어다닐 복도, 우르르 들어갈 공간, 혼자 있을 공간, 볕 좋은 구석, 전기 기차와 장난감 군대를 늘어놓을 거대한 다락까지.

우리 어머니는 언제나 여자들은 그 집을 좋아하지 않았고 남자들은 좋아했다고 하셨다. 난 그게 어머니의 견해라고 생각한다. 그 집에는 사냥 오두막 같은 느낌이랄까, 거칠고 널찍한 삭막함이 있어서 남자들에게는 강건한 인상을 주고 '아기자기한 취향의 여자'에게는 호소력이 없어 보였을 수 있다. 하지만 우리가 '아기자기한 취향의 여자'를 많이 알긴 했던가. 내가 아는 그 집을 아는 여자들은 다 좋아했다.

부엌은 아마 요새 주부의 이상형은 아닐 것이다. 1907년에 지은 부엌은 대부분 그랬다. 좁은 편이었는데, 그래도 몇 걸음 만에 스토브에서 도마에서 개수대에서 냉장고로 몸을 돌릴 수 있다는 점은 편리했다. 그 부엌에는 나에게는 아주 중요해 보이는 요소가 하나 있었으니, 그건 개수대 위 창문이었다. 그 창문으로 북쪽 정원과 봄이면 멋지게 꽃을 피우는 야생 능금나무 가지들이 내다보였다. 훌륭한 부엌 장과 서랍이 많이 있었고, 도자기 그릇을 보관하고 진열할 선반 벽이 있어서, 허리 높이부터 천장까지 이르는 나무틀의 미닫이 유리문이 달렸다. 그 높은 문들도 그 집에 속한 모든 것이 그렇듯 완성도가 높아서, 우리가 그 집에 산 수십 년 동안 멋지게 미끄러져 열렸다. 뒷계단 바닥에 있는 좁은 복도 바깥, 스코틀랜드 왕의 문 건너편에 있었던 저장실은 서늘하게 보관하기 위해 바깥으로 열린 칸막이 공간에 가까웠다. 선반이 가득한 작고 어두운 방으로, 사과와 오래된 페퍼누스* 쿠키와 다른 저장품들의 냄새가 풍겼다. 나는 가끔 그저 냄새를 맡으려고 저장실에 들어가곤 했다.

그 냄새 일부는 레드우드였다. 레드우드는 향이 좋다. 한 조각만 가지고는 삼나무나 갓 자른 소나무처럼 향기를 맡을 수 없겠지만, 레드우드로 지은 밀폐 공간 안에서는 특징적인 향기가 풍긴다. 그 냄새를 집의 냄새로 느끼는 코에는 몹시도 반가운 향이다. 오랫동안 떠나 있다가 우리 집으로 들어가면 후각이 얼마나 즉각적이고 깊게 감정과 연결되어 있는지 다시 알 수 있었다.

그건 시각이나 촉각이나 청각과는 아무 상관이 없기 때문에, 그 냄새가 나는 공간은 나에게 어둡거나 그늘진 인상을 준다. 고요하다. 그리고 경계가 없어 무척 크다. 신비롭고도 상냥하다. 그건 내 기억 속에서 그 집에 품고 있는 가장 이르고 가장 원초적인 인상을 많이 닮아 있다.

위에서 "북쪽 정원"이라고 했는데, 이렇게 말하면 웅장하게 들린다. 사실 원래 정원은 웅장했을 것이다. 그 집은 두 개의 부지 중앙선 바로 남쪽에 서 있었고, 양쪽 부지 모두 가파른 비탈 정원이 채웠다. 골든게이트 공원을 설계한 존 맥라렌의 배치였다. 장미밭과 분수가 있었다. 집은 그렇지도 않았건만, 정원은 양식을 갖춰 조성했다. 나는 그 정원을 기억하지 못한다. 그저 꽃밭 약간과 분수만 기억할 수 있는데, 그 분수는 물을 내뿜는 게 아니라 똑똑

---

* 크리스마스에 먹는 독일 전통 쿠키로 견과류와 향신료를 넣는다.

떨어뜨리기만 했다. 내 유년기 내내 남아 있던 북쪽 정원의 요소는 집 앞의 레드우드들과 키 작은 향나무와 영국 주목 두 그루, 남쪽의 근사한 녹나무 한 그루와 커다란 댕강나무, 그리고 대단히 윌리엄 모리스 디자인 같은 버드나무 몇 그루가 다였다. 슈나이더 가족은 그 정원을 잘 유지했는지 내버려 뒀는지 모르겠다. 우리 가족은 확실히 내버려 뒀다. 정원 일부는 배드민턴 코트가 되었고, 나머지는 대가족의 정원들이 으레 그렇듯 마구잡이로 우거졌다. 나는 부모님이 북쪽 부지에 임대용으로 집을 두 채 짓기로 결정하기 전까지 내 브리튼스 장난감 농장을 늙은 장미나무 사이에 펼쳐 놓았고 거대한 금귤 덤불 아래 비밀 통로에서 놀았다. 야생 능금은 여전히 절정기였고, 새로 지은 집에는 둘 다 꽃이 가득한 작은 정원이 있었기에 설거지를 하면서 보는 풍경은 여전히 아름다웠다. 그렇게 해서 우리 집의 정원은 관리할 만한 크기로 줄어들었고, 아이들이 자라자 부모님에게도 그 정원을 가꿀 시간이 생겼으며, 아버지는 사랑하는 장미와 달리아를 심고 돌보았다.

그러고 보니 내가 별난 인류학자와 웨일스 목수, 그리고 한 떼의 인부들이 독특한 메이벡 산장과 맥라렌 정원을 신성모독한 과정을 묘사하는 바람에 정말 고통스러워하는 사람이 있을지도 모르겠다. 그랬다면 미안하다. 나는 우리가 집과 정원 둘 다 최선을 다해 이용했다고 생각한다. 우리는 집 안 구석구석을 이용했다. 우리는 그 집에 적응했고 그 집도 우리에게 적응시켰다. 그 집에서 열심히, 그리고 완전하게 살았다. 우리는 아이들이 어머니에게 하듯이 그 집을 경애하고 또 혹사했다. 그건 우리 집이었고 우리는 그 집의 가족이었다. 나는 그것이 정확히 메이벡이 그 집을 지을 때 생각한 그림이라 생각한다. 그랬으면 좋겠다. 메이벡은 언덕을 한참 올라가서, 자기가 지은 철망 재료의 집에 살았다. 메이벡이 찾아 왔을 때에 대해서는 희미한 기억만 있다. 분명히 아주 어렸을 때다. 메이벡의 둥그런 배를 올려다본 기억이 있는데, 아주 키가 작은 남자였으니 말이다. 다른 남자들과 다르게 어딘가 높은 곳에 위치한 중앙 단추 하나만으로 바지를 여미고 있었다고 기억하는데, 그림이 정확하게 떠오르지는 않는다. 메이벡의 태도는 신비롭고도 자상했다.

그 집의 아름다움에 대해 이야기하고 싶을 때면 자꾸만 그 집의 편안함, 실용성과 비실용성, 계단, 냄새 같은 것들에 대해 말하게 된다. 아름다움 자체는 이야기할 방법을 모르겠다. 마치 아름다움이란 다른 뭔가를 설명할 때만 전할 수 있는 것 같다. 해가 저물고 제일 먼저 뜨는 별은 똑바로 보지 않아야만 볼 수 있듯이 말이다.

태어날 때부터 성인이 될 때까지 한집에서 살면 확실히 그 집과 정신적으로 얽혀 있게 된다. 어느 정도는 성별에 달린 문제일 수도 있다. 여자들은 대부분의 남자들보다 더 자신들을 집과 동일시하거나, 집을 자신들과 동일시한다는 말을 듣는다. 나파 밸리의 오래된 랜치하우스는 나에게 대단히 소중했고 지금도 소중하며,

지금까지 50년 가까이 산 포틀랜드 집도 그렇다. 하지만 버클리 집은 나의 근본이다. 내 유년기를 떠올리면 그 집이 떠오른다. 그곳이 모든 일이 일어난 곳, 내가 생겨난 곳이다.

그리고 내가 성장할 수 있었던 공간은 정말로 특별했다. 내가 말하려는 것도 그것이다. 그 집은 드물게 아름다웠다. 그냥 예쁘고 쾌적한 게 아니라, 그걸 훨씬 넘어서는 아름다움이었다. 메이벡의 예술적 기준은 아주 높았다. 실내에서 우리를 에워싼 모든 것이, 마구 어질러진 어린이 물건들과 일상의 혼란을 걷어 낸 모든 표면과 면적이 고상하게 균형 잡혀 있었고, 재질도 솜씨도 훌륭하고 아낌없었으며 위엄 있고 상냥하고 널찍했다.

카드웰이 그 집에 대해 말하길, "그 충만한 느낌은 공간을 정의하는 벽 안의 영악한 빈 공간 배치에 더하여, 하나의 볼륨(volume)을 다른 볼륨과 연결하는 메이벡 특유의 기술로 발현시킨 것이다." 내 생각에 그런 빈 공간의 제일 훌륭한 예는 거실 천장의 거대한 대들보를 육중한 레드우드 씌운 기둥 하나로 지지해서 만들어 낸 공간이었다. 조금 어두운 현관 복도를 지나 오후 내내 볕이 드는 크고 밝은 거실에 들어서면 그 공간과 맞닥뜨렸다. 그러면 기둥 주위의 빈 공간을 의식하게 되었다. 그 주위의 공기 움직임도 의식이 됐다.(사실 그 집은 외풍이 꽤 심했지만, 캘리포니아에서는 그게 큰 문제가 아니었다.) 기둥 자체의 선명하고 단단한 의지도 의식이 됐다. 그 기둥은 이렇게 말했다. 이 집은 나에게 의존하고 있고, 난 믿음직해, 라고.

수많은 창문과 몇 개의 프랑스식 문*이, 내륙의 햇빛과 바다에 반사된 빛이 섞인 베이 지역 특유의 빛을 들여보냈다. 창문마다 쾌적한 버클리 정원이 보이거나, 남쪽과 서쪽으로는 기가 막힌 샌프란시스코 만과 도시와 다리의 풍경이 보였다. 창문 자체도 기쁨이었는데, 창문틀은 낮아도 언제나 하늘이 담길 정도로는 높았다.

　　그렇게 주의 깊고도 신중하게 기쁨을 주도록 계획하고 의도한 집이라면 그 속에 사는 사람에게 영향을 미칠 수밖에 없고, 어린아이에게는 특히 더 그럴 것이다. 어린아이에게는 집이 곧 세상이나 다름없으니 말이다. 그 세상이 의도적으로 아름답게 만들어졌다면, 그 아이는 인간적인 척도와 조건에서 아름다움에 익숙해지고 아름다움을 기대하게 성장할 수 있다. 메이벡이 말했듯이, 그런 일상 경험은 "사람의 정신에 음악이나 시와 같은 힘을 발휘할 것이다." 그러나 음악이나 시의 경험은 짧고 가끔이다. 아이에게 살고 있는 집 자체가 주는 경험은 영구적이고 포괄적이다.

　　내가 궁전에서 자란 어린 공주를 묘사하는 듯 보일까 두렵다. 그런 게 아니다. 궁전은 아름다울 수도 있고 아닐 수도 있다. 아름다움은 궁전의 본분이 아니다. 궁전의 본분은 권위와 부, 중요성을 표현하는 데 있다. 그런 면에서는 메이벡이 지은 집보다 현대식 맥맨션이 훨씬 더 궁전 같다. 메이벡이 궁전을 지었을 때, 그건 왕과 공주들이 살 곳도 아니었고 부유함과 위풍당당함의 선언도 아니었다. 그건 대중에게 노출하는 공공 예술 전시를 담아내고 기리기

---

* 전면 유리창에 가까운 생김새로, 따뜻한 지역에서 빛을 많이 들일 때 좋다.

위한 건물이었다. 그의 건물들은 오직 그 설계상의 정직함과 성실함에 있어서만 권위를 드러낸다. 메이벡 주택은 오직 질서를 표현한다는 점에서만 궁전과 목적을 공유한다고 할 수 있다.

주위를 둘러싼 구조물의 모든 것이 맺고 있는 관계가 조화롭다면, 그 관계가 활력 넘치고 평화로우면서도 질서 정연하다면, 그 사람은 세상에는 질서가 있으며, 인간은 그 질서에 이를 수 있다고 믿게 될 수 있다.

내가 지금 빙빙 돌고 있는 이야기의 핵심은 도덕 감정(moral feeling)의 표현, 그리고 심미적인 수단을 통한 도덕 감정 촉진이라는 아주 어려운 질문이다.

아름다운 환경에서 자라기만 해도 아이의 정신이 잘 형성된다고는 할 수 없다. 인간은 사회적인 요인이 자연보다 명백히 더 중요하다. 아마 오클랜드 슬럼가에서 가난하게 성장한 아이의 발전에는 베이 지역의 비범한 자연 경관이 썩 큰 요인이 아닐 테지만, 그 아이들에게 쇠퇴와 무질서로부터의 위안을 조금은 제공할 수도 있다. 사회적인 오염과 산업적인 추악함에서 멀리 떨어져 멋지고 다양한 풍경 속 시골에서 사는 사람들이라고 해서 평생 칙칙한 관목지밖에 보지 못하고 산 사람들보다 여유로운 영혼이나 고귀한 목적을 품는 것 같지는 않다. 자연의 아름다움이 정신을 밝고 넓게 만들려면, 아이가 남다른 관찰의 재능을 가졌거나, 성숙도와 함께 점차 깊어지는 관찰과 심미안 훈련을 받아야 한다고 생각한다.

단칸방이나 좁은 아파트에서 자란 어린아이들은 지적, 공간적, 사회적 기술이 덜 발달한 채 학교에 입학한다는 증거가 있다. 성장한 공간의 물리적, 시각적 한계가 정신에 불리하게 작용한 것이다. 슬럼가와 빈민 구역의 비좁고 흉하고 더럽고 시끄럽고 혼란스러운 환경이 그곳에 사는 아이들에게 우울과 분노를 키우며, 세상을 온전히 인지하는 능력에 한계를 짓고 희미하게 만든다는 사실을 의심하기 어렵다. 마찬가지로, 인간의 독립성과 상호 책임에 대한 그 아이들의 인식은 혼자만의 방에서 성장한 중산층 아이의 인식보다 훨씬 강렬할 수 있을 것이다.

자연의 아름다움이든, 일부러 만들어 낸 아름다움이든 도덕적인 통찰력과 판단력을 육성하기에는 부족하다. 하지만 나는 어릴 때부터 계속 미학적인 아름다움을 경험함으로써 질서와 조화를 기대하게 자랄 수 있고, 그 마음은 도덕적인 명료성에 대한 적극적인 욕구로 이어질 수 있다고 생각한다. 나는 윤리와 미학을 구별하기가 어렵다. 내 윤리 반응과 미학 반응은 둘 다 갑작스러울 정도로 즉각적인 경향이 있다. 진짜 새롭거나 복잡할 경우에만 머뭇거리고, 교육을 받고 개선할 수는 있지만 고집스럽다. 두 반응이 너무 비슷하기 때문에, 내가 윤리적으로 반응하는지 미학적으로 반응하는지 확실치 않을 때가 많다. "그건 맞아. 그건 틀려." 그런 자연스러운 확신은 얕아 보이지만 얕지가 않다. 오히려 내 깊은 곳까지 뻗어 내려간 오래되고 얽혀 있는 무수한 뿌리들로부터 올라오는 깊고 무척이나 비합리적인 반응이다. 나는 그 반응을 정당화하고 이유를 찾으려 하자마자 수렁에 빠진다. 내가 왜 시애틀에 있는 게리 박물관은 틀렸다고 생각하고 왜 샌프란시스코 순수 예술의 궁전은 옳다고 생각하는지 자문하다가는, 왜 내가 임신 중단권이 옳다고 생각하는지나 고문이 틀렸다고 생각하는지 설명하려들 때와 똑같이 어마어마하게 힘들고 아무리 해도 만족스럽지 않은 고민에 빠져들고 만다. 그리고 나는 윤리적인 질문과 미학적인 질문 사이에 정말로 종류의 차이가 있다거나 중요성에 차이가 있다고 느끼지 않는다. 하지만 이 진술을 더 파고들자면 철학을 어느 정도 이해해야 할 테고, 나에겐 철학적 이해가 없다.

나는 임신 중단이나 고문이나 게리 박물관에 대해 더 생각하지 않고 다시 내가 살았던 집으로 돌아갈 것이다. 나는 그 집이 도덕적인 이상이나 개념과 구별할 수 없는—또는 내가 구별하지 못하는—미학적 이상 내지 개념에 따라 지어졌다고 생각한다. 모든 건물에 도덕성이, 그것도 비유적인 의미가 아니라 이런 의미에서, 건물의 설계와 자재가 보여 주는 정직과 성실에, 아니면 무능과 지리멸렬과 조잡성과 모조성과 속물성으로 표현된 부정직함에 도덕성이 있다고 한다면 불공평할까?

나는 내가 이런 건물의 도덕성을 레드우드의 냄새나 복합 공간의 감각처럼 받아들여 흡수했다고 생각한다.

나는 그 건물의 도덕적인 구상이 미학적인 구상과 똑같이 훌륭하다고 생각하며, 나로서는 그 둘이 분리가 되지도 않는다.

"균형에 기이한 구석이 없는 아름다움은 없다." 프랜시스 베이컨이 한 말은 전적으로 사실일 수도 아닐 수도 있지만, 어쨌든 유용한 아이디어다. 우리 집에는 기이한 구석이 아주 많았다.

요새도 정어리 게임을 하는지? 정어리 게임을 하려면 큰 집과 많은 사람과 어둠이 있어야 한다. 한 사람이 술래다. 술래를 뺀 모두는 술래가 다른 숨을 곳을 찾을 때까지 한 방에서 시끄럽게 기다린다. 침대 밑이든, 청소도구함이든, 욕조 안이든 술래가 숨고 싶은 곳에 숨는다. 그다음엔 불을 끄고, 모두가 뿔뿔이 흩어져 조용히 술래를 찾아 나선다. 술래를 찾으면 아무 말도 하지 않고 그냥 술래와 같이 숨는다. 숨은 곳이 청소도구함이라면 몇 명 들어갈 자리는 있을 것이다. 침대 밑이라면 문제가 생긴다. 사냥꾼들은 하나씩 하나씩 그 장소를 찾아내어 깡통 속 정어리처럼 차곡차곡 몸을 밀어넣고, 웃음을 죽이고 움직이지 않으려 애쓰면서 마지막 사냥꾼이 모두를 찾아내어 한꺼번에 자유가 될 때까지 참아야 한다. 좋은 놀이다. 이런저런 구석과 외진 곳이 많았던 우리 집은 정어리 게임에 완벽한 집이었다.

그건 크고 어둡고 생각지 못한 장소들이 있는 이점일 테고, 또 다른 측면은 밤에 혼자 있는 사람에게 드러났다.

우리 가족 중에 처음 밤을 혼자 보낸 사람은 아버지와 어머니가 이사해 들어가기 전에 밤을 지새운 친척이었다. 그분은 계단을 올라가서 있는 큰 침실에서 자려고 했다. 그러다가 한 계단, 한 계단씩 올라오는 누군가의 발소리를 선명하게 듣고 펄쩍 뛰어 일어났다. 침입자에게 맞서려고 계단참으로 갔지만, 아무도 볼 수 없었다. 다시 침대에 들어갔다. 더 많은 사람이 계단을 올랐다. 사람들이 방바닥을 가로질러 삐걱, 삐걱, 삐걱 하면서 다가오는데 여전히 보이지는 않았다. 결국 그 친척은 그 사람들이 집 안에만 머물기를 빌면서 발코니로 나가서 문을 닫고 잤다.

레드우드로 만든 바닥에는 느린 회복탄성이 있다. 누군가의 발에 눌리면, 제자리로 돌아가는데…… 시간이 좀 지나서…… 어쩌면 몇 시간이나 지나서다. 일단 그 현상을 이해하고 나면 그럭저럭 참을 만하다. 청소년기에 나는 깊은 우물 같은 계단을 내려다보고 서서 보이지 않는 사람들이 계단을 오르는 소리에 귀 기울이거나, 내 작은 방에 누워서 내가 다락을 돌아다니는 소리, 그날 오후에 내가 밟았던 모든 걸음을 바닥이 되풀이하는 소리에 귀 기울이기를 좋아했다.

하지만 그보다 더 어렸을 때는 그 설명이 별로 도움이 되지 않았다. 그때는 계단 위에 있는 큰 침실에서 잤는데, 캄캄한 밤이면 집이 무서워졌다. 집은 무한히 크고 아주 깜깜했다. 신비로운 많은 것들이 있을 자리가 있었다. 나는 여섯 살 때 「킹콩」을 보고 몇 년 동안 밤 공포증*에 시달렸지만, 집 안에 사람들이 있다는 걸 알기만 하면 그럭저럭 대처할 수 있었다. 처음으로 집 안에 혼자 남겨졌을 때 나는 느린 공황 상태에 빠져들었다. 용감하려고 노력했지만, 그림자와 삐걱임이 점점 버거워졌다. 막 길을 건너고 있었던 오빠들은 내가 창밖으로 몸을 내밀고 큰 소리로 울자 바로 달려왔고 깊이 뉘우치며 나를 달랬다. 나는 스스로가 너무 바보 같아서 미

---

* night terror, 야경증이라고도 한다. 자다가 공포에 질려 눈을 크게 뜨고 비명을 지른다.

안해하며 울었다. 내가 왜 사랑하는 우리 집을 무서워한 걸까? 어떻게 우리 집이 나에게 그렇게 낯설어질 수가 있을까?

그 집엔 기이한 데가 있었다. 그게 진실이다.

아름다움이란 퍽 까다로운 말이다. 아름다움에 곧바로 접근할 수가 없다는 점에 대해서는 이미 불평했다. 사람들은 아름답다는 말을 예전처럼 자유롭게 쓰지 않고, 많은 예술가들(화가, 조각가, 사진가, 건축가, 시인)은 그 말을 아예 거부한다. 아름다움을 판단할 공통 기준이 있다는 사실을 부인한다. 아름다움을 그냥 예쁘다는 뜻으로 축소시키고는 고결하게 경멸한다. 아니면 진실이나 자기표현, 날카로움, 그 외에 자기들이 더 귀하게 여기는 다른 가치를 위해 일부러 아름다움을 버린다.

아름다움이 무엇인지 두루 받아들일 만한 정의를 내놓지도 못하면서, 그런 아름다움에 대한 거부를 두고 토론할 능력이 있는 척하진 않겠다. 하지만 나는 아름다움이란 말이 다른 사람들에게 갖는 의미에 상관없이 예술가들 본인에게는 어떤 의미인지 고민해 볼 필요가 있다고 생각한다. 그들은 자신들이 하는 일의 미학적인 요소를, 그 중요성을, 그 무게를 어떻게 해석하는지? 그 미학적인 요소를 제외하면 그들의 작업을 예술이라고 부르게 만들어 주는 건 무엇인지? 뭔가 아름다운 것을 만들겠다는 추구를 빼면 무엇이 예술가를 만드는지? 지금 저 질문들에 대한 대답은 예술가의 숫자만큼 많을 것이고, 나에게 다른 사람들의 답을 물을 권리는 없다. 하지만 나는 스스로에게 저 질문들을 던지고, 최대한 정

120

직하게 답할 의무가 있다고 느낀다.

소설가들은 아마 다른 어떤 예술가들보다 아름다움에 대해 덜 이야기할 것이다. 소설가의 작업을 묘사할 때 아름답다는 말은 거의 쓰이지 않기 때문이다. 하지만 소설가로서 나에게는 언제나 '아름다움'이 내 작업을 생각할 때나, 다른 소설가들의 작품을 설명할 때나 중요한 말이었다. 예를 들어, 나에게『오만과 편견』은 절대적으로 아름다운 예술 작품이다. 절묘하게 정확한 언어, 완벽한 균형과 보조와 리듬이 강력한 지성과 통찰과 강한 도덕 감정에 복무하여 완전하고 활력 넘치는 전체를 만들어 낸다면…… 그게 아름답지 않다면, 무엇이 아름답단 말인가? 이 말이 이해가 간다면 여러분도 기꺼이 내가『리틀 도릿』이나『전쟁과 평화』,『등대로』,『반지의 제왕』같은 온갖 다른 종류의 소설을 설명할 때 아름다움이라는 말을 쓰게 해 줄 수 있으리라. 아니면 여러분이 아름답다고 말하고 싶은 소설들을 아름답다고 말하리라.

자,『오만과 편견』이 집이라면, 아마 고상하게 균형 잡히고 기분 좋게 살 수 있는, 아주 크지는 않은 18세기 잉글랜드 주택일 것이다.

우리의 메이벡 주택을 어떤 소설에 비유할 수 있을지는 모르겠지만, 그 소설에는 어둠과 광휘가 담겨 있을 것이다. 그 아름다움은 정직함과 대담함과 독창적 구조에서, 영혼과 정신의 상냥함과 관대함에서 솟아날 것이며 또한 환상적이고 기이한 요소들도 갖추고 있을 것이다.

이 글을 쓰다 보니 소설이 어때야 하는가에 대한 나의 생각 중 많은 부분이 결국 그 집에 살았던 경험으로 배운 게 아닌가 싶어진다. 만약 그렇다면, 나는 평생 단어로 그 집을 다시 지으려 애써 왔는지도 모른다.

깨어 있기

2008년 2월 하퍼스에서 발표, 『와일드걸The Wild Girls』(PM프레스, 2011)에서 재발행. 어마어마한 속도로 변하는 기술 시대에 참고자료는 얼마나 빨리 뒤떨어지고 보편 추정은 우스꽝스러워지는지! 이 조각글을 업데이트하고 싶은 유혹은 느꼈지만, 그러지 않았다. 쓰였던 때에 맞는 글이지만, 또한 변화와 지속, 그리고 벤저민 프랭클린의 말을 빌자면 죽음과 세금 외에는 아무것도 예측하지 못하는 우리의 무능력을 보여 준다는 점에서 후세대에도 유용할 수 있는 글이다.

어떤 사람들은 숲에서 점박이올빼미가 사라진 것을 애도하고, 어떤 사람들은 구운 점박이올빼미를 먹는다고 자랑하는 범퍼스티커를 과시한다. 책도 멸종 위기종 같은데, 이 소식에 대한 반응도 비슷하게 다양하다. 2002년 국립 예술 재단(National Endowment for the Arts) 조사는 심하게 손을 떨면서 선언하길, 조사에 참여한 미국 성인 중에 그해에 문학 작품을 한 권이라도 읽었다고 대답한 사람은 반이 되지 않았다고 했다.(이상하게도 NEA는 비소설을 "문학"에서 빼니, 여러분은 『로마 제국의 쇠망』, 『비글호의 항해』, 아니면 엘리자베스 개스켈이 쓴 샬럿 브론테 전기, 버지니아 울프의 편지들과 일기들 전부를 다 읽는다 해도 문학적인 가치가 있는 책을 읽은 사람으로 들어

가지 않는다.) 2004년 NEA의 설문조사는 설문에 참여한 미국인의 43퍼센트가 1년 내내 책을 한 권도 읽지 않았다고 했고, 작년 11월에 "읽느냐 안 읽느냐" 보고서에서는 독서의 쇠퇴를 애도하며 비독서가들은 인력 시장에서도 독서가들보다 못하고 전반적으로도 독서가들보다 덜 유용한 시민이라고 경고했다. 이 경고는《뉴욕 타임스》의 모토코 리치를 자극하여, 일요판에서 다양한 책벌레들에게 왜 누구든 책을 읽어야 하느냐는 질문을 던지기에 이르렀다. 미《연합통신》은 자체 설문조사를 돌려 작년 9월에 자신들의 응답자 27퍼센트가 책 없이 1년을 보냈다고 발표했는데, 이 숫자는 NEA보다 나았지만《연합통신》의 말투는 놀랍도록 평온했다.《연합통신》기자 앨런 프램은 "책을 읽으면 졸려서 말이죠."라고 대답한 댈러스 어느 통신 기업 프로젝트 매니저의 말을 인용하고 덧붙였다. "확실히 수백만 미국인이 이 습관에 공감할 수 있을 것이다."

인쇄물을 마주하고 의식을 유지하지 못하는 데 대한 자기만족은 의심스러워 보인다. 하지만 또한 나는 우울하게든, 약간은 고소해하면서든 책이 사라져 간다는 추정에도 의문을 제기하고 싶다. 나는 책이 남을 거라 생각한다. 다만 수많은 사람들 모두가 책을 읽지는 않을 뿐이다. 왜 지금 우리는 모두가 책을 읽어야 한다고 생각하는 걸까?

인간 역사의 대부분 시간 동안, 대부분의 사람은 글을 아예 읽지 못했다. 읽고 쓰는 능력은 힘 없는 자와 힘 있는 자의 경계를 표시할 뿐만 아니라, 그 자체가 힘이었다. 즐거움은 고려 대상이 아니었다. 상업 기록을 유지하고 이해하는 능력, 먼 거리에서도 암호를 써서 소통할 수 있는 능력, 신의 말씀을 지키고 스스로의 의지와 스스로의 시간에 따라서만 전도할 수 있는 능력, 이런 것들은 타인을 통제하고 스스로의 권력을 강화하는 강력한 수단이다. 모든 문자 사회는 문해력을 (남성) 지배 계층의 구조적 특권으로 삼아서 시작했다.

문해력은 아주 서서히 아래로 흘러들고, 덜 비밀스러운 만큼 덜 성스러워졌으며, 더 대중적이 될수록 직접적인 영향력이 덜해졌다. 로마인들은 결국 노예와 여자 등 일반 대중까지 읽고 쓰게 했으나, 그들을 계승한 종교 기반 사회로부터 응보를 받았다. 암흑시대, 기독교 사제는 조금이라도 읽을 수 있었으나 대부분의 평신도는 대부분 읽을 줄 몰랐고, 많은 여자들도 읽을 줄 몰랐다. 아니, 읽을 수가 없었다. 마치 오늘날 무슬림 사회 몇 군데가 그러하듯, 읽기는 여자에게 부적절한 행위로 여겨졌다.

유럽에서는 중세 전체를 문자의 빛이 서서히 확장되고, 그 빛이 르네상스를 밝히고, 구텐베르크와 함께 찬란해지는 과정으로 볼 수 있다. 그다음에는 어느새 노예들이 글을 읽고, 이런저런 선언문이라는 종잇조각들과 함께 혁명이 일어나고, 거친 서부 전역에서 여교사들이 총잡이들을 대신하고, 사람들이 뉴욕에 최신 소설을 싣고 온 증기선에 몰려들어서 "어린 넬이 죽었어요? 죽었어?"라고 외치고 있다.

나는 미합중국의 독서 절정기를 1850년쯤부터 1950년쯤으로 본다. 책의 세기라고 할까. 예언가들이 우리가 쇠퇴하고 있다고 여기기 전의 절정기다. 공립학교는 민주주의의 근본으로 여겨졌고, 도서관들이 공공기관이 되어 번창했기에 독서는 우리가 다 공유하는 뭔가로 여겨졌다. 가르침은 1학년부터 "영어"에 중점을 두었는데, 아이들이 영어에 능통하기를 원한 이민자들 때문만이 아니라 문학이, 그러니까 소설과 과학 저술과 역사와 시가 주요한 사회적 화폐였기 때문이다.

1890년부터 1910년까지 교과서들을 보면 무서울 수도 있다. 열 살짜리에게 기대하는 문해력과 전반적인 문화 지식 수준이 엄청났다. 그런 교과서나, 1960년대까지 고등학교에서 읽기를 기대하는 소설 목록을 보면 미국인들이 정말로 자식들이 읽을 수 있기만 원한 게 아니라 읽기를 원했고, 읽으면서 잠들지 않기를 바랐다고 믿게 된다.

문해력은 어떤 개인의 경제 발전과 계급 상태로 향하는 수단에 그치는 게 아니라 중요한 사회 활동이었다. 책에 대한 경험의 공유는 진짜 유대감을 낳았다. 책을 읽는 사람은 휴대폰에 대고 진부한 말을 외쳐 대다가 자동차 사고를 내는 사람 못지않게 주위로부터 단절되는 듯 보이는데, 그게 독서의 사사로운 면이다. 하지만 나와 다른 사람들이 읽은 내용에는 대중 요소도 있다.

요새 사람들이 최신 TV 경찰 드라마나 마피아 드라마 히트작에서 누가 누구를 죽였는지를 이야기하면서 위협적이지 않고 성가시지 않고 사교적인 대화를 유지할 수 있듯이, 1840년에 기차에

탄 낯선 사람들끼리나 일자리 동료들은 디킨스의 『오래된 골동품 가게_The Old Curiosity Shop_』에 대해서나 가엾은 어린 넬이 어떻게 할지를 두고 자연스럽게 대화할 수 있었다. 공립학교 교육은 시와 다양한 문학 고전에 강했기에, 많은 사람이 테니슨이나 스콧, 셰익스피어 언급을 알아보고 즐겼다. 문학은 공유 재산이자, 사회적 만남의 장이었다. 누군가가 디킨스 소설을 보고 잠들었다고 자랑하기보다는, 디킨스 소설을 읽지 않아서 소외된 기분을 느꼈을 것이다.

문학의 사회적인 성질은 베스트셀러의 인기에서도 아직 볼 수 있다. 출판사들이 단지 홍보만을 통해서 지루한 헛소리 소설들을 베스트셀러로 만들고도 빠져나갈 수 있는 건, 사람들이 베스트셀러를 필요로 하기 때문이다. 문학적인 필요가 아니다. 사회적인 필요다. 우리는 모두가 읽고 있는(그리고 아무도 끝까지 보지 않는) 책들을 원한다. 그래야 그 책들에 대해 이야기할 수 있으니까.

요즘에도 잉글랜드에서 배로 책을 실어 왔다면, 뉴욕 부두에 구름 떼 같은 군중이 몰려들어 해리 포터 마지막 권을 맞이하면서 "걔가 걜 죽였어요? 걔는 죽었어요?" 외쳤을 것이다. 해리 포터 붐은 진정한 사회 현상이었고, 청소년들에게 배타적인 내집단과 공유한 사회 경험을 제공한다는 점에서 록스타 숭배, 또는 대중음악을 둘러싼 하위문화와도 같다.

책은 사회적인 매개체지만, 출판사들은 그걸 이해하는 데 늦었다. 오프라 윈프리가 촉진시키기 전까지는 북클럽에도 거의 신경을 쓰지 않았다. 하지만 그 후에 현대 기업 소유의 출판사들이 보여 준 어리석음은 끝을 모른다. 그들은 책을 상품으로 팔 수 있다고 생각한다.

터무니없이 부유한 경영자들과 그들의 이름 없는 회계사들이 지배하는 돈벌이 단체들은 예술과 정보 저작물을 팔아서 손쉽게 돈을 벌겠다는 개념으로 이전까지 독립적이었던 출판사들을 사들였다. 그런 사람들이 책을 읽으면 잠든다고 해도 놀라진 않겠다. 이 상업 고래들 속에는 이전 출판사와 함께 산 채로 집어 삼켜진 운 나쁜 요나*들이 많이 있다. 말똥말똥한 정신으로 글을 읽는, 편집자 같은 시대착오 유물들 말이다. 그중에는 유망한 신인 작가를 감지할 수 있을 정도로 기민한 사람들이 있다. 심지어 교정까지 볼 수 있을 정도로 눈을 크게 뜬 사람들도 있다. 하지만 그래서 좋을 건 별로 없다. 벌써 몇 년째, 편집자들 대부분은 평탄하지 않은 경기장에서 판매/회계 부서와 싸우느라 시간을 다 써야 했다.

경영자들의 사랑을 받는 그런 부서들에서는 "좋은 책"이란 수익이 높은 책이고 "좋은 작가"란 다음 책이 지난번보다 더 잘 팔릴 거라 보장할 수 있는 작가다. 세상에 그런 작가는 없다는 사실은 기업가들에게 아무 상관도 없다. 그들은 소설로 먹고살면서도 소설을 이해하지 못한다. 그들이 책에 둔 관심은 사리사욕이고 책으로 낼 수 있는 이익이거나, 가끔 최고 수준의 경영자들에게는, 그러니까 머독과 머들 같은 미디어 재벌들에게는 책을 통해 휘두를

---

* 구약 성경에 등장하는 예언자 요나와 고래 이야기의 비유. 원래 이야기와는 별개로, 산 채로 물고기 속에 들어간 예언자라는 모티프로 많이 쓰인다.

수 있는 정치적인 힘이다. 하지만 그것 또한 그저 사리사욕이고 사사로운 이익일 뿐이다.

그냥 이익만이 아니라, 성장이다. 주주들이 있다면 그들의 재산은 해마다, 날마다, 시시각각 불어나야 한다. 《연합통신》 기사들은 "활기 없"거나 "무난한" 책 판매를 한정된 팽창 기회 탓으로 돌린다. 하지만 기업이 인수하기 전까지 출판사들은 팽창을 기대하지 않았다. 수요와 공급이 평행을 달리고, 책이 꾸준히, 그러니까 "무난"하게 팔리기만 하면 행복했었다. 미국의 허리둘레도 아니고, 책 판매를 어떻게 끝없이 늘릴 수 있단 말인가?

마이클 폴란은 『잡식동물의 딜레마 *The Omnivore's Dilemma*』에서 옥수수를 어떻게 다루는지 설명한다. 합리적인 수요를 다 채울 정도의 옥수수를 키웠다면, 비합리적인 수요를, 인위적인 요구를 창출하는 것이다. 그러니까 정부가 옥수수를 먹인 소고기가 표준이라고 선언하도록 유도하고, 옥수수를 소화할 수 없는 소 떼에게 옥수수를 먹여 소들을 괴롭히고 중독시킨다. 그리고 옥수수 부산물로 나온 지방과 당을 이용하여 끝없이 늘어선 탄산음료와 패스트푸드를 만들고, 사람들을 살은 찌지만 영양은 불충분한 식단에 중독시킨다. 그런 과정을 멈출 수도 없다. 멈췄다간 이익이 "활기없"어지고 "무난해"질지도 모르니 말이다.

이 체계는 옥수수에 너무나 잘 먹혔고 사실상 미국의 농업과 제조업을 다 점령했기에, 우리는 점점 더 쓰레기를 많이 먹고 쓰레기를 만들면서 왜 유럽의 토마토는 토마토 맛이 나고 외국에서 만든 차는 잘 만들어졌는지 궁금해하게 된다.

'옥수수 넘버2'로는 아이오와 국경 전체를 뒤덮을 수 있지만, 책으로는 그게 곤란하다. 생산품과 생산 과정의 표준화로는 여기까지밖에 가지 못한다. 아무리 어리석은 책이라 해도 지적인 내용이 조금은 있기 때문이다. 사람들은 다른 것과 교환해도 그만인 베스트셀러, 공식대로 쓴 스릴러, 로맨스, 미스터리, 가벼운 전기, 최신 논란거리를 다룬 책들을 어느 정도까지 사겠지만, 그들의 제품 충성도에는 결함이 있다. 책은 읽어야 하고, 읽으려면 시간과 노력이 든다. 그러려면 깨어 있어야 한다. 그래서 보상을 원하게 된다. 충성스러운 팬들은 『한 시의 죽음』을 사고 『두 시의 죽음』도 샀지만…… 그렇게 똑같이 틀림없는 공식을 따른다 해도 어느 날 갑자기 『열한 시의 죽음』을 사지 않을 것이다. 독자들은 지겨워한다. 훌륭한 성장 자본주의 출판업자라면 어떻게 할까? 어디라면 안전할 수 있을까?

문학의 사회적 기능을 활용하는 데에서 안전을 추구할 수도 있다. 여기에는 물론 일터나 북클럽에서 사람들 사이에 공통된 최신 화제와 유대감을 제공하는 인기 소설과 비소설과 베스트셀러만이 아니라 교육도 포함된다. 교과서와 대학 교재는 기업이 제일 좋아하는 먹잇감아다. 그걸 넘어서면…… 난 기업들이 출판에서 안전이나 믿을 만한 성장을 찾다니 어리석었다고 생각한다.

내가 '책의 세기'라고 불렀던 과거, 많은 사람이 소설과 시를 읽고 즐기는 게 당연하게 여겨졌던 때라 해도, 얼마나 많은 사람이 졸업 후까지 독서에 많은 시간을 들이거나 낼 수 있었겠는 가? 그 시절엔 대부분의 미국인이 힘들게 일했고 오래 일했다. 책을 한 권도 읽지 않는 사람은 늘 있었고, 책을 많이 읽는 사람은 언제나 적지 않았겠는가? 우리가 그 숫자를 모르는 건, 그때는 걱정할 설문조사 결과가 없었기 때문이다.

사람들이 독서에 시간을 낸다면, 그건 그게 직업에 관련되어 있기 때문이거나, 다른 매체를 바로 접할 수 없거나 다른 매체에 별 관심이 없기 때문이다……. 아니면 독서를 즐기기 때문이리라. 퍼센트에 대한 한탄은 설교조를 유도한다. 우리가 책을 읽지 않는다니 나쁜 일이다, 더 읽어야 한다, 더 읽어야만 한다? 우리는 댈러스에 사는 졸음 많은 친구에게 집중하느라 우리 동족을, 단지 읽고 싶어서 읽는 쾌락주의자들을 잊고 있는지 모른다. 이런 사람들이 언제는 다수였던가?

나도 산전수전 다 겪은 와이오밍의 어느 카우보이가 30년 동안 안낭 속에 『아이반호*Ivanhoe*』를 한 권 넣고 다녔다는 사실, 뉴잉글랜드의 여공들이 브라우닝 시 모임을 가졌다는 사실을 아는게 좋다. 아직도 그런 독서가들은 있다. 우리의 학교들은 이제 그런 사람들에게(아니 다른 누구에게도) 별로 쓸모가 없지만, 최악의 학교라 해도 책 한 권을 심장에 품고 나오는 아이들은 있다.

물론 책은 이제 "오락 매체" 중 하나에 불과하지만, 실제 즐거움을 전한다는 점에서는 사소하지 않다. 경쟁을 보라. 공영 라디오가 정부의 적개심 탓에 무력해진 사이, 의회는 몇몇 기업이 민영 라디오 방송국을 사서 품질을 떨어뜨리도록 허용했다. 텔레비전은 계속 무엇이 재미있느냐에 대한 기준을 떨어뜨리다 못해, 대부분의 프로그램이 두뇌를 마비시키거나 적극적으로 추잡한 상황에 이르렀다. 할리우드는 리메이크를 리메이크하면서 역겨움에 도전하는 가운데, 가끔씩은 획기적인 작품이 우리에게 영화를 예술로서 대할 때 무엇이 가능한지 돌이켜 준다. 그리고 인터넷은 모두에게 모든 것을 제공하지만, 아마도 그 포괄성 때문에 웹서핑으로부터 얻을 수 있는 '미학적인' 만족감은 이상할 정도로 적다. 컴퓨터로 그림을 보거나 음악을 듣거나 시나 책을 읽을 순 있겠지만, 이런 물건들은 웹으로 접근할 수 있을 뿐 웹이 창조한 것도 아니고 웹 고유의 것도 아니다. 어쩌면 블로그는 네트워킹에 창조력을 얹으려는 노력일 수도 있겠고, 블로그가 미학적인 형태를 발전시킬지도 모르지만, 아직은 성공하지 못한 게 확실하다.

　　게다가 읽는 사람은 보는 사람이 아니다. 그들은 수동적인 즐거움과 자신들의 즐거움을 다르게 인식한다. 일단 버튼을 눌러 켜면 TV는 계속, 계속, 계속 흘러나오고 그저 앉아서 멍하니 보기만 하면 된다. 하지만 독서는 능동적이며, 주의를 기울여야 하는 행동이고, 내내 깨어 있어야 한다. 사실상 사냥이나 채집과도 그리 다르지 않다. 스스로 말하지 않기에, 책은 도전이 된다. 책은 물결치는 음악으로 마음을 달래 줄 수도, 요란한 웃음소리나 거실에 울리는 총소리로 귀를 먹먹하게 만들 수도 없다. 책은 머릿속으로 귀 기울여야 한다. 책은 영상이나 화면처럼 눈을 움직여 주지 않는다.

스스로 정신을 쏟지 않는 한 정신을 움직이지도 않고, 마음을 두지 않는 한 마음을 움직이지 않는다. 대신 해 주지 않는다. 단편소설 하나를 잘 읽으려면 그 글을 따라가고, 행동하고, 느끼고, 하나가 되어야 한다. 사실상 그 글을 쓰는 것만 빼고 다 해야 한다. 읽기는 게임처럼 규칙이나 선택지로 "상호작용"하지 않는다. 읽기는 작가의 정신과 능동적으로 협력하는 작업이다. 모두가 빠져들지 않는 것도 당연하다.

책은 재미있는 물건이다. 첨단기술을 뽐내지는 않지만 복합적이고 극도로 효율적이다. 작고 경제적이며, 감상하기나 다루기나 기분 좋을 때가 많고, 수십 년이나 어쩌면 수백 년까지도 갈 수 있는 정말 뛰어난 장치다. 선을 꽂거나 활성화하거나 기계로 실행할 필요가 없다. 빛과 사람의 눈, 그리고 사람의 머리만 있으면 된다. 단 하나뿐인 무엇은 아니지만, 수명이 짧지도 않다. 책은 오래간다. 책은 믿을 수 있다. 당신이 열다섯 살 때 어떤 책이 뭔가를 말해 줬다면, 오십 살에도 같은 말을 해 줄 것이다. 정작 당신의 이해는 완전히 달라져서 아주 새로운 책을 읽는 것 같을 수도 있지만 말이다.

책은 물건이라는 사실, 물리적으로 존재하며, 내구성이 있고, 무한히 다시 사용할 수 있는 가치재라는 사실은 아주 중요하다.

전자출판의 크나큰 유용성을 일축할 생각은 전혀 없지만, 주문형(POD) 출판이 중요해지고 계속 중요하게 남으리라 예상한다. 전자는 생각과 마찬가지로 덧없다. 역사는 문자와 함께 시작한다. 현재 문명의 많은 부분이 장정된 책의 내구성에 의존한다. 기억을 견고한 물리 형태로 간직하는 능력에 말이다. 책의 지속적인 실재는 우리가 지적인 종으로 계속 존재하는 데 큰 부분을 차지한다. 우리는 안다. 우리는 책을 일부러 파괴하는 것이 최고의 야만 행위라는 것을 이해한다. 알렉산드리아 도서관이 불탄 일은 2000년 동안 애도를 받고 있으며, 사람들은 바그다드 대도서관의 파괴와 모독 역시 기억하고 슬퍼할 것이다.

내가 느끼기에 기업 출판사와 서점 체인이 가장 비열한 점은, 책을 본질적으로 쓸모없게 여긴다는 점이다. 잘 팔릴 줄 알았던 작품이 몇 주 안에 "기능하지" 않으면 표지가 뜯겨 나간다. 쓰레기가 된다. 기업 정신은 즉각적인 성공이 아니면 성공으로 여기지 않는다. 이번 주 블록버스터는 반드시 지난주 블록버스터를 가려야 한다. 한 번에 책 한 권 이상의 자리는 없다는 식이다. 구간*을 다룰 때 대부분의 출판사(그리고 다시 한 번, 서점 체인)가 보이는 무신경한 어리석음도 이와 같다.

몇 년 동안 계속 찍히는 책들은 출판사와 저자에게 수십만 달러를 벌어 줄 수 있다. 그런 꾸준한 소득원은, 이제 "미드리스트"**라고 치부되는 책들 위주로 연수익을 내는 출판사가 몇 년 동안 사업을 유지할 수 있게 해 주고, 때로는 새로운 작가 한둘의 위험을 감수할 수 있게도 해 준다. 내가 출판업자라면 J. K. 롤링보다

---

* backlist, 최신간(frontlist)이 아닌 모든 책을 가리킨다. 최신간이 아닌 책은 백리스트가 되거나 절판되므로, 계속 팔리는 책을 뜻하기도 한다.
** midlist, 최신간과 구간과는 다른 비공식 용어로, 아주 유명하거나 아주 잘 팔리는 게 아닌 책들을 가리킨다.

는 J. R. R. 톨킨을 지키겠다.

하지만 자본주의자들은 몇 년이 아니라 몇 주를 중요시한다. 빠르게 들어오는 큰돈을 얻기 위해, 출판사는 이번 주 베스트셀러를 제공하리라 여겨지는 인기 작가에게 수백만 달러를 선지급하는 위험을 감수해야 한다. 완전히 손해가 되는 일이 적지 않은 이 수백만 달러는 예전 같으면 믿을 만한 미드리스트 저자들에게 주는 정상적인 선지급금과 계속 팔리는 오래된 책들의 로열티로 쓰이던 돈에서 나온다. 목록에게 먹이를 주기 위해 수많은 미드리스트 저자들이 떨어져 나가고, 수많은 확실히 팔리는 책들이 할인 판매를 당했다. 그게 사업을 하는 방식인가?

나는 아직도 기업들이 정신을 차리고, 출판업은 사실상 자본주의와 건강하고 좋은 관계를 맺고 있는 정상적인 사업이 아니라는 사실을 깨닫기를 빌고 있다. 출판 요소들은 훌륭하게 자본주의적이거나, 자본주의적으로 만들 수 있다. 교과서 산업이 확실한 증명이다. 실용서와 입문서는 어느 정도 시장 예측성이 있다. 하지만 출판사들이 출판하는 것 중에는 문학이거나, 부분적으로 문학인 것이, 예술이 있을 수밖에 없다. 그리고 예술과 자본주의의 관계는 돌려 말하더라도 골치가 아프다. 확실히 행복한 결합은 아니었다. 예술과 자본주의가 서로에게 품은 감정 중에 제일 상냥한 감정이 즐거운 경멸 정도일까. 무엇이 사람에게 이익이 되는가에 대한 양측의 정의가 달라도 너무 다르다.

그러니 기업들은 즐거운 경멸을 담아서 문학 출판사들을

포기하거나, 하다못해 자기들이 사들인 출판사의 문학 부서만이라도 이익이 안 된다고 버려 주면 어떨까? 잘된 해에는 제본사와 편집자에게 드는 비용과 소박한 선지급금과 형편없는 로열티나 소화하고, 대부분의 이익을 새로운 작가 발굴이라는 위험에 다시 재투자하던 시절로 돌아가게 해 주면 어떨까? 학교를 다니는 아이들은 즐거움을 위한 독서를 배우는 일이 드문 데다 어쨌든 전자기기에 정신이 팔리므로, 책 읽는 사람의 상대 숫자가 쓸만하게 늘어나는 일은 별로 없을 것 같고, 더 줄어들 가능성은 꽤 있다. 이 음울한 광경이 어떻게 보이시나요, 기업 경영자님? 그냥 은혜도 모르는 소액 투자자들은 버리고 빠져나가서 세상을 지배하는 진짜 사업을 하시는 게 어떨까요?

혹시 출판을 소유하면 무엇을 인쇄하고 무엇을 쓰고 무엇을 읽을지 통제할 수 있다고 생각해서 그러세요? 흠, 행운을 빕니다. 그건 독재자의 흔한 착각이거든요. 작가와 독자는 그런 착각을 냉소와 경멸로 대하지요. 그 착각 때문에 고통받는다 해도요.

대자연의 성찬

2009년쯤에 썼던 미출간 글

오빠가 열두 살, 내가 아홉 살이었을 때쯤 오빠가 할 수만 있다면 매일 밤 꿈을 꾸고 싶다고 했다. 내가 이유를 묻자 오빠는 이렇게 대답했다. "그냥 거기 누워 있는 게 아니라 뭐라도 하는 거니까." 나는 이 원기 넘치는 대답에 감명받았다. 그때까지는 꿈이 활동이라고 생각한 적이 없었다. 우리가 말하는 방식을 보면 꿈은 우리에게 주어지는 것이지, 우리가 "하는" 게 아니다. 사실 나는 아직도 내가 꿈을 능동적으로 꾼다고 믿지 못하겠다. 꿈이 나름의 목적을 위해 나를 이용하는 것 같다. 또 다른 오빠는 심리학자인데, 실제로 내 꿈에 내 책임이 있다고 말했다. 내 꿈을 만드는 건 다른 누구도 아닌 나이고, 그 속에 나오는 모두가 나라고 말이다. 그 말이 맞지만, 인정하기는 싫다. 나는 그런 책임을 지고 싶지 않다. 그런 책임은 회피하고 싶다.

꿈은 회피를 제공하지 않을지 몰라도, 잠은 회피를 제공한다. 실은 잠이 우리를 회피한다. 설명하기 어렵고 손가락 사이를 빠져나간다. 잠은 행하면서도 하고 있는 줄 모르는 무엇이다. 잠에 대해 말하기는 어렵다.

과학자들은 벌써 몇십 년째 잠에 대해 이야기하려고 애써왔다. 위키피디아는 씩씩하게 시작한다. "잠이란 동물계에서 두루 관찰할 수 있는 자연스러운 신체 휴식 상태이다……. 인간이나 다른 포유류, 그리고 상당히 많은 다른 동물들의 경우…… 정기적인 수면이 생존에 필수적이다……. 잠의 목적은 분명히 알려져 있지 않으며 진지한 연구 대상이다." 그런 연구는 (윌리엄 C. 디멘트의 『누군가는 자야만 하고 누군가는 주시해야 한다Some Must Watch While Some Must Sleep』 같은 책에서 볼 수 있듯) 매력적이지만, 지금까지는 짜증 날 정도로 결론이 없다. 여기에 모든 인간과 개와 고양이와 쥐가 평생의 3분의 1 이상을 들여서 하는 일이, 우리 인간들이 따로 행할 시간(밤)과 특별한 장소(침대)와 심지어는 특별한 복장(잠옷)까지 갖춰가며 부지런히 실행하는 활동이 있다. 과학자들은 이 행위를 묘사할 수 있지만, 이해한다고 주장하진 못한다. 우리는 우리 몸이 잘 때를 알고, 아주 친숙하게 분간한다. 그러나 정신은 잠을 이해할 수 없다.

잠은 우리가 이해하지 못하는 것들을 알기 쉽게 말하곤 하는 시인들에게 아주 멋진 찬양을 받기도 한다.

불안을 매혹하는 잠이여,

고요한 암흑에서 태어난 캄캄한 밤의 아들, 죽음의 형제여.

나의 고단함을 누그러뜨리고,

내가 아끼는 어두운 망각이 돌아와

빛을 되찾고, 낮이 애도하기에 족한 시간이 되게 하소서……

— 새뮤얼 대니얼*의 『델리아*Delia*』에 수록된 「소네트45」 중에서

오라, 잠이여! 오 잠이여, 확실한 평화의 매듭이여

지혜를 꾀어 들이는 덫, 고민의 위안이여,

가난한 자의 부이며 죄수의 해방,

높고 낮은 신분에 무심한 판관이여……

— 필립 시드니**의 『아스트로필과 스텔라*Astrophil and Stella*』에 수록
된 「소네트39」 중에서

오 마법의 잠이여!

심란한 마음속 바다를

조용하고 잔잔해질 때까지 품어 주는

편안한 새여……

---

* Samuel Daniel(1562~1619). 영국의 명상시인.

** Philip Sidney(1554~1586). 영국의 정치가, 시인.

— 존 키츠*의 「엔디미온*Endymion*」 중에서

아아, 잠! 잠은 도처에서 사랑받는 온화한 존재이려니
성모 마리아를 찬양하라!
그분이 하늘에서 보낸 온화한 잠이
내 영혼에 스며드니……

— 새뮤얼 콜리지**의 「노수부의 노래*The Rime of the Ancient Mariner*」 중에서

별이 빛나는 하늘에는 고요
고독한 언덕들 사이에는 잠……

— 윌리엄 워즈워스***의 「브로엄 캐슬 연회에서, '양치기' 클리퍼드 경이 조상들의 영지와 영예를 되찾은 모습에 대해 지은 노래*Song at the Feast of Brougham Castle upon the Restoration of Lord Clifford, the Shepherd, to the Estates and Honours of his Ancestors*」 중에서

'더는 잠들지 못하리라! 맥베스는 잠을 죽였다!'고 외치는 소리를 들은 듯하구려.
그 무고한 잠을, 엉킨 근심의 실타래를 풀어주는 잠을,
매일 생활의 끝이며 아픈 노고를 씻어 주는 목욕,

---

* John Keats(1795~1821). 영국 낭만주의 시인.
** Samuel Taylor Coleridge(1772~1834). 영국 시인, 비평가.
*** William Wordsworth(1770~1850). 영국 낭만주의 시인.

다친 마음의 치료제이며, 대자연의 성찬,

이 삶의 잔치에서 제일가는 자양분인 잠을……

— 윌리엄 셰익스피어*의 『맥베스』 중에서

옥스퍼드 인용 사전 "잠" 항목에 실린 180개 목록 중에서 거의 무작위로 골라낸 글들이다. 시인들은 잠의 진가를 안다. 소설에서는 잠이 기껏해야 등장인물이 원할 때 오지 않는 정도로나 나오지, 대단한 역할을 할 때가 별로 없다. 그 남자는 뒤척이고, 그 여자는 이리 누웠다 저리 눕고, 그들은 더운 베개를 두드려 펴고, 우리 모두에게 익숙한 불면의 루틴은 그렇게 계속된다. 등장인물이 정말로 잠이 들면 소설가는 발끝으로 조용히 침실을 걸어 나간다. 물론 그 인물이 꿈을 꿀 때는 예외다. 꿈은 잠이 내주는 유일한 드라마니까. 저자가 누군가의 호흡이 가라앉으며 규칙적이 되었다고 했다면, 그걸로 끝이다. 우린 그 호흡을 들이쉬고 내쉬는 과정을 정말로 따라가고 싶지는 않다. 그러니 잠은 오직 꿈의 발자국만 남길 뿐, 소설을 피해 간다.

놀라운 바다 이야기꾼 패트릭 오브라이언**은 산문의 그물로 잠을 거의 잡기도 했다. 그의 등장인물 스티븐 머투린은 불면증으로, 때로는 진정제에 조금 지나치게 손을 대고 때로는 비참하게 깨어 지내지만 그 와중에 아주 지쳤을 때 자연스럽게 잠들어서 타

---

* William Shakespeare(1564~1616). 영국 극작가, 시인.
** Patrick O'Brian(1914~2000). 대표적인 해양 모험 소설 「오브리-머투린」 시리즈의 작가.

고 있는 배가 항해하는 바다보다 더 깊고 어두운 심연으로 즐겁게 빠져드는 때가 있다. 그런 대목에서 저자는 실제 잠든 경험을 시사하며, 그 묘사는 마법적이다. 특히 뛰어난 액션 작가인 오브라이언은 독자에게 잠이 든다는 게 사실 '액션'이며, 모든 것을 바꿔 놓는 활동임을 깨닫게 해 준다.

행위이고, 변화이고, 여행이다. "자거라." 우리는 품에 안은 아기에게 말한다. 잠의 나라로 가거라. 모든 게 다르고 네가 올 필요가 없는 그곳으로 가거라…….

어린 아기들에게 물론 잠은 자연스러운 상태다. 아기들은 천사처럼 지조 있게 그리로 돌아가며, 배고픔이나 불편 때문에 돌아가지 못하면 우리에게 자신들의 슬픔과 분노를 알린다. 아기가 깨어 있는 시간은 드넓고 잔잔한 바다에 흩어진 작은 섬들이다. 그 섬들이 하필 부모에게 수면 욕구가 가장 절실한 곳에 끊임없이, 시끄럽게 모인다는 것이 안타까울 뿐이다.

성장한다는 건 점점 더 자주 깨어 있는다는 뜻이다. 아기가 깨어 있는 시간을 나타내는 섬들은 점점 늘어나다가 이어 붙어 낮의 대륙이 되고, 우리 어른들은 목적을 가지고 그 대륙을 돌아다니고 일을 하면서 우리는 깨어(awake) 있으니 곧 자각하고(aware) 있다고 확신한다.

명상을 행하는 사람들이 증언하다시피, 그 둘은 같지 않다. 하루 종일 또렷하게 깨어 있으면서 한순간도 자각하지 못할 수 있다. 다중 작업은 가장 최신이자 현재까지 가장 성공적인 자각 회피 방법이다. 커피를 마시면서 차를 몰면서 휴대폰으로 브로커와 대화하는 사람들은 결코 자각으로 통하지 못하는 좁은 분산 의식에 숙달했다. 그러나 우리가 자각하든 그냥 깨어 있든 간에, 우리가 정신을 산란하게 만드는 전자 기구들을 아무리 공급받는다 해도 여전히 잠의 바다는 우리를 에워싸고 있으며, 밤이면 밤마다 우리에게 불가사의한 곳으로 돌아가는 여행을 요구한다.

우리는 스스로의 의지로 잠이 들 수 있고, 그 의지가 영원히 좌절당하는 것 같은 때라도 사실 밤새 그런 경우는 거의 없다. 불면증은 형언할 수 없이 비참하지만, 계속 잠을 자지 않는 상태는 정신과 신체에 너무나 파멸적이기 때문에, 50시간 이상 잠을 이루지 못하게 하려면 끔찍한 고통을 가해야만 한다.

우리는 스스로의 의지로 잠들지 않을 수도 있으나, 결국에는 어쩔 수 없이 실패하고 만다. 아무리 의식을 붙들고 있으려 해도, 의식이 녹아내릴 때가 오면 붙잡을 도리가 없다. 의식은 그냥 꺼지고, 온 우주를 조용히 데려간다.

의식은 우리의 자아, 우리의 인간성, 심지어는 우리의 생명처럼 보이기에 우리는 의식 상실을 두려워할 수 있다. 세상에는 조금의 통제력도 잃기 두려워서 잠을 두려워하는 사람들이 있다. 꿈이 다 악몽이라서 두려워하는 사람도 있다. "맥베스는 잠을 죽였다." 몽유병에 걸린 맥베스 부인은 무의식 상태로, 그러나 한 가지 끔찍한 일에 대해서는 무섭도록 의식하며 말한다. 열두 살 때의 우리 오빠처럼 잠을 시간과 두뇌 낭비라고 여겨 싫어하고, 두세 시간만 자면 된다는 유명인들을 부러워하는 사람들도 있다. 그들은 밤새 누워서 코를 골지 않아도 되면 얼마나 많은 일을 할 수 있을지 생각해 보라 말한다. 유전 변형으로 잠을 잘 필요가 없어진 사람들을 그린 SF 소설도 읽었다. 그 사람들은 다 천재가 되고, 나머지 우리들보다 월등하게 우월해졌다. 나는 과연 그럴까 회의적이다. 하루 16시간이나 18시간이 아니라 24시간을 생각하고 일하고 실수한다면 인간이 생각하고 일하고 판단하는 양은 달라지겠지만, 과연 질이 올라갈까? 어떻게? 어째서? 그저 여섯에서 여덟 시간 더 똑같은 일을 하는 것뿐이고, 실수도 포함인데 말이다. 게다가 그 대가는 뭘까?

대학 시절 우리는 밤샘에 대해 자랑하곤 했다. 맥주를 얼마나 많이 마셨는지 자랑하고, 기말시험 전이라면 얼마나 공부를 많이 했는지 자랑했다. 하지만 다음 날이면 내가 밤새 성공적으로 쫓아 버렸던 샌드맨*이 바로 옆에 와서 맥주에 대해 언짢게 상기시키고, 까끌한 눈 때문에 밤새워 공부한 시험에 집중하기 힘들게 만들었다. 샌드맨은 온화하지만 피할 수도 없고 설득도 불가능하다. 샌드맨은 우리에게 무엇이 좋은지 아는, 정말로 아는 무시무시한 존재다.

연구자들은 실험을 통해 우리는 체계적으로 수면을 빼앗으면 미쳐 버리고, 완전히 잠을 못 이루게 만들 수 있다면 죽는다는 사실을 밝혔다. 고문하는 사람들은 이 사실을 잘 알고 있다.

---

* Sandman, 사람의 눈에 마법의 모래를 뿌려 잠들게 한다는 상상 속의 존재.

전통적으로 미합중국의 의사들이 받는 이상한 훈련 중에서도 가장 이상한 점은, 의대생들이 인턴 생활을 할 때 짧은 휴식 시간 몇 번만 두고 피로와 수면 부족으로 무능해질 때까지 장시간 근무를 시키는 관습이었다. 나는 이런 고문을 정당화할 논리를 모르겠고, 분명 이 관습은 환자들을 위험에 빠뜨린다. 하지만 병원은 대개 잠에 적대적이다. 진짜 어둠도 없고, 진짜 정적도 없고, 일정은 휴식을 고려하지 않고 융통성 없이 짠다. 자연스러운 수면이 가진 치유력이 속속들이 연구되고 알려졌는데도 여전히 간호사들은 바쁘게 돌아다니며 환자를 깨워 수면제를 먹인다. 그리고 중환자실은 정적과 어둠과 사생활과 평화와 휴식이 전혀 없다는 점에서 회복 환경으로서는 상상 이상으로 유독하다.

잠은 우리에게 필요한 것을 주고, 우리도 그 사실을 안다. 다만 잠이 우리에게 주는 게 무엇인지 우리는 알 수 없으나, 깨어날 때 그게 빠져나가는 느낌은 받을 수 있다. 상쾌함일까? 위안, 단순화, 아니면 무구함일까?

잠든 사람들은 멍청해 보인다. 그 점을 알기에 우리는 잠든 모습을 보이기 싫어한다. 맹렬히 부정한다. "난 자고 있지 않았어, 그냥 생각하고 있었지!" 입을 벌리고 살짝 침을 흘리면서였지만……. 하지만 잠든 사람들은 어린아이처럼 보일 때도 많다. 순진무구해 보인다. 실제로 순진무구하다. 무구하다는 말은 "아무 해도 끼치지 않는다"는 뜻이다. 냉혈하기 짝이 없는 살인자도, 잔인하기 그지없는 독재자도, 세상에서 제일 위험한 미치광이도 자는 동안에는 무해하다.

인간 역사에는 자고 있는 사람, 심지어는 자고 있는 동물을 죽이는 데 대한 강력한 반발의 감정이 존재했다. 공정하지 못할 뿐 아니라 사악하다고 보았다. 자고 있는 동안에 당신의 적은 무력할 뿐 아니라 무구하다. 그자가 적이 되려면 깨어나야 한다. 우리가 안전한 거리에서 대량 학살을 하기 시작하면서 그런 도덕적 구별은 사라지고 말았다. 폭탄을 떨구는 작전 지역에는 오직 적만 존재하고, 이 추상적인 존재는 인간으로 여겨지지 않으며 따라서 잠들지도 않고 무구할 수도 없다. 심지어 통계 숫자조차 내놓지 못한다. 폭격기 조종사들이 어떻게 시체 수를 헤아릴 수 있겠는가? 드론이 뭘 신경 쓰겠는가?

전쟁이 2세기 전까지 그러했듯 어둠과 함께 멈출 수 있었으면, 그래서 폭격기 아래 사는 사람들과 폭격기를 모는 사람들 모두가 잔인한 나날 중에 몇 시간씩이라도 무구한 시간을 보낼 수 있었으면 좋겠다.

하지만 이제는 드론들이 우리를 대신하니, 그 누구도 다시는 무구해질 수 없으리라.

우리가 우리에게 주어진 큰 선물을, 조용한 시간과 아무것도 알지 못하는 막간을 더 존중한다면 좋겠다. 매일 밤이 우리에게 망각의 강 레테의 깊은 물줄기를 제공하고, 우리는 그 물을 마셔 우리가 온 곳을 기념하며 실제로는 귀환을 연습한다. 우리는 그곳에서 새롭게 되살아난다. 잠은 가장 이상한 인도요 가장 친절한 수

수께끼, 축복을 내려 주는 의식이다. 우리가 마땅한 경의와 감사의
마음으로 잠을 지켰으면 좋겠다.

여자들이 아는 것

2010년 2월 오리건 주 요제프에서 열린 겨울 피시트랩 모임에서
맡은 두 번의 강연을 수정. 각 강연은 주제에 대한 공개 그룹 토론에
앞서 진행했다.

첫날 저녁

오늘 밤 우리의 주제는 이겁니다. 우리가 여자들에게 무엇을 배울까?

많은 사람들이 알고 보면 남자의 역할과 여자의 역할이 어떻게 다른가, 성별(gender)이 어떻게 구조화되고 재현되는가 하는 주제에 대해 놀랄 만큼 방어적이에요. 인간 행동에 대한 일반화는 예외를 끌고 나오면 쉽게 탈선하기 마련이니, 우리 토론을 유익하게 하기 위해 예외는 주석으로 취급하도록 합시다. 우린 '젠더의 숲'으로 들어가고 있고, 여긴 무서울 정도로 길을 잃기가 쉽거든요. 여기 한 그루, 저기 한 그루씩 중요하게 보다가는 지금 길을 찾으려

는 아주 크고 어두운 숲을 보지 못하게 될 거예요.

그래서, 우리가 여자들에게 무엇을 배우느냐는 질문에 답해 볼까요? 제가 첫 번째로 내놓을 거대한 일반화는 우리가 인간이 되는 법을 배운다는 겁니다.

지금 오리건에 이르기까지, 1000년이 넘도록 모든 사회에서 여자들은 어떻게 걷고, 말하고, 먹고, 노래하고, 기도하고, 다른 아이들과 놀지, 그리고 어떤 어른들을 공경해야 하고 무엇을 두려워하고 무엇을 사랑해야 할지에 이르는 대부분의 기초적인 지시를 제공해 왔어요. 기초 기술이자, 기본 규칙들이죠. 살아남고 한 사회의 구성원으로 산다는 놀랍고도 복잡한 일 전체예요.

대부분의 시간 동안, 대부분의 장소에서 아기와 어린아이들은 대부분, 때로는 온전히 어머니와 할머니와 이모, 고모, 이웃, 마을 여자들, 유치원과 유아원 교사들에게 가르침을 받았어요. 이 전통은 지금 미국에서도 이어지죠. 아이들을 데리고 슈퍼마켓에 온 젊은 어머니를 볼 때마다, 사실은 인생 학자이며 놀랍도록 복합적인 교육 과정을 가르치는 교사를 보는 거예요. 그 사람이 잘 가르치느냐, 썩 잘 가르치진 못하느냐는 규칙에 영향을 미치지 않아요. 거의 늘 가르치는 건 그 사람이에요.

그들이 가르치는 기초 기술들은 대개 성별이 무관해요. 남자아이도 여자아이도 배우죠. 사회적인 기술에 이르면 파란색이나 분홍색이 주어지고, 여자아이는 어른들과 있을 때 얌전하고 예의 바르게 굴라고 배우는 반면 남자아이는 소리를 지르고 성가시게 굴도록 배운다거나, 여자아이는 머리에 꽃을 꽂고 춤을 추면 칭찬을 받지만 남자아이가 그러면 부끄러워하게 한다거나 할 순 있겠죠. 하지만 전반적으로 여자들이 가르치는 기초 기술과 예의는 성별을 아울러요. 반대로 어린아이들이 남자들에게 배우는 건 성별화될 때가 많죠.

남자들은 여자들보다 분홍색과 파란색이 섞이지 않게 하는 데 관심이 많을 수 있어요. 아버지들은 아이들에게 성 역할을 가르칠 때가 많죠. 남자애에게는 남자다워지는 방법을, 여자애에게는 여자다워지는 방법을요. 남자들은 성장하는 남자애들의 교육은 완전히 넘겨받으면서, 여자애들에 대한 추가 교육은 무시할 때도 많아요. 수천 년 동안 여자애의 교육은 거의 전적으로 집안과 여성이 맡았고, 아직도 그런 곳이 많아요. 남자들이 자기 딸이 아닌 여자애들을 가르치는 건 상당히 최근에 생긴 현상이죠. 수천 년 동안 집 밖의 법은 남성 사제들이 정했고, 집안에서는 가족 중 아버지가 그 법을 집행하면서 딸들에게는 복종밖에 가르치지 않았어요. 여섯 살쯤이 지나면 남자애들은 남자에게 배우고 여자애들은 여자에게 배우는 게 일반적인 규칙이었고, 성별 구별과 위계, 퍼다* 나 샤리아** 법은 절대적이 될수록 더 진짜가 됐어요.

특정 나이가 지난 남자애에 한하여 남성 지식만 가르치면서 남자들은 어린아이에게 공동체의 예의와 도덕을 가르치는 중요

---

* 이슬람에서, 여자들이 남자들의 눈에 띄지 않게 집 안에 따로 살거나 얼굴을 가리는 규칙.
** 이슬람 율법.

한 역할을 여자들에게 맡겼어요. 성별 무관하게 사람이 되는 방법을 가르치는 일을요. 어쩌면 여기에 변화의 기반이, 어쩌면 전복의 기반까지도 풍성하게 있을지 몰라요.

아버지들의 가르침은 위계를 유지하고 현 상태를 지키는 경향이 있어요. 사회적, 도덕적 변화는 아이들에게 새로운 환경에 어떻게 적응할지 가르치려 하면서 위계질서에는 신경을 덜 쓰는 여자들과 함께 시작될지 몰라요. 난 오리건 길*에 있는 포장마차들을 생각해요. 남자들이 적대적이고 위험할 것으로 추정되는 낯선 이들로부터 여자들을 적극 지킨다는 전통 역할을 수행한 반면, 여자들은 몰래 인디언 여자들과 대화를 하고, 거래도 조금 하고, 아이들이 서로를 알아보고 다니게 놓아둘 때가 많았던 것 같거든요……. 경직된 백인 남성의 이야기는 이방인들을 배제했고, 기회를 우선하는 백인 여성의 이야기는 이방인들을 받아들이기 시작했어요.

우리는 엄청난 양을 배우면서, 이야기로 배웁니다. 우리가 누구이며 누구에게 속하는지 알려 주는 신화와 역사를 듣고 읽고 배우지요. 우리의 직계, 우리의 가족에 대해 알려 주는 불가의 이야기들, 우리 부족이나 국가의 공식 역사를요.

누가 그런 이야기들을 하며, 누구에게 우리가 그 이야기들을 배우지요?

몇백 년 동안, 누가 우리의 가족인지 가족이나 부족의 일원

---

* 동서로 약 3500킬로미터에 달하는 역사적인 마차 이민 경로.

이 어떻게 행동하는지 알려 주는 이야기들의 명맥을 이어 온 것은 가족 중의 여자들이었습니다. 남성 사제, 샤먼, 지도자, 족장, 교수들은 더 큰 부족, 민족, 국가의 일원으로서 우리가 누구이며 어떻게 행동해야 하는지에 대한 이야기들을 가르쳤지요. 여자들은 개인적인 이야기를 전승했고 남자들은 공적인 역사를 전승했어요.

다시 한 번, 남자들의 가르침은 현 상황을 지지하는 경향이 있는 반면 여자들의 가르침은 개인적이기에 더 전복적인 경향이 있습니다.

두 가르침은 모순될 수 있어요.

예를 들어, 제가 배운 '서부는 어떻게 이겼나'의 공적인 남성형 이야기는 탐험을 하고 마차길을 이끌고 소 떼를 이끌며 동물들을 사냥하고 죽이고 인디언을 사냥하고 죽이는 남자들에 대한 이야기였습니다. 제 외이모할머니* 벳시가 서부에서 보낸 어린 시절에 대해 해 주신 이야기들은 달랐어요. 가진 것 전부를 말 한 마리가 끄는 마차에 싣고 불타는 목장집에서 쫓겨났다는 이모할머니의 이야기가 기억나네요. 아니면 인디언과의 분쟁 중에 부모님이 식료품을 구하러 마을로 사흘 걸리는 여행을 떠난 동안 당시 열두 살이었던 언니 피비, 그러니까 제 할머니가 스틴스 산에 있는 오두막집에서 어린 남동생들을 어떻게 돌보았는지에 대한 이야기도요. 정부군에게 추방당하고 약탈당한 그 인디언들은 적대적이었고, 피

---

* 외할머니의 여동생은 외외종이모라고 하지만, 종이모라는 말이 거의 쓰이지 않는 시대이기에 편의상 이모할머니로 옮겼다.

비는 그 인디언들을 무서워했지만, 제가 기억하는 이야기에서는 아무도 누구를 사냥하거나 죽이지 않았어요. 할머니가 와이오밍에서 태어났다고 자랑하셨다는 어머니의 이야기도 기억나네요. 그건 할머니가 투표권을 가지고 태어났다는 뜻이었다고요.

공적인 남성형 가르침과 사적인 여성형 가르침은 다를 수 있고, 그 차이가 혼란스러울 수도 있어요. 슬럼가에 사는 홀어머니는 아이들에게 사회가 스스로를 존중하고 정직한 시민으로 행동하기를 기대한다고 가르치지만, 그 아이들이 길거리 지도자인 젊은 남자들에게, 또 너무 자주 교사와 경찰관에게 배우는 것은 그들이 한 가지 역할밖에 허용되지 않는 이야기 속 등장인물이며 그 역할이란 중독자와 범죄자가 되고 쓸모없거나 그보다 더 나쁜 존재가 되는 것일 때처럼요.

아니면 어떤 가족이 아들들을 평화롭고 자비롭게 사는 이야기로 키웠는데, 남성 기관이나 군대가 그 아이들을 전쟁 이야기에 밀어 넣어, 사람을 죽이고 가차없이 잔인해지도록 내몰릴 때도 그렇지요.

아니면 어떤 어머니가 딸들을 요리와 살림 같은 전통적인 기술을 귀중하게 여기는 전통으로 키웠는데, 사업가와 정치가들이 자본주의 사회의 이야기로 그런 일은 아무 가치가 없다고 믿게 할 때도 그렇죠. 아예 일이라고 부르지도 않는다고 말이에요.

아주 자주 반복되는 이야기 하나는 우리에게 여자들은 타고나기를 모험심이 없고 보수적이어서 전통 가치를 잘 지킨다고 해요. 정말 그런가요? 남자들이 스스로를 혁신가이자 거물로, 사회의 방식을 바꾸는 사람들이자, 새롭고 중요한 것들을 가르치는 사람들로 볼 수 있게 하는 이야기는 아닐까요?

전 모르겠네요. 생각해 볼 가치는 있겠지요.

둘째 날 저녁

우리 사회와 문화에서 남자들의 지배를 지지하는 뒷받침 하나는 위대한 예술은 남자들이 만들고, 위대한 문학은 남자들이 쓰고 남자들을 다룬다는 생각이죠.

제가 학교에 다닐 때는 여성들이 — 어쩔 수 없이 남성 위계질서 안에서 일하던 교사들이었죠 — 제게 그렇게 가르쳤어요. 그 후에는 대학에서 남성들이 그렇게 가르쳤어요. 정말로 중요한 책들은 남자들이 쓰고, 중요한 책의 중심에는 남자들이 있다고요.

그렇지만 페미니스트도 아니었고, 전복할 의도도 없었다고 하실 제 어머니는 여자들이 쓴 책을 많이 주셨어요.『작은 아씨들』과『블랙 뷰티』, 나중에는『오만과 편견』과『자기만의 방』…….

제가 판타지와 SF를 쓰기 시작했을 때, 이 장르는 거의 남자들 판이었어요. 몇 안 되는 여자들만 판타지와 SF를 썼고, 여성 등장인물들은 주로 여기저기 나오는 공주, 자주색 외계인의 촉수에 잡혀 비명 지르는 예쁜 여자, 아니면 눈을 깜박거리며 "아, 선장님. 그 '시이간 여가기'가 어떻게 작동하는지 설명 좀 해 주세요!"거리는 예쁜 여자들로 이루어져 있었죠.

그래서 전 몇몇 위대한 남성 작가만이 아니라 몇몇 위대한 여성 작가들에게도 마음을 주고, SF에 실제 여성 인물들이 나오는 것도 환영하면서도 오랫동안 소설이란 남자들, 남자들이 한 일, 남자들이 생각한 내용을 다룬다는 생각에 의문을 품지 않았어요. 제대로 생각을 해 보질 않았으니까요.

그렇지만 1960년대와 1970년대에 브래지어를 태워 모닥불을 피우던 무시무시한 페미니스트들은 생각하고 질문을 던지고 있었어요. 무엇이 중요한지를 누가 결정하나? 왜 전쟁과 모험은 중요하고 살림과 임신과 육아는 중요하지 않단 말인가?

그 무렵에 저는 소설을 몇 권 썼을 뿐 아니라 몇 년째 살림을 하고 아이를 몇이나 키웠고, 모든 활동이 사람들이 하는 다른 일들 못지않게 중요했어요. 그래서 저도 생각하기 시작했지요. 내가 여자라면, 왜 난 남자들이 중심이고 우선이며 여자들은 주변에 부차적으로 나오는 책을 쓰고 있는 거지? 마치 남자가 된 것처럼?

그야 편집자들이 그러길 기대하고, 서평가들이 그러길 기대하니까죠. 하지만 무슨 권리로 그 사람들이 나에게 남장을 기대하는 거죠?

내가 진짜 자신으로, 빌려 입은 턱시도나 국부 보호대 말고 내 몸 그대로 쓰려고 한 적이 있긴 했을까? 내 몸, 내 옷을 입고 글쓰는 방법을 알긴 할까?

아닙니다. 전 방법을 몰랐어요. 방법을 배우느라 시간이 꽤 걸렸죠. 그리고 제게 그 방법을 가르쳐 준 건 다른 여자들이었습니다. 1960년대와 70년대의 페미니스트 작가들요. 이전 세대의 여성 저자들, 남성우월주의 문학 지배층에게 묻혔다가 『노턴 여성 작가 앤솔러지』 같은 책에서 재발견되고 찬양받고 다시 태어난 작가들요. 그리고 대부분 저보다 젊은 동료 작가들, 문학 보수파와 장르 보수파 양쪽에 저항하며 여성으로서 여성에 대해 쓰는 여성 작가들요. 전 그 작가들에게 용기를 배웠어요.

하지만 여성의 지식을 숭배하고 우리는 남자들이 모르는 걸 안다고 우쭐하고 여자들에겐 이성이 미치지 못하는 깊은 지혜가 있고 본능적으로 자연을 안다고 생각하진 않았고, 지금도 그러고 싶진 않아요. 그런 숭배는 대개 여자를 원시적이고 열등하다고 여기는 남성우월주의를 강화할 뿐이에요. 여자들의 지식은 기본적이고 원시적이고 언제나 어두운 뿌리를 따라 내려가는 반면, 남자들은 빛 속으로 자라는 꽃과 곡물을 경작하고 소유한다는 거죠.

하지만 어째서 남자들은 성장하는데 여자들은 계속 유아어를 해야 하죠? 어째서 남자들은 '생각하는데' 여자들은 무턱대고 '느껴야' 하죠?

아래는 제 소설 『테하누』에 나오는 어느 등장인물이 성별화된 지식에 대한 믿음을 표현하는 대목이에요. 중심인물인 테나와 테나의 친구인 늙고 가난하고 무식한 마녀 이끼가 남자 마법사들과 그들의 힘에 대해 논하죠. 테나가 여자들의 힘은 어떠냐고 묻자 이끼가 말해요.

"아, 글쎄요. 여자는 완전히 다르지. 여자가 어디에서 시작하고 끝나는지 누가 알겠어요? 들어 봐요, 나에겐 뿌리가 있어. 이 섬보다 더 깊은 뿌리가 있지. 바다보다 더 깊고, 땅이 솟아오른 때보다 더 오래된 뿌리요. 난 그 어둠 속으로 돌아가요." 이끼의 눈은 불그스름한 테두리 안에서 기묘하게 번쩍였고 목소리는 악기처럼 울렸다. "어둠 속으로 돌아간다고요! 난 달보다 더 이전에 있었지. 아무도 몰라, 아무도 몰라, 아무도 내가 누구인지, 여자가 무엇인지, 힘을 지닌 여자가 무엇인지, 나무뿌리보다 더 깊고 섬들의 뿌리보다 더 깊고 창조보다 더 오래됐으며 달보다 더 오래된 여자의 힘이 무엇인지 말할 수가 없어. 감히 누가 어둠에게 질문을 던질까요? 누가 어둠에게 이름을 묻겠냐고요?"

여자들은 남자들에게나 여자들에게나 거듭거듭 기대에 어긋나지 않는 말을 한다고 듣고 읽어요. 실제로는 정반대 말을 하고 있을 때조차도 그래요. 위에 인용한 연설은 그 내용에 찬성하고 지지하는 사람들에게 백 번은 인용됐어요. 하지만 테나의 대답에 주목한 독자나 비평가는 하나도 못 봤네요.

"누가 어둠에게 이름을 묻겠냐고요?" 이끼가 말하죠. 아주 수사적인 질문이에요.

하지만 테나는 대답해요. 이렇게요. "내가 묻죠." 그리고 이렇게 덧붙이죠. "난 어둠 속에 충분히 오래 살았어요."

이끼는 남성우월주의 사회가 여자들에게 듣고 싶어 하는 말을 하고 있어요. 남자들이 여자들에게 남겨 둔 유일한 영역을 자랑스럽게 자기 것으로 주장하죠. 원시와 신비, 어둠의 영역을요. 그리고 테나는 거기 한정되기를 거부해요. 테나는 이성과 지식과 사상을 자기 것으로 주장하고, 어둠만이 아니라 자기만의 햇빛까지 차지하려 하죠.

저 대목에서 테나가 제 대신 말하고 있어요. 우린 어둠 속에 충분히 오래 살았어요. 우린 햇빛에 똑같은 권리가 있고, 이성과 과학과 예술과 나머지 모든 것을 배우고 가르칠 권리가 똑같이 있어요. 여자들이여, 지하실과 부엌과 아이 방에서 나와요. 이 집전체가 우리 집이에요. 그리고 남자들이여, 그렇게나 무서워하는 어두운 지하실에서나 부엌과 아이 방에서 사는 방법을 익힐 때가 됐어요. 그러고 나면 우리 모두가 불가에 모여서, 우리가 공유하는 집의 거실에서 이야기를 해 봅시다. 우린 서로에게 할 말도 많고, 배울 것도 많아요.

사라지는 할머니들

2011년에 썼던 미출간 글

내가, 최고 여사제가

내가, 엔헤두안나가

내가 의례용 바구니를 들어 올렸고

내가 기쁨의 외침을 노래했으나

그 남자가 나를 죽은 자들 가운데 던졌나니

— 「엔헤두안나」, 기원전 2300년, 베티 드 송 메도가 수메르어에서 번역

여자들에게 무슨 일이 일어나는 걸까?

벌써 수십 년째 그 문제에 대해 썼다. 책과 저자들을 논평할 때의 남성우월주의 경향에 대해서 말이다.

문학은 이제 남자들 못지않게 여자들도 많이 가르치고(비록 여자 교수들의 비율은 그 위치와 단체의 명성이 높을수록 줄어들지만), 최근의 문학 사상과 커리큘럼을 만드는 데에는 페미니스트 이론이 강력한 역할을 했다. 하지만 그건 다, 말 그대로 학문적인 이야기다. 비평 의견의 선도자들, 일반 대중을 위해 등급과 가치를 매기는 사람들, 정전(正傳)주의자들에게는 남성 가치와 남성 성취가 기준이자 표준으로 남아 있다. 말인즉슨 문학의 정전은 끈질기게, 확고하게, 다만 이제는 더욱 교묘하게 여자들을 배제한다는 뜻이다.

나는 여자들의 소설을 문학 정전에서 한 권씩 한 권씩, 한 명씩 한 명씩 배제하는 흔한 기법이나 수법을 네 가지 알고 있다. 이 수법들은 폄하, 누락, 예외화, 그리고 실종이다. 이 넷이 쌓여 지속적으로 여자들의 글을 주변으로 밀어낸다.

폄하(Denigration)

예전에는 대놓고 드러내던 여성의 글에 대한 폄하도 지금은 곧바로 여성멸시(misogyny)로 나타나는 경우가 드물다. 오직 헤밍웨이와 메일러의 신비롭고 과시적인 남성우월주의를 흉내 내는 작자들이나 아직도 여성의 글은 모두 2등급이고 하찮다고 취급한다. 그러나 입 밖에 내어 말하지 않는 추측은 가능하다.

요즘 시절에 여자의 글을(정확히는 설교를) 뒷다리로 서서 걷는 개와 비교했던 새뮤얼 존슨의 말을 끌고 오거나, 빗자루를 든 여자들의 군대가 엄숙하게 자신을 향해 진군하는 생각을 하며 비명을 지르던 너새니얼 호손 같은 서평가는 나도 알지 못한다. 편견은 입 밖에 내지 않고 존재하며, 편향은 생략을 통해 드러난다. 비평가들은 여자들과 얽힌 장르라면 읽지도 않고 통째로 묵살할 수 있다. 미스터리나 전쟁소설이 로맨스가 흔히 겪는 경멸과 무시를 당한다면, 아니면 남성 중심적인 장르에 "칙릿"* 같은 경멸스러운 딱지가 붙는다면 분개와 저항이 있을 것이다. 많은 여자들이 특정한 마초형 글쓰기를 "프릭릿"** 이라고 부르지만, 비평에서 그 용어를 쓰는 모습은 보지 못했다.

생색내는 익살투가 여성 저자를 폄하하는 데 쓰이는 일도 많다. 여자들의 글은 매력적이다, 우아하다, 가슴 저민다, 감성적이다 같은 소리를 들을 수는 있어도 강력하다거나 선이 굵다거나 대가답다는 말을 듣는 일은 아주 드물다. 어떤 저자의 성별은 저널리즘 정신마저 지배하는 모양이며, 성별(gender)은 성적인 매력으로 읽힌다. 조지 엘리엇을 논하면서 "수수했다"는 언급이 빠지는 일은 드물다. 『가시나무새』의 저자인 콜린 매컬로의 《뉴욕 타임스》 부고에도 똑같이 외모 관련이 깊은 정보가 들어가 있었다. 남성 저자들은 살았든 죽었든 간에 못생겼다거나 매력 없는 남자였다는 언급과 함께 논하는 일이 없건만, 예쁜 얼굴이 아니라는 죄악은 죽은 후까지 여자들을 따라간다.

---

* chick lit, chick은 젊은 여자/여자애를 말하는 속어로 계집애에 가까운 어감이다.
** prick lit, prick은 속어로 남근이라는 의미, 불쾌하고 짜증 나는 놈이라는 뜻이 있다.

어떤 여자가 쓴 책을 다른 여자들의 작품과 비교하면서 남자들의 작품과는 비교하지 않는 것도 교묘하고 효과적인 폄하 수법이다. 그렇게 하면 서평가가 어떤 여자의 책이 어떤 남자의 책보다 낫다는 말을 절대 하지 않으면서, 여자들의 성취를 안전하게 주류에서 밀어내어 닭장에 집어넣을 수 있다.

누락(Omission)

정기 간행물들은 거의 예외 없이 남자들의 책을 여자들의 책보다 많이, 더 길게 평한다.

여자들의 책은 남자나 여자나 평하지만, 남자들의 책은 남자들이 평할 때가 훨씬 많다.

여자들의 책은 공동 서평에서 함께 다룰 때가 많은 반면, 남자들의 책은 개별 서평을 받는다.

가장 두드러지는 누락 기술은, 예상할지 모르겠지만 가장 대놓고 경쟁하는 분야에서 쓰인다. 문학상들이다. 심사위원들은 흔히 남자와 여자 양쪽이 들어간 최종 후보를 뽑지만, 상은 남자에게 준다.

여성 저자들에게만 한정된 상을 제외하면, 여자들만으로 이루어진 문학상 최종 후보 목록을 본 적이 없다.* 예전에 내가 포

---

* 이때까지는 휴고 상도 그렇지 않았다. 전 부문 후보를 여성 작가들이 차지하기 시작한 것은 최근 몇 년의 일이다.

162

함된 심사위원진이 만장일치로 여자 넷을 최종 후보로 뽑은 일이 있었다. 다른 심사위원 한 명이, 여자였는데, 후보에서 여자를 하나 빼고 남자를 넣지 않으면 우리가 편견에 사로잡혔으며 우리가 준 상이 "신뢰도가 부족하다"는 비난을 들을 거라고 설득했다. 그분의 설득에 넘어가서 정말 미안하다.

남자만으로 구성된 최종 후보 목록은 과거 당연하게 여겨졌지만, 지금은 그쪽도 편견으로 비난받을 수 있다 보니 드물어졌다. 그런 항의를 막기 위해 여자들이 목록에 포함된다. 그러나 상은 경우에 따라 세 번 중 두 번, 심하게는 열 번 중 아홉 번까지도 남자 후보 중 하나에게 갈 것이다.

앤솔러지도 똑같은 젠더 불균형을 보이는 편이다. 최근 잉글랜드에서 출간된 SF 앤솔러지 하나는 여자 작가의 단편을 하나도 싣지 않았다. 소란이 일었다. 작품 선정을 맡은 남자들은 여자 작가를 하나 초청했는데 잘되지 않았으며, 어째선지 그냥 모든 단편이 남자 작가의 작품이라는 사실을 알아차리지 못했다는 말로 사과했다. 정말 죄송하다고.

"어째선지" 모든 단편이 여자 작가로 구성되었다면, 눈에 띄었을 것이란 느낌이 든다.

예외화(Exception)

남자의 소설을 논하면서 저자의 성별을 언급하는 경우는

몹시 드물다. 여자의 소설은 저자의 성별과 함께 논의되는 경우가 아주 잦다. 정상은 남성이다. 여성은 정상의 예외, 정상에서 배제된 존재다.

비평에서나 서평에서나 예외와 배제를 실천한다. 예를 들어 버지니아 울프가 위대한 영국 소설가라는 점을 인정해야 하는 비평가는 애써 울프가 예외임을 보여 줄 수 있다. 멋진 요행이라고 말이다. 예외와 배제의 수법은 다양하다. 여자 작가는 소설의 "주류"에 속하지 않았다고 밝혀진다. 그 작가의 글은 "독특"하며 후대 작가들에게 아무 영향을 미치지 않는다. 어떤 "컬트"의 대상이다. 그 작가는 (매력적이고, 우아하며, 가슴 저미고, 감성적인) 연약한 온실의 꽃이며 그러니 남성 소설가의 (강력하고, 선 굵고, 대가다운) 활력과 경쟁한다고 보아서는 안 된다.

제임스 조이스는 거의 나오자마자 정전의 반열에 올랐다. 버지니아 울프는 정전에서 배제되거나 마지못해 받아들여졌으며 그러고도 수십 년간 의구심을 샀다. 정교하고 효과적인 서술 기법과 장치를 갖춘 『등대로』쪽이 기념비적인 막다른 길인 『율리시스』보다 후대 소설 쓰기에 미친 영향이 훨씬 크다는 주장이 얼마든지 가능하다. "침묵, 유배, 교묘함"을 선택하고 은둔 생활을 한 제임스 조이스는 스스로의 글과 경력 외에는 아무것도 책임지지 않는다. 버지니아 울프는 자기 나라에서 지적, 성적, 정치적으로 활발한 사람들이 이루는 비범한 집단으로 꽉 찬 시간을 보냈다. 그리고 어른이 된 후 내내 다른 작가들을 읽고, 서평을 쓰고, 출간했다. 제임스 조이스가 연약한 쪽이고, 버지니아 울프가 굳센 쪽이다. 조이스가 컬트의 대상이고 우연이며, 울프는 20세기 소설의 중심에서 지속적으로 풍부한 영향을 미쳤다.

하지만 정전주의자들은 결코 여자에게 중심을 부여하지 않는다. 여자들은 반드시 주변에 남겨져야 한다.

어떤 여자 소설가가 1급 예술가라는 사실이 인정되더라도, 배제 수법은 여전히 작동한다. 제인 오스틴은 존경을 많이 받지만, 그래도 어떤 본보기로 여겨지기보다는 독특하고 흉내 낼 수 없는 놀라운 우연으로 여겨질 때가 많다. 실종될 순 없어도, 완전히 포함되지도 않는다.

작가 생존기에 일어나는 폄하, 누락, 예외화는 작가의 죽음 이후 일어나는 실종의 준비 작업이다.

실종(Disappearance)

나는 이 말을 적극적인 의미로 쓰며, 여기에 내포된 의미를 온전히 의식하고 있다.

여자들의 글을 깎아내리는 온갖 어리석거나 교묘한 수법을 통틀어, 실종이 가장 효과적이다. 일단 작가가 힘을 잃고 조용해지면, 남성 연대가 재빨리 외부인을 상대로 똘똘 뭉친다. 여성 연대나 정의로운 본능이 그 결속을 깰 만큼 강한 경우는 드물고, 그 노력이 성공한다 해도 남성 결속은 쉽사리 다시 이루어지기 때문에 노력을 끝없이 이어 나가야 한다.

나는 이전에도 특히 격분했던 실종 사례들에 대해 쓴 적이 있다. 엘리자베스 개스켈과 마거릿 올리펀트였다. 둘 다 지금까지도 종종 "미시즈(Mrs.)"로만 불리는데, 두 작가의 성별과 사회적 위치를 알리는 칭호다.("미스터 디킨스"나 "미스터 트롤럽"이라고는 하지 않는다.) 개스켈과 올리펀트는 생전에 유명하고 인기 있었으며 존경받았고 진지하게 받아들여졌다. 죽고 나자 바로 사라졌다. 개스켈의 작품은 "사랑스러운" 『크랜포드*Cranford*』로 격하됐다. 빅토리아 시대 사회사 연구자들은 여전히 개스켈의 소설을 디킨스 읽듯 참고자료로 읽지만, 문학 정전주의자들은 이 사실을 중요하게 여기지 않았다. 올리펀트의 작품은 최고작도 아닌 한 작품 『머조리뱅크스 양*Miss Marjoribanks*』만 남기고 다 잊혔는데, 이 작품도 문학사가들이 언급은 하지만 계속 찍어 내지는 않는다.

이런 부당한 격하는 불쾌할 뿐 아니라 낭비이기도 하다. 사실 뛰어난 빅토리아 시대 소설가는 그중 두 명을 단지 남자가 아니라는 이유로 내던질 수 있을 만큼 많지가 않다. 그런데 그들의 소설이 실종된 데 어떤 다른 이유를 댈 수 있나? 개스캘은 페미니스트들과 영화 덕분에 이제 상당히 잘 복귀했다. 올리펀트는 아니다. 어째서? 올리펀트와 트롤럽에게는 유사성이 많다. 한계는 명확하지만, 치명적은 아니다. 둘 다 확실히 재미있는 소설을 썼고, 심리 면에서 신중하고도 통찰력 있으며, 또한 매력적인 사회 보고서다. 하지만 올리펀트의 작품만 사라졌다. 스타일이 변하면서 트롤럽은

166

유행에 뒤졌으나, 2차 세계 대전기에 상상 속의 옛 확신을 그리워하던 영국인들이 트롤럽의 책에서 그걸 찾아내면서 멋지게 부활했다. 올리펀트는 1970년대, 페미니스트 비평과 출판이라는 형태의 여성 연대가 일시적으로라도 몇 권을 구해 내기 전까지는 아무도 기억하거나 부활시키지 않았다.

적극적인 여성 작가 실종으로 내가 아는 가장 노골적인 사례는 월러스 스테그너가 메리 할록 푸트에게 한 짓이다. 월러스는 『머나먼 서부의 빅토리아 시대 숙녀*A Victorian Gentlewoman in the Far West*』로 출간된 푸트의 전기에서 자기 소설 『평온의 천사*Angle of Repose*』의 배경과 등장인물, 이야기까지 다 따왔다. 심지어 그 소설 제목조차도 푸트의 책에 있는 문장에서 가져왔다.

스테그너는 자기가 훔쳐 온 저자의 등장인물을 훼손하여, 그녀를 부주의로 자식을 죽인 부정한 아내로 만들었다. 전기 속에 묘사된 실제 관계와 딸이 죽은 방식, 어머니의 깊은 슬픔을 잔인하게 희화화했다. 스테그너는 내내 사람들과 풍경에 대한 푸트의 통찰을 천박하게 만들었다.

그리고 어디에서도 푸트나 푸트의 책 제목을 언급하지 않아, 푸트가 책을 낸 저자라는 사실을 일부러 숨겼다. 자기 소설의 출처에 대해 내놓은 유일한 단서라고는 친구들에 대한 감사의 말 사이에 푸트의 자손들을 끼워 "그분들의 할머니가 빌려준 바"에 고맙다고 한 문장뿐이다. 할머니들이란 글을 쓰는 여자들보다 훨씬 다루기가 쉽지. 할머니들에겐 이름조차 없다.

물론 예술가들은 끊임없이 서로에게 빌리고 빌려주지만, 스테그너가 한 짓은 빌린 게 아니라 몰수요 징발이었다. 나라면 표절이라고 하겠다. 스테그너에게는 푸트의 책이 정당하게 존재하지 않았던 게 분명하다. 그에게는, 그 남자, 그 존경받는 소설가, 스탠퍼드 대학 교수에게 그 책은 고르는 대로 쓸 수 있는 재료에 불과했다. 그에게는 푸트도 존재하지 않았다. 이용 대상일 뿐이었다.

무덤을 강탈하고, 그 속에 내버려 둔 시체가 누구인지는 말하지 말라.

메리 푸트의 책을 읽은 많은 이들이 스테그너의 소설보다 낫다고 생각한다. 푸트의 이야기는 조심해서 골라낸 자기 삶의 실제 사건들에 기반했고, 감정적으로 통제하여 정확하게 진술했다. 푸트는 책 속의 개척자들과 기술자들과 서부의 풍경을 전해 들은 게 아니라 실제 삶에서 뽑아냈다. 스테그너는 배경과 감정과 등장인물들을 선정적으로 다루고 인습적으로 만들었다. 하지만 스테그너는 철저히 유명한 남성 작가 역할을 연기하는 유명한 남성 작가였다. 그게 통했다. 그 소설로 퓰리처 상을 탄 것이다. 그의 책은 계속 찍히고, 찬양받고, 연구된다.

메리 푸트는 적당한 대중적 명성을 누렸으며 유명한 척하지도 않은 여성 작가였다. 푸트의 책은 사라졌다. 실종당했다. 1세기 동안 방치됐다가 페미니즘 두 번째 물결기의 여성 연대가 겨우 재판시키기는 했지만, 누가 그 책에 대해 아나? 누가 읽나? 누가 가르치나?

누가 그게 중요하다고 생각할까?

지금 나는 얼마 전에 사망한 어느 여성 작가를 생각하고 있다. 아무래도 실종에 특히 취약할 것 같은 작가, 대단히 독창적이고 강력한 이야기꾼이자 시인인 그레이스 페일리다. 페일리의 문제점은 정말로, 진실로 독특했다는 데 있다. 분명 "우연"이야 아니지만, 페일리는 남성 중심 문학 기구가 중요하게 인정한 어떤 소설이나 시 학파에도 경향에도 속하지 않는다.

그리고 많고 많은 남자 작가들과 달리 페일리는 자아의 발전에 큰 흥미가 없었다. 물론 야심은 있었고, 그것도 맹렬한 야심이었지만 그 야심은 당대의 사회 정의를 발전시키는 데 있었다.

여성 비평가들, 페미니스트 작가들, 공정한 학자와 교사와 문학 애호가들이 의식적으로 계속해서 페일리의 작품이 보이도록 하고, 연구하고, 가르치고, 읽고, 다시 찍어 내는 노력을 기울이지 않으면, 그녀의 작품은 몇 년 안에 조용히 무시당할 거라는 두려움이 있다. 어쩌다 보니 절판이 될 것이고, 그보다 못한 작가들의 작품이 오직 남자 작가라는 이유만으로 살아남는 동안 잊힐 것이다.

그러지 말자. 이렇게 계속 훌륭한 작가들이 남자가 아니라는 이유로 실종당하고 묻혀 버리게 둘 수는 없다. 평화로이 썩어 가게 두어야 할 작가들은 여자가 아니라는 이유로 끊임없이 부활하여 비평과 커리큘럼의 좀비가 되는 판에 말이다.

나는 미인이 아니지만, 나에게 '그녀는 수수했다' 같은 묘비는 주지 말아 달라. 나는 실제로 할머니지만, 나에게 '누군가의 할머니'라는 묘비는 주지 말라. 나에게 묘비가 있다면, 내 이름이 들어갔으면 좋겠다. 하지만 그보다도 작가의 성별이 아니라 글의 우수함과 작품의 가치로 판단받는 책들에 내 이름이 박혀 있었으면 하는 마음이 훨씬 크다.

버지니아 울프에게서 SF 쓰는 방법 배우기

2011년 4월 《맨체스터 가디언》 수록

시도하는 사람들이 다 아는 사실은 아니지만, SF를 읽은 적이 없다면 SF를 쓸 수가 없다. 하지만 다른 것을 읽은 적이 없어도 SF를 잘 쓸 수 없기도 하다. 장르는 윤택한 방언과 같아, 그 언어를 쓰면 어떤 것들을 특별히 만족스러운 방식으로 말할 수 있지만, 그렇다고 보편 문학 언어와의 연결을 포기해 버린다면 내집단에게만 의미가 있는 은어가 되어 버린다. 장르를 완전히 벗어난 곳에서 유용한 본보기들을 찾을 수 있다. 나는 언제나 전복적이었던 버지니아 울프를 읽으면서 많이 배웠다.

『올랜도Orlando』를 읽었을 때 나는 열일곱 살이었다. 그 나이에는 그 책이 반은 계시 같고 반은 혼란이었지만, 한 가지는 분명했다. 작가가 우리와 많이 다른 사회를, 아주 색다른 세상을 상상하고 극적으로 살려 냈다는 사실이었다. 나는 엘리자베스 시대 장면들을, 템스 강이 얼어붙은 겨울을 생각하고 있다. 그 대목을 읽으면서 나는 그곳에 있었고, 얼음 속에 타오르는 모닥불들을 보고 500년 전 그 순간의 경이로운 기이함을 느꼈다. '완전히 다른 어딘가'로 실려 가는 진짜 설렘이 있었다.

울프는 어떻게 그렇게 했을까? 마구 쌓이지도 않고 설명이 붙지도 않는 정확하고 구체적이며 자세한 묘사가 비결이었다. 독자가 상상력으로 그림을 채워 넣어 선명하고 완전하게 보도록 북돋는, 고도로 선별한 선연하고 효과적인 심상이었다.

소설『플러시Flush』에서 버지니아 울프는 개의 마음속으로 들어가는데, 말하자면 비인간의 뇌이자 외계의 정신이다. 이런 식으로 보면 대단히 SF적이다. 다시 한 번, 그 책에서 내가 배운 것은 정확하고 선명하고 고도로 선별된 세부 사항이 가진 힘이었다. 울프가 글을 쓰느라 앉은 추레한 안락의자 옆에서 자고 있는 개를 내려다보며 '무슨 꿈을 꾸고 있니?'라고 생각하고 귀 기울이는 모습을 상상해 본다……. 바람 냄새를 맡으며…… 시간이 존재하지 않는 개의 세상에서, 산에 나가서 토끼를 쫓고 있는 개…….

우리가 아닌 다른 이들의 눈을 통해 보고 싶어 하는 사람들에게 도움이 되는 책이다.

책의 죽음

이 조각글은 2012년 블로그 포스트로 시작했다가, 2014년 『테크놀로지: 작가들을 위한 교재』(J.로저스 편집, 옥스퍼드 대학 출판부, 2014) 출간을 위해 수정했으며, 이 책에 싣기 위해 살짝 재수정했다.

사람들은 뭐가 됐든 뭔가의 죽음에 대해 이야기하기를 좋아한다. 책이든, 역사든, 자연이든, 신이든, 진짜 케이준 요리든. 어쨌든 종말론 정신의 소유자들은 그렇다.

저 말을 쓰고 나서 나는 만족했지만, 불편하기도 했다. 가서 "종말론(eschatology)"을 찾아봤다. 비슷하게 들리긴 해도 배설물[*]과는 상관이 없는 의미라는 걸 알고 있었지만, 그래도 나는 종말론이 죽음하고만 관계가 있는 의미인 줄 알았다. 하나가 아니라 네 개의 마지막 요소에 대한 말이라는 걸 깨닫지 못했다. 그 네 가지란 죽음, 심판, 천국, 그리고 지옥이다. 배설물까지 포괄했다면 그

---

[*] 분변학(scatology)을 이용한 말장난.

야말로 모든 것을 의미했을 말이다.

어쨌든, 종말론자들이 판단하기에 책은 죽어서 우리를 할리우드와 컴퓨터 화면의 자비에 맡겨 두고 천국이나 지옥으로 가버릴 것이다.

출판 산업에 어딘가 아픈 데가 있는 건 확실하지만, 그 병증은 기업 소유주들의 압박 아래 모든 산업이 겪고 있는 병증, 예측 가능한 높은 판매량과 단기 이익을 위해 상품 기준과 장기 계획을 내려놓는 현상과 밀접하게 얽혀 있는 듯하다.

책 자체를 두고 말하자면야, 책을 만드는 기술은 대변동을 겪고 있다. 그러나 내가 보기에는 "책"이 죽는다기보다는 성장하는 것 같다. 전자책이라는 두 번째 형태를 취하면서 말이다.

이것은 계획에 없던 큰 변화였고, 모든 계획 없던 변화가 그렇듯 혼란스럽고 불편하고 파괴적이다. 출판사, 배본사, 서점, 도서관부터, 얼른 달려가서 전자책과 전자책 리더기를 사지 않으면 최신 베스트셀러가 아니 어쩌면 모든 문학이 지나가 버릴까 두려워하는 독자들에 이르기까지 익숙했던 모든 서적 출간과 구입 경로에 큰 부담을 지울 변화다.

하지만 그게 다 아닌가? 책이란 게 읽자고 있는 게 아닌가?

독서가 한물갔다고 독자가 죽을까?

친애하는 독자님: 어떻게 지내시나요? 저는 완전히 한물갔습니다만, 결코 지금 죽지는 않았답니다.

친애하는 독자님: 지금 읽고 계신가요? 저는 읽고 있습니다.

마침 이 글을 쓰고 있는데, 읽지 않고 쓰기는 무척 어렵거든요. 혹시 어둠 속에서 글을 써 보려 했다면 아실 테지만요.

친애하는 독자님: 뭘 읽고 계신가요? 저는 제 컴퓨터로 쓰고 읽고 있고, 아마 독자님도 그러시리라 생각합니다.(최소한 제가 쓰는 내용을 읽고 계시길, 그리고 여백에 '이런 헛소리!'라고 쓰고 계시진 않기를 빕니다. 오래전 어느 도서관 책 여백에 쓰여 있는 걸 읽은 후 저도 줄곧 여백에 '헛소리'라고 써 보고 싶긴 했지만요. 책에 대해 참 훌륭한 묘사잖아요.)

읽기 역시 사람들이 컴퓨터로 하는 일이라는 걸 부인할 수 없다. 전화 통화, 사진 찍기, 음악 듣기와 게임 하기 등등이 가능하고 그걸 "위해서" 존재한다고 여겨지는 다양한 전자 기기에서 사람들은 사랑한다는 문자를 찍거나, 진짜 케이준 검보 요리법을 찾아보거나, 주식 시장 상황을 확인하는 데 많은 시간을 쓸 수 있다……. 그리고 이 모두에 읽기가 들어간다. 사람들은 컴퓨터를 써서 게임을 하거나 사진 갤러리를 훑어보거나 영화를 보고, 계산하고 스프레드시트와 그래프를 만들고, 또 운 좋은 몇 명은 그림을 그리거나 작곡을 하지만, 종합하자면 내 말이 틀렸나? 어마어마하게 많은 사람이 컴퓨터로 하는 일이 문서 작성(쓰기) 아니면 문서 이해(읽기)가 아닌가?

전자 세계에서 읽지 않고 할 수 있는 일이 얼마나 되나? 어린아이 장난감 수준을 넘어서는 컴퓨터 사용은 최소한이라 해도 사용자의 문해력에 달려 있다. 작동법은 기계적으로 배울 수 있지만, 그래도 키보드는 주로 문자로 이루어져 있다. 아이콘만으로는 한계가 있다. 어떤 사람들에게는 문자 메시지가 모든 다른 언어 표현을 대체할 수도 있겠지만, 문자 메시지 역시 기초적인 쓰기일 뿐이다. 하다못해 '나 넘ㅜㅜ'도 문자를 알아야 쓸 수가 있다.

내게는 사실 사람들이 이전 어느 때보다 더 많이 읽고 쓰는 것처럼 보인다. 예전에는 같이 일하고 대화하던 사람들이 이제는 좁은 방에 혼자 앉아서 종일 화면을 보며 쓰고 읽는다. 만나서든 전화하든 구두로 이루어지던 의사소통이 이제는 쓰고 읽고 이메일을 통할 때가 많다. 그래, 그 모든 게 책 읽기와 별 상관이 없는 건 맞다. 하지만 읽기를 그 어느 때보다 더 가치 있는 기술로 만든 압도적인 과학기술의 보급이 낳은 결과가 책의 죽음이 되는 까닭은 모르겠다.

종말론자들은 이렇게 말한다. 아, 하지만 아이패드로 할 수 있는 놀랍고도 끊임없는 다른 모든 것들과 벌이는 경쟁이 책을 죽이고 있다고요!

그럴 수도 있다. 아니면 그 경쟁이 독자들의 안목을 더 높이기만 할 수도 있다. 최근 《뉴욕 타임스》에 실린 글에서는(2012년 3월 4일, 줄리 보스먼과 맷 리치텔이 쓴 "책 읽기를 방해받는다…… 그 책을 읽던 태블릿에게") 로스앤젤러스에 사는 어떤 여성의 말을 인용했다. "정신 팔릴 데가 워낙 많다 보니, 책을 고르는 기준이 상향됐어요……. 최근에는 내 손끝에 온갖 오락의 세계가 있다는 걸 잊게 해 주는 책들에 끌려요. 그 책이 그럴 만큼 좋지 않다면, 아무래도 제 시간을 더 나은 곳에 쓰는 게 낫겠죠." 문장이 이상하게 끝나긴 하지만,

아마도 재미있는 책을 읽는 게 손끝으로 온갖 오락의 세계를 활성화하는 것보다 좋다는 뜻인 것 같다. 그런데 왜 책은 그 온갖 오락의 세계에 포함되지 않는다고 생각하는 걸까? 아마 책은, 그것 또한 손끝으로 활성화시킨다 해도 우리가 여흥으로 여기는 움직이고, 깜박거리고, 씰룩거리고, 튀어 오르고, 반짝이고, 소리치고, 쿵쿵대고, 고함치고, 비명 지르고, 피 튀고, 귀를 찢는 등등의 경험 없이 재미있게 해 주기 때문이리라. 어쨌든 이 여자분의 주장은 명백하다. 책이 튀어 오르고 쿵쿵대고 피 튀는 등등의 경험과 같은 수준까지는 아니더라도 어느 정도 재미있지 않다면, 그 책을 왜 읽는단 말인가? 다른 오락을 활성화하거나…… 더 좋은 책을 찾아야지. 인용된 표현 그대로, 기준 상향이다.

책의 죽음에 대해 논하자면, "책"이 무엇인지부터 묻는 게 좋은 생각일지 모르겠다. 우리가 책 읽기를 그만둔 사람들에 대해 말하는 건가, 아니면 사람들이 책을 종이로 읽는지 화면으로 읽는지에 대해 말하는 건가?

화면으로 읽기는 종이로 읽기와 확실히 다르다. 다만 우리는 아직 그 차이를 이해하지 못하는 것 같다. 그 차이가 상당할 수도 있겠지만, 아무리 그래도 두 종류의 읽기에 다른 이름을 붙여야 할 정도거나, 전자책은 책이 아니라고 할 정도로 크지는 않을 것이다.

만일 "책"이라는 게 오직 물리적인 대상으로서의 책만 의미한다면, 인터넷 추종자들에게 책의 죽음은 기뻐 날뛸 일일지 모른다. 만세! 저작권 붙은 고약하고 무거운 거추장스러운 물건을 또 하나 없앴다! 하지만 대개 책의 죽음은 아쉬워하고 슬퍼할 일이다. 종이에 인쇄된 책의 물성이 중요한, 때로는 내용물보다 더 중요한 사람들 — 장정과 종이와 활자로 책을 평가하고 훌륭한 판본으로 사고 수집하는 사람들 — 과 그저 책을 쥐고 넘기면서 읽는 데 즐거움을 느끼는 많은 사람은 종이에 찍은 책이 기계 속에 든 무형의 텍스트로 완전히 대체된다는 생각만 해도 고통을 느낀다.

내가 할 수 있는 제안은 이것뿐이다. 괴로워하지 말고, 단결하라! 기업들이 얼마나 소란을 피우고 괴롭히고 광고로 우리를 묻어 버려도, 소비자에게는 언제나 저항이라는 선택지가 있다. 스팀롤러 앞에 드러눕지 않는 한, 신기술의 스팀롤러에 깔리지도 않을 것이다.

그 스팀롤러가 움직이고 있는 것은 확실하다. 매뉴얼과 DIY 같은 인쇄물은 전자책으로 대체되고 있다. 저비용 전자책 판본은 대량 판매 페이퍼백을 위협한다. 화면으로 읽기를 좋아하는 사람들에게는 좋은 소식이요, 그렇지 않거나 중고 서적 사이트에서 책을 사거나 드물게 살아남은 중고 책방에서 75센트짜리 낡은 미스터리를 건져 내기를 좋아하는 사람들에게는 나쁜 소식이다. 하지만 물질적인 책을 사랑하는 사람들이 진지하게 훌륭한 장정과 종이와 디자인에 읽는 즐거움 못지않게 중요한 가치를 둔다면, 그들은 잘 만든 하드커버와 페이퍼백 판본에 꾸준하고 눈에 보이는 수요를 제공할 것이고, 쥐며느리만 한 시장 감각이라도 있다면 출판

산업이 그 수요에 응할 것이다. 문제는 출판 산업이 쥐며느리만 한 감각을 갖고 있느냐다. 최근 출판계의 행동을 보면 의심이 간다. 하지만 희망을 품어 보도록 하자. 그리고 언제나 기업에서 자유로운 독립 출판사인 "소형 출판사"들이 있다. 그들은 많은 경우 최대한 세련되고 약삭빠르게 군다.

책의 죽음에 대한 다른 항의들은 웹에서 제공하는 직접 경쟁과 관련되어 있다. "손끝으로 켤 수 있는 오락의 세계"는 독서를 하찮게 만든다.

이때의 "책"은 대체로 문학을 가리킨다. 현재 DIY 매뉴얼과 요리책, 이런저런 안내서는 책 중에서 화면의 정보로 대체되는 일이 가장 많은 종류다. 이를테면 『브리태니커 백과사전』은 구글에게 죽었다. 하지만 내가 브리태니커 백과사전 11판을 땅에 묻지는 않을 것 같다. 그 시대(그러니까 100년 전)의 산물인 그 속의 정보는 역시 시대의 산물인 검색 엔진으로 나오는 정보와 크게 다를 수 있다. 영화/연출자/배우 연감은 몇 년 전에 웹상의 정보 사이트들에게 살해당했다. 아주 훌륭한 사이트들이지만, 책처럼 그 안에 파묻히는 즐거움은 없다. 우리는 2003년 영화 연감을 간직하고 있는데, 우리도 옛날 사람들이다 보니 사이트보다 연감을 더 효과적으로 쓸 수 있기 때문이고, 설령 죽었다 해도 여전히 유용하고 재미있기 때문이다. 책이 아니라면 어떤 시체를 두고도 그런 말은 하기 힘들 것이다.

아무리 하늘이 무너진다고 생각하기를 좋아하는 사람이라 해도 『일리아드』나 『제인 에어』나 『바가바드 기타』가 죽었다거나 죽을 거라고 믿는 이유는 잘 모르겠다. 위대한 문학 작품들이 예전보다 훨씬 더 경쟁하게 된 건 맞다. 사람들은 영화를 보고 책이 무슨 내용인지 안다고 생각할 수 있다. 책은 손끝의 오락 세계로 대체될 수 있다. 하지만 아무것도 그 작품들 자체를 대체할 수는 없다. 사람들이 읽기를 배우는 한(재정이 부족한 공립학교들에서 배울 수도 있고 아닐 수도 있지만), 특히 읽어야 할 책을 배우고 그 책을 지적으로 읽는 방법(재정이 부족한 공립학교에서 이제는 생략해 버릴 때가 많은, 기본 기술의 확장판이다.)을 배우는 한, 그 사람들 중에 손끝으로 접근할 수 있는 무수한 오락보다 독서를 더 좋아하는 사람은 늘 있을 것이다.

그들은 종이가 됐든 화면이 됐든 책을 읽을 것이고, 문학이 주는 즐거움과 존재 증대감을 누리려 문학을 읽을 것이다.

그리고 그들은 책이 지속적으로 존재하게 지키려고 할 것이다. 지속성은 문학과 지식의 핵심이기 때문이다. 책은 대부분의 예술과 오락과는 다른 방식으로 시간을 차지한다. 수명이라는 면에서는 아마 건축과 돌 조각만이 책을 능가할 것이다.

그리고 이 지점에서 전자책 대 종이책이라는 문제가 다시 논의에 들어온다. 인간 문화의 전승은 많은 부분이 아직까지도 문자로 '적힌 것'의 상대적 영속에 의존한다. 4000년이 넘도록 그랬다. 책의 가장 높고 가장 끈질긴 가치는 그 단순하고, 견고하고, 둔

감하고, 물리적인 현존인지도 모른다.

지금 나는 2012년 미국의 "책"에 대해서가 아니라 전기가 단속적이거나, 아예 없거나, 부자에게만 가능한 곳도 많은 세상 전체에서 어떤지에 대해 말할 것이다. 그리고 우리가 계속 이대로 우리 서식지를 훼손하고 파괴한다면 50년이나 100년 안에 어떻게 될지를 말할 것이다.

전자책을 손쉽게 복제하여 사방으로 보내면, 전자책을 읽을 기계를 만들고 켤 수 있는 한은 그 책의 영속을 보장할 수 있다. 하지만 전기력은 햇빛처럼 의지할 수 없다는 점을 기억하는 게 좋겠다.

쉽고 무한한 복제성에는 확실한 위험이 함께한다. 종이책에 실린 텍스트는 존재하는 모든 책을 하나하나 따로 고치지 않고서는 바꿀 수 없으며, 바꾼다 해도 분명한 흔적이 남는다. 고의로든 변조로든(불법 복제 텍스트는 놀랍도록 변조가 잘 된다.) 내용이 바뀐 전자 텍스트는 종이책이 존재하지 않는다면 원래의, 진짜의, 정확한 텍스트를 규명할 수가 없다. 그리고 불법 복제와 오류, 축약, 누락, 추가, 혼합이 허용되면 될수록, 텍스트의 진실성(integrity)이 무엇인지 이해할 사람은 줄어들 것이다.

시나 과학 논문의 독자처럼 텍스트를 중요하게 여기는 사람들은 텍스트의 진실성이 극히 중요할 수 있다는 사실을 안다. 우리의 비문자문화 조상들도 알았다. '그 시구를 배운 그대로 읊지 않으면 시가 힘을 잃게 된다.' 부모님이 읽어 주는 책을 듣던 세 살짜리도 요구한다. '아빠! 잘못 읽었어! 칩멍크는 내가 안 그랬다고 하지 않고 내가 그러지 않았다고 한다고!'

물리적인 책은 몇백 년을 갈 수 있다. 펄프지를 쓴 싸구려 페이퍼백도 읽을 수 없을 지경까지 훼손되려면 몇십 년은 걸린다. 지금 단계의 전자출판에서는 계속 변하는 기술과 업그레이드, 고의적인 노후화, 기업 인수 등으로 어떤 기계로도 읽을 수 없게 된 텍스트들의 잔해가 남는다. 게다가 전자 텍스트의 훼손을 막으려면 주기적으로 다시 복사해야 한다. 전자 텍스트를 모으는 사람들은 얼마나 자주 재복사해야 하는지 말하기를 꺼리는데, 그 기간이 아주 다양하기 때문이다. 하지만 몇 년 묵은 이메일 파일을 가지고 있는 사람이라면 누구나 엔트로피 증가 과정이 빠를 수 있다는 사실을 안다. 어떤 대학 사서에게 들으니 지금 이대로라면 도서관에서 소유한 전자 텍스트는 모두 8년에서 10년에 한 번씩 재복사해야 할 거라고 했다.

인쇄본으로 그런 짓을 해야 한다고 상상해 보시라!

기술의 지금 단계에서 우리가 모든 도서관 내용물을 전자 아카이브로 대체하기로 결정한다면, 최악의 경우에는 정보와 문학 테스트들이 우리의 동의도 없이, 알지도 못하는 채 바뀌고 우리의 허락도 없이 복제되거나 파괴되며, 찍어 낸 기술에 따라 읽지 못하게 되기도 하고, 정기적으로 재복사하고 재배본하지 않으면 몇 년이나 몇십 년만에 가차없이 왜곡되거나 그냥 존재하지 않게 되어 버릴 것이다.

하지만 그건 기술이 발전하고 안정되지 않을 거라는 가정 하의 이야기다. 기술이 좋아지기를 희망해 보자. 그렇다 해도, 우리 가 왜 모 아니면 도를 택해야 하나? 그건 필요도 없고 파괴적일 때 도 많은 방식이다. 컴퓨터는 2진법이라도, 우리는 아니다.

어쩌면 전자책과 전자책을 돌리는 전기가 언제까지나 어디 에서나 모두에게 이용 가능해질지도 모른다. 그러면 멋지겠지. 하 지만 지금 상황에서든 발전한 상황에서든, 책을 두 가지 다른 형태 로 이용할 수 있다면 길게 보아 좋은 일일 수밖에 없다. 여분이야말 로 종(種)의 영속에 핵심 아니겠는가.

우리 손끝에 달린 온갖 유혹에도 불구하고, 나는 책 읽기 를 익힌 고집스럽고 내구력 있는 소수가 오랫동안 그러했듯 앞으 로도 계속 책을 읽으리라 믿는다. 종이든 화면이든, 찾을 수 있다면 어떻게든 읽을 것이다. 그리고 책을 읽는 사람들은 대개 그 경험을 공유하고 싶어 하기에, 그리고 아무리 막연하다 해도 그 공유가 중 요하다고 느끼기에, 어떻게 해서든 책이 다음 세대에도 존재하도록 만들고야 말 것이다.

기술 세대가 아니라 인간 세대 말이다. 지금 기술의 한 세대 는 생쥐 수명만큼 짧아질 판이고, 이러다가는 초파리 수명만큼 짧 아질지도 모른다.

책의 수명은 그보다는 말이나 인간의 수명, 때로는 참나무, 심지어는 레드우드*의 수명과 비슷하다. 그러니 책의 죽음을 슬퍼

---

* 지구상에서 가장 오래 사는 나무 중 하나다.

하기보다는 이제 책이 살아남아 전해지고 지속될 방법이 하나가 아니라 둘이 됐다는 사실을 기뻐하는 게 좋겠다.

르 귄의 가설

내 사이트 블로그 포스트와 2012년 6월 14일 북 뷰 카페에 실은 글을 고쳐 쓴 조각글로, 3월 시애틀에서 열린 시그마 타우 델타 컨퍼런스에서 강연한 내용이다.

문학과 장르에 대한 작년 《뉴요커》 기사에서, 아서 크리스탈은 장르소설 읽기를 "길티 플레저"라고 했습니다. 나는 블로그에서 그 표현이 "자기 비하적이고, 자기 만족적이면서 동시에 공모적인 데 성공한 말이다. 내가 나의 길티 플레저를 말할 때 나는 죄를 알지만 너도 죄짓는다는 사실을 안다고 (팔꿈치로 찌르기) 고백하는 셈이니, 우리 죄인들이 귀엽지 않은가?"라고 반응했지요.

그래서. 문학은 대학교에서 읽어야 하는 진지한 물건이고 장르는 즐거움을 위해 읽는 책이라 죄책감이 든다고요.

하지만 어떤 범주든 상관없이 소설에서 얻을 수 있는 비-길티 플레저, 그러니까 진짜 즐거움은 어쩌나요?

문학 소설을 장르소설과 대립시킬 때의 문제점은, 소설 종류의 합리적인 차이를 말하는 척하면서 비합리적인 가치 판단을 숨긴다는 겁니다. 문학이 우월하고, 장르가 열등하다고 말이죠. 이건 편견에 불과해요. 우리는 문학이 무엇인지에 대해 더 지적인 토론을 해야 합니다. 많은 영문학과가 다가오는 우주선을 다 쏘아 떨어뜨려서 담쟁이 우거진 상아탑을 지키려는 시도를 그만뒀습니다. 많은 비평가가 많은 문학이 근대 리얼리즘의 성스러운 숲 바깥에서 발생한다는 사실을 알고 있습니다. 하지만 그래도 문학과 장르의 대립은 남았고, 그게 남아 있는 한 잘못된 단정적 가치 판단도 들러붙어 있을 겁니다.

이 지겨운 곤경에서 빠져나가기 위해 한 가지 가설을 제안하죠.

문학은 문자 예술의 현존체이다.

모든 소설은 문학에 속한다.

어떤 소설을 문학으로, 또 다른 소설을 장르로 구별하는 데 깔려 있던 가치 판단은 눈에 띄게 사라져 갑니다. 대중성을 상업주의와 합쳐 버리는 엘리트주의 속물근성, 도덕적이고 "고상한" 즐거움과 죄책감을 동반하는 "천박한" 즐거움을 이야기하는 청교도주의 속물근성은 이제 부적절하고, 옹호하기도 무척 힘들어요.

어떤 장르도 타고나기를 우월하거나 열등하지 않지만, 장르는 존재하고, 소설의 형태와 유형과 종류는 존재하며 이해받아야 합니다.

허구 문학을 구성하는 수많은 장르에는 미스터리, SF, 판타지, 자연주의, 리얼리즘, 마술적 리얼리즘, 그래픽, 에로, 실험, 심리, 사회, 정치, 역사, 교양, 로맨스, 서부, 전쟁, 고딕, 청소년, 호러, 스릴러……에다 위기의-교외-가족-반사실-고백 소설이라든가, 누아르 경찰 드라마, 좀비가 나오는 대체역사물같이 급증하는 교배종과 하위 장르도 포함됩니다.

이 범주들 일부는 내용을 설명하고, 일부는 주로 홍보 목적으로 유지되지요. 범위를 좁게 제한하는가 하면, 창의력을 북돋기도 해요. 어떤 범주는 오래됐고, 어떤 범주는 새롭고, 어떤 범주는 단명하지요.

모든 독자는 특정 장르를 선호하고 다른 장르는 지루해하거나 불쾌해할 거예요. 하지만 어떤 장르가 다른 모든 장르보다 우월하다고 주장하는 사람은 누구든 그 편견을 변호할 준비를 해야 하고 변호할 수 있어야 해요. 변호하려면 그 "열등한" 장르들이 실제로 무엇으로 구성되는지, 특성은 무엇이며 탁월한 작품은 무엇인지도 알아야 하고요. 그러니까 읽어야 한다는 거죠.

우리가 모든 소설 장르를 문학으로 접근한다면 리얼리즘 규칙에 따라 쓰지 않는 인기 소설가들에 대한 심술궂은 혹평과 비웃음으로 시간을 낭비하는 일도, 순수예술 석사과정에서 상상 장르 창작을 금지하는 일도, 너무나 많은 영어 교사들이 사람들이 실제 읽는 책을 가르치지 못하는 상황도, 그리고 실제로 그 책을 읽는 사람들에게 끝도 없이 사과하는 멍청한 일도 끝날 거예요.

비평가와 교사들이 단 한 종류의 문학만이 읽을 가치가 있는 문학이라는 주장을 포기한다면 소설이 하는 다른 일들과 그 방법에 대해 생각할 시간이 더 생길 것이고, 무엇보다도 왜 모든 장르마다 특정한 책들이 다른 대부분의 책보다 읽을 가치가 있다고 여겨지고, 몇백 년간 그렇게 여겨졌으며, 앞으로도 그렇게 여겨질 것인지 생각할 시간이 생기겠지요.

세상엔 진짜 수수께끼가 있으니까요. 왜 어떤 책은 재미있고, 어떤 책은 실망스럽고, 또 어떤 책은 계시를 내려 주며 오래도록 즐거울까요? 작품의 질이란 뭘까요? 훌륭한 책을 훌륭하게 만들고 형편없는 책을 형편없게 만드는 건 뭘까요?

소재는 아니에요. 장르도 아니죠. 그렇다면, 뭘까요? 좋은 비평, 좋은 책 이야기는 언제나 그 문제를 다뤘어요.

하지만 출판업자와 서적상들이 거기에, 그러니까 길티플레저 법칙을 이용하는 데 자기네 사업이 달려 있다고 생각하는 한은 문학 소설과 장르소설의 벽을 무너뜨리지 못하겠지요.

하지만 그 출판업자와 서적상들은 얼마나 오래 버틸까요? 상품으로 팔 수만 있다면 내용에도 품질에도 전혀 관심이 없이 모든 형태의 출판을 인수하고 있는 거대 기업들의 대규모 공세를 상대로?

이야기 지어내기

2013년에 오리건 주 맥민빌에서 열린 테르와 창작 문예 축제에서 한 강연. 출간을 위해 약간 수정.

앞으로 쭉 이어지길 바라는 테르와 축제의 첫 번째 자리에 초대해 주셔서 감사합니다. 특히 우리 모두가 테르와의 발음을 배울 기회니까 말이죠. 다만 예전에 프랑스어를 했던 탓에 실제로 테르와라고 발음하지 않는다는 걸 안다는 게 제 문제로군요. 테르와는 아마 몰리 그로스의 소설에 나오는 오리건 동부 어느 지방일 겁니다. 하지만 종일 프랑스어로 떼루-아르라고 발음하려다간 목이 아플 테고, 어차피 누가 신경 쓰겠어요? 여긴 오리건인데요. 그리고 우린 창작 문예 축제를 열고 있고, 이건 멋진 일이죠.

전 제가 거의 평생을 보낸 방법, 이야기 지어내기에 대해 말하겠노라 약속했습니다. 그 후에는 여러분이 이야기하고 싶은 무엇에 대해서든 대화할 수 있다면 좋겠네요. 하지만 어디에서 아이디어를 얻느냐고는 묻지 말아 주세요. 제가 아이디어를 구입하는 회사가 어디인지는 쭉 비밀로 지켜 왔는데, 지금 와서 사람들에게 알리고 싶진 않군요.

좋아요. 이야기엔 크게 두 종류가 있습니다. 일어난 일을 말하는 이야기, 그리고 일어나지 않은 일을 말하는 이야기죠.

첫 번째 이야기에는 역사, 저널리즘, 전기, 자서전, 회고록이 있습니다. 두 번째 이야기에는 소설이 있죠. 지어내는 이야기들요.

우리, 미국인들은 첫 번째 종류를 더 편안해하는 편이에요. 우리는 뭔가를 지어내는 사람들을 믿지 않습니다. "사실"과 "실제 삶"에 대한 이야기들을 편안해하죠. 우리는 "리얼리티"에 대해 말해 주는 이야기들을 원해요. 어쩌나 원하는지, 심지어는 완전히 가짜 상황을 꾸며 놓고 찍으면서 그걸 "리얼리티 TV"라고 부를 정도죠.

이 모든 것들의 문제는, 당신의 진짜는 나의 진짜가 아니라는 거예요. 우리는 현실(리얼리티)을 같은 방식으로 인지하지 않아요. 어떤 사람들은 사실상 현실을 아예 인지하지 못하죠. 폭스 뉴스를 보면 확실히 알 수 있을 거예요.

우리가 리얼리티를 어떻게 정의하느냐에 대한 이런 차이가 아마 우리에게 소설이 존재하는 이유일 거예요.

'사실(fact)'이 우리의 공통 기반이 되어야 한다는 말은 상식 같지요. 하지만 사실, '사실'은 너무나 구하기 어렵고, 너무나 관점에 달려 있으며, 너무나 논란의 여지가 있어서 차라리 소설에서나 서로 공유하는 현실을 만날 수 있을 가능성이 더 높답니다. 실제로 일어나지는 않았지만 일어날 수 있었거나 일어날 수 있는 이야기를, 실제 사람은 아니지만 존재했거나 존재할 수도 있을 누군가에게 말하거나 읽어 줌으로써 우리는 상상의 문을 열어요. 그리고 상상은 우리가 서로의 머리와 마음에 대해 알 가장 좋은 방법, 어쩌면 유일한 방법이지요.

글쓰기 워크숍에서 저는 오직 회고록만 다루고 싶어하고, 자기들의 경험과 자기들의 이야기만 하고 싶어 하는 작가들을 많이 만나 봤어요. 그런 분들은 이렇게 말할 때가 많지요. "전 뭘 지어낼 수가 없어요. 그건 너무 힘들어요. 하지만 일어난 일은 말할 수 있죠." 그분들에게는 경험을 재료로 써서 이야기를 짓는 것보다, 경험을 바로 가져다 쓰는 게 더 쉬운 모양이에요. 그분들은 일어난 일을 그냥 쓸 수 있다고 여기죠.

언뜻 타당한 생각 같지만, 사실 경험의 재현은 기교와 훈련 양쪽이 다 필요한 아주 까다로운 작업이에요. 여러분은 스스로가 하고 싶은 이야기의 중요한 사실이나 요소를 확실히 알지 못한다는 걸 알게 될지 몰라요. 아니면 여러분에게는 너무나 중요한 개인 경험이 다른 사람들에게는 별로 흥미롭지가 않고, 그게 독자에게 의미 있고 감동적이게 만들려면 기술이 필요할지 몰라요. 아니면, 스스로에 대한 이야기이다 보니 자아와 온통 뒤엉켜 버리거나, 소망 충족으로 변질되어 버릴 수도 있지요. 정말로 일어난 일을 말하려고 한다면, 사실이라는 게 무척 다루기 힘든 대상이라는 걸 알게 될 거예요. 하지만 그걸 조작하기 시작한다면, 그러니까 일이 멋지고 깔끔한 이야기가 되는 방향으로 일어난 척하려다간 상상을 악용하는 거예요. 지어낸 걸 사실인 척하는 거고, 그건 적어도 아이들이라면 거짓말이라고 할 일이죠.

소설은 지어낸 이야기지만, 거짓말이 아니에요. 소설은 사실 파악이나 거짓말이 아닌 다른 층위의 현실로 넘어가죠.

상상과 소망 충족의 차이에 대해 말하고 싶은데요, 둘 다 글쓰기에서나 삶에서나 중요하기 때문입니다. 소망 충족은 현실에서 잘라 낸 생각이고, 어린아이 같을 때가 많지만 위험할 수 있는 방종이에요. 상상은 아무리 마구잡이일 때라 해도 현실과 떨어져 있죠. 상상은 현실을 알고, 현실에서 출발하고, 돌아가서 현실을 풍성하게 만들어요. 돈키호테는 기사가 되고 싶다는 열망에 푹 빠진 나머지 현실과의 접점을 잃고 인생을 엉망진창으로 만들죠. 그게 소망 충족이에요. 미겔 세르반테스는 기사이고 싶어 하는 한 남자가 나오는 이야기를 지어내고 전함으로써 우리의 웃음과 인간 이해를 크게 증대시켰어요. 그게 상상입니다. 소망 충족은 히틀러의 천년 왕국이고, 상상은 미합중국 헌법이에요.

이 차이를 알지 못한다면, 그 자체로 위험해요. 우리가 상상을 현실과 아무 관계도 없는 한갓 현실도피라 여기고, 그래서 믿지 않고 억누른다면, 상상은 손상되고 왜곡되어 침묵에 빠지거나 거짓말을 하게 될 거예요. 모든 기본적인 인간 능력이 다 그렇듯, 상상력도 어려서부터 평생 연습하고 단련하고 훈련해야 해요.

상상력을 연습하는 좋은 방법 하나는, 어쩌면 제일 좋은 방법은 지어낸 이야기들을 듣고 읽고 말하거나 쓰는 거예요. 훌륭한 창작이라면, 아무리 기발하다 해도 현실과 일치하는 지점과 내적 일관성이 있어요. 그냥 소망 충족의 헛소리이거나, 서사인 척하는 설교에는 지적인 일관성과 진실성이 없어요. 온전하지 않고, 유효하지 않으며, 스스로에게 충실하지 않아요.

스스로에게 충실한 이야기를 읽거나 말하는 방법을 배운다는 건 정신이 받을 수 있는 거의 최고의 교육입니다. 여기 미국에서조차도, 많은 이들이 아이들에게『이상한 나라의 앨리스』나『샬럿의 거미줄』같이 상상력 풍부한 책을 읽히죠. 고등학교에서는 SF와 판타지가 드디어 영문학 커리큘럼으로 인정이 됐어요. 이제 아이들이 '방학에 내가 한 일'만이 아니라 '방학에 내가 하지 않은 일'도 쓰라는 요구만 받는다면! 일단 어린아이 같은 소망 충족(적 비행기 40대를 격추했어요! 난 화성의 여왕이 되어 유니콘을 탔어요! 난 멍청한 재키 비슨의 눈을 때렸지!)만 넘어선다면, 상상을 더 추구하여 현명하게 이용하고, 잘 이용하는 훈련을 받게 될 겁니다. 상상이 진실로 가는 길이라는 걸 배우게 되겠죠. 인간이 되기 위해 꼭 필요한 도구라는 걸요.

작가로서 여러분이 뭔가를 지어낸다는 데 대한 이상하게 청교도적인 공포를 극복한다면, 여러분의 인생 경험에서 일화를 바로 말할 필요가 없고, 여러분의 인생 경험을 이야기를 지어낼 구성 요소로, 상상의 재료로 쓸 수 있다는 걸 알게 된다면…… 여러분은 갑자기 자유가 되었음을 알게 될 겁니다. 여러분의 이야기는 "여러분의" 이야기가 아니게 되지요. 여러분에 대한 이야기가 아니라, 그냥 이야기가 되는 거예요. 그리고 여러분은 자유로이 이야기가 원하는 곳으로 함께 갈 수 있어요. 이야기가 진정한 모습을 찾아내도록 할 수 있어요.

게리 스나이더는 경험의 이미지를 비료로 형상화했어요. 비료는 한동안 놓아두면 흙으로 변하는 쓰레기나 물건이죠. 여기에는 침묵, 어둠, 시간, 그리고 인내심도 들어가요. 비료에서 정원 전체가 자라나고요.

글쓰기를 원예로 생각해도 유용할 수 있겠네요. 씨는 여러분이 뿌리지만, 식물은 각각 나름의 방식과 형태를 취할 겁니다. 원예사가 통제하는 건 맞지만, 식물은 살아 있고 고집 있는 존재들이에요. 모든 이야기는 나름의 길을 찾아서 빛으로 향해야 합니다. 그리고 원예사로서 여러분이 가진 위대한 도구가 여러분의 상상력이에요.

젊은 작가들은 이야기가 메시지로 시작한다고 생각할 때가 많아요. 그렇게 생각하도록 배운다고 해야 더 맞을까요. 제 경험은 그렇지가 않아요. 글을 시작할 때 중요한 건 단순히 이거예요. 여러분에게 하고 싶은 이야기가 있다는 것. 성장하고 싶어 하는 씨앗이죠. 여러분의 내면 경험 속에서 뭔가가 빛을 향해 움을 틔우고 있어요. 여러분은 주의 깊게, 조심스럽게, 그리고 끈기 있게 그 싹을 북돋고 움을 틔우게 할 수 있어요. 강요는 하지 말고, 믿으세요.

지켜보고, 물을 주고, 성장하게 하세요. 어떤 이야기를 쓰면서 그 이야기가 온전하고 진실되게 스스로를 갖추게 놓아둘 수 있다면, 그게 정말로 무슨 이야기이며 무슨 말을 하는지, 왜 그 이야기를 하고 싶은지 알게 될지도 몰라요. 그리고 놀라게 될지도 몰라요. 여러분은 달리아를 심었다고 생각했는데, 튀어나온 걸 보니 가지인 거죠! 소설은 정보 전달이 아니에요. 메시지 전송이 아니에요. 소설 쓰기는 작가에게도 끝없는 놀라움이에요.

시와 마찬가지로 이야기는 말해야만 하는 내용을, 할 수 있는 유일한 방법으로 말하며, 그것이 이야기 자체의 정확한 말(words)입니다. 그래서 말이 그토록 중요한 것이고, 그래서 말을 제대로 하는 방법을 배우는 데 그토록 오래 걸리는 거예요. 침묵과 어둠, 시간과 인내심, 그리고 어휘와 문법에 대한 탄탄한 진짜 지식이 필요한 이유이기도 하지요.

경험에서 길어낸 진실한 상상은 알아볼 수 있으며, 독자들도 공유한답니다. 위대한 상상 이야기들에는 어떤 메시지든 넘어서는 의미가 있고, 수백 년이 넘도록 온갖 부류의 사람들에게 의미를 갖습니다. 『오디세이』, 『돈키호테』, 『오만과 편견』, 『크리스마스 캐럴』, 『반지의 제왕』, 『뿔 속의 꿀』, 『점프 오프 크리크』. 이 중에 사실에 기반한 이야기는 하나도 없어요. 다 순수한 허구죠. 그리고 우리 모두에 대한 이야기이며, 우리의 이야기입니다. 우리를 더 큰 이야기에, 인간의 역사에, 인간 존재의 리얼리티에 포함시키는 작품들이죠.

바로 그래서 저는 소설을 사랑하고, 사람들에게 이야기를 지어 보라 격려합니다. 그리고 시간을 들여 말을 제대로 하는 방법을 배우라고 하죠. 말을 이용하는 방법을 배우자면 시간이 좀 걸려요. 연습이 필요하죠. 노력이, 그것도 몇 년의 노력이 필요하고요. 그러고 나서도 여러분이 쓴 글이 영영 출간이 안 될 수도 있어요. 출간된다 해도 여러분이 생계를 꾸릴 정도로 팔리지 않을 게 거의 확실해요. 하지만 그게 여러분이 원하는 거라면 그 무엇도, 세상 그 무엇도 여러분에게 글쓰기보다 더 달콤한 보상을 줄 순 없어요. 글을 쓰는 일 자체도, 그리고 자신이 글을 쓴다는 사실을 아는 것도, 말을 제대로 하고 있으며 이야기를 만들고 진실하게 말했다는 사실을 아는 것도 엄청난 보상이죠. 진실을 말한다는 건 대단한 일이고, 희귀한 일이에요. 즐기세요!

인터넷이라는 멋진 신세계에서의 독서에 대해 몇 마디만 더 할게요. 여기 우리 모두는 글쓰기에 대해 말하고 있고, 다들 이젠 아무도 읽지 않는다고 말해요. 전문가들은 책이 죽었다고 울어 대고, 사람들은 읽을 수 없을 뿐 아니라 읽을 생각이 없어요. 미국인들은 책을 10년에 4분의 1권 정도 읽어요. 호메로스가 어떻게 아이패드와 경쟁하겠어요? 아무도 『돈키호테』를 원하지 않아요. 트윗할 수가 없으니까요. 그러면 우린 여기 글쓰기 축제에서 뭘 하는 걸까요?

작가들이 언제나 했던 일이죠. 우린 읽는 사람들을 위해서 쓰고, 읽는 사람들은 언제나 소수파였어요. 엘리트가 아니라, 그냥 소수파예요. 이 세상 사람들 다수는 즐거움을 위해 글을 읽은 적이 없고 앞으로도 그럴 거예요. 어떤 사람들은 읽을 수가 없고, 어떤 사람들은 읽으려 하지 않죠.

머리를 쥐어뜯을 일이 아니에요. 세상을 구성하려면 온갖 부류가 다 있어야 해요. 남자들이 몇 시간씩 방망이로 공을 때리는 모습을 보는 건 저에게도 즐겁지 않고, 세상 다른 많은 사람들에게도 즐겁지 않죠. 그렇다고 해서 야구가 — 아니면 크리켓까지도 — 죽은 건 아니에요.

우리는 바뀐 게 독서가 아니라 출판인데도 독서에 대해 괜히 허둥거리고 있어요. 자, 어떤 당황은 정당해요. 우리의 과학기술이 우리 두뇌를 훨씬 앞서 나갔기 때문에, 우린 독자들에게는 아낌없이 읽을거리를 제공하고 작가들에게는 땅콩버터를 적당히 제공해 주던 더없이 믿을 만한 수단을 던져 버릴 위험에 처했습니다. 양쪽 일에 꽤 능했다는 것 말고 다른 잘못이 없는 대형 출판사들은 이제 빨리 팔리고 빨리 죽어 버릴 것만 출판하라고 요구하는 거대 기업들의 통제를 받아요. 이런 기업은 이익을 창출하는 시장 지배와 그 시장에서 파는 상품에만 관심이 있을 뿐, 책이나 저자에겐 아무 관심 없는 이익 추구자들이죠. 작가와 출판인들이 생계를 이을 수 있게 해 주는 유일한 보장인 저작권은 대체할 수단도 없이 버려질 위험에 직면했어요. 성장 자본주의는 본질상으로 장인과 예술가와 반목하거든요. 저작권은 우리가 자본주의 안에서 살아

갈 수 있게 해 주는 뒷구멍 같은 것이었는데, 기업들은 정부의 반동 요소들을 이용해서 저작권을 망가뜨리고, 우리를 착취하고, 우리가 무엇을 쓸지 통제할 방법을 적극적으로 찾고 있어요.

어떻게 하면 전자출판과 인터넷을 우리에게 유리하게 이용해서 쓰고 싶은 걸 쓰고 그 대가를 받을 수 있을까요? 전 좋은 생각을 해내기엔 너무 늙었어요. 여기 온 여러분들은 답을 생각해 내야 할 거예요. 그리고 생각해 낼 겁니다. 사람들은 읽고 싶어 해요. 가끔은 모든 사람이 쓰고만 싶어 하는 것 같지만, 제 말 믿으세요. 더 많은 사람들은 읽고 싶어 해요. 그리고 자본주의 기술이 만든 거대 기계의 뒷구멍과 틈 속 어딘가에서 작가들과 독자들은 언제나 그랬듯 서로를 찾아낼 거예요. 그렇게 되게 만드는 게 여러분에게 달렸다는 사실을 알기만 한다면, 방법은 여러분이 찾아낼 겁니다. 여러분에게 용기를, 그리고 세상 모든 행운을 빕니다.

자유

2014년 11월, 미국 문학에 대한 남다른 공헌을 인정하여 주는

내셔널 북 파운데이션 메달* 수락 연설

이 아름다운 상을 주신 분들께 진심으로 감사드립니다. 제 가족과 에이전트와 편집자들은 제가 이 자리에 서는 데 저 못지않게 기여했으며, 이 아름다운 상은 저만이 아니라 그분들의 상이기도 합니다. 더하여 기쁜 것은, 너무나 오랫동안 문학에서 배제되었던 작가들 모두를 대표하여 이 상을 받고 또 그 작가들과 공유하게 되었다는 점입니다. 50년 동안 이 아름다운 상들이 소위 리얼리즘 작가들에게 가는 모습을 지켜만 보았던 판타지와 SF 작가들, 상상 문학 작가들 말입니다.

힘든 시기가 오고 있으니, 우리는 지금 사는 방식의 대안을

---

* National Book Foundation Medal, 내셔널 북 어워드의 일부로 평생 공로상에 해당한다.

알 수 있고, 공포에 질린 우리 사회와 강박적인 현대 기술을 꿰뚫고 다른 식으로 존재하는 길을 볼 수 있으며, 진정한 희망의 기반까지 상상할 수 있는 작가들의 목소리를 원하게 될 겁니다. 자유를 기억할 수 있는 작가들이 필요해질 겁니다. 시인과 선지자, 더 큰 현실을 보는 현실주의자(realist)가요.

바로 지금, 우리에게는 상품 생산과 예술의 차이를 아는 작가들이 필요합니다. 기업 이익과 광고 수익을 극대화하기 위한 영업 전략에 맞춰 글을 만들어 낸다는 건, 책임 있는 출판이나 저작과는 전혀 다르니까요.

그런데도 편집부가 아니라 판매부가 통제권을 쥐는 모습들을 봅니다. 어리석게도 무지와 탐욕으로 판단력을 잃은 제 출판사들이, 공공도서관에 파는 전자책에 소비자가의 예닐곱 배 값을 매기는 모습을 봅니다. 우리는 얼마 전에도 복종하지 않는 출판사를 벌하려는 거대 유통업자를, 기업이 자기네 율법으로 작가들을 위협하는 모습을 보았습니다. 그리고 우리들, 책을 쓰고 책을 만드는 생산자들 다수는 이를 받아들이고 있습니다. 우리를 데오도란트처럼 팔아넘기고, 우리에게 뭘 출판하고 뭘 쓸지 말하는 상품 모리배들을요.

책은 그냥 상품이 아닙니다. 이익 추구는 종종 예술의 지향과 갈등을 빚습니다. 우리는 자본주의 속에 살고 있고, 자본주의의 힘은 벗어날 수 없어 보이지만…… 그렇게 치면 왕들의 절대 권력도 그랬지요. 인간이 만들어 낸 권력이라면 인간이 저항하고 바꿀 수 있습니다. 그 저항과 변화는 예술에서 시작될 때가 많고, 그 중에서도 우리의 예술, 말의 예술일 때가 많아요.

저는 길고 좋은 작가 생활을 보냈고, 좋은 동료들과 함께했습니다. 이제 그 끝에 다다라서 미국 문학이 싸구려로 팔려 나가는 꼴을 보고 싶진 않군요. 글쓰기와 출판으로 살아가는 우리들은 그 과정에서 우리의 정당한 몫을 원하고 또 요구해야 합니다. 하지만 우리가 얻어야 할 보상의 이름은 이익이 아니에요. 자유입니다.

이만 줄입니다. 고맙습니다.

2장 ～ 책 서문과
작가들에 대한
글 모음

여기 모은 여러 작가에 대한 글들은 대부분 재출간되는 책의 서문으로 쓴 것이며, 독립 에세이는 몇 편뿐이다. 작가의 성에 따라 알파벳 순으로 배열했다.

이 책에서 원래 발표했을 때와 형태상 큰 차이가 나는 글은 주제 사라마구에 대한 에세이 「존엄의 예」 하나뿐이다. 이 책을 그럴싸한 형태로 다듬어 준 조이 요하네센이, 내가 서로 다른 해에 발표했던 에세이 두 편과 서평 두 편을 합쳐서 훨씬 덜 장황한 하나의 에세이로 만들었다. 이전 글은 원래 실린 간행물이나 내 웹사이트에서 찾아볼 수 있고, 이 글에 합쳐지지 않은 사라마구의 책 두 권에 대한 서평은 이 책 뒷부분의 서평 모음에서 찾을 수 있다.

나는 감탄스럽지 않은 책에 서문을 쓰거나, 강한 흥미를 느끼지도 않는 작가에 대해 길게 쓰거나 하지 않으므로, 여기 모은 글들은 내가 어떤 소설을 좋아하는지 슬쩍 보여 준다. 그러나 내가 읽는 책들을 알리는 용도나, 좋아하는 작가 목록으로서는 전혀 쓸모가 없다. 사람들은 나를 SF 작가로 여기기에 SF에 대한 글을 요청하며, 그건 괜찮다. 하지만 그래도 그렇지, H. G. 웰스에 대한 글이 세 편인데 버지니아 울프는 하나도 없다니?

내가 마음대로 고른 책이 두 편 있는데, 잡지 《틴하우스》에서 내가 좋아하는 책이라면 무엇에 대해서든 써도 좋다고 관대하게 이야기해 줘서 고른 H. L. 데이비스의 걸작 서부 소설 『뿔 속의 꿀』, 그리고 파로스북스의 해리 키치너를 위해 서문을 쓴 찰스 맥니콜스의 『크레이지 웨더』이다. 해리는 작가들에게 절판된 책을 한 권 골라서 왜 그 책이 다시 나와야 하는지 써 달라고 한 후, 실제로 그 책을 출판한다. 주목할 만한 모험이고, 비범한 출간 목록을 낳았다.

아주 훌륭한 미국 소설: H. L. 데이비스의
『뿔 속의 꿀 *Honey in the Horn*』

2013년 잡지 《틴하우스》에 처음 발표

미시시피 서쪽에 사는 작가들은, 미시시피 서쪽에는 스탠퍼드 말고는 선인장밖에 없다는 동부인들의 생각에 직면하게 된다. 많은 동부인은 또한 "지역" 소설은 열등하다고 생각하는데, 그 "지역"이란 동부를 제외한 모든 곳이다. 그런 논리는 깰 수가 없다. 오리건의 H. L. 데이비스가 퓰리처 상을 탄 것은 1936년에도 놀라운 일이었다. 그러나 최근 이 작가가 워낙 무시당하고 문학계에서 잊힌 나머지, 독자들은 그의 스타일과 작풍이 『때로는 위대한 생각 *Sometimes a Great Notion*』의 켄 키지, 『늪지 *Trask*』의 돈 베리, 심지어는 고매한 월러스 스테그너에 이르기까지 진지한 서부 소설가 대부분의 모델이라는 사실에 깜짝 놀랄지도 모르겠다. 『점프오프 크리크

The Jump-Off Creek』와 『말들의 심장*The Hearts of Horses*』을 쓴 몰리 글로스는 그의 진정한 후계자로, H. L. 데이비스가 직접 보았다면 거의 모든 것을 제대로 해냈다고 인정했을지 모른다는 생각까지 든다.

퓰리처 상을 탄 데이비스의 걸작은 『뿔 속의 꿀』이었다. 이 소설의 주동인물 클레이는 호감이 가고 고집스러우며 정서 문제가 있는 18세 무렵의 소년으로, 이미 많은 일을 겪었지만 아직 자기방어로 마음을 닫아걸지는 않았다. 클레이의 본성은 나쁘지 않지만, 불법 민병대에 뛰어들어 자신의 쓸모없는 아버지(사실은 삼촌일지도 모르는)를 추적하여 린치하는 데 열정적으로 가담하게 된다. 클레이의 여자친구인 루스는 이 책에서 가장 생생한 인물로, 거침없는 정직성과 조심스러운 회피 성향이 멋지게 뒤섞여 있다. 이 소설은 훌륭한 사랑 이야기이며, 언제나 가능성과 비극 사이에서 위험한 균형을 잡는다. 클레이와 루스는 둘 다 얼마든지 살인을 할 수 있는 인물이기에 긴장감은 높아진다. 둘 다 무지하면서도 똑똑하고, 어리지만 이미 망가졌으며, 나쁜 실수들을 떨치지 못하고, 과거의 어둠에 쫓기며, 그러면서도 거대하고 복잡한 인생에서 도덕 관념을 찾으려 애쓴다. 그들이 마주치거나 함께 여행하는 심하게 다양한 인물 중에서 어떤 이들은 만족스럽게 범죄에 빠져들고, 많은 사람들이 헛된 노력을 쏟아부으며, 또 어떤 이들은 그저 가만히 있지를 못하고, 또 어떤 이들은 클레이와 루스처럼 모호하게라도 계속 더 깨끗한 기준을 향해 더듬더듬 나아간다. 더 나은 삶의 방식이 있으리라. 어쩌면 저기 저 산맥만 넘으면…….

클레이는 세상에 왕성한 호기심을 품고 있고, 데이비스는 클레이를 통해서, 언뜻 보기에는 느긋한 스타일로 사람과 장소에 대한 자신의 놀랍도록 강렬한 감각을 전해 준다. 아래 대목에서 우리는 클레이와 함께 말을 타고 미개간 황무지를 가로지른다.

넓게 뻗은 구간에서는 염류 웅덩이가 하늘의 검푸른 빛깔을 그대로 비추다가, 그 속으로 달려가면 오른쪽 왼쪽으로 갈라졌기에, 클레이는 양쪽 팔꿈치로 하늘을 문지르고 앞으로 나아가는 말의 발에서 하늘을 부드럽게 씻어 내며 달려갔다. 투명한 공기 속 어떤 지점은 열기에 팽창하여 먼 풍경을 마치 코앞처럼 확대하고는, 풀밭을 가르며 달리는 샐비어쥐가 망아지만큼 커 보일 지경까지 팽창을 계속하다가 물속에 녹아든 것처럼 사라져 버리기도 했다.

데이비스는 통이 크면서도 까다로운 남자로, 저널리스트와 남성 소설가가 으레 받는 기대에 부응하여 술을 지나치게 많이 마셨다. 그는 잊을 수 없는 「푸근한 겨울*Open Winter*」을 포함하여 좋은 장편과 단편소설을 몇 편 썼는데, 모두가 오리건과 그곳에서 일하는 사람들을 다뤘다. 그는 『뿔 속의 꿀』에 1912년 오리건에서 사람들이 하던 모든 일의 예를 담고자 했다고 말했다. 그 선언 자체만으로도 우리는 카우보이나 대장장이 일, 목장 일손들을 위한 요리일, 작살을 손에 쥐고 폭포 속에 줄을 늘어뜨려 연어를 낚는 일, 아니면 곡물 자루를 꿰매어 닫는 일 같은 어렵고 전문적이며 육체적이고 엄청나게 다양한 일들이 존재하는 멀고 먼 세계를 떠올리게 된다. 이 소설은 사람들의 마음속에 일이 굉장한 비중을 차지하던 대공황기에 쓰였다. 이 소설이 그리는 시대는 지금으로부터 한 세기 전이다. 기술 변화의 속도를 감안하면, 그 한 세기는 인간 역사에서 가장 긴 100년이었다. 어떤 이들에게는 데이비스가 그리는 그림이 무의미할 것이고, 어떤 이들에게는 매혹적일 것이다. 어느 쪽이든 간에, 인간이 문화를 시작하고부터 지금의 한두 세대 이전까지는 모두가 데이비스가 그리는 일의 세계 속에 살았다는 점을 생각해 볼 가치는 있다. 그리고 우리가 아주 쉽게 그 세계로 돌아갈 수 있다는 사실도.

선연하고 박력 있는 언어, 건조하고 장난스러운 유머, 슥슥 휘두르는 붓질로 표현하는 광활한 풍경, 스스로와 두 산맥에 걸쳐 있는 다른 모두에게 요란한 말썽을 일으키는 괴팍한 인물들 떼거리를 보면서도 이 책이 나에게 남긴 본질적인 느낌은 외로움이다. 아니면 미국식으로, 고독함이라고 할까. 고독한 사람들. 거부감이 일어날 수도 있다. 우리는 고독한 히어로를 찬양할지 모르나, 그런 영웅이 되고 싶어 하지는 않는다. 고독이란 우리가 끊임없이 흘러나오는 TV와 휴대전화와 소셜미디어 덕분에 벗어난 무엇이다. 그렇다 해도, 많은 사람들이 서부에 그 고독을 찾으러 갔다. 공간을, 빈자리를, 정적을 말이다. 우리는 사회적 동물이지만, 영혼을 일깨우기 위해서는 고독을 갈망한다. 미국인들은 자기 견해라는 것을 영혼만큼 소중하게 여기는데, 견해는 주위에 더 크게 성장하라거나 아주 이상하다거나 하고 다그치는 사람들이 없는 곳에서나 뿌리를 내릴 수 있는 법이다. 데이비스는 그런 견해들을 아주 즐겁게 묘사한다.

데이비스 자신에게도 강력한 견해가 몇 개 있었는데, 그중에는 서부를 매력적인 부동산으로 바꿔 놓고 염류 평야에 아직 만들지도 않은 대로와 오페라 하우스를 표시하는 작은 하얀 말뚝을 빽빽하게 꽂고 3미터짜리 표토니, 분명히 깔릴 기차 선로니, 앞으로 벌게 될 재산이니, 산쑥 황야에 만들어질 오렌지 과수원이니 하는 말로 희망에 찬 사람들을 속이는 "개발자"들에 대한 낮은 평가도 있었다. 물론 개발자들은 자본주의의 충실하고 기민한 종복들이다. 데이비스가 그들을 싫어한 것도 그래서일지 모르겠다.

오늘날 비백인들을 이야기할 때 쓰는 극도로 예의 바른 언어, 백인 인종차별자들이 "정치적으로 적절"*이라는 이름을 붙인 언어는 셰익스피어만큼이나 데이비스에게도 미지의 세계였다. 그는 모두를 비슷하게 다룬다. 개인으로서 존중을 얻어 낸 사람이 아니면 아무도 데이비스의 존중을 얻지 못한다. 그는 북미 원주민을 저 멀리서 동경하면서 이야기하는 게 아니라, 직접 아는 차별에 근거하여 이야기한다. 소설에서는 너무나 드물게 다루다 보니 요새 사람들은 충격에 빠질 것이다.(『뿔 속의 꿀』이 중요 작품에서 빠진 데에

---

* political correctness, 줄여서 PC라고 쓰이는 이 용어는 정치적 올바름으로 많이 번역된다.

도 그 이유가 작용했을지 모른다.) 많은 인디언[*] 무리가 분명하고도 선연하게 차별을 받는다. 해안가 어느 마을을 스케치하면서 데이비스는 고립된 작은 아타바스칸 무리를 이렇게 묘사한다.

누구든, 설령 두뇌를 발달시킨 사람이 있다 해도 뇌를 쓸 일이 없고, 70명 남짓한 사람들이 사는 판잣집 마을의 수장이 되는 것 말고는 이룰 수 있는 일이 없으며, 이상한 사람들과 이상한 언어에 둘러싸여 빠져나갈 기회조차 없는 그런 곳에 옴짝달싹 못 하게 묶인 이 위대했던 사람들의 가망 없는 자투리 집단에겐 일종의 절망감이 감돌았다.
그렇다고 그 점을 슬퍼했다는 건 아니다. 그들은 빠져나가고 싶어 하지 않았고, 세상 어딘가가 그들의 20에이커짜리 세상보다 나을 거라거나 더 흥미로울 수 있다는 생각은 조금도 품지 않은 채 1000년 가까이 지내던 곳에 그대로 머물렀다.

데이비스는 오리건 해안의 많은 마을이 그랬듯 이 마을도 최근 백인의 질병에 인구 80~90퍼센트를 잃었을 가능성이 있음을 빠뜨린다. 그리고 그는 비가 많이 오는 해안을 좋아한다는 상상도 하지 못하는 사막 사람이었다. 그 정도를 빼면 그는 이 사람들을 모두와 똑같은 정도로만 조롱한다. 이 인디언 마을 근처에 사는

---

[*] 바로 앞에 보듯이, 르 귄은 최근 미국에서는 인디언이라는 말보다 북미 원주민이라는 말을 더 '적절'하게 여긴다는 점을 모르지 않았다. 누구보다도 더 잘 알면서 인디언이라는 말을 사용하고 있다면 의도가 있을 수밖에 없기에, 이 용어는 그대로 옮긴다.

백인 정착민들에 대한 그림도 똑같이 가차 없다. 전통적인 신심(信心)을 경멸하지만 문화적인 차이에는 매료될 뿐 아니라 존중하기도 하는 데이비스는 그들의 인생관을 공유해야 한다고 느끼지 않으면서도 인디언들과 공감할 수 있다. 더 나아가, 그는 자신의 판단이 중요하지 않다는 사실도 안다. 이런 공정하고 솔직한 발언은 인종차별주의와 인종차별 반대의 감정적인 고함에 너무나 쉽게 침묵당한다.『허클베리 핀』도 ("검둥이" 짐이야말로 이 책의 도덕적인 영웅이었음에도) '검둥이'라는 단어를 썼다는 이유로 금지당하고, 비방당하고, 부분 삭제당했으니, 그보다 못한 책이 어찌 살아남을 수 있겠는가?

어떤 목표도 이루지 못하고, 심지어 어지간히 이해가 가는 일조차 해내지 못했다 해도 이 책의 등장인물들은 격렬한 생명력을 지녔다. 터무니없이 비극적이고, 고통스럽게 웃기고, 모든 도피처가 그렇듯이 저속하다. 광대하고 무관심한 오리건 풍경 전체에 데이비스는 이단아와 외톨이들의 대열을, 반대하는 목소리들로 이루어진 미친 교향곡을, 고집스러운 영혼들의 순례를 보낸다. 나는 그 속에서 조금은 마지못해, 또 조금은 안도하고 어쩌면 기쁘기까지 한 마음으로, 내가 아는 시골 사람들을 본다. 인간으로 사는 방법을 찾는 비범한 미국의 실험에서도 가장 끝자락, 머나먼 서부에서만 볼 수 있는 모습으로.

필립 K. 딕의 『높은 성의 사내*The Man in the High Castle*』

2015년 폴리오 소사이어티 판 서문

『높은 성의 사내』는 1962년, 우리가 60년대 하면 떠올리는 문화가 일어날 즈음, 그리고 SF가 미국 문학과 무슨 상관이라도 있다고 여겨지기는 한참 전에 출간됐다. 이 책이 나왔을 때는 화약 냄새가, 혁명의 향기가 풍겼다. 그리고 실제로 이 책은 두 가지 모두에서 일정한 역할을 수행했다. 60년대와 70년대의 사회 격변으로 이어진 기존 통념 해체에도, 비평가들이 현실주의 소설과 소설의 더 큰 현실 사이에 세워 두었던 벽을 무너뜨리는 데에도.

당시에는 그 벽을 넘은 평론가가 거의 없었기에, SF계만이 이 소설에 큰 관심을 기울였다. 이 소설은 원래의 장르 바깥에서 독자들을 찾아냈으나, 언제나 "컬트" 책으로밖에 대접받지 못했다.(컬트라니, 이것도 비평가들이 아끼는 편리한 멸시 표현 중 하나다.) 1982년에 나온 영화 「블레이드 러너」는 명목상으로는 딕의 1968년작 소설 『안드로이드는 전기양의 꿈을 꾸는가?*Do Androids Dream of Electric Sheep?*』를 바탕으로 했다면서 선정적인 효과와 폭력 장면에 치중하여 원작의 지성과 윤리적 복잡성을 대부분 희생했지만, 그래도 이 영화의 성공은 딕의 이름을 어느 정도 유명하게 만들어 줬다. 90년대쯤에는 좀 더 지식을 갖춘 호의적인 비평들이 『높은 성의 사내』가 지닌 사람을 흔드는 에너지와 불온한 힘을 알아보기 시작했다.

때로는 불편하고, 때로는 모호하고, 내내 예측할 수 없는 — 말 그대로 동전이나 산가지*를 던져서 나오는 운명대로 짰으면서도 결국에는 이성적이고 도덕적인 목적대로 끌려가는 — 이 소설은 계속해서 비평적인 해석자와 일반 독자 양쪽을 매혹했다. 아마 SF가 미국 문학에 크게 지속적으로 기여한 첫 번째 예일 것이다.

이 소설의 형식인 '대체역사'는 신기술이나 외계 행성을 집어넣지 않고 지구상에서 실제로 일어났으며 다들 잘 아는 사건을 재배치하여, SF를 두려워하는 사람들에게 이건 평범한 역사소설과 똑같이 안전하게 읽을 수 있는 책이라고 안심시킨다. 이 소설의 경우에는 그게 함정이고 착각이며, 이 작가는 양쪽 모두의 대가다. 필립 딕이 재배치한 2차 세계 대전의 결과는 역사적으로는 썩 개연성이 높지 않지만, 소설적으로는 무섭도록 설득력 있다. 이 책

---

* 산목이라고도 하며 나무 막대기를 일정한 방법으로 늘어놓아 숫자를 계산했는데, 이 가지를 점치는 데에도 썼다. 『높은 성의 사내』에는 산가지로 점을 치는 장면이 많이 나온다.

을 읽는 것은 대단히 선명한 환상에, 그것도 마음을 어지럽히고 오래도록 지속되는 강력한 악몽에 끌려들어 가는 일이다. 1963년 이후, 나는 나치가 미합중국 동부 해안을 지배하고 일본이 서부 해안을 지배할 수도 있었다는 — 지배했다는 생각을 잊을 수가 없어졌다. 그리고 고요한 무덤이 되어 버린 아프리카에 대한 무시무시한 그림자 기억에도 시달렸다.

　　나보다 한 살 위인 필립 킨드리드 딕은 내가 성장한 바로 그 도시, 버클리에서 청소년기를 보냈다. 우리 둘 다 1947년에 버클리 고등학교를 졸업했다. 그 학교에는 3000명이 넘게 다녔으니 내가 필립 딕의 이름조차 몰랐던 것도 가능한 일이지만, 그래도 조금은 의아하다. 버클리 고등학교를 같이 다녔던 누구와 이야기해 봐도 그를 기억하는 사람이 없다. 철저히 고독한 늑대였던 걸까, 아파서 많이 빠졌던 걸까, 지루한 학업을 따라가지 않고 재미있는 수업만 골라 들었던 걸까? 졸업 연감에 그의 이름이 실려 있긴 하지만, 사진은 없다. 필립 딕의 소설과 마찬가지로 인생에서도 현실은 손가락 사이로 빠져나가고, 확인 가능한 사실들은 논란의 여지가 있는 주장이나 그저 꼬리표가 되어 버리는 것 같다.

　　훨씬 나중에 가서 필립 딕과 나는 몇 년간 서신을 주고받았는데, 언제나 글쓰기에 대해서만 이야기했다. 그는 내가 그의 작품에 얼마나 탄복하는지 알고 있었다. 우리는 전화로도 두 번인가 세 번 이야기를 나눴으나, 한 번도 만나지는 않았다.

　　전쟁에서 싸우기엔 너무 어렸던 우리 세대의 미국 남성 작가들은 남자의 자격을 증명한답시고 벌목꾼이 되거나 화물선, 사냥, 히치하이크에 나서거나 과시하듯이 거칠게 살거나 그런 온갖 수고를 다 하는 경우가 많았다. 필립 딕은 그러지 않았다. 대학을 잠깐 시도해 본 후에는 몇 년 동안 텔레그래프 애비뉴에 있는 악기점 점원으로 일했다. 결혼은 다섯 여자와 했는데, 그걸 제외하면 글쓰기 외에 한 일을 찾기가 힘들다. 글쓰기는 처음부터 그의 소명이었다. 그는 출판계에서 그다지 격려도 받지 못한 채, 글쓰기로 생계를 꾸리기 위해 정말 열심히 일했다. 서부 지역에 사는 많은 작가가 그랬듯 필립 딕도 동부에 중심을 둔 문학계에 개인적인 연고가 없었고, 오직 끈기와 운에만 기대어 편집자를 찾아야 했다. 초창기 소설들(50년대에 리얼리즘 기준에 맞춰 쓴 작품들)은 스콧 메러디스 리터러리 에이전시가 받아 주었으나, 1963년이 되자 이건 팔 수 없다면서 다섯 권 모두 작가에게 돌려줬다. 필립 딕이 『높은 성의 사내』를 출간한 바로 다음 해였다. 그 다섯 권 중에서 필립 딕 생전에 출간된 소설은 단 하나뿐이었지만, 지금은 모두 서점에서 구할 수 있고 숭배자도 거느리고 있다. 내 생각에는 이 실패가 가혹하면서도 행운이었다. 그 책들을 출간하지 못한 덕분에 그는 1950년대의 음울한 리얼리즘을 멀리하고 더 넓은 상상의 영역에서 자기만의 길을 찾을 수 있었다.

　　그는 쌍둥이로 태어났다. 그의 누이는 여섯 살에 죽었다. 그는 이 관계와 이 상실에 대해 마치 되찾을 수 있는 기억을 말하듯이 말하고 썼으며, 때로는 누이가 자기 안에 살아 있다고 암시하기도 했다. 그의 이야기들엔 쌍둥이, 꼭 닮은 두 사람, 복제가 자주 나온다. 확실히 그는 이질적일 뿐 아니라 어쩌면 양립할 수 없는지 모르는 요소들을 지닌 남자로, 정체성이 흐릿하면서 동시에 지나치게 강했다. 그는 신뢰할 수 없다는 비난, 계산적이지 않고 수익성이 없다는 비난을 감수해야 했지만 그건 정말 이중적이었다. 그의 작가 인생에서, 그가 지배적이기를 원했던 페르소나(즉 전통적으로 존경받을 만한, 성공한 문학 작가)는 빈약한 그림자가 되었다. 현실에서 그는 돈을 벌기 위해 최대한 빠른 속도로 상품을 찍어 내는 펄프픽션 작가이자 SF 작가였다.

혜밍웨이처럼 유명한 작가들이 오직 돈 때문에 쓸 뿐이라고 큰소리치는 것과, 무명 작가들이 일이라서 글을 쓰는 것은 다른 문제다. 나는 후자에게 존경심을 품고 있다. 생계를 위해 소설을 쓴다는 건 힘든 일이고, 거의 언제나 낮거나 불확실한 이익밖에 얻지 못하는 고도의 숙련 노동이다. 틀에서 벗어난 재능을 지닌 작가에게는 노예의 굴레가 될 수도 있다. 그러나 모든 기술이 그렇듯 진지한 종사자는 그 보상으로 뭔가를 할 줄 알게 될 뿐만 아니라, 자신이 그걸 할 수 있다는 사실도 알게 된다. 그리고 어쩌면 자신이 뭔가를 하고 있을 뿐 아니라 끝낼 수 있다는 점에 대한 내적 확신까지도 얻을 수 있다. 본서를 포함하여 딕의 최고작 여러 편에는 정직하고 겸손한 장인에 대한 딕의 깊은 존경심이 스며 있다. 작가 본인이 오랫동안 그런 존재였다. 나는 힘겨운 1950년대에 과연 딕이 펄프 잡지에 쓴 소설 몇 편이 얼마나 높은 수준인지를 온전히 알고 있었는지 여부를 모른다. 분명 그는 낮은 수준으로 끊임없이 생산하라는 시장의 요구와 힘겹게 씨름했지만, 계속해서 자기만의 광맥을 추구하고 찾았으며, 깊이 파고 또 파서 『높은 성의 사내』라는 주맥을 찾아내고야 말았다.

이 책은 휴고 상을 탔다. SF 독자와 작가, 편집자, 출판사, 에이전트로 구성된 연간 모임에서 선정하고 투표하여 주는 상이다. 그러나 대부분의 SF계는 딕을 일꾼으로만 받아들였을 뿐, 스타로 인정하는 데에는 느렸다. 출판사와 편집자들에게 영향력이 없었던 탓인지도 모른다. 소위 'SF의 황금기'에 자리를 잡고 성공한 작가들인 로버트 하인라인이나 아이작 아시모프처럼 몇 년에 걸쳐 이 분야의 분위기를 정하고 사고방식을 지배한 작가들과 완전히 다르게 썼기 때문일지도 모른다. 그런 작가들과 달리, 딕은 문학을 한다는 비난을 받을 수 있었다. SF의 꼰대들과 젊은 주역들은 영문학 교수 못지않게 편협했다. 장르 편견과 장르 방어는 어느 쪽으로나 흐를 수 있는 법.

그러나 딕과 동세대, 그리고 더 어린 세대의 많은 SF 작가들은 '뉴웨이브'라 불리는 흐름을 창조하느라 바빴다. 실제로 그것은 한 번의 파도가 아니라 연이은 파도였으며, 결국에는 하나의 흐름을 이루어 사람들이 만들어 놓은 장르 한계선 밖으로 넘쳐 흐르고, 필연적으로 몇십 년간 비평 이론과 장르 편협성이 격리해 놓았던 "이야기의 바다"라는 소설 전체와 다시 합류하게 된다. 나는 필립 딕이 어느 정도까지 스스로를 이 흐름을 만들던 그룹의 일부로 보았는지 모른다. 내 추측으로는 어떤 동료 그룹에도 속한다고 여기지 않았던 것 같다. 그는 혼자만의 비전을 추구했고, 자기 혼자에게만 말을 거는 천사에게 몸 바쳤다.

1970년대, "오락용" 약의 사용이 흔해지고 또 어떤 이들에게는 사교상 필수가 되었으며, 당대의 신비주의가 화학적인 지름길을 이용해서 실제 수련을 없애려 하면서 조금 불안정한 사람들은 스스로가 만들어 낸 무분별한 환각으로 인해 균형을 잃을 수 있었고, 실제로 심각하게 균형을 잃기도 했다. 40년쯤 전에 했던 통화에서 딕이 복음전도사 요한과 그리스어로 나눈 토론에 대해 말했던 것을 기억한다. 딕은 그리스어를 몰랐는데도 말이다. 성인에게 직접 지혜를 전수받았다는 데 대해 딕이 느낀 솔직한 기쁨과 그 지혜가 얼마나 중요한지 확신하는 모습을 보면 마음이 약해질 정도였다.

1969년 이후, 이런 종류의 오컬트 계시는 점점 더 그의 생각과 소설을 장악했다. 그 생각들은 그가 받아들이는 만큼이나 사람들에게 진지하게 받아들여졌으나, 그것들을 일관성 있는 통일 이론으로 만들려던 시도는 하나도 성공하지 못했다. 딕이 쓴 『주해서Exegesis』를 포함해도 그랬다. 일부 숭배자들은 딕의 작품에 신비주의 통찰과 계시가 점점 더 많은 영향을 미치는 것을 긍정적으로 보았고, 심지어는 블레이크˙의 예언서와 비슷한 정도로 뛰어나다 보기도 했다. 다른 사람들에게는 딕의 통찰이 너무 지리멸렬해 보

˙ William Blake(1757~1827). 영국의 유명한 시인이자 신비사상가였다.

였고, 비전들은 작품 속에 성공적으로 녹아들기에는 너무 혼란스러웠다. 나는 그런 통찰들이 딕을 놀랍고도 병적인 유아론으로 끌고 들어갔고, 내가 그의 소설들에서 가장 높게 평가하는 지점이었던 평범한 사람들과 평범한 도덕적 고통에 대한 비범한 감수성으로부터는 점점 더 멀어지게 했다고 본다.

그런 감수성이 대단히 무거운 짐이었을 것은 분명하다. 나는 『높은 성의 사내』에 나오는 다고미 씨에게 작가의 그런 복잡한 성격 요소가 반영되었을지 궁금하다. 다고미는 평범하고 보수적이며 상상력이 부족한 적당히 괜찮은 중년 사업가인데, 어쩔 수 없이 절대적인 인간 악을 알게 되고, 맞서려고 노력하게 된다. 다고미의 두려움과 용기, 굴욕은 레이저 총을 쥔 외우주의 히어로와도, 성적인 문제를 안고 어퍼맨해튼에서 지내는 안티히어로와도 거리가 멀다. 어쩌면 히어로라는 말은 레이디와 마찬가지로 효용을 다했는지 모르겠다. 우리에게는 다고미 씨 같은 사람들을 위한 다른 표현이, 더 깊이 있고 덜 과시적이며 역할 수행을 요구하지 않는 단어가 필요하다.

필립 딕의 글은 꾸밈없고 명백하며, 수수할 때도 많다. 복잡한 구문도 피하고, 가끔 융 심리학을 심하게 끼워 넣거나 다른 전문 용어를 쓸 때를 제외하고는 화려한 어휘도 쓰지 않는다. 1950년대와 60년대 SF의 관례는 그런 스타일은 젠체하는 사람들이나 쓰는 것이라 규정했다. 진짜 SF 작가라면 그저 있는 그대로 쓸 뿐이라고 말이다.(다 지어낸 내용이라는 사실은 신경 쓰지 말자.) 이런 태도가 딕에게도 영향을 미쳤을지 모르지만, 그의 음악적이지 않고 노골적이며 보고서 같은 언어는 섬세하고 교묘한 예술을 가리는 위장으로도 작용한다. 프랑스인들은 영어 사용 비평가들보다 훨씬 먼저 딕을 발견했고, 미국에서는 딕이 펄프 잡지에서 주는 돈으로 생계를 이으려 애쓰는 동안 딕에 대해 신중한 글들을 쓰고 있었다. 프랑스인들은 에드거 앨런 포에게도 열광했는데, 나는 쭉 그게 프랑스인의 귀는 포가 시(詩)를 전달하는 데 큰 망치를 휘두를 때가 많다는 사실을 듣지 못하기 때문일까 궁금했다. 프랑스인은 딕의 문장이 때로 얼마나 투박한지 듣지 못하는지도 모른다. 하지만 바로 그래서 그들은 딕의 스타일과 내용 사이에 존재하는 위험하고 실질적인 긴장을 느끼지 않아도 될지 모른다.

어쨌든 『높은 성의 사내』에서 딕은 이상한 축약 버릇을 보여 준다. 소설은 한 번에 한 캐릭터의 관점에서 서술된다.(헨리 제임스 시절부터 소설계를 장악한 제한적 3인칭 서술이다.) 우리는 이야기 속의 사람들이 생각하는 바를 통해서 이야기를 이해한다. 그리고 그들은 관사(a와 the) 없이 생각할 때도 많고, 대명사 없이 생각하기도 한다. 대부분이 일본 지배하의 북아메리카 서부 해안에 살고 있거나 태생이나 조상이 일본인이기 때문에, 이런 특징은 일본어의 영향을 암시하려는 조잡한 시도일 수도 있다. 그러나 독자들은 독일 지배하의 동부 해안 등장인물들도 똑같이 관사와 대명사가 빠진 사고 문장을 구사하는 모습을 보며 의아함에 멈칫하고 말 것이다.

비슷하지만 더 심한 수수께끼는 왜 이 이주 일본인과 그들의 북아메리카 피지배민 모두가 정작 일본에서는 문화적으로 중요했던 적이 없는 중국의 『주역』에 따라 살아가느냐는 것이다. 저자가 『높은 성의 사내』를 쓰면서 모든 플롯 결정, 이야기가 다음 어디로 가야 할지의 모든 선택을 바로 이 오래된 점술에 따라 정했다는 말이 사실이라면 수수께끼는 더욱 깊어진다.

개연성이야 관심 없다는 듯 무작위적인 일이 거듭 일어나고, 현실처럼 보이는 것과 현실처럼 보이지 않는 것이 점점 서로를 침투하면서 우리는 딕의 심연 가장자리로 끌려간다. 가능과 불가능, 진짜와 가짜, 역사와 창작의 괴리…… 일어난 일과 일어났을 수도 있는 일, 일어나지 않은 일, 일어날 수도 있는 일이 대치하는 영역, 단단한 바닥도 없고 믿을 수 있는 것도 없는 장소 아닌 장소…… 이 정신적 소용돌이에서 보는 딕의 상상은 지독히도 친숙하며, 딕은 이 소용돌이를 독자들에게 직설적이고 그럴듯한 방식으로, 아주 평범한 목소리로 표현할 수 있다.

그는 다른 소설가들이 산책이나 디너파티를 묘사할 때처럼 차분하게 우리가 아는 세상을 해체한다. 무섭도록 전복적이다.

소설 내내 역사성에 대한, 날조에 대한, 무엇이 진짜를 진짜로 만들고 가짜를 가짜로 만드는가에 대한 숙고가 플롯과 캐릭터들의 생각과 선택을 깊이 좌우한다. 이 생각들과 거기에 따라오는 행동들은 궁극의 통찰이나 해법에 이르지 않고, 해결되지 않은 채 활발하게 살아남는다. 다고미는 무시무시하게도 "우리의" 샌프란시스코, 그러니까 독일과 일본이 전쟁에서 진 현실을 짧게 보게 된다. 이 환영의 매개물은 일본인 수집가들을 위해 유물을 위조하면서 생계를 이었던 어느 유대인 장인의 작품인 수수한 금속 장신구 조각이다. 작품 제목에 나오는 높은 성의 사내는 높은 성에 살지 않고, 와이오밍 어느 교외 주택에 산다. 그는 SF 소설가로 대체역사소설을 쓰는데, 그 소설 속에서는 독일과 일본이 전쟁에서 졌다. 그 소설의 제목인 『메뚜기는 무겁게 짓누른다』는 대담하게도 구약성경에서 따왔으며 전도서에 나오는 어떤 구절을 닮았다. 이 소설가는 길고 서스펜스 넘치는 긴장감 고조 이후, 소설 끝에 가까워서야 나타나며 이는 마지막 극적 장면으로 이어질 게 분명해 보이지만, 정작 그 극적 사건은 아무렇지도 않게 일어나며 마지막 장면은 조용하고 탁월하게도 안티-클라이맥스답다.

　　무서운 긴장감이 가득하고, 한 번 이상 무계획적인 살인이 터져 나오긴 하지만 이 소설은 결코 스릴에서 정당성을 찾지도 않고 폭력에서 해결책을 찾지도 않는다. 인간의 악의 힘에 대해 무서울 정도로 잘 알고 있었고, 초기 정신 이상의 다양한 형태에 익숙했던 필립 딕은 무한한 불안정성의 혼란과 단 하나 견고한 존재가 있을 수 있다는 가능성, 양쪽에 유혹을 느꼈다. 그 하나란 선의, 더없이 진부한 의미에서 평범한 사람들의 선량함이었다. 필립 딕의 포착하기 어려운 예술성은 우리가 어렵게 얻어 낸 선한 의도가 우리가 믿어야 할 전부인지, 아니면 지옥으로 가는 길일 뿐인지에 대해 단언하지 않으려 한다. 그러나 나는 등장인물들이 옳은 일을 하려는 부족하고 서툰 시도들을 이 비범한 소설의 중심 사건으로 읽는 것이 정당하다고 생각한다.

헉슬리의 배드 트립[*]

올더스 헉슬리의 『멋진 신세계 *Brave New World*』 폴리오 소사이어티
판에 붙인 서문. 2013년.

1931년에 출간되었을 때 『멋진 신세계』는 SF라고 불리지 않았다. 당시에는 그 용어 자체가 거의 쓰이지 않았기 때문이다. 그리고 그 후에도 SF라고 불리는 일이 드물었다. SF라는 말은 문학적인 가치가 없다는 함의로 받아들여질 수 있었기 때문이다. 이제는 비평가들도 드디어 그런 편견을 포기했으니, 우리는 이 책을 명명백백한 그 모습 그대로 부를 수 있다. 눈부신 초기 SF 작품이라고 말이다.

올더스 헉슬리는 이 소설이 미래에 대한 경고가 되기를 의도했으나, 이 책은 그 이상을 해냈다. 미래까지 살아남아, 출간 이

---

[*] 마약류가 일으키는 환각을 좋은 경험(good trip)과 나쁜 경험(bad trip)으로 나눈다.

후 수십 년간 문학에 엄청난 영향을 미치는 소설로 남았다. 이 책의 성공이 "미래예측파" 글쓰기의 모델이 되어 그보다 못한 작가들이 많이도 따라 했으니, 2000년대 이후 독자들은 이 책이 너무 설명이 많고 새로운 게 없다고 여길지도 모르겠다. 1931년 독자들에게는 새롭고 대담한 원본이었던 것이 이제는 클리셰가 되었다. 소설과 영화들 덕분에 우리는 거대한 실험실, 병에서 키우는 태아, 프로그램된 어린이, 언제까지나 성적 매력이 넘치는 여자들, 서로 구별되지 않는 클론 무리, 부족한 게 없다지만 상상력과 자발성과 자유만은 없는 물질적 낙원상에 어느 정도 익숙해졌다. 때로는 일상 TV 뉴스에서도 똑같은 옷을 입고 프로그램된 아이들, 미소 짓는 얼굴로 다 같이 훈련하는 클론들의 모습이 스쳐 지나가기까지 한다.

현실에서나 허구에서나, 모델에 따라 만든 합리적 유토피아와 합리적 디스토피아는 거의 같은 패턴으로 돌아간다. 하나같이 아주 작은 곳으로, 다양성이 놀라울 정도로 적기도 하다. 헉슬리는 완벽한 천국이 곧 완벽한 지옥이라는 역설적인 묘사에 뛰어났다. 그러나 합리적으로 구상하거나 정치적으로 구상한 천국이나 지옥은 상상을 자극하는 매력이 별로 없다. 오직 단테나 밀턴 같은 시인만이 천국과 지옥을 장관으로 여기고 열정을 불어넣을 수 있다.

『멋진 신세계』는 과연 합리적이고 디스토피아다운 한계를 능가하여, 단테나 밀턴과 같은 거대한 시적 전망을 비춰 주는가?

나는 그렇다고도, 그렇지 않다고도 단정 짓지 못하겠다.

경고성 소설은 많은 사람들이 SF라면 다 한다고 생각하는 바로 그 일을 한다. 즉, 미래를 예언한다. 아무리 극적으로 과장하거나 풍자적이라 한들, 예언형 작가들은 사실에 기반하여 추론한다. 그리고 좋든 나쁘든 자신이 미래에 무슨 일이 일어날지 안다고 믿는 이 작가들은, 독자도 똑같이 믿기를 바란다. 하지만 많은 SF는 미래와 아무 상관도 없고, H. G. 웰스의 『우주 전쟁War of the Worlds』이나 레이 브래드버리의 『화성 연대기Martian Chronicles』처럼 재미있거나 진지한 사고 실험일 뿐이다. 사고 실험은 소설을 이용하여 현실의 여러 측면을 재결합하는데, 있는 그대로 받아들이라는 의도가 아니라 가능성에 마음을 열기 위해서이다. 그들은 '믿음'을 다루지 않는다.

나는 헉슬리가 자신의 예언을 있는 그대로 믿었다는 사실을 깨달았을 때 이 차이를 강하게 느꼈다.

1921년, 소련의 사회 실험 초기에 예브게니 자먀찐의 디스토피아 대작 『우리들Мы』은 전체주의 정부 통제하에 있는 과도 합리화 사회를 강렬하게 그려냈다. 그보다 훨씬 전인 1909년에는 E. M. 포스터가 놀라운 예언 소설 『기계 멈추다The Machine Stops』를 썼는데, 헉슬리는 이 소설을 알았던 게 분명하다. 그러니까 『멋진 신세계』는 반(反)전체주의 디스토피아라는 특정한 전통에서 훌륭한 선조들을 두었던 셈이다. 그리고 1931년까지는 아시아 대부분과 유럽의 많은 부분이 독재 체제로 돌아가거나 독재 정권에 점령당했기에, 전체주의 정부를 어떤 종류의 자유에 대해서든 가장 시급하고 무시무시한 위협으로 여기는 게 더할 나위 없이 현실적이었다.

　　그러나 1949년에도 헉슬리는 여전히 자신의 소설이 경고담일 뿐 아니라 다가오는 현실을 그리고도 있다고 말했다. 그는 『1984』가 출간되었을 때 조지 오웰에게 "훌륭하고 아주 중요한 작품"이라고 관대하게 칭찬한 후, 오웰의 더 교묘하면서도 더 폭력적인 디스토피아에 비교하여 자신의 미래상을 옹호하면서 이렇게 덧붙였다. "다음 세대면 세계 지도자들은 어릴 때 조건 형성을 하고 마취하최면을 거는 쪽이 클럽과 감옥을 정부의 도구로 쓰는 것보다 더 효율적이며, 사람들이 예속 상태를 사랑하도록 하면 사람들을 채찍으로 때리고 걷어차서 복종시킬 때 못지않게 권력욕을 충족할 수 있음을 깨달을 겁니다."

　　그때까지도 헉슬리는 세계 국가의 시민들을 정신적으로 세뇌하는 핵심 기술인 "최면 학습"이 효과적으로 증명된 방법이며, 오직 쓰일 때를 기다리고 있다고 믿었던 모양이다. B. F. 스키너의 "조작적 조건화" 같은 당시 심리학 이론들은 이 믿음을 뒷받침한다고 받아들여질 수 있었고, "수면 학습" 류의 효과를 반증하는 실험은 대부분 아직 나오지 않았다. 반면, 수면학습의 효과를 입증한다고 할 만한 실험은 한 번도 나오지 않았다. 최면 학습은 헉슬리에게 소설적인 발명이나 과학 가설이 아니라 믿음의 대상이었다.

　　왜 헉슬리는 수상한 이론에 그토록 많이 투자하고 그걸 과학이라 불렀을까? 과학에 대한 헉슬리의 근본 태도는 무엇이었을까?

그의 조부인 일명 "다윈의 불도그" 토머스 헨리 헉슬리와 그의 형제 앤드루와 줄리언은 모두 걸출한 실력과 인성을 겸비한 생물학자였다. 토머스 헨리 헉슬리는 "불가지(agnostic)"라는 말을 만들어, 영혼에 여지를 제공했다. 이는 과학하는 정신이 갖는 열린 마음과도 같다. 이론상 과학자라면 언제나 알고 더 알기를 추구하기는 하지만, 궁극적인 지식을 안다는 주장은 하지 않는다. 끝없는 시험으로 뒷받침하고 변경하는 견실한 가설(하비의 혈액 순환 이론이나, 다윈의 진화론이 그렇다.)이란 확신을 향해 나아가는 과학과는 거리가 멀다. 과학자들은 믿음을 다루지 않는다.

물론 올더스 헉슬리도 이를 알았다. 또한 이상적으로 불가지론에 해당하는 열린 마음을 지닌 과학자가 드물고, 많은 과학자는 알 만한 가치가 있는 것을 아는 건 자기들뿐인 것처럼 말한다는 사실도 알았다. 여기 현실 세계에서 세계 국가의 기술자들이 보여주는 것처럼 논의의 여지 없이 올바르다는 오만한 확신은 실험실에서도 신학교 못지않게 흔하다.

헉슬리의 소설들은 대개 냉소적이지만, 그의 디스토피아에 담긴 끔찍한 과학주의는 냉소주의보다 격렬한 뭔가를 드러낸다. 어떤 기질에게는 열린 마음도, 궁극적인 불확실을 받아들인다는 것도 만족스럽지 않을 뿐 아니라 무섭고 싫다. 헉슬리는 소설 속의 고안물들을 그럴듯하게 만들 만큼 과학을 알았지만, 무엇 때문에 과학을 싫어하고 불신하게 되었는지는 몰라도 그가 소설 속에서 과학기술에 부여한 역할은 강압적이고 불길하다. 그는 과학을 마음도 감정도 없는 합리주의로 봄으로써 과학 추구가 결코 진정한 의미를 획득하거나 진정한 선을 행할 수 없고, 필연적으로 악에 봉사하게 되어 있다고 생각한 것처럼 보인다. 위대한 인도주의와 과학의 전통을 지닌 집안의 자식이 과학을 인류의 적으로 그렸다.

그리고 영국의 지적 사회적 관습을 차갑고 통렬하게 비꼬던 젊은 작가는 중년에 이르러 신비로운 로스앤젤레스 베단타 학파의 일원이자 약물 운동의 구루(guru)가 되었으며, 1963년에 마침 힘이 붙고 있던 이 운동은 헉슬리가 죽었을 때 100밀리그램의 LSD로 그의 고통을 덜어 주었다.

캘리포니아는 당신이 만드는 곳이자, 당신을 만드는 곳이다. 『멋진 신세계』는 사랑의 여름* 이 있기 오래전, 구세계에서 쓰였다. 그러나 지금 이 소설을 다시 읽으면서 나는 소설 속 '소마'의 중요성에 감명을 받았다. 소마는 소설 속 세계국에 사는 모든 사람과 세계 국가 자체가 의존하고 있는 놀라운 약물이다. 분명히 플롯 장치이기도 하지만, 작가가 몰두하던 생각의 표출이기도 하다. 소마는 모든 쾌락을 강화하며, 물론 성적인 쾌감을 극대화한다. 배드 트립은 절대 일으키지 않고 언제나 환희만 유발한다. 심지어 계속 복용해도 언제까지나 같은 효과를 준다. 건강에 부정적인 효과가 있는지 여부는 언급되지 않는다. 중독성 여부는 의미가 없다. 당신이라면 언제 어느 때든 몇 시간, 며칠씩 완벽한 도취를 선사하며 신체에

---

* Summer of Love, 1967년 여름에 일어난 집결로 1960년대 문화 운동의 시작이자 절정으로 평가된다.

해도 미치지 않는 약에 무제한으로 접근할 수 있고, 사회 전체가 열렬히 사용을 찬성하는데 그 약을 굳이 절제하고 싶을까?

절제는 허락되지 않는다. 당신은 매일 일정량의 소마를 소비해야만 한다. 소마야말로 모든 것을 행복한 관성에 묶어 두는 요소이기 때문이다. 소비야말로, 망상을 유지하는 상태야말로 세계국의 근간이다.

그리고 이 점에서 헉슬리의 과학소설은 부인할 수 없이, 근본적으로 예지적이다. 당시 사회에서 수십 년을 뛰어넘어, 강박적인 소비와 즉각적인 만족으로 이루어진 포스트 밀레니얼 세계를 보여 주니 말이다.

여기에서도 헉슬리는 이 책의 감정적 힘과 활력을 크게 강화하는 요소를 집어넣는다. 모두가 완벽하고도 지루한 행복에 잠기도록 만들어지고 유지되는 망상 세계에 그렇지 않은 인물을 데려오는 것이다.

처음에는 성장이 저해된 비뚤어지고 좌절한 인물 버나드 마르크스가 그런 부적응자이자 반항자로 보이지만, 알고 보면 진짜 반항자를 내보내기 위한 사전 준비에 불과하다. 지복을 모르는 사람, 그 비극적인 외부자는 존이다. 그는 '야만인'으로 불리지만, 어쩌면 '청교도인'이 더 정확한 표현일지 모른다. 비참하게도 어린 시절을 세계 국가 바깥의 "원시"인들 사이에서 지냈음에도 존은 진짜 사랑과 행복을 충분히 보았기에 화학은 진짜의 모조품밖에 만들지 못한다는 것을 알며, 진짜 경험의 지름길은 없다는 것을 확신한다. 천국이리라 생각했던 지옥에 갇힌 존은 망상에서 빠져나가 현실을 되찾으려고 하고, 세계국을 유지하는 약물을 삼가려고 한다.

소마라는 말은 그리스어로 "몸"을 뜻한다. 오늘날 우리는 이 말을 심신(psychosomatic)이라는 단어에서나 보지만, 헉슬리는 많은 독자들이 소마라는 말을 보자마자 알아차릴 만한 고전 교육을 받았으리라 추측했을 수 있다.

청교도는 영혼을 구하기 위해 몸과 몸의 쾌락을 포기하는 사람이다. 『멋진 신세계』는 정치와 권력에 대한 소설 속에 신체 혐오와 은둔, 자아 교정의 신비주의 연구를 얼마나 감춰 둔 걸까?

야만인은 무스타파 몬드라는 멋지게도 극악한 이름을 지닌 그 지역 세계 통제관과 긴 대화를 나누는데, 이 소설에서 가장 진부하게 유토피아스러운 대목이다. 통제관이 도스토예프스키의 『카라마조프가의 형제들』에 나오는 대심문관의 경쟁자로 만든 인물이라는 점을 알아보기는 어렵지 않다. 그는 가볍게 말을 시작한다. "9년 전쟁 이전에는 '신'이라는 게 있었지요." 야만인은 카톨릭과 원주민 종교의 혼합물 속에서 성장했기에 신에 대해 많이 알고 있어, 이 대화에서 자기 몫을 수행할 수 있다. 신의 본질에 대한 토론 중에 야만인이 묻는다. "지금은 신이 스스로를 어떻게 증거합니까?" 그러자 무스타파 몬드가 대답한다. "글쎄요. 부재(不在)로 증거하지요." 그들은 인간의 영적인 필요에 대해 계속 논쟁하는데, 존은 우리는 미덕과 자제의 가치를 보장하기 위해 신을 필요로 한다고 주장하며, 지도자는 그런 생각은 "정치적 무능의 증상"이라고 치부한다. "즐거운 악덕 없이 유지되는 문명은 있을 수 없어요." 그는 말하고, 의기양양하게 덧붙인다. "그 도덕성의 절반은 병 하나에 담을 수 있습니다. 눈물 없는 기독교 정신, 소마는 바로 그거예요."

눈물 없는 존재에 대한 존의 마지막 반박, 차라리 신과 시(詩)와 위험과 자유와 선(善)과 죄악을 갖겠다는 존의 주장, 행복하지 않을 권리에 대한 존의 선언이 이 소설의 절정이다. 그러나 절정 다음에는 추락밖에 없다. 가엾은 야만인은 정말로 불행을 찾게 될 것이다.

그렇기에 그는 독자들의 마음속에서 우화적인 인물이나 지적인 구성물이 아닌 한 사람으로 남는 유일한 등장인물이다. 이 책을 다시 읽었을 때, 나는 무스타파 몬드와 버나드 마르크스와 육체미 넘치는 레니나에 대해 잊고 있었다. 그들을 다시 발견해서 기뻤지만, 그런 나도 야만인은 50년 동안 기억했다.

훗날 헉슬리가 벌인 약물 복용 실험들은 현실의 소마를, 병 속에 든 종교를 찾는 탐색에 가까워 보인다. 그는 자신이 소비하고 지지한 메스칼린과 LSD와 다른 환각제들이 인식을 왜곡하고 영혼을 위험에 빠뜨린다고 생각했을까, 아니면 그 약들이 깨달음으로 가는 고속도로이자 더 큰 진실로 향하는 지름길이라 여겼을까? 둘 다라고 생각했을지도 모르겠다. 야만인과 통제관은 결국 둘 다 헉슬리의 창조물이며, 그의 머릿속에서 두 사람의 충돌은 계속 해결되지 않은 채 남아 있었을지 모른다. 분명 그랬을 것이다.

자신의 계급과 문화에 맞게 침착하면서도 극도로 절박하게 쓰였고, 불꽃놀이 같은 창의력 뒤에 난해하거나 검증되지 않은 동기들을 숨겼으며, 쾌락을 혐오스럽고 모멸적인 것으로 그리고 자유를 무분별의 자격증으로 그리면서 쾌락과 자유 말고는 추악한 세계로부터 탈출할 다른 선택지를 내밀지 않는 『멋진 신세계』는 심란하고 골치 아픈 책이며, 불안의 시대가 낳은 걸작이고, 20세기의 고통을 담아낸 선명한 기록이다. 그리고 또 아마 올더스 헉슬리가 80년도 더 전에 그 태동을 보았던 길로 문명을 계속 끌고 가는 게 얼마나 위험한지에 대한 아주 이른, 그리고 유효한 경고일 것이다.

스타니스와프 렘의 『솔라리스*Solaris*』

2002년 뮌헨 하이네 출판사에서 나온 『솔라리스』 독일어판을 위해
쓴 서문(번역으로 수록)

1961년에 처음 출간된 『솔라리스』는 1970년에 영어 번역본으로 나왔다. 이 출간은 미국의 우리들에게 뜻밖의 놀라움이었는데, 뛰어난 책이라서만이 아니라 모국에서는 엄청난 인기를 누리고 유럽 전역에 잘 알려져 있으나 미국의 우리들은 대부분 전혀 몰랐던 SF 작가였기 때문이다. 스타니스와프 렘이라고? 우리가 아는 렘이라면 달 착륙선(LEM:Lunar Excursion Module)의 약어였으니, SF 작가에게 멋지게 어울리는 이름이기는 했다. 그리고 『솔라리스』는 분명 그의 걸작이었다.

곧이어 렘의 다른 소설도 몇 권 영어로 번역되었는데, 그중에는 놀라운 작품인 『에덴*Eden*』도 포함되어 있었고 좋은 평을 받

왔다. 1973년에 렘은 미국SF작가협회(SFWA) 명예 회원이 되었으나, 이때는 싸늘한 냉전기 중간이었고 많은 협회원이 공산주의 국가의 시민을 받아들이기를 강하게 거부했다. 렘이 러시아인이 아니라 폴란드인이며, 그의 책들이 설득력 있고도 전복적인 스탈린주의 비판을 담았다고 읽을 수 있다는 점도 그들에게는 상관이 없었던 것 같다. 모든 것이 대형 논란의 축소판이 되어 버렸다. 어느 잡지에서 SF 작가들에게 베트남 전쟁에 대해 물었을 때 나온 결과에서는 매파와 비둘기파가 딱 반씩 쪼개져 있었고, 렘을 둘러싼 분열도 똑같은 양상을 따라갔다. 양쪽 편 모두에 대해 맹렬한 비판이 있었고, 여기에는 나도 기여했다. 결국 SFWA 임원들은 절차 문제를 들먹이며 렘의 명예 회원 자격을 취소했다. 고결한 도덕 노선에 선 셈이었던 나는 그 입장에 갇혀, SFWA 회원들의 투표로 주어지는 네뷸러 상을 거부해야 한다고 느꼈다. 참으로 아이러니하게도, 당시 선정된 내 소설은 지적·정치적 억압을 다루고 있었다. 내가 거부하자 상은 차점자였던 시끄러운 냉전 전사 아이작 아시모프에게 돌아가서 이 아이러니를 렘의 소설에 필적하는 수준으로 완성했다.[*]

안타깝게도 많은 미국인에게는 소설보다 1972년에 나온 타르코프스키의 영화 「솔라리스」가 더 알려졌다. 사색적이고 아름다운 영화이긴 했어도, 이 영화는 원작 소설의 지적인 깊이와 도덕

---

[*] 중편 「장미의 일기 The Diary of the Rose」에 대한 얘기로, 르 귄의 거부로 네뷸러 상은 아시모프의 「바이센테니얼 맨 The Bicentennial Man」에 돌아갔다.

적인 복잡성에 맞먹지 못한다. 그리고 렘이 솔라리스 행성 바다가 만들어 내는 기묘한 형상과 건축에 대해 피라네시[*]의 기이한 판화나 보르헤스적인 에셔 그림을 연상시키는 극적인 묘사를 즐겨 베푼다 해도, 실제로 책은 영화의 해석에 저항한다. 이 책의 핵심은 시각적으로, 아니 감각적으로 이해되기가 않기 때문이다. 이 책은 무엇보다도 정신의 소산(work of the mind)이고, 정신의 소산에 대한 소설이다.

이 소설을 재독하면서, 정말로 진지한 SF 작품을 볼 때 얼마나 과거 거장들의 전통에 비추어 이해하게 되는지 다시 한 번 절감했다. 렘은 대담한 창의력, 그리고 1인칭으로 서술할 때조차도 우아하달까 초연한 스타일에 있어서 쥘 베른을 닮았다. 당대 과학의 최첨단이 어디인지나, 자기 이야기의 사회적인 영향에 대해서 기민한 면은 H. G. 웰스와 비슷하다. 베른과 웰스와 마찬가지로 렘도 뻔뻔스럽게 뛰어난 이야기꾼으로, 정보를 지연시켰다가 드러내는 온갖 기술을 동원하여 독자들의 긴장감을 유지한다. 보편적인 문학 우화를 내놓고자 하는 야망은 올라프 스태플든을 연상시킨다.

1970년 미국판 『솔라리스』에 수록한 날카로운 글에서 다코 수빈(당시에 렘의 진가를 알아볼 수 있었던 몇 안 되는 영어 사용 비평가 중 하나였다.)은 어쩌면 가장 흥미로울 문학적 유사성을 한 가지 밝히는데, 이 소설이 18세기 철학물(conte philosophique)의 변주라고 말

---

* Giovanni Battista Piranesi(1720~1778). 이탈리아의 화가로 에셔보다 200년 앞서서 그려 낸 상상의 감옥 시리즈로 환상과 현실이 서로 맞물리는 3차원 공간을 표현했다.

한 것이다. 이 이름은 그 내용을 정확하게 설명하며, 『솔라리스』에 유용한 접근법을 제시한다.

　　그러나 렘이 자신의 우주를 이해하는 방식은 볼테르의 명쾌하고 즐거운 시선과 다르다. 렘의 서술은 곧바로 혼란, 수수께끼, 갈등, 긴장의 분위기를 일으킨다. 솔라리스 행성에 도착하는 첫 챕터에는 충격과 암시, 단서, 아마도 환각, 설명되지 않은 사건들, 수수께끼 같은 행동들이 가득하다. 이런 수수께끼들의 의미가 책 전체에 걸쳐 점차 발전하면서 독자들은 탐정 소설을 읽을 때처럼 깊고도 단순한 만족감을, 이해했고 퍼즐을 풀었다는 만족감을 얻을 것이다. 그러나 그런 해답들은 모두 해답처럼 보이기만 할 뿐이다. 모든 설명이 더 깊은 차원의 수수께끼에 대한 단서와 암시만 제공할 뿐이기 때문이다. 이 소설은 인간이 지식의 최종 단계를 이해할 수 없다는 사실을 표현한다. 또한 인간의 이해란 기껏해야 자신을 이해할 수 있을 뿐, 그 선 바깥은 이해하지 못한다고 시사하기도 한다.

　　초기 사이버네틱스(인공두뇌학)와 정보 이론을 잘 알았던 렘은 『솔라리스』에서 이해하고자 하는 욕망에 대한 좌절을 보여주는 무척 정교한 이야기 구조를 만들어 냈다. 밀도 높고 생생하며 명확하면서도 암시가 꽉 찬 그의 이야기 언어를 따라가다 보면, 혼란스럽고 도발적이며 면면히 이어지는 이미지들을 통해 가설 또 가설, 질문 또 질문을 거쳐 마침내는 언어로 만들었으나 언어가 없는 침묵에 도달하게 될 뿐이다.

이 추격전에는 소위 "학문 연구"라는 것을 많이 읽어야 했던 사람이라면 누구나 즐거워할 요소가 한 가지 있다. 그런 독자라면 지금까지 알려지지 않은 솔라리스학이란 분야가 너무나 친숙할 것이다. 렘의 재치 있는 빈정거림은 솔라리스학 장서를 훑을 때 절정에 달한다. 전문가들의 주장이며 학자들 간의 다툼, 끝도 없이 바뀌는 설명들, 서로를 밀어내려 엎치락뒤치락하는 이론들…… 그 모든 것을 렘은 빛나는 몇 페이지 안에 담아낸다.

조너선 스위프트식의 풍자, 볼테르식의 철학적 허구, 그리고 우화식의 SF는 모두 우리에게 빛을 전해 줄 뿐, 온기는 없다. 인류에 대한 보편 진실을 찾기 위해, 이런 글들은 개별 인간들의 강력한 저항정신을 포기하고 가야 한다. 다른 소설들은 거기에서 활력을 얻는데 말이다. 또한 이런 이야기 방식들은 스스로를 남성으로 성별화하는 경향이 강하다. 여성을 비하할 수도 있고, 여성을 남성 등장인물들과의 관계 속에서만 존재하는 스테레오타입으로 끼울 수도 있으며, 아예 여성을 내보내지 않을 수도 있다. 이 모두가 18세기나 그 이전 모든 세기의 문학에서는 흔한 일이었다. 그리고 SF는 너무 자주 인류의 절반만으로 "미래"를 창조함으로써 이 장르의 지적, 도덕적 잠재력을 좁힌 나머지, SF 하면 다 사내아이들을 위한 순진한 모험담이라 치부할 수 있게 만들어 버리지 않았던가.

자료에 나오는 솔라리스학의 자연과학자와 인문학자들은 모두 남성으로 보인다. 현재 솔라리스에 가 있는 과학자들은 모두 남성이니, 분명 이전에 갔던 팀도 모두 남성이었을 것이다. 20세기 후반에 쓰인 진지한 소설이 여성을 아예 포함시키지 않고서 지적인 영역을 구축하려 한다면, 이는 의도적이든 아니든 누락을 통해 어떤 선언을 담는 셈이다. 독자는 당연하게도 혹시 지적인 영역이란 여성을 배제함으로써 성립하는 걸까 생각할 수 있다. 혹시 여자를 받아들이면 그 영역은 무너질까? 이건 그런 암시일까?

렘에게 순진한 구석 따위는 없다. 『솔라리스』는 독특하고도 유난히 흥미로운 여성-없는-우주의 예를 제시한다. 정작 이 책의 중심에는 한 여자가 있기 때문이다. 이 여자는 그야말로 핵심 인물이며, 본질이 수동적이기는 하지만 행동은 과단성이 있다. 그러면서도 존재하지는 않는다.

이 여자는 주동인물인 켈빈의 아내일 뿐 아니라, 결코 떼어놓을 수 없는 켈빈의 일부이다. 아내는, 설령 죽은 아내라 해도 그렇게까지 남편과 불가분의 관계일 수가 없다. 신비로운 솔라리스 바다의 창조물인 레야는 켈빈의 기억으로 구성한 상상의 산물이자 복제품이다. 레야는 어느 정도 생각하고 선택할 수 있지만, 눈에 보이는 레야의 실재는 철저히 켈빈의 존재에 의존한다. 그리고 소름 끼치게도 레야는 문자 그대로 그에게서 떨어져서는 존재할 수 없다. 그렇다면 켈빈에게서 생겨난 사랑은 대체 어떤 종류의 사랑일까? 우리는 현실에서 과거에 그가 레야가 자살하도록 했음을 알게 된다. 그러면 이제 레야가 자살을 시도하고 또 시도한다면……? 이 강력하고 마음을 흔드는 장면들, 이 패턴이 이야기에서 수행하는 역할은 무엇일까? 이 관계(아니, 어쩌면 관계가 아니라 자폐증일까?) 가 솔라리스학이나 최종 의미를 찾는 탐구와 무슨 관계인가? 레야 의 희생이 이 책의 끝에서 켈빈이 이루는 찰나의 덧없고 불확실한 구원에 꼭 필요했을까? 혹시 켈빈은 파멸적인 여성 요소가 사라지 고 우주가 다시 한 번 순수한, "성별 없는" — 즉 남성적인 — 정신의 소산으로 돌아가야만 그런 구원을 얻을 수 있었을까?

어떤 독자들에게는 이것이 이 책에서 가장 흥미로운 문제일 수도 있다. 이 책이 대놓고 제기하는 역설적인 질문들, 그 밀도 높고 경이로운 이미지로 우리를 괴롭히며 모든 정보를 불신하도록 자극 하고, 우리가 환각을 뚫고 어쩌면 이 또한 착각일 수 있는 통찰에 이 르게 하는 질문들보다 더 말이다. 반드시 물어야 하지만 답은 없는 질문들을 묻는 것, 잊을 수도 설명할 수도 없는 이미지들을 창조하 는 것…… 이거야말로 가장 대담한 예술가들의 특권이다.

조지 맥도널드의
『공주와 고블린』*The Princess and the Goblin*

2011년 퍼핀 클래식스 판 서문

1824년에 태어난 조지 맥도널드는 사람들이 '모두가 언제나 해 온 대로' 하는 세상에서 성장했다. 걷거나 말을 타고 여행을 하고, 집은 불을 때서 데우고 촛불로 밝히며, 거위깃털 펜으로 글을 쓰는 세상이었다. 사람들은 이웃을 알았지만 그 외에 다른 사람은 몰랐다. 80킬로미터 떨어진 마을끼리는 전혀 모를 수도 있었다. 우리의 세상에 비하면 그 세상은 세월도 타지 않고 변화도 없는 것 같았지만, 우리의 세상보다 훨씬 더 수수께끼와 위험과 어두운 곳들, 미지의 것들이 가득했다.

아직도 민담과 동화와 우리의 판타지 소설 대부분의 세계는 그곳이다. 우리의 상상은 아직도 그곳에 있다. 많은 이들이 기꺼이 모든 자동차와 비행기와 전기와 전자기기를 지우고, 우리가 만들어 냈으나 이제는 우리를 통제하는 기계들로부터 탈출하여, 이야기에 실려서 전설과 환상으로 이루어진 언제까지나 푸르른 왕국에 뛰어든다.

우리는 그런 왕국들에 대해 일찌감치 배운다. 우리의 길잡이는 바로 그 푸르른 세계가 사라지기 시작한 때에 아이들을 위한 이야기를 쓰기 시작한 작가들이다. 그 세계는 과거의 세계가 되고 시간을 벗어나 "옛날옛날 어린 공주가 있었어요"의 나라가 되었으니…….

조지 맥도널드는 그런 작가 중에서도 처음에 있었다. 『공주와 고블린』은 이제 오래된 책이지만, 어린 독자들을 위해 쓰였다. 여자 주인공은 여덟 살이고 남자 주인공은 열두 살이며, 언어는 대부분 소박하고 솔직하다. 그러나 맥도널드는 또 "고안" 같은 단어도 사용한다. 복잡한 문장도 있고, 어떤 문장은 의미가 무척 복잡하다. 그는 아이들을 위해서 썼지, 아이들을 낮춰 보지는 않았다. 어리다고 어리석다는 착각도 하지 않았다. 내 생각에 맥도널드는 독자가 "고안"이 무슨 뜻인지 알아내거나 사전에서 찾아볼 수 있을 것이며, 생각이 깊은 아이라면 그의 신나는 이야기 속에 담긴 더 깊은 의미를 서서히 알게 되리라 기대했지 싶다.

그는 가차없을 때가 많았다. 상냥해질 수는 있었지만, 결코 무르지는 않았다. 그리고 그의 푸르른 왕국은 그다지 푸르르지 않았다. 그보다는 그가 성장한 스코틀랜드 북부를 닮은 땅, 높은 산과 가난한 농장들로 이루어진 광활하고 돌 많고 폭풍이 심한 풍경, 구름과 안개와 무지개의 움직임이 아름다운 외롭고 높은 땅에 가까웠다. 허공에 마법이 반짝이고 땅속에는 고블린이 살기 안성맞춤인 곳이다.

맥도널드는 고귀함이란 무엇인가에 대해서도 분명하고 엄하다. 고귀함은 돈이나 사회적 지위와는 관계가 없다. 공주는 고귀하게 행동하는 소녀다. 고귀하게 행동하는 소녀가 공주다. 광부 커디는 용감하고 친절하며 고귀하고 현명하게 행동하기에(혹은 그렇게 행동하려고 하기에) 왕자다. 왕은 훌륭한 사람이기 때문에 왕이다. 다른 정의는 있을 수 없다. 이것은 철저히 도덕적인 민주주의다. 모두가 똑같은 방식으로 행동하는데도 누구는 선하고 누구는 악하다고 하며 '선한' 이들만이 싸움에 이기고 '악한' 이들은 전투에 지는 데다가 추하기까지 한 게으른 이야기들과는 많이 다르다. 맥도널드의 고블린들이 추한 것은 그들이 못되게 굴기 때문이다. 부당한 대우를 받은 고블린들은 권리를 찾기 위해 일어서는 대신 지하로 내려가 어둠 속에서 골을 내며 복수만 생각했고, 그래서 발가락도 없는 괴상한 발을 지닌 뒤틀린 모양새가 되었다…….

이건 정말 좋은 이야기고 모든 면을 사랑하지만, 나는 그중에서도 고블린들이 제일 좋다.

가능성의 거친 바람: 본다 매킨타이어의 『드림스네이크 *Dreamsnake*』

2011년 6월

북 뷰 카페에서 전자 출간된 조각글

『드림스네이크』는 여러 가지 면에서 이상한 책으로, 다른 어떤 SF와도 다르다. 어쩌면 그 점이 이 책이 현재 절판 상태라는 더더욱 이상한 사실을 설명해 줄지도 모르겠다.

사람들이 어떤 SF에 영향을 받았는지, 어떤 SF를 가장 좋아하는지 물으면 나는 언제나 『드림스네이크』를 말한다. 으레 따뜻하고 즉각적인 반응(오 그렇죠!)이 돌아오고, 사람들은 처음 그 책을 읽었을 때나 그 후로나 그 책에 얼마나 큰 의미가 있었는지 이야기한다. 그러나 최근에는 많은 후세대 독자들이 이 책의 존재조차 알지 못한다.

이 장편의 기반이 된 단편소설은 1973년 네뷸러 상을 탔다. 장편도 바로 성공했고, 사랑받았으며 여전히 사랑받고 있다. 이 소설의 도덕적 역설과 자극적인 모험은 조금도 시대에 뒤처지지 않는다. 마땅히 계속 재판을 찍었어야 했다.

왜 그렇지 않았을까?

나에게 몇 가지 가설이 있다.

가설 1번: 뱀 공포증. 이 공포증은 흔한 데다 그림은 물론이고 심지어 뱀에 대한 언급까지 확장되기도 한다. 그리고 이 책은 제목에도 뱀이 들어간다. 자기 몸 위에 뱀들이 기어가게 하는 데다 이름까지 스네이크(뱀)인 여자 주인공이라고? 으아, 싫어라…….

가설 2번: 섹스. 이건 성인용 책이다. 하지만 스네이크는 겨우 아이에서 벗어난 나이로 기량을 처음 시험해 보러 나선 참이기에, 젊은 여자들이 기껍게 또는 동경을 품고 자신과 동일시할 수 있고 동일시한다. 그 점에서는 진 아우얼의 『대지의 아이들*Earth's Children*』에 나오는 에일라와 비슷하지만, 남자 취향은 스네이크가 에일라보다 훨씬 낫다. 그런데 학교에서 이 책을 좋게 볼 수 있을까? 성적인 관습은 사회에 따라 다양하며 그중에는 대단히 특이한 관습도 있는 데다, 스네이크의 성행위는 무척 윤리적인 동시에 아주 거리낌이 없다. 스네이크가 두려움을 모를 수 있는 이유는 스네이크의 민족은 몸을 제어하여 생식력을 통제할 줄 알고, 배우기만 하면 되는 간단한 기술로 수태를 막을 줄 알기 때문이다. 하지만 안타깝게도 우리는 그런 방법을 모른다. 근본주의자들이 학교에서 끈질기게 "마법"과 "포르노그래피"에 대한 보복(상상력 풍부한 문학과 성적인 리얼리즘을 읽어라!)을 감행한다는 점을 생각하면, 1980년대에

247

어린 스네이크가 무슨 짓을 하는지 알게 된 우파 부모가 일으킬 불의 폭풍을 감수할 수 있는 교사는 거의 없었으리라. 섹스가 나오지 않는 하드 SF나 소녀적으로 온유한 하인라인 풍의 판타지가 훨씬 안전했다. 나는 이것이 『드림스네이크』가 중학교나 고등학교에서 널리 읽힐 기회를 없애 버렸으며, 지금까지도 청소년 독자들에게 홍보하지 못하는 이유라고 생각한다.

가설 3번: 책 재간에도 성별이 작용한다는 가설. 아무래도 남성이 쓴 책이 여성이 쓴 책보다 더 자주 재간되고 더 오래 팔리는 게 일반적인 것 같다. 그렇다면 언제나 출판계는 매킨타이어보다 하인라인을 접어 줬고 앞으로도 언제나 그럴 것이다.

다른 한편으로, 뛰어난 글은 평범한 글보다 오래 살아남고, 진정한 도덕적 질문은 호언장담과 소망 충족보다 오래가기 마련이다. 『드림스네이크』는 명쾌하고 템포 빠른 산문으로 쓰였고, 서정적이고 강렬한 풍경 변화로 독자를 반쯤은 친숙하고 반쯤은 낯선 사막 세계로 끌고 들어가며, 등장인물들의 감정 상태와 기분과 변화를 섬세하게 묘사한다. 그리고 그 인물들에 대해 이 소설이 보이는 관대함은 경쟁적인 엘리트주의 경향이 있는 SF에서 아주 이례적이다.

생체 제어를 통한 피임을 보자. 분명 대단히 기술적이자 창의적인 발명품이었고 매킨타이어의 독자들 다수는 그 점을 잘 알았건만, 남성 비평가들은 그게 '하드 테크놀로지'가 아니고 젠더 우열을 전복한다는 이유로 무시하는 경향이 있었다. 매킨타이어는 이 기술을 축하하거나 신나거나 의문할 대상으로 만들지 않았다. 이 기술은 당연하게 받아들여지고, 일은 그렇게 돌아간다. 잔인하게도 교육을 잘못 받은 나머지 자기 생식력을 통제하는 방법을 모르는 젊은 남자를 만난 스네이크는 소스라치지만, 동정하기도 한다. 스네이크는 그 남자가 얼마나 창피스러워하는지 안다. 남자는 그 사실을 불능과 비슷한, 그러나 그보다 더 나쁜 개인적 실패로밖에 보지 못하기 때문이다. 그에게 이성 관계를 갖는다는 건 다른 사람에게 해를 가하는 일일 수 있기 때문이다.

그들은 그의 문제를 해결하는 데 성공한다.

그래, 매킨타이어의 책에도 소망 충족은 있다. 하지만 사회적인 행위나 개인적인 행위 면에서 워낙 사려 깊고 철두철미하게 풀어냈기에, 여기에서 보여 주는 인간 본성에는 언제까지나 친절한 면이 있다는 시연도 설득력을 얻는다. 그리고 이는 냉소주의만이 아니라 감상주의와도 거리가 멀다.

작가 모 보스턴이 내가 아끼는 슬로건을 선사했다. "친절을 통한 전복." 처음에는 바보 같아 보이지만 생각해 보면 상당한 고민이 담겨 있다. 공포와 충격, 고통을 통한 전복은 쉽다. 말하자면 즉각적인 만족과 같다. 친절을 통한 전복은 역설적이고, 천천히 이루어지며, 오래간다. 그리고 약았다. 도덕 혁명가인 매킨타이어는 나머지 우리들이 아직 따르고 있는 규칙들을 다시 써서 우리가 거의 알아차리지도 못할 만큼 교묘하게, 그리고 자기를 내세우는 소동 하나 없이 우리를 전복시킨다. 그랬기 때문에 매킨타이어는 마땅히 받아야 할 페미니스트로서의 존경도, 매킨타이어에게 길 안내를 받은 작가들이 빚진 바에 대한 인정도 거의 받지 못했다.

약았다는 건 이런 뜻이다. 메리데스라는 인물을 보자. 처음 『드림스네이크』를 읽었을 때 나는 메러디스(Meredith)가 아니라 메리데스(Merideth)라는 이상한 철자가 의미심장하다고 생각했고 왜 이 신비롭고 강력한 인물이 "즐거운 죽음(merry death)"이라고 불리는지 알아내려 애를 쓴 나머지 정작 메리데스에 대해 정말로 이상한 부분은 놓치고 말았다. 이 사회에서는 3인 결혼이 흔하고, 메리데스는 한 남자와 한 여자와 결혼했는데(뭐 좋지) 우리는 메리데스가 남편인지 아내인지 모른다. 우리는 메리데스의 성별을 모른다. 끝까지 모른다.

그리고 나는 이 책에 대해 대화하다가 내가 쭉 메리데스를 남자로 보고 있었다는 사실을 깨달은 그 순간까지 그 사실을 알아차리지 못했다. 그것도 오직 메러디스를 웨일스 남자 이름으로 알고 있었기 때문이다. 책 속에 메리데스를 남성이나 여성으로 볼 증거는 없으며, 매킨타이어는 성별 대명사를 여유롭고도 철저하게 피한다.

준 아널드의 『요리사와 목수 _The Cook and the Carpenter_』는 1973년에 나왔고 페미니스트들에게 찬사를 받았으며 대부분 페미니스트들이 읽었다. 『드림스네이크』는 5년 후에 SF로 출간되었고 SF를 읽는 모두가 읽었다. 그 독자 중에 한 인물의 젠더를 결정하거나, 결정하지 않는 몫이 자기들에게 떨어졌음을 알아차린 사람이 얼마나 될까? 나는 아직도 내가 제대로, 아주 잘 전복되었다는 사실을 깨달은 순간의 충격을 기억한다. 사회적인 구성체로서, 어떤 기대로서 젠더에 대해 우리가 말하고 있었던 온갖 것들이 내 마음속에 확고하게 파고들어 왔다. 바로 그 발견을 통해 내 마음이 열렸다.

나는 이 아름답고 강력하면서도 대단히 재미있는 책이 아직 보지 못한 SF 독자들을 위해, 그리고 가능성이라는 거친 바람에 마음을 활짝 열 준비가 되어 있는 모든 젊은 독자들을 위해 다시 출간되었으면 좋겠다. 『드림스네이크』는 고전이고, 고전으로 대접받아야 한다.

제대로 하다:
찰스 L. 맥니콜스의 『크레이지 웨더*Crazy Weather*』

2013년 파로스 판에 부친 서문

나는 찰스 L. 맥니콜스의 『크레이지 웨더』와 비슷한 소설을 알지 못한다. 그런 소설이 있으리라 생각하지도 않는다. 이건 상궤에서 한참 벗어난 곳에서의 인생 경험과 독특한 지식으로 쓴 책이다.

그 특이성은 이 작품의 미덕이자 재앙이다. 다른 어떤 책과도 다른 책은 서점과 도서관, 문학 평론가의 마음속 서가에 이미 준비된 자리가 없다. 하지만 운 좋게 그런 책을 찾아낸 독자들의 마음속에서는 하나뿐인 자리를 차지할 때가 많다.

자기가 속하지 않은 집단에 대해 쓰는 작가는 두 가지 위험을 감수한다. 하나는 오해와 와전, 즉 잘못 진술하는 것이다. 또 하나는 착취와 강탈, 즉 잘못하는 짓이다. 지배적인 집단에 속하면서 더 힘없는 집단 구성원에 대해 말할 권리가 있다고 여기는 작가들은 그런 위험의 존재 자체를 모르는 무관심으로 위험을 감수한다. 아무리 의도가 좋다 해도, 그런 무지는 결과를 망친다.

콜럼버스는 자신들이 신의 의지에 따라 모든 것과 다른 모든 이들의 통제자이자 소유자이자 정당한 착취자로 타고났다는 백인의 확신을 신세계에 가져왔다. 인디언들은 그 후로 줄곧 그 어마어마한 특권 의식에 맞서 왔다.

침묵당한 이들을 위해 말하는 일과, 그들의 목소리를 끌어들여 화자의 목소리로 묻어 버리는 일은 다르다. 후자와 같은 잘못을 너무나 오랜 기간 저질렀기에, 어쩌면 정직한 선의와 선행을 아무리 쌓는다 해도 인디언에 대해 쓰는 백인 소설가(또는 회고록 저자, 또는 인류학자)가 또 강탈하겠구나 하는 의심을 완전히 씻어 낼 수는 없을 것이다. 인디언과 백인이 관계를 맺은 역사 전체에서 죄의식은 피할 수가 없다.

죄의식이란, 죄의식을 인정함으로써 더 나은 곳으로 갈 수 있어야만 의미가 있다. 지난 1세기 동안, 주로 인디언 작가와 활동가들이 쉼 없이 의식화해 준 덕분에 우리는 서서히 더 나은 곳으로 향했다. 백인 작가들은 열렬한 동일시가 역겨운 침해일 수 있고, 이상화는 악마화 못지않은 모욕일 수 있음을 서서히 알게 되었다. 이제 순진하게도 "인디언의 관점에서" 소설 쓰기에 나서는 사람은 별로 없다.

나타치 스콧 모마데이[*]가 1994년에 『크레이지 웨더』에 쓴 서문은 대단히 훌륭하면서도 더없이 관대한 행동으로, 애정을 담아 맥니콜스의 책을 설명할 뿐 아니라 남서부 인디언들에 대한 백인 저자들의 더 예전 소설에 대해서도 좋게 언급했다. 나는 그녀가 언급한 책들을 찾아본 덕분에 이제까지 몰랐던 훌륭한 소설을 몇 권 발견했다. 그 목록에 어린이책을 한 권 더하고 싶다. 로라 애덤스 아머의 『물 없는 산*Waterless Mountain*』으로, 나바호 세계에 있는 집에서 평화롭게 사는 어린 주인공을 상냥하게 그려 주는 책이다.

하지만 이 책, 『크레이지 웨더』의 주인공은 평화롭지도 않고 집에 있지도 않다. 성년이 되기 직전인 사우스보이(South Boy)는 두 세계에 살면서 두 세계 사이에 살고, 어느 한쪽으로 갈 뚜렷한 방법도 없다.

『크레이지 웨더』의 작가에 대한 정보는 많이 찾아낼 수 없었다. 1차 세계 대전에 해군으로 참전했고, 저널리스트였으며, 영화에 대해 썼지만, 소설은 단 한 권만 출간했다. 모하비 인디언과, 그 남서부 황야에 사는 이웃들 모두에 대해 많이 알고 있었지만, 인디언은 아니었다.

그리고 작가의 어린 주인공도 그렇다. 사우스보이는 자신이 누구이며 무엇인지 아직 알아내지 못했고, 모마데이의 서문에서는 사우스보이를 "혼혈"로 이야기하지만 정작 사우스보이의 부

---

[*] Natachee Scott Momaday(1913~1996). 체로키 혈통의 여성 시인.

모는 둘 다 백인이다. 소설 속에서 우리는 인디언과 멕시칸, 백인을 포함하는 다양한 부류의 목소리를 듣고, 그들이 뭐라고 말하고 노래하고 고함치고 이야기하는지 듣지만, 생각은 단 한 명의 것밖에 모른다. 모든 것, 모든 사람이 사우스보이의 눈을 통해서만 보인다.

　　그는 인디언 양어머니 손에 컸고, 모하비 친구인 하벡의 말을 빌자면 "젖은 피와 살이 되지. 그러니까 넌 제대로 된 사람(우리 사람)이야. 넌 네가 꿈꾸는 대로야." 모하비 땅 깊숙이 자리 잡은 외딴 방목장에서 사는 사우스보이는 인디언들과 함께 섞여서 자랐고, 알고 있는 것 대부분을 인디언들에게 배웠으며, 스스로 생각하기에는 많은 부분 인디언처럼 행동한다. 하지만 인디언은 아니다. 그는 피가 섞인 게 아니라 문화와 정신과 마음이 섞인 사람이다. 그에게는 두 영혼이 있다. 그리고 열다섯의 나이에 그는 한쪽을 선택하고 다른 한쪽은 영영 떠나야 한다는 걸 알게 된다.

　　어쩌면 성인이 된다는 건 언제나 자기 사람들을 찾고 망명에 나서는 일, 둘 다인지도 모르겠다.

　　인류학자인 나의 아버지는 『크레이지 웨더』를 좋아했고 감탄하셨다. 인디언을 다룬 다른 소설에 대해서는 한 번도 들은 기억이 없는 말을 하셨다. "난 맥니콜스가 제대로 했다고 생각해." 등장인물들의 말과 행동을 통해 우리에게 전해지는 모하비의 삶과 생각과 종교에 대한 이해를 두고 하신 말씀이다. 모하비 땅에서 한동안 살고 그곳 사람들과 작업을 하며 이 소설에서 바꿔 이야기한 것 같은 종류의 '꿈-여행-신화'를 녹음했던 아버지는 이야기꾼들과 이야기 양쪽에 강한 애정과 존경을 품고 계셨다.

내가 1944년 첫 출간에서 1~2년 지났을 때 이 책을 읽게 된 것도 아버지의 호평 때문이었다. 그때 나는 열다섯 살쯤이었다. 그 책을 많이 좋아했고, 부분적으로 이해했다. 그 나이에 읽은 책은 대부분 그랬으니, 그 책을 결코 잊지 않았으며 70년쯤 후에 다시 읽으면서 더 좋아졌고 더 이해했다는 말 외에는 별 의미가 없으리라.

이해할 것이 많다. 이건 단순히 백인의 무지에 대비되는 원주민의 지혜도, 어리석은 어른의 비열함에 맞서는 현명하고 어린 순수의 이야기도 아니다. 모든 등장인물을 바라보는 저자의 시각은 모순적이고, 동정적이며, 복잡하다. 그리고 저자는 빠르고 흥미진진한 일련의 사건과 등장인물들을 통해 성장담을 풀어 놓으면서 동시에 우리들 대부분은 전혀 알지 못하고, 어떤 백인 문화 전통과도 많이 다르지만 깊게나 얕게나 똑같이 인간적인 생활과 사고방식을 이해하게 해 준다.

어느 복잡한 사회와 그곳 사람들의 복잡한 정신과 마음 깊이 우리를 끌고 들어가는 맥니콜스의 편안하고 스스럼없는 기술이 얼마나 감탄스러운지 모른다. 그의 모하비 신화 개작은 솜씨 좋고 정확하고 공감 가면서 불경하다. 결코 모하비의 방식에 대해 무례하지는 않지만, 감상적이지 않은 모습이 코요테와 비슷하다. 그리고 유머는 인디언 유머처럼 건조하고 절제되어 있다. 그게 이 책이 1945년에 내 이해를 많이 벗어났던 한 가지 이유일지도 모르겠다.

요즘이라면 『크레이지 웨더』도 청소년을 다루는 이야기는 청소년을 위한 이야기라는 가정하에, 더 나이 많은 성인들을 말없이 제외시키는 홍보 분류인 "청소년" 소설로 출간되었을지 모른다. 『허클베리 핀』과 『로미오와 줄리엣』은 청소년 소설이던가? ……결국 15세를 넘어간 모든 독자는 예전에 15세였던 적이 있다. 우리는 인생의 낭비자인 15세짜리가 며칠 또는 몇 시간 만에 거칠 수 있는 눈부시게 강렬한 통찰과 뒤죽박죽의 혼란, 어떻게 쓰는지 전혀 모르면서도 강해지는 힘에 대한 이해, 대담무쌍함과 취약함, 병적인 하강기와 찬란한 상승기와 가슴이 에는 정열을 우리에게 전달할 수 있는 맥니콜스 같은 작가를 고마워할 수 있다.

사우스보이의 극적인 성년식은 무시무시한 사막의 더위가 심해지다 못해 묵시록과도 같은 폭풍으로 번지는 나흘 동안에 일어난다. 미친 날씨(crazy weather) 속에서 벌어지는 위험하고 아름다우면서도 미친 여정이다.

이 이야기 속의 세계는, 어떤 면에서는 끝나 가는 세계이다. 기독교의 20세기는 남서부의 시간을 잊은 풍경과 오랜 관습에 빠르고 무시무시한 변화를 가져오고 있다. 사우스보이와 그 친구 하벡은 파이우테 사람들과의 전쟁에서 용감한 일을 하려고 기꺼이 나서는데, 그 일이란 알고 보니 어느 비참한 사이코패스에 대한 무질서한 사냥이었다. 영광의 나날은 끝난다. "그러므로 우리는 우리의 위대한 나날이 끝날 때 코요테를 흉내 내게 된다." 위대한 노전사 옐로 로드(Yellow Road)는 신음한다. "세상의 끝! 세상의 끝!" 예전에 백인이었을 수도 있는 모르몬헤이터(Mormon hater)가 외친다. 허물어져 가는 절벽 길에서 허리케인 같은 비바람에 갇힌 모하비 소년들은 큰 소리로 "저들의 꿈을 던져 버려라."고 노래하고 사우스보이는 그들의 믿음으로 죽음에 대한 공포와 싸우려 하지만, 지옥불에 대한 어머니의 무시무시한 가르침이 떠올라 사우스보이를 압도해 버린다.

그는 죄를 지었다. 그리고 이단 세계의 신호이자 상징인 긴 머리채가 그의 얼굴을 후려치고 있었다. 다른 모든 소음 속에서도 울부짖는 자신의 목소리가 들렸다. "오 신이시여, 제가 머리채를 자르겠습니다. 제가 머리채를 자르겠습니다!" 그러자 언제 그랬냐는 듯 바람이 잦아들었다.

죽음의 순간에 벌어진 미신과 미신의 대립, 수치와 영광의 충돌, 위대한 일이자 우스꽝스러운 실수, 백인과 인디언 또는 인디언과 인디언의 엇갈리는 우정과 적개심, 철저한 부조리와 불가분으로 얽힌 숭고함 — 전체 이야기는 그런 극명한 대조들이 이리저리 얽힌 놀라운 직조물이다. 셰익스피어 비극 못지않게 극적이고, 『일리아드』처럼 맹렬히 실천적이다.

그리고 소설의 결말은 일어나는 다른 모든 일과 마찬가지로 우연하면서도 필연적이다. 노전사의 기묘하고도 격렬한 장례

중에, 폭풍과 폭풍의 여파 중에 사우스보이는 무엇을 해야 하는지 이해하게 된다. 그 일을 하면 가야 할 곳으로 가고, 되어야 할 존재가 될 것이다. 그것은 계시이며 혼란에서 빠져나갈 방법이고, 성인이 되는 길이다. 그러나 그렇게 미래로 가는 길 하나를 선택한다는 건 다른 모든 길을 버린다는 뜻이다. 사우스보이는 하벡과 헤어지기 직전에 생각한다.

작년, 그 해의 탁월한 죽음을 기리는 연중행사인 '대함성'에서 그들은 달리기를 할 젊은이들에게 주어지는 깃털 지팡이를 쥐고 다른 소년들과 함께 앉아 있었다. 노래와 달리기와 "설교"와 위대한 행위를 그리는 연극으로 위대한 옐로 로드를 기릴 내년 여름, 하벡은 달리기를 할 젊은이일 것이다. 사우스보이는 백인들과 함께 말등에 앉아 구경만 할 것이다.

이야기 마지막 페이지는 빠르게 진행되어 만족스러운 결론이자 행복한 결말로 향한다. 사우스보이는 선택을 하고 자기 사람들을 찾았다. 나는 책을 다 읽고 한참이 지나서야 퍼뜩 생각했다. '하지만 그 사람들 사이에서는 이름이 뭐지?'
우리는 그 답을 영영 모른다.

나타치 스콧 모마데이는 우리에게 『크레이지 웨더』를 천천히 읽으면서 음미하라고 말하는데, 그 말이 옳다. 그러나 처음 읽을 때는 천천히 읽기가 힘들지도 모른다. 일단 두 소년이 말을 달려 신화와 모험, 꿈과 위험으로 이루어진 환상적인 풍경으로 뛰어들면 모든 일이 빠르게 벌어지고 긴장감도 빠르게 고조된다. 독자 여러분은 그들과 함께 말을 달려 폭풍 속으로 뛰어들고, 또 헤쳐 나가야 한다.

그러고 나면 나중에 다시 돌아와서 다시 읽어 볼 수도 있으리라. 이제는 체로키 대모님의 말대로, 천천히 읽을 수 있을 것이다. 그 풍성함을 깨닫고, 그 기묘함을 생각하고, 어떻게 그렇게 많은 실수와 오해와 어리석음과 비탄이 더해져서 그렇게 강력하고 아름다운 이야기가 될 수 있는지에 경탄하시라.

파스테르나크의
『닥터 지바고 *Доктор Живаго*』에 대해

2008년 5월,
내셔널 퍼블릭 라디오 '꼭 읽어야 할 책' 꼭지를 위해 처음 씀.

50년 전의 9월, 보리스 파스테르나크의 소설 『닥터 지바고』가 영어로, 여기 미국에서 출간됐다. 작가는 자기 나라에서 이 책을 출간하지 못했다.

이 책은 그해 10월 내 스물여덟 살 생일선물이었다. 나에게 충격을 안긴 책이었다. 1950년대에는 냉전이 우리의 생각을 흐렸고, 이 책에 담긴 복잡한 정치적 입장은 제대로 이해하지 못했지만…… 그래도 감정으로 이해되는 책이었다. 맹렬하게 지적인 책이지만, 반드시 마음으로 이해해야 한다.

파스테르나크는 우리에게 인간 역사의 기묘한 한 시기에 대해 이야기할 능력을 갖춘 신비주의 리얼리즘 작가였다. 위대한

1917년 혁명기에 평범한 러시아인들이 보내는 매일의 삶이 어떤 것인가를 말이다. 모든 것이 바뀌고, 친숙한 것들은 무너지고, 새로운 질서가 거칠게 세워지더니 또 갑자기 무너져 내리고, 분파간 전쟁과 파괴가 끝없이 이어지던, 신념과 이상의 거대한 혼돈 — 그리고 어떻게인가 그 혼란을 매일매일 헤쳐 나가는 평범한 사람들의 정신적인 회복력을.

다른 피난민들로 미어터지는 화물차에 아내와 아이와 함께 올라 모스크바에서 우랄까지 가는 유리 지바고의 긴 기차 여행과도 같은 이 엄청난 여정에 돌아가게 되니 얼마나 기쁜지 모른다. 이 책에는 시베리아의 눈밭 속 선로에 시커멓게 죽은 채로 서 있는 텅 빈 기차처럼 잊을 수 없는 심상이 가득하다. 그리고 유리가 우랄에서 모스크바까지의 먼 길을 홀로 걸어서 돌아가는 동안 바람이 아니라 쥐 떼로 일렁이고 바스락대는 무르익은 곡물 밭을 말하는(마을 사람들은 죽어서 작물을 베지 못했고, 쥐들은 수백만으로 불어났기에) 그 조용하고 무시무시한 문장들이란.

이 책은 모두 여행과 헤어짐과 만남이다. 등장인물 수십 명이 사라졌다가 다시 나타난다. 그들은 열렬한 사랑으로 이어지지만 서로를 붙들고 있지 못하고, 열렬한 미움은 사랑만큼이나 끈끈하게 그들을 묶는다. 그들은 만났다가 헤어지고 울고 다시 만나고도 만났음을 알지 못한다. 무질서가 아니라, 거대한 기차역의 선로들처럼 다루기 힘들고 복잡한 상호연결이다. 이 모든 교차하는 운명들, 진지하게 애쓰는 이 모든 영혼들, 모두가 혁명이라는 거대한 바람에 날려가는 먼지처럼 무력하다.

지금 나는 내가 파스테르나크에게서 소설 쓰는 방법을 얼마나 많이 배웠는지 알게 되었다. 시간과 공간을 건너뛰어 올바른 곳에 착륙하는 방법, 감정을 구현하는 정확한 상세 기술(記述), 더 많이 생략해서 더 많이 얻는 방법…….

이건 거대한 책이다. 500페이지 분량은 러시아 전역과 40년의 역사, 한 사람의 일생과 꿈을 담아낼 만큼 길지는 않다. 그러나 이 책은 한 인간의 영혼처럼 방대하다. 여기에는 막대한 고통과 배신과 사랑이 담겨 있다. 내가 사랑하는 작품이거니와, 이건 위대한 러시아 소설의 마지막 작품일지 모른다. 끔찍한 시기에 나온 이 아름답고 숭고한 증언은.

존엄의 예: 주제 사라마구의 작업에 대한 생각들

「존엄의 예」(《가디언》, 2008)와 사라마구의 소설들 전자책 판본에

부친 서문(휴턴 미플린 하코트, 2010), 사라마구의 『눈뜬 자들의

도시』 서평(《가디언》, 2006년 3월), 『코끼리의 여행』

서평(《가디언》, 2010년 7월)을 합한 글

내 친구인 시인 나오미 레플랜스키가 요새 주제 사라마구의 『눈먼 자들의 도시*Ensaio sobre a Cegueira*』라는 굉장한 소설을 읽고 있다고 썼다. 나도 주제 사라마구가 1998년 노벨상을 탔다는 정도는 알고 있었지만, 달려 나가서 책을 사게 만든 건 나오미의 판단 때문이었다.

나는 첫 페이지에서 엉뚱한 구두점을 보았을 때 살짝 열의를 잃었다. 사라마구는 길게 길게 이어지는 문장을 좋아하고 물음표를 피하며, 단락 짓기를 싫어한다. 나는 구두점이 인간이 발명한 것 중에 나쁜 부작용이 없는 드문 경우라 생각하고, 구점과 두점들을 워낙 좋아하다 보니 글쓰기 강의 하나를 통째로 거기에만 할

애한 적이 있을 정도다. 그래서 처음부터 끝까지 길을 알려 주는 신호라고는 쉼표밖에 없는 빽빽한 덤불 같은 사라마구의 한 페이지는 나에게 힘든 독서였고, 나는 분개하기 직전까지 갔다.

그런데 그 덤불 속을 계속 나아가다 보니 곧 겁이 나기 시작했다. 그 이야기는 돌려 말해도 악몽이었다. 이전에 읽었던 현실적인 스릴러들도 이 책에 비하면 커스터드 크림이나 다름없었다. 한 도시의 모든 사람이 갑자기 눈이 먼다는 아이디어, 그것도 한꺼번에도 아니고 며칠에 걸쳐 무작위로 눈이 먼다는 생각 자체만으로도 상당히 끔찍하다. 평범한 한 사람 한 사람의 눈을 통해(문자 그대로) 상황을 묘사하는 사라마구의 단조롭고 고요한 이야기 투는 그 공포를 더 뼈저리게 전한다. 통제해 보려는 정부의 노력에도 불구하고, 또는 바로 그 노력 때문에 도시는 빠르게 무너져 내린다. 눈먼 운전자들이 자동차를 몰고, 집집에 불이 나고, 공황에 빠진 군인들이 공황에 빠진 시민들과 마주한다. 초반에 눈이 먼 사람들을 가둔 폐쇄된 정신 병원은 곧 두렵고 약해진 상태가 사람들에게 불러낼 수 있는 최악이 농축된 지옥으로 변한다. 괴롭힘, 노예화, 까닭 없는 잔인함, 강간……. 이 시점에서 나는 독서를 멈췄다. 감당할 수가 없었다.

계속 읽으려면, 그런 끔찍한 학대상을 계속 읽어 나가려면 프리모 레비를 믿듯이 저자를 한 점 의심 없이 믿어야 했다. 사라마구가 그저 독자들에게 미치는 힘을 악용하여 호러 쇼를 펼치는 게 아니라는 사실을 알아야 했다. 그 힘, 고통을 전달하는 도스토예프스키 급의 재능은 받아들일 준비가 되어 있었으나, 이런 무시무시한 이야기를 받아들이려면 견딜 가치가 있게 만들었으리라 믿어야만 했다. 이 작가를 그렇게 신뢰해도 될지 알아내려면 다른 작품을 읽어 보는 수밖에 없었다. 그래서 나는 다른 책을 읽었다.

정확히 말하면, 영어로 구할 수 있는 모든 작품을 다 읽었다. 사라마구는 모어인 포르투갈어로 글을 쓴다. 그의 소설들을 탐색하면서 나는 작가 본인에 대해 조금 알게 되었다. 그는 훌륭하고 솔직하며 설득력 있고 신중한 노벨상 수상 연설에서 우리가 알아야 한다 싶은 내용을 다 말해 줬다. 1922년에 어느 농가에서 태어난 그는 열네 살이 될 때까지 맨발로 다녔다. 외할머니와 외할아버지는 돼지 여섯 마리로 생계를 꾸렸고, 추운 밤이면 약한 새끼 돼지들을 침대에 데리고 들어가 재웠다. 그는 가난 때문에 대학으로 이어지는 학교로 가지 못하고 직업 학교에 갔으며, 몇 년간 정비사로 일하다가 문학의 길에 들어설 수 있었다. 그는 노벨상 연설에서 쓰기를 "(이들이) 제가 알던 평범한 사람들입니다. 국가와 대농장 지주들의 공범이자 수혜자였던 카톨릭 교회에 속은 사람들, 끊임없이 경찰의 감시를 받는 사람들, 제멋대로 휘두르는 거짓 정의에 수없이 당한 무고한 피해자들…… 그래도 저는 광활한 알렌테주 평원에서 제게 주어졌던 존엄의 예시와 같은 위대함을 조금 더 누릴 수 있다는 희망을 잃지 않았습니다. 적어도 아직은 잃지 않았어요."

그는 공산주의자가 되었고, 지금도 공산주의자다. 44세가 되었을 때 첫 시집을 냈다. 여러 신문에 글을 쓰고 사설과 에세이를 냈으며, 몇 년간은 번역가로 일하면서 콜레트와 톨스토이 같은 작가들을 포르투갈어로 옮겼다. 1980년대, 60대가 되어서야 모든 에너지를 소설 쓰기로 돌릴 수 있었다. 그렇게 해서 나온 첫 소설 『수도원의 비망록*Memorial do convento*』*은 국제적인 성공을 거두었고, 그때부터는 뒤를 돌아볼 필요가 없었다. 미국의 후원을 받고 있는 이스라엘의 정책들에 대해 공공연히 비판한 대가를 몇몇 비평으로 치르기는 했지만, 비평가들은 그의 정치 견해를 무시할 때가 많아 보인다. 지금 누군가가 사회주의를 진지하게 고수할 수 있다는 생각 자체를 무시한달까. 실제로 그러려면 타협하지 않는 성격이어야 한다. 그러나 그는 정치적인 소설가는 아니고, 설교하려 드는 소설가는 전혀 아니다. 그의 소설 주제는 복잡하고, 솔직하면서도 교묘하다.

『히카르두 헤이스가 죽은 해*O Ano da Morte de Ricardo Reis*』, 『돌뗏목*A Jangada de Pedra*』, 『동굴*A Caverna*』, 그 외 (그 후에 나온) 다른 책들로 이어진 나의 독서 항로는 그야말로 성공적이었다. 나는 이제 덤불 같은 글쓰기에 익숙해지고, 아무리 힘들다 해도 사라마구가 어디로 데려가든 믿음이 생긴 상태로 『눈먼 자들의 도시』로 돌아가서 처음부터 다시 읽기 시작했고, 그럴 가치가 있었다.

모두가 나처럼 이 소설을 무서워하지는 않을지도 모른다.

---

* 영미권에서는 발타자르와 블리문다(Baltasar and Blimunda)라는 제목으로 출간되었다.

너무나 많은 소설가가 (너무나 많은 영화 제작자와 마찬가지로) 이야기 속에 무자비한 폭력을 득의양양하게 묘사한 장면을 욱여넣으면서 점점 더 높아져 가는 충격의 한계점을 깨려 하고, 잔인함을 이용하여 책을 팔려 한다. "액션" 외에는 아무것도 흥미롭지 않다고 생각하도록 훈련되어 버린 독자들에게 "스릴"을 선사하거나, 자기들의 악마를 다른 사람들에게 풀어 놓아서 제어하려 한다. 그리고 너무나 많은 리얼리즘 작가들이 추하지 않다면 진실이 아니라는 원칙을 따르며, 한 조각 품위나 희망의 빛이라도 보이면 소방관처럼 기민하게 꺼 버리려고 한다. 이런 관점에 대해 키츠와 생각이 같은 터라, 나는 대체로 그런 창작물을 피한다. 내가 비(非)리얼리즘 작가들을 좋아하고, 처음에 사라마구의 고통스러우리만큼 추악한 이야기를 믿지 못해 주저했던 것도 그래서다. 허구의 잔인성과 피가 튀는 영화에 단련된 독자들이라면 그런 작품들이 대수롭지 않게 다루는 공포에 대해 나처럼 비위가 약하지 않을 것이다. 안타까운 일이다. 그런 독자들은 내가 마침내 『눈먼 자들의 도시』를 쭉 읽어 냈을 때와 같은 경험을 하지 못할 테니 말이다. 그것은 지독한 어둠 속에서 투명하고 진실한 빛을 향해 떠오르는 정말로 기적 같은 경험이었다.

기적 같다는 말이 초자연의 개입이 있다는 암시는 아니다. 사라마구는 그럴 때가 거의 없다. 그는 여호수아에 대해서는 심판받아 마땅한 가혹한 심판관이라고 여기지만, '신'에 대해서는 대개 정중하며, 예수를 다룬 소설에는 예수에 대한 애정이 담겨 있었다.

그는 천국의 도움을 구하지 않는다. 『눈먼 자들의 도시』라는 어두운 이야기 속에서 가늘게 비치는 빛은 옳은 일을 하려고 애쓰는 고독한 한 사람이다. 주인공은 오직 잘못을 저지르고 거짓말을 함으로써만 옳은 일을 하고 남편을 지킬 수 있다. 그녀는 다른 모두와 마찬가지로 눈이 먼 척하지만 사실은 눈이 멀지 않았기에, 견딜 수 없는 참상들을 목격해야 한다. 그녀의 딜레마 속에는 "눈먼 자들의 나라에서는 애꾸눈이 왕"이라는 냉소적인 옛말이 들어 있다. H. G. 웰스는 그 격언이 틀렸음을 입증하기 위해 자신의 가장 뛰어나면서 가장 이상한 이야기를 하나 쓰기도 했다. 사라마구는 그 반박을 더욱 발전시켜, 지난 50년간 세상에 나온 가장 강력한 도덕 소설로 만들어 낸다. 나에게는 그것이 견딜 수 없을 만큼 감동적이고, 20세기의 가장 진실한 우화다. 이 작품은 위기에 마비된 이 기묘한 시대에 문학이 무엇일 수 있고, 무엇을 할 수 있는지에 대한 내 생각을 완전히 바꿔 놓았다.

사라마구는 2010년 여름, 87세에 사망했다. 그해 가을, 휴턴 미플린 하코트 출판사는 그의 소설들을 전자책으로 출간했고, 블로그에서 처음으로 버추얼 문학에 대해 말한 사람이 사라마구였기에 이렇게 가상으로 존재하는 판본이 있는 게 딱 맞는 일 같다. "그 보이지 않는 수수께끼를 더 잘 드러내기 위해 현실에서 떼어낸 듯 보이는" 허구라고 쓴 그는 이 장르의 발명을 호르헤 루이스 보르헤스에게 돌리지만, 이 장르에 보르헤스의 작품에는 없는 탁월한 요소를 가져온 사람은 사라마구였다. 평범한 사람들과 일상에 대한 열정적이고 연민 가득한 관심 말이다.

우리에게 분류 카테고리가 정말로 더 필요하지는 않을 테지만, 버추얼 문학은 외삽(外揷)* 경향이 있는 과학소설과 사변 소설, 완전히 상상해 낸 현실을 다루는 판타지, 분개와 개선 의지가 담긴 풍자 소설, 남아메리카 고유의 마법적 리얼리즘, 진부함에 고착된 현대 리얼리즘과 다른 유용한 카테고리일 수 있다. 나는 버추얼 문학이 이 모든 장르와 기반을 공유하지만(실제로 모두 겹쳐지는 데가 있고), 그 목적이 사라마구의 표현대로 수수께끼를 밝히는 데 있다는 점에서 다르다고 이해한다.

그의 작품들에서 이는 가장 소박하고 수수한 통찰로, 어마어마한 계시가 아니라 그저 해가 뜨기 전에 서서히 찾아오는 빛이다. 드러난 수수께끼는 대낮의 빛, 세상을 선명하게 보여 주는 빛이며, 말 그대로 매일 일어나는 신비다.

사라마구는 60세가 넘어서 첫 주요 장편을 썼고, 마지막 장편인 『카인 *Caim*』은 죽기 얼마 전에 완성했다. 나는 그에 대해 계속 지금도 살아 있는 것처럼 쓸 수밖에 없다. 그는 자기 작품들 속에, "노인"이라는 말을 피하느라 만들어 낸 거만한 완곡 표현을 빌리자면 "고령자"의 작품들을 통해서 너무나 생생하게 살아 있기 때문이다. 범상치 않은 창조와 서술 재능, 급진적(radical) 지성, 재치,

---

* 이전의 경험, 또는 실험 데이터를 통해 아직 경험/실험하지 못한 경우를 예측하는 추정 기법을 말한다.

유머, 분별, 선량한 마음은 예술가의 이런 자질을 중시하는 사람이라면 누구에게나 빛을 발하겠지만, 사라마구의 나이는 그의 예술에 특별한 날카로움을 얹는다. 그에게는, 젊었을 때 우리가 모두에게 말하던 내용을 또 말하려 드는 젊거나 젊어지고 싶어 하는 작가들의 목소리를 듣는 데 질린 나이 든 독자들까지 포함해서, 모두에게 들려줄 소식이 있다. 사라마구는 힘겹게 헐떡이는 수십 년 세월 모두를 뒤로했다. 그는 성장했다. 젊음을 광적으로 숭배하는 이들에게는 이단의 말이겠지만, 사라마구는 남자로서나 사람으로서나 예술가로서나 젊은 시절보다 더 나은 사람이다. 그는 아버지가 되어 보았고 더 배웠다. 20세기 대부분을 보았고 그에 대해 생각할 시간을 가졌으며, 무엇이 중요한지 결정하고 그 중요한 것을 어떻게 말할지 익혔다. 사라마구가 이야기할 때 쓰는 에너지와 장악력은 경이롭다. 그는 나와 같은 세대의 소설가 중에서 내가 몰랐던 것, 아니 어쩌면 내가 아는 줄 몰랐던 것들을 말해 주는 유일한 소설가다. 내가 아직도 배우게 되는 유일한 소설가다. 그에게는 우리가 부족하나마 지혜라고 부르는 예리하고도 꾸밈없는 이해력을 얻어 낼 시간과 용기가 있었다. 지혜라고는 부르지만 흔히 지혜라고 딱지 붙이는 번지르르한 다독임이 아니다. 그는 전혀 사람을 안심시키지 않는다. 체념하라는 조언을 읊어 대진 않지만, 친절한 트릭스터인 희망에 대해서도 별로 확신하지 않는다.

흔히 급진적이라고 알려진 radical의 원래 뜻은 "근본(뿌리)"이고, 사라마구는 깊이 뿌리내린 남자였다. 킹스코트에서 노벨상

271

을 받으면서 그는 알렌테주 평원에 살던, 땅도 없는 농민으로 무척이나 가난했으며 그에게는 평생 사랑하는 존재이자 도덕적인 본보기였던 조부모에 대해 열정적이면서도 소박하게 이야기했다. 모국에 대한 그의 사랑이 전자책 앤솔러지로 나온 유일한 논픽션 작품인 『포르투갈로 가는 여행*Viagem a Portugal*』의 원동력이다. 이 책은 북쪽부터 남쪽까지 포르투갈을 훑는 자세한 여행 안내서이면서 또한 발견과 재발견의 항해요, 정부의 종교적인 편협 행위에 대한 저항으로 몇 년 동안이나 스스로 떠나 있었던 나라로 (돌아)가는 여행이다. 그는 진정한 의미에서 근본이 보수적이었는데, 이 말은 사라마구가 경멸하는 네오콘들의 반동적인 헛소리와는 아무 관계도 없다. 무신론자이자 사회주의자로서 그는 그냥 믿음이나 견해가 아니라 합리적인 신념에 따라 발언하고 그 발언으로 고통받았다. 그 신념이란 거의 한 문장으로 줄일 수 있는 또렷한 윤리 체계에 기반하는데, 한 문장이기는 해도 어마어마하게 복잡한 정치적, 사회적, 영적 함의를 담고 있다. 그건 바로 '너보다 약한 사람들을 해치는 건 잘못이다.'라는 문장이다.

그의 국제적 명성은 주로 이스라엘의 팔레스타인 침략에 대해 꾸준히 내놓은 견해 때문에 고통을 겪었다. 이스라엘이 유대인의 고통을 기억해서라도 이웃에게 똑같은 고통을 가하기를 그만두어야 한다고 요구했다가, 이스라엘의 정책에 반대하는 견해를 반유대주의와 합쳐 버리는 이들의 찬동이라는 대가를 치렀다. 사라마구에게 종교는 이 문제와 상관이 없었고, 유대인의 역사는 그의 주장을 지지한다. 그건 자신보다 약한 이들을 심하게 해치는 문제다.

사라마구는 이런 말을 한 것으로 유명하다. "신은 우주의 침묵이고, 인간은 그 침묵에 의미를 부여하는 외침이다." 그가 그렇게 극적인 경구를 내놓을 때는 자주 없다. 나라면 신에 대한 사라마구의 평소 태도를 꼬치꼬치 따지고, 회의적이고, 유머러스하고, 끈기 있다고 표현하겠다. 흔히 보는 절규하는 전문 무신론자와는 거리가 멀다. 그러나 그는 무신론자이고 교권 반대론자이며 종교를 믿지 않고, 신실한 지도자들도 당연히 그를 싫어하거니와 그역시 진심으로 그들을 싫어한다. 매혹적인 책 『노트북*The Notebook*』(2008년과 2009년에 쓴 블로그 모음)에서 그는 10세 소녀의 결혼을 합법화함으로써 소년애 행위를 합법화한 사우디아라비아의 무프티(율법학자)를, 또 사제들이 벌이는 소년애를 저주하기를 너무나 꺼리는 로마 교황을 혹평하는데, 이 또한 저항할 수 없는 이들을 심하게 해치는 문제다. 사라마구의 무신론은 페미니즘의 한 조각이고 그의 페미니즘은 여자들에 대한 학대와 저임금 지불과 평가 절하에 대한 격분, 모든 사회에서 남자들이 여자들에게 권력을 오용하는 방식에 대한 격노이다. 그리고 이 모두가 그에게는 사회주의의 한 부분이다. 그는 약자 편에 서 있다.

사라마구에게 감상주의가 없지는 않다. 그는 사람에 대한 이해라는 면에서 대단히 희귀한 뭔가를 전달한다. 환상을 깨뜨리면서도 애정과 경탄을 허용하고, 맑은 시선으로 용서한다. 그는 우리에게 너무 많은 것을 기대하지 않는다. 어쩌면 그는 그 정신과 유머 면에서 최초의 위대한 유럽 소설가 세르반테스와 가장 가까운 작가인지도 모른다. 이성의 꿈과 정의의 희망이 끝없이 좌절될 때, 냉소주의는 쉬운 출구다. 그러나 고집스러운 농민 사라마구는 그 쉬운 출구를 택하지 않는다.

물론 그는 농민이 아니다. 그는 조상 대대로 내려온 가난과 차량 정비사 일에서 빠져나와 세련된 지식인이자 문인, 편집자이자 저널리스트가 되었다. 수년간 도시에서 살면서 리스본을 사랑했고, 도시 생활과 산업 생활을 내부자로서 다룬다. 그러나 또 소설 속에서는 자주 도시 바깥의 삶, 사람들이 자기 두 손으로 삶을 일구는 곳의 삶을 바라본다. 목가적인 전원으로의 퇴보를 내미는 게 아니라, 평범한 사람들이 우리에게 남은 평범한 세상과 진정으로 연결되어 있는 장소와 방법에 대한 현실적인 감각을 제공한다.

이 소설들에서 가장 눈에 띄게 급진적인 부분은 앞서 말했던 구두점이다. 나와 마찬가지로 독자들은 마침표 대신 쉼표를 쓰고 단락을 나누지 않아 한 페이지를 무서운 인쇄물 덩어리로 만드는 작가의 습관과 종종 누가 말하는지 알 수 없어지는 대화 때문에 독서를 미룰 수도 있다. 이는 단어 사이를 띄우지 않았던 중세 문서로 돌아가는 근본적 '퇴보'다. 나는 사라마구가 이런 특징을 보인 이유를 모른다. 받아들이는 방법을 익히긴 했지만, 열렬한 마음은 아니었다. 교사들이라면 "쉼표 실수"나 "만연체 문장"이라고 부를 사라마구의 습관 탓에 나는 지나치게 빨리 읽게 되고, 그래서 문장의 형태와 대화의 말하기-멈추기 리듬을 놓치고 만다. 그의 소설을 큰 소리로 읽으면 별로 어렵지 않은데, 소리 내느라 속도가 느려지기 때문일 것이다.

그런 기벽만 받아들이면 그의 산문(물론 끝내주는 번역가 마거릿 줄 코스타를 통해 아는 문장이다.)은 명확하고 설득력 있고 활기 넘치고 탄탄하며, 이야기에 완벽하게 들어맞는다. 그는 어떤 단어도 낭비하지 않는다. 그는 대단한 이야기꾼이고(다시 한 번 말하지만, 큰 소리로 읽어 보라.), 그가 해야만 하는 이야기들은 그 누구의 이야기와도 다르다.

아래에 그 작품들에 대한 간략한 주석들, 내가 사라마구를 읽는 방법을 배운 과정 설명, 결코 끝마치지는 못한 배움들을 적어 둔다.

1982년에 포르투갈에서 출간된 『수도원의 비망록』은 유럽에서 바로 찬사를 받았다. 도메니코 스카를라티*, 역병, 이단 심문, 마녀, 날아다니는 남자들 같은 예상치도 못하고 예상할 수도 없는 요소들이 가득한 이 자유분방한 역사 판타지는 특이하고, 매력적이고, 유쾌하고 짓궂다. 그리고 귀여운 사랑 이야기 하나를 전한다. 나에게는 이 작품이 그 후에 더 훌륭한 소설들을 내기 위한 몸풀기 같지만, 사라마구는 이 작품으로 명성을 얻었고 많은 사람이 아직도 그의 최고작 중에 꼽는다.

사라마구의 작품을 통틀어 내가 제일 어렵게 읽은 책은

---

* Domenico Scarlatti(1685~1757). 이탈리아의 작곡가.

『히카르두 헤이스가 죽은 해』다. 사라마구가 가장 지적으로 보르헤스에 가까운 작품이고, 어쩌면 가장 포르투갈인다운 작품일 것이다. 이 작품은 독자에게 대상들(작가 페르난두 페소아, 포르투갈 문학 문화, 리스본 시)에 대해 어느 정도의 지식은 없다 해도 최소한 가면과 도플갱어, 거짓 정체성들에 대해 흥미를 품을 것을 요구한다. 사라마구는 확실히 매혹된 모양이지만 나에게는 전혀 흥미가 없는 주제다. 같은 흥미를 공유하는 독자라면 이 작품을(그리고 나중에 나온 『도플갱어』도) 보물로 여길 것이다.

그다음 책을 두고 그는 노벨상 수상 연설에서 간단히 "『예수복음O Evangelho Segundo Jesus Cristo』(1991)* 이 카톨릭에 대한 모욕이라는 핑계로 유럽 문학상 제출을 막은 불합리한 포르투갈 정부 검열 때문에, 저와 제 아내는 카나리아 제도에 있는 란사로테 섬으로 거주지를 옮겼습니다."라고만 말한다. 무도하고 편협한 행위에 항의하는 뜻에서 고향을 떠난 남자들은 대부분 소리를 지르고, 손가락질을 하고, 주먹을 흔든다. 사라마구는 그저 주거지만 옮겼다. 이 작품의 주제가 나에게 큰 흥미를 끌지 않는다는 점은 고백하지만, 그래도 이건 섬세하고 친절하며 마음을 조용히 흔드는 작품이고, 예수를 다루는 소설들의 긴 목록에 덧붙일 뛰어난 책이다.(이 목록 시작점에는 이 작품의 제목이 암시하듯 복음서들이 있을 터이다.)

『돌뗏목』은 과학소설이고, 아름다운 소설이면서 스페인에

---

* 현재 구할 수 있는 번역본(정영목 옮김, 해냄)의 제목. 이전에 '예수의 제2복음'이라는 제목으로도 번역 출간된 적 있다.

서 아름다운 영화로 만들어지는 드문 행운을 누렸다. 유럽은 피레네 산맥에서 딱 쪼개지고, 이베리아 반도는 놀랍고도 무섭게 카나리아 제도를 지나 아메리카를 향해 흘러간다. 사라마구는 이 기회를 충분히 이용하여 관료주의자와 권위자의 한계를 넘어서는 사건에 직면한 정부와 언론의 안달복달과 무능한 호언장담을 조롱하고, 동시에 우리가 "평범한 사람들"이라 부르는 무명의 시민들이 똑같은 알 수 없는 사건들에 어떻게 반응하는지 탐구한다. 사라마구의 가장 웃긴 작품 중 하나다. 그리고 또한 여기에서 사라마구의 '개'가 처음 중요하게 등장한다.

『눈먼 자들의 도시』에도 개가 한 마리 있다. 이 소설에서는 누구도 이름이 없고, 개 역시 눈물 흘리는 개로만 나온다. 잊을 수 없는 개다. 나는 사라마구 최고작에는 모두 개가 나온다고 생각한다. 그 개들은 그의 이야기들이 가진 깊고 본질적인 요소를 형상화한다. 그게 무엇인지는 말해 주지 않는데, 개들은 말을 할 수 없기 때문이다. 이 개들은 침묵한다는 점 때문에 중요하기도 하다. 내가 왜 사라마구의 책 중에서 개가 나오는 작품들을 개가 나오지 않는 작품들보다 높은 위치에 두는지는 나도 잘 모르지만, 아마 '인간'을 모든 것의 중심에 두지 않으려 하는 작가의 모습과 관계가 있을 것이다. 때로는 사람들이 인간성에 집착하면 할수록 덜 인간적이 되는 것 같다. 나는 새로 나온 사라마구 작품을 시작할 때마다 개가 나타나기를 바라게 되었다.

그다음에(이때 그는 70대였는데 장편소설을 1~2년에 하나씩 썼다.)

『리스본 쟁탈전*História do Cerco de Lisboa*』이 나온다. 처음 읽었을 때는 이 책이 마음에는 들지만 바보 같고 부족하다고 느꼈는데, 이 책은 포르투갈 역사의 기반이 되는 사건을 다루고 있고, 아니라도 그렇게 보이고, 나는 포르투갈 역사를 전혀 모르기 때문이다. 책을 경솔하게 읽은 나머지, 내가 무지하다 해도 아무 차이가 없다는 사실도 깨닫지 못했다. 다시 읽어 보니 당연하게도 독자가 알아야 할 것은 모두 소설 안에 있었다. 기독교인들이 리스본에서 무어인들을 포위했던 12세기 "실제" 역사도, 부정 표현 not 하나를 통해 실제 역사에 엮여 들어가는 "가상"의 역사도 그 안에 있다. 이 고의적인 실수는 12세기 리스본의 어느 교정자가 새로운 『리스본 쟁탈전』 판본에 집어넣은 것인데, 이 레이문도 실바라는 교정자는 이를 통해 "역사적 사실"의 권위를 전복하고 싶어한다. 레이문도는 "단순하고 평범한 사람으로, 군중과 구별되는 점이라고는 모든 것에는 보이는 면과 보이지 않는 면이 있으며 양쪽을 다 볼 수 없다면 대상에 대해 아무것도 모르는 거라고 믿는 점"인 인물이다. 교정자 레이문도가 이 이야기(그리고 사랑 이야기)의 주인공이라는 점만으로도 내 마음을 사로잡기에는 충분했다.

　　이 부드럽고도 사색적인 이야기 직후에 『눈먼 자들의 도시』가 나왔다. 바로 뒤이어 사랑스럽고 재치있는 동화 『미지의 섬*O conto da ilha desconhecida*』이 나왔고, 바로 뒤이어 무시무시한 관료제를 풍자한다는 점에서 사라마구 작품 중에서 가장 카프카적일 듯한 『이름 없는 자들의 도시*Todos os Nomes*』가 나왔다. 하지만 사라마구를 카프카와 비교한다는 건 까다로운 일이다. 사라마구가 카프카보다 더 건조하고 온화하며, 분노는 깊고 절도 있다. 사라마구가 "변신"을 쓰는 것도, 카프카가 사랑 이야기를 쓰는 것도 상상할 수 없다. 그리고 꿰뚫어 볼 수 없는 어둠 속으로 깊이 이어지는 잊을 수 없는 등기소와 그 등기소 파일들에 담긴 무수한 이름 중 한 이름의 주인을 찾아 나서는 서기, 주제 씨가 나오는 『이름 없는 자들의 도시』는 딱 사랑 이야기는 아니라 해도 사랑에 대한 이야기이기는 하다.

앞서 언급했던 『포르투갈로 가는 여행』 이후 사라마구는 『동굴』을 썼는데, 어떻게 보면 내가 가장 좋아하는 작품이다. 이 작품에 나오는 사람들을 너무나 좋아하기 때문이다. 이 책이 무엇을 다루는지는 사라마구가 직접 말해 줄 텐데, 『노트북』에 이 소설에 대해 썼을 때 그는 소설 자체가 아니라 자신이 2009년 5월에 본 세상에 대해 말한다.

매일 식물과 동물 종들이 사라져 가고, 언어와 직업도 사라져간다. 부유한 자는 언제나 더 부유해지고 가난한 자는 언제나 더 가난해진다…… 무지는 정말로 무서운 방식으로 늘어 가고 있다. 오늘날 우리는 부의 분배에 있어서 심각한 위기에 처해 있다. 광물 착취는 끔찍한 수준에 도달했다. 다국적 기업들이 세상을 지배한다. 우리에게서 실체를 가리고 있는 게 그림자들인지, 이미지들인지 모르겠다. 이 주제에 대해서는 언제까지라도 토론할 수 있을 것이다. 이미 분명한 게 하나 있다면, 우리가 세상에서 일어나는 일을 분석할 비평 능력을 잃었다는 사실이다. 우리는 플라톤의 동굴 속에 갇힌 상태나 다름없다. 우리는 생각과 행동에 대한 책임감을 내던져 버렸다. 우리는 분개하지도 순응을 거부하지도 저항하지도 않는 무기력한 존재로 바뀌어 버렸다. 얼마 전 과거에만 해도 참으로 강력하게 거부하고 저항하는 존재였는데 말이다. 우리는 문명의 종말에 이르고 있고, 나는 마지막 나팔 소리를 환영하고 싶지 않다. 내 생각에 신자유주의란 민주주의로 가장한 전체주의의 새로운 형태일 뿐, 민주주의와는 겉보기만 비슷할 뿐이다. 우리 시대의 상징은 쇼핑몰이다. 하지만 아직은 빠르게 사라져 가는 또 다른 작은 세계가, 소기업과 장인의 작업들이 있는 세계가 존재한다…….

이것이 『동굴』의 기반이다. 『동굴』은 과학소설의 외삽법을 이용하여 뛰어난 기술로 교묘하고도 복잡한 철학 사색을 펼치는 놀랍도록 풍성한 디스토피아물이자, 무엇보다도 강력한 캐릭터 소설이다. 그리고 가장 중요한 캐릭터 하나는 개다.

2004년에는 『눈먼 자들의 도시』와 같은 배경과 일부 등장인물이 나오지만 완전히 다른 방식으로 활용한 소설 『눈뜬 자들의 도시 _Ensaio sobre a Lucidez_』가 나왔다.(아무도 사라마구가 같은 책을 다시 썼다거나, 같은 책이나 다름없다는 비난은 하지 못할 것이다.) 묵직한 정치 풍

자물로, 무척 어두운 작품이다. 역설적이지만 목적과 암시 모두가
『눈먼 자들의 도시』보다 훨씬 더 어둡다.

노벨상 수상 연설에서 저자는 스스로를 "견습생"이라 칭하
며 이렇게 말했다.

> 견습생은 '우린 눈이 멀었다'고 생각했고, 앉아서 『눈먼 자들
> 의 도시』를 쓰면서, 그 책을 읽을 분들에게 우리는 삶을 모욕
> 당할 때 이성을 그르친다는 사실을, 인간의 존엄은 매일매일
> 우리 세계의 권력자들에게 모욕당한다는 사실을, 보편적인
> 거짓이 다원적인 진실을 대체했다는 사실을, 인간은 동료 생
> 명체들에 대한 존중을 잃을 때에 스스로에 대한 존중도 잃는
> 다는 사실을 일깨우려 했습니다.

겉보기에는 『눈먼 자들의 도시』를 이상하게 묘사한 말이
다. 그 작품 속에서 인간의 존엄을 모욕하는 것은 힘없는 사람들,
스스로와 다른 모두가 눈이 멀어 통제에서 벗어났다는 사실을 알
고 겁에 질린 보통 사람들이다. 어떤 사람은 어리석고 이기적인 잔
인성으로 궤멸하여, 자존과 인간의 품위를 버리고 행동한다. 정신
병원을 장악하고 그곳 수용자들을 학대하는 남자들이 그렇다. 이
곳 수용자들은 부패한 권력의 소우주이다. 그러나 우리 세상의 진
짜 권력자들은 『눈먼 자들의 도시』에 아예 보이지도 않는 반면,
『눈뜬 자들의 도시』는 책 전체가 그들을 다룬다. 도리를 왜곡하는

자들, 보편적인 거짓말쟁이들을.

사라마구의 소설들이 단순한 우화가 아닌 것은 매우 분명하다. 『눈먼 자들의 도시』에 나오는 (한 명을 뺀) 모든 사람이 무엇에 눈이 멀었는지, 『눈뜬 자들의 도시』 시민들이 무엇을 보는지를 "설명"한다면 성급하리라. 그들이 몇 년 후 같은 도시에 사는 같은 사람들이라는 점만은 분명하다. 한쪽 책이 다른 책을 비추는 방식을 나는 이제 이해하기 시작했을 뿐이다.

이야기는 머지않은 과거에 시력과 평온한 일상을 되찾은 이 평범한 시민들이 시력이나 시력 상실과는 딱 연결되지 않는 듯한 행동을 하면서 시작된다. 투표일인데 시민의 83퍼센트가 오전에는 투표하러 가지 않고, 늦은 오후에 투표소에 들어가서 빈 투표용지를 낸다. 우리는 관료들의 경악, 저널리스트들의 흥분, 정부의 히스테리를 보게 된다. 처음에는 풍자가 무척 웃기고, 나도 가벼운 볼테르풍 소설을 보는 줄 알았다. 여러 신호를 놓치고 있었다.

빈 투표용지를 낸다는 건, 아직은 투표를 완전히 무의미하게 만들어 버린 정부 아래에서 사는 데 익숙해지지 않은 대부분의 영국인과 미국인에게 낯선 신호다. 제 기능을 하는 민주주의에서는 투표를 하지 않는 행위가 정권 정당의 손에 놀아날 수 있는 게으른 저항이라고 생각할 수 있다.(낮은 노동당 투표율 덕분에 마거릿 대처가 재선되었을 때나, 민주당의 냉담함이 조지 W. 부시 당선에 작용했던 두 번의 선거처럼 말이다.) 나는 투표 자체는 힘 있는 행동이 아니라는 사실을 받아들이기가 힘들다. 하여 처음에는 사라마구의 비투표

투표인들이 주장하는 바를 전혀 보지 못했으나, 국방장관이 이 나라는 테러리즘에 직면해 있다고 선언한 순간에야 겨우 보이기 시작했다.

다른 장관들은 반대하지만, 국방장관은 원하는 대로 계엄령을 얻어 낸다. 폭탄이 터져서(물론 언론 보도에 따르면 테러리스트의 소행이다.) 상당수의 사람을 죽인다. 투표용지에 표시를 했던 17퍼센트의 유권자를 대피시키려는 시도는 정부가 군대에게 피난민들이 빠져나가는 도로를 봉쇄하라고 말하는 것을 잊어버리는 바람에 실패로 끝난다. 소위 테러리스트라는 비투표자들은 피난민들이 가져가려는 모든 물건을 가져가게 돕는다. 다구(茶具)며 은접시, 그림, 할아버지까지…….

유머는 아직도 부드러우나, 분위기는 어두워지고 긴장이 심해진다. 개별 등장인물들,『눈먼 자들의 도시』에 "눈물 흘리는 개"로만 나왔던 콘스탄체만 빼고는 이름도 없는 인물들이 전면에 나오기 시작한다. 경찰 하나가 4년 전 모두가 눈이 멀었을 때 눈멀지 않았던 여자를 찾으러 도시에 들어가게 된다. "백색 실명 전염병과 빈 투표지 전염병" 사이의 의심스러운 연결고리라는 거다. 이 경정이 우리의 관찰자이자 중개자가 된다. 경정이 이해하기 시작한 것을 우리도 이해하기 시작한다. 그는 우리를 눈이 멀지 않았던 여성에게,『눈먼 자들의 도시』에 나왔던 온화한 빛의 전달자에게 이끌어 가지만, 이전 책이 끔찍한 어둠으로 시작해서 서서히 빛으로 이어진 반면 이 작품은 어둠 속으로 떨어진다.『눈뜬 자들의 도시』

는 내가 이제까지 읽은 어떤 소설보다도 더 지금 우리가 사는 시대를 이야기하는 작품이다.

이제 사라마구는 80대에 들어섰고, 놀랄 일도 아니지만 죽음에 대한 책을 쓰기로 했다. 노인이라면 젊은 작가가 아무리 많은 황소와 싸우거나 아무리 많은 비행기에서 뛰어내린다 해도 맞먹을 수 없게 깊이 이해하는 주제다. 『죽음의 중지*As intermitencias da morte*』의 전제는 너무나 유혹적이다. 죽음(한 사람이 아니라 책임지는 구역이 각각 있는 많은 죽음이다. 관료제는 어디에나 있나니.)이 일하기가 지겨워져서 휴가를 낸다. 초라한 고용인이 아주 조금만, 이번 한 번만 다른 일을 해 보기로 하다니 사라마구가 주로 다루는 주제다…….
그래서 이 죽음이 책임진 지역에서는 아무도 죽지 않는다. 한동안은 쾌활하고 소름 끼치는 이야기처럼 보였던 것이 정부 경쟁과 관료주의 내분의 무력한 어리석음에 대한 상세한 기술로 빠져들어가는데, 이 모든 것이 너무나도 미국 의회를 연상시킨다. 그러다가 개가 나타나자 나는 다 괜찮다는 사실을 알았다. 개가 나오면 사람들, 용감하고 멍청하고 예상할 수 없는 일들을 하는 진짜 사람들도 나온다. 그들은 사랑에 빠지고, 섹스를 하고, 첼로를 연주하고, 실수를 하며, 사라마구의 캐릭터들답게 어리석으면서도 고통스럽고 고귀하고 단순하게 인간일 것이다. 설령 그중 하나가, 유일하게 이름이 있는 캐릭터가 '죽음'이라 해도 그렇다.

2010년, 사라마구가 죽은 직후에는 『코끼리의 여행*A viagem do elefante*』이 영어로 출간되었다. 아마 사라마구의 가장 완벽한 예술 작품일 것이다. 모차르트의 아리아나 민요처럼 순수하고 진실하며 불멸할 작품이다.

역사는 1551년에 코끼리 하나가 포르투갈의 동 주앙 3세가 오스트리아의 막시밀리안 대공에게 보내는 선물로 리스본에서 비엔나까지 여행했다는 사실을 증언한다. 소설 속에서 그 코끼리 솔로몬과 코끼리 몰이꾼 수브흐로(대공은 정녕 합스부르크 가문다운 부적절성을 발휘하여 이 사람을 프리츠로 다시 이름 짓는다.)는 여러 공무원과 군인들의 수행을 받아 느긋한 속도로 다양한 지역을 통과하면서 가는 길에 마을 사람들을 만나고, 그들은 자기 삶에 들어온 코끼리라는 갑작스러운 수수께끼를 다양하게 해석한다. 그게 이야기의 전부다.

이 작품은 엄청나게 웃기다. 늙은 사라마구는 거장답게 능란한 글솜씨를 발휘하고, 유머는 온화하며, 조롱은 인내심과 연민으로 누그러뜨려, 재치는 살아 있다 해도 가시는 사라져 있다.

코끼리 몰이꾼이 포르투갈 지휘관과 종교 토론을 시작하는 대목이 특히 사랑스럽다. 자기가 기독교인인 셈이라고 설명한 수브흐로는 군인들에게 가네샤에 대해 말해 주기로 한다. 지휘관은 자네라면 힌두교에 대해 많이 알겠지, 말한다. 그런 셈이지요, 대위님, 그런 셈이에요, 몰이꾼이 말하더니 시바가 어쩌다가 아들인 가네샤의 머리통을 자르고 코끼리 머리를 붙이게 되었는지 설명한다. 한 군인이 "동화"라고 말하자 몰이꾼은 말한다. "죽었던 사람이 사흘 만에 일어나는 이야기와 비슷하지요." 이 이야기를 근처 마을의 농민들이 흥미롭게 듣고 있었다. 그들은 서로 같은 의견이다. "코끼리에겐 사실 대단한 게 없어. 한 바퀴만 돌아보면 볼 건 다 본 거야." 그러나 앞서의 종교 토론을 듣고 흥분한 그들은 사제를 깨우러 가서 중요한 소식을 알린다. "신은 코끼리입니다, 신부님." 사제는 그 말에 반대하며 코끼리에게서 악령을 몰아내겠다고 약속한다. 사제는 농민들에게 말한다. "우리는 함께 우리의 성스러운 신앙을 위해 싸울 걸세. 하나로 뭉친 사람들은 결코 지지 않는다는 것만 기억하게." 이 에피소드 전체가 조심스러운 부조리 기적의 연속으로, 심오하고 순응적이며 애정 어린 지혜가 조용한 웃음을 일으킨다.

노벨상 연설에서 사라마구는 이렇게 말했다. "저는 제가 사는 작은 경작지 너머로 모험을 떠날 수도 없었고 그러지도 않았기 때문에, 남은 가능성이라곤 뿌리를 향해 땅속을 파고 들어가는 것뿐이었습니다. 제 뿌리일 뿐 아니라, 터무니없는 야심을 부려도 된다면 세상의 뿌리이기도 합니다." 그 힘겹고 끈기 있는 파 내려가기가 이토록 가볍고 기분 좋은 책에 깊이와 무게를 더한다. 16세기 유럽의 어리석음과 미신 속을 여행하는 코끼리 이야기라면 우화가 될 수도 있었겠으나, 이건 그냥 우화가 아니다. 여기엔 교훈이 없다. 행복한 결말도 없다. 그렇다, 솔로몬은 비엔나에 도착할 것이다. 그리고 2년 후에 죽을 것이다. 그러나 솔로몬의 발자국은 독자의 마음속에 발자국을 남길 것이다. 흙 속에 찍힌 깊고 둥근 그 발자국은 오스트리아 궁정이나 지금까지 알려진 다른 어디도 아니고, 어쩌면 좀 더 영속적인 가치가 있는 방향을 따라가고 있을 것이다.

그 발자취는 이제 흙이나 책장, 머릿속만이 아니라 전자 위에도 찍혔다. 이제는 우리 컴퓨터의 진동 속에도 있고, 우리 화면의 상징으로도 빛 자체만큼 무형이면서도 실제로서 존재하여, 앞으로 볼 모든 사람이 보고 읽고 따라가게 될 것이다. 사라마구는 심금을 울리는 품위와 재치를 담아, 그리고 자기 작품을 완전히 제어하는 위대한 예술가답게 단순하게 글을 쓴다. 우리 시대의 진정한 원로이며 눈물이 있는 남자, 지혜로운 남자의 이야기에 귀 기울여 보자.

아르카디 스트루가츠키와
보리스 스트루가츠키의
『노변의 피크닉 _Пикник на обочине_』

2011년 시카고 리뷰 프레스 판에 부친 서문

이 서문 일부는 『노변의 피크닉』이 영어로 처음 출간된 1977년에 썼던 서평에서 가져왔다. 나는 소련 검열이 가장 심하던 때 기억이 아직 생생하던 시절, 그래서 러시아에서 온 지적으로나 도덕적으로나 흥미로운 소설들을 이야기하려면 아직 위험을 각오하고 용기를 내야 했던 시절 한 독자의 반응을 기록해 두고 싶었다. 그때는 미국에서 소련 SF에 대해 긍정적인 평을 쓴다는 게, 작지만 실질적인 정치 선언이 되던 때이기도 하다. 우리 SF 공동체에도 철의 장막 저편에 사는 작가는 모두가 적의 신봉자라고 가정함으로써 냉전에 참여한 이들이 있었기 때문이다. 이런 반동분자들은 (으레 그렇듯이) 읽지 않음으로써 자신들의 순수를 보존했기에, 수많은 소련 작가들이 정치, 사회, 그리고 인류의 미래에 대한 당 이념으로 부터 상대적이나마 자유로운 글을 쓰기 위해 수년간 SF를 이용했다는 사실을 아예 알지도 못했다.

SF는 어떤 현실 상황에 대한 상상 속의 전복에나 기꺼이 힘을 빌려준다. 상상력을 기르지 못하는 관료들과 정치가들은 SF 소설이란 다 레이저총이나 나오는 헛소리이고, 아이들이나 보는 것이라고 생각하는 경향이 있다. SF 작가가 검열을 당하려면 『우리들』의 자먀찐처럼 대놓고 유토피아를 비판하는 정도는 되어야 할 것이다. 그러나 스트루가츠키 형제는 노골적이지 않았고, (내 좁은 지식으로는) 정부 정책을 대놓고 비판한 적도 없다. 그때도 제일 감탄했고 지금도 감탄하는 점은, 그들은 이념에 무관심한 듯이 글을 썼다는 점이다. 서구 민주주의 국가에 사는 우리 작가들도 힘들어하는 일이건만, 그들은 자유로운 사람처럼 썼다.

『노변의 피크닉』은 색다른 "최초 접촉" 이야기다. 외계인들, 그러니까 방문자들이 지구에 찾아왔다가, 쓰레기가 널린 착륙지(앞으로는 '구역(Zone)'이라고 칭한다.) 몇 군데를 남기고 떠난다. 피크닉 온 이들은 사라졌고, 조심스럽지만 호기심에 끌린 쥐 떼가 다가가서 구겨진 셀로판지 조각과 반짝이는 맥주캔 탭들을 쥐구멍으로 가져가려 한다.

이 알 수 없는 쓰레기 대부분은 극히 위험하다. 자동차 동력으로 쓸 수 있는 영구 배터리같이 유용한 물건도 있지만, 과학자들은 자기들이 장치를 제대로 쓰고 있는 건지, 아니면 (예를 들자면)

289

가이거 계수기를 손도끼로 쓰고 전자 부품을 코걸이로 쓰고 있는지 여부를 알 수가 없다. 이 유물들의 원리라든가, 바탕에 깔린 과학도 알아낼 수가 없다. 어느 국제 재단이 연구를 지원한다. 암시장이 성행한다. "스토커"들은 다양하고 끔찍한 신체 변형과 죽음을 무릅쓰고 금지 구역에 들어가서 외계 쓰레기 조각들을 훔쳐 들고 나와서는 판다. 때로는 재단에 팔기도 한다.

전통적인 최초의 접촉 이야기에서는 용감하고 헌신적인 우주비행사가 의사소통을 해내고, 지식 교환이나 군사적인 승리, 아니면 큰 사업이 이루어진다. 이 작품에서 우주 방문자들은 우리의 존재를 알아차렸는지 알 수 없고, 알았다 해도 의사소통에 아무 관심이 없는 게 분명하다. 그들에게 우리는 야만족일지도 모르고, 쓰레기나 모으는 것들일지도 모른다. 의사소통 방법은 없고, 이해도 있을 수 없다.

그래도 이해는 필요하다. 구역은 관여하는 모두에게 영향을 미치고 있다. 구역 탐사에 부패와 범죄가 뒤따른다. 구역의 탈주자들은 말 그대로 재난에 쫓긴다. 스토커의 아이들은 유전 변형이 심해져서 사람으로도 보이지 않을 정도가 된다.

이런 어두운 배경에서 진행되는 이야기는 생생하고 짜릿하며 예측 불가다. 무대는 북아메리카, 아마도 캐나다인 것 같지만 등장인물들에게는 어떤 국적도 드러나지 않는다. 그러나 각각이 생생하고, 호감 가는 인물들이다. 제일 비열한 늙은 스토커 겸 상인에게도 역겨움과 사랑스러움이 공존한다. 인간관계들은 진실성을 띤다. 엄청나게 뛰어난 지식인 같은 건 없다. 다들 평범한 사람이다. 중심인물인 레드는 저속할 정도로 평범한 데다 산전수전 다 겪은 남자다. 등장인물 대부분은 대단찮고 모멸스러운 삶을 살아가며, 그 모습은 감상주의도 냉소도 없이 그려진다. 인간애를 치켜세우지도 않지만, 깎아내리지도 않는다. 그게 얼마나 연약한지 알기에 저자들의 필치는 부드럽다.

이 책이 나왔을 때는 SF에서 이런 평범한 사람들을 중심인물로 쓰는 일이 꽤 드물었고, 지금도 SF는 쉽사리 엘리트주의에 빠진다. 엄청나게 뛰어난 머리, 비범한 재능, 일반 승무원보다는 지휘관, 노동 계급의 부엌보다는 권력의 회랑이 나온다. 이 장르가 전문적으로, 그러니까 "하드"하게 남아 있기를 원하는 이들은 엘리트 스타일을 선호한다. SF를 그저 소설 쓰기의 한 방식으로 보는 이들은 전쟁을 장군들만이 아니라 주부와 죄수와 16세 소년들의 눈으로 묘사하고, 외계인의 방문을 지식인 과학자들의 시선으로만 보지 않고 평범한 사람들에게 미친 영향을 통해 서술하는 좀 더 톨스토이다운 접근을 환영한다.

인간이 우주에서 수신한 정보를 모두, 아니 일부만이라도 이해할 수 있을까, 앞으로는 이해할 수 있을까, 하는 질문에 대해 의기양양한 과학주의의 물결에 올라탄 대부분의 SF는 당연히 그렇다고 대답하곤 했다. 폴란드 소설가 스타니스와프 렘은 그것을 "우리의 인지적 보편주의(congnitive universalism)에 대한 신화"라고 불렀다. 렘의 제일 유명한 작품 『솔라리스』가 바로 이런 주제를 다루는데, 작품 속의 인간들은 외계의 메시지나 아티팩트를 이해하지 못하면서 좌절하고 꺾인다. 그들은 시험에 통과하지 못했다.

"더 발전한" 종은 인간이라는 종에 아무 관심도 없을 수 있다는 생각은 공공연한 비아냥으로 넘어가기 쉽지만, 저자들의 필치는 내내 아이러니컬하면서도 유머러스하고 연민이 넘친다. 저자들의 윤리적, 지적 교양은 소설 후반부에서 어느 과학자와 환멸을 느낀 재단 직원이 외계 방문의 영향과 의미를 두고 벌이는 눈부신 토론 장면에서 선명하게 드러난다. 그러나 이야기의 핵심은 개별 인물의 운명에 있다. 아이디어가 강한 이야기에서는 주동인물이 꼭두각시에 불과하지만, 레드는 어엿한 인간이다. 우리는 레드에게 마음을 쓴다. 레드의 생존만이 아니라 구원도 걱정한다……. 이건 어쨌든 러시아 소설답다.

그리고 스트루가츠키 형제는 인간 이해를 두고 스타니스와프 렘이 던진 질문에 판돈을 올린다. 만약 외계인들이 남기고 간 물건을 인류가 어떻게 다루는지가 시험이라면, 또는 무시무시한 마지막 장면에서 레드가 시련을 겪는 것이라면, 실제 시험은 무엇일까? 그리고 우리가 통과했는지 실패했는지는 어떻게 알까? 무엇이 "이해"일까?

"행복을 드립니다! 공짜로 드립니다! 모두에게!"라는 마지막 약속에는 씁쓸한 정치적 의미가 담겼다고밖에 할 수 없다. 그러나 이 소설을 한갓 소련의 실패를 다룬 우화나, 보편 인지(universal cognition)에 대한 과학의 꿈이 실패하는 이야기라고 폄할 수는 없다. 레드가 책 속에서 마지막으로 한 말, 신에게 혹은 우리에게 한 말은 이렇다. "난 누구에게도 내 영혼을 판 적이 없어! 그건 내 것이고, 인간의 것이다! 내가 뭘 원하는지는 직접 알아내 봐라. 난 그게 나쁠 리 없다는 걸 아니까!"

잭 밴스의 『파오의 언어들 *The Languages of Pao*』

2008년 서브터레니언 프레스에서 낸 재판에 부친 서문

　　잭 밴스는 정교하고 매력적인 복장과 풍속, 카스트와 계급의 허례허식을 창조하고, 머나먼 미래, 머나먼 세계들에 존재하는 놀라운 지형과 낯선 이름의 나라들을 배경으로 더 많은 권력을 위해 분투하고 계략을 꾸미는 권력자들의 역사를 다시 이야기하기를 좋아했다. 오랜 시간이 흐른 후에 다시 그런 밴스의 세계로 돌아온 나는 무엇보다도 그 세계가 얼마나 친숙한지 깨달으며 놀라움과 애정을 느꼈다. 그 세계들은 우리의 잃어버린 세계다. 비행기가 날기 전의 지구, 수수께끼와 신비가 끝도 없고 경계도 없이 넘쳐나던 모든 과거의 지구다. 지도에 공백이 있던 시절, 사마르칸트나 팀북투나 캘리포니아가 전설의 이름이었던 나날, 마르코 폴로가

카타이를 찾은 이방인이었고 바그다드는 『아라비안 나이트』의 고향이었던 때…….

우리는 그 세계를 파괴하여 산업적으로 테마파크나 쇼핑몰 크기로 축소시키면서 우주에 있는 세계들과 그곳에 사는 낯선 존재와 방식들에 대해 쓰기 시작했다. 내셔널 지오그래픽에 이국의 정취가 부족해지자, 과학소설이 그 뒤를 이어받았다. 잭 밴스는 그런 보상형의 창조 그 자체를 즐겼던 것 같다. 그는 진정한 천일야화의 재능으로, 가장 뛰어난 여행담에서 볼 수 있는 진지한 리얼리즘을 담아서 만들어 냈다.

『파오의 언어들』은 내가 1960년대에 샀던 많은 밴스 소설 중에서 제일 좋아하는 작품으로, 다루는 소재가 좋았다. 밴스는 언제나 언어가 흥미롭고도 까다로운 문제라는 사실을 알고 있었다. 아직까지도 행성 전체, 심지어는 인간의 은하계 전체가 똑같은 말을 쓰는 식으로 표현하는 수많은 SF 작가들과는 다르다. 현실적으로 바벨탑 이후를 다루는 것보다야 우르두가 은하제국에 자리를 잡은 이후 모두가 잉-어*를 쓴다고 대충 설명하는 편이 쉽다. 그러나 단일 언어 우주의 문제는 우주가 인공 세계로 쪼그라든다는 것이다. 우리는 다시 테마파크와 쇼핑몰로 돌아가고 만다. 밴스는 동시대 SF 작가들에게 흔했던, 다양성을 대수롭지 않게 치부하는 제국주의적이고 환원주의적인 사고방식에 머물지 않았다. 오히려 다

---

* Ing-Lish, 원래는 인도식 영어에서 나온 말이지만, 여기에서는 변형 영어로 이해하면 될 것이다.

양성을 한껏 즐겼다. 밴스가 창조한 다양한 사람들은 다양하게 말하고, 사람들의 이름은 서로 다른 언어의 음운 체계를 반영한다.

밴스의 글쓰기 스타일은 확실히 언어의 의미와 소리가 모두 중요하다고 여기는 사람의 스타일이다. 1958년의 SF에서는 드문 일이었는데, 밴스는 실재적이며 개인적인 문체를 구사했다. 대화는 부자연스러울 정도로 품위 있고 정중할 때가 많다. 사람들이 이런 식으로 말한달까. "당신이 비난하는 그 신빙성이라는 게 단지 사실에 지나지 않을 수도 있어요." 매너리즘이기는 하지만, 받아들인다면 꽤 사랑스러운 매너리즘이다. 밴스의 서술 리듬은 차분하고 조용하며 음악적이다. 설명하는 부분은 정확하고 직접적이다. 날씨가 어떤지, 사물의 색깔은 어떤지를 알려 주고 배경 속에 들어가게 해 준다. "뒤쪽으로는 바위 경사가 회색 하늘 높이 치솟았고, 하늘에는 작고 사나운 하얀 태양이 바람에 흔들리는 깡통 원반처럼 비틀거렸다. 베란은 그의 자취를 되짚었다."

이 짧은 대목이 전형적이다. 첫 문장은 생생한 묘사를 시적으로 정확하게 절제하여 담아냈고, 두 번째 문장은 살짝 구식 표현을 단순하게 담았다. 밴스는 단어를 낭비하지 않았다. 단도직입식의 행동형(action) 글쓰기와는 아주 거리가 멀면서도, 행동형 작가이기도 했다. 플롯은 빠르지는 않더라도 꾸준히 전진하고, 독자들을 제대로 끌고 가는 추동력이 있다. 밴스는 이야기를 완전히 장악했다. 등장인물들과 플롯, 장면, 묘사, 행동, 모든 것을 통제했다. 그리고 어쩌면 통제야말로 밴스의 큰 주제 중 하나였을지 모른다.

『파오의 언어들』은 사람들을 통제하려는 싸움, 정치 갈등과 도덕 논쟁을 다룬다. 다른 작품들과 마찬가지로 엄청난 인구와 얽혀 있으나, 아주 소수의 등장인물로 연출된다. 한 명은 세계 제국의 후계자이지만 엄청난 권력을 지닌 남자 팔라폭스에게 의존하는 신세로 몰락한 소년 베란이다. 플롯은 사실상 아버지와 아들 간의 고전적인 결투인데, 그 아버지에게 다른 아들이 말 그대로 수백 명 있다는 사실이 멋진 복잡성을 더한다. 아버지의 인정사정없는 권력욕과 소년의 힘겨운 정의감을 대비시키며, 밴스는 갈등을 영리하게 구성한다. 팔라폭스는 아무리 권력이 있다 해도 자신을 형성한 비뚤어진 사회와, 그에게 권력을 준 언어에 철저히 지배당한다. 반면 베란은 어느 대안에도 기울어 있지 않기에, 자유로워질 희망이 있다.

플롯에 영향을 미치는 사변 과학 요소는 사피어-워프 가설로, (투박하게 요약하자면) 우리의 지적 전망은 우리의 언어에 의해 형성된다는 이론이다. 사람이 생각하는 내용은 사람이 생각할 때 쓰는 언어에 좌우된다는 뜻이다. 언어학은 "소프트"한 과학 또는 사회과학이므로, "하드 SF"의 보수파들은 이 책을 판타지로 치부할 것이다. 그러나 그런 불평은 갈수록 시대에 뒤떨어진다. 의문의 여지가 많을지는 몰라도 오래 살아남는 과학 가설을 플롯의 주요 요소로 이용하는 데 있어서 요구되는 합리적인 요건을 충족하는 『파오의 언어들』은 탁월하고 탄탄한 과학소설이다. 밴스는 사피어-워프 가설을 이해하고, 주의 깊게 적용하면서 설득력 있게 정교화하고 선명하게 자아낸다.

『파오의 언어들』이 구식이라고 느끼기는 한다. 아마 밴스의 품위 있는 언어, 서둘지 않는 보폭, 만연해 있는 불필요한 폭력을 피하는 성향에 언제나 내재해 있던 특징일 것이다. 하지만 또한 지금은 무시할 수 없는 밴스의 남성우월주의와도 관계가 있을지 모르겠다. 남성우월주의는 당시 이 장르에 보편적이라고 해도 좋을 결점이었다. 여성은 남성에게 의존하는 존재 아니면 부속물로 여겨진다. 수상쩍은 소녀 지탄은 짧고 수동적인 역할을 수행한다. 팔라폭스의 정욕에 희생된 이름 없는 피해자들은 스쳐 지나간다. 베란에게 아버지는 있으나 어머니는 없고, 배우자를 구하려 하지도 찾지도 않는다. 남자들의 관심만 고려되고, 남자들이 집안일을 제외한 모든 행동을 수행하며, 모든 지도자 위치는 남자들이 채운다. 심지어 광기마저도 성별화되어 있어, 자기 아들들로 세상을 식민화하겠다는 팔라폭스의 미친 계획은 남성 성욕의 끔찍한 과장형이며 이기적인 유전자의 예시에 불과하다. 여자들이 무엇을 원하고 느끼고 생각하는지는 이 책에서 아무 역할도 하지 않는다. 물론 많은 소설이 아직까지도 그러하며, 명목상으로는 여성 인물들이 나오는 소설도 많이 그렇다. 밴스는 그래도 세상의 절반에 대한 무관심을 위선적인 경애로 가리지는 않았다.

밴스의 글을 무척 존중하는 나는 이 이야기를 남성 지배에 대한 비판으로 보려 했고, 실제로 그렇게 읽을 수 있기는 하지만, 행동하는 여성 인물이 전혀 없다는 점에서 이런 독해는 설득력이 약하다. 그러니 이 멋진 소설이 현대인의 눈에는 뭔가 망가진 소설로 보일 수 있다. 상냥하고 사려 깊은 작품이지만, 인류의 절반을 생략해 버리는 바람에 다른 면에서는 공정하고 섬세하고 관대한 도의적 태도도 제 기능을 다하지는 못하게 됐다.

　　잭 밴스가 문학적으로 위대한 척하지는 않았을 테지만, 자기 시대의 펄프픽션과 장르 작가들 대부분보다 훨씬 높은 문학 기준을 유지하기는 했고, 자신의 통찰에 충실했다. 그 점에서 밴스는 계속 존경받을 자격이 있다. 새로운 세대의 독자들도 쇼핑몰과 테마파크를 넘어 멀리, 파오의 여덟 개 대륙과 브레이크니스(Breakness)의 황량한 고지대로 여행하는 즐거움을 발견하기를 빈다.

H. G. 웰스의 『달의 첫 방문자 *The First Men in the Moon*』

2002년 모던 라이브러리 판 서문

"장르"와 "문학"은 상호배타적인 범주로 여겨질 때가 많기에, 많은 비평가와 출판가와 심지어는 작가들까지도 상업주의나 속물 근성에 빠져 문학적인 과학소설은 과학소설이 아니라고 부정하고, 새로 특이한 이름을 만들어 붙이곤 한다. H. G.웰스가 자신의 초기작들을 "과학 로맨스*"라고 불렀을 때는 그런 결벽을 부린 게 아니었다. 아직 이 장르에 이름이 생기기 전에 과학소설을 쓴 웰스는, 좋은 생물학자와 마찬가지로 그저 새로 발견한 큰 특징 없는 생물에게 정확한 이름표를 붙였을 뿐이다.

"과학 로맨스"는 제대로 된 린네식 속명이자 종명이다. 루키

---

* 중세 로맨스(romance), 또는 로망스에는 모험담이라는 의미가 있었다.

아노스[*]와 아리오스토[**]와 시라노 드 베르주라크[***]의 전통을 암시하는 말인 로맨스는 웰스의 이야기에 담긴 상상력 넘치고 순수하게 환상적인 오래된 요소들을 사색적이고 지적인 요소와 연결해주는데, 여기에는 선례가 없지 않았기 때문이다.

웰스는 19세기 과학 혁명의 발견과 영향에 신을 내거나 안주하거나 무서워하며 바라보는 외부인이 아니라 과학자로서, 과학 안에서 소설을 쓴 첫 진짜 작가였다. 퍼시 셸리는 과학이 드러내는 아름다움을 보았고, 메리 셸리는 과학의 도덕적인 모호함을 보았다. 쥘 베른은 과학을 끝없는 기술 법석으로 보았다. 그러나 웰스는 과학의 눈으로 보았다. 그는 위대한 과학자 밑에서 열정적인 과학 공부로 수양한 최초의 문학 작가였다. 현대 생물학이 스스로를 정립하고 세상을 재정립하던 시기인 1884년에 과학사범학교에서 토머스 헨리 헉슬리의 수업을 들은 시간이 웰스에게, 스스로의 입을 빌자면 '세상에 대한 시각'을 선사했다.

그리고 웰스의 글쓰기 인생 내내 보이는 그 시각의 다의성은 많은 부분 당시 교육의 어수선한 윤리를 충실히 반영한다.

1891년의 에세이 「독특한 것의 재발견 *The rediscovery of the unique*」에서 웰스는 이렇게 썼다.

과학은 인간이 막 불을 붙인 성냥이다. 인간은 자기가 방 안

---

[*] Lucian(125~180?). 로마 시대 단편 작가.
[**] Ludovico Ariosto(1474~1533). 이탈리아 시인.
[***] Cyrano de Bergerac(1653~1662). 프랑스 작가.

에(신앙의 순간이라면 신전에) 있다고 생각하고, 자기가 붙인 불이 반사하며 경이로운 비밀이 새겨진 벽들과 철학적인 체계가 조화롭게 조각된 기둥들을 보여 준다고 생각했다. 기묘한 감각이다. 이제 초반의 탁탁거림은 끝나고 불이 밝게 타오르는데, 두 손이 보이고 스스로의 모습이 언뜻 보이고 자기가 서 있는 자리만 볼 수 있을 뿐, 주위에는 기대했던 인간적인 안락과 아름다움 대신 고요한 어둠만 있다.

웰스가 이 글을 썼을 때, 물리학자들은 뉴턴이 차분하게 밝힌 우주에 행복해하고 있었을 뿐, 아직은 그 우주의 어둠을 발견하지 못했었다. 그러나 생물학자들은 이미 알았다. 어둠은 다윈이 붙인 성냥 주위에 널려 있다. 웰스의 과학 로맨스는 모두 진화 이론의 빛이 드러낸 그 광대한 어둠을 조사하는 내용으로도 읽을 수 있다.

웰스는 이야기의 명백한 불가능성, 무책임한 로맨스 요소를 두고 잔소리를 들었다. 1901년에 출간된 『달의 첫 방문자』에 나오는 반중력 물질 카보라이트는 그 전에 달나라 여행 수단으로 제시되었던 꿈이나 그리폰, 날개, 풍선보다 현실적일 게 없다. 날아다니는 카펫과 다름이 없다. 그는 『유명한 일곱 가지 소설*Seven Famous Novels*』 서문에서 전형적인(그리고 너무 많은 비평가가 중의적인 표현을 헨리 제임스식으로밖에 배우지 못한 탓에 문자 그대로 받아들인) 자조를 담아 자신의 방법은 "독자를 속여서 방심한 사이에 그럴싸한 가정에 넘어가게 만들고는, 그 환상이 유지되는 사이에 이야기를 전개한다."라고 썼다. 그런 마술이야말로 과학소설의 특징이다. 존재하지 않는 존재, 또는 불가능한 전제를 만들고(그것도 텔레파시라든가 외계, 카보라이트, 초광속같이 과학적인 것처럼 들리는 용어를 써 가면서) 그 영향과 함의에 대해 정말로 현실적이고, 논리적 일관성이 있는 설명을 이어 나가는 것 말이다.

물론 존재하지 않는 뭔가를 정밀한 화술로 설명하는 것은 모든 픽션의 기본 장치다. 불가능으로의 확장은 판타지에 알맞지만, 우리는 무엇이 가능하고 불가능한지 확실히 알 때가 별로 없으므로 과학소설의 요소로도 적당하다. '혹시 이러면 어떨까?'는 과학소설과 실험 과학 양쪽에서 다 쓰는 질문이고, 답하는 방법도 양쪽이 공유한다. 가정을 세운 다음, 그 결과를 주의 깊게 관찰하는 방법이다.

우리에게 달까지 갈 장치가 있다면(60년 안에 생기긴 했다. 카보라이트는 아니었지만.), 달에 대기가 있다면(웰스도 없다는 걸 알고 있었다.), 달나라 주민들이 고도의 지능을 가진 종족인데 자기들의 차가운 손으로 직접 사회 진화를 이룬다면…… 그렇다면 어떨까?

마지막 질문은 크다. 웰스의 기획은 현재 기술에서 가능한 미래 기술을 추정하는 쥘 베른의 주요 원칙보다 더 크고 위험하다. 베른은 미래의 기술 경이들을 행복하게 경탄하는 반면, 웰스는 도덕이 없는 진화력이 우리를 어디로 이끌지 의문하고, 더욱 선견지명을 발휘하여 의도적이고 합리적으로 진화를 통제한다면 그 사회적 도덕적 함의는 무엇일지를 생각한다. 100년 후의 우리가 기업

과학이 식물, 동물, 인간의 유전자를 경솔하게 바꾸는 모습을 보면서 겨우 묻기 시작한 그 질문이다.

1896년의 글인 「인간 진화, 인위적인 작용Human Evolution, an Artificial Process」에서 웰스는 거의 처음으로 다윈의 진화 가정이 눈먼 우연의 작용이 아니라 인간이 관리하는 바가 될 것을 상상했다. 1년 전의 『타임머신』, 같은 해의 『모로 박사의 섬The Island of Doctor Moreau』, 그리고 5년 후의 『달의 첫 방문자』에서 웰스는 이 상상을 소설로 탐구했다.

『타임머신』에서 음침한 몰록과 무기력한 엘로이라는 인류 분화가 일부러 사회 계급 체계를 인간 유전자에 짜 넣은 것이라면, 그 역효과는 무시무시하다. 귀족들은 노동 계급의 고기가 되어 버렸으니 말이다. 『모로 박사의 섬』에 나오는 사고 실험의 결과도 나을 게 없다. 유전 법칙을 잘 모르던 시절 소설의 무대 속에서, 강박에 사로잡힌 과학자가 벌인 진화 조작은 오직 괴물들만 낳는 끔찍한 실패이다.

『달의 첫 방문자』에서는 실험 조건이 다르고 결과도 모호하다. 다양한 쓰임과 장점으로 스스로를 선택하고 개량하는 존재는 인간이 아니라 외계인, 월인들이다. 월인(Selenites)들이 이성적이고 실용적이라는 것은 분명하다. 사회적 곤충들은 오랜 시간의 무작위 선택에 의해 맡은 일에 완벽하게 맞도록 만들어졌기에, 월인들은 유전자 통제와 태아나 유아 조작을 통해 신중하게 자신들을 개량하여, 가난도 폭력도 없는 효율적이고 평화로우며 조화로운 사회를 만들었다. 그들의 고도로 전문화한 개별 신체가 인간의 눈에 기괴하고 무서워 보인다는 점은 그들의 도덕성이 아니라 우리의 편견을 비춘다. 미학적으로는 우리에게 소름 끼치는 존재지만, 윤리적으로는 아마도 우리보다 우월하지 않을까?

웰스는 이 흥미로운 질문에 대한 판단을 어떤 문제에 대해서든 윤리적 판단을 내리기에는 특히 부족한 서술자 두 명에게 맡김으로써, 결국 판단을 독자에게 맡긴다.

주요 서술자인 베드퍼드는 무엇에든 준비되어 있지만 아무 짝에도 쓸모는 없는 부패하고 자아도취 심한 무능력자다. 잔인한 면이 터져 나올 때면 역겹지만, 너무나 무능하지만 스스로의 무능함을 알지조차 못한다는 점에서 그는 악당이라기보다는 코믹 히어로로 받아들일 만하다. 홀로 귀환하는 여행에서 그는 한순간 우주적인 이해와 날카로운 자기 인식을 경험하지만 — "머저리…… 수많은 머저리들의 자손의 자손……" — 하지만 그 순간은 곧 날아간다. 지구에 돌아온 베드퍼드는 다시 원래 모습 그대로다.

과학자 카보는 딱 한 가지만 잘하지만, 그 한 가지에 매우 능하다. 그는 월인들만큼이나 전문화된 인간이다. 베드퍼드가 이기적인 만큼이나 이기심이 없다. "그는 그저 알고 싶었다……." 달에 홀로 남았을 때, 카보가 지구에 보낸 메시지는 지적인 용기 면에서 감탄스럽다. 그는 마지막까지 관찰하고 기록할 것이다. 그러나 그는 지식을 종교로 만들고 도덕 가치와 공동체의 책임, 실제 결과들 위에 놓았으며, 결국 이 맹목적인 믿음이 그를 배신하고 파괴한다.

지구가 달에 사는 이상한 존재들에게 파견한 최초의 사절단은 그렇게 스스로를 망친 인물들이다. 하나는 무자비한 자본주의로, 또 하나는 무자비한 과학주의로. 이건 조너선 스위프트까지 거슬러 올라가는 아주 어두운 코미디지만, 그 풍자의 양날은 웰스의 시대부터 우리 시대까지 닿는다.

베드퍼드의 경쾌하고 발랄하며 심술궂은 스타일로 서술하다 보니 이야기는 대단히 재미있고, 빠르게 넘어가며, 꽤 웃기기도 하다. 지적인 위험성과 복잡성이 이 이야기를 별것 아닌 모험담 이상으로 끌어올린다. 고르지는 않지만 어떤 장면에서는, 가장 눈부신 묘사가 압축된 순간들에는 필적할 데 없이 강해지는 미적인 힘도 그렇다. "달의 아침"이라는 챕터는 그 자체로 '왜 사람들이 과학소설을 읽는가?'라는 질문에 대한 대답을 주는지도 모른다. 진지하게 묻든 깔보듯이 묻든 간에 그 질문의 답을 내 식으로 표현하면, 이렇다. 나는 이런 글을 볼 수 있다는 희망에서 읽는다. 미지의 것들에 대한 기가 막히도록 정확한 통찰, 뜻밖이면서도 필연적인 아름다움…… 과학자들이 아는 것과 같은 발견을 얻을 수 있다는 희망.

이 대목은 웰스가 문학 기술에 무지하고 미적인 가치에 무관심하다고 치부하려 드는 시대에 뒤처진 비평가들에 대한 대답이기도 하다. 좀 더 주의 깊은 독자인 다코 수빈은 에세이 「과학소설 전통의 전환점, 웰스*Wells as the Turning Point of the Science Fiction Tradition*」

에서 웰스의 글에 담긴 시적인 면을 지적했다. "이 시는 과학적인 인지에서 심미적인 인지로의 충격적 변환에 기반하며, 엘리엇에서 보르헤스에 이르는 시인들도 그 점에 찬사를 보냈다." 충격적이라는 말이 딱 맞다. 그런 변환은 아직도 만날 때마다 숨이 멎을 만큼 드물다.

기억에 남는 또 다른 장면은 소설 후반, 카보의 좀 더 건조한 목소리로 주어진다. 월인 안내자가 아기들을 보여 주는 장면이다.

특별한 종류의 기계-정신으로 만들어지는 중인 아기들은 통에 든 채로 사지만 나와 있다. 이 고도로 발달한 기술적 교육 체계에서 뻗어 나온 '손'에는 자극물로 활성화하고 주사로 영양을 공급하지만, 나머지 몸은 굶긴다……. 불합리한 줄은 알지만, 나는 이 아기들을 교육하는 방법을 슬쩍 보기만 해도 기분이 나빠진다. 그러나 나는 그 불쾌감을 극복하고, 그들의 놀라운 사회 체제를 이런 면에서 더 볼 수 있었으면 좋겠다. 통에서 뻗어 나온 이 비참해 보이는 손-촉수는 잃어버린 가능성들에 대한 힘없는 호소처럼 보였다. 사실은 그것이 어린아이들이 인간으로 자라게 내버려 두었다가, 나중에 가서야 기계로 만들어 버리는 우리 지구의 방식보다 훨씬 인도적인 과정이라 해도, 그 장면은 아직까지 내 머릿속을 떠나지 않는다.

이 맹렬히도 역설적인 대목은 완곡하게 "노동 분업"이라고 하는 것을 어떻게 하면 가장 경제적으로 이룰 수 있는지 보여 줌으로써 분업 전체에 문제를 제기한다. 올더스 헉슬리의 『멋진 신세계』를 읽은 사람이라면 헉슬리가 할아버지의 학생에게서 무엇을 배웠는지 알아볼 수 있을 것이다. 나는 웰스의 풍자가 헉슬리의 풍자보다 더 날카로우면서 동시에 더 연민을 담고 있다고 본다.

그리고 '그랜드 루나(Grand Lunar)'가 있다. 달의 제일 깊은 동굴 속, 푸르게 빛나는 어둠 속에 거대한 풍선처럼 떠 있는, "지름이 몇 미터에 달하는" 거대한 뇌. 순수한 정신에 대한 궁극적인 꿈, 육체와 완전히 분리된 지성의 이미지…… "그것은 위대했고, 비참했다." 카보는 그 뛰어난 객관성 때문에 자신이 스스로의 이미지를 보고 있음을 깨닫지 못하고 말한다. 그것은 몸도 없고 사랑도 없이 격리되어, 어둠과 비대한 추악함 속에 갇힌 정신이다.

이성이 잠들면 괴물들이 태어나니…….*

---

* 화가 고야의 판화 제목을 변형.

H. G. 웰스의 『타임머신 *Time Machine*』

2002년 모던 라이브러리 판에 부친 서문

『타임머신』은 1895년에 출간되었고, 단 한 번도 절판된 적이 없다. 이 책은 20세기 초의 가장 유명한 작가가 될 젊은이가 처음으로 내놓은 주요 작품이었다. 사실상 작가에게 처음 명성을 가져다준 이야기였다.

그런데 왜 여기에 다시 실은, 1931년 랜덤하우스 판에 쓴 웰스 본인의 서문은 이렇게 분위기가 다른 것일까? 그는 "누가 보아도 미숙한 작가의 작품"이라고 쓰고, 그나마 "아직도 이 책을 내는 출판사들이 있고, 독자들에게 읽히기까지 한다."고 인정한다. 그는 두 페이지를 3인칭으로 서술하다가 겨우 "내 이야기"라고 하더니 또 "습작품"이라고 부른다. 겸손은 드물고 훌륭한 자질이지만, 이

건 너무하다. 본인의 천진한 묘사를 빌자면 페이비언 협회에서 첫 보고서를 넥타이만 내려다보며 읽었다던 그때처럼 행동하고 있지 않은가. 그는 내내 자기 소설을 맹공격하다가 서문 끝에 가서야 겨우 긴장을 풀고 이 작품을 "그가 아끼는 오래된 『타임머신』"이라고 부른다.

H. G. 웰스는 특이하게 뒤섞인 특이한 사람이었다. 웰스의 전기 표지에 실린 1920년의 초상화를 보면 그의 두 얼굴이 다 보인다. 하나는 호감 가고 따뜻하며 다정한 얼굴이고, 또 하나는 긴장하고 날카로우며 이상하게 도피하는 얼굴이다. 또렷한 시선은 똑바로 바라보는 듯하면서도 눈을 마주치지 않는다. 그토록이나 뛰어나고 복잡한 인생을 간단히 축약해선 안 될 테지만, 웰스에 대해 읽고 웰스의 작품을 다시 읽으면서 나에게 자꾸 떠오르는 말은 '포착 불가'이다. 웰스는 수은과 같다. 밀도 있고, 무겁고, 반짝이지만 잡을 수는 없다. 아, 이런 사람이구나, 이런 말을 하는 거구나, 생각했다가 다음 순간 그렇지 않다는 것을 깨닫게 된다.

어쩌면 그는 자신이 쓴 리얼리즘 소설들과 좀 더 나중에 쓴, 스스로 "가능성의 판타지"라고 불렀던 좀 더 사상적인 소설들에 담긴 사회적이고 정치적인 생각들이 더 명성을 얻었으면 하는 희망에서 이 소설을 비판하고 거리를 두게 되었는지도 모르겠다. 그리고 성공한 작품이란 작가가 그 작품에 대해 듣기도 지겨워질 때까지 따라다닐 수 있다. 아이디어와 기술을 완벽하게 연마하기 위해 30년을 열심히 생각하고 열심히 일했다는 사실을 감안하면, 미래의 독자들이 볼 때 그 모든 노력이 28세에 서둘러 쓴 소설에 가려지기를 바라지 않았으리라.

그러나 현재 그의 영향력은 갈수록 더 초기 과학 로맨스에 집중되는 것 같다. 이제는 1세기가 더 지난 『타임머신』, 『우주 전쟁』, 『달의 첫 방문자』, 『모로 박사의 섬』에 말이다. 이 작품들, 특히 앞의 두 작품에서 나온 이미지는 진짜 원형이 될 정도로 우리 머릿속 깊이 뿌리를 내렸고, 너무나 흔하다. 영화 장면만이 아니라 훨씬 깊이 연상시키고 공명하는 이야기 자체의 언어 이미지로서도 말이다. 이 작품들을 읽지 않고 SF를 쓰거나 문학으로서의 SF에 대해 논할 수 있는 사람은 없다. 메리 셸리나 비슷할까, 쥘 베른조차 미치지 못할 만큼 근원적이다. 이 작품들은 우리의 소설에 이후 우리가 계속 탐구해 온 특정한 신화 풍조를 정립했다. 나는 신화라는 말을 공상이나 왜곡 같은 가벼운 의미가 아니라 원래 의미로 쓴다. 사람들에게 중요한 현실을 다루고, 도덕적인 통찰과 해석으로 이어지는 꼭 필요한 이야기로서의 신화다.

그런 도덕적 통찰을 구성하는 내용은 물론 신화의 용어로만 진술할 수 있다. 이야기는 메시지를 꺼낼 수 있는 행운의 과자가 아니다. 통찰이 곧 이야기이다. 해석은 독자와 연령대에 따라 다양해진다.

그렇기에 사람들은 계속 웰스가 낙관론자였는지 비관론자였는지를 두고 토론한다. 그것은 분명 작가 본인도 어리둥절해한 질문이다. 웰스는 과학이 가장 유망하고 흥미진진하던 시절, 현대

물리학과 화학과 천문학과 생물학의 희망찬 젊은 나날에 과학을 만났고 과학을 사랑했다. 그는 과학이, 곧 이성이 인류를 눈부신 유토피아로 이끌어 주리라 믿고 싶어 했다. 그렇게 믿으려고 열심히 노력했다. 그러나 1933년에 웰스가 말했듯이, "이렇게 인정하는 일은 잘 없지만, 우주는 가끔 나에게 흉하게 일그러진 모습을 비춘다." 인정하고 싶지 않다는 사실을 인정하다니 용감하다. 그는 그 점을 감추기엔 너무 정직한 예술가였다. 그는 그 흉한 일그러짐을 마주했고, 그의 과학 로맨스들에 중력을 부여하는 것은 바로 그 무서운 어둠, "우주의 목적 없는 고통"에 대한 통찰이다.

그는 『혜성의 시대 *In the Days of the Comet*』와 『현대의 유토피아 *A Modern Utopia*』처럼 희망찬 미래담을 썼는데, 하나는 지루하고 또 하나는 이성적인 유토피아답게 참을 수 없는 엘리트주의에 빠져든다. 그는 또 최초의 진정한 디스토피아물이라 할 수 있는 『잠자는 사람이 깨어날 때 *When the Sleeper Wakes*』를 써서 2세기에 걸친 사회적, 기술적 "발달"이 어떻게 전체주의 기업 국가라는 막다른 길에 이르는지 보여 준다. 『토노-번게이 *Tono-Bungay*』같이 흔한 현대 생활을 그린 리얼리즘 소설에도 방사능이 통제불능의 암을 일으킨다는 무시무시한 선견지명이 포함되어 있다.

그는 평생 건물이 채워지고 약탈당하는 모습을 보아야 했던 영국의 시골을 사랑했으며, 합리적인 기술의 미래상을 모두 훼손시키는 노스탤지어를 안고 시골 풍경을 생생하게 썼다. 그는 미래를 철저히 통제 불가능하게 보았을 때 미래를 두려워했다. 때로는 미래를 통제할 정치사상을 찾으려고 애쓰고, 때로는 일어날 일은 일어난다는 과학자의 의연한 수용 태도로 물러났다. 소설 속에서 온갖 가능성을 상상하고 살폈으나 어디에도 정착하지 않았다. 그는 두려움을 마주했다가, 피했다가, 위치를 바꿨다가, 다시 몸을 돌려 마주했다.

소설 속에서처럼 삶에서도 웰스의 충동은 언제나 스스로의 해방이었던 것 같지만, 그는 부정하거나 배신하지 않으려고 힘들게 노력했다. 이렇게 정착하지 못하는, 혹은 정착을 거부하는 성향은 아마 시간을 대하는 태도에서 가장 두드러질 것이다. 동세대의 많은 사람들은 자기들이 한 시대의 끝이자 다른 시대의 시작에 살고 있다고 보았고, 그럴 만도 했다. 웰스의 소설들은 자신이 "두 시대 사이"에 존재한다고 느끼고, 이쪽저쪽으로 당겨지며 어느 쪽에도 편히 머물지 못하는 남자의 강렬한 시간적 고통을 보여 준다. 두 개의 시대에 살고, 두 시대 사이를 오가며 산다는 아이디어는 웰스의 긴 경력 내내 강박적일 정도로 집착하는 주제다.

그리고 여기, 그의 첫 장편에 그 정수가 담겨 있다.

내가 『일곱 개의 과학 로맨스 *Seven Scientific Romances*』라는 뚱뚱한 진녹색 책을 처음 펼쳤을 때 몇 살이었는지, 아동기와 청소년기를 통틀어 『타임머신』을 몇 번이나 읽었는지 알 수가 없다. 하얀 스핑크스 아래 철쭉 사이에 펼쳐진 잔디밭은 내가 성장한 집의 정원처럼 친숙하다. 그 직접적이고 명료하며 자신감 있는(모방자들이 생각한 "빅토리아 산문"과 너무나 다른) 운율은 아직도 본보기가 된다.

웰스의 서술자는 시간여행자의 이야기를 "그 이야기는 너무나 환상적이고 믿을 수 없었으며, 그 진술은 너무나 믿음직하고 냉철했다."고 하는데, 이건 이 작품만이 아니라 과학소설의 특징적인 서술 책략을 잘 설명한 말이다. 상상은 냉철하게 하고, 믿을 수 없는 것을 믿음직하게 말하라. 이 소설에는 시간을 공간처럼 "여행"한다는 대단하고도 엄청나게 기묘한 개념과 더불어 자잘하게 놀라운 부분이 많은데, 그중에는 시간여행자의 경악스러운 경솔함도 포함된다. 어려서 읽을 때는 알아차리지 못했지만, 지금 보면 시간여행자가 공책도 하나 없고, 식량도 없이, 심지어는 실외용 신발조차 신지 않고 떠난다는 사실이 이상하기 그지없다. 그나마 주머니에 성냥이 있었던 건 파이프 담배를 피웠기 때문이지만, 파이프는 가져갔는지 확실치 않다.(빌보라면 가져갔을 텐데!) "내가 왜 사진기를 안 가져왔지?" 시간여행자는 80만 년 후에 자문한다. 그러게, 왜일까? 그리고 왜 80만 년인가? 대부분의 시간여행자들은 우선 한 100년쯤, 아니면 기껏해야 1000년쯤 건너뛰려고 하지 않나? 인류의 역사 전체를 되짚어도 5000년쯤밖에 안 된다. 그런데 이 시간여행자는 80만 년 미래로 간다. 대체 왜 그랬을까?

이 질문에는 미학적인 답변밖에 없는데, 나에게는 그 답으로 완전하고 만족스럽다. 시간여행자가 그렇게 멀리 간 것은 그 여행 자체가 너무나 유혹적이기 때문이다.

이 최초의 위대한 시간여행에 대한 설명은 멋진 상상이다. 밤이 "검은 날개가 퍼덕이듯" 낮이 밤으로 바뀌기 시작하고 태양이 "하늘을 날아가기" 시작하더니 여행자는 "나무들이 자라더니 증기를 내뿜듯이 갈색이었다가 녹색으로 변했다. 나무들이 자라고, 가지를 뻗고, 흔들리다가 사라졌다." 그리고 언덕들이 녹아 흐르고, 태양이 동지와 하지 사이를 오가며 흔들린다……. 여행자가 그토록 거리낌 없이 "미래로 몸을 던진" 것도 놀랍지 않다.

이야기 끝에 가서 그는 다시 한 번, 이렇다 할 이유도 없이 미래로 더 멀리멀리, "1분에 1000년 이상씩 성큼성큼" 여행하다가 시간의 끝에서 어느 해변가의 "아득하고도 무시무시한 황혼"에 도착한다. 이 황량하고 웅장하며 인간을 넘어선 장면은 순수한 과학소설적 상상이 이제까지 쓴 가장 훌륭한 구절이 분명하다.

과학소설은 인간이(또는 딱 인간처럼 행동하는 신이나 동물이나 외계인이) 지배하지 않는 세계를 정말로 인정하는 거의 유일한 이야기다. 가끔 한 번씩 눈을 들어 인간의 행동이 아무 의미도 없고 인간의 관심사가 대수롭지도 않은 영역을, 무한한 우주를 바라보면 루크레티우스*가 말했던 "빛의 해안"이 잠시나마 위로를 넘어서는 자유를 언뜻 비춰 줄지 모른다.

80만 2701년에 남은 소름 끼치는 인류의 파편들 사이에서 시간여행자가 보이는 행동은 현명하지도 훌륭하지도 않다. 그는 기록도 하지 않고 표본도 수집하지 않을 뿐 아니라 타임머신은 잃어버리고, 하나뿐인 친구는 죽게 만들고, 의도적이지는 않을지 모르지만 열정적으로 수많은 사람을 살해한다. 마치 곧 자신을 주인

---

* Titus Lucretius Carus(기원전99?~기원전55?). 고대 로마의 시인, 철학자.

공으로 만들어질 영화들을 미리 보기라도 한 것 같다. 반면 꽃의 아이들 같은 엘로이에 대해서나 그들의 괴물 같은 수호자들에 대한 오해를 통한 완만한 이해, 그리고 어쩌다가 인류가 그렇게 갈라지고 몰락했는가를 이해하려는 노력은 공감과 설득력을 자아내는데, 주로 결론이 나지 않기 때문이다. 그의 이야기는 우리에게 엄청나게 많은 심란하고 해결되지 않은 의문들을 남긴다.

멜로드라마 같은 폭력이 펼쳐지는 한두 단락을 제외하면 이야기는 모두 가볍고 빠르고 확실한 필치로 쓰인다. 여행자가 집에 가져온 물건의 전부인 "아주 커다란 하얀 당아욱을 닮은 듯도 한" 두 송이 꽃이라든가, 타임머신이 실험실에 다시 놓였을 때 정확히 어디에 있었으며 왜 딱 그곳이었는지 설명하는 문장처럼 우아하고 능숙한 부분이 많다. 다시 말하지만, 그런 세세한 부분이야말로 SF적인 상상의 가장 순수한 정수이다. 흠잡을 데 없이 단단하다. 정원 전체가 상상의 산물이지만, 그 속의 두꺼비들은 진짜다.

『타임머신』은 잘 지은 제목이었다. 지금까지 낡아 가는 징후도 없이 3세기를 보았다. 상아와 니켈로 만든 막대며 석영 막대기도 온전하고 놋쇠 난간도 구부러지지 않았으며, 그 언어와 통찰은 107년 전에 출발했을 때와 똑같이 새롭다. 이것이 몇 번이고 몇 번이고 거듭하면서 언제나 새로운 뭔가를 발견할 수 있는 여행이라는 사실을 몰랐다면, 이 기계를 처음 타려는 독자들 모두를 질투했을 것이다.

웰스의 세계들

2003년 모던 라이브러리 판 H. G. 웰스의 단편집*에 부친 서문

허버트 조지 웰스는 빅토리아 여왕 치세의 절정기였던 1866년에 태어나서 제 2차세계 대전이 끝난 직후 80세로 사망했다. 우리들 대부분과 마찬가지로, 웰스도 종종 '과학소설 같은 이야기로 치부되는' 일들을 직접 경험했다. 서로 화합하지 않는 다른 세계들에 사는 경험, 미지의 행성으로 가는 시간여행을 말이다.

지난 몇 세기 동안, 30년 이상 산 사람들은 갑작스럽게든 서서히든 자신들이 이해할 수 없게 변해 버린 세계에 떨어진 이방인이라는 사실을 깨닫게 되었다. 난민들이 사는 유배지, 전쟁으로 고

---

* 동일한 구성은 아니지만 참고할 만한 웰스의 단편집으로는 국내에 『허버트 조지 웰스』(최용준 옮김, 현대문학)가 나와 있다.

통받는 사람들이 사는 폐허 도시들, 미숙한 정신은 어쩔 줄 몰라 방황하게 되는 첨단 기술의 미로, 가난한 사람들이 뚫을 수 없는 진열창이나 TV 화면을 통해서만 바라보는 거대한 부의 세계. 19세기 초반부터 산업화 이전의 단일하고 통일되었던 세계는 다중세계로 변해 버렸고, 그 변화 속도는 계속 빨라졌다.

그런 변화에 휘말린 H. G. 웰스는 평생 그 문제에 대해 썼다.

그는 수동적 관찰자가 아니었다. 그는 자기 세상을 바꾸기 위해 오랫동안 열심히 일했다. 우선은 스스로가 더 나은 위치에 들어가기 위해서였다. 그는 경직된 계급 사회의 하인 계층에서 태어났고 아버지는 정원사, 어머니는 상류층의 시골 별장인 어파크에서 개인 하녀로 일했다. 총명하고 야심 차던 소년은 스스로의 힘으로 그곳을 벗어났다.(그러나 언제나 어린 시절을 보낸 아름다운 잉글랜드 시골을 애정을 담아 돌아보았다.) 그는 포목점의 도제로 지내다가(그곳에서 낮은 중산층 계급에 대해 많이 배웠다.) 학교로 돌아갔다. 교육은 위로 올라가는 길이었다. 그는 과학 사범학교에서 토머스 헉슬리 외 다른 학자들에게 생물학을 배우며 장학금을 따냈고, 그에게 교사라는 전문직의 사회적이고 지적인 영역과 함께 새로운 과학의 우주가 열렸다. 그는 부상과 질병 때문에 교사 일에서 글쓰기로 방향을 바꿨다. 30대 중반에 그는 점점 더 성공해 가는 데다 존경받는 저자로, 업파크의 하인 숙소와는 전혀 다른 세계에 새 집을 짓고 있었다.

그는 또한 다른 사람들을 위해 세상을 개선하는 데에도 야심 찼다. 그는 사회주의자가 되어 잠시 페이비언 협회에도 들어갔으나, 그곳은 웰스에게 충분히 활동적이지 않았다. 그는 유토피아 미래주의자이자 (어느 정도는) 페미니스트였고, 사회와 불평등과 자본주의 상업주의의 비평가요, 당선되지 못한 노동당 후보였고, 대격변과 사회개조 양쪽에 대해 지치지 않는 선지자였다. 『막다른 골목에 다다른 정신Mind at the End of Its Tether』을 쓰던 70대 후반, 모든 다툼과 두 번의 세계 대전을 겪고 대공세 내내 런던에서 폭격을 겪고 나서도 그는 아직도 인류를 위해 희망을 찾고 있었지만, 그 희망을 새로운 인류, 개선하고 변화시킨 새로운 인간 종이라는 아이디어에서밖에 찾지 못했다. "적응하느냐 소멸하느냐는 자연에 주어진 불변의 과제입니다."

대단히 뛰어난 스승 밑에서 생물학자로 훈련받은 웰스는 다윈의 역동적인 생물관을 받아들이는 데 흔들린 적이 없었다. 생명을 사회적 다윈주의자처럼 우세를 점하기 위한 투쟁으로 보지 않았고, 기독교인 다윈주의자처럼 인간으로 올라가는 것이 마지막 목표라고 보지도 않고 오직 진화로 이해했다. 멈추지 않는, 필요한 변화로. 변하지 않고 머물면 죽는다. 적응하면 계속 살아간다. 유연하게 적응할수록 더 멀리 간다. 포용력이 전부다. 변화는 어리석고 잔인할 수도 있고, 지적이고 건설적일 수도 있다. 도덕성은 오직 생각하고 선택하는 정신이 있을 때만 체제에 들어간다. 웰스는 어둡고도 밝은 미래 양쪽을 상상했는데, 그의 신념이 양쪽 다 약속하지 않으면서 양쪽 다 허용했기 때문이고 그의 80년 인생이 어마어마한 지적, 기술적 성취의 시대이자 끔찍한 폭력과 파괴의 시대였기 때문이다.

살아생전에, 그리고 작가 자신의 눈에 웰스의 중요 저작은 리얼리즘 소설들이었다. 『앤 베로니카*Ann Veronica*』와 『토노-번게이』 같이 개념 중심적이고, 사회 계층과 압박을 잘 관찰하며, 시사적이고 도발적이고 자주 풍자적인 데다가 때로는 열렬히 분개한 작품들은 버나드 쇼*의 희곡에 비견할 만하다. 버나드 쇼는 그렇게 진부하지 않지만 말이다. 웰스는 별나고 때로는 서툰 소설가였으며, 그의 소설 대부분은 재미있고 번득이는 데가 있긴 해도 시대에 뒤떨어졌다. 스스로의 기대를 넘어서고, 우월 의식에 사로잡힌 모든 평론가들의 저항을 넘어서서 남은 것은 그의 "과학 로맨스"들이었다. 판타지와 SF 소설들이었다.

이 작품들은 웰스가 리얼리즘 소설을 쓰기 이전에 쓰였고, 대부분 40세도 되기 전에 나왔다. 웰스의 초기 명성은 이 작품들에 기반했다. 나중에 웰스는 그 초기작들을 무시했는데, 보나마나 수십 년 전 작품에 대해 끝없이 떠드는 소리를 듣는 데 대한 예술가의 울분 탓도 있었을 테고, 또 스스로가 쉽게 만족하지 않는 자기비판가로서 초기작 상당수가 돈벌이만 노리고 쓴 작품임을 알기 때문이었을 것이다. 게다가 현대 비평의 정전은 비리얼리즘 소설을 모두 태생부터 열등하다고 거부했고, 웰스는 자수성가한 사람답

* George Bernard Shaw(1856~1950). 아일랜드의 극작가, 소설가.

게 열등하다는 비방에 대해 불안해했고 경쟁심이 강했다. 아마 그는 공상 소설은 사회 관찰 소설보다 덜 강력하다거나, 덜 유용하다는 식으로 스스로를 설득했을 것이다. 어쨌든 웰스는 예술이 아니라 과학을 배웠고, 과학자들은 관찰을 우선하라고 배운다. 그러나 웰스의 소명은 과학이 아니라 예술이었고, 그의 본질은 보이지 않는 것, 관찰할 수 없는 것을 보는 선각자였다. 그는 결코 우리가 보는 대로의 세상, 현재 그대로의 세상에 만족할 수 없었다. 세상을 바꾸거나, 재창조하거나, 새로운 세상을 찾아야만 했다.

『타임머신』, 『달의 첫 방문자』, 『우주 전쟁』, 『투명인간』, 『모로 박사의 섬』…… 오늘날 우리에게 H. G. 웰스라는 이름은 이런 의미이고, 마땅히 그럴 만하다. 이 짧은 장편이나 중편 소설들은 장르 전체를 확립했다. 몇 세대 독자들의 마음속에 — 그리고 영화 제작자, 그래픽 아티스트, 만화 애호가, TV 사이파이 팬, 팝 컬처 열광자, 포스트모던 전문가들의 마음속에 지워지지 않는 선명한 이미지와 표상, 원형을 남겼다.

웰스는 과학소설이 과학소설이라는 이름을 갖기 오래전에 과학소설을 썼다. 그는 그것을 "과학 로맨스"라고 불렀다가 나중에는 "가능성의 판타지"라고 불렀는데, 지금 정착한 이름보다 더 나은 것 같기도 하다. 웰스의 독창성과 창의력은 놀라웠다. 어떤 SF를 보든 웰스에게서 그 최초의 예를 찾을 수 있을 것이다. SF와 판타지를 구별하지는 않았는데, 그때는 아직 아무도 그 둘을 구별하지 않았고 이후로도 수십년간 그랬기 때문이다. 그러나 그는 과학자로서 소설을 쓴 최초의 인물이었기에, 하나의 문학을 창조했다. 눈부신 발견과 팽창의 여명기에 있었던 생물학 공부가 그의 상상력을 형성하고 그 속을 채웠으며, 웰스는 그 재미있고도 무서운 무한한 가능성의 감각을 오직 머릿속으로만 갈 수 있는 다른 세계들에 대한 탐색과 사변에 부여했다.

그러다가 그는 사회 논평, 정치적 설교, 계획적인 사회 개량에 관심을 두었고 단편 쓰기를 그만두었다. 이 책에 수록된 단편은 대부분 19세기 말과 20세기 초에, 1차 세계 대전도 일어나기 전에 쓰이고 출간되었으며 상당수는 빅토리아 여왕이 죽기 전에 나왔다. 빅토리아기라는 단어의 의미를 다시 생각할 만하다.

어떤 SF 학생들은 SF만의 우수함이 오직 그 아이디어에 있으며, 명료성과 이야기 추진력 외에 문학적인 숙고로 쏠리거나 전형과 최대한 다른 성격을 추구해 봤자 작품을 약화시키거나 묽게 만들 뿐이라고 주장한다. 이런 관점을 뒷받침하는 기억할 만한 단편들이 있고, 웰스도 그런 단편을 몇 개 썼다. 그러나 웰스가 사회와 심리학에 둔 관심, 그리고 높은 문학적 기준은 아이디어로만 움직이는 좁은 초점의 플롯에서 멀어지는 방향으로 그를 이끌었다.

자신의 단편소설 모음집 『눈먼 자들의 나라와 다른 작품들 *The Country of the Blind and Other Stories*』(1913)을 소개하면서 웰스는 단편이라는 형태와 자신이 단편소설과 맺은 관계를 논한다. 그는 키플링, 헨리 제임스, 콘래드 등등의 작품을 거론하며 1890년대가 단편소설의 절정기였다고 말하면서 "서정적인 간결함과 선명한 마무리"

를 미덕으로 꼽고 극미주의는 단편의 죽음이라 말한다. 아직 단편의 무한한 가능성을 보여 줄 체호프의 작품들은 번역되지 않은 때였다. 모파상의 간결하고 황량하며 깔끔한 이야기들이 모범으로 여겨졌다. 웰스는 그런 모범을 좋아할 수가 없었다. "나는 모든 예술 분야에서 느슨함과 다양함을 지지하며 단편에서도 그렇다. 나에게는, 무엇에든 확고한 형식과 정형성이 필요하다는 주장은 다산에 반발하는 불임의 본능적 반응처럼 보인다." 그는 이렇게 썼다. "나는 단편소설의 어떤 변함 없는 확고한 형식을 결코 인정하지 않을 것이다." 웰스가 그렇게 한 것은 확실히 옳았다. 그러나 단편에 대한 그의 오만하기까지 한 설명, "이 간결하고 유쾌한 글쓰기 방식"은 좀 더 못한 작품들에는 잘 맞는 말일지 모르나 헨리 제임스나 키플링, 심지어는 본인의 최고 작품들은 포함시키지 못한다.

물론 그는 그 차이를 알고 있었다. 1939년, 아마도 그의 가장 뛰어난 단편일 「눈먼 자들의 나라」 수정을 논하면서 웰스는 아이디어 중심에 비밀 장치, 교묘한 결말로 이루어진, 그러니까 자신이 돈을 벌기 위해 써 보인 수많은 사례와 같은 작품들에 대한 인내심을 잃었다고 썼다. "웅웅거리는 발전기, 퍼덕이는 박쥐, 세균학자의 실험관, 뭐든 도움이 되는 것은 거의 손을 대어…… 그 장치를 둘러싼 인간의 반응을 살짝 첨가하고 오븐에 집어넣으면, 짜잔." 그는 언제까지라도 그럴 수 있었지만 "단편도 매력적이고 만족스러우며 의미 있을 수 있다는 정도가 아니라 그래야 한다는 느낌, 생물처럼 완전하고 완성된 소설이 아니라 발받침대에 얹는 꽃무늬

천처럼 잘라서 파는 상품으로서의 글은 협잡 아니면 놓쳐 버린 기회라는 느낌" 때문에 그럴 수 없었고 한다. 하지만 "우수한 단편소설을 알아보던 유행은 지나가고 있었고", 웰스가 시장에 맞지 않은 소설을 쓰려고 하자 편집자들은 그가 내놓은 작품을 거부했기에, 그는 "단편 산업에서 멀어졌다."

그는 17세에 도제 생활을 그만두었을 때 천을 잘라 파는 일도 그만두었다. 단어를 길이당으로 판매하는 작업이 그를 작가로 만들었으나, 어쩌면 그렇기 때문에 그런 형식 자체를 못 견디게 되었는지도 모른다. 1890년대에 단편소설이 꽃을 피우고 그 후에 시시해졌다는 말은 분명 사실이 아니기 때문이다. 단편이라는 형식은 20세기 내내 발전하고 번창했다. 나는 혹시 웰스가 단편을 쓰지 않게 된 것이 편집자들이 뛰어난 작품을 알아보지 못해서라기보다는, 비평가들이 갈수록 소설을 사회적 심리적 리얼리즘에 구속하고, 그렇지 않은 작품은 다 문학 이하의 오락으로 치부하던 경향 탓이지 않을까 생각한다. 작품이 아무리 좋다 해도 주제가 환상적이거나 소재가 과학이나 역사나 다른 지적 훈련에 쏠려 있으면 "장르소설" 분류로 일축당할 수 있었다. 지금까지도 상상 영역을 다루는 작가들은 모두 겪는 위험이다. 문학적인 존경을 갈망하는 작가들은 아직까지도 자기들이 쓴 SF가 SF가 아니라고 부인하고 싶어 한다. 적어도 웰스는 상상의 총을 지켜 냈다.

그러나 그 총을 쏘는 일은 그만두었다.

그런 한편, 『타임머신』은 이제 100년이 넘도록 한 번도 절판이 되지 않았다. 그리고 웰스의 단편소설 중에서 진정 영원히 읽힐 문학에 다가간 작품은 몇 편뿐이지만, 최고작들은 생생하게 살아 있고, 놀랍도록 적절하며, 때로는 불안할 정도로 선견지명을 발휘하여 악몽처럼 달라붙거나 기억할 수 없는 꿈처럼 빛을 발한다.

나는 존 해먼드의 귀하고 거대한 『H. G. 웰스의 단편소설 전집』에 수록된 여든네 작품 중에서 스물여섯 편을 골랐다. 물론 여기에서는 별 쓸모도 의미도 없는 리얼리즘 기준에서의 탁월함이 아니라 포괄적인 탁월함을 기준으로 선택했다. 이야기가 지적인 긴박감이나 도덕적인 열정, 특별한 미덕이나 기이함이나 아름다움 면에서 그 자체로 두드러지는가? 이야기가 같은 종류 중에서 뛰어나며, 그 종류는 흥미로운가? 유익하고 중요하며, 다른 작가들의 다른 작품으로 이어지는가? 나는 오직 "위대함"만을 소중히 여기고 "위대한" 예술은 흉내 낼 수 없이 유일무이한 막다른 길로 정의하는 독자가 아니다. 나는 예술을 공간과 시간 양쪽에서 다 공동체 산업으로 보며, 홀로 뛰어난 불모의 작품보다는 더 많은 예술로 이어지는 예술이 더 가치 있다 믿는다.

빼놓은 작품 중에도 몇 개는 아쉽다. 하나는 「앞으로 올 날들에 대한 이야기*A Story of the Days to Come*」로 흥미로운 내용이 가득했으나, 책의 절반은 차지할 정도로 길었다. 「아이피오르니스 섬 *Aepyornis Island*」*과 「사랑의 진주*The Pearl of Love*」처럼 웰스가 잘 썼던 풍자적인 농담도 몇 편 포함시키고 싶었으나, 이들은 가볍다는 이

---

* 이 단편은 국내 출간 단편집에는 수록되어 있다.

유로 배에서 밀려났다.

웰스의 단편은 거의 다 장르소설이고 나는 장르를 중시하기 때문에, 이 작품들은 연대순이 아니라 장르나 서브장르에 따라 배치했다. 각 부문에는 짧은 서문을 넣어 어떤 이야기들이 담겼는지, 그런 이야기가 어디에서 유래했으며 어디로 이어질지 적었다.

그 이야기들을 다 합쳐서 한 세트로 요약하기는 어렵다. 웰스는 포착하기 힘든 작가다. 확실히 책 전체에 걸쳐 웰스의 독특한 스타일이 보이기는 한다. 많은 단편이 저널리스트 분위기로 쓰여, 쉽고 경쾌하며 극도로 자신감이 있지만 가식은 없고 명료하고 휙휙 나아간다. 하나같이 아주 단순하고 꾸밈없어 보이는데, 정확히 저자가 원한 대로다. 웰스는 고도로 심미적인 태도를 불신했다.(헨리 제임스와 웰스의 우정에 따라붙는 매력적인 주석은, 두 작가 모두 서로의 작품을 다시 쓰고 싶을 때가 많았다고 고백했다는 점이다.) 그러나 그는 주의 깊은 작가이자 지칠 줄 모르고 다시 쓰는 작가로, 자신이 무엇을 하고 있는지를 날카롭게 자각했고 자신의 기술에 예민하고 능숙했다. 웰스의 글투를 바꾼다는 건 음악에서 조성을 바꿔 버리는 정도로 큰 영향을 미칠 수 있다.

우리는 개인 경험이나 인물을 덜 드러내고 즐거움을 주거나 정보를 주거나 상상력을 강화하는 이야기에서는 플롯이 짜임새를 제공해야 하며, 행동이 제일 중요하다는 말을 자주 들었다. 웰스는 플롯을 영리하게 짜고, 행동 장면들은 생생하고 긴장감이 넘친다. 그러나 내 생각에 웰스가 정말 뛰어났던 부분은 이야기에서 정말 어렵고, 과소평가되며, 심지어는 비방까지 받는 요소인 시각적 묘사였다. 웰스는 여러분에게 보여 주고 싶은 내용을 보게 할 수 있다. 그 보여 주려는 내용이 실제로는 존재하지 않는 무엇일 때, 환상적인 장면, 꿈이나 예언일 때 그의 능력은 불가사의해 보인다. 그는 말 그대로 환영을 보는 사람(visionary)이었다. 어쩌면 웰스가 쓴 가장 뛰어난 글은 『달의 첫 방문자』에 나오는 경이로운 달의 아침과 『타임머신』에 스쳐 지나가는 죽어 가는 세계의 모습, 그리고 비슷하게 생생한 장면으로 거듭 떠오르는 단편소설들일지 모른다. 무시무시하거나 눈부시거나, 아니면 그저 무척 이상한 다른 세계의 편린들 말이다. 이런 장면들은 눈으로 직접 본 뭔가를 기억하는 것 같은 힘을 발휘한다. 나폴리 상공을 나는 비행 중대(키티 호크가 나오기 2년이나 먼저!)…… 아무것도 보지 못하고 시간 속에 얼어붙은 사람들을 비웃고 놀려대는 두 남자…… 벽에 있는 문을 통과하면 나오는 꿈의 정원…… 눈먼 자들의 나라에 사는 주민들의 얼굴…….

3장 �◡ 서평

여기 수록한 조각글 중 많은 수는 원래 발표했을 때와 세세한 차이가 있다. 이 책에 실을 준비를 하면서 조금씩 편집했기 때문이다. 많이 바꾼 글은(주로 업데이트하느라 그랬다.) 실비아 타운센드 워너의 『도싯 이야기*Dorset Stories*』 서평 딱 한 편이다.

이 서평들은 연대순으로 정리할지, 알파벳 순으로 정리할지 망설이다가 독자들이 찾고 싶은 작가를 쉽게 찾을 수 있게 알파벳 순에 만족했다. 대부분 서평의 원래 발표 버전은 내 웹사이트에서 찾을 수 있으며, 처음 발표한 지면 목록은 뒤에 실어 둔다.

나는 서평을 좋아하고, 서평을 계속 하기 위해서 읽기 전까지는 전혀 몰랐던 많은 책을 읽어 보아야 했다. 폐부를 쥐어짜는 서정성을 갖춘 최고의 걸작이라고 선언하는 광고문들의 구름을 몰고 도착한 책을 미리 읽어 봤더니 완전히 실패였을 경우는 슬프다. 하지만 대개는 내가 이미 흥미를 품고 있는 저자의 책이나, 별 기대 없이 잡았다가 나를 완전히 사로잡은 책에 대한 서평을 부탁받는 행운을 누렸다.

여기 수록한 서평 대부분은 《맨체스터 가디언》에 실렸는데, 그곳 편집자들에게는 훌륭한 책을 서평할 기회를 많이 주셨다는 점에서도, 놀랄 만큼 유연하고 지적인 편집에 대해서도, 1만 3000킬로미터 떨어져 있었다는 점에 대해서도 고마울 따름이다. 뉴욕과 미국 동부 해안 문학계는 언제나 내가 그 문학계에 속하지 않는다는 사실을 기뻐했을 정도로 외부에 관심이 없고 편협하다. 하지만 런던에 살 때 나는 진지한 영국 문학 파벌들, 악랄한 경쟁, 허용되는 만행의 정도에 상당히 겁먹었다. 그런 심술도 이제는 어느 정도 누그러들었을지 모르겠지만, 그렇다 해도 나는 《가디언》에 영국 책 서평을 쓸 때마다 내가 오리건에 산다는 게 기뻤다.

　하지만 생각해 보면 늘 그렇기는 하다. 캘리포니아에 대한 향수를 느낄 때만 빼고 언제나.

마거릿 애트우드의 『도덕적 혼란*Moral Disorder*』

<u>2006년</u>

 한 작가의 단편 모음집은 대부분 잡다하지만, 어떤 단편집은 진짜 통일성을 성취하거나 그에 근접한다. 그것은 장편소설과는 다른 통일성으로, 주목할 가치가 있다. 단편 사이에는 간극이 존재하고 뚜렷한 지속성은 없기에 전통적인 플롯을 지지하는 구조가 불가능하다. 단편들이 하나의 이야기를 한다면, 일별을 통해 간극을 뛰어넘도록 읽혀야 하리라. 위험한 도박이지만, 그런 단편집은 독특한 전개상의 자유와 역설적인 기회를 제공한다.

 그런 삽화형(episodic) 서사에서는 플롯 대신 등장인물, 장소, 그리고/또는 주제가 통일성을 제공한다. 엘리자베스 개스켈의 『크랜포드』와 세라 온 주잇의 『뾰족한 전나무들의 땅*Country of* *the Pointed Firs*』은 둘 다 하나의 마을과 몇 명의 강한 등장인물을 다룬다. 둘 다 정기간행물에 한두 편의 "지방색 있는" 단편을 실으면서 시작했고, 그 단편이 성공하자 작가가 크랜포드나 더네츠랜딩을 더 탐색하게 되었으며, 그러다 보니 자신이 사실은 상당한 길이와 범위를 지닌 작품을 집필하고 있다는 사실을 깨닫게 된 것 같다. 빅토리아풍 플롯의 압제로부터 자유로운 이 두 책이 지역성과 인물 성격을 키우면서 보여 주는 우아함과 치밀함은 당대에도 드물었고, 지금도 드물다.

　　내게는 그것이 확실한 형식으로 보이지만, 규칙이기보다는 예외인 탓인지 이런 유형의 책에 따로 붙은 이름은 없다. 통일성이 있는 척하는 단편집은 많은 경우 꾸며 내고 있을 뿐이다. 그쪽에는 이름이 있다. 픽스업(fix-up). 사실을 본떠 고안한 접착용의 설명으로 한데 이어 붙인 단편 모음집, 아니면 장소나 사람이나 주제의 되풀이 또는 유사성으로 모든 조각을 붙들어 둘 수 있다는 희망을 품고 배열했을 뿐인 단편집이다. 레이 브래드버리의 『화성 연대기』가 한 예이다. 단편 사이에 도료를 발라 넣어 모순과 착오들을 대충 때워 놓기는 했지만, 이 단편들은 사실 정연한 역사를 이야기하지 않으며 부분이 전체보다 훨씬 기억에 남는다. 그러나 『화성 연대기』라는 멋진 책에 픽스업은 불필요하게 경멸스러운 이름 같고, 『크랜포드』에는 아예 어울리지 않는다. 우리에겐 단편들로 하나의 이야기를 하는 책에 붙일 이름이 필요하다. 스토리 스위트(story suite)* 라

---

* suite에는 세트와 비슷한 있다. 호텔 스위트룸은 몇 개의 방이 연결되어 만들어진 방이다.

고 불러도 될까?

『도덕적 혼란』은 단편 열한 편으로 구성된다. 이것이 단편집일까, 픽스업일까, 스위트일까? 나는 스위트라고 생각한다. 스토리 스위트에서 가장 흔하게 쓰는 시멘트일 장소는 여기에서 별로 중요하지 않지만, 이 단편들은 중심에 단일한 주동인물을 둔다. 적어도 나는 그렇게 생각한다. 이 여성은 파악하기 어려우며, 변할 수 있고, 약간은 불안정하기도 하다. 이건 마거릿 애트우드의 책이니 당연하다.

일곱 편은 이름이 나오지 않는 "나"의 서술이고, 네 편은 "넬"의 3인칭 서술이다. 넬을 모든 단편에 투영하기는 쉬운데, 단편들이 어린 시절부터 노인에 이르기까지 연대순으로 이어지며 중심 인물은 언제나 여성이고, 이름이 나오지 않을 때조차 넬이 주동인물이라는 단서는 뚜렷하기 때문이다. 필요한 단서들이기도 하다. 1인칭으로 서술되는 유년기와 청소년기 이야기에서는 그 소녀를 성숙한 넬과 연결시키는 요소가 별로 없다. 강력한 인물이나 운명의 느낌도 없고, 이것이 같은 사람이라거나 다른 사람이라고 여길 만한 결정적인 이유도 없다. 마지막 두 단편은 치매에 걸린 아버지와 극도로 늙은 어머니를 둔 어떤 여성의 경험을 다룬다. 그 딸은 넬일 수도 있고, 그 부모는 앞선 단편에서 나온 어린아이의 부모일 수도 있지만, 이게 그 사람들이라는 느낌도, 나중 단계에서 다시 보았다는 느낌은 받지 못했다. 이 책은 나에게 한 덩어리가 되어 주지 않는다. 하나의 건축물이고 하나의 인생담이긴 하지만 삽화적이다.

언뜻 본 순간들은 눈부시지만, 그 순간 사이의 간극은 넓다.

넬에게 여러 가지 일이 일어난다. 넬은 일어나는 일을 받아들인다. 이건 어떤 강력한 인물의 초상이 아니라, 아마도 많은 여자들이 공유하는 경험의 암시일 것이다. 그러니까 인물은 강력한 끈이 아니고, 지역성은 단편 몇 개만 묶어 주며, 혹시 모든 단편이 같은 주제로 연결된다 해도 나는 아직 찾지 못했다. 모든 단편의 공통점은 투명한 시선과 훌륭한 지력, 그리고 완벽한 나머지 번쩍일 때를 제외하면 아예 눈에 보이지도 않는 언어 구사력이다.

단편 하나는 극적으로, 그리고 효과적으로 붕 떠 있다. 우리는 두 번째 단편을 시작으로 넬을 따라가며 여동생과 부모와 함께였던 어린 시절을 지나고, 반(半)결혼의 우여곡절과(티그가 정말로 그 끔찍한 아내와 이혼하고 넬과 결혼하긴 할까?) 아마추어 농사일과 늦은 부모됨의 시련을 거쳐 마지막에는 죽음의 문턱에 이른 부모의 중년 딸이 되기까지 지켜본다. 하지만 첫 번째 단편은 연대상 마지막에 해당한다. 그것은 노년이 되어, 스스로 죽음의 문턱에 이른 부모가 된 넬과 티그의 초상이다. 왜 이런 역배치가 그토록 성공적인지 모르겠다. 첫 단편 「나쁜 소식」이 재치와 에너지, 애트우드 특유의 공포와 고통에 대한 가슴 아리도록 날카로운 감각이 전기처럼 흐르는 눈부신 1번 타자라서일까. 이 단편에서 애트우드는 이보다 더 날카롭고, 건조하고, 웃기면서 슬플 수가 없다. 그리고 이 단편을 마지막에 놓지 않은 데에는 지혜로운 구석이 있는데, 마지막 단편의 두 사람은 곧 죽을 테고, 이 두 사람은 아니기 때문이다. 아직은 아니다.

  '아직 아니다'는 honour에서 발음이 되지 않는 h 자음과도 같
  은 대기 상태다. 고요한 '아직 아니다'. 우리는 그 말을 큰 소
  리로 하지 않는다.
  이것이 지금 우리를 정의하는 시제들이다. '그때는 그랬지.'
  같은 과거 시제, '아직은 아니다.' 같은 미래 시제. 우리는 그
  둘 사이의 좁은 틈새에, 최근에야 겨우 '여전히'라고 생각하
  게 된 여지 속에서 살아가며 사실 그건 다른 누가 살아가는
  틈새와도 비슷하다.

이 대목의 묵묵하고 완벽한 정확성에는 감탄밖에 나오지
않는다. 「나쁜 소식」은 정말로 독자들에게 주는 게 있다.
  다른 단편 중에는 관례에서 완전히 벗어나는 작품이 없다.
관례라니, 애트우드에게 쓰게 될 줄은 생각도 못 한 말이다. 소재
는 현행 단편소설에서 익숙한 것들이다. 유년기의, 농사일로 생계
를 잇는 삶을 배우는 도시인들의, 제 기능을 하지 못하는 가족 구
성원들의, 알츠하이머 환자의 고통과 혼란들. 아주 뻔한 건 아니라
도 그에 가까우나 분위기에 스민 인내심과 친절은 흔치 않다. 첫 단
편을 제외하면 애트우드는 깜짝 선물을 끄집어내는 일 없이, 자신
이 너무나도 잘하는 서사의 나래와 책략을 펼친다. 첫 단편에서 늙
은 캐나다인 부부는 조용히 글라눔이라는 작은 프랑스 마을에 사

는 늙은 로마인 부부로 변하는데, 그곳은 넬과 티그가 옛날에 관광객으로 찾아갔던 마을이다. 토론토에서나 글라눔에서나 아침식사는 좋지만, 세상은 상태가 좋지 않다. 테러리즘이든 제국을 위협하는 야만인들이든, 뉴스는 다 나쁘다. 뉴스는 언제나 같고 언제나 나쁜데, 두 늙은이가 뭘 어째야 한단 말인가? 이렇게 부드러우면서 그럴듯하게 판타지로 넘어가면서 현실을 심화시키는 수법이야말로 애트우드의 가장 음흉하고도 다정한 면모다. 정말이지, 애트우드 같은 작가는 없다.

마거릿 애트우드의 『홍수의 해 *The Year of the Flood*』

2009년

　내 생각에, 『시녀 이야기』, 『오릭스와 크레이크』, 『홍수의 해』는 모두 SF가 하는 일의 한 가지 사례가 된다. 그것은 현재의 경향과 사건들에 상상을 더하여 반은 예언, 반은 풍자인 근미래를 추정하는 일이다. 하지만 애트우드는 자기 책이 SF라고 불리는 것을 원치 않는다. 최근에 내놓은 멋진 에세이집 『움직이는 과녁 *Moving Targets*』에서 애트우드는 자신의 소설 속에서 일어나는 모든 일은 가능하고 어쩌면 이미 일어난 일이므로, "오늘날에는 가능하지 않은 일들이 일어나는 소설"인 SF일 수 없다고 말한다. 이 독단적이고 제한적인 정의는 애트우드의 소설들이 완고한 독자와 서평가와 문학상 수여자들이 아직까지 기피하는 장르로 격하당하는 사태를 막기 위해 고안한 것만 같다. 그녀를 문학 게토로 밀어 넣을 문학 편견쟁이들을 원치 않는 것이리라.

누가 탓하랴? 나야 애트우드의 바람을 존중해야 한다고 느끼지만, 그러자면 곤란한 입장에 처하기도 한다. 애트우드의 신작을 있는 그대로, 현대 SF 비평의 생생한 어휘를 사용하고 드물게 조심스러운 상상이자 풍자적인 창작품으로써 받아 마땅한 찬사를 써 가며 이야기할 수 있다면 나도 더 자유롭고 더 진실되게 이야기할 수 있을 것이다. 현 상황에서는 리얼리즘 소설에 적합한 어휘와 기대로 평을 제한할 수밖에 없다. 그런 한계 때문에 덜 내키는 입장에 서게 된다 해도 그렇다.

그래서, 자, 소설은 25년 『홍수의 해』에 시작한다. 그 25년이 무슨 25년인지 설명도 없고, 한동안은 홍수라는 말에 대한 설명도 없다. 우리는 그것이 물 없는 홍수라는 사실, 그 표현은 인간 종이 이름 없는 전염병으로 몇 명만 남기고 멸종하다시피 한 사태를 가리킨다는 사실을 알게 된다. 기침 외에는 그 전염병의 성질과 증상이 묘사되지 않는다. 역사의 일부이거나, 독자의 경험일 때는 그런 사건을 자세히 묘사할 필요가 없다. 예를 들어 흑사병이나 신종 플루라고만 하면 족하다. 그러나 여기에서는 병의 성질도, 발병이 최악에 이르렀던 나날에 대한 묘사도 없다 보니 그 전염병이 추상적인 채로 남고, 소설적으로 무게가 없어진다. 저자는 아마 자신의 소설에 나오는 모든 일이 일어날 수 있고, 이미 일어났을 수도 있는 일이라는 원칙에 독자들도 익숙하리라 보고, 유용한 정보를 아껴

가며 조금씩 내준다. 가끔은 내가 영리하게 주어진 단서들로 추측하고, 행간을 읽고, 전작들에 대한 암시를 알아보는지 시험받고 있으며 또 그 시험을 잘 치르지 못하고 있다고 느끼기도 했다.

『홍수의 해』는 『오릭스와 크레이크』와 이어지지만 정확히 속편은 아니다. 전작의 몇몇 등장인물이 나오고, 신의 정원사들과 기업들 같은 조직도 나온다. 생태-종교 분파인 정원사들은 길거리를 뒤덮은 깡패와 약탈자로부터 지킬 수 있게 지붕에서 농사를 짓는다. 아이러니와 애정을 담아, 와해된 문명 속에서 자연과의 조화를 추구하는 이들로 나오는 이 정원사들은 기억할 만한 창조물이다. 기업들로 말하자면, 이들은 현재 다소 은밀한 방식으로 우리 정부들을 통제하는 그 친숙한 기업들이 아니다. 소설 속에서 제 기능을 하는 국가 정부는 없기 때문이다. 배경은 중서부 북쪽 아니면 캐나다일 수 있겠지만 지리도 역사도 주어지지 않는다. 기업들, 그중에서도 특히 그들의 보안 부서인 시체보안회사가 모든 것을 통제한다. 앞권에서와 마찬가지로 모든 과학과 기술은 기업 소유로, 자본주의 성장을 촉진하고 대중이 혁명을 벌이지 않도록 하면서 점점 빠른 속도로 행성의 자원과 생태 균형을 파괴하는 데 종사한다. 유전 조작은 초록색 토끼, 쥐컹크, 이성이 있는 돼지 같은 쓸모 없거나 유해한 괴물들을 만드느라 바빴다.

여러분은 25년의 세계가 또다른 위대한 '리얼리즘' 소설 『1984』의 세계보다 낫지 않다는 사실을 알 수 있을 것이다. 인류 대부분이 죽고 몇 안 되는 생존자들은 척 봐도 가망 없는 생존에 허우적거리는 모습이, 심지어 (그런 일이 가능하다면) 더 우울하기까지 하다. 사무엘 베케트라 해도 그렇게 암울한 풍경을 몇백 쪽이나 참을 만하게 만들 순 없기에, 소설의 많은 부분은 상황이 나쁘긴 해도 아직 그렇게까지 나쁘진 않았던 과거에 대한 회상으로 진행된다. 그리고 이야기는 등장인물들의 눈을 통해 우리에게 그 장면들을 보여 주며, 그 인물들에게서 활력을 찾는다. 아마 1년 후에 내가 이 책에서 기억하는 내용은 음울한 사건들이 아니라 두 여성, 토비와 렌일 것이다.

　　이른바 "대중" 소설과 "문학" 소설을 구분한다고 하는 특징 중에 소설을 움직이는 등장인물들의 성질이 있다. 리얼리즘 소설에서 우리는 개인의 성격에 어느 정도 복잡성을 기대한다. 서부극, 미스터리, 로맨스, 첩보 스릴러에서 우리는 전형적인 인물, 심지어는 진부한 인물들을 받아들이거나 환영한다. 카우보이, 안달복달하는 여주인공, 사색에 잠긴 검은 머리의 지주…… 물론 우리는 어떤 사례에서나 기대와 정반대의 결과를 얻을 수 있다. 위와 같은 구별은 양쪽 방향으로 하도 자주 훼손되는 바람에 무의미할 정도가 됐다. 그러나 복잡하고 예측 불가능한 개성이 정말로 드문 소설 유형이 하나 있긴 있다. 바로 풍자문학이다. 그리고 풍자는 애트우드의 가장 강력한 특색 중 하나다.

　　『오릭스와 크레이크』의 등장인물들이 가진 성격과 감정은 흥미롭지 않았다. 이들은 교훈극에 종사하는 인물들이었다. 『홍수의 해』는 풍자 분위기가 덜하고, 지적 훈련의 성격도 덜하고, 덜 통렬하지만 덜 고통스럽다. 거의 대부분의 내용을 여자들, 그것도 힘 없는 여자들, 각각의 성격과 기질과 감정이 선명하고 기억에 남는 여자들의 눈을 통해 보여 준다. 여기에는 호가스*가 더 적고 고야** 가 더 많다.

이전 소설에 조금이라도 애정 어린 인간관계가 있었는지 나는 기억하지 못한다. 이번 소설에서는 애정과 의리가 강하게 느 껴지고, 등장인물 사이의 다정한 관계를 기억할 만하다. 물론 그런 의리는 모든 악조건에 맞서고 있으며, 토비, 렌, 아만다, 그리고 정 원사들이 하는 모든 일이나 그들 자신과 마찬가지로 곧 모든 인간 의도가 처참하게 실패하는 가운데 끝이 날 것이다. 그래도 이런 의 리는 3월의 새싹처럼 돋아난다. 종말의 저울에 오른 이 작고 하찮 은 초록색 선수에게서 우리는 계속 합리와는 거리가 먼 거대한 희 망을 본다. 그리고 나는 여기 어딘가에, 이 비합리적인 긍정 어딘가 에 이 소설의 심장이 감춰져 있다고 생각한다.

세 챕터에 한 번 정도씩, 정원사 아담의 설교-묵상과 함께 찍혀 나오는 정원사들의 찬가를 히피 신비주의, 환경친화적 열정, 그리고 종교적 순진함의 친절한 패러디 버전으로 읽을 수 있으면서 동시에 상당히 진지하게 받아들일 수 있는 것도 그래서다. 이 찬가 들의 찬송가 리듬과 블레이크풍의 회피는 그 정서에 어울리며, 그 정서는 처음 보았을 때 인상처럼 단순하지 않다.

---

* William Hogarth(1697~1764). 로코코 시대의 영국 화가로, 사회풍자를 주로 했다.
** Francisco Goya(1746~1828). 18세기 낭만주의 스페인 화가로 초상화와 사실적인 풍속화 가 많다.

그러나 인간만이 복수심을 추구하며
추상적인 법을 돌에 새기니,
자기가 만들어낸 이 거짓 정의를 위해
사지를 고문하고 뼈를 부수는도다.

이것이 신의 모습인가?
네 이에는 내 이로, 내 눈에는 네 눈으로 복수하는 것이?
아아, 사랑이 아니라 복수가 세상을 움직인다면
별들은 반짝이지 않으리.

권말에 애트우드는 정원사들의 찬가를 자기 웹사이트에 와서 들어 보고 "아마추어의 종교 목적이나 환경 목적으로" 이용해도 좋다고 말한다. 그 말은 애트우드가 이 찬가 내용에 진심임을 내비치는 느낌이다.

하지만 이 작가가 내놓는 어떤 긍정이라 해도 가시철조망과 불타는 칼, 작가가 소환할 수 있는 붉은 눈의 사냥개들에 둘러싸여 있으리니. 이야기는 많은 부분 폭력적이고 잔인하다. 등장하는 남자 중에는 복잡한 인물이 하나도 없다. 그들은 자기 역할만 수행한다. 여자들은 진짜 사람이지만, 애끓는 마음을 자아내는 사람들이다. 렌의 챕터들은 끝없는 인내심으로 끝없는 수모를 참아내는 온화한 영혼의 탄원이다. 토비는 본성이 더 다부지지만, 한계 너머까지 시험받는다. 어쩌면 이 책은 긍정이 아니라 오직 애도곡일지도 모르겠다. 인류에게 그나마 좋은 얼마 안 되는 것들, 애정과 의리와 인내심과 용기가 우리의 오만한 어리석음과 원숭이 급의 영리함과 미친 혐오에 갈려 먼지가 되어 버린 데 대한 애도곡.

유전 실험이 인류를 대체할 휴머노이드들을 만들었다는 사실도 위안이 되지 않는다. 누가 섹스를 원할 때면 파랗게 변하는, 그래서 남자들의 거대한 생식기가 늘 파란색인 사람들에게 대체당하고 싶어 할까?(그리고 누가 그런 일이 일어나는 이야기가 SF가 아니라고 믿고 싶어 할까??)

책의 마지막 몇 문장은 뜻밖이었다. 언뜻 피할 수 없어 보였던 무자비한 결말이나 죽어 가는 내리막도 아니고, 데우스 엑스 마키나*의 해결법도 아니라니, 놀라움이자 수수께끼였다. 횃불을 들고 노래를 부르며 오는 사람들은 누구인가? 물 없는 홍수의 해에는 오직 정원사들만이 노래를 했다. 정원사는 다 죽은 게 아닌가? 어쩌면 이번에도 내가 단서를 놓쳤을지 모른다. 여러분이 이 비범한 소설을 읽고 직접 판단해야 마땅하다.

---

* Deus Ex Machina, '기계장치의 신'이라는 뜻으로, 결말을 짓거나 갈등을 풀기 위해 뜬금없는 사건을 일으키는 플롯 장치를 말한다.

마거릿 애트우드의 『돌 매트리스 *Stone Mattress*』

지난 세기에는 정말 많은 사람이 진지한 시인들은 오직 시만 쓰지, 소설은 쓰지 않는다고 배웠다. 그런 순수주의자들에게 괴테는 무의미했다. 그와 동시에, 모더니즘 소설 비평가들은 상상 문학을 쓰면 진지한 소설가로서 자격이 없어진다고 선언했다. 현실주의자들에게 메리 셸리는 무의미했다. 교수와 문학상 수여자들은 순수주의를 더 좋아했기에, 타고난 재능 탓에 국경을 서성인 이단아 작가들은 계속 가시철조망에 부딪치고 말았다.

젊은 마거릿 애트우드는 그 울타리를 쉽게 뛰어넘어, 일찌감치 시와 소설은 물론이고 문학 비평에서도 캐나다 총독상을 받았다. 그러나 그녀는 헉슬리의 『멋진 신세계』나 오웰의 『1984』처럼 뛰어난 근미래 사회풍자 경고 SF의 본보기인 『시녀 이야기』로 높은 울타리와 맞섰다. 헉슬리와 오웰은 아무 문제 없었지만, 1980년대 중반까지는 문학 영역에서 미래가 추방당해 있었다. 문학상을 바라보는 출판인은 누구나 SF라는 딱지를 두려워했다. 회피의 귀재인 애트우드는 그 딱지를 피했고, 그때도 그 후로도 약간의 대가를 치렀지만 유연하고 적응력 높고 매우 지적이며 대단히 고집스러운 재능 탓에 계속 기존의 리얼리즘으로부터 멀리 배회했다. 최근에는 애트우드도 장르를 자유롭게 가지고 놀 수 있게 되었으니, 그녀가 어디로 가는지 보는 일은 변함없이 흥미롭다.

열한 번째 단편집 『돌 매트리스』에서 애트우드는 풍자적인 재치의 날개를 타고 호러의 어두운 늪 위에서 아주 즐거운 춤을 춘다. 그녀는 충격적인 웃음을 얻어 내려 하고 결국 얻어 내지만, 그 와중에도 우아하다. 호가스의 그림처럼 정확하고 선명한 장면과 캐리커처들은, 거의 전적으로 노년기를 그린다. 이 이야기(tale)들은 일반적인 패턴을 따른다. 20대 때 친했던 사람들이 70대에 다시 만나서 젊은 날의 섹스와 착각과 범죄에 대한 여러 터무니없거나 환상적이거나 무시무시한 여파를 겪는다는 패턴이다.

첫 세 편은 한 사건의 참여자들이 각기 크게 다른 데다 때로는 양립할 수 없을 정도의 관점에서 사건을 이야기하게 해 주는 서사 기법으로 연결되어 있다. 헨리 제임스가 『나사의 회전』에서 특유의 교묘함을 펼쳤고, 구로사와 아키라가 영화 속에서 너무나 잘 구현한 나머지 '라쇼몽 효과'라고 불리는 일이 잦은 바로 그 기법이다. 그 자체로도 매력적이지만, 환상적이거나 초자연적인 사건을 현대적으로 다룰 때 특히 잘 맞는다. 이런 경우에는 모든 증거가 말뿐이며 저자는 그 말을 믿는다고 밝힐 필요가 전혀 없기 때문이다. 이 저자에게는 그게 중요하다. 그러나 나는 애트우드가 통렬한 캐리커처와 인과응보와 동화 같은 해피엔딩을 갖춘 자신의 유령 이야기를 쓰면서 그 이야기를 읽는 우리들 못지않게 즐겼다고 생각한다.

애트우드는 결코 동시대 많은 작가들처럼 역겨운 잔인성에 탐닉한 적이 없다. 그녀는 예상 가능한 경로를 피하고, 능숙한 필치와 건조한 재치로 쓴다. 그렇다 해도 이 단편들은 노인들이 육체의 쇠락과 죽음에 대한 두려움을 가리려고 쓰는 부족한 책략들만이 아니라 노인들의 잔인한 환상에 대해서도 상세하게 늘어놓는다. 이 늙다리들은 위험하다. 그들의 피투성이 상상과 행동에 깔린 공통 원천은 성적인 분노로 웃을 일이 아니지만, 애트우드는 가벼운 분위기를 유지하고, 스티그 라르손의 미스터리처럼 성적인 분노를 탐닉하는 소설에 익숙한 독자들이라면 여기 나오는 폭력에 괴로워하지 않을 것이다.

아주 재미있는 표제작에서, 주동인물은 갑자기 스스로를 날카롭게 통찰한다. "그래, 직시하자, 이제 그녀는 늙은 여자다. 늙은 여자 주제에 낡은 시간 저 너머로 사라져 가는 분노 때문에 자기보다 더 늙은 남자를 살해하기 직전이다. 시시하다. 악랄하다. 평범하다. 인생에 일어나는 일이다."

풍자는 통제된 분노와 통제되지 않는 분노 사이, 선별 공격과 전체 공격 사이의 칼날 같은 길을 걸으며, 풍자 뒤에 담긴 의분이 격렬하면 격렬할수록 그 풍자가 오직 파괴만 할 위험은 높아진다. 스위프트와 마찬가지로 애트우드도 정화의 불길이 지나간 뒤에 아무것도 남겨 두지 않을 위험을 무릅쓴다. 내 생각에 마지막 이야기 「구닥다리에 불 지르기 *Torching the Dusties*」는 코미디나 경고성 풍자가 되지 못하고, 무분별한 공포와 폭력과 절망 외에 다른 대안을 제공하지 않는다. "재미(Fun)는 어떻게 끝날지 알지 못하는 데 있다." 앞선 단편의 등장인물 하나가 통찰의 순간에 이렇게 생각하는데, 나는 그게 애트우드에 대한 말일지 모른다고 생각했다. 하지만 이 마지막 단편에서, 재미는 우리에게 이렇게 끝날 것이니 착각 말라고, 잔인한 자연이 너를 죽이러 나왔고 죽일 거라 말하는 것으로 구성되어 있다. 이전에 잠시 찬양했던 용기와 우정, 관대함, 상냥함은 아무 가치도 없다. 죽을 운명은 삶을 무의미하게 만든다.

애트우드는 이 소설들을 이야기(tale)라고 부르는데, 소설을 "민담(folk tale)이나 기담(wonder tale)의 세계를 환기시키기에, 재미없는 일상 영역에서 벗어나게 하는" 말이다. 삶을 시시함과 악랄함으로 격하시키는 소설은 유머가 없을 경우가 많다. 그러나 많은 민담은 학살과 쩨쩨한 잔학행위를 비웃으며, 코미디와 풍자에서는 기괴한 것도 무서운 것도 따분한 것도 늘 한데 뒤섞인다.

그러니 이 이야기들을 흠잡을 데 없는 스타일과 침착함을 갖춰 내온 여덟 개의 상쾌한 비소맛 아이스캔디와 뒤이어 나오

는 탄저병 가미된 베이크드 알래스카* 로 받아들이시라. 맛있게 드
시고!

---

* Baked Alaska, 스펀지케이크나 크리스마스 푸딩 조각에 아이스크림을 얹고 머랭을 덮어
구운 디저트.

J. G. 발라드의 『킹덤 컴*Kingdom Come*』

<u>2006년</u>

『킹덤 컴』을 끌고 가는 목소리는 리처드 피어슨으로, 막 일자리와 아버지를 둘 다 잃은 광고인이다. 아버지는 웨이브리지와 워킹 사이, 브룩랜드에 있는 거대한 쇼핑센터에서 벌어진 마구잡이 총격전의 희생자다. 피어슨은 아파트를 정리하고 잘 알지 못했던 아버지를 늦게나마 이해해 보려 그곳으로 간다. 가는 길에 그는 다양한 인종 불안의 신호에 맞닥뜨리고, "편안한 주택과 멋진 사무용 건물들과 상점 거리가 있는 쾌적한 구역으로, 광고인이라면 누구나 품고 있을 21세기 브리튼의 이미지"로 묘사되는 브룩랜드에 가서는 아버지의 죽음이 모호한 일에 얽혀 있으며, 브룩랜드 자체는 세인트 조지 십자가가 새겨진 셔츠 차림의 남자들이 주도하

는 인종 편견과 깡패질의 온상임을 알게 된다. 이 쾌적한 구역에선 모든 게 좋……지가 않다.

　직업을 생각하면 놀랄 일도 아니지만, 독자 입장에서는 불행하게도 피어슨의 서술은 이야기를 따라가기 힘들 정도로 속속들이 믿음이 가지 않고, 때로는 자멸 수준까지 일관성이 없다. 피어슨의 판단과 묘사는 신경증이나 편집증의 증상으로밖에 읽을 수 없을 때가 많지만, 또 그럴싸한 재치도 자주 부린다. 거대한 화면에 나오는 아나운서를 이렇게 묘사할 때처럼 말이다. "흐릿한 아크등 불빛에 물든 그의 미소는 진실성이 없다는 점에서 진실하다." 피어슨이 만나는 사람은 다 피어슨과 비슷하게 말한다. 여기, 자기가 성장한 브룩랜드의 삶을 묘사하는 중년의 변호사를 보라. "아무도 교회에 가지 않아요. 뭐 하러 가겠습니까? 영적인 만족감이야 버거집을 지나자마자 왼쪽으로 꺾으면 나오는 뉴에이지 센터에서 찾지요. 예전엔 친목회와 클럽이 열 개는 있었어요. 음악, 아마추어 연극, 고고학…… 다 오래전에 문을 닫았지요. 자선 모임과 정당 모임? 아무도 안 나타나요. 크리스마스에는 메트로센터에서 엔진 달린 산타 한 부대를 고용해요. 그 산타들은 디즈니 캐럴 테이프를 울려 대면서 길거리를 쏘다니죠. 팅커벨 차림의 계산원 여자들은 허벅지를 비추고. 제일 귀여운 쇼를 해 보이는 기갑부대랄까요." 그 말에 피어슨은 대꾸한다. "나머지 잉글랜드와 비슷하군요. 그게 뭐 어때서요?"

　이 미움과 경멸이 담긴 과장과 무감한 대답이야말로 이 소설 특유의 분위기를 보여 준다. 피어슨은 무력한 런던보다는 도시 외곽 지역에 뻗어 나간 주민들, 그러니까 자신의 광고가 겨냥하는 소비자들, "진짜 잉글랜드"와 연대하는 것처럼 보이지만, 정작 그들에 대한 판단은 무자비하게 속물적이다. "그 사람들은 거짓말과 무드 있는 음악을 더 좋아했"고, 히스로 교외 지역은 "사이코패스 동물원"이다. 이는 광고인의 이중적인 사고를 잘 보여 주지만, 피어슨이 런던인들과 도로 옆 소도시인들은 상호 혐오와 경멸로 끓어오르는 똑같이 퇴보한 두 종이라는 생각을 반복적으로 내보이는 모습에서는 신경증적인 음이 계속 울린다.

피어슨이 보는 대로, 소비주의 낙원 브룩랜드 사람들에겐 소비 말고 할 게 없고, 그들의 소비주의는 이미 완전하기에 지루하다. 지루한 그들은 폭력을, 심지어는 광기를, 스릴을 위해서라면 무엇이든 갈망하기 직전이다. 그래서 세인트 조지의 십자가를 입은 깡패들이 인기를 얻는다. 쇼핑과 스포츠가 삶의 전부인 이 얼굴 없는 다수는 파시즘에 무르익었다.

이쯤에서 나는 주제 사라마구의 『동굴』을 생각했다. 『동굴』도 소비 지상주의의 신격화와도 같은 괴물 같은 슈퍼몰을 다루는데, 심지어 그곳이 파괴하는 대상 중 일부는 사람처럼 보인다는 점에서 메트로센터보다 더 사악하기 때문이다. 그 사람들은 힘들게 일하는 일상과 강한 감정 유대를 간직할 수 있는 한 간직하며, 그 유대를 통해 영적인 세계에 접근한다. 사라마구는 플라톤의 글을 인용한다. "얼마나 기묘한 광경이고, 얼마나 기묘한 죄수들인지.

꼭 우리와 같구나."[*]

『킹덤 컴』을 쓴 J. G. 발라드도 동기는 『동굴』의 사라마구와 많이 비슷했을지도 모르지만, 발라드의 서술자는 부적절하다. 이 서술자에게는 가치 있는 일에 접근할 길이 없고, 사람 간의 유대라고는 섹스밖에 모른다. 그는 철저히 소외된 인물이다. 그는 브룩랜드 사람들을 자신의 패러디로밖에 보지 못한다. 일과 가족은 그에게나, 그들에게나 아무 의미도 없다. 피어슨이 반복해서 말하다시피, 소비주의 자체가 그들의 종교다. 그래서 메트로 센터의 돔이 그들의 신전이 되고, 그곳에서 그들은 거대한 테디베어들을 숭배하는 데 빠진다. 연민하면서도 믿기 어려워지는 장면이지만, 너무나 거창한 분위기가 희극적인 느낌마저 뒤엎는다.

소설, 특히 SF 소설에서는 파멸을 기대한다면 아마 파멸을 얻게 될 것이다. 리처드 피어슨은 미니 혁명을, 작은 지역에서 일어난 부조리와 폭력과 뒤틀린 영적 열정의 폭발을 묵인한다. 이 운동의 지도자들은 수천 명의 불운한 쇼핑객이자 인질과 함께 메트로센터의 거대한 돔 안에 틀어박혀, 그들을 몰아내거나 지칠 때까지 기다리려 하는 정부의 피상적인 시도들을 두 달 동안 버텨 낸다. 책의 이 마지막 부분은 초현실적으로 생생한 장면들 속을 힘차게 움직인다. 포위전이 이어지고, 정육점과 청과점의 식품들이 썩어가고, 에어컨디셔너는 차단됐고, 수도는 정지된 가운데 거대한 돔

---

[*] 플라톤 『국가』 7권 동굴의 비유. 앞은 글라우톤의, 뒤는 소크라테스의 대사라서 여기에서와 번역이 약간 다를 수 있다.

속에서 실존이 완만하면서도 문자 그대로 부패하는 모습이 눈부시게 그려진다. 모든 것이 죽어 가기 시작하자 서술자가 살아난다. 분명 서술자는 내내 이 지점을 기다렸을 것이다.

포위전 이후, 폭력과 인종차별자들의 공격이 수그러들고, 텔레비전도 가족 정보와 독서클럽 토론으로 되돌아가자 피어슨은 우리에게 말한다. "일단 사람들이 소설에 대해 열렬히 말하기 시작하자 자유에 대한 희망은 죽지 않았다." 그러나 한 페이지를 넘겨, 책 마지막 문장은 이러하다. "분별 있는 이들이 깨어나 연대하지 않는 한, 시간이 지나면 더욱 강력한 공화국이 문을 열고 낙원으로 손짓해 부르는 회전문을 돌릴 것이다." 여기에서 자유라거나 분별, 공화국 같은 말들은 의미가 손상된 나머지 무의미해진다. 이 서술자에게는 아무것도 사실상 아무 의미가 없고, 아무것도 있는 그대로가 아니다. 하지만 정보 조작의 달인에게 이야기를 시켰을 때 문제는, 독자가 그에게 그 자신이 던졌던 질문을 할 위험이 있다는 사실이다. "그게 어때서요?"

로베르토 볼라뇨의 『팽 선생 *Monsieur Pain* 』

2011년

침대에 누워서 크리스 앤드루스가 멋지게 새로 번역한 로베르토 볼라뇨의 소설 『팽 선생』을 읽던 나는 갑작스러운 불안감과 더불어 누군가 혹은 무언가에 대한 엄청난 연민의 감정을 느꼈다. 연민의 대상이 누구인지, 무엇인지도 확실치 않았다. 어쩌면 눈에 띄지는 않지만 계속 깜박거리는 독서등이 문제였을 수도 있다. 아니면 아주 오래된 영화 속 길거리 장면의 회색빛과 구름 낀 12월의 화요일에 내리쬐는 평범한 빛 사이를 오묘하게 오가는 햇빛 자체가 문제였을까? 더 심란한 건, 구체적인 이유를 도무지 찾을 수가 없건만, 이전에 이 책은 아니라도 이 책과 무척 비슷한 책을 여러 곳에서 여러 번 읽었다는 기분, 그런데 그 어느 것도 기억은 나지 않는다는 느낌이었다. 혹시 영화관에서 봤을까? 혹시 루 로열에 있는 극장이었나? 챙 넓은 모자를 쓴 스페인 사람 둘이 내 뒤를 바짝 따라오는데, 걸음도 급하니 내게 너무 바싹 다가와서 어두운 통로를 서둘러 움직이다가 겨우 빈 자리를 하나 보고는 심장은 쿵쾅거리고 눈앞은 흐려진 채 그 자리에 미끄러져 들어갔던, 그 극장이었을까? 그들은 영화가 돌아가는 동안 내 뒤에 앉아서 손닿지 않는 별처럼 빛나는 담배를 피워 댔고, 영화 주인공은 잘 알 수 없는 모험에 뛰어들어 구불구불한 골목길과 복도들을 따라가고, 그 복도들은 이상하게도 어느 병실에서 끝나는데, 그 방의 티 하나 없는 백색과 완벽하게 구획된 공간은 오직 이제 내가 알고 싶지 않지만 나타날 것을 알게 된 어두운 실루엣을 예술적으로 강조하기 위해 기다린 것만 같다. 곧 문에, 아니면 내가 책을 읽으며 누워 있는 침대 옆에 나타날⋯⋯.*

　　초현실주의 서사는 스스로와 전쟁을 벌이고 있는 문학 형식이다. 분절은 초현실주의의 주요 전술이고, 이야기는 아무리 예상 밖이라 해도 연결을 만드는 작업이기 때문이다. 현대 예술의 자기파괴적인 요소에 열려 있는 독자들이라면 『팽 선생』의 초현실주의 기법을 일관성 있는 서사보다 훨씬 매력적으로 느낄 수도 있다. 나는 그 기법들이 묘하게 구식이고, 지나치게 영화적이며, 너무 자기 패러디에 가깝다고 생각한다. 하지만 이 초기 볼라뇨 소설은 내

---

* 『팽 선생』의 서술 스타일을 패러디한 문단이다.

가 그런 진부한 누아르성을 받아들일 수밖에 없는 날카로운 도덕적, 정치적 긴박감을 갖췄다. 말할 수 없는 것에 대한 이 소설의 길고 복잡한 접근 방식은 대중 문학과 영화가 너무나 자주 저지르는 미화 없이 악(惡)의 얼굴을 드러낸다. 에두름을 통해서 결탁을 피한다.

　　　말이 되는 시놉시스라면 이 책을 잘 전하지 못했을 것이, "일어난 일"에 대해 우리가 아는 내용이라고는 서술자가 말하는 내용뿐이고, 그 서술자는 사실과 환상을 구별하지 않기 때문이다. 그는 1차 세계 대전에서 폐를 다치고 1930년대 중반 파리에서 최면술사로 근근이 살아가는 온화한 프랑스인 팽 선생이다. 팽 선생이 사랑하지만 너무 수줍어서 쟁취하지 못하는 여성이, 바예호라고 하는 자기 친구가 멈추지 않는 딸꾹질의 합병증이라는 신비스러운 병으로 죽어 가고 있는 병원에 그를 데려간다. 아라고 병원의 새하얀 복도들은 미로 같고, 악몽 같다. 스페인 사람 둘이 끈질기게 팽을 따라오더니 바예호를 치료하지 말라고 뇌물을 준다. 그는 뇌물을 받아들이고 병원으로 돌아가지만, 다시 (미로 같고 악몽 같은) 창고에 몰려서 목숨을 위협받는다. 그는 스페인 사람 하나를 따라서 극장으로 들어가고, 그곳에서 그들은 초현실주의 영화를 보는데, 그는 영화 속 장면에서 오래전에 죽은 친구이자 물리학자를 알아본다. 그 시절에 알았던 또 한 남자가 스페인 사람들과 합세하더니, 팽과 다시 만났다는 사실을 강조하면서 한 잔 마시자고 끌고 가서는, 웃는 얼굴로 자기가 스페인 파시스트들을 위해 공화국 죄수들을 "치료"하고 있다고 말한다. 팽은 그 얼굴에 술을 던진다. 그는 헛되이 바예호를 찾아 악몽 같은 병원 복도를 헤맨다. 빈방 안에 숨어든 그는 아무래도 의미심장해 보이는 대화를 목격하지만, 창을 사이에 두고 있어 소리는 듣지 못한다. 시간이 지나고 팽이 사랑하는 여자가 새 남편과 함께 파리로 돌아온다. 그녀는 바예호가 죽었다고, 바예호는 시인이었다고 말해 준다. 그 뒤에 등장인물 몇 명의 짧고 암시적인 부고 기사들이 따라 나온다.

혹자는 남아메리카에서 가장 위대한 시인이라고도 하는 세자르 바예호는 활동적인 공산주의자로, 조국 페루의 정부에서 박해를 받아 인생 후반을 망명지에서 살았고, 1938년에 진단 미상의 병으로 파리에서 죽었다. 그의 아내는 남편을 구하려고 "대체요법" 의사들을 불러들였다.

이제는 보르헤스와 가르시아 마르케스의 후계자로 불릴 때가 많은 로베르토 볼라뇨는 독재자 피노체트가 권력을 잡자 조국 칠레를 떠났고, 여생의 대부분을 망명지에서 보냈다. 『팽 선생』을 쓴 것은 1983년, 서른 살 때였다. 그는 2003년에 죽었다.

사실이라는 씨앗에서 상상의 거대한 덩굴이 자라나 한데 얽히고 감기며 그림자를 드리우니, 그 덩굴이 맺는 열매는 때로는 달고 때로는 쓰도다.

T. C. 보일의 『살해가 끝날 때』*When the Killing's Done*

2011년

가장 이른 시기의, 상상 속에나 나올 것 같은 지도에서 캘리포니아는 섬이었다. 생태적으로는 그 지도가 옳았다. 바다와 산맥, 큰 사막들로 고립되어, 온화한 기후에서 다른 곳에는 알려지지 않은 수십 종의 생물이 번성하던 곳. 백인들이 오기 전까지는 그랬다. 그 후에는 수입된 1000여 가지 이국종들의 충격으로 토박이 종들이 줄어들거나 죽어가기 시작했다.

오늘날에는 사막의 콘도 주변에 잔디를 심는 짓과는 거리가 멀고, 금빛의 스페인산 야생 귀리를 다 뽑아내어 인디언 시절의 다발 풀들이 다시 언덕 비탈을 뒤덮게 하고 싶어 하는 캘리포니아인들이 있다. 그 정도로 순수주의는 아니라도 포레스트 서비스

(The Forest Service)는 많은 침입종들을 맹렬하게, 끊임없이 방어하고 있다. 식물만이 아니라 동물까지.

T. C. 보일은 미국인들이 모든 것을 무엇인가에 대한 전쟁으로 보고 싶어 한다는 걸 잘 안다. 산타바버라 앞바다의 안개 싸인 외로운 채널 아일랜드*라 해도 전장이 될 수 있다. 그것도 상대가 가까운 친척이라는 점에서 최악의 전쟁인 내전이다. 그리고 양쪽 다 열렬히 섬의 야생 생물들을 구하고 싶어 한다…….

정부 요원들은 구원이 통제에 있다고, 주의 깊은 과학적 관리에 있다고 믿는다. 동물권 옹호자들은 인간의 개입이 득보다는 해를 더 끼치는 데다 도덕적으로 잘못되었다 믿는다. 양측의 논거가 다 열렬하고 설득력 있다.

전형적인 딜레마다. 포레스트 서비스는 한 섬에서 독수리들을 잡거나, 죽여야 한다. 왜 이 멋진 새들을 못살게 구냐고? 그다지 훌륭한 사냥꾼이 아닌 토착 대머리독수리를 DDT가 끝장내버리자 육지에서 육식성의 검독수리들이 넘어와서, 목양을 그만둔 후 나타난 거대한 회향밭에서 번성하는 야생 돼지들을 사냥한다.(물론 돼지도, 회향도, 양도 백인들이 데려온 파괴적인 종이다. 모두가 침입종이다.) 돼지 떼를 쏘아 없애고 나자 검독수리들에게는 먹을 게 토착종인 아름다운 소형 여우밖에 남지 않는다. 이 여우를 어떻게 구할 것인가? 대머리독수리가 다시 들어올 수 있게 검독수리를 없애라.

---

* 8개 섬으로 이루어진 지역. 그중 5개가 국립공원에 속해 있다.

동물권 활동가들은 그런 고통스럽고 불완전한 데다 간섭이 강한 해법을 거부한다. 간단하다. 그냥 손을 떼고, 개입을 멈추고, 아무것도 죽이지 말라. 우린 충분히 해를 입혔다. 동물들이 알아서 살게 두자.

　그래서 여우는 멸종하고, 섬은 돼지들이 차지하게 두라고? 우리의 책임을 부인하고 우리가 저지른 해악이 지구상에 남긴 유산의 전부가 되게 하라고? 이 심각한 복잡성, 이 풀어낼 수 없는 질문들은 물론 캘리포니아에 국한된 게 아니다. 이것은 지구 전역에서 우리 종들이 직면한 딜레마다. 엄청난 소설 소재이며, 어마어마하게 드라마틱한 소재다.

　T. C. 보일은 그런 드라마를 함부로 다루는 작가가 아니다. 이야기는 눈부시게 펼쳐 낸 난파-조난-생존 장면으로 시작해서 몇 세대에 걸쳐 환경 문제 양쪽을 이리저리 누비며, 언제나 명확하고 활기차고 빠르게 진행되는 글은 대부분 현재 시제로 달리는 영구기관처럼 빠른 악장으로(presto) 진행된다. 단도직입조차 필요 없다. 모두 다 본론이다. 한동안 읽어 나간 후에 나는 그 끊임없는 긴장과 갈등이, 사람을 초조하게 만드는 괴롭거나 소름 끼치는 장면의 연이은 질주가 알아서 상쇄되거나 심지어는 비극에서 통속극으로 변하기도 한다는 사실을 알았다. 아드레날린을 내내 유지하는 데 익숙한 독자들이라면 분명 그게 더 효과적이리라.

　우리가 알게 되는 인물은 대부분 여자들인데, 냉철하고 억센 데다 많게든 적게든 공감이 간다. 지역 동물권 활동가들의 지도

자인 데이브는 동물의 자유와 자신을 동일시하는 이면에 인간에 대해 분노하고 안달하고 경멸한다. 지나치게 자신만만하고, 치명적으로 서툴고, 적으로 여기는 사람들에게 해를 끼칠 의도가 있는 데이브는 동맹자들은 물론이고 오직 그 혼자만이 구할 수 있다고 생각하는 동물들에게까지 재난과 죽음을 가져온다. 포레스트 서비스 측의 주인공인 알마는 지적이고 양심 있으며 좋아할 만하지만, 너무나 전전긍긍하고 너무나 끝없는 의욕에 넘치며 너무나 자학하는 나머지 알마의 의식의 흐름을 읽다 보면 사악한 적수 데이브를 읽을 때만큼이나 진이 빠진다.

이 책에는 안식도, 평화도 없다. 화창한 캘리포니아의 아침 햇살 속에서 먹는 아침식사마다, 채널 아일랜드의 아름답고 호젓한 해안과 산비탈을 찾는 순간마다 곧 닥칠 재난의 위협에 대한 예감에 내리눌리고 부질없어진다. 어떤 행복이든 의미 있기에는 너무 짧은 환상이다. 그 에너지와 긴박감에도, 그 역사적인 정확성과 범위에도, 그 뛰어난 사건 쓰기와 동시대의 말과 생활에 대한 흠 없는 재현에도 불구하고 이 소설은 심장이 식을 만큼 황량하다. 그 점에서는 우리가 우리 세상에 한 짓을 바라보고 책임질 방법을 찾는 대부분 사람들의 기분을 정직하게 반영하고 있다. 난파로 시작해서 어둠 속의 방울뱀으로 끝나는 이야기는 희망할 여지를 많이 남겨 두지 않는다.

제럴딘 브룩스의 『피플 오브 더 북*People of the Book*』

2008년

미합중국이 이라크를 침공하고 오래지 않아, 우리 지역 신문에서 내가 잊을 수 없는 사진을 한 장 내보냈다. 바그다드 도서관을 서둘러 나서는 어떤 이라크 남자의 사진이었는데, 연기 가득한 혼란스러운 길거리에 선 그 남자의 품에는 책이 가득, 아니 흘러넘치도록 무겁게 담겨 있었다. 몇 권은 화집이나 오래된 기록물처럼 크고 무거워 보였으니 희귀한 보물들이었을지도 모르고, 그저 불타는 건물의 혼란 속에서 건질 수 있는 책들이었을지도 모른다. 그 남자는 사서였을 수도 있고, 그저 독자였을 수도 있다. 약탈자가 아니었던 것은 확실하다. 그 얼굴에는 고통과 두려움만이 아니라 열렬한 비탄도 보였다.

제럴딘 브룩스의 『피플 오브 더 북』이 도서관 파괴로부터 책을 구하는 이야기라는 사실을 알자마자 읽고 싶어졌다. 그 시의 적절함에 지금이다 싶고 그 역설에 가슴이 저미니, 저항할 수 없는 유혹이었다. 이 소설은 어느 무슬림 사서가 화재에서 오래된 유대교 경전을 구한 실화에 바탕하고 있기 때문이다.

　　세르비아인들이 사라예보를 폭격하면서 도서관과 박물관들을 겨냥하기 시작했을 때, 사람들은 보스니아의 자랑이자 영광인 소장품 '사라예보 하가다'를 도서관에서 빼내어 은행 금고에 숨겨두었다. 하지만 그 원고가 구출받은 건 처음이 아니었다. 반세기 전에는 그 경전을 나치의 코앞에서 빼돌려서 내내 어느 마을 모스크에 숨겨 두기도 했다. 1941년에 경전을 구한 사람은 이슬람교 학자인 데르비스 코르쿠트였다. 1992년에는 무슬림 사서인 엔베르 이마모비치다. 얼마 지나지 않아, (내가 잊지 못하는 그 사진 속 이라크인과 마찬가지로) 불타는 도서관에서 책을 들고 나오려던 이마모비치의 동료 하나가 스나이퍼에게 저격당했다. 그 여성의 이름은 아이다 부투로비치였다.

　　'사라예보 하가다'는 유대교 경전으로서는 아주 이례적으로, 기독교 성무일도서처럼 엄청나게 섬세하고 아름다운 삽화를 넣은 책이다. 14세기 중반에 스페인에서 쓰고 삽화를 넣었는데, 초기 역사에 대해서는 알려진 바가 없다. 어떤 사제가 "레비스토 페르미(revisto per mi)", 즉 내가 살펴보고 승인했다고 적고 서명을 해둔 덕분에 1609년 베네치아에서 있었던 종교재판에서 불타지 않을 수 있었다. 어쩌다가 그 원고가 베네치아에서 보스니아로 가게 되었고, 그래서 20세기에 두 번이나 아슬아슬하게 구출되었는지 사연은 우리가 거의 알지 못한다.

여기에 이야기가 있는 건 확실하다. 그리고 《월스트리트 저널》에서 유럽과 아프리카와 중동의 전쟁과 곤란을 다루던 배경이 있고, 넓은 역사 캔버스를 좋아하며 퓰리처 상을 타기도 한 제럴딘 브룩스라면 그 이야기를 맡기에 딱 맞는 소설가 같다. 브룩스의 성과는 많은 독자를 만족시킬 것이다. 이야기엔 복잡한 우여곡절이 가득하고, 심지어 끝에 가서는 살짝 미스터리 플롯까지 가세한다. 섹스, 다소 보잘것없는 사랑 이야기, 그리고 의무적인 폭력 행위 묘사도 있다. 소설은 실제 사건과 상상 속의 우여곡절을 통해 이 고문서의 기원을 따라가느라 몇백 년을 거슬러 올라가고, 번갈아 나오는 챕터로 역사적인 인물들을 대거 등장시킨다. 그러나 중심 이야기는 시간순으로 나아가며, 해나 히스라는 이름의 동시대 오스트레일리아 희귀본 전문가이자 똑똑한 교양인을 다룬다. 해나는 (가상의) 하가다를 분석하기 위해 사라예보로 불려 가고, 하가다를 구해 낸 (가상의) 사서에게 빠져든다. 우리는 이 책의 모험가들을 따라 5세기를 거슬러 올라가는 사이사이에 해나의 직업적인 의무, 해나가 애정 없는 어머니와 겪는 어려움, 해나 자신의 민족 유산에 대한 뜻밖의 발견을 뒤좇는다. 이야기는 넓게 뻗어 나가지만 모두 탄탄하게 짜여 있다. 어쩌면 너무 탄탄한 구성인지도 모른다.

해나가 1인칭으로 서술하는 챕터들에는 대화가 가득하고,

활기 넘치고 산뜻하며 저널리스트스러운 스타일로 쓰인 데다, 산문으로서 탁월하거나 미학적이진 않을지 몰라도 읽기 쉽고 실용적이다. 안타깝게도 이 자신만만한 확실성은 첫 번째 과거 챕터에서, 빨치산에 합류하는 어느 유대인 소녀를 주인공으로 쓴 1940년 유고슬라비아 이야기로 거슬러 올라가자마자 사라진다. 스타일은 투박해진다. 힘겹게 굴러가는 소리마저 들릴 지경이다. 1492년 바르셀로나에 갈 무렵에는 대화가 에드워드 불워리턴* 수준으로 떨어지고 ─ "제가 무슨 짓을 했다고 생각하시는지 모른단 말입니다!"─ 서술은 유용한 정보와 예측 가능한 행동, 다방면의 묘사가 빡빡하게 섞인 글이 되어 버렸다. 주머니 속에 돌을 집어넣듯, 수많은 역사소설을 무겁고 굼뜨게 만드는 조합이다!

사건은 가득하지만 유머도, 심리적인 깨달음도, 묘사에 주의를 집중시킬 선연한 언어도 없는 이 챕터들은 끼긱거리며 이어진다. 역사소설로서는 정말 안타깝게도, 지역 특유의 생각과 정서에 대한 감수성도 거의 보이지 않는다. 있다 해도 인간의 차이에 대한 포용력으로 과거를 생생하게 살려낼 정도는 못 된다.

브룩스는 현대식 정의와 윤리 판단을 맞지 않는 공간과 시간에 가져다 놓으려 애타는 노력을 쏟아붓는다. 사람들은 그런 갈망을 "정치적 적절성(political correctness)"이라 부르는데, 한때는 의미 있었지만 이제는 대개 반발의 비웃음만 초래하는 용어다. 브룩

---

* Edward Bulwer-Lytton(1803~1873). 영국의 소설가, 극작가이자 정치가로 주로 통속소설을 썼다.

스의 진지한 선의는 존중해 마땅하지만, 사실 소설이 시대착오를 저지르고도 빠져나갈 수 있을 때는 그 시대착오가 전혀 눈에 띄지 않을 때뿐이며, 오래된 부적절함을 바로잡으려는 브룩스의 노력은 지나치게 눈에 띈다. 페미니즘 때문에 브룩스가 귀한 책을 만들고 지켜 내는 데 중요했던 여성들을 만들어내려고 노력한 부분도 마찬가지다. 늙은 랍비들 사이에 그런 여성들을 넣다니 무리한 시도지만, 작가는 고집대로 밀고 나간다. 그래서 우리는 아름다운 삽화를 그린 화가가 여자였고, 그것도 흑인 여자였음을 알게 된다. 아예 불가능한 일은 아니다. 설명은 그럴듯하다. 나도 믿고 싶다……. 그러나 믿을 수가 없다. 이 사람, 이 화가, 이 화가의 세계는 내가 믿을 수 있을 만큼 진짜같이 만들어지지 않았다. 그건 그냥 소망 충족이다. 진정한 픽션다운 치열한 현실성을 띠지 못했다.

그래서 결국 나는 만일 경험 많은 저널리스트인 저자가 지어내기를 포기하고 사라예보 하가다의 놀라운 실화를 그대로 따라갔다면 더 나은 책이 되진 않았을까 생각하고 만다. 누군가가 아이다 부투로비치의 삶과 죽음에 대한 소설이나 시를 지을 수 있었다면 좋았으리라 생각하고 만다. 괴로움 가득한 얼굴로 품에 책을 가득 안고 있던 그 이라크인의 사연은 영영 알 수 없을 것을 알기에.

이탈로 칼비노의
『완전판 우주만화*The Complete Cosmicomics*』[*]

2009년

　여름에 내가 제일 좋아하는 독서는 드러누워서 푹 빠져들 길고 두툼한 멋진 장편 소설 한 권, 아니면 여름 과일 바구니처럼 한 번에 한두 개씩 빼먹으며 온전히 음미하기 좋은 훌륭한 단편 잔 뜩이다. 여기, 이탈로 칼비노가 보낸 큼지막한 이야기 바구니가 있 다. 복숭아, 살구, 천도복숭아, 무화과, 다 있다.

　그것이 『우주만화*Le cosmicomiche*』(1968년에 영어로 출간)의 개요 다. 『세상의 기억과 다른 우주만화*La Memoria del mondo*』(1968)에서 새 로 번역한 일곱 편, 『시간과 사냥꾼*Ti con zero*』(1969) 수록작 전체, 『어

---

[*] 글에 설명이 나오지만 이 영어 번역본은 국내 출간되어 있는 『우주만화』(김운찬 옮김, 열린 책들)나 『모든 우주만화』(이현경 옮김, 민음사)와는 구성이 약간 다르다.

둠 속의 숫자들*Prima che tu dica "Pronto"*』(1995) 수록작 네 편, 그리고 묶여 나오지 않았던 단편 몇 개까지.* 우주만화 전체를 한 권으로 보게 되다니 기쁜 일이거니와, 멋진 책이고 잘 만든 책이다. 수록작의 3분의 1 이상이 나에게는 새로운 글이었고, 영어로 읽는 독자들 대부분에게 그러할 것이다. 그중 몇 편은 그야말로 보석이다. 윌리엄 위버와 팀 파크스, 마틴 맥러플린의 번역은 다 만족스럽고, 맥러플린 씨의 서문은 이 눈부시게 색다른 이야기들에 더 좋을 수 없는 안내서다.

이탈로 칼비노는 무엇이었을까? 선(先)-포스트-모더니스트? 아무래도 모더니즘에서 온갖 접두사들을 없앨 때가 됐나 보다. 나치의 이탈리아 점령 기간 동안 공산주의자들을 위해 싸우던 젊은 레지스탕스 전사였던 칼비노는 독창적인 지적 판타지 작가가 되었고 쭉 독창적인 작가로 남았다. 그리고 그가 작가 생활 중반쯤 만들어 낸 이 형식은, 우주만화는 무엇일까? 분명히 SF의 한 아종일 이 형식은 보통 (대개 진짜지만, 때로는 현재는 받아들여지지 않는) 과학 가설에 대한 진술로 서술 무대를 설정하며, 서술자는 대개 Qfwfq**라고 한다. 이와 같이 "모든 게 언젠가는"이 시작된다.

에드윈 P. 허블이 시작한 은하의 후퇴 속도 계산을 통하여 우

---

* 다른 두 권은 이탈리아어본이 나오고 영어 번역본이 그대로 출간된 책이지만, '시간과 사냥꾼(Time and the Hunter)'은 『우주만화』의 영어본 제목에 해당한다. 표기한 출간연도는 모두 영어본 기준이다.
** 작가가 발음할 수 없게 고안한 이름이다. 국내 번역본에 따라서는 크프우프크라고 옮기기도 했다.

리는 우주의 모든 물질이 공간으로 팽창을 시작하기 전, 한 점에 집중되어 있던 순간을 규명할 수 있습니다.

당연히, 우리 모두가 거기 있었지요. 늙은 Qfwfq가 말했다. 달리 어디에 있을 수 있었겠습니까? 그때는 아무도 공간이라는 게 있을 수 있다는 사실을 몰랐어요. 아니면 시간도 마찬가지. 통조림 속 정어리처럼 꽉꽉 들어차 있던 우리에게 시간이 무슨 상관이었겠습니까?

부디 그 정어리들을 주시하라. 그게 칼비노의 기법과 스타일이 지닌 특징이자 핵심이다. 이야기는 이런 도입부에서부터 지극히 논리적으로 전개되는데, 적어도 여러분이 생각하는 논리에 현대 천체물리학만이 아니라 제논의 역설, 보르헤스의 알레프, 그리고 미친 모자 장수의 티파티가 포함되어 있을 경우에 그렇고, 또 그래야 한다.

칼비노의 나중 작업들은 전통적인 의미에서 단편이라기보다는 콩트로 여겨질 수 있다. 지적인 통각(apperception)의 서술 예시, 하나의 아이디어 또는 가설, 심지어는 착상이다. 콩트는 계몽주의가 제일 좋아하는 매개체로, 풍자와 코미디에 적합하다. 볼테르의 『캉디드』*가 이런 유형의 걸작이다. 콩트는 인물보다는 캐리커처를, 공감보다는 아이러니를 제시한다. 성격과 감정이 조용히 스

---

* 볼테르(1694~1778)의 철학 풍자 소설. 당시 종교인들의 부패상을 묘사하여 큰 논란을 일으켰다.

며들어 힘을 발휘할 수는 있겠으나, 이 형식은 또한 피 흘리지 않고 이성에 호소할 수 있다. 칼비노의 콩트들은 과학과, 시간과 공간과 숫자와 낱말 게임을 벌인다. 그리고 어떤 콩트에서는 그 게임이 전부다. 아마도 비트겐슈타인이나 에코에게 매료될, 게임을 사랑하는 독자라면 특히 『시간과 사냥꾼』 수록작들에 만족할 것이다. 죽음을 더 무겁게 받아들이는 독자라면 이 작품들의 급진적인 추상을 삭막하다 여길지 모른다. 그리고 칼비노의 상상력은 급진 빼면 아무것도 아니다. 단편 「추격*L'inseguimento*」에서 칼비노는 바로 주제로 들어가다 못해, 추격이 스릴러 영화의 클라이맥스가 아니라 이야기 전체가 되게 한다. 자기폐쇄적인 느낌이 들 정도로 맥락이나 성격을 완벽하게 제거하여, 세상은 고속도로 하나로 줄어들고, 감정은 오직 서스펜스만으로 좁혀 든다.

　칼비노의 『보이지 않는 도시들*Le città invisibili*』도 똑같은 방식으로 하나의 발상, 하나의 생각에서 나온다. 그러나 늙은 마르코 폴로가 중국으로 돌아가서 늙은 칸에게 여행 중에 '보지 못한' 도시들에 대해 이야기한다는 생각은 그 자체로 너무나 웃기고 시적이며, 아마도 칼비노의 가장 아름다운 작품을 쓰게 해 준 무한한 가능성을 제시했다. 그리고 우주만화 일부가 조금 괴짜답다면, 대부분은 아주 재미있고, 몇 편은 진정한 칼비노식 절묘함을 이뤄 냈다. 지성, 유머, 신랄함, 아이러니를 순수한 빛으로 정제해 냈달까.

　작품들의 주제는 짜릿하도록 광대하여 시공간의 극한에 달하고, 그 속에 온갖 틈과 버릇과 기벽을 통한 온기와 유머가 들어간다. 칼비노의 경쾌하고 건조하며 명확한 산문은 몇 광년을 넘나들면서 사방에 편안하고 선명한 이미지들을 내놓는다. 정어리들이 그렇고, 지구 속에 사는 사람들의 암석 하늘이 그렇다. "가끔 지그재그로 불의 선이 어둠을 가릅니다. 번개가 아니라, 하얗게 달아오른 금속이 광맥을 따라 구불구불 내려가는 것이지요."[*]

이 글에 한 가지 단점이 있다면 농담이나 풍자의 관습에 따라 발음할 수 없는 이름들을 쓴다는 점이다. "Qfwfq"(케푸펙 아니면 크프우프크?)를 말하거나 들을 수가 없다면 어떻게 그 이름이 들어간 문장의 운율을 들을 수 있겠는가? 이 점에서 칼비노의 추상 기호는 언어 자체를 위협하고, 언어를 문자 그대로 형언할 수 없는 수학 상징으로 격하시킨다. 게임은 불확실해진다. 하지만 우리는 서술자, 특히 어디에나 존재하며 억제할 길 없는 Qfwfq의 훌륭한 유머와 태연자약한 모습에 사로잡혀, 그리고 Qfwfq의 친구와 친척들에게 홀려 술술 따라간다. 그 친척과 친구들이란 달리 어디에 있을 수 있었겠는가, 태초에 모두 한곳에 있었는데, 예를 들어 Qfwfq의 할아버지인 늙은 에그그그 대령은 우리 태양계가 막 생성될 무렵에 아내와 함께 여기 들어왔다. "진작에 정착해서 40억 년을 여기 있다 보니 몇몇과 친해졌"지만, 그들의 이웃인 카비키아 가족이 태양계를 떠나 아브루초로 돌아가려고 하고, 할머니도 조금 떠나고 싶은데 어쩌면 안드로메다 은하에 있는 어머니를 보러 가는 것도 좋겠다 싶지만, 그건 같은 일이 아니라고 할아버지가 항의하고, 둘

* 단편 「암석 하늘」 중에서.

은 그 문제를 두고 다투고 다투고 시간의 끝까지 다투다 보니 "'당신은 언제나 자기만 옳다고 생각해요'와 '그야 당신이 내 말을 듣질 않으니 그렇죠'가 빠지면 우주 이야기에 아무런 이름도 기억도 정취도 없다는 듯한, 이 영원히 이어지는 부부싸움이 끝나 버리기라도 한다면 얼마나 황량하고 공허한 기분이 들까요!"[*]

칼비노의 싸우는 이원성, 그 대립쌍들은 거의 전적으로 섹슈얼하다. 부부싸움은 결코 통합으로 끝나지 않으며 음양의 그림처럼 영원한 과정을 잘 나타낸다. Qfwfq는 일시적으로 떨어지는 원자나 우주 여행자, 아니면 (아름다운 단편 「나선*La Spirale*」에서처럼) 작은 연체동물에 이르기까지 어떤 형태를 취하든 간에, 남성이다. 규칙에 따라 QfwfQ와 다를 뿐 아니라 다투고 반대하며 벗어나는 게 본질인 여성적 존재도 있다. 소유할 수 없고, 애정을 베풀지 않는 애인이다. 우리는 그쪽 관점을 전혀 보지 못하기에, 칼비노의 우주는 남성 원칙에 기울어 있다. 나에게는 칼비노가 계속 쓰는 언제까지나 확장하는 이탈리아 가족 메타포가 더 친밀하고 더 유용하다. 하지만 그는 「암석 하늘*Il cielo di pietra*」과 그 단편의 다시쓰기인 「또 다른 에우리디케*L'altra Euridice*」 같은 글들에서 강렬한 감정을 담아 성별 이원성을 풍성하게 발전시킨다. 진짜 욕망이 있는 곳에서 남성은 경쟁을 본다. 그래서 이원성은 영원한 삼각형으로 확대된다. 여기서는 정말로 영원하다.

칼비노는 너무나 많은 면에서 시대를 앞서 나갔던 탓에, 사

---

[*] 단편 「태양이 지속되는 한」 중에서.

후 25년이 지난 지금에야 겨우 그의 작품이 판타지라는 이유로 하찮은 취급을 받지 않고 획기적인 소설이자 거장의 작품으로 널리 여겨지게 되었다. 칼비노가 글을 쓰던 시기에 SF는 문학으로 거론되지 않았고, 만화는 심지어 그보다 더 받아들여지지 않았다. 1990년대 후반이 되기 전까지는 만화를 진지하게 논한다는 상상조차 하는 문학 평론가가 거의 없었다. 그 평론가들은 칼비노가 이 이야기들에 부여한 이름에 조금이라도 관심을 둘 때조차도 그게 한 가지 암시이고 우주 코미디를 강조하려는 제목이라 여겼다. 하지만 칼비노는 분명 우리가 급작스러운 접근을, 비약과 방대한 단순화를, 테두리 안에 그려진 그림 서사를, 카툰을, 만화를 생각하기를 의도했다. 그리고 단편 「새의 기원」*L'origine degli Uccelli*은 정확히 그런 심상을 가지고 놀면서 독자에게 굉장히 독특한 방식으로 지시한다. "여러분이 효과적으로 그려 넣은 배경에 온갖 자그마한 등장인물들이 나오는 카툰 시리즈를 상상해 보면 좋겠지만, 그와 동시에 여러분은 어떤 인물도, 배경도 상상하지 않으려고 노력해야 합니다."

그래서 자, 우리는 완벽하게 상반되는 지시를 받았다. 우리가 이 두 지시를 따를 수 있다면 존 키츠가 가장 결실 있다고 믿었던 "마음을 비우는 능력" 상태 가까이에 도달할 수도 있으리라. 나는 이탈로 칼비노가 그 상태로 대부분 시간을 살았으리라는 생각이 든다.

마거릿 드래블의 『바다 숙녀*The Sea Lady*』

2006년

　　열여덟에서 열아홉 권에 이르는 마거릿 드래블의 소설들은 나온 시기의 표현양식으로 각 시기를 정확하고 정직하게 기록해 왔으나, 진정으로 유행을 따른 적은 없었다. 그녀는 날카롭고 비판적인 지성 때문에 유행을 빈틈없이 알았고, 역행하지 않았다. 그러나 내가 드래블의 소설을 소중하게 여기도록 하는 특징들은 모더니즘이라 부르기도 석연치 않고 그렇다고 포스트모던도 아니다. 물론 나는 구식이라는 말을 피하려고 노력 중인데, 드래블이 그 말을 죽음의 입맞춤으로 여길까 걱정스러워서다. 그러나 뭐라고 할까? 근본적으로 솔직하지만 즐겁도록 절묘하기도 한 강렬한 서사 추진력, 선명하지만 대부분 말로 하지 않는 도덕적 부담, 사회와 젠더와 예절과 유행에 대한 적확하고도 즐거운 관찰, 어쩌면 성격이 곧 운명인지도 모를 강렬한 개성을 갖춘 등장인물들. 세상에, 내가 지금 제인 오스틴에 대해 말하고 있나?

얼마 전, 드래블은 연쇄살인자들이 우리 모두에게 발휘한다고 하는 매력 같은 가짜 사안들에 열중하다가 조금 방황하려는 것 같았다. 나는 그것 때문에 드래블의 소설들이 나빠졌다 생각했다. 『바다 숙녀』를 읽으며 『바늘의 눈*The Needle's Eye*』를 썼던 영리하고 빈틈없고 속지 않으며 타협하지 않는 저자를 다시 찾아 기쁘다.

흥을 잡자면, 『바다 숙녀』에서 딱 한 인물이랄까 목소리, 아니면 페르소나에게 이의를 제기하련다. '공개 연설자(Public Orator)'로 남성인데, 한번씩 자의식을 얻어 이야기에 대해 의견을 내놓으면서 메타픽션적으로 개입하는 저자, 독자들에게 던지는 새커리*스러운 방백, 그리고 희미한 번연**의 향기를 아우른다. 그를 다루는 몇 대목은 이렇게나 달변이다.

……연설자의 힘은 한정되어 있다. 사전 고민에, 계획에, 초대에, 무대 설정에, 현장 선택에, 대중과의 대면에 한정되어 있다. 그 후에는 배우들이 이런 끔찍한 자유를 누린다. 그들은 자기 대본을 쓸 수 있다. 연설자의 공식 대본은 이미 적혀 있지만, 배우들은 붐비는 방에서 만나서, 고통스러운 자갈 계

---

* William Makepeace Thackeray(1811~1863). 영국 소설가로 중상류층의 허영을 풍자적으로 묘사하는 데 능했다.
** John Bunyan(1628~1688). 우화 형식의 종교 소설 『천로역정』의 저자.

단을 오르면서 나눌 비공식적인 정보 교환을 직접 쓸 수 있다. 이건 위험하다. 끔찍하다.

과연 그렇다. 흥미로운 폭로이기도 하다. 하지만 나는 그 폭로가 적절한지 잘 모르겠다. 이 폭로는 등장인물들의 자율성을 주장하면서 그들의 인공성만 강조하고, 그럼으로써 작가를 마음이 약하다는 비판으로부터 지켜 주려 한다. 하지만 두려움 없이 자기 이야기에 "만년의 로맨스"라는 부제를 붙인 작가는 연설자 없이도 멋지게 해냈을 것이다. 연설자는 우연히도 실제 등장인물 중 한 명과 관계가 있는데(그러나 동일시할 수는 없다.), 나는 이 인물에게도 이의가 있다. 이 인물은 너무 늦게 다시 떠오르는 데다 설득력이 없다. 오컴의 면도날을 적용한다면 이 인물을 살리고 연설자를 싹 밀어 버릴 수 있었으리라. 아일사와 험프리같이 입체적인 인물을 둘이나 데리고 있으면서 인물들을 중복으로 내보낼 필요가 없다.

아일사는 바다 숙녀로, 우리는 처음에 은색 시퀸 비늘이 덮힌 드레스 차림으로 그녀를 만나게 된다. "그녀는 물고기처럼 반짝였고 부드러운 근육으로 물결쳤다. 60대 여성치고는 대담한 옷차림이었다." 그리고 아일사는 대담한 여성이다. 지식인의 뻔뻔한 요녀, 정신이 펼치는 연예 사업의 스타다. 그녀는 어느 문학상 수상 자리에 참석하려고 그 물고기 비늘 옷을 입었고, 그 후에는 북쪽으로 차를 몰고 가서 어느 작은 대학에서 명예 학위를 받을 것이다. 그녀는 물고기와 바다를 사랑한 어느 해양생물학자를 사랑하여 그 남자와 결혼한 바로 그 바다 숙녀다. 그들은 이혼했고, 수십 년간 서로를 보지 않았지만 어쩌다 보니(우연은 아니고) 그 남자도 똑같은 자리에서 명예 학위를 받으러 기차를 타고 북쪽으로 향하고 있다. 그들은 한 점으로 수렴한다.

아일사는 정말로 뛰어나면서 동시에 가짜이고, 아마 조금은 괴물인지도 모른다. 마른 땅에 올라온 인어일지도 모른다. 험프리는 땅에 두 발을 딛고 선 진짜배기로, 강한 도덕심을 갖춘 훌륭한 과학자이고, 친절하고 책임감 있는 남자다. 아일사는 경쟁에 내몰린 시연자 자체이고, 험프리는 과학을 인정받기 위한 경쟁으로 다루는 데 반대함으로서 자기 분야 최고의 영예를 박탈당했다. 둘 다 성공했으나 어느 정도 애매한 보상으로 만족해야 했다. 하지만 그 둘에겐 또한 과거사가 있고, 간단한 역사도 아니다. 둘이 결혼했던 오래전보다도 훨씬 오래전, 어렸던 그들은 2차 세계 대전이 막 끝난 후의 그 바닷가 작은 북쪽 도시에서 서로를 알았다.

이야기의 깊이와 무게, 이야기의 추이자 토대는 어린 험프리가 온머스와 핀스터네스에서 보낸 두 번의 여름을 이야기하는 대목에 있다. 이 챕터들에서 서술이 발휘하는 유연하고도 한결같은 정확도는 경탄스럽다. 그 이야기는 완벽하게 마음을 사로잡는다. 어린아이의 관점에 공감하다가는 『호밀밭의 파수꾼』의 징징대는 흉내가 되기 십상이지만, 드래블은 언제나 어른으로서 어린아이에 대해 쓸 수 있는 작가였다. 이처럼 너그러우면서도 감상 없이 진실하게 유년 상태를 다루는 작가는 아주 드물다. 험프(험프리)는 착한 아이이고, 끝내주게 행복한 여름을 보낸다. 행복이란 쓰기 쉬운 게 아니다. 두 번째 여름의 배신과 불안, 모호한 이득이 훨씬 예측 가능하지만, 이 또한 똑같이 진짜 같다.

이 100페이지가 너무나 만족스러운 나머지, 나머지 책은 그에 맞먹지 못한다는 문제가 있다. 특히 서사 방향이 혼란스럽게 앞뒤로 오가면서 더 그렇게 된다. 험프리는 정말 좋은 남자로 성장했지만 — 다시 말하지만, 이렇게 쓰기 쉽지 않다 — 그런 험프리와 별로 좋은 여자는 아니지만 재미있는 여자인 아일사가 어른으로 처음 다시 만나서 사랑에 빠질 때, 그 에피소드는 온머스의 여름이라는 깊은 층과 맞물리는 데 실패한다. 정욕이라는 면에서는 괜찮다. 하지만 소설적으로 이 부분은 밀도 높고 눈부신 도입부의 현실과 신중하고 모호한 결말을 잇는 막간을 넘어서지 못한다. 시작에는 해변의 아이들이 있고, 끝에는 미소를 띠고 영예를 받아들이는 저명한 60대의 남자와 여자가 있다. 그리고 어쩌면 그들은 마침내 진정한 보상을 받을지도 모른다.

캐럴 엠시윌러의 『레도잇 *Ledoyt*』

1997년 처음 발표, 2002년 수정,

이 책에 수록하면서 다시 수정

 1997년 어느 날 도서관의 신간 서가를 살피던 나는 캐럴 엠시윌러의 『레도잇』을 보았다. 엠시윌러? 나는 생각했다. '내' 엠시윌러? 그 작가가 새 책을 내놓은 지 2년이 지났는데 내가 들어 보지도 못했다고?

 놀라지 말았어야 했다. 엠시윌러의 독자들은 그녀가 중요한 이야기꾼이며 훌륭한 마술적 리얼리즘 작가요, 소설계에서 가장 강하고 가장 복잡하며 가장 일관되게 페미니즘적인 목소리 중 하나라는 것을 안다. 하지만 샌프란시스코에 자리한 작지만 훌륭한 출판사 머큐리하우스에서 주로 출간된 엠시윌러의 책들은 널리 주목을 끌지 못한다. 그 차분한 독창성 때문이기도 할지 모른다.

대부분의 서평가들은 구멍에 딱 들어맞는 비둘기와 돌아온 토끼들을 더 좋아한다. 엠시윌러는 (지적인 게임이란 면에서) 이탈로 칼비노와 (완벽한 정직성에서) 그레이스 페일리, (별난 재치에서) 페이 웰던, (순수한 광휘 면에서) 호르헤 루이스 보르헤스를 마구잡이로 섞어 놓은 것 같지만, 아니다. 그 목소리는 온전히 그녀만의 목소리다. 다른 누구와도 같지 않다. 그녀는 다르다.

『레도잇』(다르다!)으로 들어가기 전에 엠시윌러의 다른 책들(모두 다르다!)에 대해 조금 말하고 싶다.

1990년 이전에 나는 SF 출간으로만 엠시윌러의 작품을 알았다. 그녀는 SF 작가로 분류되지 않지만, SF 테마를 눈부시게 가지고 놀 줄 안다. 내가 처음 읽은 작품들에 속하는 『적절함의 경계에서*Verging on the Pertinent*』(1989, 커피하우스프레스)는 재치 있고 끝내주는 무서운 이야기 모음집이었다. 그 책을 읽고 나서 나는 인상적이고 수준 높은 작가라고, 감탄하긴 하지만 좋아하지는 않는다고 생각했다. 그래도 단편집 첫 글은 정말 좋았다. 「유콘*Yukon*」이라는 단편인데, 극북(極北)에 사는 한 여자가 남편에게서 도망쳐서 곰과 함께 편안하게 겨울을 보내다가 진정한 사랑을 만나는 이야기로, 그 사랑은 엥겔만 가문비나무이거나 가문비나무를 무척 닮은 엥겔만이라는 남자다…… 엠시윌러의 글에서는 주인공이 원하는 대로 얻는 일이 많다. 작가가 원하는 대로 얻게 만들지 않는다. 엄청나게 이지적이면서도 친절한 작가다. 단편소설 중 놀랍도록 많은 수가 행복한 결말을 맺는다. 적어도 독자가 결말이 행복하기를 원한다면 그렇게 보인다. 엥겔만 씨가 정말로 주인공의 진정한 사랑인지 확신할 순 없지만, 지난번에 읽었을 때는 그렇게 보였다. 다음에 읽으면 다를지도 모른다.

1990년에 『카르멘 도그*Carmen Dog*』가 나왔는데, 짐승으로 변한 여자들과 여자로 변한 짐승들을 다룬 장편소설로 엠시월러의 책 중에 가장 웃기면서도 가장 잔인할 책, 페미니스트『캉디드』같은 책이었다. 순수한 주인공 푸치*의 친절이 마지막에는 잔인함을 이기니, 행복한 결말이긴 하다. 적어도 독자가 그렇기를 원하면 그렇다. 푸치의 아이들도 잘 풀려서 "모두 수컷인 세터**"가 된다. 왜 이 책이 페미니스트 고전이 아닌지 나는 모르겠다. 아니, 페미니스트 고전일지도 모른다. 그래서 사람들이 못 들어 봤는지도 모른다. 이거야말로 모든 고등학교와 대학에서 젠더 교과서로 써야 할 책이다.

나는 2001년 봄 산호세 주립대학에서 맡은 문학 수업에서 『카르멘 도그』를 가르쳤다. 머큐리하우스에서는 그 책을 절판시켰고 우리에게 열다섯 권이 필요하다는 사실에도 관심이 없어 보였기에, 수업을 위해 첫 세 챕터를 복사해도 된다는 허락을 받았다. 학생들은 그 책을 정말 좋아해서, 나에게 책의 나머지 부분까지 복사해도 좋다는 허락을 받아 달라고 요청했다. 구할 수 있는 책은 몇 권밖에 없었다면서 말이다. 가르쳐 보니 예전에 생각했던 것보다

---

* Pooch, 개를 뜻하기도 한다.
** setter, 사냥개의 일종.

더 좋았고, 잔인하지도 않았다. 진실은 있었다. 재미는? 당연하지!

『카르멘 도그』이후에는 깜짝 놀랄 단편집 『모든 것의 끝의 시작 *The Start of the End of It All*』이 나왔는데, 작가의 폭과 목소리 둘 다 넓어지고 깊어졌다. 「원형의 석조 도서관 *The Circular Library of Stones*」이나 잊을 수 없는 「빌카밤바 *Vilcabamba*」같은 단편은 보르헤스와 비교할 수밖에 없다. 엠시윌러의 이야기들은 창의력 면에서는 보르헤스 못지않으면서 인간의 고통은 그만큼 멀지 않다. 그리고 엠시윌러의 유머가 보르헤스보다 더 분방하다. 표제작은 진짜 페미니스트가 잡으면 SF에 무슨 일이 일어나는지 보여 주는 훌륭한 예다. 그래, 이것도 외계인들이 지구에 찾아오는 이야기이긴 하지만, 「미지와의 조우」와 「ET」같은 질척한 영화들과는 아무 공통점이 없다. 여자 주인공은 엠시윌러의 여자 주인공이 대부분 그렇듯이 친절하고 사람을 잘 믿으며 자존감이 무척 낮아서 "거절당하고, 이혼하고, 늙어 가는, 남은 자투리"다. 클림프라는 이름의 어떤 외계인, 또는 몇몇 외계인이 주인공을 속여서 그의(그것의)(그들의) 자손을 낳게 만드는데, 자그마한 물고기 같은 외계인 떼다. 하지만 주인공의 고양이가 하나만 빼고 다 먹어 버린다. 주인공은 하나 남은 외계인을 간직하여 아버지 이름을 따서 찰스, 또는 헨리라고 이름 붙이고 외계인들에 대해서는 더 이상 착각에 빠지지 않는다. 독자가 어느 쪽을 원하냐에 따라 완벽한 해피엔딩이기도 하고, 아니기도 하다. 하지만 어느 쪽이든 간에 말도 안 되게, 엄청나게 웃긴다.

좋다. 그러니까 이 친절하고, 무섭고, 웃긴 페미니스트 이야기꾼이 내가 안다고 생각한 캐럴 엠시윌러였다. 나는 신간 서가에서 『레도잇』(1995, 머큐리하우스)을 집어 들고 표지를 응시했다. 엠파이어 스테이트 빌딩을 기어오르는 퀸콩도 아니고, 새이자 개이자 여성도 아니고, 터무니없는 공상을 보여 주는 면은 하나도 없이, 어떤 사막에서 구식 서부 승마복을 입고 편지를 읽고 있는 아주 젊은 여자가 담긴 손때 묻은 사진이 박혀 있었다.

그리고 그 표지가 책을 타당하게 소개하고 있다. 말했듯이 『레도잇』은 다르다. 대부분의 동시대 소설과도 다르지만 저자의 다른 책들과도 다르다. 『레도잇』은 1800년대 후반과 1900년대 초반 머나먼 서부의 여자들을 다루거나 그 여자들이 쓴 장편소설이라고 하는 허술하고 불연속적인 전통에 속한다. 하지만 무엇보다도 먼저 나는 이 소설이 사랑 이야기라고 말하고 싶다.

우리는 사랑 이야기를 브론테나 오스틴의 손에서나 드물게 예술이 되는, 로맨스 서가에 가득한 흔하고 단세포적인 장르로 여기는 경향이 있다. 그러나 얼마나 많은 이야기가 사실은 사랑에 대한 이야기인가? 나도 어느 글쓰기 워크숍에서 과제로 "사랑 이야기"를 줘 보기 전까지는 그런 질문을 던진 적이 없었다. 그 워크숍에서는 욕정에 대한 단편을 열네 편 받았다. 다음에 다시 시도했을 때는 욕정에 대한 이야기가 열한 편, 증오에 대한 이야기가 두 편, 조카딸을 사랑한 여자를 그린 사랑 이야기가 한 편 나왔다.

우리가 얼마나 온갖 종류의 사랑을 하는지 생각해 보면, 소설에서는 사랑을 성적인 욕망으로만 탐구하거나, 성생활을 권력의 도구로 이용하는 학대나 착취나 집착 관계로만 다룰 때가 이토록 많다는 게 이상하기도 하다.

『레도잇』은 사랑 이야기다. 열정적으로 성취했으나 결코 안정감을 얻지는 못한 어느 결혼한 부부의 서로에 대한 사랑을 다루고, 젊은 여자 로티가 새아버지와 어머니와 이복 남동생에게 품은 격정적인 분노와 거부의 사랑을 다룬다. 가족의 사랑이란 난파선과 가라앉은 보물이 가득한 해안도 없고 해도도 없는 바다를 가로지르는 항해이려니. 참으로 멋진 이야기다! 어떤 마돈나 사진보다 훨씬 더 흥미롭다! 게다가 그런 이야기는 우리들 대부분이 실제로 사는 삶에 바싹 다가온다. 낭만적이지도 않고 끝도 없는 적응과 실망과 재적응, 눈먼 잔인성과 눈먼 다정함, 매듭과 복잡한 얽힘과 엉킨 그물들, 격분과 의리와 반항, 서로 함께 살아가려 노력하고 서로를 사랑하려 노력하는 평범한 사람들의 평범한 열정들.

그 이야기 중심에는 레도잇이, 자신의 행운을 믿을 수가 없어서 행운으로부터 도망치려 하는 지저분하고 온순한 카우보이가 있고, 스스로에게 불을 지르고 남자를 쏘고 콧수염 난 말들을 그리는 어린 로티가 있다. 그 그림은 레도잇의 초상화다……. 로티의 어머니 오리아나와 결혼한 레도잇. 과거 고상한 약혼자에게 강간당한 오리아나는 달아나서 서부로 왔고, 가족을 부수려 하며 어머니로부터 달아나는 딸을 두었다. 우리 나라의 역사는 많은 부분이 도망치는 사람들로 이루어져 있다. 도망친다고 좋은 사람들이 아니라는 뜻은 아니다. 도망자 중에도 좋은 사람은 있다.

그리고 배경이 있다. 이 나라의 동쪽 절반에 사는 사람들은 다발풀 무성한 방목장과 목장에 사는 카우보이들을 진지한 소설 배경이 아니라 마초 영화용 소도구로 보는 경향이 있다. 뭐예요, 거기 진짜 사람들이 산다고요?

엠시윌러가 그리는 1905년 시에라 산맥 비탈의 캘리포니아는 루이스 라모어[*]와는 아주아주 거리가 멀고 할리우드와도 다른 행성에 있다. 그러나 메리 오스틴의 『비가 오지 않는 땅*Land of Little Rain*』에서는 길만 건너면 바로다. 여기는 "성공"이 아무 의미가 없는 미국, 건지 농업과 궁핍한 목축업의 땅, 외톨이 하나하나가 옆에 있는 외톨이를 아는 곳이다. 이들은 기대치가 낮고 강인한 사람들, 특이한 실패자와 도망자들, 사막 사람들이다. 이 무정하게 위험하고 아름다운 풍경 속에서, 사람의 행동과 관계들은 깊은 정적을 깨뜨리는 어떤 목소리나 몸짓과도 같은 중요도를 띤다. 하지만 엠시윌러는 사막의 삶을 열광적으로 이야기하지 않는다. 이 작가는 그곳을 목장 일꾼들이 알듯이 풍경이 아니라 땅으로 안다. 그곳 사람들을 원형이 아니라 개인으로 안다. 그 땅의 정적에, 그리고 사람들의 정적에 귀 기울일 줄 안다.

산과 사막 지역에서 온 '머나먼 서부인들'인 내 어머니 쪽 친척들이 딱 이런 사람들이었는데, 엠시윌러는 그 사람들을 완벽하게 잡아냈다. 어린 로티가 쓰는 일기가 소설 내내 계속 다시 나온

---

[*] Louis L'Amour(1908~1988). 서부소설을 많이 쓴 소설가로, 영화화된 작품이 많다. 역사소설과 SF도 썼다.

다. 그 일기를 읽으면서 나는 계속 1880년 와이오밍에서 태어난 우리 이모할머니 벳시를 생각했다. 이건 꼭 벳시 같네, 생각했다. 벳시라면 이 애를 알았을 거야. 벳시가 이 애였어. 서부인이 소설 속에서 자기 친척들을 발견하고, 친척들이 말하는 방식대로 말하는 소리를 듣기란 아직까지도 드문 경험이다. 20세기 초에는 그들을 아는 여자 작가들이 있었다. 월러스 스테그너가 출처 표시 없이 작품을 도용해서 소설을 썼던 메리 할록 푸트도 그런 작가였다. H. L. 데이비스의 『뿔 속의 꿀』과 몰리 글로스의 『점프오프 크리크』는 서부 지역과 인물들에 대한 확고한 솔직성을 갖췄다. 캐럴린 시, 주디스 프리먼, 디어드리 맥네이머, 앨리슨 베이커 같은 작가들이 그 전통을 최근으로 불러오고 있다. 마침내, 그리고 서서히, 그리고 대부분 여성 작가들이 서부를 쟁취하고 있다.

하지만 엠시윌러가, 너무나 뉴욕스럽고 세련된 글을 쓰는 데다 뉴욕 대학에서 글쓰기를 가르치는 그가 어떻게 우리 이모할머니에 대해 다 아는 걸까? 아마 뛰어난 소설가라서이리라. 소설가란 상상력을 이용하고, 그래서 회고록 작가들과 다른 법이니. 엠시윌러는 자기 소설의 배경을 속속들이 알고, 자작 목장에서의 삶이 어떤지 알며, 말을 탈 때 어느 쪽에서 오르는지 안다. 책 뒤표지에 실린 사진에서 작가는 잘생긴 애팔루사 말을 향해 효율적인 안장을 들어 보이며 웃고 있다. 하지만 배경의 나무인지 덤불인지는 바스토 근처의 개울 바닥일 수도 있고, 롱아일랜드일 수도 있고, 어디든 가능하다. 내가 확신하는 건 그녀가 『레도잇』에서 무엇에 대해 쓰는지 알고 있었으며, 그건 쓸 가치가 있었고, 달리 아무도 그런 소설은 쓰지 못했다는 점이다.

　이 소설 『레도잇』이 아직도 절판 상태라는 사실을 적게 되어 유감이다. 혹시 요새 모두가 책을 사야 하는 곳이라고 생각하는 곳*에서 『레도잇』을 찾아본다면, 나와 같은 결과를 얻을 수 있을 것이다. 제목은 『레도잇』이지만 벨라루스에 대한 책이 한 권 있다. 또 이런 꼴이다. 노도 없이 아마존 강을 거스르는 꼴. 그저 어느 출판사가 『레도잇』을 재출간할 분별을 발휘해 주길 빌 뿐이다. 격렬하고도 다정하게 성장하는 어느 소녀의 격렬하고 다정한 초상. 애정과 슬픔에 재능이 있는 남자의 슬픔 가득하고 애정 어린 초상. 서부극이자, 감상적이지 않은 사랑 이야기, 이상화하지 않은 미국의 과거 모습, 강인하고 달콤하며 고통스럽고 진실한 소설을.

---

* 대형 인터넷 서점을 가리킨다.

앨런 가너의 『본랜드*Boneland*』

2012년

『본랜드』는 앨런 가너가 1960년과 1963년에 출간한 두 권의 어린이책을 잇는 성인용 속편이다. 『브리싱가멘의 기묘한 돌*The Weirdstone of Brisingamen*』과 『곰라스의 달*The Moon of Gomrath*』에 나오는 콜린과 수전은 열두 살쯤 된 쌍둥이로, 놀랄 만한 모험들에 연속으로 뛰어들며, 불면과 위험과 고통을 참아 내고, 초자연적인 사건들을 거의 초인간적으로 차분하게 받아들인다. 두 번째 책 끝에서 수전은 다른 세계의 숙명이랄까 역할을 받을 운명으로 나타났다.

이 세 번째 책이 시작될 때, 수전은 사라지고 없다. 수전의 형제인 콜린은 30~40년 나이를 먹었고, 그들의 저자는 50년 가까이 나이 먹었다.

나는 어스시의 이야기가 어디로 가야 하는지 이해하기 위해 3권과 4권 사이에 17년을 기다려야 했고, 어스시 시리즈 전체를 쓰는 데엔 33년이 걸렸다. 50년은 시리즈 사이에 두기엔 긴 시간이다. 그러나 앨런 가너가 시작점으로 — 전설 가득한 앨덜리에지의 풍경으로 되돌아가는 데 50년이 필요했던 것은 옳고도 자연스러운 일 같다. 이야기를 따라 인간 심리 더 깊숙이, 어두운 과거와 시간의 심연 속*으로 들어갈 수 있으려면 그래야 했다.

콜린은 똑똑한 천체물리학자이자 조류학자이면서 석사 학위도 대여섯 개 있는 다재다능한 석학이 되었을 뿐만 아니라 뛰어난 요리사이자 목수, 그리고 사회 부적응자가 되었다. 열세 살 이후에 일어난 일은 모조리 기억하지만, 그 전의 기억은 모두 잃어버렸고 쌍둥이 누이와 용기도 같이 잃었다. 무관심한가 싶게 두려움이 없던 아이가 앞뒤 맞지 않는 강박 때문에 미쳐 버릴 지경인 과민하고 고민 많고 자신에게만 몰두한 남자가 되었다.

누이를 찾고 제정신을 찾으려는 콜린의 탐색은, 세상의 안위 또한 위태롭기에 진정한 탐구원정(Quest)이 된다. 콜린은 별들을 제자리에 유지하고 태양을 겨울의 죽음으로부터 다시 불러오기 위해 앨덜리 에지에서 춤추고 노래하던 이들의 후손으로, 빙하 시대와 그 오래전부터 내려오는 샤먼의 후계자다. 세상의 균형을 유지하는 것이 콜린이 할 일이기에, 그는 균형을 찾아야만 한다. 체셔에 있는 어느 트라이아스기 사암 암초의 바위산과 동굴들이 그 균

---

* the dark backward and abysm of Time, 셰익스피어 『템페스트』 1막 2장.

형의 축이자 우주의 배꼽, 반드시 버텨야 할 중심이다.

물론 그 중심은 델피의 어느 동굴에도 있고, 캘리포니아 클래머스 강의 어느 섬에도 있으며, 지구상의 수천 곳에 있고, 우주를 걷던 우주비행사 러스티 슈바이카르트에게 떠올랐듯이 지구 자체에도 있다. 인류가 세상과의 깊은 연결을 느끼고 그것을 성스러운 책임으로 받아들인 곳이라면 어디에든 있다.

그러나 이 보편적 연결은 아주 지역적으로 느껴진다. '이' 장소가 성스러운 곳이다. 몽상가이기보다는 신화 창작자인 앨런 가너는 오래된 장소명과 방대한 지리 어휘를 즐기며 자기가 고른 실제 풍경에 돌 하나하나씩 꼼꼼하게 이름을 붙이고, 그 말들을 엮어 장황한 확인 의식을 자아낸다. 종말이 오는 것을 막을 끝없는 반복, 세상 끝에서 세상을 유지해 줄 리드미컬한 춤이다. 엘덜리 에지는 순수하고 단명하는 필멸자들이 거듭거듭 재현해야 할 영원한 의식의 현장이다. 사사로운 비극과 구원은 우주적인 예견 속에 포섭된다.

그의 이야기 속 사람들이 등장인물이라기보다는 가면이자 유형, 원형인 것도 놀랍지 않다. 하지만 상상 문학이 근대의 리얼리즘이 금지하는 영역을 되찾고 엘프랜드에서 맨체스터 외곽으로 돌아오자면 위험한 땅을 밟게 된다. 그냥 모험 이상을 찾는 독자들은 등장인물들의 행동과 반응이 인간적으로 이해가 가기를 기대한다. 어린 쌍둥이 콜린과 수전은 판타지 이야기 속에 나오는 반쯤 특징 없는 배우들이었다. 어른인 콜린은 심각한 정서장애가 있는 전파

천문학자이자 그 세대에 "에지를 돌보도록" 선택받은 남자다. 현대 소설에서, 이 두 가지 역할을 한 인물 안에서 어떻게 조화시킬 것인가? 어떻게 그토록 시대착오적인 운명을 짊어지고 그토록 정서가 망가진 남자의 심리적 고통을 이해 가능하게 만들 것인가?

저자의 성공은 인물을 둘로 쪼갠 덕분이기도 하다. 하나는 21세기 과학자 콜린이고 또 하나는 이름 없는 석기시대 조상으로 말이다. 하지만 결국 저자의 성공은 독자가 자발적으로 상상의 미로를 헤매겠다고, 그것도 정체 모를 대화와 그려지지 않은 위치 같은 속임수며 암시, 단서, 퍼즐을 따라가겠다고 해야만 가능하다. 콜린의 치유 과정, 그 치료 단계들과 심상 속 심상 몰아내기가 매혹적이긴 하지만, 서술은 독자에게 저자의 조종과 통제를 받아들이라 요구한다. 콜린이 정신분석가에게 조종당하듯이 말이다.

그리고 그 정신분석가는 마지막에 가면 마녀 아니면 여신이었던 것으로 드러나고, 펑 하는 연기 속에서 사라진다. 진지한 소설에서 이건 위험한 짓이다.

앨런 가너는 자신이 그 일을 해내는 것을 독자들이 믿음과 존경으로 지켜봐 주리라 믿고 의지할 수 있다. 나의 믿음과 존경도 크기는 하지만, 언제나 그것으로 충분하지는 않았다. 아무리 다시 읽어도 『본랜드』의 첫 여덟 줄은 무슨 뜻인지 갈피를 못 잡겠다. 뭐, 조만간 단서를 얻게 되리라. 그 현명하고 재치 넘치는 데다 바이크를 모는 정신분석가가 마녀 노파 아니면 달의 어머니라고? 수전이 플레이아데스˙의 일원이라고? 흠, 좋아. 가너는 진실은 지식을 통해서가 아니라 믿음을 통해서만 이룰 수 있다 여긴다고? 흠, 그럴지도.

나에게 이 소설의 온갖 장난질과 위험을 감수할 만했던 이유는 아주 오래전에 "에지를 돌본" 빙하 시대의 고독한 예술가-샤먼이 나오는 그림자 이야기였다. 책에서 이 대목들은 긴장되고 암시적이고 상징적이면서 아주 견고한 언어로 적혀 있다. "그는 바위 휘장을 자른다. 아래 어둠 속을 울부짖는 물에 덜거덕거리는 발굽 소리가 들린다. 등불이 칼에서 달을 끌어내고, 칼은 바위에서 황소를 끌어낸다. 얼음이 울렸다."

이게 다 무슨 소리인지는 읽으면서 서서히 알게 된다. 그냥 퍼즐 풀이가 아니다. 시를 읽을 때 그렇듯이 또 다른 언어를 배우고, 다르게 보고 생각하는 방법을 배우는 요구와 보상은 치열하고 진실하다. 이 책의 이런 요소, 강박을 뚜렷하게 만들어 주고 진짜 균형을 일별하게 해 주는 이런 면 때문에 나는 『본랜드』를 다시 찾게 된다. 다른 어떤 소설가도 우리에게 준 적 없는 뭔가를 찾을 줄 알기에.

---

* 그리스 신화에서 아틀라스와 님프 플레이오네 사이에서 태어난 일곱 자매.

켄트 하루프의 『축복*Benediction*』

2014년

<u>2014년</u>

　　머릿속에서나 포스터에서나 콜로라도 하면 온통 산봉우리와 그림 같은 스키 산장들이 떠오른다. 하지만 동쪽에서 운전해서 콜로라도로 진입해 본다면, 대체 로키산맥은 어디다 감춘 걸까 의아해질 수도 있다. 감지하기 힘들 정도로 서서히 높아지는 평원은 광대하고 단조로우며, 가끔 하나씩 못생긴 소도시가 튀어나올 뿐이다. 미국의 서부는 온갖 그림 같은 아름다움을 넘어서며, 그 장엄함은 피상적인 게 아니다.

　　그런 못생긴 소도시 중 하나인 홀트는 소설가 켄트 하루프의 창작으로 만들어졌다. 그의 세 장편 『플레인송』, 『이븐타이드*Eventide*』[*], 그리고 『축복』을 읽은 독자라면 이제 그 마을을 거리 하나 하나, 주민 하나하나에 이르기까지 안다. 피에르와 나타샤, 아니면 헉핀 같은 하루프의 인물들은 내 마음속에 영원히 살아가며, 내가 생각하는 사람들이 되었다. 그들의 대화는 건조하고 수수하며 서부 특유의 느긋한 운율을 띠고, 저자의 서술도 그렇다. 대화에 따옴표를 넣지 않으니 이 연속성이 부드럽게 강조된다. 절제하는 목소리, 조용한 음악이다.

　　다수가 타고나기를 외톨이인 홀트 사람들의 열정은 미국 소도시의 억압적인 인습과, 가난과 무지와 가차없는 고된 노동이라는 온갖 구속에 매인 채, 가끔은 폭력으로, 가끔은 연민의 손을 뻗는 행위 또는 그러려는 시도로 나타난다. 폭력은 이 시대 소설들에 흔히 나오고, 연민은 그렇게 흔하지 않다. 하루프는 인간관계를 극도로 사려 깊고 신중하게 다루며 격분과 충절, 동정, 도의심, 소심함, 의무감을 탐구한다. 그는 복잡하며 거의 언급되지 않는 도덕 문제들을 다루며, 아마도 이심전심의 경지를 향해 밀고 나아간다. 때로는 감상적이라는 위험을 무릅쓰고, 또 한두 번은 감상주의에 빠지기도 하지만, 홀트 소설을 통틀어 평범한 사랑의 형태를 — 지속되는 좌절, 헌신적 애정이 치르는 오랜 대가, 일상적인 애정의 위안을 — 탐구하는 하루프의 용기와 성취는 내가 아는 그 어떤 동시대 소설도 능가한다.

　　『축복』은 있는 그대로 읽는 게 제일 좋다. 즉, 반복해서 나오는 등장인물들로도 연결이 되기는 하지만 주로 책을 거듭하면서

＊ 3부작 중간에 해당하는 이 작품은 아직 국내 번역되지 않았다.

세부 사항을 끊임없이 쌓아 올린 특별한 마을 홀트와 그 주변 시골의 모습을 통해 연결된 세 권의 소설 중 세 번째로 읽는 게 제일 좋다. 각기 다른 세 개의 이야기지만, 누적의 힘이 있다. 『축복』에 담긴 이야기는 제목 그대로 종결을 시사한다. 하지만 시간이 계속 흐른다는 감각 또한 그 장소감 못지않게 강력하니, 홀트의 삶은 계속될 것이다.

앞선 두 권은 선명한 사건과 좀 더 전통적으로 "서부스러운" 행동들을 제공했다. 이를테면 『이븐타이드』에서 방목장 황소들을 울타리 밖으로 내보내는 장면이 그렇다. 한 노인의 죽음으로 끝맺는 이 장면은 마치 『베니티 페어 *Vanity Fair*』*의 워털루 챕터 마지막 문장 같은 충격을 전한다. 『축복』은 그보다 차분하다. 여기에서도 노인이 죽기는 하지만 그건 너무 오래 끈 죽음이고, 대드 루이스는 목장주가 아니라 상점 주인일 뿐이다. 그는 홀트에 철물점을 소유하고 있다. 호감이 가는 인물은 아니고, 썩 흥미롭지도 않다. 앞으로 죽어 가는 편협하고 성마른 노인이다.

요새는 질병이나 치매의 가차없는 경로를 이야기하는 회고록과 소설이 넘쳐나는데, 그 음울한 익숙함이 여기에도 다 있다. 하지만 대드 루이스의 죽어 감은 육체적 고통의 따분함과 굴욕만 그리는 게 아니라 뜻밖에 공공연히 신비에 접근하고, 건조하다 못해 공기 같은 유머를 드러내 보인다.

대드의 양심에 걸리는 일이 있다. 그의 유령들, 죽은 부모님

---

* 윌리엄 새커리(1811~1863) 소설로 나폴레옹 전쟁기를 다룬다.

과 잃어버린 아들은 대드의 침대 옆 나무 의자에 앉아서 그와 대화를 나눈다. 다들 대드 못지않게 성미가 고약하다. 궁핍한 캔자스 농부였던 그의 아버지는 대드에게 말한다.

흠, 정말 근사하고 큰 집이구나. 네가 잘 해냈다, 안 그러냐. 정말 크고 만족스러운 좋은 집을 얻었어.
제가 일해서 이룬 거예요, 대드가 말했다.
암 그렇지. 그렇고말고. 나도 안다, 노인이 말했다. 그리고 운도 좀 따랐겠지.
행운도 있었죠. 하지만 전 열심히 일했어요. 제가 일해서 번 거예요.
그래. 그렇겠지. 대부분 사람은 열심히 일해. 그것만으론 안되는 거 아니겠냐. 네겐 운이 따른 거야.
빌어먹을, 운이 따르기야 했죠, 대드가 말했다. 하지만 그 행운도 내가 일해서 얻은 거라고요.

또 죽었는지 아닌지 대드는 모르지만, 죽었을 가능성을 인정하지 않는 상태인 아들과 대드가 나누는 요령부득의 쓸쓸한 대화는 너무나 평범한 비극에 해당하는 두 사람의 관계를 드러내 보인다. 말로 표현할 수 없는 사랑과, 얻어 낼 수 없는 용서. 대드 루이스는 마치 야곱이 천사와 그랬듯 자신의 유령들과 씨름하며, 그들이 축복해 줄 때까지는 놓아주지 않으려고 무섭게, 헛되이 노력한다.

　　서술은 이 중심인물과 그 주위를 돌면서 보조적인 이야기와 인물과 세대들로 복합적이고 풍성한 결을 자아낸다. 하루프는 어른 여자와 여자아이들을 이상화 없이 애정을 담아, 개별 인간으로 쓴다. 청소년기의 고통에 대해서는 어떤 단정도 없이 공감하고, 조악함과 위선은 눈도 깜박이지 않고 바라본다. 성애와 무관한 애정 관계를 보여 주는 기술, 그리고 부모와 자식의 관계를 양쪽 관점에서 묘사하는 그의 기술은 드문 만큼 반갑다.

　　하루프는 아주 많은 면에서 놀랍도록 독창적인 작가다. 그 독창성은 특성상 많은 전통적 비평의 눈에 띄지 않는다. 그는 가식을 부리지도 목소리를 높이지도 않는다. 차분하게, 친밀하게, 그러면서도 어려워하면서, 한 어른으로서 다른 어른에게 말을 건다. 그는 이야기를 제대로 하기 위해 조심한다. 그리고 제대로 해냈다. 딱 좋다. 진실되게 와 닿는다.

켄트 하루프의 『밤에 우리 영혼은 *Our Sourls at Night*』

일상에 대해 쓴다는 건 힘든 일이다. 비범한 것, 전율스러운 것, 초월적인 것은 자동으로 매력을 발하지만 심지어 특별히 불행하지조차 않을 만큼 흔한 삶을 묘사하려면 용감한 저자여야 한다. 게다가 행복이라니, 성적인 만족도 아니고 야심에 대한 보상도, 황홀경도, 지복도 아니고 그저 일상의 행복이라니 이건 사실상 소설에서 사라진 무언가다. 우리가 그것을 믿지 않고 감상주의로 보거나, 진짜와 가짜를 혼동하기 때문인지도 모른다. 정말이지 쓰기 쉽지가 않다. 진실성 있게 울리려면 가장 초라한 종류의 성취와 만족에 대한 묘사조차도 인간의 부족함과 잔인함, 언제나 질병과 몰락과 죽음이 닥칠 수 있다는 가능성을 염두에 두고 쓰여야만 한다.

한 마디만 잘못 써도 모든 게 믿기지 않아진다.

켄트 하루프의『밤에 우리 영혼은』에는 잘못 쓴 한 마디가 없다. 구어체의 편안함과 투명함을 갖춘 산문체와 단순해 보이는 이야기에도 불구하고 그럴싸한 말이나 뻔한 말 하나가 없다.

보통 어떤 소설을 어떤 상황에서 썼느냐는 독자인 나에게 별로 흥미를 일으키지 않지만, 이 경우에는 저자가 죽어 가면서 쓴 책이라는 사실을 생각하며 감동받고 경외감마저 느낀다. 이 책은 삶의 먼 가장자리에서, 어둠의 가장자리에서, 책임감을 품고 써낸 보고서다. 하루프는 증언하고 있다. 우리보다 멀리 가서, 그곳에서는 무엇이 중요한지를 말하고 싶어 한다. 하루프가 자신의 상황을 알고 있었고, 내가 그 사실을 알면서 책을 읽었기에, 나는 오직 해야만 하는 말 외에 다른 말을 할 필요가 없어진 사람과 함께한다는 귀한 특권을 고맙게 여겼다.

그 목소리는 조용하다. 그곳에는 모든 어둠이 다 있으나, 우리는 빛을 보고 있다. 콜로라도의 어느 소도시, 어느 침실에 켜진 등불 빛을.

하루프의 장편소설은 모두 같은 소도시, 홀트를 배경으로 한다. 첫 두 권은 상당히 진부했다. 세 번째 소설『플레인송』에서 그는 자기만의 목소리를 찾았다. 운율은 완전히 미국적이고, 예기치 않은 익살스러움과 차분하고 건조한 과묵함 면에서는 서부 미국스러운『플레인송』과 그 뒤에 이어진 소설들은 마치 윌라 카터의 소설처럼 광대한 서부의 고독과 역설적으로 그곳 사람들의 억압된 삶, 그 연약함을 웅변한다. 결코 흡족한 구경거리로 펼쳐지지 않는 폭력은 짧고 피할 수 없으며 충격적이다. 등장인물 사이에는 언제나 아이들이 있으며 비범한 사실성과 연민과 진지함을 갖춰 그려진다. 어린 사람들은 인도받지 못해 불안하게 들썩인다. 그보다 나이 많은 남자들은 자기 일을 하고 방어 태세를 유지한다. 여자들은 보통 일이 돌아가게 하지만, 가끔 하나씩 무너지거나 갑자기 덴버로 도망쳐 버린다. 하지만 그곳에는 즐거움도 있다. 혹독한 즐거움이다. 위험이 주는 기쁨, 책임이 주는 기쁨이다. 이 사람들 사이에서 상냥함은 묘목처럼 보호와 아낌을 받으며 천천히 물을 향해 깊게 뿌리를 뻗는다.

홀트는 뉴욕에서 멀다. 어쩌면 런던이나 프라하보다 더 멀 것이다. 많은 동부 미국인에게, 서부 미국은 오직 선인장과 할리우드, 문학이 아니라 서부영화의 무대일 뿐이다. 어쩌면 편협한 도시 비평가들은 매력도 없고 유행과도 거리가 먼 홀트에 바치는 하루프의 신의 때문에 그의 사려 깊고 섬세하며 능란한 작품에 마땅한 주의를 기울이지 않았는지도 모른다. 아마 하루프는 개의치 않았을 것이다. 그는 성공을 열망하여 움직이지도, 홍보용 유명인 공장의 기계적인 과대 선전을 겪지도 않고 고집스레 켄트 하루프로 남아서 자기 일을 계속 하고, 방심하지 않을 수 있었다. 어떻게 해야할지, 그게 옳긴 한 건지조차 잘 모르면서도 옳다고 여기는 일을 계속하는 게 얼마나 힘든지에 대해서, 우리가 서로에게나 스스로에게나 얼마나 가혹한지에 대해서, 우리들 대부분이 얼마나 힘들게 일하는지에 대해서, 우리가 얼마나 많이 갈망하고 얼마나 조금에 만족하는지에 대해서 계속 쓸 수 있었다.

이 모두가 탄탄하고 만족스러운 장편의 재료인데, 이 마지막 책에서는 거기에 아주 희귀한 뭔가가 더해졌다. 수많은 소설이 행복 추구에 대해 썼지만, 이 소설은 실제 행복의 빛을 발한다.

"그러다가 애디 무어가 루이스 워터스를 찾아가는 날이 왔다." 이야기는 이렇게 시작한다. 남편과 사별한 애디는 아내와 사별한 이웃을 찾아가서, 혹시 가끔 같이 자러 올 생각이 있느냐고 묻는다.

"뭐요?" 루이스는 당연히 깜짝 놀라서 말한다. "그게 무슨 뜻입니까?" 그러자 애디가 말한다. "우리 둘 다 혼자잖아요. 너무 오래 혼자 지냈어요. 몇 년이나 그랬죠. 난 외로워요. 당신도 그러지 않을까 싶어요. 혹시 밤에 와서 나와 같이 잘 생각 있나요. 대화도 하고요."

그렇게 해서 콜로라도의 홀트에 있는 시더 스트리트의 침실에 불이 켜진다. 그리고 무척이나 조심스럽게, 용기 있게, 부드럽게 행복이 달성된다. 그러나 우리가 기대하는 방식이 아니라 홀트의 다른 주민들 여럿과 얽혀, 상당히 복잡한 조건 속에서다. 어쩌면 행복이란 자유와 함께하기에, 불행보다도 예측하기 힘든 것인지 모른다. 또한 자유와 마찬가지로, 결코 확고하지가 않다. 영원할 수가 없다. 그러나 행복은 현실이 될 수 있고, 이 아름다운 소설에서 우리는 그 행복을 공유할 수 있다.

토베 얀손의 『진정한 사기꾼 *Den ärliga bedragaren*』

<u>2009년</u>

　　무민트롤 판타지의 지속적이고도 국제적인 성공 이후, 핀란드의 저자 겸 화가인 토베 얀손은 60대에 성인 대상의 리얼리즘 소설을 쓰기 시작했다. 이 책들이 스칸디나비아 바깥에서 주목을 끌기까지는 시간이 걸렸다. 비평가와 서평가, 문학상 심사위원들은 어린이책은 착하다는, 즉 도덕적으로 밋밋하고 스타일은 유치하다는 오만한 가정 위에서 자주 어린이책 저자들은 어른에게 맞는 진지한 글을 쓸 수 없다고 치부하곤 한다. 그림에도 적용되는 이 편견은 우연찮게도 『진정한 사기꾼』의 플롯에서 하나의 역할을 수행한다.

　　토베 얀손의 작품이 친숙한 사람이라면 누구라도, 어떤 근거로도 그녀의 작품을 묵살하거나 깔보는 것은 현명하지 못하다는 사실을 안다. 어린이를 위해 낸 책들은 복잡하고 예리하며 심리적으로 교묘하고, 재미있고, 당황스럽다. 도덕성은 결코 손상되지 않지만 결코 단순하지도 않다. 그러니 어른용 소설로 옮겨 간다고 크게 바뀌는 것도 없다. 그녀가 그리는 일상의 핀란드인들은 트롤 못지않게 이상하고, 겨울의 핀란드 마을은 여느 판타지 숲 못지않게 아름답고 위험하다.

변한 것이 있다면, 글쓰기의 본질에 일어난 변화가 아니다. 언어가 그 어느 때보다 더 군살 없이 팽팽한 미니멀리즘을 선보인다. 그러나 이런 형용사들은 상당히 많은 현대 서사 산문을 묘사하기도 한다. 유행에 맞는 식욕 억제 스타일로 스릴러와 경찰소설, 실존 누아르에 잘 맞지만 아우르는 영역이 무척 한정되어 있다. 얀손의 영역은 효율적으로 통제되어 있긴 해도 크다. 얀손의 간결한 정확성은 긴장과 스트레스만이 아니라 깊은 감정, 확장, 휴식, 평화까지 표현할 수 있다. 묘사는 서두르지 않고 적확하며 선명하다. 화가의 눈이다. 스타일은 "시적"이긴커녕 정반대로 가장 잘 짜인 산문이다. 순수한 산문이다. 그 고요하고 명료한 글을 통해 우리는 도달할 수 없는 깊이를, 위협적인 어둠을, 약속된 보물을 본다. 문장은 구조, 움직임, 운율 모두 아름답다. 필연적으로 어울린다. 심지어 번역인데도! 토머스 틸은 표지에 토베 얀손과 같이 이름을 올려야 마땅하다. 그는 진정한 번역가의 기적을 일으켰다.

아예 통째로 인용할 수 있다면 좋겠지만, 한 대목으로 만족해야 하리라.

정말 추워지면, 일을 계속하는 건 말도 안 되는 짓이었다. 창고는 단열이 되지 않았고, 스토브로는 손이 곱지 않을 만큼 덥히기도 힘들었다. 그들은 창고를 닫아 걸고 집으로 갔다. 하지만 보트를 물에 띄우는 바다 쪽 문의 걸쇠들은 쉽게 열 수 있었다. 매츠는 대구용 낚싯바늘을 들고 얼음밭에 나갔다가 아무도 보이지 않으면 보트 창고에 들어가곤 했다. 때로는 맡은 일을 계속하기도 했는데, 대부분 아무도 눈치 채지 못할 정도로 사소한 부분들이었다. 하지만 대개 그는 그냥 평화로운 눈빛 속에 앉아 있었다. 추위를 느끼지도 않았다.

주인공은 성공한 어린이책 그림작가 안나 애멜린, 그리고 애정과 야심이라고는 자신이 보살펴야 할 남동생인 수줍음 많고 굼뜨고 온화한 매츠에게밖에 없는 카트리다. 그리고 보트를 만드는 정직한 릴리예베리, 현명한 마담 니가드, 심술궂은 상점 주인, 마을 아이들 한 무리, 그리고 카트리의 개가 있다. 이름도 없고 조용한 노란 눈의 개는 노란 눈의 카트리가 키우는 동물이다. 그리고 카트리는 늑대 같은 자신이 다른 사람보다 우월하다고 뻐긴다. "내 개와 나는 저들을 경멸해. 우린 우리만의 비밀스러운 삶에 숨고, 내면의 야생 속에 감춰져 있어."

마을에는 결혼한 사람이 없어 보이고, 홀로 지내는 두 여자 카트리와 안나 사이에 형성될 관계는 성애적이지 않지만 몹시도 열정적이고, 격하게 불안정하며, 파괴적이고, 사람을 바꿔 놓는다.

카트리보다 훨씬 부유한 안나는 경건하기까지 한 태도로 부모님의 집을 변화 없이 유지하면서 출판사에서 글을 제공할 작은 책 그림들을 그린다. 안나의 그림은 숲 바닥, 나뭇잎 무늬, 잔가지, 이끼 등을 놀랍도록 제대로 그려 낸다……. 여기에 안나는 출판사의 글에 나오는 귀여운 토끼를 더한다. 안나는 어린 독자들이 보내는 편지에 답하는 데 많은 시간을 보내고, 자기 사업의 이익을 돌보는 데에는 아무 관심도 없다. 안나는 봄이 와서 살아 있는 땅을 보고 그릴 수 있을 때까지 겨우내 자고 또 잔다.

　　남동생에게 안도감을 주고 또 남동생의 유일한 바람인 낚싯배를 제공하기로 결심한 늑대 같은 젊은 카트리는 안나의 집에 강도가 든 척 꾸며내어 안나가 혼자 살기를 두려워하도록 만들고, 그 틈으로 밀고 들어가서 안나를 위한 일자리와 신뢰를 얻어 낸다. 카트리는 오래지 않아서 집안을 장악하고, 안나를 자게 해 주는 오래된 가구들과 편안한 거짓말을 다 내던져 버렸다. 하지만 이제 깨어난 안나는 겉보기 같은 토끼가 아니고, 카트리도 진짜 늑대가 아니다. 진실과 거짓, 순수성과 복잡성, 얼음과 해빙, 겨울과 봄의 선연한 대조와 상호작용을 통해 펼쳐지는 이 둘의 이야기는 내가 올해 읽은 가장 아름답고 만족스러운 소설이다.

바버라 킹솔버의 『비행 습성*Flight Behavior*』

2012년

가장 훌륭한 미국 소설 몇 권은 도덕적인 변화를 일으키겠다는 희망, 적어도 영향은 주겠다는 희망이 동기로 작동하여 쓰였다. 『허클베리 핀』과 『톰 아저씨의 오두막』에서 『분노의 포도』로 이어지는 선명하게 반짝이는 호선은 빈곤과 사회 부정의에 대한 노골적인 우려에서 나왔다. 바버라 킹솔버의 『비행 습성』은 이들의 새로운 일원이라 할 만한데, 그녀의 우려는 열정과 지성으로 쓴 소설의 선명한 등장인물들 속에 구현되어 있다. 새로운 것은 사회 불균형에 대한 작가의 통렬하고 적확한 묘사가 환경 불균형에 대한 절박한 우려와 촘촘하게 얽혀 있다는 점이다. 진지한 작가라면 누구나 이 진행 중인 재앙을 오래 무시할 수 없을 테지만 말이다.

예상은 했지만 킹솔버를 진지하나 순진하다고 치부하거나, 제왕나비가 겨울을 어디에서 나는지 모른다고 꾸짖은 서평가들은 사회적인 딜레마의 양쪽 면을 보고 그려 내는 데 그토록 뛰어나고, 지식에 확실히 기반하는 창작에 그토록 능숙한 작가를 읽을 방법을 모르는 게 분명하다. 과학 훈련을 받은 이 소설가는 상상력을 이용하여 현실을 밝히고, 아이러니를 이용하여 아이러니를 초월한다. 판에 박힌 듯한 바로크풍에 기괴하던 "남부 소설"이 그녀의 손에서는 남아메리카 마술적 리얼리즘의 폭과 침착함을 얻는다.

『비행 습성』을 영국 독자들에게 설명한다는 건 골치 아픈 일이다. 특히 이 소설의 유머는 아주 미국적이고, 지역적이다. 아주 영국적인 소설을 읽을 때 미국인들이 함의와 뉘앙스를 다 이해할 수 있었으면 좋겠지만 그럴 수 없다는 걸 아는 경우와 비슷하다. 알아듣는 귀에는 운율이 완벽하다. 여자 주인공의 친구가 "이것 보라고. 너 끝내주게 섹시해 보인다. 그 스웨터 빌려도 돼?"라고 하거나 여자 주인공의 시어머니가 "전능하신 주님, 저것이 은혜를 받고 있다니!"라고 할 때…… 그 언어의 복잡한 함의와 외연이 대서양 너머까지 전해질까? 그게 되기만 빌 뿐이다. 함의는 격렬하게 드러나 있고, 뉘앙스는 아주 웃길 때가 많으니.

저자에게 혹시 비평가들이 이 책에서 너무 잘못 봤다 싶은 면이 있는지 물어볼 기회가 있었다. 킹솔버는 잠시 생각하고 대답했다. "계급이요." 이것도 골칫거리다. 미국의 계급 정의는 영국보다 훨씬 애매하고 덜 의식되어 있다. 그렇다 해도 가난은 가난이고,

킹솔버가 옳다. 서평가들은 사회적 요인이 — 그러니까 계급, 교육, 특권, 종교가 — 우리가 '자연'이라 부르는 과정, 우리가 사는 세상과 갖는 개별 상호작용을 어떻게 통제하는지 보여 주는 놀랍도록 복잡한 일을 해낸 이 소설의 성취를 무시하고, 등장인물이 아니라 나비들에 대해서만 말한다.

요즘에는 많은 미국인이 지구 온난화를, 진화를, 과학을 "믿지 않는다"고 선언한다. 어쩌다가 그렇게 어리석고 위험하게 사실을 부정하게 된 걸까? 그 이유를 무식에, 멍청함에, 공화당에, 남부 레드넥*에 두는 건 정말이지 오만하고 비겁하게 질문을 회피하는 방법이다. 킹솔버는 그 질문을 정면으로 들이받는다. 자기가 쓰는 사람들을 알고 존중하기 때문이다. 어떤 의미에서도 신용이라곤 없으며, 세상과 그 속의 자기 자리를 이해하려고 할 때 거의 도움받지 못하고 잘못된 정보만 잔뜩 받는, 그 생생하고 취약하며 무시당하는 사면초가의 시골뜨기들을.

이야기의 주인공과 시점 인물은 본인 말에 따르면 "전 세계적인 최하층민의 덫"에서 스물 몇 년을 살아온 여성이다. 굶주리지는 않지만 반조리 맥앤치즈로 연명하고, 아무리 아껴 써도 빚을 갚지 못하며, 중고차를 몰고, 헌옷을 입는다. 어머니는 성서에 나오는 이름이라는 희망적인 생각에서 딸에게 델라로비아라는 이름을 붙였다. 알고 보니 델라로비아는 마분지에 붙인 도토리 화환 같은 것

---

* redneck, 미국 남부의, 주로 교육 수준이 낮고 가난하며 보수적인 농민과 노동자를 가리키는 비하어.

을 의미했다. 델라로비아가 이탈리아 화가일 수도 있다는 사실을 알게 된 후에는 기분이 좀 나아지지만, 대체로는 스스로에 대해 좋게 느끼지 않는다. 자신에게 어떤 자격이나 권리가 있다고 느끼지 않는다. 무능하고 무가치하다 느낀다. 대학에 가고 싶었지만 임신을 해 버렸고, 제 이름대로 사는 컵과 결혼해야 했다. 첫 아이는 유산했지만 두 아이를 더 두었는데 이제 여섯 살과 두 살이다. 어쩔 줄을 모르겠고 빠져나갈 길이 보이지 않아 델라로비아는 잘생긴 전화 기사와 도망치기로 결심했다. 첫 챕터에서 델라로비아는 어두운 전나무 숲을 뚫고 그 남자를 만나러 가는데, 주위를 둘러싼 비탈숲에 불이 붙어 오렌지색 화염을 피워 올리며 활활 타오른다. 그리고 그녀는 은혜를 받는다.

"예수님." 그녀는 말했다. 도움을 청하는 게 아니었다. 그녀와 예수님은 그렇게 가깝지 않았다. 다만 달리 아무것도 말이 되지 않았기에, 세상에 목소리를 내보낼 뿐이었다……. 불티가 깔때기 구름처럼 소용돌이치며 위로 솟아올랐다……. 이 세상의 것 같지 않은 아름다움이 앞에 나타났다. 아름다운 꿈이 길에서 그녀를 막아섰다. 오직 그녀를 위해 이 오렌지색 가지들이 올라가고, 이 긴 그림자들이 솟아오르는 빛이 되었다.

멕시코나 캘리포니아에 있는 제왕나비의 집결지를 찍은 영상들은 우리에게 그 빛의 그림자를 보여 준다. 기적의 현장은 곧 순례지가 된다. 특히나 제일 가까운 TV 방송국이 우아한 머리 모양에 부츠를 신은 티나를 내보내어 어리둥절한 델라로비아를 인터뷰한 후에는 더하다. 소용돌이치는 수천 마리 나비떼 구름 속에서 사진사를 위해 자세를 취한 델라로비아는 삶을 내던지려던 차에 그걸 봤다고 고백한다. "여기에 훨씬 더 큰 뭔가가 있었어요. 돌아가서 다른 삶을 살아야 했어요."

그 사진은 인터넷에 쫙 퍼진다. 이름하여 나비의 마돈나. 그리고 대체 왜 자기 소유의 전나무들을 잘라서 빚을 갚는 데 쓰면 안 되는가 이해하지 못하는 주인공의 시아버지는 야단스러운 환경 드라마의 악당이 되었다.

TV 티나는 제왕나비들이 대대로 이용하던 이주 경로와 아주 멀리 떨어진 곳에서 겨울을 난다는 이 전례 없는(그리고 사실 대단히 불길한) 현상을 연구하기 위해 온 나비류 연구가 바이런 박사를 인터뷰하러 돌아온다. 델라로비아가 이 과학자에게 홀딱 반하는 것도 당연하다. 그는 델라로비아에게 머리가 있다는 걸 처음 알아차린 남자다. 그는 그녀를 존중하고, 가르치고, 일자리를 주고, 그녀의 아이들에게 친절하다. 하지만 그는 티나의 끈질기고 둔감한 질문 공세를 받다가 조심스럽던 객관성을 잃는다. 훌륭한 대립이다. 티나는 눈을 깜박이며 묻는다. "지금 이게 지구 온난화 이야기인가요?" 그리고 과학자가 "네, 그렇습니다."라고 대답하자마자 카메라를 끈다. 그는 문제를 회피하거나 인정하기를 점점 더 격하게 거부하지만, 티나가 반복하여 번지르르하게 말을 바꿀수록 과학자가 하는 말은 하찮아진다. 우리가 결코 TV에서 보지 못하는 장면이다. 그런 장면이 찍히면, 방송이 되지 않으니까. 티나와 카메라맨은 영상을 파괴하러 떠나 버리고, 과학자는 자기 쪽 이야기를 전할 단 한 번의 큰 기회를 날려 버렸다는 낙심에 머리를 쥐어뜯는데, 델라로비아의 친구 도비가 스마트폰을 들어 올린다. "어이, 여러분. 걱정 말아요. 다 찍었어. 지금 올려요. 유튜브에."

단순하면서도 극적인 만족감을 주는, 멋진 순간이다. 이 책에는 그런 가식 없는 즐거움이 가득하다. 하지만 깊고 오래가는 만족감은 이 책이 거대한 주제를 조용하면서도 확고하게 펼쳐 보이는 데 있다. 우리는, 인류로서 우리는 정말로 다른 삶을 시작해야 한다.

이창래의 『만조의 바다 위에서 *On Such a Full Sea*』

2014년 2월 《가디언》 수록

디스토피아는 그 천성이 음울하고 사람이 살기 힘든 땅이다. 초기 탐험가들에게는 온갖 발견의 흥분이 있는 곳이었고, 아직까지도 그들의 글에 꽉 찬 그 흥분이 디스토피아를 신선하고 강력하게 유지해 준다. E. M. 포스터의 『기계 멈추다』, 예브게니 자먀찐의 『우리들』, 올더스 헉슬리의 『멋진 신세계』가 그렇다. 하지만 지난 30여 년간, 디스토피아는 흔한 관광 상품이었다. 모두가 그곳에 가서 책을 한 권씩 쓴다. 그리고 그 책들은 다 비슷비슷하다. 디스토피아의 영역은 한정되어 있고 그 본질은 단조롭기에.

디스토피아에서 제일 익숙한 그림은 대재난으로 망가졌거나 방치된 야생의 풍경에, 자연과 다른 종들은 물론이고 때로는 외부 대기로부터도 차단된 인간 정착지가 드문드문 흩어진 모습이다. 이런 지하, 아니면 돔 속, 아니면 벽 안의 거주지들에는 인간이 빽빽하게 모여서 정부와 정해진 일과의 통제를 받으며, 엄격하게 관리되고 안전하게 보호받고 대단히 비자연적이며 종종 사치스러운 "유토피아" 생활을 영위한다. 거주지 안에 사는 사람들은 바깥에 사는 사람들을 원시적이고 무법하며 위험하다 여기고, 바깥 사람들은 실제로 그렇지만, 또한 자유롭기도 하다. 그래서 디스토피아에는 영웅이 있다. 바깥으로 나가는 거주민이다.

이창래의 디스토피아 안내서는, 문예 창작 교수라면 예상하다시피 예측 가능한 주제들의 독창적인 변주로 가득하고, 디스토피아에 대한 새로운 이해처럼 보이기는 할 정도로 복잡하고 교묘한 관점에서 쓰였다. 소설은 전형적인 안/밖 패턴을 따라간다. '당국'이라고 불리는 모호한 단체가 두 종류의 정착지를 유지한다. 인구밀도 높고 부지런한 노동계급 정착지들은 '차터'라는 상류층 정착지에 필요한 물건들을 생산하고, 차터 사람들은 경쟁적으로 사치하며 풍요롭게 살아간다. 이 (어느 정도) 보호받는 구역들 바깥은 자치주라고 불리는 무질서한 황야다. 서술자 겸 안내자는 차터를 위해 식량을 키우는 아시아계 노동자들의 거주지 B-모어(볼티모어) 사람들을 대변하고 그들을 위해 말하는 1인칭 복수의 목소리다. 설명할 수 없는 이유로 이 "우리"의 목소리는 또한 바깥에 나가는 영웅의 여정과 감정을 알고 이야기할 수 있다.

이 소설의 많은 부분이 설명이 되지 않는다. 이를테면 북아

메리카가 어떻게 그리고 언제 이런 모습이 되었는지, 국가와 종교에는 무슨 일이 일어났는지, 원재료는 어떻게 생산되는지, 그리고 기차나 멀쩡한 고속도로 없이 어떻게 커피, 휘발유, 전기 장치, 비닐에 담긴 음식, 네오프렌 잠수복, 일회용 플라스틱 접시와 도구들을 누릴 수 있는지가 그렇다. 이것들은 2014년에 사는 우리가 거대한 공업 생산의 범세계 네트워크 덕분에 즐기는 지속 불가능한 첨단 기술 사치품이다. 그렇지만 망가지고 흩어진 문명에서, 이 모든 물건이 어디에서 온단 말인가?

상상 문학에서는 이토록 기본적이고 합리적인 질문들을 무시하는 것이 문학적인 자유로 양해를 받거나, 심지어 정당화되는 일이 많다. 저자는 문학 작가로 알려져 있으니, 아마 자기가 가진 그런 자유를 당연하게 여길지 모르겠다. 그러나 사회과학소설은 그런 무책임함을 당연하게 여기지 않으며, 강력한 정치 통제 하의 미래 사회를 그리는 소설은 사회과학소설이다. 코맥 매카시와 다른 작가들이 그랬듯, 이창래는 진지한 장르의 핵심 요소들을 무책임하게, 피상적으로 이용한다. 그 결과로 이창래의 상상 세계에는 현실감이 거의 없다. 체제 전체가 너무 자기모순이 심해서 경고나 풍자로도 알맞지 않다. 설령 책 끝에 가서는 서술자가 그 비현실성을 의심하기 시작한다 해도 그렇다.

영웅은 판이라는 젊은 여자로, 레그라는 젊은 남자의 아이를 임신했다. 레그는 차터에나 황야의 자치주들에나 비슷한 재앙인, C라고만 알려진 치명적인 질환에 유일하게 면역이 있고, 차터는 레그를 연구하여 면역성의 비밀을 찾아내려고 잡아간다. 판은 레그가 어디 있는지도 모르고, 거기까지 어떻게 갈지, 어떻게 야만적으로 위험하고 일관성도 없는 바깥 세계에서 살아남을지 계획도 없이 고향 정착지를 떠나 그를 찾아 나선다. 판은 자신의 놀라운 신체 기량과 놀랍도록 날카로운 지력을 믿는다. 아마도 그저 자신이 슈퍼히어로라는 데 기대는 것 같다. 무엇이든 안전하게 헤치고 나아가게 해 줄 자질에 말이다. 찾기 힘든 1인칭 복수 서술자, 판의 고향 거주지에서 일하는 근면하고 겸손하며 끈기 있는 노동자들의 목소리가 판에게 부여하는 숭고함이 그 슈퍼히어로성에 색채를 더한다. 아마 판은 그 노동자들의 미덕을 대표하리라. 나는 노동자들의 미덕을 믿을 수 있지만, 판을 믿을 수는 없다.

이창래의 글은 매끈하고 빈틈없다. 이야기는 물 흐르듯 하고, 사건은 생생하게 묘사되며 특히 기괴한 전설 같은 폭력과 과장으로 변해 갈 때 더 그렇다. 기분 좋게 사색적인 순간들도 있다. 시대착오와 비현실성을 쉽게 받아들이는 독자들이라면 이 이야기를 즐길 것이고, 그 속에서 신선한 시각을, 음울한 낡은 디스토피아에 대한 새로운 의견을 찾을지도 모르겠다. 나는 그러지 못했지만.

도리스 레싱의 『클레프트 *The Cleft*』

2007년

　　네로 황제 시대의 어느 로마 학자가 고대의 신비로운 필사본을 가지고 있다. 그는 그 시대를 자기 세상의 조상으로 여기지만, 로마의⋯⋯ 아니 심지어는 인간의 역사와 신화와는 이상하게 다르다. 『클레프트』는 그 학자가 이 문서를 번역하여 주석을 달고 가끔은 겸손한 자서전을 조금 섞어 넣은 원고다.

　　어딘가, 언젠가에 여자와 바다코끼리의 이종교배 같은 '클레프트'라는 생물들이 바닷가를 움직여 다니며 아기들을 낳았다. 그들에게는 남성형이 없었기에, 잘 알 수 없는 단성생식을 수단으로 임신을 했다. 그들은 뒹굴거리고, 아기를 낳고, 젖을 빨리고, 가끔 한 번씩 젊은 여성을 역시 '클레프트'라고 하는 높은 바위에서 밀어 희생시키는 것 외에는 아무 일도 하지 않았다. 목가적인 삶이 었다.

그러다가 갑자기, 어떻게인지 한 여성이 클레프트(틈)가 아니라 스피곳(마개)이 있는 아기를 낳았다. 무심한 본능에 지배되던 바다코끼리-여성들은 당황했다. 그런 괴물이 더 태어나자 그들은 앞에 놓인 말썽을 어렴풋이 인식한다. 변화, 진보, 심지어는 지성과 비슷한(많이 비슷한 것은 아니지만) 뭔가의 여명까지 가능하다. 그들은 남성형의 아기들을 버리려고 하고, 성기를 잘라 내려고도 한다. 하지만 그들은 계속 남성형 아기들을 낳고, 거대한 독수리들은 계속 그 아기들을 채어가서 언덕 바로 너머의 어느 계곡에 안전하게 데려다 놓는다. 몇 명은 극도로 인내심이 강하며 대단히 젖이 잘 나오는 한 마리 암사슴에게 영양을 공급받아 끝내 살아남는다.

한동안 시간이 흐르고 이 남성들은 성장하며, 언덕을 넘어갔던 여성 하나가 그들을 발견하고 성교를 발견한다. 그냥 성교만이다. 지금까지 이야기 속 어디에도 이 생물들이 사랑이나 애정, 우정, 또는 물고기 떼보다 발전한 군집이라면 느끼는 감정들을 알고 있었는지 알려 주는 단서는 없다. 그리고 도리스 레싱이 쓴 다른 사변소설과 마찬가지로, 자유 의지는 선택 사항이 아니다. 사람들은 뭔가를 선택하거나 결정하지 않고, 자연이나 신 아니면 다른 행성에서 온 사람들의 필수적이고 불가피한 명령에 따라 움직일 뿐이다. 그래서 압박을 받고, 더 날씬해지고 더 육지 생물이 된 젊은 클레프트 여자들은 끔찍하고 뚱뚱한 늙은 바다코끼리-여자들을 떠나 남자들을 위해 살림을 꾸리기 시작한다. 물론 아기는 계속 낳는다. 남자들은 살림을 하지도 아기를 낳지도 않지만, 용감하고 모험적인 일들을 한다.

시간의 흐름은 의도적으로 모호하게 해 두었지만, 마침내는 호사라는 이름의 남자가 이끄는 남자들 무리가 뗏목과 코라클 배*를 타고 그들의 세계-섬 너머를 탐사하러 떠난다. 그들을 따라다니는 다루기 힘든 어린 소년들의 무리가 도보로 움직이기에 함대의 남자들은 해변에 바짝 붙어 가다가 매일 밤 상륙하여 소년들과, 그리고 성교를 위해 따라오는 젊은 여자들과 함께한다. 왜 배를 타고 가는지부터가 불분명하지만, 결국 그들은 먼 해변을 보게 되고, 호사는 한 명만 동행하여 그리로 출항했다가 폭풍에 격퇴당한다. 이어서 탐험자들 모두는 더듬더듬 육로로 원래 거주지를 향해 돌아간다. 그곳에서 몇몇 젊은 남자들은 이렇다 할 이유도 없이 '클레프트'라는 거대한 바위를 부수고, 호사와 여자들의 지도자인 마로나는 거주지를 해안가로 옮긴다. 이야기는 그렇게 끝난다.

다른 이름도 몇 개 더 나오지만 — 메어, 아스트리, 메이브 (호사라는 이름이 당혹스럽게 앵글로색슨인 것처럼 또 메이브는 이상하게 켈트 이름이다.) — 개성은 전혀 없다. 저자는 무엇에든 개성을 부여하기를 용의주도하게 피한다. 묘사는 실로 단호하게도 일반적인 말로만 한다. 기후는 온화하다. 풍경에는 나무들과 동굴이 있다. 야생 짐승들이 있다. 어떤 것도 생생하지 않고, 세부 사항도 없다.

---

* 버드나무 가지로 둥글게 만들어서 가죽을 씌운 작은 배.

어쩌면 도리스 레싱은 부정확함이야말로 신화의 전형이라고 믿거나, 지역색이 없어야 우화가 좀 더 보편 적용 가능하다고 믿는지도 모르겠다. 나는 동의할 수 없다. 나는 신화의 힘이 그 놀라운 직접성에 있을 때가 많다고 보고, 블레이크를 따라 "훌륭함은 아주 작은 차이에서 나온다"고 믿는다.

나는 이 이야기를 우화라고 부르지만, 주저 없이 그러지는 못하겠다. 이 우화가 내가 생각하는 해석대로 말한다고 믿지 못하기 때문이다. 이 이야기는 데스먼드 모리스* 만큼이나 지시적이고 프로이트 본인보다 더 본질주의처럼 보인다. 해부학이 운명이다. 성별은 순전히 둘로 나뉜다. 여자들은 수동적이고, 호기심이 없고, 소심하고, 본능적으로 양육을 하며 남자들이 없으면 생각 없는 동물을 넘어서지 못한다. 남자들은 지적이고, 창의적이고, 대담하고, 무모하고, 독립적이며 성욕을 해소하고 더 많은 남자들을 낳기 위해서만 여자를 필요로 한다. 남자들은 성취하고, 여자들은 잔소리를 한다. 이 프레젠테이션의 많은 부분은 여성멸시 문학으로 친숙하다. "늙은 여자들"은 (이번만큼은 생생하게) 혐오와 역겨움을 담아 묘사된다. 소년들의 무모한 장난은 대단해지고, 소녀들의 일은 무시된다.

자, 물론 이것은 로마 학자가 하는 이야기고, 이 학자는 본인 말을 믿자면 괜찮은 사람이지만, 결국 남자의 관점에서 이야기

---

* Desmond Morris(1928~). 인간을 동물의 하나로 해석한 『털 없는 원숭이』, 『인간 동물원』 등으로 센세이션을 일으켰던 동물행동학자.

를 다시 하고 있다. 학자도 그 점을 인식하고, 자주 이야기한다. 그러나 그래서 우리에게 무엇이 남나? 이 이야기를 역설로도, 풍자로도 읽지 못하게 될 뿐이다.

이상한 생략도 몇 군데 있다. 우리의 로마인은 결코 싸우지 않고, 전사라는 징후도 보여 주지 않고, 아들들을 훈육하지도 않은 남자들을 의아해한다. 모두 로마의 기준에서는 무척 남자답지 않은 모습이다. 그리스의 영향을 받은 시절에 산 우리의 로마인은 또한 어째서 동성애는 여자들을 접하지 않은 소년들에게 일시적인 방편으로만 언급되는지 의아해할지도 모른다.

이 이야기가 인간의 성애와 성별에 대한 기원 신화로 나온 것이라면, 받아들일 수가 없다. 이 신화는 미완성이며, 대단히 제멋대로다. 내가 잘못 이해했다는 사실을 알려주면 기쁘겠다. 현 상황에서 내 눈에는 짜증스러운 SF 클리셰의 다시쓰기가 보인다. 아무생각 없는 여성 군집이 남성성이라는 놀라운 충격에 깨어나 (여성에게 가능한 낮은 정도만) 향상되는 클리셰. 잠자는 미녀 이야기……다만 미녀도 아니다. 그들은 왕자님이 올 때까지 졸고 있는 바다코끼리 무리다.

돈나 레온의
『서퍼 더 리틀 칠드런*Suffer the Little Children*』

2007년

이번에 돈나 레온의 「형사 귀도 브루네티*Commissario Guido Brunetti*」 시리즈 열여섯 번째 책의 서평을 쓰기 전, 큰 차이가 있었나 궁금해서 첫 번째 책인 『라 트라비아타 살인사건*Death at La Fenice*』을 다시 읽었다. 첫 책은 전혀 머뭇거리지 않았고, 최신작은 전혀 진부해지거나 열의를 잃지 않았다는 사실을 아니 기뻤다. 돈나 레온은 곧바로 우아하고 탁월하게 출발했고, 그저 꾸준히 그렇게 해왔다.

확실히 오래 이어진 시리즈 공통의 문제점은 있다. 등장인물들은 책을 쓰면서 같이 나이를 먹을까, 아니면 일종의 시간이 사라진 현재에 존재할까? 돈나 레온의 이야깃거리는 최신 정보를 따라왔고, 1992년 이후 이탈리아의 역사와 정치에 밀접하게 관련되어 있다. 그러나 아무래도 영원한 청소년기에 갇혀 버린 듯한 브루네티의 아이들은 갈수록 이야기에서 버려진다. 안타까운 일이다. 라피와 키아라는 대단히 매력적인 인물들이고, 나는 그 아이들의 부모가 시간과 함께 결혼생활을 발전시키는 모습을 보고 싶었기 때문이다. 한 가족의 초상은 — 섬세하고 생생한 베네치아 묘사와, 베네치아인들이 먹는 것들에 대한 유혹적인 묘사와 더불어 — 이 책들의 핵심에 자리하여, 온기와 생명력으로 이 책들이 다루는 어둠에 균형을 잡아 준다.

물론 이 책들은 미스터리이고, 범죄와 독창적인 해답이 있다. 후더닛*의 합리적이고 위안이 되는 짜잔! 해법은 거의 없지만 말이다. 돈나 레온의 책에서 다루는 범죄는 때로 개인이 아니라 인류에 반한다. 소설에서 일어난 도덕적인 문제들은 체포나 처벌로 완전히 풀리지 않을 수 있다. 그리고 범죄자들은 그 범죄를 교사한 사업가나 정부 관계자들보다 덜 나쁠 수 있다.

독자는 사실 이 책들을 이탈리아의 부패, 관행, 편파성, 족벌주의, 냉소에 대한 안내서로 읽을 수도 있다. 미국인인 돈나 레온은 1980년대부터 이탈리아에 살았을 뿐이지만, 체념에서 나오는 차갑고 명료한 시각 면에서도, (주요 인물들도 같은 특징을 보이지만) 동시에 정부와 미래, 전반적인 삶에 대해서는 음울하게 절망하면

---

* whodunit, 누가 저질렀나를 발음대로 읽은 용어로, 범인 찾기가 중심에 있는 퍼즐형 탐정 소설을 가리킨다.

서도 일상을 무척이나 즐기고 자기가 사는 도시를 열렬히 사랑하는 특별한 능력 면에서도 완전히 이탈리아인 같다. 돈나 레온의 웹사이트에서는 그녀의 책들이 스무 가지 언어로 번역되었으나, 이탈리아어 번역은 되지 않았음을 알려 준다. 돈나 레온은 덕분에 지역 유명인사가 되지 않을 수 있었다지만, 베네치아는 그렇게 문학적인 도시가 아니고, 번역 출간이 되었다 해도 작가가 많이 성가실 일은 없었을 것 같다. 이 조심스러움의 이유는 좀 더 깊다. 나라면 작가가 그동안 경찰에 대해 뭐라고 말했는지 쿠에스투라*에서 몰랐으면 한다 해도 탓하지 않겠다.

『서퍼 더 리틀 칠드런』에서 작가는 카라비니에리**에게 더욱 가혹하다. 이탈리아인들에게는 관료주의의 최대 성취인 좌절로 끝나는 동문서답 경쟁의 춤 속에서 서로의 발을 걸어 넘어뜨리는, 과도한 경찰 조직들이 있다. 내가 받은 인상으로 카라비니에리는 아직까지 무솔리니의 오명을 짊어진 만큼 이 조직들 사이에서 가장 인기가 없지만, 제복은 가장 위풍당당한 것 같다. 어쨌든 그들은 이 소설에서 별로 좋게 나오지 않는다. 살림집에 쿵쾅거리고 들어가서 아기들을 빼앗아 고아원에 던져 넣는 존재들이다.

그러나 이 이야기 속의 아기는 불법 입양되었다. 카라비니에리는 도덕적 잔학행위를 저지르지만, 그것도 심각한 범죄를 쫓다가 저지른 일이다. 입양 제도와 치안 행위를 둘러싸고 정치적, 감

---

* 이탈리아 경찰 본부.
** 이탈리아 국가헌병. 군사경찰과 민간경찰의 역할을 모두 수행한다.

정적, 윤리적으로 한데 맞물리는 복잡한 상황들, 그리고 그 모든 것의 배후에 있는 동기를 찾는 브루네티의 느리고 끈질긴 수색은 모범적인 돈나 레온 플롯을 구성한다. 플롯에서 이야기만큼의 재미를 느끼지 못하는 독자들이라면 브루네티가 살아가는 관계망, 브루네티가 동료 경찰 남녀와 오랜 친구와 정보원들, 아내와 가족과 맺는 복잡한 관계들을 헤쳐 나가는 느긋한 서사 전개에서 매력을 찾을 수 있다. 그리고 브루네티가 자신이 사는 비범한 도시, 그곳의 크고 작은 수로, 그곳의 부자 동네와 가난한 동네와 맺는 강렬하고도 복잡한 유대감도 같은 즐거움을 준다.

내가 이 책에서 제일 좋아하는 대목은 베네치아인 두 명이 경험하는 내륙 도시 교통 속의 짧은 택시 주행이다. 그들은 자동차와 자동차들이 빚어내는 풍경을 우리들 대부분이 곤돌라에 대해 생각하듯 색다르게 여기지만, 훨씬 끔찍하게 여기기도 한다. "세상에." 평소에 쉽게 동요하는 일이 없는 시뇨리나 엘레트라가 말한다. "어떻게 이렇게 살 수가 있지?" 그리고 브루네티가 대답한다. "모르겠어." 누군들 알까.

얀 마텔의
『포르투갈의 높은 산*The High Mountains of Portugal*』

2016년

　　얀 마텔의 『포르투갈의 높은 산』에 나오는 포르투갈의 높은 산은 알고 보면 높은 산이라기보다는 풀이 무성한 고지대다. 그리고 이 책은 장편이라기보다는 세 개의 단편이다. 교묘하게 연결된 이 세 단편은 분위기와 특징이 아주 다르다. 첫 두 편에서는 저자가 능란한 화술을 펼치지 않아, 읽다가 멈추고 싶어질 수 있다. 나는 그 두 편보다 마지막 한 편을 훨씬 좋아한다. 따로 책으로 냈으면 할 정도다.

　　얀 마텔의 베스트셀러 『파이 이야기』에서, 이야기 속의 저자는 우리에게 포르투갈 배경의 소설을 쓸 생각을 품고 인도에 갔다고 말한다. 그러다가 파이 이야기를 해 준 인도인을 만나면서 포르투갈은 잊혔다. 『포르투갈의 높은 산』 첫 부분에서 포르투갈은 다시 기억될 뿐 아니라 때로는 아주 세세하게 되살려진다. "그는 상 미구엘 가를 지나 상 미구엘 광장으로 접어들어, 상 조앙 다 프라 사 가를 걷다가 제주스 문으로 들어선다."* 리스본 입문자들에게 는 즐거운 지리 여행일지 모르지만, 다른 사람들에게는 주인공 토 머스가 뒤로 걷고 있으며 언제나 그런다는 사실만 흥미로울 뿐이 다. 뒤로 걷기에 대한 정교한 정당화 발언이 나오고, 가로등과의 우 스꽝스러운 조우 이야기가 펼쳐진 후에 우리는 토머스가 "세상을 등지고, 신을 등지고" 걷는 이유가 최근 갑작스럽게 죽은 아내와 아이와 아버지에 대한 슬픔 때문만이 아니라 "반발하고" 있기 때 문이라는 사실을 알게 된다.

　　거리 이름들을 빼면 독자가 이 중 얼마나 많은 부분을 그럴 듯하다 받아들일까? 나는 소설을 읽는 동안 불신을 유예하고 싶 어 한다. 저자의 신뢰성에 대한 의문이 강해질수록 서사의 지배력 은 약해지기 때문이다. 확실히 소설에 대해 고지식한 접근이지만, 다부진 접근법이기도 하다. 지성도, 영리함도, 매력도, 재치도, 재 주도, 심지어는 실제 사실마저도 신뢰성에 대한 의혹을 감출 순 없 다. 리얼리즘 소설에 그럴싸함이 중요하다는 것이야 명백하지만, 판타지에서는 더 중요할 수도 있다. 그럴싸하게 만들어내지 못하면 독자가 책에서 튕겨 나가서 새 한 마리 울지 않는 차가운 언덕 비 탈에 팽개쳐진다.

---

* 『포르투갈의 높은 산』(공경희 옮김, 작가정신)에서 인용.

하지만 작가가 소설은 사실이 아니라는 원칙 위에서 작업을 하고 독자는 그 원칙을 받아들인다면, 그렇다면 무엇이든 가능하고, 토머스는 앞으로 걸을 때와 다름없이 쉽게 뒤로 걸어서 리스본을 돌아다닐 수 있다. 초현실주의는 소망 충족과 퍽 흡사해서, 원하는 대로 규칙을 만들면 된다. 효력을 발휘하는 말은 "어떻게든"이다. 그러므로 습관적으로 뒤로 걷는 남자는 고미술박물관의 학예사 보조라는 직장을 계속 유지할 수 있다. 그는 17세기 어느 일기장의 한 대목에서 기니 만에 있는 어느 섬에서 발견된 조각상이 "기독교를 완전히 뒤집어 놓을 것"이라는 대목을 알아볼 수 있다. 그는 그 조각상이 무엇인지도 모르고 어디 있는지도 아주 모호하게밖에 모르면서도 그 조각상을 찾아 나선다. 물론 뒤로 걸어서. 그러다가 "14마력, 4기통의 최신 르노" 관광차를 얻는데, 운전하는 방법도 모르지만 그래도 그 차를 운전해서 꽤 재미있고 터무니없는 시나리오를 통해 포르투갈의 높은 산으로 가고, 그곳에서 찾아 나선 대상을 찾는다.

두 번째 이야기는 30년쯤 지난 1938년의 리스본에서 일어난다.(파이 때문에 버려진 장편소설은 1939년 리스본을 배경으로 하려고 했다.) 이야기는 종교 논설들을 경유하여 대단히 역겹게 묘사되는 부검 장면까지 진행되는데, 끝에 가서는 초현실주의가 완전히 이기면서 살아 있는 여자가 원숭이와 새끼 곰과 함께 죽은 남자의 시신 속에 꿰메여 들어간다. 종교, 슬픔, 그리고 동물들이라는 주제가 이 이야기를 앞뒤 이야기와 연결한다.

나는 주저없이 사건들을 드러내 적었는데, 인과 관계가 없으면 플롯이 사라지기 때문이다. 모든 것이 놀라울 때는 아무것도 놀라울 수가 없다. 세 번째 이야기이자 이 장편의 마지막 부분은 앞서와 다르면서 더 깊은 층위에 작동한다. 있을 법하지 않은 느낌이 퍼져 있기는 하지만, 그래도 이 이야기는 일어나는 일을 믿을 수 있었으면 좋겠다는 독자의 바람을 훨씬 잘 이해한다. 사건은 감정과 연결하고, 기적을 한갓 부조리와 구별하는 데 좀 더 성공적이다. 서술은 덜 야단스럽고, 장면들은 그냥 익살이나 충격을 위해 펼쳐지지 않는다. 동물이라는 주제, 그러니까 인간과 동물의 관계가 이야기에서 우위를 차지하며, 이런 주제에서 마텔은 독창적이고 기묘하면서도 날카로운 사색가다.

딱 지금 생각하기 좋은 문제이기도 하다. 뛰어난 작가들이 소설을 이용하여 우리가 긴급하게 고민해야 할 역설에 대해 숙고해 줘서 행운이다. 인간과 동물 사이에는 건널 수 없는 간극과 부술 수 없는 유대가 동시에 존재한다는 역설, 우리가 우리의 세계로부터 불가능한 수준으로 스스로를 소외시키고 있다는 역설 말이다. 캐런 파울러의 소설 『우리는 누구나 정말로 어찌할 바를 모르고 있다』(2015년 맨부커상 최종 후보작)는 비극으로 이어질 분위기를 강하게 풍기며 유인원과 인간의 관계를 사실적으로 다루었다. 마텔은 좀 더 행복하고 태평하며, 마텔의 반쯤 비현실적이고 반쯤 부조리한 방식은 그 역설을 탐구하기에 잘 어울린다. 결국 얀 마텔의 이야기에 담긴 도덕적, 영적 함의에는 떨쳐 낼 수 없는 다정함이 있다.

차이나 미에빌의 『엠버시타운*Embassytown*』

2011년 4월,《가디언》수록

어떤 작가들은 소설 속에 미래상과 특수 용어를 가득 채워 놓고서 맹렬히, 심지어는 식식대며 이건 SF가 아니라고 부정한다. 아니, 아니, 난 그런 형편없는 물건은 쓰지 않아요, 건드리지도 않아요. '문학'을 쓰지요. 이런 작가들은 그 경멸스러운 장르의 비유와 전통은 신기하게 잘 알면서도 SF 장치들을 참으로 서툴게 쓰고, 용어의 의미를 참으로 무분별하게 무시하며, 바퀴를 다시 발명하면서 어찌나 스스로에게 탄복하는지, 그들의 시도야말로 방법을 배우지 않고도 소설을 쓸 수 있다고 증명하려 하는 망한 노력처럼 보인다.

차이나 미에빌은 자기가 어떤 소설을 쓰는지 알고 제대로

SF라고 부르며, SF를 흥미진진한 문학 장르로 만드는 모든 미덕을 다 보여 준다. 이 젊은 작가가 진가를 발휘하여, SF를 "안전한" 독자들에게 홍보하는 출판사들의 퇴행과 포스트모더니즘이 온갖 유형 무형으로 제공하는 놀라운 변화와 성장의 약속 사이에 끼어 침체해 있던 자리에서 끌어내는 모습을 보는 것은 즐거운 일이다. 『엠버시타운』은 제대로 만들어 낸 예술 작품이다.

SF 중에서도 쓰레기 같은 유형만이 읽기 쉽고 예측 가능하다. 훌륭한 SF는, 모든 훌륭한 소설이 그렇듯 나태한 마음으로 읽을 게 못 된다. 리얼리즘 소설의 복잡성이 도덕적이고 심리적이라면, SF의 복잡성은 도덕적이고 지적이다. 개별 등장인물이 핵심인 경우는 드물다. 하지만 미에빌의 등장인물들은 능란하게 그려져 있고, 서술자 겸 주인공인 에이비스는 첫인상보다 더 교묘한 인물이다. 에이비스의 행동에는 여성성⋯⋯ 또는 비여성성을 드러내는 전통적인 징후가 전혀 없다. 인류가 진짜 '타자'들을 대하게 되면 성별이 다르게 구성될지 모른다는 암시다.

바로 지금 여기에도 여자들에게 어떻게 말해야 할지 배우지 못한 남자들이 있다. 그렇다면 정말로 다른 존재들, 외계인들에게는 어떻게 말할 것인가? 『엠버시타운』의 외계인 아리에키는 우리와 엄청나게 다르다. 의사소통의 문제, 언어의 본질과 말로 한 진실의 본질이 이 소설의 핵심이다.

이야기 속의 모든 것이 상상의 산물이고 많은 것이 익숙지 않을 때는 설명하고 묘사할 것이 너무 많으므로, SF의 기교 중 하나는 독자가 의미와 암시를 발견하려면 꼭 열어 보아야 하는 '상자-단어'들을 고안하는 것이다. 상상의 도약은 그런 고안물들을 해석하고 그런 재치가 독자에게 큰 즐거움을 줄 수 있다는 사실을 인식하는 데 있다. 차이나 미에빌은 넘어야 할 가로대를 조금 높이 설치하지만, 그가 만드는 신조어들을 이해했을 때는 대개 기분 좋은 전율이 함께 한다. 내가 제일 좋아하는 신조어는 이머(immer)로, 이머와 우리의 시공간 현실 사이의 관계는 바다와 육지의 관계와 같다. 따라서, 우주 여행은 immerse*가 된다. 이건 언어를 사랑하는 작가가 쓴 책이기에, 그 외에도 멋들어진 심상들이 따라온다. 그리고 평범한 단어를 새로이 비틀기도 한다. 에이비스가 자신이 시멀리(simile)**라고 깨닫는 장면이 좋은 예다. 에이비스가 아리에키 언어를 말할 수 있게 되기 전에, 그들이 그녀를 그것의 일부로, 마치 늑대라고 소리쳤던 소년 같은 비유의 표상으로 만들었기 때문이다. 에이비스는 주어진 대로 받아들이는 사람이다.

　　아리에키는 시멀리를 원하는데, 그들의 언어는 본질적으로 거짓말을 허용하지 않기 때문이다. 조너선 스위프트의 휴이넘처럼 그들도 사실이 아닌 말을 하지 못한다. 이는 우리가 아는 언어의 성질과 모순된다. 우리가 알기에 언어는 훌륭한 허위의 매개체이며, 아마 아직 존재하지 않는 것으로의 도약인 창작에는 꼭 필요한 매개체일 것이다. 하지만 왜 모든 언어가 우리의 언어들과 비슷해야

---

* 복잡한 말장난이다. 본래 영어에 존재하는 단어로는 '몰두하다, 담그다' 등을 뜻하며 immer는 독일어로 '담그다'를 뜻한다.
** 직유.

한단 말인가? 아리에키는 진실만을 가지고 잘 해냈고, 고도의 생명공학을 일궈 냈다. 미에빌은 기생하는 가구가 갖춰진 살아있는 집들, 관리자들 뒤에서 시골을 돌아다니는 대농장들을 즐겁고 우아하게 묘사한다……. 아리에키가 오직 있는 그대로만 생각할 수 있다면 어떻게 그런 것들을 만들 생각을 했을까 읽으면서 의아했지만, 그 질문에 대한 답은 간접적으로 나왔는지도 모른다. 그들은 있는 그대로가 아닌 뭔가를, 생각 못 할 허위를, 거짓말을 갈망하는 듯 보인다.

아리에키의 행성에 식민지를 건설한 우리 인간 종은 확실히 그들에게 거짓말하는 방법을 가르칠 자격이 넘친다. 아리에키는 열렬히 배우고 싶어 하지만 잘 해내지 못한다. 그래서 다른 종류의 인간 대사가, 그들이 원하는 것을 줄 수 있는 사람이 엠버시타운으로 가게 된다. 정말로 원하는 건 아니라도 그들을 도취시키는 모조품을, 그들의 언어를 오용하여 가짜 거짓말을 내놓는 식으로……. 진실을 말하는 이들이 그런 역설을 들으면, 그게 헤로인이나 메스처럼 작용한다. 그들의 현실 감각을 철저히 파괴하고, 치명적인 중독성을 발휘한다.

전 세계적인 마약 중독이 집과 농장까지 전파되면서(그들은 모두 생물학적으로 가깝기 때문이다.) 한 사회가 밑바닥까지 흔들리고 부서지고 망가지는 모습은 거대한 규모의 종말 풍경이다. 기묘하게 아름답고, 생생한 세부 사항 모두가 이질적이지만, 그런데도 심리적으로나 사회적으로는 친숙하기만 한 풍경. 모든 소설이 그렇듯,

SF는 우리가 누구인가에 대해 이야기하는 한 가지 방식이다.

처음에는 조금 따라가기 힘들었던 이야기는 곧 흠잡을 데 없는 추동력과 속도를 획득한다. 차이나 미에빌이 경이로운 메타포 위에 소설을 배치하면서도 어디로 끌고 갈지는 제대로 모른다고 알려져 있었다면, 이제는 그런 단점에서 벗어났고 폭력에 대한 의존도도 많이 줄어들었다. 『엠버시타운』에서 그의 메타포는—어떤 의미에서는 메타포 그 자체인—모든 층위에 작동하며 눈을 뗄 수 없는 서사, 훌륭한 지적 엄밀도와 위험 요소, 도덕적인 세련미, 멋진 언어의 불꽃놀이와 여흥, 그리고 심지어는 주인공이 원래의 가능성을 넘어서는 사람이 되는 모습을 지켜보는 전통적인 만족감까지 제공한다. 내내 우리는 주인공이 시멀리(직유)일 뿐이라고 생각했건만.

차이나 미에빌의
『세 번의 폭발 순간 *Three Moments of an Explosion*』

2015년

많은 이 시대 판타지는 꽤 폭력적이다. 아마 판타지라고 하면 다 요정 이야기인 줄 아는 사람들에게서 존중을 얻어 내려다 보니 그렇게 됐을 것이다. 하지만 차이나 미에빌의 많은 작품이 노골적으로 끔찍한 이유가 그래서일 것 같진 않다. 그보다는 선정적인 영화와 전자 게임들의 끝없는 킬카운트(kill count)에 익숙한 독자들의 기대에 부응하고 있으며, 그렇게 하는 것을 즐길 만큼 잔혹하다고 보아야 하리라. 그러나 미에빌이 동시대의 도덕적, 감정적 복잡성에 치열한 감수성을 갖췄고, 명료하고 정곡을 찌르는 대화와 에세이를 통해 보이듯 사려가 깊은 데다, 마르크스주의 사회 정의에 열성적이라 자인하는 작가임을 알다 보니, 혹시 이런 끔찍한 요소들을 탁월한 엄호 사격 삼아서 어두운 면에 대한 더욱 교묘하고 깊은 관여를 감추고 있는 건 아닌가 궁금하기도 하다.

'탁월하다.' 이 말을 쓰지 않고는 차이나 미에빌에 대해 말할 수가 없다. 우리의 미래에 대해 생각할 정말로 새로운 방법들을 열어 보인 에세이 「유토피아의 한계_The Limits of Utopia_」에서 드러나는 지적인 탁월함이든, 아니면 이번에 나온 새로운 단편집에서 보듯 반짝이는 산문체든 간에 그렇다. 스타일이 탁월하다고 하면 냉정하고, 관객의 자세를 취한다는 의미일 때가 많다. 독자는 등장인물과 스스로를 동일시하여 고통받지 않고, 불꽃놀이가 터지는 장면을 지켜보고 숨을 들이켜며 '우와!' 소리를 치는 법이다. 그리고 실제로 여기 실린 단편 몇 편은 순전히 불꽃놀이다. 폭죽이 터지고, 별모양의 광채가 빛나고, 예측할 수 없는 눈부신 별자리를 보여 주고, 덧없이 우아하게…… 그리고 사라진다. 많은 작가가, 그리고 많은 독자가 그 이상을 요구하지 않는다.

나 같은 느림보에게는 다행스럽게도, 전부 불꽃놀이만은 아니다. 언제나 훌륭한 그의 글솜씨는 스물여덟 편의 단편을 통해 많은 어조를 띠며, 으스대는 어조일 때도 있지만 아닐 때도 있다. 패스티시*가 나타날 때는 어찌나 솜씨가 좋은지, 놓치고 지나갈 수가 없다. 진짜 무게감 있는 주제를 야단스럽지 않게 다루는데, 말만 늘어놓을 때도 없고 경박하게 깎아내릴 때도 없다. 심지어 남모르게 같이 고통스러워할 수 있는 인물도 몇 명 나온다. 그러나 같

---

* pastiche, 혼성 모방 기법.

이 기뻐할 수 있는 인물은 없다. 행복은 현재 차이나 미에빌의 메뉴에 없다.

그러나 그의 재치는 반짝이고, 유머는 생생하며, 그 상상력의 순수한 활력은 놀라운 경지다. 「축제 이후 *After the Festival*」(썩어 가는 고기 가면을 쓴 좀비들)같이 유행에 맞게 역겨운 글에서조차도 그렇고, 꾀병 증상이 정말로 전염성이 되어 간다거나(「바스타드 프롬프트 *The Bastard Prompt*」), 관례상 살인을 치료법으로 쓰는 정신과학 학교(「끔찍한 결과 *The Dreaded Outcome*」)같이 소름 끼치는 개념을 발전시킨 이야기들에서는 더 그렇다. 이것들은 근본적으로 공포 단편으로, 호러 장르의 기묘한 목적에 스스로를 제한하고 있다. 무서워하거나 역겨워하면서 만족하는 게 목적이 되지 않는 독자들이라면 「코비히테 *Covehithe*」처럼 더 야심 있는 단편을 선호할 것이다. 이 단편은 망가지고 가라앉았던 석유 굴착기들이 육지로 다시 기어 올라와, 땅에서 석유를 더 빨아먹고 바다로 돌아가서 알을 낳는다는 놀랍도록 마음을 휘젓는 인과응보를 묘사한다. 우리가 세상에 불러온 병든 시대를 장난스러우면서도 무척이나 심란하게 끌어오는 이런 소재를 다룰 때, 저자는 기분 좋은 가공의 전율이 아니라 우리가 느끼지 않는 척하고 싶은 진짜 공포를, 단순히 비이성적인 게 아닌 공포를 불러일으킨다.

탁월함은 간결함에 있을 때가 많다. 「밧줄은 세계 *The Rope is the World*」를 읽으면서 나는 여기다가 세세한 과학과 첨단기술의 신비를 꽉꽉 채우고, 힘 있는 자의 책략과 우주적인 기업이나 제국의

439

운명이 관련된 복잡한 플롯에, 판에 박힌 성행위 묘사를 간간이 끼워 주면 이 이야기가 쉽사리 500쪽짜리 SF 장편이 될 수 있었다는 생각을 떨치지 못했다. 그러나 미에빌은 그 쉬운 길을 가지 않았다. 그 모든 것을 다섯 쪽 안에 썼다.

그 무심한 밀도는 굉장하다.

초기 비용은 확실히 무시무시했지만, 1톤의 화물을 엘리베이터로 중력 너머까지 끌어올리는 게 로켓이나 셔틀, 외계인의 관용으로 실어 나르는 것보다 이래저래 훨씬 쌌다. 터무니없을 정도로 차이가 컸다. 이제 우주 엘리베이터, 스카이훅, 정지궤도상의 사슬로 매어 놓은 선창 수송 기둥들이 기가 막히게 편리해지고 나니, 나오는 연구 과제들은 다 '인간의-정신으로'와 '거기-있으니까-간다' 류였다. 마치 마주하고 나니 한갓 비용 절감은 천박한 문제였다는 듯이.

이것이 최고의 SF다. 저 모든 것을 풀어서 썼다면 몇 시간이 걸렸을 것이고, 그 결과는 재미없었으리라.

다음 이야기인 「독수리 알The Buzzard's Egg」은 전쟁 중에 잡힌 우상들 — 그러니까 사로잡힌 신들을 넣어 두는 신전/감옥에서 일하는 무식한 늙은 노예의 조용하고 장황한 목소리로 말한다. 그들의 신관이자 간수인 이 노예는 스스로도 죄수다. 혼자 있을 때 그는 제일 최근에 잡혀 온 신-죄수에게 말을 건다. 이 일방적인 대화랄까, 고백이랄까, 명상이 이야기의 전부다. 나에게는 매혹적이었고, 암시와 함의가 가득하며 아름다운 글이었다.

　　마지막의 긴 글 「설계 *The Design*」는 특색 있게 창의적이고 심란한 소재를 두고, 소박하고 명료하며 서둘지 않는 로버트 스티븐슨 풍의 산문과 단 한 번 겨우 목소리를 찾은 발화자의 억눌린 감정을 대조시킨다. 그러나 이 단편집에서 내가 제일 좋아하는 이야기는 두 쪽 반밖에 안 되는 분량의 「규칙 *The Rules*」이다. 읽어 보시라. 후회하지 않을 것이고, 잊지도 못할 것이다.

데이비드 미첼의 『뼈 시계 *The Bone Clocks*』

2014년

9월에 나올 소설 서평을 쓰려고 자리에 앉은 7월의 어느 날, 나는 그 소설이 막 맨부커 상 후보로 선정되었다는 사실을 알았다. 의표를 찔렸다. 마치 "영광을 얻으리!"라고만 쓰고 놓아두어야 할 것 같은 기분이었다.[*]

확실히 이 책은 수상을 예상케 한다. 600쪽에 달하는 사정 없이 탁월한 산문에 담긴 메타픽션 장난 『뼈 시계』는 이라크전의 참상에서 선과 악의 영원한 전쟁, 근미래 우리 문명의 몰락에 이르기까지 큰 반향을 일으킬 문제를 많이 건드린다. 이 소설은 확실하

---

[*] 르 귄이 이 서평을 썼을 당시에는 몰랐던 결과. 이 소설이 실제 맨부커 상 수상은 하지 못했고, 2015년 세계환상문학상을 탔다.

게, 많은 방향에서 성공을 노리고 있다. 어느 시점에서는 심지어 스스로를 평하기까지 하니, 그 부분을 인용하고 싶은 유혹에 저항할 수가 없다.

> 하나: [저자]가 클리셰를 너무나 피하려 한 나머지 모든 문장이 미국의 내부고발자처럼 고문당한 꼴이다. 둘: 판타지 하위 플롯이 이 책의 '세계의 상황' 진술과 어찌나 심하게 충돌하는지, 차마 봐줄 수가 없다. 셋: 작가가 작가인 등장인물을 창조하는 것보다 더 확실하게 창조의 지하수가 말랐다는 징후가 또 있을까?

공정하다고 하기엔 너무 심술궂은 평이지만, 이 자기보호적인 조롱이야말로 이 책의 뛰어난 특징인 자의식의 좋은 예라고 하겠다. 엄청난 창의성, 유행하는 팝컬처 전형을 이용하는 모습(영혼을 빠는 뱀파이어 있나요, 누구?), 홀로코스트와 홀로코스트 사이를 경쾌하게 건너뛰는 모습을 보면 마이클 셰이본의 『캐벌리어와 클레이의 모험Kavalier and Clay』, 『이디시 경찰 조합The Yiddish Policeman's Union』이 떠오른다. 하지만 셰이본이 정말 자유분방하다면 미첼의 대담성은 어딘가 불안하다. 미첼은 언제나 걸음걸이를 조심한다. 셰이본을 읽을 때는 나도 속이 편하고, 미첼을 읽을 때 나는 조심스럽고 불확실한 기분이 된다. 이야기는 1984년부터 2043년까지 여섯 개 시간대에 서로 다른 다섯 명의 1인칭 시점으로 서술된다. 그중에는 일반적인 청소년 스릴러 톤으로 쓰는 15세 소녀, 순전히 자기풍자만 하며 영어-중국어로 쓰는 변태(첫 장편소설 제목이 '말린 태아'란다.), 그리고 반 불멸의 변신자가 있다. 나에게는 이 과격한 시간과 시점 변화가 어렵고 어떻게든 믿어 볼 마음은 가득하지만 언제 그래야 할지 잘 알 수가 없다. 눈먼 순결과 비밀 숭배의 말장난을, 상업 자본주의가 죽어 가는 고통에 대한 사실주의적인 묘사를 믿을 때와 같은 식으로 믿어야 할까? 아니면 다른 식으로 믿어야 할까?

하지만 그게 뭐 중요한가? 그냥 소설일 뿐인데?

흠, 그럴지도 모른다. 하지만 소설 몇 개지?

어쩌면 하나의 소설인데 내가 어떻게 하나로 모이는지 보지 못하는 건지도 모른다. 아니면 하나로 모이지 않는다는 게 핵심인데 내가 이해를 못 하는지도 모른다. 보다시피, 작가의 불안은 독자도 불안하게 만든다.

시간적인 도약이나, 의식의 흐름(또는 자의식의 흐름)식 서술에서 『뼈 시계』는 버지니아 울프의 『세월』과 『파도』에 견줄 수 있다. 그러나 『세월』은 과거 시제로 쓰였고, 『파도』를 전하는 목소리들은 언제나 과거 시제의 틀 안에 있다. '지니는 말했다, 루이스는 말했다.'처럼 말이다. 시간을 깊게 다루는 『뼈 시계』에서는 실질적으로 과거 시제가 없다.

인터넷 뉴스부터 문자 메시지에 이르기까지 사람들이 읽는 모든 것이 현재 시제이기에 이제는 많은 소설 독자들이 현재 시제의 서술을 당연하게 받아들이지만, 이렇게 긴 길이라면 그것도 힘들 수 있다. 과거 시제 서술은 이전의 시간을 암시하고 가정법과 조건법, 미래라고 하는 광활한 안개 속으로 뻗어 나간다. 그러나 지속적인 목격자가 설명하는 현재는 시간의 상대성을 거의 받아들이지 않고, 사건들 사이의 연결도 거의 받아들이지 않는다. 현재 시제는 어둠 속에 비추는 좁은 손전등 불빛으로, 다음 걸음을 보는 데에만 한정된다. 지금, 지금, 지금이다. 과거도, 미래도 없다. 어린 아기의 세상, 짐승의 세상, 어쩌면 불멸자의 세상이다.

실제로 등장인물 몇 명은 어느 정도 불멸이라는 사실을 알게 되면서, 우리는 (내가 보기에는) 어지러운 언어의 소란과 눈부신 이미지와 영화 클리셰의 만화경 같은 소동 사이에서 조용히 두드러지는 한 장면을 언뜻 보게 된다. 길게 늘어난 클라이맥스의 폭력 난장판 직전에도 다시 보게 된다. 플롯상의 그 무엇도 이 광경에 직접 의존하거나 그 광경을 다시 언급하지 않는다. 그러나 나는 책을 덮으면서 그 장면이야말로 중심이라고, 모든 정신없는 활동들의 고요한 중심이라고 느꼈다.

'황혼.' 아르카디가 말한다. '삶과 죽음 사이의 황혼. 우린 높은 능선(High Ridge)에서 그걸 봐. 아름답고 무시무시한 광경이야. 해풍(Seaward Wind)에 날려 마지막 바다(Last Sea)로 건너가는 모든 영혼들, 그 창백한 빛들. 물론 그게 진짜 바다는 아니지……'

……서쪽 창문으로 높은 능선과 낮의 빛(Light of Day)까지 이어지는 1마일, 혹은 100마일의 모래언덕이 보인다. 홀리가 나를 따라온다. '저기 위에 보여?' 나는 홀리에게 말한다. '저기가 우리가 온 곳이야.'

'그렇다면 모래를 건너는 저 작고 하얀 빛들, 저게 다 영혼이야?' 홀리가 속삭인다.

'그래. 언제나 수천, 수만이지.' 우리는 동쪽 창문으로 걸어간다. 어두워져 가는 황혼 속에서 정확히 알 수 없는 길이의 모래언덕들이 마지막 바다를 향해 내려간다. '그리고 저기가 그들이 가는 곳이야.' 우리는 작은 빛들이 별도 없는 극한으로 들어가서 하나씩, 하나씩 꺼지는 모습을 지켜본다.

스케치풍이긴 하지만, 나에게는 진정한 통찰이 담긴 장면이다. 몸을 바꾸고 영혼을 먹는 등의 온갖 말도 안 되는 방법으로 죽음을 벗어나는 이야기가 나와도, 이 소설의 심장부에는 죽음이 있기 때문이다. 그리고 그곳에 데이비드 미첼이 통달한 온갖 재치와 말재간과 장황한 복화술과 고도의 구술 기교로 훌륭하게 감춰놓은 이 소설의 깊이와 어둠이 있다. 『뼈 시계』는 어떤 상을 타든 못 타든 간에 엄청난 성공작일 것이며, 그럴 자격이 있다. 아주 많은 사람들이 이 소설 읽기를 무척이나 즐길 것이다. 이게 다 무엇을 말하려는 건지는 잘 모른다 해도, 이게 엄청난 이야기라는 사실은 안다. 그리고 그 속에, 모든 클랙슨과 색소폰과 아이리시 피들 소리에 가려진 중심에는 잊을 수 없는 정적이 감춰져 있다. 눈부신 서사의 불꽃놀이와 강렬한 언어의 조명들 뒤에 있는 그림자야말로 이 소설을 진실되게 만드는지 모른다.

잰 모리스의 『하브 _Hav_ 』

2006년

1985년 『하브에서 보내는 마지막 편지 _Last Letters from Hav_ 』가 출간되었을 때(그리고 부커 상 후보에 올랐을 때), 여행 작가로서 (충분한 자격이 있는) 잰 모리스의 명성과, 소설의 성격에 대해 잘 알지 못하는 많은 현대 독자들의 성향이 겹쳐 여행사들에게 뜻밖의 당황을 안겼다. 고객들이 왜 하브로 가는 저렴한 비행기 표를 잡을 수 없는지 알고 싶어 했기 때문이다.

물론 문제는 목적지가 아니라 출발지였다. 런던이나 모스크바에서는 하브로 갈 수가 없다. 루리타니아, 아니면 오르시니아, 아니면 보이지 않는 도시들에서라면 딱 맞는 기차를 찾기만 하면 되었다.*

자, 20년이 흘러 잰 모리스가 하브를 다시 찾았고, "뮈르미돈들의 하브"라는 마지막 장을 덧붙여 이 안내서를 향상시키고, 심화시키고, 놀랍도록 복잡하게 만들었다. 그 결과가 평범한 독자가 소설에 기대할 물건은 아니라는 건 이 소설의 허구성을 의문하는 말도 아니고, 저자의 상상력을 의문하는 말도 아니다. 이 소설의 허구성은 절대적이고, 저자의 상상력은 선명하고 정확하다.

이야기는 에피소드로 구성되어, 평범한 소설의 줄거리나 플롯은 전혀 없다. 하지만 서사에 필수라고 알려진 이런 요소들은 책 전체를 하나로 모으는 강력한 방향, 또는 의도가 완벽하게 대신한다. 여기에는 소설에 필수라고 여겨지는 요소가 또 하나 빠졌다. 추상을 대변할지는 몰라도 기억할 만한 존재감을 갖추는 등장인물들이 없다는 뜻이다. 잰 모리스는 훌륭한 여행 작가답게 흥미로운 사람들과 대화를 나누고 그 대화를 보고한다. 그리고 우리가 책 첫 부분에서 만난 사람들은 두 번째 부분에 나타나서 직접 우리를 데리고 다니고 자기네 나라에서 일어났던 일을 알려주지만, 고백하건대 나는 그들을 다시 만났을 때 그 이름을 거의 기억하지 못했다. 잰 모리스의 재능은 초상화가 아니고, 그녀가 만든 사람들은 개인이 아니라 하브인의 예시로만 기억에 남는다.

이런 플롯과 등장인물의 부재는 전통적인 유토피아물에 흔하고, 학자와 다른 분류쟁이들은 『하브』를 토머스 모어 등등과 같이 둘지도 모르겠다. 그 자리도 훌륭하기는 하지만, 이 책이 속한

＊ 각각 앤서니 호프, 어슐러 르 귄, 이탈로 칼비노의 소설에 나오는 가상의 장소들.

자리는 아니다. 내가 사실『하브』는 SF라고, 딱 봐도 알 수 있는 SF 이며 뛰어난 SF라고 말한다면 아마 잰 모리스는 고마워하지 않을 테고, 출판사는 확실히 싫어할 것이다. 여기에 관련된 과학 또는 전 문 영역은 사회과학이다. 민족학, 사회학, 정치 과학, 그리고 무엇보 다도 역사학이다. 하브라는 장소는 수천 년에 이르는 범지중해 지 역의 역사, 관습, 정치학을 비춘 거울로 존재한다. 그것도 초점이 있 는 거울이다. 이 심화상은 관찰과 사변 양쪽에 날카롭게 집중한다. 우리는 어디에 있었으며, 어디로 가고 있는가? 그것이 이 책이 묻 는 질문들이다. 이 책은 지도에서도 역사에서도 찾아볼 수 없지만 폭력 하나 없이 그럴싸하게 기존 세계에 편입되어 우리에게 그곳을 둘러싼 모든 것들에 대해 거리감 있고 아이러니하면서도 계시적인 전망을 제시하는 장소를 창작함으로써 그 질문들을 던진다. 걸리 버가 방문한 섬들처럼 풍자 판타지 분위기는 아니다. 풍성하게 사 실적이고, 확고한 관찰력을 갖췄으며, 사우디아라비아나 터키 아 니면 런던 다우닝 스트리트에서 일이 어떻게 돌아갔고 지금 어떻 게 돌아가는지 정말로 많이 아는 글이다. 진지한 SF는 판타지가 아 니라 리얼리즘의 한 방식이다. 그리고『하브』는 (대체역사가 아니라) 대체(代替) 지리학을 눈부시게 이용한 사례다. 혹시 SF를 모르면서 경멸하는 소위 전문가들의 어리석은 우월 의식에 휘둘려 하브에 등을 돌린다면, 그건 애석한 일이자 손실이다. 이 책을 읽기만 하면 쉽게 방지할 수 있고, 보전할 수 있다.

설명하기 쉬운 책은 아니다. 저자가 자주 탄식하듯, 하브 자체가 설명하기 쉽지가 않다. 저자의 발견 여행에 동행하며 우리는 다소 일관성은 없지만 기분 좋은 1985년의 하브와 친숙해진다. 우리는 아르메니아 트럼펫 주자들이 해 뜰 녘 제1차 십자군 기사들을 위해 카투리안의 위대한 만가(挽歌), 「Chant de doleure pour li proz chevalers qui sunt morz」[*]를 연주하는 아름다운 성으로 올라간다. 우리는 베네치아 폰다코[**], 카지노, 칼리프, 수수께끼의 영국 기관, 하브가 나머지 유럽과 연결되는 유일한 육상 교통수단인 기차가 매일 지그재그 터널로 떨어져 내려가는 거대한 '에스카프먼트(escarpment)'의 동굴들에 사는 크레테브들을 방문한다. 우리는 '강철 개'를 보고, 스릴 넘치는 '지붕 경주'를 지켜본다. 하지만 알면 알수록 더 알아야겠다는 느낌이 커진다. 이해가 되지 않는 것들, 표면 아래 감춰진 문제들에 대한 느낌이 어째선지 위협적일 정도로 커진다. 우리는 미로에 들어섰다. 1000년 동안 지어진 미궁이, 수로를 만들고 항구 어귀에 강철 개를 세운 아킬레스와 스파르타인들의 시대로, 또 그 전, 곰의 친구였던 크레테브들의 측량할 수 없는 과거로 우리를 끌고 간다. 그 미로는 세상 반대편까지도 뻗어 나가니, 하브의 시는 웨일스 시의 영향을 많이 받은 듯 보이고, 해안가에는 고대 중국 정착지 중에서 가장 서쪽에 위치한 정착지가 있다. 마르코 폴로는 이 정착지를 재미없게 여겨 이렇게 썼다. "위안 웬쿠에 대해서는 할 말이 없다. 이제 다른 곳으로 이동해 보자."

---

[*] 프랑스어, 루마니아어, 크로아티아어를 섞어 놓은 문장으로 대충 해석하면 바다코끼리인 기사들을 위한 슬픈 노래.

[**] 여관의 한 종류.

아킬레스와 마르코 폴로 정도로 끝이 아니다. 당연히 이븐 바투타도 하브에 왔고, 위대한 여행자는 모두 와서 언급을 남겼다. 하브인들과 잰 모리스는 그들의 말을 열심히 인용한다. T. E. 로런스는 여기에서 비밀스러운 임무를 찾았을지 모른다. 어니스트 헤밍웨이는 낚시를 하고 발가락이 여섯 개인 고양이들을 데려가려 왔다. 하브의 찬란한 관광 시대는 1차 세계 대전 이전과 그 후로, 기차가 유럽 사교계 최고의 인물들과 백만장자와 우파 정치인들을 싣고 터널을 지그재그로 통과했었다. 그러나 히틀러가 실제로 하룻밤 지냈는지 여부는 아직 논쟁거리다. 1985년 하브의 정치 자체도 극도로 논쟁적이었다. 몇 세기 동안 동방과 서방의 수많은 강국이 하브를 통치했기에, 종교는 다양하다. 모스크와 교회가 원만하게 공존했으며, 영적인 장면은 무해하다 못해 약해 보일 지경이다. 성스러운 명상으로 시간을 보내기로 유명했던 소규모 은둔자 무리는 그저 금욕주의를 즐기는 쾌활하고 이기적인 쾌락주의자들로 밝혀졌다. 그러나, 그래도 카타르파* 가 있다. 잰 모리스는 첫 방문에서 크나큰 비밀을 안고 어둠 속에서 열리는 하브의 카타르 회의를 목격할 수 있었다. 베일을 쓴 여자들과 두건을 덮어쓴 남자들로 이루어진 기묘한 의식 회의였다. 잰 모리스는 그 사람들 사이에서 친구들, 안내인들, 트럼펫 기수들, 터널 조종사들을 보았다고 생각했지만…… 확신할 수는 없었다. 아무것도 확신할 수 없었다.

20년 후에 돌아가 보니, 몇 가지가 지나치게 확실해 보인다.

---

* 순결파. 기독교에서 이단으로 여겨진다.

옛 하브는 사라졌다. '간섭'이라고 불리는 애매모호한 사건으로 무너졌다. 기차는 없어졌고, 거대한 공항을 건설하는 중이다. 극도로 사치스러우면서 중년 여성 관광객이 너무나 안전한 느낌이라고 말할 정도로 따분한 리조트인 라자레토!(느낌표까지 합쳐서 이름이다.)를 목적지로 배들도 들어온다. 이상하고 오래된 '중국인 스승의 집'은 불탄 폐허가 됐고, 새로운 랜드마크는 뮈르미돈 타워라는 거대한 고층건물이다. "부끄러움을 모르고, 제한을 모르며, 기술적으로 유례가 없는 천박함을 보여 주는 고도의 전시물." 영국 특사는 그래도 전임이었던 영국 기관원 못지않게 불길하고 전보다 훨씬 날씬하다. 도시는 대부분 콘크리트로 다시 지어졌다. 동굴에 살던 크레테브는 위생적인 빌라에 들어갔고, 곰들은 멸종했다. 포스트모더니즘 시대가 도래했고, 그 시대의 특징인 가차없으나 서서히 퍼져나가는 건축과 프로파간다, 광고와 모방으로 이루어진 환원주의 문화, 시장 자본주의, 언제까지나 테러 위험을 부르는 파벌주의와 광적인 종교성이 함께 왔다. 그러나 우리는 곧 하브는 여전히 하브라는 사실을 알게 된다. 그 미로도, 미궁도 그대로 있다. 심지어 뮈르미돈 타워의 엘리베이터마저도 곧게 뻗어 있지 않다. 실제로 이 나라를 운영하는 건 누구일까? 카타르파? 하지만 카타르파가 누군가? 뮈르미돈 타워의 M은 무엇을 상징하나?

재 모리스는 에필로그에서 만일 하브가 비유라면, 무엇에 대한 비유인지 잘 모르겠다고 말한다. 나는 하브를 비유로 받아들이지 않는다. 내가 읽기에 하브는 세상을 제대로 보았을 뿐 아니라 우리들 대부분의 두 배는 강렬하게 살아 낸 한 여성이 바라본, 최근 두 시대에 있었던 서방과 동방의 교차점에 대한 탁월한 묘사다. 그곳의 수수께끼는 그곳의 정확성의 일부다. 내 생각에 이 책은 아주 훌륭한 21세기 초의 안내서다.

줄리 오쓰카의 『다락의 부처 _The Buddha in the Attic_』

<u>2011년</u>

"배에 실린 우리들 중 몇몇은 교토 출신이었고 섬세하고 예뻤
으며, 평생을 집 안쪽의 어둑한 방에서 살았다. 몇몇은 나라
출신이었고, 하루 세 번씩 조상님들에게 기도했고 아직도 사
원의 종소리를 들을 수 있다고 맹세했다. 몇몇은 야마구치 농
부의 딸들로 손목이 굵고 어깨가 넓었으며 아홉 시를 넘겨서
잠자리에 든 적이 없었다."

이 부분을 보면 줄리 오쓰카의 책을 어떻게 읽어야 하는지
단서가 될지 모르겠다. 오쓰카는 이 책을 소설이라 부른다. 이 책
은 면밀하고 주의 깊게 실제 역사에 기반한다. 소설적으로 선명한

얼굴들, 장면들, 스치는 순간과 목소리들이 있기는 하지만 모두 잠깐뿐이라 독자는 어디에도, 누구에게도 오래 머물 수 없다. 정보가, 아주 많은 정보가 대단히 우아하게 드러나지 않는 방식으로 주어지며, 역사가 이야기된다. 그러나 이 책에는 소설다운 개인 경험의 직접성도, 넓은 역사 개관도 없다. 어조는 주술적일 때가 많고, 언어가 직접적이고 난해하지 않으며 비유도 거의 없긴 하지만, 내 생각에 이 책의 진정한 장점이자 아주 드문 장점은 우리가 시적이라고 부르는, 설명하기 힘든 특성에 있다.

1인칭 복수로 긴 서술을 쓴다는 건 위험천만한 일이다. 친숙한 1인칭 단수나 3인칭 단수 시점으로는 불러일으키지 않을 질문들을 일으킨다. 우선 독자는 "나" 서술자 아니면 "그/그녀" 주인공과 쉽게 자신을 동일시하며, 어떤 비평가들은 비웃고 어떤 소설가들은 좌절시키기를 즐긴다 해도 공감형 동일시는 이야기의 즐거움에 근본적인 요소로 남아 있다. 하지만 한 집단 전체를 강하게 동일시하기는 어렵다. 설령 독자가 집단으로서 그들에게 관심이 있다 해도, 집단 구성원들이 개별적으로 공감이 간다 해도 그렇다.

그리고 "우리"는 두 무리를 가른다. 우리와 그들/당신들이다. 어떤 언어들은 "나와 너희들 모두"를 의미하는 포괄적 "우리"와 "너를 포함시키지 않는 나와 다른 이들"을 의미하는 제한적 "우리"를 구별한다. 『다락의 부처』에서 "우리"는 "나"를 포함하지 않는 인위적인 문학 구성물이다. 이야기하고 있는 무리는 20세기 초의 일본 "사진 신부"들이다. 대리인을 통해 미합중국에서 일하는 일본 남자들과 결혼한 여자들이, 사진으로만 서로를 아는 남편들에게 오기 위해 배를 타고 태평양을 건넜다. 이 합의는 달리 아내를 얻을 방법이 없는 남자들과, 대개 어리고 무척 가난해서 금빛 캘리포니아에서 더 나은 삶을 꿈꾼 여자들 사이에 이루어졌다. 이 관행은 수십 년간 계속되었는데, 소설 속 집단은 1차 세계 대전 직후에 태평양을 건넌 것으로 보인다.

이 사진 신부들에게는 미국의 인종 편견이 그들을 남편들과 유리시킬 것이며, 남은 평생 그들은 오직 서로에게만 "우리"가 될 것을 알 도리가 없었다. '우리'는 미국의 일본인들만이었고, 백인 미국인들에게 그들은 언제나 '그들'일 터였다.

그것이 줄리 오쓰카가 독특하고 힘든 방식으로 이야기하는 정당한 이유이며, 강력한 이유다. 그리고 효과적이기도 하다. 그 방식이 취지를 굳이 밝히지 않고도 취지를 전달한다.

3등 선실로 여행하는 배 위의 여자들은 온갖 격차에도 정말로 한 무리를 형성한다. 약속된 땅에 이르면 그들은 흩어져서 각자의 남편에게 갈 테고, 그 남편들은 "우리"가 아니라 결단코 "그들"이다.

그날 밤 우리의 새로운 남편들이 재빨리 우리를 취했다. 그들은 우리를 조용히 취했다. 부드럽게, 하지만 단호하게, 그리고 말 한 마디 없이 취했다……. 미닛 호텔의 맨바닥에 깔아 눕히고…… 우리가 준비되기 전에 취했고, 피가 사흘 동안 멎지 않았다.

나중에, 캘리포니아 들판에서 뼈 빠지게 "밭일"을 하고 노
동자 합숙소나 중산층 고용주의 주방에서 일하며 힘겹고 가난한
삶을 이어 가면서도, 백인들이라는 절대적인 타자들도 여전히 그
들을 남편들과 하나로 묶어 주지 않는다. 심지어 자식들이 태어나
고 나서도, 처음에는 몹시도 가깝지만, 언제나, 가슴이 무너지게도,
자식들 역시 "우리"는 아니다.

초여름 스턱턴에서, 우리(we)는 가까운 도랑에 아이들(them)
을 두고 땅을 파서 양파를 담고 처음 난 자두를 따기 시작했
다. 우리가 없는 동안 가지고 놀라고 막대기를 주고, 가끔 한
번씩 소리쳐서 우리가 아직 거기 있다는 사실을 알렸다. '개
들 성가시게 하지 말아라. 벌 건드리지 말고.' …… 그리고 하
루가 끝나 하늘에 빛이 남지 않으면 아무 데서나 잠든 아이
들을 깨우고 머리에 묻은 흙을 털어냈다. '집에 갈 시간이야.'

오래지 않아, 그 아이들이 아버지들보다 더 커지고 일본어
를 잊고 영어만 하게 되면서, 엄청나게 먹고 우유를 마시고 감자에
케첩을 뿌리면서, 부모를 부끄러워하고 부모에게 숙이지 않으려 하
게 되면서 간극은 넓어진다. "그들은 하루하루 갈수록 우리의 손
에서 더 멀리 빠져나가는 것 같았다." 그 아이들은 타자에게, 하얀

미국인들에게 합류하고 있다.

하지만 그러다가 일본이 진주만을 공격한다.

오쓰카는 일본계 미국인들이 즉결 심판으로 적국인이 되어 재산을 몰수당하고 수용소에 가게 되기까지 몇 달간 점점 심해지던 적개심과 의심, 그들의 두려움, 그들의 불신을 전해 준다. 고뇌에 찬 비통함과 자제력이 담긴 이 대목이야말로 책에서 가장 훌륭한 부분일지 모른다.

오쓰카가 그 후 마지막 장에서 갑자기 서술 방식을 바꾸어, 여자들 집단을 따라가기를 멈춰 버린 것은 유감이다. 시점이 극단적으로 바뀌고, 갑자기 "우리"는 백인들이 된다. "우리 마을에서 일본인들이 사라졌다."

우리 마을, 버클리에서 "일본인들이 사라졌을" 때 나는 열두 살이었다. 당시 그 사건을 알아차리지 못했고 이해하지 못했다는 사실이 오랫동안 내 마음을 괴롭히고 영향을 미쳤다. 그런 무지와 부인을 다루는 것은 백인 미국인으로서 나에게 달린 일이다. 줄리 오쓰카가 대신 해 줄 수는 없다. 나는 그저 오쓰카가 주인공들과 함께 유배지에서 또 유배지로, 끝까지 갔으면 좋았겠다고 바랄 수 있을 뿐이다. "우리" 중 몇몇은 돌아온 사람들이 증언하기 전까지는 상상조차 하지 못했던, 혹독한 사막과 산속 감옥 마을까지.

살만 루슈디의
『피렌체의 여마법사The Enchantress of Florence』

2014년

우리의 낚시 달인은 이야기의 바다에서 서로 얽힌 두 개의 반짝이는 주옥을 건져 올렸다. 로렌조 데 메디치 시대 피렌체에 사는 세 소년 이야기와, 경이롭고도 명이 짧았던 도시 파테푸르 시크리와 경이롭고 명이 짧았던 종교적 관용 정책 두 가지를 세운 무굴 제국 아크바르 대제의 이야기다. 둘 다 이야기 자체에 대한 이야기이자 역사와 전설의 힘에 대한 이야기이며, 왜 우리가 역사와 전설을 확실히 구별할 수 있을 때가 드문지를 다룬다.

그 인생만큼이나 엄청난 아크바르는 역사 속의 인물이다. 그리고 세 피렌체인 중 하나는 정치적 리얼리즘의 대명사인 니콜로 마키아벨리다. 하지만 니콜로의 친구 아르갈리아는 소설가의 창작이라는 공작 날개를 타고 날아가서 아크바르의 마음속 친구가 되었다가 가망 없는 싸움을 위해 피렌체로 돌아간다. 또 몇몇 인물은 다른 등장인물의 창작이다. 조다 왕비와 여마법사 카라 쾨즈는 아크바르가 몽상한 완벽한 처와 완벽한 연인으로, 이야기꾼과 예술가와 아크바르의 강력하기 그지없는 욕망과 집착 때문에 실체를 얻었고 아크바르의 백성들에게는 이렇게 받아들여진다. "그런 일도 당시에는 정상이었다. 현실과 비현실이 영영 분리되어 다른 군주 아래, 별개의 법 체계 속에서 따로 살아갈 운명에 처하기 전에는."

이 매혹적이고 눈부신 소설에는 역사에 존재했거나 상상으로 태어난 멋진 젊은 여자들이 우글거린다. 아름다운 왕비와 거부할 수 없는 여마법사들, 매춘부들과 싸우기 좋아하는 늙은 부인들까지…… 모두가 판에 박힌 인물들로, 오직 남성들과의 관계로만 인식이 되는 여성들이다. 저자는 여자들을 결코 막 대하지 않으나, 그렇다고 자율적인 인물로 다루지도 않는다. 모두를 꼭두각시로 삼는 여마법사 본인도 오직 자신을 원하는 남자들에 의해서만 존재할 뿐, 진정한 자아는 없다. 아크바르는 그녀를 "인습을 넘어서서 오직 자신의 의지만으로 자신의 삶을 벼려 낸 여자, 왕과 같은 여자"라고 한다. 그러나 사실 그녀는 제일 높은 값을 부르는 경매자에게 스스로를 팔 뿐이고, 그녀의 힘은 남자들이 허용하는 환상이다.

어느 놀라운 장면에서는 아크바르의 아내와 어머니가 아크바르의 상상 속 아내 조다에게 남편을 여마법사의 주술에서 풀 방법을 알려 주는데, 그러다가 우스꽝스러운 여성 연대의 순간에 조다와 화해한다. 그러나 여마법사가 나타나고, 조다는 사라지며, 여자들은 남자의 집착에 패배한다. 사실 이 책에 나오는 남자들은 청소년처럼 호르몬에 취해 있다. 그들의 모든 대담한 행동이며 도시와 제국을 위한 전투가 다 젊은 여자가 들어간 침대로 수렴한다. 마키아벨리는 중년의 아내가 "뒤뚱거리며" "꽥꽥대는" 모습을 혐오스럽게 바라보는 실망한 중년의 호색한이 된다. 그런데 다음 순간 갑자기, 한두 페이지에 걸쳐 우리는 아내의 마음속에 들어가서 남편의 불성실에 대한 그녀의 분노를, 여자로서 상처받은 자존심을, 남편과 그의 "어둡고 회의적인 천재성"에 대한 그녀의 변함없는 자부심을, 어째서 남편이 자기가 가진 소중하고 명예로운 것을 업신여김으로써 스스로를 깎아내린다는 사실을 모를 수가 있는지에 대한 그녀의 어리둥절함을 느낀다. 그 순간 나는 완전히 다른 책을, 거의 다른 저자를 보았다. 그리고 다음 순간 책은 다시 남자들의 강력한 꿈과 눈부신 공상극으로 돌아갔다.

이중의 이야기에서 피렌체와 인도를 연결하는, 허세 가득한 아르갈리아의 모험에는 루슈디 특유의 매력과 화려함이 가득하지만 너무 쉽게 경박해지기도 한다.(오토, 보토, 클로토, 그리고 다르타냥이라는 이름의 거대한 알비노 스위스 용병 네 명 같은 경우가 딱 그렇다.) 아르길리아의 위업들은 마키아벨리의 불행이나 아크바르 대제의 마음만큼 흥미롭지 않다.

루슈디의 아크바르는 오만하고 지적이고 대단히 호감 가는 인물로, 저자의 훌륭한 대변인이다. 역사 속의 아크바르는 인도 전체를, "모든 인종, 부족, 씨족, 신앙, 나라를" 하나로 모으려 했다. 실로 강력한 꿈이었으나, 아크바르와 함께 끝날 수밖에 없었다. 유럽도 교회의 사상 통제에서 벗어나려고 하기 시작했던 15세기 말에 대체 어떤 바람이 불어서 황제에게 융합이라는 환상을 일깨웠을까? "황제는 생각했다. 만약 신이 있었던 적이 없다면 선(善)이 무엇인지 알아내기가 더 쉬웠을지도 모른다고." 선은 전능신 앞에서의 헌신이 아니라 "개인이나 집단이 걷는 느리고 서툴고 실수투성이인 길"에 있을지 몰랐다. 신정주의, 전제주의 사회의 군주인 아크바르는 조화를 불화의 적으로 보지 않고 결과로 본다. "차이, 불복종, 의견 충돌, 불경, 인습 파괴, 무례함까지도 어쩌면 선(善)의 원천일수 있다."

아크바르는 이 책의 도덕적 중추이자 중심인물이며 살만 루슈디가 작품과 인생에서 고민한 문제들과의 강력한 연결고리를 제공한다. 모두가 책임이라는 문제로 수렴한다. 아크바르가 신에 대해 갖는 이의는 "신이라는 존재는 인간에게서 스스로 윤리 구조를 세울 권리를 박탈한다." 종교가 없으면 우리에게 도덕도 없으리라는 기이한 개념이 이렇게 조용하고 멋진 유머로 일축당한 경우도 별로 없다. 루슈디는 그를 두려워하는 광신자들에게 고함을 치지 않는다.

호수가 마르면서 마법 도시에서 쫓겨난 아크바르는 침착하게 자신의 패배를 예견한다. "그가 만들고자 한 모든 것, 그의 철학과 존재 방식 모두가 물처럼 증발할 것이다. 미래는 그가 바랐던 형태가 아니라 메마르고 적대적인 형태로, 그가 영영 끝내고 싶었던 거대한 싸움, 신을 둔 싸움에서" 사람들이 미워하고 죽이는 미래이리라. 우리 광신자들이 아직까지도 너무나 열렬히 추구하는 그런 싸움 말이다.

하지만 이 책에는 또 다른 주제도 있다. "종교는 다시 생각하고, 다시 검토하고, 다시 만들고, 어쩌면 버릴 수마저 있었다. 마법은 그런 공격에 휘둘리지 않았다." 피렌체인들이 자기 도시에서 그러하듯, 아크바르는 자기가 거하는 눈부신 도시에서 "실재하는 물질세계에 살듯이 열렬하게" 마법 세계에 살았다. 이것이 그들과 우리의 큰 차이다. 우리는 현실과 비현실을 분리하고, 각기 다른 법이 작동하는 다른 왕국에 집어넣었다.

진지한 판타지라면 모두 그러하듯, 루슈디의 이야기는 현실주의자인 우리들이 독서하는 시간만이라도 상상의 영역에 살게 함으로써 그 분리선을 지운다. 그 상상 영역은 사실 인지에 통제를 받기는 하지만, 그에 한정되지는 않는다. 이것은 말대로 이루어지는 이야기의 땅이다. 아이의 세계, 과학 이전의 조상 세계, 우리 모두가 황제가 되어 우리가 내키는 대로 규칙을 만들 수 있는 세계다. 현대의 판타지 문학은 우리가 살고 있는 다른 왕국, 즉 물리 법칙을 깰 수 없고 니콜로 마키아벨리가 설명한 대로의 정부를 갖춘 우리 일상에 대한 자각 때문에 역설적인 강렬함을 얻고, 때로는 비극적인 차원까지도 얻는다.

어떤 이들은 과학이 이해할 수 없는 것을 다 몰아냈다고 장담하고, 또 어떤 이들은 과학이 세상에서 마법을 쫓아냈다고 울면서 "다시 마법에 걸리기를" 빈다. 하지만 찰스 다윈이 어떤 몽상가 못지않게 발견과 경이와 심원한 신비로 가득한 놀라운 세상에 살았던 것은 분명하다. 세상에서 마법을 빼앗은 사람들은 과학자가 아니라 세상이 그 자체로는 아무 의미도 없다고 본 사람들, 신이 움직이는 기계로만 본 사람들이다. 과학과 환상문학은 지적으로 모순되지만, 둘 다 세상을 설명한다. 양쪽 모두 상상력이 활발하게 기능하여 의미를 찾고, 딱정벌레를 설명할 때나 여마법사를 설명할 때나 세부 사항과 사고의 일관성에 엄격한 주의를 기울여 지적인 동의를 얻어 낸다. 규정하고 금지하는 종교는 과학과 환상 양쪽 모두와 불화하며, 종교는 믿음을 요구하기에 양쪽의 공통 기반인 상상력을 피해야 한다. 그러므로 진정한 신자라면 다윈과 루슈디 둘 모두를 드러난 진실을 반대하는 "불복종하고 불경한 인습 파괴자"로 비난해야 한다.

현실 상상력과 환상 상상력이 본질상 양립할 수 있다는 점이야말로 류슈디의 호화롭고 격렬한 역사와 전설의 혼합물이 거둔 성공을 설명해 줄지 모르겠다. 하지만 물론 모든 설명을 넘어서서 이 책에 이만한 매력과 힘, 유머와 충격, 활기와 찬란함을 부여하는 것은 결국 대가의 글솜씨다. 이것은 풍자와 매혹이 가득한 굉장한 이야기다. 동방과 서방이 불꽃놀이를 터뜨리고 심벌즈를 울리며 만난다. 우리들, 영어 사용자들에게도 이제 인도에서 훔쳐 낸 우리만의 아리오스토*, 우리의 타소**가 있다. 우리에겐 참으로 행운 아닌가?

---

* Ludovico Ariosto(1474~1533). 이탈리아 시인.
** Torquato Tasso(1544~1595). 이탈리아 시인.

살만 루슈디의
『2년 8개월 28일 밤

Two Years, Eight Months, and Twenty-Eight Nights』

2015년

살만 루슈디는 "거대한 현실 파편화(fragmentation)"가 21세기에 일어나고 있다고 말했고, 그의 소설들은 공포와 환희로 그 파편화를 재현하고 보여 준다. 루슈디의 새 소설,『2년 8개월 28일 밤』은 최근 들어 현실이 더욱 큰 규모로 허물어지고 있으며 곧 완전히 와해될 것임을 확언한다. 다크 이프리트*들이 일상의 구조가 약해지는 틈을 이용하기 시작하면 어떤 겨울보다 더 지독한 폭풍에 이어 종말론의 번개가 치고 중력도 군데군데 손상될 것이다.

거추장스러운 이 책 제목은 1001일이라는 날짜를 년과 달로 기록하면서도 4주에 해당하는 날은 28일 그대로 두었다. 천일

---

* Dark Ifrit, 이슬람 신화에 나오는 강한 악마 또는 정령.

야화를 암시하려면 '밤'이라는 말이 쓰여야 하기 때문이다. 루슈디는 우리의 셰에라자드가 되어 끝도 없이 이야기 속에 이야기를 싸고 이야기 다음에 이야기를 풀어낸다. 어찌나 즐거움에 차서 이야기를 푸는지, 셰에라자드와 마찬가지로 루슈디도 위험에 직면한 이야기꾼의 삶을 살아왔다는 기억을 떠올리면 놀랍기만 하다. 셰에라자드는 어리석고 잔인한 죽음의 위협을 막아 내기 위해 천 한 개의 이야기를 했다. 루슈디는 환영받지 못할 이야기를 해서 스스로 죽음의 위협을 불렀다. 지금까지는 셰에라자드가 그랬듯 루슈디도 죽음을 피하는 데 성공했다. 앞으로도 쭉 그러하기를.

플롯을 요약할 생각만 해도 비명을 지르며 소파에 기절해 쓰러질 판이다. 루슈디의 상상력은 프랙털* 구조다. 끝없이 플롯이 플롯을 싹틔운다. 적어도 101개의 이야기와 하부-이야기가 있으며, 그만큼 많은 등장인물이 나온다. 여러분은 이것만 알면 된다. 그 이야기들 대부분이 아주 재미있고 즐거우며 오묘…… 아니지, 여기에서 오묘하다(ingenious)는 표현은 쓰지 않겠다. 그 등장인물 중 많은 수가 진짜 지니**이니 말이다.

영어로는 지니(genie), 원래 말로는 진(jinn). 현실의 파손은 우리 세계와 진의 세계인 페리스탄 사이의 벽에 영향을 미쳐, 지니들이 통과할 수 있는 구멍과 틈을 남겼다.

페리스탄에서 그들의 생활은 지극히 호화로운 환경에서 끊

---

* 전체와 비슷한 작은 조각으로 쪼개지기를 무한 반복하는 기하학 형태.
** genie, ingenious는 in+geni+ous로 만들어진 말이다.

임없이 성교를 벌이는 삶이다. 그럼에도, 아마 우리 중에도 그런 생활을 지루하게 여기는 사람이 있겠지만 지니 중에도 그 생활을 지루해하는 이들이 언제나 이쪽 세계로 몰래 건너와서 우리 하찮은 필멸자들의 삶에 간섭하며 재미있어하곤 했다. 남성형의 진은 불꽃 생물이며, 여성형의 진니아는 연기 생물이다. 그들은 엄청난 마법의 힘이 있고, 지력은 그렇게 대단치 않다. 고집 세고 충동적이며 현명하지 못한 그들은 가끔 한 번씩 주문에 사로잡혀 병이나 램프에 갇힌다.

우리는 한동안 진을 전혀 보지 못했는데 1000년 전쯤 우리 세계로 오는 통로가 닫혔기 때문이다. 그 직전쯤에 위대한 진니아 공주 두니아가 안달루시아에서 철학자 이븐 루슈디와 연애 사건을 벌였다. 결과는 귓불이 없는 귀와 요정 혈통(페리스탄이란 영어로 요정 나라에 해당한다.)의 자취로 알아볼 수 있는 수많은 후손들이었다.

주된 플롯, 그러니까 겹겹의 상자 중에서 제일 바깥 상자는 합리주의자인 이븐 루슈디와 지상의 모든 인과 위에 신의 힘이 있다고 보는 신실한 이란의 알-가잘리* 사이에서 벌어지는 철학 논쟁을 중심으로 구성되어 있다. 이븐 루슈디는 이성과 인도주의 도덕률을 신과 신앙과 조화시키려 했다. 친절한 신, 광신적이지 않은 신앙과. 그는 가잘리에게 도전했다. 그 보상은 수치와 추방이었다.

오래전, 처형령을 받기** 이전에 살만 루슈디를 만난 적이

---

* 무함마드 이후 가장 위대한 무슬림이라고 불리는 신학자.
** 『악마의 시』 때문에 이란의 호메이니가 살만 루슈디에게 내렸던 파트와를 가리킨다. 루슈디는 이 처형령 때문에 영국으로 망명했다.

있기는 한데 그에게 귓불이 있었는지 여부는 기억이 나지 않는다. 어쨌든, 몇 가지 유사성은 뚜렷하다. 이 책은 판타지이고 꾸며 낸 이야기다. 그리고 이 세상에서 우리 삶의 선택과 고통들에 대한 진지한 숙고를 탁월하게 비춰 낸다.

그 선택들은 만화 스타일로 단순하게, 절대 선과 절대 악으로 나타난다. 고통은 재난 영화 스타일로, 굳이 생각하고 싶지 않은 독자들은 떨쳐 버릴 수 있도록 지독한 대재앙으로 나타난다. 루슈디는 진실을 쓰디쓰게 만들어서 독자들이 억지로 삼키게 만들기보다는 독자들을 유혹하고 구애하는, 관대하고 온화한 작가다.

그렇다 해도 이 책의 권두 삽화는 현대의 등장을 나타내는 고야의 판화다. "이성이 잠들면 괴물들이 태어나리니." 여기에서 생긴 괴물들은, 아무리 농담조로 상상되어 있다 해도 상상에만 존재하는 괴물이 아니다.

이 책에 나오는 수많은 남성 인물 중에서도 가장 강력한 인물은 정원사인 제로니모 씨다. 육체적으로나 감정적으로나 생생한 인물이고, 그의 힘과 겸손함과 어린 시절을 보낸 도시 봄베이(그에게는 결코 뭄바이가 아니다.)에 대한 향수는 좋아할 만하다. 이 책에는 강한 여성들로 시장도 하나 나오고, 철학자도 나오지만 그들은 단순한 그림이나 다름없다. 소설의 여주인공이자 주동인물은 여성인데, 루슈디 소설 중에서는 처음인 것 같다. 내가 이 주인공을 잘 받아들일 수 있다면 얼마나 좋았을까. 인간이 아니라는 건 문제가 아니다. 요정 공주에게 다른 게 되라고 할 수야 없으니. 하지만 남자처럼 생각하지 말기를 바랄 수는 있다.

한배에 일곱에서 열아홉까지 무리로 아이를 낳는 건 확실히 많은 자손을 남기기에 실용적인 고안이지만, 그런 선택을 할 여자는 많지 않을 것이다. 우리는 두니아가 아기들을 키우는 모습이나(어떻게 하는지 알면 재미있을 텐데) 바쁜 어머니의 모습을 보지 못한다. 1000년이 지나서 지구로 돌아온 것은 "아이들"을 지키기 위해서지만, 그건 직계 자식이 아니라 여기저기 흩어져 있는 자신의 먼 후손들, 두니아가 자신의 혈통임을 주장하기 위해 두니아트라고 부르는 귓불 없는 사람들을 뜻한다.

보통 이런 주장에 붙는 이름은 부계(父系)다. 지중해와 아랍 사람들 사이에서 부계의 중요성은 무척 크다. 더 보편적으로 보아도, 여자들이 자기 자식과 어머니로서의 위치를 추상적인 혈통 개념보다 귀하게 여기는 편이라면 남자들은 자식들을, 그중에서도 특히 아들들을 부계 혈통을 유지하는 존재로서 귀하게 여길 때가 많다. 이런 차이는 수컷 포유류들이 유전자 재생산에 적극적이고 암컷 포유류는 유전자 전달자를 양육하는 데 적극적이라고 하는 생물학을 반영하는지도 모른다.

그래, 두니아도 포유류다. 하지만 그 애정 깊은 마음과 무수한 새끼들을 보면 혹시 두니아도 — 무기를 휘두르는 다른 끝내주는 전사 여자들과 마찬가지로 — 여장한 남자는 아닌가 자꾸 의심하게 된다.

현실이라면 바로 지금쯤에 시작될 '괴사(怪事)의 시대'라는 끔찍한 시기에 강대한 이프리트들은 모든 마법과 무질서의 기술을 동원하여 인류를 파멸시키려 할 것이고, 두니아는 진의 피가 섞인 두니아트를 소환하여 같은 기술로 우리를 지킬 것이다.

그리하여 슈퍼빌런과 슈퍼히어로들(내가 제일 좋아하는 히어로는 나트라지 히로, 즉 뉴욕 퀸스의 지미 카푸르다.)을 거느리고 선례에 따라 행해지는 선과 악의 전쟁이 벌어진다. 선례에 따라, 그리고 약간은 실망스럽게도, 선한 편이 이긴다. 마지막으로 남은 강대한 어둠의 이프리트 주무루드는 철학자에 의해 파란 유리병에 갇히고, 나머지 진은 페리스탄으로 돌아가고, 두니아는 마지막으로 초(超)모성적인 자기희생을 발휘하여 두 세계 사이의 통로를 닫는다.

책의 끝에 가서 우리는 다음 천년기의 우리 후손들이 분쟁을 버린 삶을 살아간다는 사실을 알게 된다. 그들은 "결국 분노란, 아무리 철저히 정당화한다 해도 분노한 자를 파괴한다"는 사실을 알고 편견과 증오 대신 정원을 평화롭게 일군다. 하지만…… 물론 '하지만'이 있어야지.

현대 교양은 평화가 지루하고, 절제는 엉터리, 행복은 감상적이라고 선언한다. 루슈디는 그런 교양을 거역하여 자족하는 사람들을 상상하지만, 그러기 위해 그들에게서 꿈을 빼앗는다. 이상도, 악몽도 없다. 그들의 잠은 텅 빈 어둠이다.

이는 인간의 상상력이라는 선물은 전쟁, 의식적인 잔인함, 고의적인 파괴와 같은 인간 행동들로 이어지는 증오, 분노, 공격성 없이 존재할 수 없다는 의미를 함축한다. 오직 우리 안의 사악한 진만이 우리에게 꿈과 이상을 줄 수 있다는 암시는 우리 안에 창조와 파괴의 균형이 꼭 필요하다는 사실을 받아들이는 한 가지 방법일 수 있다.

하지만 이는 또한 21세기 문학에서 너무나도 강력한 생각, 느린 창조의 과정은 파괴의 비극적인 드라마보다 덜 흥미롭고, 덜 진짜 같다고 하는 생각에 대한 굴복이지 않을까. 지금 우리가 선 자리로 돌아와 보자. 정원 가꾸기가 우리를 어리석게 만든다면, 이성의 활용이 이상을 보지 못하게 한다면, 연민이 우리를 약하게 만든다면…… 그렇다면 어쩌잔 말인가? 우리의 기본 해법인 분쟁으로 돌아갈까? 증오와 분노와 폭력을 조성하고 사제와 정치가와 주전론자들을 복귀시켜, 지구를 끝까지 파괴할까?

우리 안의 빛과 어둠 양쪽을 더 창의적으로 활용할 가능성을 무시하는 이런 거짓 대안은 버릴 수 있었으면 좋겠다.

그러니 이 책의 결말은, 나에게는 실망스러웠다. 하지만 다른 독자들에게는 그렇지 않을 수도 있다. 그리고 나는 얼마나 많은 독자들이 이 책의 용기에 감탄하고, 그 끝내주는 색채와 활기와 유머와 찬란함을 즐기고, 그 관대한 정신에 기쁨을 느낄지를 생각하고 싶다.

주제 사라마구의
『바닥에서 일어서서』*Levantado do Chao*』

2012년

　　지난 몇 세기 동안 소설은 대부분 중류층 작가들이 중류층 독자들을 위해 썼다. 아주 가난한 사람들, 억압받는 사람들, 소작농들에 대한 소설은 보통 가난한 작가가 쓰지도 않고 가난한 독자를 대상으로 쓰지도 않는다. 그래서 이런 소설들은 거리감 있고 사회학적인 분위기를 풍기는 동시에, 무시무시하게 우울한 경향이 있다. 계시적이고, 음울하고, 절망적이며, 부득불 잔혹하다. 억압받는 이들을 다룬 두 편의 위대한 미국 소설『톰 아저씨의 오두막』과 『분노의 포도』는 저자들이 갖춘 정의에 대한 열정과 주동인물들에 대한 애정과 존중 덕분에 그런 위협적인 냉혹함을 면했다. 주제 사라마구의 초기작『바닥에서 일어서서』도 그러한데, 여기에 엄청난 보너스까지 있다. 저자가 성장하면서 함께 했던 사람들, 자기 동족들, 자기 가족에 대해 쓰고 있다는 점이다.

이 서평을 주제 사라마구가 쓰게 놓아두고 싶은 유혹을 완전히 물리칠 수가 없다. 아래 싣는 글은 1998년 사라마구의 노벨상 수상 연설 도입부다.

제가 제 평생 알았던 가장 현명한 분은 읽지도 쓰지도 못했습니다. 그분은 동쪽 프랑스 대지에 아직 새로운 날의 약속이 머무는 새벽 4시에 잠자리에서 일어나, 여섯 마리 돼지를 몰고 들판으로 나갔지요. 그 돼지들의 번식력으로 그분과 그분의 아내가 먹고살았거든요. 제 어머니의 부모님께서는 히바테주 지역 아지냐가라는 마을에서 이렇게 궁핍하게 사셨습니다. 몇 마리 돼지의 번식에 의지하여, 젖을 뗀 새끼돼지는 이웃에게 팔면서요…… 밤이면 집 안, 냄비에 든 물이 얼어붙을 정도로 추워지는 겨울이 오면 그분들은 돼지우리에 가서 제일 약한 새끼들을 침대로 데리고 들어가셨습니다. 거친 담요나마 덮으면 인간의 온기가 그 작은 짐승들이 얼어 죽지 않게 구했습니다. 친절한 분들이긴 했지만, 두 분이 그렇게 하신 건 연민 때문이 아니었습니다. 그분들이 중시한 건, 어떤 감상도 가식도 없이 그저 매일의 양식을 지키는 것이었어요. 삶을 유지하기 위해, 필요 이상으로 생각하는 방법을 배우지 않은 사람들에게는 당연한 일이었습니다.

어려서 그런 외조부모와 함께했던 삶과 일이 그에게 이 소설에 깔린 경험을, 이 소설의 영감을, 동기를, 그리고 어조를 부여했다. 사라마구는 노벨상 연설에서 이렇게 요약했다.

이 소설, 『바닥에서 일어서서』는 20세기 초부터 독재 정권을 무너뜨린 1974년 4월 혁명에 이르기까지 '나쁜 날씨'라는 소작농 가문 삼대를 따라갑니다. 제가 인내심을 배운 것은, 우리를 만들고 무너뜨렸다가 다시 만들고 무너뜨리는 '시간'을 믿고 몸을 맡기는 방법을 배운 것은 바로 이렇게 바닥에서 일어난 남자들과 여자들, 처음에는 실제 인물이었다가 나중에는 허구의 인물이 된 사람들에게서였습니다. [영문판에서 믿음직한 번역가 마거릿 줄 코스타는 우리에게 'Raised from the Ground'라는 제목을 선사했고, 가족 이름은 포르투갈어로 '마우템푸(나쁜 날씨)'로 남겨 두었다.]

사라마구는 만년에 저널리즘을 떠나 장편소설을 쓰기 시작했는데, 마치 훌륭한 늙은 사과나무가 갑자기 헤스페리데스의 황금 사과를 주렁주렁 맺는 것 같았다. 사라마구가 58세였던 1980년에 출간된 이 소설은 "초기작"이면서 초기작이 아니다. 많은 후기작들에서 보이는 복잡한 깊이는 없고, 스타일은 아직 꽤 전통적(마침표도 있고 단락도 나눈다.)이지만, 서술하는 목소리는 틀림없는 사라마구다. 평범하고 소탈하며, 아이러니컬하거나 친밀감 있게 유머러스

할 때가 많은 성숙하고 조용한 목소리가, 메마른 대지를 흐르는 큰 강처럼, 머뭇거리거나 헤매는 듯 보일 때는 있으나 결코 추동력을 잃지 않고, 언제나 엎치락뒤치락하면서 앞으로 앞으로 흘러간다.

이 소설은 저자의 생각과 공감의 폭, 그가 말하는 인내와 신뢰와 그의 열렬한 정치적 확신 사이의 까다로운 균형 덕분에 인간 불평등을 증언하는 대부분의 유사한 작품들보다 시야가 넓다. 파업 참가자로 붙들린 남자가 두들겨 맞는 모습을 묘사하는 대목에서, 고문이 벌어지는 장소는 늘 그렇듯 따로 떨어진 곳이 아니고, 말할 수 없는 비밀도 아니다. 아무것도 비밀로 유지할 수 없기 때문이다. 인간은 그 무엇도 자연에서 벗어나지 않는다. 모든 것이 연결되어 있다. 모든 것이 이야기될 수 있고 모든 것이 이야기할 수 있다. 바닥의 개미는 남자를 보고 생각한다. "얼굴이 온통 부었어. 입술은 터지고, 눈은, 불쌍한 두 눈은 멍 때문에 보이지도 않네. 처음 도착했을 때와 너무 달라." 경비병들이 피해자에게 물을 쏟아붓자, 우리는 지하를 통과하여 구름으로 올라갔다가 비가 되어 도기 주전자에 들어가기까지 그 물의 긴 여행을 따라간다. 그 주전자에서 물은 "높은 곳에서 얼굴로 쏟아진다. 갑작스레 떨어져, 갑작스레 부서지면서 천천히 입술과 눈과 코와 턱 위를 흐르고 여윈 뺨 위로, 땀에 젖은 이마로 흐른다……. 그렇게 물은 이 남자가 쓰고 있는 아직은 살아 있는 가면을 알게 된다."

사라마구는 펼쳐 보이는 전망 속에 너무나 많은 것을 포함시키면서도 무엇을 빼놓을지 안다. 그걸 얼마나 잘 아는지, 그게 얼마나 희귀한 앎인지! 그는 결코 터덜거리지 않는다. 세부 사항을 단순히 늘어놓는 일도 없다. 너무나 많은 이 시대 서사를 방해하는 기계적인 대화도 없다. 껄끄러운 리얼리즘이자 무자비한 진실 말하기로 상찬을 받지만, 사실은 작가와 독자 모두에게 방종한 가학적 환상일 때가 더 많은 고통과 불행과 고문 장면을 질질 끌며 즐기는 일도 없다. 오직 뜻밖의 희망찬 결말만이 이 소설에서 볼 수 있는 유일한 환상이다. 사라마구는 진실을 더없이 경애했다. 나는 사라마구가 최고 지점에서 이야기를 멈추기로 한 것이 사회 정의라는 이상이 충족될 것을 믿어서가 아니라 — 사실 사라마구가 무엇이든 "믿을"지 잘 모르겠지만 — 합리적인 희망이 절망보다 유용하다 판단했기 때문이고, 작품에서 아름다움을 추구했기 때문이라 생각한다. 걸작 『눈먼 자들의 도시』도 마지막에 빛으로 향하는 똑같은 경로를 보여 줬다. 그러나 그 후에 다시 『눈뜬 자들의 도시』가 나왔고…… 작가는 어둠이 무엇인지 알고 있었다. 현대 소설은 죽음을 거의 습관적으로 난폭하게 다룬다. 예전에는 소설 속 사람들이 대체로 현실에서와 비슷하게, 지루하고 필연적으로, 총에 맞거나 칼에 찔리거나 폭발하거나 다른 방식으로 살해당하는 일 없이 죽는 편이었다. 그러나 우리는 허구의 죽음이 우리가 공유하게 될 경험처럼 느껴지지 않게, 구경거리로 보이는 쪽을 좋아한다. 이 책도 끝에 다다라서 죽는 장면이 하나 있다. 평생 과로하고 고문으로 손상을 입은 한 남자가 67세의 노령으로 죽는다. 우리는 그의 죽음을 본인의 눈을 통해서 본다. 내가 아는 어떤 소설 속 죽음도 이 장면만은 못할 것이다. 사라마구의 진실 말하기는 지성, 치열한 예술적 용기, 그리고 진지한 인간의 애정이라는 희귀한 조합에서 말미암는다.

노벨상 연설에서 사라마구는 이렇게 말했다.

제가 충분히 이들과 동화했는지 잘 알 수 없는 유일한 지점은 그 여자들과 남자들이 그런 가혹한 경험에서 얻은 미덕, 바로 삶에 대한 당연하다는 듯 소박한 태도입니다…… 저는 매일 제 정신에 울리는 끈질긴 호출처럼 그 교훈을 느낍니다. 저는 광활한 알렌테주 평원에서 제게 주어졌던 존엄의 예시와 같은 위대함을 조금 더 누릴 수 있다는 희망을 잃지 않았습니다. 적어도 아직은 잃지 않았어요. 시간이 이를 말해 줄 겁니다.

이제 우리 영어 사용자들에게 사라마구가 이 초기작에서 그 위대함에 얼마나 기여했고, 얼마나 그 위대함을 누릴 자격이 있는지 볼 기회가 왔다. 우리는 이미 작가가 모든 작품에 걸쳐 저 사람을 호출하는 소박한 정신을 얼마나 충실히 따랐는지 알고 있지 않던가.

주제 사라마구의 『천창 _Claraboia_ 』

2014년 6월 《가디언》 수록

　　주제 사라마구는 1953년에 『천창(天窓)』의 원고를 어느 리스본 출판사에 보냈다. 아무 답변도 받지 못하고, 답을 구하지도 않았던 듯한 그는 "고통스럽고 잊을 수 없는 침묵에 빠져들었고, 그 침묵은 수십 년을 갔다"고, 그의 아내 필라 델 리오는 서문에서 밝힌다. 그러나 그는 저널리스트이자 편집자로 명성을 얻었다가 1977년에야 소설 쓰기로 돌아가서 『서도와 회화 안내서 _Manual de Pintura e Caligrafia_ 』라는 기만적인 제목의 책을 썼다. 1989년, 세 권의 장편을 출간한 후였던 그가 네 번째 소설을 쓰던 중에 『천창』을 보냈던 출판사에서 원고를 다시 발견했으며 이 책을 출간할 수 있다면 영광이겠다는 편지를 썼다. 그는 바로 그 출판사로 가서 원고를 집에 가져갔다. 그의 아내는 사라마구가 결코 그 원고를 읽지 않았으며 그저 "내 생전에는 출간되지 않을 것"이라고만 말했다고 전한다. 사후에 그 원고를 어떻게 할지에 대해서는 아무 말도 하지 않았다고 추정해야겠다.

오래된 굴욕 때문에 그 원고를 무시했을 수도 있다. 아니면, 만년의 두 번째 시작을 감안할 때 좀 더 전통에 따랐던 이 초기작에 다시 시간과 생각을 쏟고 싶지 않았을지도 모른다. 어쨌든 나는 지금 이 책을 출간하기로 한 부인의 결정이 적절하다고 생각한다. 뿌리 깊이 독창적인 한 예술가의 느린 발전을 보여 줄 뿐 아니라, 그 자체로 흥미로운 소설이다. 번역가는 흠잡을 데 없는 마거릿 줄 코스타다.

그 원고가 받아들여지고, 또 성공했더라면 사라마구는 타인의 견해에 대한 무관심을 간직했을까? 그가 서서히 자기만의 비할 데 없이 개성적인 작풍과 스타일, 주제를 찾아가게 해 준 그 훌륭한 자질을? 알 수 없는 일이다.

전통적인 방식으로 문단을 나누고 구두점을 찍은 『천창』은 익숙한 소설 공식을 따라간다. 등장인물들 한 무리가 동시에 같은 장소에 던져진다. 이 경우에는 1950년쯤 리스본에 있는 어느 작은 노동계급 아파트 건물이다. 집이 여섯 채 들어 있고, 사람은 열다섯, 그중 열 명이 여자다. 재정이 튼튼한 사람은 아무도 없고 몇 명은 가까스로 살아가는 수준이다. 그들의 삶은 부서지기 쉽고, 간소하고, 혹독하다. 아드리아나와 이사우라는 간신히 어머니와 이

모를 부양한다. 저녁이면 네 여자가 동경을 품고 열심히 라디오에서 흘러나오는 베토벤에 귀를 기울이는 동안, 옆집의 어린 클라우디나는 재즈 래그타임을 튼다. 클라우디나의 부모는 결혼생활이 불행하다. 세일스맨 에밀리오와 그의 스페인인 아내는 서로를 지긋지긋해한다. 잔인한 카이타노와 아이를 잃은 일을 떨쳐 내지 못하는 악마 같은 주스티나는 미움을 훌쩍 넘어서 대놓고 폭력을 벌인다.

이 책의 노골적인 섹슈얼리티(1953년 살라자르 독재 체제의 포르투갈에서는 그게 출간을 막았을 수도 있다.)가 지금 놀라운 지점은 오직 그 속에 가득한 연민이다. 성욕의 배출구를 찾을 수 없는 두 자매에 대한 사라마구의 공감은 깊고 섬세하다. 자기에게 돈을 주는 남자는 경멸하면서도, 가장 경멸당하는 자기 직업에 대해서는 직업의식을 지키는 리디아에 대한 작가의 존중 또한 그렇다. 성애적인 힘(erotic power)의 놀라운 반전을 통해, 사라마구는 심지어 강간에 열정적으로 응하는 여자라는 짜증스럽고 포르노적인 클리셰마저 구해 낸다.

좌절, 도덕적 비열함, 불안이 모두 좁은 공간 안에 있으면 필연적으로 경쟁과 원한을 낳기 마련이다. 이 인물, 저 인물로 옮겨 가면서 느긋한 플롯을 따라가는 이야기에는 비열한 악행이 꽤 많이 들어가 있다. 발자크와 자연주의자들의 전통을 잇는달까. 또 이 이야기에는 상당히 건조한 유머가 들어 있고, 거의 환상처럼 갑자기 드러나는 평온한 가정의 장면도 최소한 하나는 있다.

그 후에 그들은 저녁식사를 했다. 식탁에 둘러앉은 네 여자. 김이 오르는 접시들, 하얀 식탁보, 의식 절차 같은 식사. 피할 수 없는 소음 이쪽에는 — 혹은 어쩌면 반대쪽에도 — 짙고 고통스러운 침묵이, 우리를 주시하는 과거의 꼬치꼬치 심문 하는 듯한 침묵과 우리를 기다리는 미래의 아이러니한 침묵 이 있다.

이 책에서 가장 강력한 인물은 제화공 실베스트리다. 나중에 사라마구 소설들에는 실베스트리와 같은 조심스럽고 정직한 노동자들이 언제나 중요하게 나올 것이며, 언제나 그 중요성이 가벼운 듯 나올 것이다. 실베스트리는 "웃길 정도로 뚱뚱하고, 사람을 울릴 정도로 상냥한" 마리아나와 결혼했다. 차분한 정신을 지닌 관대한 사람들로 이루어진 완벽하게 훌륭한 결혼이다. 지금 그의 땅을 통제하는 반동주의자들은 실베스트리의 열렬한 사회적, 정치적 희망을 박살 냈으나 그의 영혼까지 부수지는 못했다. 그는 인내하는 사람이고, 그의 인내심과 자족감은 단순히 패배를 받아들이는 수용력을 훨씬 넘어선다.

가난에 직면한 실베스트리와 마리아나는 남는 방을 하숙인 아벨에게 세놓는다. 아벨은 당시 작가의 나이였던 서른 하나에서 둘 정도로, 어느 정도는 젊은 예술가의 초상으로 읽을 수밖에 없다. 누구와도 무엇과도 가까운 관계를 맺거나 헌신하지 않으려 피하는 아벨은 당대의 문인 유형으로 보인다. 초연하고, 신중하고,

예민하며, 본질적으로 교만하고, 근본적으로 기쁨이라곤 없는 젊은 작가상. 아벨은 실베스트리와의 토론에서 이기지만, 자기 생각보다 더 어리고 어쩌면 자기 생각만큼 현명하지 않은 것 같다는 인상을 준다. 그의 실존주의 주장은 조금 방자하지 않은가? 실베스트리는 온 힘을 기울인 급진적 행동에 자신을 걸면서 힘든 방식으로 허상에서 깨어났다. 아벨은 허상에 인생을 낭비하지 않을 것이다. 하지만 그렇게 아무 데도 헌신하지 않아서 어디로 갈 것인가? 아벨이 행동이 성공할 수 있을 때를 위해 기다리는 현실주의자인가, 아니면 스스로가 마비되었음을 부정하는 이상주의자인가?

마지막 토론에서 아벨은 마지막 말, 실제로 책의 마지막 말을 맡는다. "우리가 사랑에 기반하여 살 수 있는 날은 아직 오지 않았습니다."

이 선언 뒤에 깔린 마지막 침묵에서 나는 무언의 논박을 감지한다. 사실 실베스트리의 삶이야말로, 근면하고 책임감 있는 삶이야말로 가장 겸손하고 한정되고 실질적인 면에서 사랑 위에 쌓은 삶이라는 논박.

실비아 타운센드 워너의 『도싯 이야기 *Dorset Stories*』

<u>2006년</u>

영문학이라는 영역 전체에는 엄청난 괴짜들이 살고 있다. 나는 도시나 큰 도로는 없지만 아름다운 외딴집이 많고 모든 집에 천재 은둔자가 살고 있는, 농장과 숲으로 이루어진 널찍한 언덕 풍경을 상상한다. 토머스 러브 피콕, 조지 보로, 포레스트 레이드, T. H. 화이트, 실비아 타운센드 워너…… 이 작가들이 당대의 문학 경향과 기술을 알지 못했던 건 아니다. 전혀 아니다. 그들은 밝은 빛이 어디를 비추는지 아주 잘 알았지만, 그래도 자기 정원을 일구는 쪽을 더 좋아했다.

그런 순수한 목적이 있었기에 그들의 작품은 특이한 신선함을 유지했지만, 그 목적은 저자 생전에나 사후에나 그들의 작업을 위험에 밀어넣었다. 전통에 맞게 출판사나 비평가의 구멍에 밀어넣을 수 없는 소설들은 "경계선"이라느니 "페미니스트"라느니 "지역적"이라느니 하는 폄하의 라벨을 얻고, 그러면 교수들이 그 작품들을 무시하고 소위 전문가들이 모욕할 수 있게 된다. 그리고 실비아 타운센드 워너의 작품은 추가로 더 소외당해야 했다. 1930년대, 《뉴요커》는 대단히 신중하게도 이 작가의 단편소설에 대한 선매권을 청했고, 이 합의는 작가가 1978년에 죽을 때까지 유지되었다. 뉴요커라는 잡지의 큰 유통 부수와 문학성은 그녀가 미국에서 단편 작가로 유명해질 것을 보장했다. 그러나 잉글랜드에서는, 영국 출판사가 그 단편들을 단편집으로 다시 출간하긴 했어도 그녀는 주로 장편소설가로 여겨졌고, 그 장편들은 대부분 미국에서는 출간도 되지 않았다. 이렇게 양쪽으로 나뉜 명성은 확실히 길게 보아 해로웠다. 이유가 무엇이건 간에, 그녀의 책들을 계속 재판하는 출판사는 잘 찾을 수 없다.

　　블랙독 북스에서 곧 그녀의 도싯 단편들을 『도싯 이야기』라는 제목으로 출간한다는 소식을 들었을 때, 나는 어서 보고 싶어서 조바심이 났다. 그녀의 단편집 중에 잉글랜드에서 절판되지 않고 팔리는 책이 있다면, 미국으로 건너오지는 못한 모양이다. 이곳 미국에서 그녀의 명성은 본인이 죽었을 때 거의 같이 죽어 버렸다. 사실 그녀의 작품이 어조나 스타일, 무대, 유머 감각 면에서 대단히 영국적이었다는 점을 생각하면 오히려 《뉴요커》의 스타였던 게 놀랍기는 하다.

나는 말년의 실비아 타운센드 워너를 만나보는 엄청난 행운을 누린 적이 있다. 프롬 강변에 있고, 가끔 강이 범람할 때는 강속에 들어가기도 하는 메이든 뉴턴*의, 축축하게 젖어 담배 연기로 반질거리는 물의 요정 같은 집에서였다. 실비아는 몹시 늙고, 몹시 지쳤으며, 몹시도 친절했다. 나는 그녀의 단편 중에 피크닉을 갔다가 좁은 길을 헤매게 되는 가족이 나오는 이야기 제목이 기억이 나지 않는다고 말했다. 이야기 속 중년 남자는 50파운드짜리 뮤직박스를 틀고, 여자는 새장을 들고 있으며, 소녀는 게인즈버러**의 초상화에서 베껴 낸 듯이 차려입었다. 시체 같은 어린 소년은 피 묻은 인디언 숄에 싸여 있다. 우리는 완벽하게 그럴싸한 이야기를 따라갔기 때문에 그 뮤직박스, 그 복장, 그 새장, 그 피에 대해 이상하다는 생각을 하지 않는다. 마지막에 놀랍고도 웃긴 관점의 반전이 일어나기 전까지는.

실비아는 그 이야기를 기억하고 웃었지만, 단편 제목도 어느 단편집에 실려 있을지도 기억하지 못했다.(단편 제목은 「엑스무어 풍경A View of Exmoor」이고 단편집은 『어쩌다 보니One thing leading to another』다. 실비아의 단편 전집에 붙여도 좋을 법한 제목이다.)

그것이 실비아의 가장 부드럽게 웃긴 단편 중 하나다. 다른 단편들은 덜 부드러우며, 어떤 작품은 참을 수 없을 정도로 잔인하다.『엘핀의 왕국들Kingdoms of Elfin』으로 묶여 나온 가장 최근 단편

---

* 잉글랜드 도싯 카운티에 있는 마을.
** 18세기 영국 화가로 초상화와 풍경화가 유명하다.

들이 가장 기이하기도 하다. 이 작품들에는 피가 식는 차갑고 오만하며 고뇌에 찬 무관심이 서려 있다. 판타지를 기상천외와 혼동하며 고통과 잔인함은 오직 리얼리즘만이 다룰 수 있다고 믿는 비평가들이 있다면 다 실비아 타운센드 워너를 접해 봐야 한다. 그녀라면 그들에게 누구 못지않게 차가운 시선을 던질 수 있을 것이다.

그래서 나는 실비아 타운센드 워너의 명성을 마땅한 수준으로 재정립시킬 수 있는 주요 단편들을 모은 책을 기대하고 있었다. 『도싯 이야기』는 그런 책이 아니다. 이것들은 주로 1930년대와 1940년대에 나온 짧고 우발적인 글조각들, 반 회고록과 중요하지 않은 이야기들로, 그중에 제대로 된 단편으로 발전한 것은 몇 편밖에 없다. 많은 작품이 약간이나 많이 풍자적이고, 상당히 웃긴다. 몇 편은 오래 마음에 남는 건조하고 절제된 신랄함을 갖췄다. 잘 골라내어 지혜롭게 배열함으로써 서사적인 통일성을 얻기도 했다. 책은 아름답고, 우아하게 나왔으며, 레이놀즈 스톤의 목판화는 내용과 멋지게 조화를 이룬다. 매력적인 책이고, 이 작가에 대한 입문서로는 너무 가볍지만 이미 작가를 아는 사람들에게는 보물이 될 것이다. 그리고 시골 마을의 삶과 인물들에 대한 불쾌하지는 않지만 — 이 작가의 모든 글이 그렇듯 — 철저히 감상을 배제하고 기만하지 않는 풍자를 환영할 독자라면 누구에게나 추천한다.

나는 이 서평이 나간 후에 1988년 바이킹 출판사에서, 그리고 2000년 비라고 출판사에서 『실비아 타운센드 워너 선집』을 출간행했던 것을 알았다. 그녀의 단편 작품들에 대한 훌륭한 견본으로, 「엑스무어 풍경」과 끝내주는 근친상간 이야기인 「연애 결혼 *A Love Match*」, 그리고 탈출 불가능한 운명, 피할 수 없는 상실과 비탄에 대한 가장 굽힘 없는 진술일 「자정의 종소리에 *On the Storke of Midnight*」가 실려 있다. 그러나 이 책들은 2006년의 내가 존재한다는 사실도 모를 정도로 주목받지 못했다.

가끔 재간되는 첫 장편 『롤리 윌로스 *Lolly Willowes*』는 비범한 재치와 강인한 정신을 눈부시게 보여 주는 판타지다. 역사소설인 『그들을 붙든 구석지 *The Corner That Held Them*』의 리얼리즘도 가혹하고 뛰어나다. T. H. 화이트에 대해 타의 추종을 불허하는 전기를 써낸 작가에게 걸맞은 행운이랄까, 클레어 하먼이 쓴 그녀의 전기도 훌륭했다. 그리고 시들이 있다. 재치와 불길과 매혹이 가득한 편지들도 있다. 그리고 너그러운 마음과 치열한 관찰의 시선과 타협을 모르는 신의 있는 정신의 기록인, 일기가 있다.

조 월튼의 『타인들 속에서 *Among Others*』

2013년

아름다운 제목의 소설 『타인들 속에서』는 아마 요정 이야기일 것이다. 소설 속에 요정이, 아니면 어쨌든 요정이라고 불리는 존재들이 나오니 그렇다. 그들은 모두에게 보이지는 않지만, 자기들을 보지 못하거나 믿지 않는 사람들의 삶에 영향을 미칠 수 있다. 그 점에서 그들은 현대 산업사회 잉글랜드에서 과거의 민담 속에서와 비슷한 역할을 수행한다. 그러나 그들은 요정다움에 대한 전통 개념에 들어맞지 않는다. 사람을 꾀어 언덕 속으로 데려가는 키 크고 아름다운 존재도 아니고, 자그마한 피스블로섬*이나 빅토리아 시대 사람들이 사랑했던 정령들도 아니고, 팅커벨은 더더욱

---

* 셰익스피어 『한여름밤의 꿈』에 나오는 요정. 콩꽃요정이나 콩깍지 등으로 번역된다.

아니다. 설명에 따르면 위대한 일러스트레이터 아서 래컴도 그들을 볼 수 있는 사람이었던 것 같다.

> 떡갈나무에 도토리와 손바닥 모양의 잎사귀들이 있고 개암 나무에 개암과 작고 둥그런 잎사귀가 있듯, 대부분의 요정은 혹이 있고 회색이나 녹색이나 갈색이며 보통 어딘가에는 털이 나 있다. 이 요정은 회색이었고, 혹투성이였으며, 많이 흉측한 쪽이었다.

소설의 주동인물이자 서술자인 모리는 언제나 요정들을 보았고 알고 있었다. 모리는 요정들이 톨킨의 엘프 같았으면 좋겠지만, 그들은 우아하고 강력하지가 않고 좌절하고 보잘것없으며 왠지 초라하다. 일부는 아마 유령일 것이다. 그들은 야성 그대로에, 문화적이지 않고 예측할 수도 없다. 대부분 웨일스어를 한다. 어떤 이름을 불러도 대답하지 않지만, 제대로 부탁하면 소원을 들어줄 수는 있다. 그들은 야생(Wild)의 파편과 같아, 숲의 흔적이 살아남은 곳에서만 살아남으며 비인간의 잔재에 맴돈다. 예를 들면 오래된 공원, 산업화 이전에 속하는 비개척지, 마을과 농장 가장자리를 지나 잊힌 길들.

그러나 『타인들 속에서』는 진부하게 야생의 자연과 마법을 동일시하지 않는다. 이야기 속에 나오는 꽤 평범해 보이는 인간도 몇 명 초자연적인 힘을 갖고 있다. 요정들에게 소원을 들어 달라고 청하는 방법을 아는 것도 일종의 마법이지만, 다른 마법도 있다. 훨씬 지저분한 마법들.

초자연적인 사건을 평범한 현대의 삶 — 이 경우에는 1979년의 오스웨스트리 — 에 끌어들이는 것은 소설가에게 쉬운 일이 아니다. 리얼리즘 신봉자들은 우리에게 "판타지"는 오직 아이들에 대한 이야기이거나 아이들을 위한 이야기일 때만 받아들일 수 있다는 생각을 남겼다. 그러나 자연과 초자연의 중첩에 어린아이 같은 구석이라곤 없고, 리얼리즘의 전성기에 어른들을 위해 쓰인 많은 소설에도 그런 중첩은 있다. 제일 먼저 떠오르는 작품은 영리하고 매력적인 작품 『여우로 변한 여자_Lady into Fox_』이다. 다른 많은 작품이 그렇듯 데이비드 가넷의 이 소설에서도 초자연 요소는 설명도 논의도 없이 그저 거기에 있다. 미학적으로 좋은 술책이다. 논의를 한다면 저자는 개연성과 인과 관계 양쪽을 들이받아야 할 테니 말이다.

대부분의 판타지는 불가능을 개연성 있게 만들고, 마법에 현실 배경 속 책임을 부여하고 현대 소설 속의 도덕적 감정적 무게를 부여한다고 하는 엄청나고도 무척이나 도전적인 기회들을 다 회피한다. 조 월튼은 이런 이중의 과제를 받아들여, 용기와 실력으로 대응한다. 조 월튼은 마법 주문의 효과를 얼마나 쉽게 자연스러운 일로 보이고 설명할 수 있는지, 진짜 변화를 가져오는 모든 행동은 어떻게 대가를 지불해야 하는지 보여 준다. 이 상호성은 세 가지 소원의 세계에서도 뉴턴의 제3법칙*의 세계 못지않게 절대적이다.

서술은 15세 모리의 일기인데, 성인이 된 모리도 암암리에 존재하며, 이런 정형화된 시야가 책에 풍성함을 더한다. 모리는 자기 문체가 있고, 책을 과도하게 읽는다. 주로 SF를 읽는다. 이 소설의 독자들 일부는 듣도 보도 못한 작가들에 대해 모리가 열렬히, 또는 못마땅하게 다는 비평 주석들에 어안이 벙벙해질 것이다. 나에게는 그게 공평한 일 같다. 이제 우리는 공통의 문학 문화를 가지고 있지 않기에, 많은 독자가 듣도 보도 못한 고전 작가들의 언급에 어안이 벙벙해지는 일을 겪으니 말이다. 어쨌든 모리는 기회만 주어진다면 플라톤도 하인라인이나 젤라즈니 못지않게 열심히 탐독한다. 15세에 걸맞은 활기찬 확신이 담긴 모리의 평은 즐거운 볼거리다. 모리가 T. S. 엘리엇을 멋지다고 해 줘서 기뻤다.

신체나 정신 모두에 큰 고통을 많이 겪은 모리는 독서를 "보상"으로 본다. 실제로 책은 모리의 열정과 적극적인 지성이 더 큰 예술과 사상의 현실을 접하는 유일한 길이다. 사랑하던 모든 사람과의 이별, 부서진 골반의 고통, 대단히 고상하고 무척이나 이상한 세 고모들이 보낸 여자 기숙학교의 숨 막히는 쩨쩨함, 그리고 정신 나간 마녀인 어머니의 불가사의한 공격을 다 헤쳐 나가기 위해 모리에겐 책만 있으면 된다. 거의 그렇다. 하지만 독서마저도 결국에는 모리를 저버리고, 인생에 친교를, 사람의 온기를 구하려던 모리는 효과 있는 마법에 의존한다.

『타인들 속에서』는 재미있고 사려 깊으며 예리하고 흠뻑 빠

---

* 작용 반작용의 법칙.

져들 만한 이야기지만, 마법에 대한 부분은 그 이상이다. 모리가 새로 사귄 친구들이 자신과의 우정을 선택한 게 아니라 자신이 건 주문에 강제당했을지 모른다는 사실을 깨달았을 때, 모리가 겪는 도덕적인 고통은 힘의 책임을 정직하게 직시하는 사람의 고통이다. 그리고 쉽거나 빨리 해결되는 고통도 아니다. 이 책의 핵심은 위령의 날 전야에 웨일스 산 속에서 죽은 자들의 영혼이 어둠 속으로 들어가도록 도우라는 요정들의 명령에 모리가 따르는 장면이다. 모리를 불구로 만든 차 사고에서 모리의 쌍둥이 자매가 죽었는데, 자매의 영혼은 지금 어둠의 문 앞에서 붙들고 매달려 모리가 그녀를 보내지 못하게 한다. 말을 아낀다는 점에서도 극적인 면에서도 잊기 힘든 이 대목에서는 모든 상실과 어려움의 고통이 견딜 수 없을 만큼 몰려들고, 마치 옛 발라드에서처럼 조용하고 사실적인 서술이 불가해한 경험을 심화시키며, 기이한 일을 현실로 만든다.

지넷 윈터슨의 『석조 신들 *The Stone Gods*』

2007년

      SF 소설에서 자기들은 SF를 싫어한다고 되풀이하여 선언하는 등장인물들을 보게 되는 건 이상한 일이다. 단지 지넷 윈터슨은 대놓고 장르를 쓰면서도 "문학" 작가로서의 신용도를 지키려 하는 걸까 추측할 뿐이다. 분명 이젠 윈터슨도 모두가 SF를 쓴다는 사실을 눈치챘을 텐데? 과거 골수까지 리얼리즘에 파묻혔던 작가들도 이제는 SF의 비유와 장치와 플롯이 가득한 소설들을 내놓다 보니, 차이를 말할 수 있는 사람들은 '문학의 정전'을 지키며 으르렁대는 머리 셋 달린 개들뿐이다. 확실히 나는 차이를 모르겠다. 뭐 하러 신경을 쓸까? 하지만 나는 상상의 공동 기금을 이용하면서, 정작 그 기금을 만들었고 이용하고 싶은 사람은 누구든 이용하도록 열어 놓은 동료 작가들과는 아무 관계도 없는 척하는 저자들의 기묘한 배은망덕이 신경 쓰인다. 약간만 보답하는 너그러움을 보여 준대도 나쁠 게 없으련만.

『석조 신들』은 안타깝게도 "야토그램"같이 의미 없는 수식과 "희푸른 껍질의 계란 하나하나가 부서지는 우주의 무게" 같은 멋 부린 글로 시작한다. 그런 건 대부분 일찌감치 끝이 나고, 윈터슨은 복잡하고 흥미로우며 파멸을 예고하는 자기 글을 풀어 놓는다. SF 작가들에게는 "선장님도 아시다시피……"라고 알려진 기법이 가끔 넘치기는 한다. 익숙한 것들을 다루는 리얼리즘 소설이야 그런 기법이 별로 필요 없겠지만, 상상 소설은 호빗이나 광년이나 변연계 경로가 무엇인지 설명해야 할 수가 있다. 그래서 우리는 "아, 스파이크, 너도 그 이론 알지."로 시작해서 그 이론에 대한 강의를 늘어놓는 대화를 보게 된다. 하지만 그런 강의에서조차도 윈터슨의 어조는 생기가 넘친다. 재치는 현란한 수준에서 번득이는 수준까지 다양하고, 대단히 격식을 차린 매력적인 대화는 상황을 바로 움직이며, 이야기 표면은 반짝거린다. 그 표면 아래는, 미래가 우리 생각보다 훨씬 나쁠 것이라고 말하는 이야기는 모두 그렇듯이, 아주 심각하다.

"이게 뭐에 대한 거라고?"
"반복되는 세계."

서술자 빌리 크루소는 지하철에서 집어 든 『석조 신들』이라는 책에 대해 이렇게 말한다. 그렇다, 우리는 메타픽션을 보고 있다. 뿐인가, 윈터슨이 지분지분 서서히 발전시킨 중심 장치를 완전히 드러내지 않고는 이야기를 논하기도 힘들다. 이렇게 지연시켜 터뜨리는 폭로가 이 책에는 아주 중요한 효과이니, 그걸 망치고 싶지는 않다. 하지만 아무래도 변덕스러운 초반 혼동이 있으니, 다른 독자들에게 나중에는 다 앞뒤가 맞는다는 점은 확언해 두고 싶다. 우리는 모든 것의 연결을 보게 될 것이다. 우리는 왜 우리가 첫 부분의 행성간 대격변에서 갑작스레 이스터 섬에 찾아간 쿡 선장의 배로 옮겨 가고, 거기서 또 갑자기 근미래 런던으로 가게 되는지 이해할 것이며 왜 특정 인물들은 같은 시공간에 살지 않으면서 이름이 같은지도 이해하게 될 것이다.

이런 의미심장하게 감춰진 관련성 중에 몇 가지는 작가가 정말 멋진 독창성을 발휘하여 만들었다. 첫 부분에서 로봇 스파이크가 머리통만 남는 일은 기괴하게 슬프다. 마지막 부분에서, 머리만 있고 몸뚱이가 없는 스파이크의 존재는 기괴하게 웃기고, 특히나 스파이크가 다른 머리통은 성공한 적 없을 섹스에 성공할 때는 더욱 웃기다. 그리고 빌리 크루소가 마침내 그녀의 프라이데이를 찾아낼 때,[*] 그 아이러니한 코미디는 훌륭하다.

때로 윈터슨은 시적인 창작에서는 개연성의 부재나 앞뒤가 맞지 않는 모순도 넘어갈 수 있다고 생각하는 것 같다. 첫 부분의

---

[*] 대니얼 디포(1660~1731)의 소설 등장인물인 로빈슨 크루소와 프라이데이의 패러디.

완전히 고갈된 세계에서 붓꽃과 쇠물닭까지 갖추고 버드나무 늘어진 강가에 선 데다 벽난로에서 불을 피우는 농가는 존재할 수가 없다. 하지만 이 농가의 이미지가 책에 필수적이니, 우리도 그 존재를 믿을 수 있어야만 한다.

끔찍한 사건들이 이야기되고 예견된다는 점을 감안하면 감정 폭발을 용서할 수도 있겠지만, 여기에는 지나치게 힘이 들어가 있다. 특히 책의 가운데 부분이자 돌쩌귀에 해당하는 이스터 섬 부분에서 특히 그렇게 느꼈다. 최근에 짜 맞춰진 이스터 섬과 그 섬 사람들의 역사는 그 자체로 너무나 오싹하고, 또 우리 세계를 오용하는 인간이라는 심상에 소름 끼치도록 잘 맞아떨어지기에, 정곡을 찌르겠다고 그 이야기를 과장할 필요가 없다. 감상주의라는 건 글쓰기의 정서와 실제 독자에게 일어나는 감정 사이 간극이 클 때의 산물이니, 어디까지나 독자의 감수성에 달린 문제다. 나에게는 이 책의 사랑 이야기 둘 다 괴로울 정도로 감상적이다.

그런 숨막히는 지점과 미사여구와 강의들에도 불구하고, 『석조 신들』은 생생한 경고담이다. 아니, 더 정확하게 말하면 돌이킬 수 없을 정도로 부주의한 우리 종에 대한 통렬한 비가(悲歌)다.

슈테판 츠바이크의
『우체국 소녀 *Rausch der Verwandlung*』

2009년

예술가들이 얼마나 스스로를 돌보지 않으며 자기를 쏟아 열심히 일하는지 생각하면, 그들에게 아프기까지 하라고 요구하는 게 불공평해 보인다. 하지만 19세기에는 천재가 질병이라는 생각이 예술가들에게, 특히 작가와 작곡가에게 무거운 부담을 지웠다. 10대의 뇌를 압생트**에 절이거나 코르크를 두른 방***에 틀어박히지 않는다면 오래지 않아 정신이상, 알코올중독, 투우, 아니면 자

---

* 독일어 원제의 의미는 '변신 중독'이나, 원서에 나온 대로 영문판 제목 'The Post Office Girl'을 번역하였다.
** 허브를 넣은 초록색 증류주. 헤밍웨이, 에드거 앨런 포, 빈센트 반 고흐 등이 즐겨 마셔 예술가의 영감으로 유명한데, 사실은 싸기 때문에 많이들 마셨고 폐해가 상당했다.
*** cork-lined room, 방음 효과가 있고 꽃가루와 먼지를 방지할 수 있어, 호흡기가 약했던 작가 마르셀 프루스트가 집필실에 코르크를 댔던 것이 유명하다.

살에라도 탐닉해야 했다. 독일과 오스트리아의 예술가들이 부당한 이득을 보며 출발했는데, 이 두 나라는 사회 전체가 상당히 유독한 덕분이었다. 말러, 리하르트 슈트라우스, 토머스 만, 심지어 릴케도 그랬다. 어마어마한 재능을 지닌 남자들이 문화적인 신경증에 빠져들고, 도착증과 질병과 죽음의 유혹에 몰두했다. 자, 지금처럼 작가와 이렇게 떨어져서 보면 그들의 작품이 더 강력해 보인다. 작품은 불균형한 세상에 대한 작가들의 날카로운 인식을, 신경과민의 신비를 휘두르지도 않고, 아픈 영웅-자아에 엎어지지도 않으면서 멀쩡한 정신으로 명료하게 전한다. 토머스 만의 단편 「무질서와 젊은 날의 고뇌*Ordnung und frühes Leid*」는 사소하기 그지없는 가족 드라마로, 몇 쪽의 생생하고 세심한 분량으로 역사적인 순간 전체를 잡아낸다. 슈테판 츠바이크의 장편 『우체국 소녀』는 그보다 더 큰 규모로, 더 어두운 색조지만 그에 견줄 만한 정서적인 힘과 통제력을 발휘하며 우리에게 1926년 오스트리아의 어두운 요정 이야기를 해 준다.

이 책은 츠바이크에게는 이례적인 작업이다. 그의 명성은 아주 "심리학"적인 전기들에, 그다음으로는 신경질적이고 다소 과장된 스타일로 쓴 소설들에 바탕했다. 『우체국 소녀』는 그의 생전에 출간되지 않았고, 아마 완성되지도 않은 것 같다. 소설 대부분은 30대에 썼고, 나치즘을 피해 브라질로 갈 때 그 원고를 가져갔으며, 1942년에 아내와 손을 잡고 함께 자살하기 전까지 아직 작업 중이었던 것 같다. 그 원고는 40년 후에 독일어로 출간되었고, 다시

30년이 지나 영어로 나왔다.

　이 소설에 시대에 뒤떨어진 데라곤 없다. 시선을 의식한다는 인상을 주지도 않는다. 언어는 솔직하고, 적확하고, 섬세하며 강력하다. 정체되는가 싶다가도 빠르고 생생해지는 이야기의 흐름은 완벽한 통제하에 있다. 직선형의 해설과, "구식" 해결로 이어지는 설명 단락들을 기대하는 포스트모던 독자는 놀라움을 겪게 된다. 아마도 아직 진행 중인 작업이었기 때문에, 아마도 츠바이크의 생각이 본래 불분명했기 때문에, 이 소설에는 종결이 없다. 소설의 도덕적인 황량감은 가차없고 정확하며 절대적이다. 냉소주의를 한참 넘어서 있다. 도스토예프스키만큼이나 비논리적이고 답이 없다.

　이야기는 음울한 어느 오스트리아 마을에서 시작하는데, 부르주아였던 집안이 1차 세계 대전 중에 가난해진 크리스틴은 우체국의 삭막한 일자리로 아픈 어머니를 가까스로 부양하고 있다. 갑자기 전쟁 전에 미국으로 갔던 고모에게서 전보가 오고, 크리스틴은 알프스에 있는 호화 호텔이라는 마법 같은 세계로 가게 되며, 그곳에서 스스로도 미처 몰랐던 소원들이 소원을 빌기도 전에 이루어진다. 이 긴 부분은 산 공기만큼이나 눈부시고, 생생한 기쁨을 담아 멋지게 썼다. 그러나 그 기쁨은 과도해지기 시작하여, 히스테리 직전까지 이른다. 이어서 상황이 뒤집히고 — 다시 한 번 멋지게, 잊을 수 없을 만큼 현실적으로 썼다. 잿더미 속으로 돌아가라, 신데렐라.

　그리고 그곳에서 크리스틴은 그녀의 왕자, 페르디난드를, 전쟁에 지고 시베리아 포로 수용소에 가야 했던 억울하고 불운한 참전 군인을 만난다. 이 둘이 어디에서 함께 삶을 꾸리거나, 살 만한 삶을 찾을 수 있을까?

크리스틴의 세계는 가망 없는 빈곤과 터무니없는 부라고 하는 양립 불가능한 극단들로 이루어져 있고, 걷잡을 수 없이 불안하며 어찌할 도리 없이 감수성 예민한 그녀는 자아를 확립할 기회도 없이 양극단에 차례로 내던져진다. 마을 사람들은, 크리스틴을 아끼는 친절하고 못생긴 학교 선생까지도 모두가 가망 없이 상스럽고 겁이 많으며 따분하다. 그녀는 그들을 혐오하면서 똑같이 행동한다. 알프스의 호텔에서, 부유한 손님들은 오직 신체적인 쾌락이라는 순간의 만족을 위해서만 산다. 그녀는 그들을 흠모하여 하루 만에 똑같이 행동하는 법을 배운다. 그녀의 세계에 중간은 없다. 중간 계급도 없다. 노자가 "짐수레"라고 불렀던 것이 여기에는 그저 없다. 아무도 전문직업 없이, 그저 돈을 찾아 허우적댈 뿐이다. 아무도 자신을 넘어서는 시야가 없고, 조금이라도 영적인 갈망이나 지적인 흥미를 품지 않는다. 그런 것들은 다 전쟁과 전후의 암울한 인플레이션과 굶주림이 태워 버린 듯하다. 크리스틴은 정신도 영혼도 이루 말할 수 없이 가난하다.

이 박탈, 이 결핍이 히틀러를 가능케 했을까? 그 빈 공간을 나치즘이 채운 것일까? 크리스틴의 세계에서 빠진 것은 엄청나면서도 하찮아 보이는 삶의 중간 요소, 중간 계급의 온건함이다. 정작 그녀는 중간 계급의 윤리 기준을 기계적으로 따르고 있지만, 청소년들은 격분하고 교양인들은 코웃음 치며 성자들은 뛰어넘고 전사들은 가능하다면 부숴 버리는 중간 계급의 혼란스럽고도 평범한 품위를 뒷받침할 지적이거나 영적인 양심이라곤 없다.

전쟁의 궁극 목적은 노예 양산이다. 전직 군인이자 전직 포로인 페르디난드는 그 사실을 안다. 자신이 영구히 손상되었을 뿐 아니라 영구히 노예가 되었다는 사실을 안다. 이야기 끝에서 그는 크리스틴과 함께 둘 모두 삶의 속박에서 벗어나려는 필사의 노력을 계획한다. 하지만 무엇을 대가로? 정의는 살 수 있을지도 모르지만, 자유를 훔칠 수가 있을까? 그들에게 미래가 있다면, 있다 해도 크리스틴이 너무나 약하고, 너무나 측은하고, 너무나 호감이 가기에 나는 그 미래를 보고 싶지 않지만, 그 미래에서 내 눈에 보이는 것은 두 사람이 어마어마하게 모인 군중 사이에서 눈을 크게 뜨고 서서 열렬히 '하일, 하일, 하일'이라고 외치는 광경이다. 하지만 그건 내가 보는 그림일 뿐. 이 아름답고도 위험을 감수하는 소설의 저자는 여러분이 무엇을 볼지를 여러분에게 맡겼다.

4장 ～ 토끼가 보일지 몰라

— 어떤 작가의 일주일 기록

헤지브룩은 작가들의 독특한 칩거처(retreat)다. 여자만 받기 때문이다. 글로리아 스타이넘이 말했듯, 그것은 후퇴(retreat)가 아니라 발전이다.

성별 분리는, 모든 분리가 그렇듯 그 동기가 무엇이냐는 의문을 사기 마련이다. 나는 거대한 수컷 굴에 박힌 작은 진주 같았던 여자대학에 다녔다. 밀스 여대와 베닝턴 여대에서 가르쳤고, 대단한 글쓰기 워크숍 '마음의 비행'에서 여러 번 가르쳤으며, 많은 혼성 학교와 워크숍에도 다니거나 가르쳤다. 내 판단은 경험에 근거한다. 나는 우리가 아직 남자의 세계에 사는 한, 남자들이 하는 일과 원하는 바를 따르거나 흉내 내는 대신 여자들이 나름의 방식대로 여자들이 무엇을 할지, 어떻게 할지, 왜 할지 빚어낼 수 있는 격리된 배움의 장이나 일터를 만들 권리가 있다는 것을 자명한 사실로 받아들인다. 어떤 격리 지역도 온전한 현실은 아니며, 어떤 배타성도 정당하다고만은 할 수 없지만, 거대한 부당함이 만연할 때는 그에 맞서는 어떤 기회라도 정당성을 얻으며, 일시적인 무효화 기회라 해도 그러하다. 지성과 예술은 철저히 남자들만의 차지였고, 그 소유권을 맹렬히도 유지해 왔기에, 어떤 여자도 사회가 자신에게 정당한 몫을 그냥 줄 거라 생각할 수가 없다. 많은 여자들이 아직도 스스로를 사상가로, 창작자로 칭하고 나는 학자라고, 과학자라고, 예술가라고 말하는 데 어려움을 겪으며, 그런 호명을 두려워하기까지 한다. 많은 남자들은 그런 두려움이 설 자리가 없는 장소, 자기만의 일에 몰두할 수 있는 시간을 합당하게 여긴다. 많은 여자들에게 그것은 인생에 한 번뿐인 놀라운 선물이다.

시애틀 북쪽, 위드비 섬 해안가의 아름다운 농장과 숲속에 위치한 헤지브룩의 코티지 여섯 채는 우리 많은 여자들에게 그 선물을 제공했다.(더 알고 싶다면, 웹사이트 주소는 Hedgebrook.org이다.) 친절하게도 20년 전 나는 그곳에 한 달 동안 와 있으라는 초대를 받았다. 그전에는 어떤 종류의 작가 집단 거주지에도 살아 본 적이 없었고, 그러고 싶었던 적도 없다. 언제나 내 집에 있는 내 방이면 충분하다고 여겼다. 하지만 그때는 이 거주지가 어떤 곳인지 궁금했고, 마침 시기도 딱 좋았다. 새로운 이야기가 찾아온 참이었는데 아무래도 장편 아니면 못해도 중편은 될 긴 이야기 같았다. 일주일 동안 주의가 흩어질 요소 하나 없이—그러니까 장보기도 청소도 저녁식사 준비도 없이 매일 온종일, 하루 24시간 이상 혼자서 일을 한다면 어떨까?

여기에 싣는 글은 그 경험이 어땠는지 기록해 둔 내용이다.

이 일기와 그때 쓴 중편은 공책에 썼는데, 아마 내가 처음부터 끝까지 손으로 쓴 긴 산문으로는 마지막이었을 것이다. 미국 학교들이 필기체를 가르치지 못하게 하는 데 대해 큰 소리로 불평을 늘어놓고 싶진 않지만, 내가 필기체를 배웠다는 사실은 무척 기쁘다. 헤지브룩이나 다른 야외에서 글을 쓰던 기억을 떠올리면, 나는 손글씨의 인간미 있는 속도에 대해 생각하고, 그럴 때면 장면 전환을 해결하면서 사람이 얼마나 끊임없이 공책에서 눈을 떼어 가깝고 먼 주위 풍경을 보고, 앉은 자세를 바꾸고, 여백에 끄적거리는지를 생각한다. 그러는 중에도 비스듬히 떨어지는 햇빛과 다가오는 그림자, 하늘의 색깔을 반쯤 의식하고 있다. 컴퓨터 화면으로 작업할 때와 다르게, 작업에 완전히 몰두하면서도 주위 세계에 열려 있는 것이다. 좋은 펜이나 연필과 잘 만든 공책은 정말이지 절정의 기술이다. 단순하고, 지속 가능하며, 고정할 수 있고, 오래가고, 대단히 융통성 있다. 단지 새롭고 훌륭하며 훨씬 지속 가능하지 않은 기술이 나왔다는 이유만으로 사람들에게 필기를 가르치지 않고 그 기술을 내던져 버린다는 건 안타까운 일이다. 글을 쓰려는 고손녀가 전원이 나가는 바람에 이야기 중간에 말할 방법을 잃고, 코드 뽑힌 기계처럼 멍청해지는 장면은 생각하기 싫다. 흠, 내 자손이라면 욕을 하는 연필을 하나 찾아서 열심히 활자체를 써 보다가 곧 필기체를 다시 발명하겠지. 그 무엇도, 설령 인류의 측량할 길 없는 억지스러움이라 해도 인간이 이야기를 하지 못하게 막을 순 없으니.

제1일. 1994년 4월 20일

낮 12시 30분

　나는 밝은 햇살을 받으며 헤지브룩 시더 코티지의 작은 앞쪽 포치에 앉아 있다. 린다가 시애틀 알렉시스에서 나를 태워, 머킬티오 페리를 타고 잔잔한 바닷물을 건너 여기까지 태워다 줬다. 바다사자 한 마리가 물고기를 잡더니 주위에서 놀았다. 내륙에는 안개가 낮게 깔려, 뒤쪽에 있는 캐스케이드 산맥을 가렸다. 그러나 위드비 섬에 다가가자 눈 덮인 올림픽 국립공원이 구름 위로 솟아올랐고, 섬으로 건너오니 안개라곤 깔리지 않는다. 풀밭에 내리쬐는 태양은 뜨겁고 눈부셔, 사방에 덮힌 나무들의 그림자를 아주 짙게

드리운다. 포치 아래 작고 칙칙한 도마뱀 한 마리가 햇빛 속으로 나가고 싶어 하지만, 나를 무서워한다.

친절하게 환영을 받았지만, 이 장소가 낯설어 마음이 불안하다. 모르는 사람들 사이에 있으면 으레 느끼는 불안이다. 이름을 잊어버리고, 어색해지고. 더해서 평소와 다른 불안도 있다. 어떤 의무도, 정해진 일과도, 저녁식사를 빼면 사교 활동도 없이 7일이라니. 그렇지만 휴가도 휴일도 아니고, 내가 만들면 모를까 어떤 방해거리도 없이 일하는 시간이다. 꾸밈없는 전망이다. 셰이커 교도처럼 고요히 홀로 지내는 한 주일. (새와 바람 소리 말고는) 아무 소리 없는 곳에 귀 기울이는 한 주일. 시험인가? 내가 그 시험에 통과할까? 구름과 비가 돌아오면 내가 장작불을 때어서 삼나무 집을 따뜻하게 유지할 수 있을까? 나만의 불을 계속 태울 수 있을까?

이 일주일을 "사소한 일거리"에 쓰고 싶지 않았던 나는 코드웨이너 스미스에 대해 써야 하는 에세이 자료를 가져오지 않았다. 코드웨이너 스미스가 사소한 작가야 아니지만, 이번 주에 적합한 일 같지는 않았다. 나는 이야기의 가호가 있기를 바라고 일주일을 거기에 비워 둬야겠다고 결정했다. 그리고 가호가 내리지 않는다면 두꺼운 책이 몇 권 있다. 이번만은 책도 슬슬 훑거나 탐독하지 않고 진지하게 읽으리라. 그래서 레비스트로스와 클리퍼드 기어츠[*], '엘 잉카' 가르실라소 데 라 베가[**]와 베르나르도 디아즈, 그

---

[*] 둘 다 인류학의 대가이자 이론가이다.

[**] Garcilaso de la Vega(1503~1536). 메스티소 혈통 입장에서 쓴 잉카 문명 저술과 스페인의 페루 정복사로 유명한 연대기 작가.

리고 젠더에 대한 샌데이[*]의 책, 캘리포니아 언어에 대한 리앤 힌튼[**]의 책까지 가져왔다. 충분하고도 남으리라! 소설은 앙헬리카 고로디스체르[***]의 스페인어본과 스페인 사전밖에 가져오지 않았다. 아, 그리고 댄 크로미가 빌려준 호아킨 밀러[****]의 『모독인[*****] 들 사이에서*Among the Modocs*』도 있구나. 쉬운 책은 하나도 가져오지 않았다. 내 선택은 진지하고 엄격했다. 그래서 후회하게 될까?

작은 스케치북 한 권과 색연필도 가져왔지만, 카메라는 없다. 쉬운 길은 가지 않으리.

점심식사가 예쁜 바구니에 담겨 왔다. 두 종류의 파스타 샐러드다. 녹색 채소가 있었다면 좋았을 것이고 주스 대신도 됐겠지만, 자기 몫의 주스와 다른 것들을 얻으려면 저녁식사 후에 아침식사 재료를 구해놓아야 하는 것 같다. 물이면 됐다.

하지만 얼마나 완벽하게 아름다운가, 이 초록색 풀밭을 깎아 놓은 작은 공터와 주위를 둘러싼 진녹색 전나무들, 새잎을 틔우고 4월 꽃을 피운 관목과 나무들은! 여기에 햇볕 쬐는 도마뱀처럼 앉아 있다니 얼마나 호사스러운지!

---

* Peggy Reeves Sanday(1937~). 미국의 인류학자.
** Leanne Hinton(1941~). 캘리포니아 대학 언어학 교수. 아메리칸 인디언 언어 전문.
*** Angelica Gorodischer(1928~). 아르헨티나의 SF, 판타지 작가.
**** Joaquin Miller(1837~1913). 19세기 미국의 시인, 작가, 개척자.
***** Modocs, 지금의 캘리포니아 북부에 살던 북미 원주민.

작은 토끼 한 마리. 야생 토끼를 그렇게 오래 지켜보기는 처음 같다.(나는 실내 창가 자리에 있었다.) 갈색과 회색이 얼룩얼룩한 토끼로, 옆구리에는 밀가루를 뿌린 것 같고, 가끔 하얀 꼬리를 쫑긋 올린다. 반지르르한 털의 건강하고 젊은 토끼다. 이 우아한 토끼가 불안한 작은 소처럼 풀을 뜯는 동안에도 뒤를 볼 수 있게, 4분의 3은 등을 돌린 자세에서도 초롱초롱한 커다란 까만 눈을 볼 수 있다. 붉은 기운이 도는 날씬한 뒷다리. 토끼는 일어서더니 한쪽 앞발을 들고 코를 찡긋거린다. 그러다가 폴짝, 고양이처럼(보고 싶은 내 고양이처럼) 궁둥이를 깔고 앉는다.

점심식사 후에는 드니즈가 주위를 안내해 줬다. 농장, 소로와 웅덩이들까지. 우리는 숫염소의 비명 소리를 들었다. 최근에 방광결석 때문에 성기를 잘라 내야 했고, 이제는 튜브를 통해 힘을 주어 거꾸로 소변을 본다. 그런 다음에는 수의사가 그 튜브를 벗겨야 했는데, 분명 아팠을 것이다. 아름다운 허브와 채소밭, 작은 과수원, 열매가 열리는 덤불, 지하 저장실, 온실…… 꿈의 정원이다. 아아 돈이여, 네가 보여 주는 경이란.(그리고 이렇게 잘 쓰이는 일은 얼마나 드문지.) 농장 본채 너머에는 습지와 이 얼마나 사랑스러운 이름인지 싶은 '유슬리스 베이(쓸모없는 만)', 그리고 바다 위에 푸른 땅이 있다. 그게 이 섬의 일부인지, 다른 섬인지, 내륙인지는 모르겠다.

나는 금환에 둘러싸인 태양이 구름 낀 하늘로 사라져 기온이 떨어지는 동안 시더 코티지 그림을 그리고 색을 칠했다. 이제는 태양이 코티지 창문을 가로질러 숲 바로 뒤로 가면서 다시 많이 개기는 했지만, 계속 맑을 것 같진 않다. 이제 서쪽으로 기우는 햇빛이 어린 단풍나무의 작고 어린 연살구색 잎사귀들을 통과하여 풀밭에 다시 어룽진다. 나는 위스키를 한 잔 들고 창가 자리에 앉아 있다. 곧 저녁식사를 하러 나가야 한다. 여기 보관된 기록부에서 이 코티지에 머물렀던 여자들의 격정의 분출물 같은 글들을 읽었다. 어쩐지 걸맞지 않은 기분을 느꼈다. 냉소적이고, 나쁜 기분. 우리 여자들은 직물이 풀리지 않도록 너무 열심히 일한다!

방금 토끼 한 마리가 멋지게 깡총거리며 서둘러 풀밭을 가로질렀다. 같은 토끼일까? 토끼들만 알겠지.

오후 8시 20분

농가 본채 식탁에서 저녁식사. 쌀과 콩, 코티지 치즈와 과일, 삼각형 모양의 버섯 파이, 그리고 채소 샐러드. 와인과 커피. 브루클린에서 온 젊은 흑인, 캘커타에서 온 인도인, 하와이에서 온 하와이 원주민, 젊은 아시아계 미국인, 매니저 린다와 설립자 낸시 노도프와 함께였다. 요리하고, 먹고, 차리고, 치우는 사람은 로라다. 다른 거주인은 지금 없다.

나는 부슬비가 온 후에 소로(小路)를 걸었다. 처음에는 북쪽으로 아름다운 검은 웅덩이까지, 그다음에는 동쪽 경계선을 따라서. 설비 건물로 가서 집에 있는 찰스에게 전화를 했고, 그다음엔 북서쪽 경계선을 돌아 검은 웅덩이까지 다시 온 후, 집으로 돌아왔다. 길이 이렇게 많고, 길 사이 숲은 상록수들과 까치밥나무와 새먼베리와 하얀 원추꽃차례들이 있는 월계관 같은 키 큰 관목 — 딱총나무다. 나는 순간 잠자는 미녀의 나무울타리를 생각했다 — 들로 이토록 빽빽하다니 이상하다. 머리 위 높은 곳에서 가시털 줄기들에 달린 붉은 새먼베리 꽃들이 아래를 향해 고개를 까딱였다. 이런데도 전부 다 울타리 안에 있고, 그것도 고작 33에이커에 불과하다. 여기에서는 길을 잃으면서도 결코 길을 잃지 않을 수 있다. 꿈 같다. 겁이라곤 없는 작은 솜꼬리토끼들이 사방에 보인다. 내가 다가가자 어둠이 급습하듯 코티지 지붕 위에 모여 앉았던 까마귀들이 후르르 날아오른다.

이젠 황혼이고, 거의 맑은 날씨다. 아주 고요하다. 저녁 새들이 우짖는다. 빛이 스러지자 창문 옆자리에서 바로 보이는 관목에 핀, 달콤한 정향 냄새가 나는 하얗고 동그란 꽃무리들이 더 하얘진다.

2일차. 1994년 4월 21일

오전 11시 45분

해가 뜰 때 일어날 줄 알았는데, 색유리 튤립이 들어간 아름다운 아치형 창문에 날이 밝아 오는 동안 7시 30분까지 널찍한 로프트베드*에 누워 있었다. 소설을 생각했다. 태극권을 했다. 그래놀

라, 바나나, 오렌지주스, 그리고 홍차로 아침식사를 준비해서 창가
자리에서 먹었다. 아무래도 이 자리에서 일주일을 보낼 것 같다.

　　노트북을 가져오지 않았다. 찰스가 해안에서 쓰고 싶어 했
고, 내게는 물리적으로나 심리적으로나 짐이 될 것 같았다. 대신 공
책을 세 권 가져왔고, 이 공책이 그중 하나다. 공책을 가져오길 잘
했다. 창가 자리에 앉아서 내내 널찍한 창을 오른쪽 옆에 끼고 발
치에 가느다란 햇빛을 받으며 글을 쓸 수 있다니. 내게는 하늘과
숲, 하얀 꽃이 핀 관목, 진달래를 품은 낭만적인 나무 그루터기, 그
리고 언제나 토끼가 보일지 모른다는 희망이 있다.

　　소설 구상을 하느라 비가 오기 전에 얼른 산책에 나섰다.
비가 올 것 같기는 하지만 아직 하늘에 파란 부분이 보인다. 남쪽
에서 불어오는 돌풍은 거세지만, 차갑지는 않다. 아직 장작 난로에
불을 붙여 보지 않았다. 폭포 딸린 연못을 지나고 염소들이 있기에
딱총나무 잔가지를 하나 줬는데, 염소들은 정중하게 서서 염소 눈
으로 나를 빤히 보고 있었다. 밀먼 로드를 따라 서쪽으로, 더블 블
러프 로드와 교차하는 지점까지 걸었다. 유일하게 해변까지 이어
지는 길이다. 그렇게 걷는 것도 괜찮겠지. 걸을 수 없게 비가 오지
는 않았으면 좋겠다. 글을 쓰다가 산책을 하는 게 좋다. 길가에 많
이 널린 예쁜 화강암과 흥미로운 합성물들과 대체로 훌륭한 자갈
사이에서 아름다운 돌을 두 개 발견했다. 그리고 농장 사유도로 옆
에서는 토끼털 한 뭉치를 보았다. 새벽에 매가 습격했을까? 짙푸른

●　1층이 없는 2층침대.

큰 삼나무 아래 청동으로 만든 아름다운 수달 조각상이 두 개 놓인 연못가를 걸어 집으로 돌아왔다. 부엽토 사이에 하얀 조가비가 두 개 떨어져 있던데, 필시 공물이겠지.

오후 5시 30분

소설을 끄적이고, 해가 나왔기에 스웨터를 벗고 포치로 나갔다. 숲 풍경 아래 풀밭을 예초기들이 줄줄이 깎았다. 나는 창가 자리에서 보는 풍경 남동쪽에 그림같이 기울어 있는 시든 그루터기를 그렸다.(이번에도 집을 그릴 때 앉았던 언덕인지 풀 더미인지에 앉아서 그렸다.) 글을 조금 더 끄적였고, 해가 숨었기에 나도 안으로 들어왔다.

이제 위스키를 약간 마시며 레비스트로스 책을 좀 더 읽고 까다로운 밈브리스* 새와 기하무늬를 조금 꿰매어 만들었다. 토끼가 나오지 않나 기다리는데 파리만 온다. 하지만 내가 들어올 때 근사한 구릿빛의 어린 도마뱀 한 마리가 포치 아래에서 나와서 두려움 없이 불길한 눈으로 나를 노려보았다. 이 녀석이 분명 드니즈가 물어본 그 도마뱀일 것이다. 근사한 새 꼬리도 달렸다. 어제 본 도마뱀은 칙칙했고 약간 왜소한 외양에, 꼬리도 없었고 아주 작았다. 이 도마뱀은 길이가 10센티미터는 됐다. 흠, 아니 8센티미터쯤 일까.

---

* 11세기경 북미에 있었던 밈브리스 문화를 말한다. 재미있는 새 문양과 기하학 문양의 토기들이 있다.

3일차. 1994년 4월 22일

오전 7시

　　9시 30분에 잠자리에 들었더니 5시 30분에 깨어 새들의 새벽 합창(많지는 않지만 듣기 좋다.)에 귀를 기울이고 매혹적인 마법의 창에 비치는 나무 꼭대기들을 보았다. 그래서 여섯 시에는 일어나서 하늘이 맑은 것을 확인하고, 집 뒤쪽 나무들 사이로 밝은 빛이 비치는 가운데 부츠를 신고 나가(밤에 비가 조금 내린 데다 이슬이 무겁게 맺혀 있다.) 시더 코티지의 공터에서 유일하게 평평한 곳을 찾아 태극권 운동을 한 다음, 동틀녘에 검은 연못을 보면 좋겠다 생각하고 산책에 나섰다. 연못을 찾기까지 조금 헤맸다. 정말이지, 집 동쪽과 북쪽은 미궁이다. 모든 길이 다른 길로 이어지고 거기서 다시 갈려 나오고 합쳐지는, 진짜 마구잡이 미궁이다. 헤매다가 토끼 한 마리 때문에 놀랐는데, 베아트릭스 포터의 「피터 래빗」에 나오는 것같이 사납고 용감한 토끼였다. 정말로 도망치고 싶은 건 아닌지 마지못해 짧게 달리고 멈춰서 다시 따라잡을 수 있었는데, 그러다가 결국 길에서 벗어나더니 무시하듯이 느릿느릿 관목을 하나 넘어서 덤불 아래 어둠 속으로 사라졌다. 나도 겨우 검은 연못을 다시 찾아냈다. 스펀지 같은 이끼 가장자리를 조심조심 밟고 몸을 내밀어 연못에 비친 내 모습을 보았다. 검은 물이 거울이 되어 나무와 하늘을 완벽하게 비추었다. 내 머리통은 이목구비 없이 시커멓고 울퉁불퉁한 동그라미였다. 으스스한 작은 연못이다. 작은 폭포와 개구리밥을 거느린 이 연못이 더 낮은 곳에 있는 더 활기 넘치는 웅덩이들에 물을 공급하는 것 같다.

어젯밤 저녁식사에는 A가 합류했다. 임신 중인 아기의 초음파 검사 때문에 시내에 가 있었단다. A와 B는 둘 다 흑인으로, 아름답고 무척 젊다. 내가 제일 (훨씬) 나이가 많다. 하와이에 아이를 넷둔 L은 오늘 떠난다. 저녁식사에서 돌아오는 길에 같이 걷다가 나무 아래 갈라지는 길에 섰을 때, L은 나에게 자식들의 이름과 그게무슨 의미인지, 그 이름이 아이의 운명을 어떻게 암시하는지 말해줬다. 그 아이들이 살면서 무슨 일을 해야 하는지를 말이다.

지금은 조용하기 그지없다. 오늘은 조용한 날이 될 것이다. 로라가 L과 G를 시내에 태워다 줘야 하기 때문에, 오늘은 저녁식사에 만나지 않고 점심식사와 저녁식사를 함께 가져올 것이다. 나는침묵을 함양할 것이다. 아마 침묵을 함양한다기보단 놀게 내버려두겠지.

날씨 예보가 궁금하기는 한데, 라디오를 켜서 이 순수한 정적을 망치고 오염시키고 싶지가 않다. 딱 한 번만 켜고, 1분도 지나지 않아 껐다.

오전 9시

토끼들이 길을 이용한다.

야생 동물들이 길을 이용하나? 하지만 자기네 길도 만드는데 우리 길을 이용 못 할 것도 없겠지.

크고 색이 어두운 토끼 한 마리가 나무집으로 향하는 길의 보초를 자청했다. 길 한가운데에 귀를 세우고 똑바로, 아니면 전형적인 토끼 자세로 움직이지도 않고 앉아 있다. 가끔 주위를 살짝 순찰하다가 원래 위치로 돌아가기도 한다.

토끼들은 뒤에서 보면 다리 짧은 작은 사슴 같다. 행동도 사슴과 많이 비슷하다. 풀을 뜯고, 꼼짝도 하지 않고 주위를 경계하며 감시한다. 집에서 작은 사냥꾼과 같이 살다 보니, 작은 사냥감을 지켜보는 게 흥미진진하다.

토끼가 이제 경계를 늦추고 시든 그루터기 근처 햇볕에서 풀을 뜯는다. "야금야금"거리지 않고 뜯어먹는다. 커다란 풀잎이 순식간에 입 안으로 들어가고, 스파게티처럼 흔들리면서 씹힌다. 크고 까만 눈가에 맺힌 동그란 빛도 사슴 같고, 잎사귀 같은 귀도 그렇다.

오후 5시

오늘은 배 속이 불편하고 입 안에 쓴맛이 감돌아서 내내 집 근처에 머물렀고, 마음도 울적해진 것 같다. 오후 중반에는 돌아다니며 부들밭 너머에 있는 제일 크고 제일 낮은 연못에서부터 디어라군(사슴 석호)과 푸르른 유슬리스 베이에 이르는 남쪽 경관을 그렸다. 그런 다음 집에 와 앉아서 레비스트로스를 마저 읽고, 기어츠를 꽤, 고로디스체르를 조금 읽으면서 내 소설을 좀 더 쓰다 말다 했다. 대단히 '생산적'이고 부지런했지만 활력도 번뜩임도 없었다. "난 소가 풀 뜯듯이 일해요." 케테 콜비츠* 는 아이들이 성장하는 동안 그랬다고 했는데, 나도 조금 그런 기분이다. 현재 내 삶에는 일밖에 없지만 말이다. 아무래도 나는 규칙적인 다양성이 있는 쪽을 더 좋아하는 것 같다. 꼭 사람일 필요는 없고, 적어도 낯선 사람일 필요는 없지만, 다른 일…… 육체적인 일이 있는 게 좋다. 매일 정해진 때, 아니면 정해진 시간 길이 동안 요리하거나 청소하거나 정원 일을 하는 식으로 말이다. 현 상황에서는 산책이 그런 일이다. 그러나 오늘은 멀리 걸어갈 만한 상태가 아니었고, 그래서 조금 맥이 빠진다. 11시부터 온화하고 해가 비쳤다 구름이 꼈다 바람이 불었다 하는 야외에 나가 있는 건 아주 좋았지만, 딱딱한 포치에 앉아 있었더니 엉덩이가 아팠다. 도마뱀은 두 마리 다 찾아왔다. 오늘 밤 저녁식사는 여기에서 혼자 먹을 것이다. 어젯밤에는 외출 중이어서 통화하지 못한 찰스에게 전화도 걸어 볼 것이다. 안타깝게도 소설은 아주 느리고 상세하다……. 어쩌면 지나치게 그런지도 모르겠다. 나는 여기에서 짧은 글, 아주 소품을 쓰면 좋겠다고 생각했는데, 지금 붙잡고 있는 건 아무래도 굉장히 크고 긴 짐승의 꼬리 같다. 지금까지는 그래도 온화한 짐승 같은데, 거대한 도마뱀일까?

문 옆에 지팡이가 두 개 기대여 있는데, 하나는 그냥 비바

---

* Käthe Kollwitz(1867~1945). 독일의 화가, 조각가.

람 맞은 나뭇가지고, 다른 하나는 길이가 1미터가 넘고 끝으로 갈수록 가늘어지며 몇 군데 혹이 남아 있지만 꽤 곧은, 멋지게 윤기가 흐르는 갈색 장대다. 주목으로 만든 걸까? 시더 코티지 문은 주목으로 만들었다고 방명록에 적혀 있다. 이 지팡이도 나뭇결 없이 놀랍도록 매끈하고 굉장히 아름다운 게, 주목 같다. [나중에 낸시가 말해 줬는데 그 지팡이는 아마 진달래 나무일 거란다.]

창가 자리에 앉아 있다가, 퍼뜩 창문만 열면 문으로 들어와서 윙윙대며 정신을 흩어 놓는 파리들을 없앨 수 있다는 사실을 알아차렸다. 과연 파리들은 날아서 나갔다. 마케 스투피데짜!*

저녁 8시 20분

토끼 두 마리가 창가 자리 창문 바로 밖에 있다. 하나는 멋지게 흰털이 섞인 게 늙은 토끼 같은데, 야생 토끼들이 늙기는 하나? 다른 한 녀석은 털색이 짙은 게, 내 '보초' 같다. 아주 목적의식이 강한, 말쑥하고 빠르고 따뜻한 몸뚱이 둘이 좁고 섬세한 발로 해질녘 풀밭 위를 움직이다가 멈춘다.

저녁 설거지를 할 때는 부엌 창문 밖에서 캘리포니아 메추라기 암컷 한 마리가 하우스핀치와 박새와 참새들 사이에서 땅바닥 먹이통을 긁고 있었다. 작은 새들 사이에 있으니 그 우아한 타원형의 몸이 상당히 커 보였다. 메추라기는 먹이를 맹렬히 긁고 쪼았

---

* 이탈리아어로 '이렇게 명청할 수가!'란 뜻이다.

다. 메추라기가 메추라기답게 구는 모습을 보니 좋다. 어찌나 메추라기스러운지.

오전 9시

커다란 기러기 세 마리가 시끄럽게 울면서 숲 너머 남쪽으로 날아갔다.

오전 10시

북쪽에서부터 길을 따라 걸어온 사슴 두 마리가 아주 주의 깊게 여기저기 돋은 새순을 야금거리며 천천히 걸어다니고 있다. 암사슴 한 마리와 작년에 태어난 새끼사슴 같다. 갈색 몸에, 까만 꼬리를 쫑긋거린다. 이리저리 돌리는 커다란 잎사귀 모양의 귀에는 햇빛이 담뿍 담겼고, 턱수염에도 햇빛이 가득 맺혔다.

여기에선 모두가 같은 길을 이용하는구나.

소화는 아직도 별로지만 나아지고 있다. 여섯 시에 깨어 일곱 시까지 게으름을 피우며/소설 몽상에 잠겨 누워 있었다. 이곳에선 잠이 깨끗하고 새까맣다.

엘리자베스가 시험에 통과했다. 어젯밤에 찰스와 시어도어와 통화했다.

오후 5시 25분

11시까지 글을 쓴 다음, 노동 파티를 둘러보러 내려갔다. 토요일이라서다. 자원봉사자들, 여자 졸업생들이 다 나와 있었다. 나는 정원에서 잡초를 뽑는 데 합류했다. 우리는 상추 몇 포기와 양귀비 몇 그루 빼고 한 화단을 다 뽑았다. 그다음엔 피크닉처럼 점심을 먹었다. 아름다운 날이었다. 아침에는 서늘했지만 지금까지 중에서는 제일 따뜻했고, 5시 가까이까지 하늘이 맑았다. 모자와 선크림을 가지러 돌아왔다가 다시 잡초를 뽑으러 가서 감자밭 옆 정원 울타리 근처까지 뽑았다. 3시 조금 넘어서까지 일했는데 좋은 사람들과 어울려 작가와 책과 영화들에 대해 이야기하니 아주 즐거웠다. 이만하면 됐다 싶어 돌아와서 아름다운 목욕탕에서 기분 좋게 샤워를 했다.(그리고 지저분하기 짝이 없는 셔츠를 집에 가져갈 지저분한 옷 바구니에 넣었다. 청바지는 겉만 닦았다. 며칠은 더 입어야 한다.) 길에서 졸업생 한 명과 그 어머니를 만나, 시더 코티지를 보여 줬다.

더 쓰기에는 너무 부산스러워, 앉아서 아침에 쓴 글을 다시 읽었다. 고로디스체르를 읽고, 5시에 위스키를 한 잔 마시기 시작했다. 몹시도 좋은 날이었다! 내겐 정말로 육체노동이 필요했다. 이런 곳에서 어떻게 이런 일이 가능할까? 꼭 해야 할 진짜 일거리가 있는데, 하고 싶은 사람들만 한다고? 오후 정해진 시간에 "정원 파티" 형식으로? 자원봉사 일거리 목록을 계속 알리고? 그래서 아무도 의무라고 느끼지는 않지만, 원하면 노동 휴식을 가질 수 있게 한다고? 대처하기 어려울 텐데.

5일차. 1994년 4월 24일

오전 11시 45분

동이 트면서 비가 내리기 시작하더니, 꾸준히 계속 비가 왔다. 처음으로 장작 난로에 불을 붙였다. 춥지는 않지만 습기가 심해서, 기운도 북돋고 몸을 움직이는 일을 하고 싶기도 했다. 방금 다시 불을 붙였다. 빠르게 불이 켜지고, 화르륵 타면서 미친 듯이 나무 조각을 먹어 치운다. 계속 불을 먹이다간 오늘 나가서 장작을 구해야 할 것이다.

소설은 25쪽에 이르렀다.

이 책 제목을 '사랑은 사랑(Love is Love)' 대신 '영혼 만들기(Making Souls)'로 할까 생각했다. 섹스에 대한 글인 만큼이나 (더하진 않을지 몰라도) 종교에 대한 글이다. [나중에: 이 책 제목은 『용서로 가는 네 가지 길』이 되었다.]*

오늘은 쫄딱 젖지 않고서 육체 노동을 하거나 산책을 할 방법이 없어 보이는데, 그랬다간 젖은 옷을 어떻게 말릴까? 멋진 장작 난로도 있는 판에, 작은 벽난로를 넣었다고 집이 작아지진 않았을 텐데.

어젯밤 저녁식사에서는 로라 대신 통통하고 예쁜 아기 내시를 데려온 제니퍼가 요리를 했다. B도 참석했고, 새로 온 사람/다시 온 사람 L과 내가 좀 더 잘 알게 된 J도 있었다. J는 텍사스에 있는 다른 작가 칩거처에서 여기로 왔다. 내가 J를 좋아하는지 잘 모

---

* 네 개의 단편으로 이루어진 책이며, 르 귄이 이 일기에서 마무리한 소설은 그중 한 편이다.

르겠지만, 좋아하게 된다면 굉장히 좋아할 것 같기는 하다. 그러나 시간이 꽤 걸릴 것이다. 어제는 A가 정원에서 나와 같이 걸어 돌아 가면서 대화를 했다. A는 임신 5개월이고 몸이 썩 좋지 않다고 했다. 아름답고 매력적인 사람이고, 솔직하고 성숙하게 친절을 베푼다.

오전 11시 45분

어제는 서서히 해가 나서, 2시쯤 도로를 따라 동쪽으로 갔 다가 서쪽으로 산책했다. 아래로 내려가서는 내 친구 주디스가 '출 입 금지'라고 걸린 푯말을 무시하고 라군 해변으로 갈 수 있다고 했 던 문을 살펴보았다. 절대 무시할 곳이 아니었다. J가 여기 있었을 때 이후에 울타리를 설치한 모양이다. 구름 낀 하늘이었지만 꽤 더 워졌다. 그리고 저녁때쯤에는 아주 청명하고 서늘했다.

저녁식사 때도 인도에서 온 G는 아직 돌아오지 않았는데, 아주 좋아 보이는 사람이었어서 안타깝다. 정원사 코니가 합류했 다. 난 코니가 좋다. 머리가 희끗희끗하니 유대감을 느낀다. 저녁식 사 이후에 B가 소설을 읽어 줬는데, 저녁에 함께 남아 있기는 처음 이었고…… 뱀파이어 소설치고는 최대한 페미니즘적 시각에 적절 한 뱀파이어 사랑 이야기였다! A는 아직도 몸이 썩 좋지 않다. L은 수줍어하는 것 같지만 호의적이다. J는 B의 소설 속 한 단어에 대 해 비평하더니 사랑스럽게도 당황하고 말았다. 저렇게들 젊으면 수

줍음과 오만함을 구별할 수가 없다! 아니, 언제나 그런가?

산책 중에 밀먼 로드에서 멋진 돌멩이를 몇 개 주워 문 옆에 있는 커다란 바위 위에 늘어놓았다. 정체 모를 [금창초야, 바보야!] 파란 꽃차례가 화려하게 피어 청자색 빛으로 나무 사이로 나를 반기는 자리다. 이 꽃들에는 언제나 꿀벌과 호박벌이 맴돌고 있다. 다음에 여기 묵을 사람이 돌멩이를 좋아할까?

8시에 찰스와 통화한 후, 검은 연못에 가 보려고 했다. 또 놓치고 지나가고, 또 놓치고 지나갔다가 마지막에는 빠질 뻔했다. 흠하나 없는 새까만 거울처럼 숲과 하늘을 비추는 모습이며, 수면에 일렁임 하나 없다가 벌레가 건드리면 빠르고 고요하게 번져 나가는 잔잔한 동심원까지 참 매혹적인 장소다. 폭포 연못에는 밤에도 들리는 개구리들이 있고, 오리들은 주로 낮은 데 있는 햇볕 좋은 연못들에서 논다. 검은 연못은 쓸쓸하다.

지금까지 나는 내 소설에 상당한 영향을 미친 레비스트로스 저작을 다 읽었고, 클리퍼드 기어츠 책을 일부 읽었다. 캘리포니아 인디언 언어에 대한 리앤 힌튼의 책도 읽었다. 내 소설에 혼선을 일으킬지 모르겠다 싶어서 샌데이는 피하고 있다. 어젯밤에는 가르실라소 데 라 베가를 읽기 시작했다. 상식에 대한 기어츠의 글은 훌륭하고, 레비스트로스보다 훨씬 상식을 갖췄다. 하지만 레비스트로스는 정신을 일으켜 움직인다. 적어도 내 정신에는 그렇다. 내가 가지고 있는 줄도 몰랐던 바퀴들을 돌게 한다. 하지만 그의 신화학은 거의 미친 것 같다. 그가 말하는 치환(substitutions)이란 프

로이드의 "의미" 해석과 비슷하여, 밖에서 '그만 그만!'이라고 말해
줄 관점도 없이 거울을 비추는 거울을 비추는 거울의 연속이다. 기
어츠가 이루 말할 수 없이 아이비리그 사람이라 안타깝다. 그것 때
문에 기어츠는 가끔 잘난 척을 하고, 아주 많은 학계 경력에서 흥
미로운 운수 반전이 일어난다는 지적이 맞기는 하지만 — 대학원
생으로서는 큰 학교에 가고 경력을 위해서는 작은 학교에 가는 반
전 말이다 — 프린스턴이 낙원이라고 상정하다니 인류학자로서는
끔찍하다. 읽는 내가 부끄러웠다. 저런 사람들은 정말로 지능과 가
치의 위계를 믿는다. 그래야만 할까? 물론 학문의 변방보다는 중심
부에서 더 훌륭한 학자들이 나오는 경향이 있기는 하다. 그건 임계
량 문제다. 하지만 교육을 받았다는 사람이 우쭐대는 속물근성과
편견에 절고, 돈으로 가능한 특수 장학금을 제외하면 학생들 사이
에는 아무 차이가 없다는 사실에 대해 이토록 철저히 무관심하다
니. 용서가 안 된다. 그거야말로 교육의 깊은 결점을 드러내는 모습
이다. 내가 그 책을 꼼꼼하게 읽지 않고 클리퍼드 기어츠를 싫어하
게 된 진짜 이유는 그래서인 것 같다. 나는 속물에게 가르침 당하
는 걸 좋아하지 않는다. 레비스트로스는 감동적일 만큼 프랑스 국
립 고등학교와 고등사범학교를 믿지만, 그래도 속물은 아니며 나
는 그에게 배우는 게 기쁘다. 귀족은 어떻게 할 수 있는데 졸부는
그냥 용납이 안 된다. 하!

오후 5시 25분

재미있는 비교가 떠올랐다. 기어츠가 너구리라면 레비스트로스는 유니콘이다.

흠!

점심식사는 예쁜 제니퍼가 예쁜 천을 덮어 바구니에 담아왔다. 로라의 혹사당한 얼굴은 죄책감을 불러일으켰는데, 제니퍼의 미소를 보니 반갑다. 물론 저녁식사 시간에 몇 번 본 로라의 미소도 아름다웠지만……. (제니퍼는 적극적으로 저녁식사에 참여하는데, 로라는 식사 자리에서도 물러난다.) 제니퍼는 '털털한' 사람이고 로라는 아니랄까. 점심식사는 조금 희한하다. 오늘은 멋진 채소 샐러드가 있고, 어젯밤 남은 셰퍼드 파이로 만든 채소 수프에 닭고기를 곁들였다. 빵은 없다. 절대로. 빵은 먹지 않고, 마실 것은 알아서 한다. 아침식사로 계란과 잉글리시 머핀을 먹는 습관이 있는데, 주디스가 홍차를 챙겨 가라고 해 줘서 정말 다행이다. 여기에는 허브는 있어도 홍차는 없다. 역겨운 '디카페인' 티뿐이다. 반면 디카페인 커피는 저녁식사 후에 마시기 좋다.

날씨가 계속 좋았고, 나는 연못들 쪽으로 서둘러 걸어가서 아마도 시애틀 시내 같은 '머나먼 파란 탑들'과 폭포 연못의 갈대밭을 스케치했다.

소설은 끝이 가까운데, 아무래도 내가 여기 머무는 시간에 맞춰진 것 같다. 이야기 자체가 그럴지도 모른다. 하지만 이제 41쪽인데 영원히 계속 갈 순 없지 않은가? 지금 상태로는 이상하게 비약하긴 한다. 이게 무슨 이야기인지 알 것 같았다가 확신이 없어진다. 코티지 동쪽 끝, 문 오른쪽, 다락으로 올라가는 계단 발치에 있는 작고 낮은 창문 달린 작고 낮은 공간을 시험해 보다가 어떤 통찰이 찾아왔다. 토요일에 어머니에게 이 집을 보여 준 여자분이 여기서 지낼 때는 주로 이 자리에서 글을 썼다고 했다. 나에게는 조금 어둡고 별난 자리 같지만, 좋은 공간이긴 하다. 어디에 있든 나머지 집 안이 각도별로 아름답게 보이는데, 그 자리에서 보는 광경이 특히 좋다. 다만 숲속의 공터와 나무들과 하늘이 가득 보이는 창가 자리를 두고 어두운 데 있다는 게 이상할 뿐이다. 아, 그리고 토끼도 보이지. 어젯밤에는 두 마리 보았다. 아주 조직적인 토끼들이다.

앞으로 꼬박 하루가 더 남아 있다. "시험해 보기"로 치자면 토요일에 이미 모든 면에서 통과였다. 글쓰기 측면에서는 이틀째에 통과했다. 뭔가 걸리는 데가 남아 있긴 한데, 아마 내가 여기 오는 것을 부정적으로 보고 귀찮게 굴던 찰스 때문일 것이다. 지금 내 생각은 이렇다. 여기는 글을 쓰는 여자라면 누구에게나 멋진 곳이다. 다만, 이런 삶의 방식이 대부분 사람들이 사는 세상에서의 삶을 대신하지 않는 한은 그렇다. 아, 청교도주의. 한탄스러운 청교도주의.

남자들이라면 시더 코티지의 방명록에 뭐라고 썼을까 궁금하다. 여기 머물렀던 여자들의 다정한 감사와 기쁨이 꿀처럼 흘러내린다. 내가 사랑하는 오두막집을 받아요, 당신 거예요, 다들 그렇게 말한다. 난 행복했으니 당신도 행복해요. 난 글을 썼으니, 당신도 쓰세요! 이렇게.

7일차. 1994년 4월 26일
정오

깨어나서 6시 40분까지 소설 몽상을 하며 누워 있었다. 일어난 후 쓰고 또 써서 여기 와서 처음 보낸 온전한 하루에 시작한 이야기를 끝냈다. 이게 진짜 끝일지 아닐지는 모르겠지만, 지금은 제목을 "사람들의 남자"라고 부르고 있다. 검은 호수까지 걸어갔다가 빙 돌아 허브 정원으로 가서 연필로 디어 라군을 그렸다. 날은 흐리고 조금 싸늘했다.

어젯밤에는 A와 L과 J가 자기 작품을 낭독했고, 우리는 8시가 넘도록 본채 응접실에 둘러 앉아 있었다. B가 뱀파이어 이빨을 꼈다. 다들 검은 호수로 몰려가서 숲 위로 올라오는 보름달을 보며 울부짖을 예정이라 했다. 실제로 그랬다 해도 나는 못 들었다. [나중에 확인하니 다들 울부짖었다고 한다.] 나는 잠자리용 다락에서 뒹굴고 있었고 울부짖고 싶은 마음은 없었다.

오후 2시에는 예술 작품이라 할 수 있는 아름다운 목욕탕에서 샤워를 하고, 돌아와서 장작을 패고 있던 낸시와 이야기했다. 린다가 곧 차를 한 잔 마시러 들러서 대화를 나눴다. 헤지브룩에 대해 뭔가 써 보자는 이야기였는데(예를 들어 이 일기처럼) 별로 결정을 내린 건 없었다. 4시에는 낸시와 트레세 그린이 도착했고, 낸시는 우리를 데리고 자기 숲 산책로로 가서 이 미궁에서 그동안 내가 발견하지 못했거나 생각도 하지 못한 놀라운 장소를 몇 군데 보여 줬다. 가운데 뿌리에서부터 이상하게 구불구불 얽히고는 위로는 똑바로 자라난 삼나무들. 그리고 아름다운 전나무 숲. 수달 연못과 그 동쪽에 있는 거대한 늙은 삼나무 뒤를 지나 시더 코티지로. 트레세는 차를 마시고 나는 위스키를 마시다가, 걸어서 작별 저녁 식사 자리로 내려갔다. 요리와 웃음소리가 많았다. A는 우리 모두에게 그동안 그리고 인쇄한 개구리 편지지를 줬다. 고요하고 온화하며 싸늘한 회색 저녁을 걸어서 시더 코티지로 돌아와 짐을 싸고, 하룻밤을 더 잤다.

이곳에서 머무는 시간은 대부분 여자들에게 이렇게든 저렇게든 중요하리라 생각한다. 그리고 장기 투숙은 젊은 여자에게 갈림길이 될 수도 있다. 글을 쓰기 위해서나, 영적인 여행을 완성하기 위해서 고독이 정말로 필요한 여자라면 누구에게나 완벽한 축복이 될 것이다. 내가 보낸 일주일은(처음에는 그렇게 길어 보이더니, 지금 와서는 아주 길면서 아주 짧아 보인다.)…… 지금 생각하니 나에게 이 시간이 가진 중요성은 주로 집과 숲과 농장의 아름다움과 평화로움에 있었다. 외따로 떨어진, "고립된" 장소. 격리, 자유, 호사, 휴식, 그리고 무엇보다도 이곳의 감동적인 아름다움.

내가 써야 할 이야기를 찾아내지 못했다면 어땠을까 궁금하다. 나는 일했고, 일이 내 삶의 기쁨이었다. 그러니까 그 모든 아름다움, 햇빛과 토끼들, 사슴, 산책, 젊은 여자들이 베풀어 준 멋진 우애, 밤이면 찾아오는 달콤하고 깊은 정적, 깨어나면 첫 햇살 속에서 다락의 튤립창으로 나무들을 보던 시간…… 그 모두가 덤이었다.

하지만 여기에 머물지 않았다면 아무래도 이 소설을 쓰진 않았을 것 같다. 꼬박 일주일이 들었고, 상당한 압력에 대한 반응으로 쓸 수 있었다. "난 여기에 글을 쓰러 왔어. 빈 공책도 들고 왔지. 이야기가 꼭 나와야 해!"라는 압력. 그러니 시더 코티지와 헤지브룩이 나에게 이야기를 줬다.

그리고 덤도.

내일 아침 8시면 트레세가 나를 집까지 태워 가러 들를 것이다. 차우 미 카시타 께리다!*

---

* 안녕히 내 소중한 집이여!

서평 발행 정보

이 책에 수록된 서평의 발행 정보는 다음과 같다.

마거릿 애트우드, 『도덕적 혼란』, 《가디언》, 2006년 9월

마거릿 애트우드, 『홍수의 해』, 《가디언》, 2009년 7월

마거릿 애트우드, 『돌 매트리스』, 《파이낸셜 타임스》, 2014년 9월

J. G. 발라드, 『킹덤 컴』, 《가디언》, 2006년 7월

로베르토 볼라뇨, 『팽 선생』, 《가디언》, 2011년 1월

T. C. 보일, 『살해가 끝날 때』, 《가디언》, 2011년 4월

제럴딘 브룩스, 『피플 오브 더 북』, 《가디언》, 2008년 1월

이탈로 칼비노, 『완전판 우주만화』, 《가디언》, 2009년 6월

마거릿 드래블, 『바다 숙녀』, 《가디언》, 2006년 7월

캐럴 엠쉬윌러, 『레도잇』, 《우먼스 리뷰 오브 북스》 1997년 첫 수록. 2002년 수정.

앨런 가너, 『본랜드』, 《가디언》, 2012년 8월

켄트 하루프, 『축복』, 《리터러리 리뷰》, 2014년 2월

켄트 하루프, 『밤에 우리 영혼은』, 2016년 집필. 이전에 발표하지 않은 글.

토베 얀손, 『진정한 사기꾼』, 《가디언》, 2009년 12월

바버라 킹솔버, 『비행 습성』, 《리터러리 리뷰》, 2012년 12월

이창래, 『만조의 바다 위에서』, 《가디언》, 2014년 2월

도리스 레싱, 『클레프트』, 《가디언》, 2007년 3월

돈나 레온, 『서퍼 더 리틀 칠드런』, 가디언 2007년 4월

얀 마텔, 『포르투갈의 높은 산』 2016년 집필, 이전에 발표하지 않은 글.

차이나 미에빌, 『엠버시타운』, 《가디언》, 2011년 4월

차이나 미에빌, 『세 번의 폭발 순간』, 《가디언》, 2015년 7월

데이비드 미첼, 『뼈 시계』, 《가디언》, 2014년 9월

잰 모리스, 『하브』, 《가디언》, 2006년 6월

줄리 오쓰카, 『다락의 부처』, 《가디언》, 2011년 12월

살만 루슈디, 『피렌체의 여마법사』, 《가디언 언리미티드》, 2014년 7월

살만 루슈디, 『2년 8개월 28일 밤』, 2015년 집필, 이전에 발표하지 않은 글.

주제 사라마구, 『바닥에서 일어서서』, 《가디언》, 2012년 10월

주제 사라마구, 『천창』, 《가디언》, 2014년 6월

실비아 타운센드 워너, 『도싯 이야기』, 이전에 발표하지 않은 글.

조 월튼, 『타인들 속에서』, 《가디언》, 2013년 3월

지넷 윈터슨, 『석조 신들』, 《가디언》, 2007년 8월

슈테판 츠바이크, 『우체국 소녀』, 《리터러리 리뷰》, 2009년 3월

옮긴이 | 이수현

작가이자 번역가로 인류학을 공부했다. 주로 SF와 판타지, 추리 소설, 그래픽노블을 번역하고 있다. 옮긴 책으로는 어슐러 르 귄의 『빼앗긴 자들』, 『로캐넌의 세계』, 『유배 행성』, 『환영의 도시』, 「서부해안 연대기」 시리즈를 비롯해 『피버 드림』, 『나는 입이 없다 그리고 나는 비명을 질러야 한다』, 『체체파리의 비법』, 『마지막으로 할 만한 멋진 일』, 『킨』, 『블러드차일드』, 『살인해드립니다』, 『멋진 징조들』, 『노인의 전쟁』, 『꿈꾸는 앵거스』, 『대우주시대』, 『유리 속의 소녀』, 「얼음과 불의 노래」, 「샌드맨」, 「다이버전트」 시리즈 등이 있다.

찾을 수 있다면 어떻게든 읽을 겁니다

1판 1쇄 펴냄 2021년 1월 29일
1판 2쇄 펴냄 2021년 9월 23일

지은이 | 어슐러 K. 르 귄
옮긴이 | 이수현
발행인 | 박근섭
편집인 | 김준혁
책임편집 | 장은진
펴낸곳 | 황금가지

출판등록 | 2009. 10. 8 (제2009-000273호)
주소 | 06027 서울 강남구 도산대로 1길 62 강남출판문화센터 5층
전화 | 영업부 515-2000 편집부 3446-8774 **팩시밀리** 515-2007
홈페이지 | www.goldenbough.co.kr

도서 파본 등의 이유로 반송이 필요할 경우에는 구매처에서 교환하시고
출판사 교환이 필요할 경우에는 아래 주소로 반송 사유를 적어 도서와 함께 보내주세요.
06027 서울 강남구 도산대로 1길 62 강남출판문화센터 6층 민음인 마케팅부

ISBN 979-11-5888-838-1 03840

㈜민음인은 민음사 출판 그룹의 자회사입니다.
황금가지는 ㈜민음인의 픽션 전문 출간 브랜드입니다.